ヴェサリウスの秘密

ジョルディ・ヨブレギャット
宮﨑真紀 訳

JN177673

集英社文庫

【目 次】

主な登場人物

ダニエル・アマット……………………オックスフォード大学教授
バルナット・フレーシャ………《コレオ・デ・バルセロナ》紙記者
パスクアル・サンチス………《コレオ・デ・バルセロナ》紙編集長
ファリーパ・ヨピス…………《コレオ・デ・バルセロナ》紙記者
ドロース………………………………………………娼婦
アルフレッド・アマット…………………ダニエルの父。医師
アレック・アマット……………………………ダニエルの弟
アンジェラ・ジネー・ロゼー………………ダニエルの昔の婚約者
イレーナ・アデイ…………………………アンジェラの妹
バルトメウ・アデイ………………………イレーナの夫。実業家
パウ・ジルベルト…………………医学生。ダニエルの父の元助手
ファヌヨザ…………………………………………医学生
ジョアン・ガベット…………………………医師。医学部教授
フラダリック・オムス…………………医師。ダニエルの父の友人
マネル・ビダル…………………バルセロネータ地区の元締め
ギエム…………………………地下の下水道の案内役の少年
サンチェス……………………………バルセロナ警察警部
ラ・ネグラ…………………………………………高利貸し
アルベルト・マラベイ……………………パウの屋敷の元使用人
アンドレアス・ヴェサリウス……………………16世紀の解剖学者

ヴェサリウスの秘密

母さん、あなたに捧げる

「頭で考えるのは効率のいい近道だが、結局どこにもたどりつけない。実験は骨の折れるまわり道だが、真実に導いてくれる」

ガレノス（一二九－一九九）

「今日誤りを見つけたとしても、明日になれば、今日真実だと信じられていたことがそうでなかったとわかるかもしれない」

マイモニデス（一一三五－一二〇四）

「人はその独創性によってのみ、永遠に生きられる」

ヴェサリウス（一五一四－一五六四）

1

一八八八年、バルセロナ、ポート・ベイ、ラザレト埠頭付近

　闇に目を凝らしたのは、それが三度目だった。老人は小声で悪態をついた。あたりを包む静寂を破るのは、船体をたたく雨音だけだ。横殴りの風で雨が断続的に船上に降りかかり、甲板やその下に積まれた煙草の木箱を濡らす。夜明け間近のこの時間、ポート・ベイや埠頭《ふとう》は霧に覆われ、停泊中の船も造船所の建物も鉛筆の消し跡のように朧《おぼろ》にしか見えない。岸がどこにあるか勘に頼るしかなく、港の波よけのこれほど近くを航行するのはかなり危険だ。とはいえ、これまでに何百回もやってきたことだし、これからもやることになるだろう。だから不安なのはそのせいではない。胃がずっしりと重いのは、今夜は何か途轍《とてつ》もなく悪いことが起きる、そんな気がしてならないからだ。

　風が立ち、雨が刺す。無数の皺に囲まれた老人の目が船を点検していく。息子が寝ている舳先《へさき》から、マストにしっかり取りつけられたカンバス地の帆へ。そして帆に緩みが見えるのに気づく。慣れた手つきで端を引っぱり、また帆が風をいっぱいにはらみはじめたのを確認

してから、ロープを木製の係柱にくくりつけた。両手を縮めると、毛糸の手袋をはめた指が古いロープのようにきしんだ。たっぷり着込んでいるというのに、骨まで湿気が沁みていた。老人はため息をついた。日に日に仕事がつらくなる。まもなく船を操ることもできなくなるだろう。実際、世紀の変わり目も、世界じゅうが宣言している新時代の到来も、この目で見ることはできないかもしれない。だが、くそったれ機械など何になる？　人間様の立派な腕より、やかましい装置のほうをありがたがるなんて、馬鹿げているにも程がある。老人は海面に唾を吐き、舵をわずかに切った。

左舷にあったムンジュイックの丘に別れを告げると、さっきまでは見えなかった町が霧の中に少しずつ形を現しはじめる。老人は、荷降ろしをする予定のラザレト埠頭ぎりぎりまで船を近づけ、それで要塞からこちらを見下ろしているかもしれない監視の目も、この時間になると出航しはじめる汽船も、避けようとした。

海流が船を岩場に向かって押し流す。表層流に注意を払わなければならず、老人は方向を修正するために舵柄《だへい》をしっかりと握り直した。船着場に近づくと霧が多少は薄れ、打ち寄せる波が飛沫《しぶき》をあげている波よけも確認できるようになった。数メートル先、丸太や放置された索具《さくぐ》の合間に、何か大きなかたまりが浮かんでいる。と、次の瞬間それは波に呑みこまれ、姿が見えなくなった。商人が積荷の一部をなくすのはよくあることだ。よっぽど運がよくないと、海に落ちたそれを見つけることはまずできない。

しばらく待ってみたがいっこうに姿を見せず、ただの気のせいだったのかと思いはじめる。

船を動かそうとしたそのとき、ポチャンという音がした。かたまりがさっきより少し近くにふたたび現れ、波間に浮かんでいる。老人は黒ずんだ歯が見えるほどにんまりし、舵を動かした。近づいてみると、酒樽と同じくらいの、かなり大きなオーク材の箱だとわかった。表面に押してあるスタンプからすると、フランスのものらしい。しっかり縛ったロープには緩みもない。これなら密封状態が保たれているだろう。そう、そこがとても重要だ。中の荷が水に濡れていないことが。フランス人は陶器や高級毛織物、リキュールなんかを輸出する。中身が何にしろ、手にはいればおいしい思いができそうだ。老人は舵を固定し、息子に目を向けた。

「アパ、起きろ、鉤竿《かぎざお》を取ってこい」

若者は何のことかわからず父親に目をやったが、船の近くに浮いている箱に気づくとふらふらしながら立ち上がり、漕ぎ座の下を探した。漁網とロープをどけ、先端に鋼《はがね》の引っかけ鉤がついた長い竿を取り出す。父の指示に従って鉤竿を伸ばし、箱を縛ったロープに引っかけた。老人もフックを持ち、別の側からそれを投げる。少しずつ箱を引き寄せ、船に引き上げる準備をした。

「さあ、注意して……うわ、何だ！」

尖った爪を持つ手が老人の腕をつかんだ。体を凍りつかせたまま、信じられない思いでそれを凝視する。その手は老人を暗い海に引きずりこもうとした。抵抗もできずにいると、いきなり波で船が大きく揺れ、その幽霊だか幻だかは、目の前で跡形もなく消えてしまった。

若者がランタンに駆け寄り、掛けてあった布を剝いだ。光が箱といっしょに浮かんでいるその生き物を照らした。ロープにしがみつき、どうにか水面から顔を出している。顔を醜悪に歪めて何か言おうとしているが、口から洩れるのは意味のわからないうわごとのような声と、それに続く呻《うめ》きだけだった。波に激しく揉まれ、そう長くはもたないと思えた。

一瞬ためらったものの、老人は息子に命じた。

「箱をそのまま保て」

若者は動かなかった。顔を真っ青にして、化け物に目が釘づけになっている。そのときまた波が押し寄せ、箱を引き離そうとした。

「倅よ、しっかりしろ！」

「父さん……大丈夫なの？」

箱が沈みはじめる。

「頑張れ！」

若者は竿を持ち直し、引っかけ鉤を箱の木板に食いこませて、船のほうに必死に引き寄せた。一方父親は漕ぎ座のところで足を踏んばり、生き物がこちらに伸ばしている腕を両手でつかんだ。ひんやりしていて、ぬるぬるした感触だ。老人は目を閉じて息を吸いこみ、思いきり引っぱった。

引き上げられた生き物は甲板に転がって、しまいに仰向けに横たわった。魚の尻尾でもついているかと思いきや、代わりに脚が二本ある。素っ裸で、体毛もなく、透きとおるように肌が白い。腹部に、縁が黒ずんだ大きな傷があった。若者は、市場に並ぶ鱗を取った魚を思い出した。

老人はそれに慎重に近づき、生きているかどうか調べようとかがみこんで触れてみた。胸にもいくつか傷が走っているのに気づき、身震いする。そっと押してみると、バターでできているかのように手が肉にずぶずぶと沈んだ。傷の奥から胸の悪くなるような悪臭が漂ってくる。老人は恐怖に駆られ、よろよろと後ずさりして、煙草の木箱のあいだに倒れこんだ。息子はあわてて父親に駆け寄り、二人はしっかと抱きあいながら、その微動だにしない痛めつけられた体を眺めた。

「父さん、俺たちが船に引き上げたあれは、いったい何だ？」

「さっぱり見当もつかん」

ふいに生き物の体がかっと光りだし、皮膚に木の幹にも似た模様が現れた。かすかに明滅したあと、その輝きは現れたときと同じように唐突に消えた。親子は同時に十字を切った。

帰郷

万国博覧会開会式まであと二十四日

2

「ではここまでだ、学生諸君」

静まり返った教室に、椅子が次々に引かれる音が響いた。教壇では若き教授が書類をまとめ、紙ばさみにしまいながら、出口に向かう学生たちの列を眺めている。厳格そうに見せたかったが、つい笑みがこぼれてしまう。大学の二学期が終了したところだった。とはいえ、彼がこの職に就いたのも、ほんの少し前のことなのだが。

教室の窓のひとつに近づく。外を見ると空は暗い雲に覆われているが、そんな灰色の景色も、かつてと違っていまの幸福感を曇らすことはない。この教壇にたどりつくまでの道のりは長く険しいものだった。そう、もしこれを手に入れられなかったら、それこそもう、どん底だったのだ。彼はキャンパスの建物を眺め渡した。満足のため息が洩れようとしたそのとき、背後で彼の名前を呼ぶ声がした。

「アマット教授！」

戸口で学生が待っている。

「何だね？」

「すみません、教授、サー・エドワードがお目にかかりたいそうです」

「すぐに行く」

なんていい響きだ。教授。教授にして、オックスフォード大学で最も権威あるカレッジのひとつ、モードリン・カレッジの一員。痛風のために残念ながら退職することになったブラウン博士の穴を埋めた形ではあるが、だからといって卑下することはない。どのみちいずれはこのポストに就いたはずだ。それでも、せっかくのチャンスが転がりこんできたとき、逃すつもりはなかった。ダニエル・アマットは荷物をまとめ、三学期にまた古代ギリシャ語の授業をすることになるであろう教室を後にした。廊下を歩く彼を目で追う視線を感じる。学生たちにとってはいまだに目新しい存在なのだ。

外に出たとき、ダニエルは着ているガウンを整えた。キャンパスには冷たい風が吹き、雨が降りしきっている。もう四月末だというのに、まだ寒い日が続いていた。未舗装の道を急ぎ足で歩く。教室からあふれだしたざわめきがカレッジじゅうに広がっていくのがわかる。授業が盛り上がっているのだ。聖歌隊が練習中らしい礼拝堂を右に見て、柱廊を進んでいく。それは蔦《つた》に覆われた建物が囲む中庭に続く。庭を対角線に区切る玉砂利の道に向かう彼の足取りに迷いはいっさいない。体が雨で濡れつつあったが、気にならなかった。とてもいい気分で、小躍りしたいくらいだ。

彼が近づいてくるのが目にはいると、ウォルターがドアを開けた。老ウォルターはカレッジの有名人だ。大学創設時からずっと守衛を務めていると学生たちは噂しているが、このカレッジが四百年前から存在していることを考えれば、まずありえない。とはいえ、干しブドウみたいに縮んだ体や無数の皺で歪んだ顔を見ると、その噂もあながち嘘ではないかもと思えてくる。老ウォルターは裏でいろいろと商売をしていることで知られており、割安な価格で煙草や酒、その他あらゆる贅沢品を融通してくれる。もちろんこの手の闇取引は禁止されており、だからこそウォルターの商売は繁盛していた。

「アマットさん……ああ、すまん」薄笑いが彼の本心を暴露していた。「アマット教授……」

ダニエルは軽くうなずいていちおう挨拶した。老ウォルターが自分のことを〝いまいましい外国人〟と思っていることはわかっていた――初めて会ったときそう呼ばれた――が、それなりに評価もしてくれている。

「ウォルターさん、今朝の調子はいかがです？」

「たぶん、あなたほど絶好調とはいかないでしょう。このとんでもない寒さで骨という骨が痛む」

「ヨードを使ってみては？　きっと解決すると思いますよ。それにいい医者にかかることもお勧めします」

老人の顔にむっとした表情が浮かんだ。

「わしを誰だと思ってる？　この年になってやぶ医者を信用するもんかね」

ダニエルはにやりとした。

「サー・エドワードが僕をお待ちと聞きました」

「ああそうとも、教授、さあ、おはいりなさい。いつ生ける者の世界からおさらばしても不思議ではないこんなおいぼれのせいで、あなたをお待たせしては申し訳ない」

ダニエルはつい笑ってしまった。

「ありがとう、ウォルターさん。あなたの食料庫にしまってある酒瓶を一本、あとで融通していただくことになりそうです」

「あとで確認しておこう」もう勘弁してくれとでも言いたげに、かすかに顔をしかめる。「だが、約束はできない」彼は踵《きびす》を返し、ぶつぶつ言いながら守衛室の暗がりに姿を消した。

ダニエルは、この同じ段を踏んだはずの数々の教養あふれる教授たちのことを考えながら、階段を上がった。気づくと、もう二階だった。学長室は短い廊下のつきあたりにあり、わずかにドアが開いている。それでも、礼儀正しくノックした。どうぞという声がした。

長年そこに君臨する学長の執務室は質素なものだった。床を覆う絨毯《じゅうたん》は、部屋の中心でどんと構える机にそっと打ち寄せる波のようだ。壁の一面を埋める胡桃《くるみ》材の書棚。部屋の奥の左方では、二脚の袖つき安楽椅子のあいだにあるヴィクトリア様式の暖炉で火が赤々と燃えている。その上にはバノックバーンの戦い（十四世紀にスコットランド王国とイングランド王国のあいだで起きた会戦）を描いた絵が飾られている。ダニエルはこの部屋を知り尽くしていた。ここで何時間も過ごし、そうしたひとときはとても幸せな記憶となって残っている。ここに来た当初、学長が彼の指導教官だったのだ。二人は友情を育《はぐく》み、その関係は時とともに父と息子のそれに近いものとなった。

「親愛なるアマット、そんなふうに戸口でぐずぐずしてるんじゃない」

五十の坂を越え、目の下には隈《くま》ができ、癖のない髪は明らかに後退しているが、サー・エドワード・ウォレンの人のよさそうな表情はいまも変わらない。極めて洗練された知識人サークルの中でも敬意を集める歴史家で、雄弁家としても一目置かれる存在だ。いまは使われなくなった古代語の専門家（ダニエルが教えているのもそれだ）だが、前任者の逝去に伴い、十年前に学長（彼は〝プレジデント〟より、古風に〝レクター〟と自称するのを好む）に就任した。

「今日はどんな調子だね？」彼が尋ねる。

ダニエルは頭の中を整理しようとしたが、考えがあちこちに飛んでなかなかまとまらない。高揚して舞い上がっていたが、不安に圧倒されてもいた。

「ええと……上々です、サー・エドワード」

「それは何よりだ。君にはおおいに期待しているよ」

「ありがとうございます、先生。信頼にお応えできるよう努力いたします」

学長は不安をうっちゃるように手をひと振りしたあと、体をもぞもぞ動かして座り心地のいい姿勢をとった。

「オックスフォードに来てどれぐらい経つ？　六年か？」

「もうすぐ七年です」

「七年か！　まったく時の経つのは早いものだ」サー・エドワードは目をなかば閉じた。「バルセロナからここに到着したばかりの君が、あのドアからはいってきたときのこと、いまでも覚えているよ」

ダニエルの表情が暗くなる。学長は彼の様子には気づかず、記憶をたぐりつづけた。「そう……あの晩の土砂降りの雨のせいで濡れねずみだった。荷物は旅行鞄ひとつきり。君が最初に口にした言葉は何を言っているのかまるで聞き取れず、そのときの様子といったら……いやはや、ひどいものだった！　一瞬、警察を呼ぼうかと思ったほどだ。知っていたかね？」と言いながら大笑いする。

ダニエルは首を横に振った。

「私はずっと疑問に思っていたんだ、君がここに来た理由は何だったのかと。その点に関して、君は頑なに口を閉ざしつづけてきたからね」

「言うまでもなく、オックスフォードが世界一の大学だからです。ここで勉強がしたかった、ただそれだけです」

「ああ、それはそうだろう」サー・エドワードは体を起こした。「確かなことは、君があのときの若者でなくなって久しいということだ……すっかり一人前の男になった。しかも将来有望だ」

「だといいのですが」

「もちろんだとも、アマット」学長は自分に言い聞かせるかのように続けた。「ブラウン教授の後任を代理で務めるようになったこの二週間の君の教えぶりは、充分以上だ。じつは、だからこそ君を呼んだ」

サー・エドワードはそこでひと呼吸置き、先を続けた。

「君の能力に疑念の余地はない。満足するに余りある根拠を、君はわれわれに与えてくれた。昨日、学務部の毎月恒例の会合があった。そこで話しあわれた議題のひとつとして、今年度は最後まで古典語の授業のひとつを君にまかせることに満場一致で決定した。どうかね？」

ダニエルの胸に熱いものがこみあげた。こんなにすぐに本決まりになるとは思ってもみなかった。愛弟子の感極まった様子を見て、サー・エドワードはにっこりした。

「それで、どうなんだ？　受けるのかね、断るのかね？」

「もちろん……もちろんお受けします、先生。もちろんですとも。ああ……すごい！　心から感謝します、先生」

「馬鹿な。これは君の努力の成果だ。君の熱心さには誰もが驚いているんだ。君のように身を粉にして励む者にはめったにお目にかかれない」

学長は立ち上がり、酒のトレイに近づいた。二つのグラスにブランデーをなみなみと注ぐ。

「この知らせに、娘もさぞ喜ぶだろう。違うかね？」彼はにやりと笑った。「君が私の娘婿になる日も近いかと思うと喜ばしい。知ってのとおり、今夜とても特別な晩餐会がある。そこで君の教授職について発表できるのはじつにめでたい。私に残された家族はアレクサンドラだけだ。君ならあの子を幸せにしてくれる、そう信じているよ」

「お嬢さんを心から愛しています」

学長は満足げにうなずき、彼にグラスのひとつを手渡してからひと口飲んだ。

「あとで非難されても困るので、いまのうちに警告しておく。アレクサンドラは、母親同様すばらしい女性だ。美人で、さまざまな才能にあふれ、良妻賢母になるための教育もしっかりと受け、そして……いつ爆発するかわからない、恐るべきウェールズ気質《かたぎ》の持ち主だ」学長はウィンクした。「なにしろ、ウェールズはドラゴンの国だからな！」

二人は同時に噴き出した。ダニエルは、このまもなく自分の舅となる男に深く感謝していた。自分がいちばん困っていたときに、手を差し伸べてくれたのだ。何も訊かずに、知識と友情を惜しみなく与えてくれた。すべてを失ったと思っていた自分に、サー・エドワードは新たなチャンスをくれたのだ。いただいたものすべてに報いることなど、とうていできないだろう。

「乾杯しよう、アマット。君がやがてもたらしてくれるだろう孫たちに！」

二人はグラスを合わせ、ダニエルは学長に敬意を表して唇を湿らせた。そのあと立ち上がり、ほとんど手つかずのままの飲み物をそこに置いた。

「サー・エドワード、今夜の晩餐会の前に、学生たちの質問に答えなければなりません。申し訳ありませんが、これで失礼します」

「ああ、かまわんよ。それに、君の昔の同僚たちがパーティを予定しているという噂も耳に届いている。心配するな、私は口が堅い。ただし、晩餐会にはくれぐれも遅れるなよ。娘に殺されるぞ」

サー・エドワードは機嫌よく笑い、戸口までダニエルを送った。

「ああそうだ」彼が足を止める。「忘れるところだった。ちょっと待ってくれ」

学長は机のところに戻り、天板の上の書類を引っかきまわして、勝ち誇ったように芥子《からし》色の封筒を掲げた。

「今朝、君にこれが届いた」

「電報ですか？　僕に？」

「ああ。バルセロナからだ」

ダニエルは、学長が伸ばした手から封筒を受け取った。不安は隠せず、危うく取り落としそうになったが、学長はダニエルの動揺に気づいていない。ダニエルはそれ以上粗相をすることなく、コートのポケットに封筒をしまった。

「申し訳ありませんが、これを読むのは後にしてもいいでしょうか？　まだ……やることがいろいろあるので」

「ああ、いいとも」

ダニエルは部屋を出て、震える脚をできるかぎり速めて歩き去った。

以前から住んでいる古い部屋にたどりつくと、椅子にどさりと座りこんだ。学位の取得、教授職への就任、アレクサンドラとの婚約と、あれよあれよと出来事が続き、引っ越しをする暇もなかった。トランクは部屋の隅で待ちかまえている。あとは本と服を少し詰めればそれでいい。とはいえ、そんなことはもうどうでもよかった。今朝の上機嫌はどこかに消え失せてしまった。思いがけない仕事のオファーと間近に迫った結婚式は、ほかの誰かの人生の出来事のようだ。机の上でダニエルを待つ小さな封筒に目をやる。

どうして今頃になって？

彼はうなじに手をやった。この七年間、無意識にするようになったしぐさだ。感覚のない皺に指を走らせる。あの火事が彼の皮膚に刻んだ永遠に消えない刻印だ。この死んだ肉の襞《ひだ》に触れれば、過去は必ず蘇ってくる。ダニエルは思わず笑いだしそうになった。すべて忘れただなんて、おめでたいにも程がある。そんな幻想はたった一通の電報でこなごなに砕け散った。

椅子から立ち上がり、封筒をひったくると封を破った。中には二つに折った薔薇《ばら》色の紙がはいっていた。わななく指で開く。彼の目は華麗な書き文字の上を上滑りしていたが、ようやく落ち着きを取り戻し、目の焦点を合わせた。

七年間がいきなり雲散霧消した。

手がぶらんと落ち、窓枠に寄りかかる。足元にあったはずの大学のキャンパスが、降りつづく暗い雨に霞んで消えた。長年のすえ、ついに見つかってしまった。早晩起きることだとわかってはいたが、こんな形でとは思ってもみなかった。胸の痛みや悲しみを感じるべきなのだろうが、心の中にあるのは怒りと罪悪感だけだった。目を閉じ、額を窓に押しつける。内側でふくらんでいく煩悶《はんもん》を抑えつけようとする。歯を食いしばり、体をこわばらせる。鞭打たれたかのように古傷に痛みが走る。電報を握りつぶし、遠くに投げた。そのときついに涙がこみあげ、窓ガラスを伝う雨粒とまじりあった。

3

みすぼらしい部屋にいびきが響き渡っている。光がはいってこないように窓に鋲で留めたシーツは、ちっとも役に立っていない。バルセロナのラバル地区にある下宿屋の典型的な一室だ。野垂れ死にするのに、これ以上ないくらいうってつけの場所。狭くて風通しが悪く、雨漏りがして、定住する者はまずいない。その部屋の店子《たなこ》は五か月前からそこで暮らしている。

「くそったれ！」

毛布の縁から歪んだ顔がぬっと現れた。ぎょろっとした二つの目が室内をきょろきょろと見回し、そこがどこか見極めようとしている。床板に片足を下ろしたその瞬間、藁布団に背中から倒れた。頭を両手で押さえ、また悪態をつく。喉に砂が詰まっているかのようなながら声だ。

「アルザスのワインはくそだ！」

　ぶつくさ文句を言いながら、男はよろよろとベッドから出る。立ち上がるとずいぶんと背が低い。おぼつかない足取りでどうにかこうにか書き物机代わりのテーブルにたどりつき、手をさっとひと掻きさせて、古新聞や書き損じの紙の山をどける。ようやく、勝ち誇ったような声をあげて真鍮《しんちゅう》の重い懐中時計を宙に掲げた。蓋を開け、針がほとんど正午近くを指しているのに気づくと、一気に眠気が吹き飛んだようだった。

「嘘だろ？　もうこんな時間かよ」

　パンツ一丁で狭い部屋をどたばたと走りまわった。洗面器に水を満たし、冷たい水で勢いよく顔を洗うあいだも、ぶつぶつと不平をこぼしつづける。こめかみの痛みが引かないので、頭を水に突っこんだ。ぶるっと震えながら毛布の隅で拭く。一分でズボンとシャツ、半長靴を身につける。机の上にあったコーヒーをひと口飲み、すぐにやめときゃよかったと後悔した。冷えきっていたし、淀んでいる。そういえば、同じ豆を使った四杯目だったのだ。ハンガーからカンカン帽と格子柄の上着を取り、部屋を出た。階段を下りながら蝶ネクタイを結ぶ。

「フレーシャさん！」

　太鼓腹の男に行く手を阻《はば》まれた。細めた目で、いらだたしげにこちらを見ている。ニンニク臭い息は、二日酔いをやわらげる役には立たない。

「ゴンザレスさん！　あなたのことを考えていたところでした。麗しき奥方はお元気ですか？」

「三か月分家賃が溜まってる。いつでもあんたを追い出せるんだ」

「三か月分？　まさか。でもご心配なく。未払いの給金を受け取りに行くところなんです。ええ、ゴシップ記事をいくつか書きましてね。そのちょっとありえない滞納分は、すぐにきれいさっぱりお支払いしますよ。ご存じのように、名の知れた新聞記者はいろいろと付き合いが大変で、残念ながら思いがけない出費がありまして」

「付き合いが大変だってことはとうに知ってる。一か月前にも同じ言い訳を聞かされたんだから」

「どうやら誤解があるようですね。寛大にも、奥方が支払いを延期してくださったんです」

「ジャシンタが？　いつ女房と話したんだ？」

「昨日の正午に」

「だが昨日は昼のミサに行ったはずだが……」

「おや、じゃあもっと前だったかな。どうでもいいことです。俺はときどきひどく忘れっぽくなるもんで」

家主の顔に、うすうす何か勘づいたような表情が浮かぶ。これ以上ジャシンタの名前を出すのも、昨日のあの熱い逢瀬のあと彼女に同意を取りつけたことを話題にするのもやめにしたほうが賢明だろう。ゴンザレスの頭の回転ののろさについて、この界隈で知らない者はいないが、妻がときどきこれ見よがしに与える浮気のヒントから、さすがに何かおかしいと疑いはじめるかもしれない。万が一に備えて、この件にはさっさとけりをつけてしまおう。ゴンザレスの右側に隙間があるのに目を留めると、相手が気づくまえにそこをすり抜けた。

「おい、待て！」

フレーシャはその声を無視し、階段を下りていく。

「今月末には必ず払いますから」階下にたどりついたところで叫んだ。

玄関から飛び出したフレーシャを、ゴンザレスの罵《ののし》り声が追いかけてきた。


フレーシャは足早に歩きながら、上着の襟をかきあわせた。ラバル地区には退廃がはびこり、通りにはつねに人がひしめきあっている。数年前に次々に工場が建ち、仕事を求めてスペインじゅうから集まってきた人々が狭い通りを埋め尽くしていた。それでもフレーシャはここの暮らしが好きだった。多種多様な人間が集まっているおかげで、活気に満ちているからだ。道を流れる水はまるで小川だ。数日前から雨が降りつづき、下水があふれて、未舗装の道路は泥の罠と化した。フレーシャは空と足元を交互に見ながら歩みを進めた。

「こんなに雨ばっかりじゃ、いつか港に流れ着くはめになる。まったく、春の終わりってやつは！」

通りにバケツの中身を空けている料理屋の店員。荷馬車を急《せ》かしながら、あからさまに女たちを目で追う二人の炭焼き人。フレーシャはいつものように女たちに軽く会釈した。寒さをものともせずに薄着だが、なんとか玄関ポーチの雨よけの下に入ろうとしている。そのうちのひとり、髪のぼさぼさな子どもを抱いた女が一団から離れ、こちらに近づいてきた。

「昨夜ドロースがあんたを探してたよ、にいさん」

「やあマヌエラ。どうしたんだ？　今朝はやけに別嬪《べっぴん》じゃないか」

女は自分の髪を引っぱってにっこり笑い、ほとんど残っていない歯を見せた。大きく開いた襟ぐりから熟れた果実みたいに豊満な乳房が覗《のぞ》き、眠っている子どもの顔にぶつかっては弾む。彼女の息はアニス酒とタマネギと燃えた薪の匂いがした。

「何がいいのかわかんないけどさ、にいさん、あの子に飽きたらいつでもあたしんとこにおいでよ」

フレーシャもにやりと笑った。

「あれはいい子さ。今夜会いに行くと伝えといてくれ」

女は答える代わりにふんと鼻を鳴らすと、スカートを翻《ひるがえ》して、仲間のもとに戻っていった。

フレーシャは路地を出て、ランブラス大通りにはいった。この時間、大通りはにぎやかだ。果物や野菜を積みブカリア市場に運ぶ荷馬車、辻馬車、昔ながらのベルを鳴らしてカタルーニャ広場を走る市電、下働きの女、煙草売り、花売りや新聞売り、目的もなくぶらぶらしている歩行者らが場所を争う。それらを眺めて楽しむこともせずに通りを渡り、ピ通りにはいると、ものの数分で新聞社に到着した。

『コレオ・デ・バルセロナ』紙が創刊されたのは十一年前のことだ。いまでは町の主要紙のあいだにできた隙間を埋めることに成功していた。新聞の売り子たちは毎朝、王党派贔屓《びいき》の『ディアリ・ダ・バルセロナ』紙、自由党寄りの『ラ・バングアルディア』紙、最近誕生したばかりの、独立系を標榜する『エル・ノティシエロ・ウニベルサル』紙とともに、『コレオ』紙の名前も叫ぶ。なにかと口うるさいバルセロナ市民たちはニュースに貪欲で、そのいちばんの情報源となるのが新聞各紙だった。『コレオ』社はゴシック様式の古びた建物の五階にある。重厚な石構えの玄関は、輪転機の所有者たる威厳を醸していた。フレーシャが入口からはいるとすぐ、守衛が挨拶してきた。彼は編集長以外の従業員には誰にでも、蔑《さげす》みを滲ませた同じ口調を使う。

「フレーシャさん、遅いお出ましで」

「サラフィン、新聞社には決まった出社時間ってものがないんだよ」

「では、ご自分でサンチスさんにそうおっしゃったらどうです？　あなたの名前を呼ぶ大声がここにいても聞こえましたから」

パスクアル・サンチスは『コレオ・デ・バルセロナ』紙の編集長だ。彼が最後にいつ笑顔を見せたか、誰も覚えていない。たぶん、ルゼーイ市会議員のアバンチュールをジュゼップ・ヤネーラがすっぱ抜き、新聞が売れに売れて三刷りまでしたときだったかもしれない。葉巻をこよなく愛し、たちこめる煙のおかげで彼のオフィスだけは『タイムズ』紙の支社のようだ。つねに口にぶら下がっている巨大なモンテクリストを、彼は吸うだけでなく、もぐもぐと嚙んでいた。新聞紙面の舵取りをするときの鉄の手腕は誰もが知るところで、それこそが『コレオ・デ・バルセロナ』紙が成功したゆえんだった。

フレーシャは気を揉みながら階段を上がった。サンチスが彼を探しているということだけでもまずいのに、そのうえかっかしているらしい。しかも、取ってくると約束した特ダネがまだだと知られたら、余計にまずい。だが、情報源が姿を現さないんだから、悪いのは向こうだろう？　居酒屋〈セット・ポルタス〉で会う約束をしたのに、三晩も無駄足を踏まされたのだ。最後の日には少々面倒なことになった。時間をつぶすために酒を飲み、ちょっとばかり博打をしたのだ。そして負けた。ひと晩で二度幸運の女神が微笑まないことはないだろうと自分に言い聞かせ、市電に乗って競馬場に行った。それでさらに十五ドゥーロ負けちまった……。すでに六十ペセタになっていた悪名高い高利貸しラ・ネグラへの借金が、さらにふくれあがった。自分に金を貸してくれるような人間はラ・ネグラぐらいしかいなかったのだ。いまではすっかり泥沼にはまっていた。新聞社にこれ以上前借りはできない。すでに今年いっぱいただ働きしなければならないほどだった。

編集部のある階にあえぎながらたどりついた。入口で印刷所の若者たち数人と鉢合わせし、挨拶された。フレーシャはそれを無視して大部屋にはいっていった。書類やらこの数週間の埃やらでいっぱいの彼の机の上で、大きな靴が揺れている。その靴の主は今朝の新聞を広げ、その向こうに隠れている。

「おはよう」フレーシャは椅子に腰かけながら挨拶した。

新聞の向こうから陽気な声が聞こえてきた。

「おやおや、バルナット・フレーシャ御大《おんたい》じきじきのお出ましだ！　編集部においでいただけるとは、なんたる光栄」

「冗談もたいがいにしろ、アレジャンドロ」

アレジャンドロ・ビベスは四年前から政治面を担当している。灯台のようにひょろっと背が高く、小さな目、突き出た鼻が特徴で、きっと触手でも持っていて、それが本人よりいち早くニュースに飛びつくのだと噂されている。いつも機嫌がよく、フレーシャと会話をするときでさえそうだった。まあ、フレーシャに我慢できるような人間は彼ぐらいのものなのだが。

「また昨夜も厄介事に見舞われたか？」

同僚の言葉に嫌味を聞き取り、じろりと睨む。いっこうに動じることなく、ビベスは新聞を読みつづけている。

「まあな」結局そう答えた。「今日のサンチスはどんな感じだ？」今度はフレーシャが質問して、話題を変えた。

「おまえのことを恋しがっていたようだったぞ」

「なるほど。しばらくそうさせとこう」

机の抽斗《ひきだし》を引っかきまわして煙草を探しながら、ビベスが広げている新聞を何気なくちらりと見た。『コレオ』紙の最新版だ。たちまちフレーシャは口をぽかんと開けた。ページの隅の短い記事を読むうちに、彼は目を丸くした。

《先週のある未明、港の海面にひとりの男性が浮かんでいるのが発見された。見つけたのは二人の漁師だったが、同時に男性は息を引き取り、漁師たちにも手の施しようがなかったという。ラザレト埠頭近くで起きた不運な事故が原因らしい。警察は犯罪の可能性については否定し、すでに遺体を家族に引き渡した。男性はある高名な医師らしく、家族は身元の公表を望んでいない。本日の正午に葬儀がおこなわれ、西《オエステ》墓地に埋葬される予定》

記事にはファリーパ・ヨピスの署名がある。

「俺の記事はいったいどこにいった？」

フレーシャは部屋を出て、編集長のオフィスに向かった。大勢の同僚とすれ違ったが、みな彼を見ると笑いを押し殺そうとした。間違いなく、彼のコラムがあの記事に差し替えられたことを知っているのだ。そう思うと余計に頭に来た。ノックもせずにそのままガラスのドアを押し、その勢いでドアが壁にぶつかって跳ね返った。校正紙やテレタイプ、競合他紙などで埋め尽くされた机の向こうに座っている男はがっしりと大柄で、大きな机が小さく見えた。彼は顔を上げ、フレーシャを見ると訝しげに目を細め、眉をひそめた。

フレーシャは腹立ちまぎれに詰問した。

「俺のコラムをどうして差し替えた？」

「サンツの農場でのニワトリの大量死は、間違いなく一流記事だ」背後で穏やかな声が答えた。

オフィスの壁に体をもたせかけ、隙なくスーツを着こなした若者が彼に微笑んだ。ファリーパ・ヨピスはいつも金髪を油で撫でつけ、口髭も山羊鬚《やぎひげ》も丁寧に刈りこんで、長三角の顔にもうひとつ三角形が重なっているように見える。彼の優雅な身のこなしに、編集部内のタイピストというタイピストが胸を高鳴らせた。その魅力こそが、抜け目のない新聞記者という名声を築く基盤だったのだ。彼がどこから情報を――それも誰より早く――手に入れるのか、知る者はいなかった。だから『コレオ』紙は彼を『ラ・カンパナ』紙から引き抜き、一年も経たずに正式契約した。フレーシャはヨピスをただの大馬鹿と見なしていた。

「くそ、ヨピス、なんかぷんぷん臭うと思ってたんだ」

「あんた自身か、その薄汚れた上着のせいじゃないか、わが友フレーシャ」

「この野郎……」

「黙れ！」

サンチスの怒鳴り声がオフィスのガラスをびりびりと震わせた。編集部員たちは誰もが仕事を続けているふりをしながら、じつは編集長のオフィスで起きている出来事に耳を澄ましていた。編集長はヨピスに向かって言った。

「ファリーパ、あとで話をしよう。出ていくときにドアを閉めてくれ」

若き新聞記者はサンチスにスマートに挨拶し、フレーシャの横を通るときには舌打ちしてからウィンクした。その目は、爪が手のひらに食いこむほどフレーシャが拳を握りしめるあいだ、ずっとこちらを見ていた。サンチスがフレーシャに椅子を勧めた。

「がっかりだよ、パスクアル、俺の場所を横取りするってのはどういうことなんだ？」

「さっさと座って、口を閉じろ！」

フレーシャは不承不承従ったが、それでも二番目の命令は無視した。

「俺の事件記事の場所になぜこんなでっちあげが出る？」

「まず、あれはおまえの場所じゃなく、俺の場所だ。この新聞のすべてがそうであるようにな。そして、おまえの言うその〝でっちあげ〟は、立派なニュースだ。その一方で、おまえのざまは何だ？」

「あんたに話した事件の情報はまもなく手にはいる。あと少しなんだ。爆弾級の特ダネだよ」

編集長は首を横に振り、同じリズムで二重顎が揺れた。フレーシャはあのひどく醜いイギリス産の犬を思い出した。

「俺たちが知りあってどれくらいになる？」サンチスが尋ねた。

フレーシャは肩をすくめた。

「なあ、自業自得なんだぞ？　遅刻はする、その気になったときにしか仕事をしない、もう何週間も付け足しみたいな記事しか持ってこない……」サンチスは悲しげにさえ見えるまなざしでフレーシャを見た。「何年も前からおまえを知っているが、そこまで無様な姿は見たことがないぞ。服はよれよれ、目は真っ赤。臭くて鼻が曲がりそうだ。また賭け事を始めたのか？　借金はどれくらいかさんだ？」

フレーシャはだんまりを決めこんだ。

「はっきり言おう。おまえを配置換えするつもりだ」サンチスは葉巻で編集部のほうを指した。「ヨピスは高級背広でぴしっと決め、紳士然としている。たしかにうぬぼれは強いが、毎日ちゃんと結果を出している。ここぞという場所に行き、犬も顔負けに鼻を利かせ、俺が求めるものを持ってくる。そう、ニュースだ。おまえがもうずいぶんやってないことさ。それこそが新聞記者であり、記者はニュースを新聞に載せることで生きている。いまのバルセロナを見てみろ。あと何週間もしないうちに万博の開会式だ。街は変わっている。世界は変わっているんだよ。ヨピスのようなやつが幅を利かせる世の中になるんだ」

フレーシャは唾をごくりと呑みこんだ。

「少し時間をくれ」

サンチスはまた首を横に振り、顔の肉もふたたび震えた。そして大きくため息をつき、毛むくじゃらの手で頭を抱えた。そのままかなり長いあいだそうしていたので、葉巻の煙はすべてその体の中のどこかに留まることにしたかのようだ。しかしようやく口を開いた。

「どうせ後悔するはめになるとわかっているが……一週間、七日だけやろう。一日たりとも延ばせん。そこではっきり決める、いいな？」彼はドアに顎をしゃくった。「行け。そして後生だから風呂にはいれ」

フレーシャは立ち上がり、戸口に向かいながら、自分のつぶやき声を聞いた。

「新聞記者か。ちくしょう、それこそがくそったれ新聞記者か」

タイプライターの音や会話の声がいつもの調子に戻った。フレーシャは、若い記者たちに囲まれているヨピスのほうをちらりと見た。見られているのに気づき、ヨピスが顎をぐいっと出して挨拶する。フレーシャはお返しに人さし指を突き出し、背を向けた。

自分の机に戻りながら、頭の中で警報が鳴りはじめるのがわかった。ヨピスとも、いまの会話とも関係ない。胸の内で悪態をつく。この一時間のあいだに何か小さな、だが重要なことを見逃した、そんな気がしてならない。もどかしさのあまり鼻を鳴らす。二日酔いのせいで頭が回らなかった。

「どうだった？」オフィスにはいると、ビベスが訊いてきた。

「首の皮一枚でつながったよ」

同僚はいまも彼の椅子にふんぞり返り、新聞を読んでいる。その瞬間、フレーシャはぴんときた。机に近づき、メモを探す。

「いま何時だ？」と尋ねる。

「なんでだよ？　自分の時計は？　また質に入れたのか？」

「いいから、いま何時だと訊いてるんだ、このアホ！」フレーシャは怒鳴った。

「もうすぐ一時だ。いったいどういう……？」

書類を撒き散らしながら、フレーシャは編集部の戸口に向かって駆けだした。

4

　ムンジュイック墓地は、海を見下ろすその眺望がすばらしい。しかしその日はそれも期待できなかった。ポプラ・セックの教会の鐘が正午を告げたというのに、空は夜のように暗い。雨の屍衣《しい》で包まれた大理石の霊廟が雷光を受けて輝く。聖人や天使や聖母は天の怒りを嘆き悲しみ、ダニエルが目を向けたとたんに生き返るように見える。鼻梁をつまんで目を閉じる。オックスフォードからの長旅でひどく疲れていた。

　もう少し楽な姿勢を取ろうとして足を動かすと、靴の下で玉砂利がゴキブリの絨毯を踏んだかのようにきしむ。ミサは短く、華やかさとは無縁なものだった。まさに父好みだ。列席者に対し何か挨拶をと言われたが、断った。上品でこざっぱりした人だったときのことを思い出す。だが、母が亡くなると別人になった。そうしてぽっかり空いた穴を埋めたのが医学で、それ以来、医学が家族の暮らしを支配した。大事な仕事中だから静かにしろという、家じゅうに響き渡るあの怒鳴り声がいまも耳にこだまする。静寂――そう、ダニエルの義務や将来について教え諭す説教の合間にさしはさまれるのは、いつも沈黙だけだった。その説教は、必ず同じ終着点にいやでもたどりつく。父を手本とする、いや、それ以上にすぐれた医者になれ。

　ダニエルはそれをかなえられなかった。

数メートル後ろにある、もうひとつの墓に目を向ける。弟が眠っている場所だ。無意識に首の後ろの傷を撫でる。唇をぎゅっと結び、水に触れるとやはりほっとすると思ったが、どんなざんざん降りでも彼の不安を静めるには足りないとわかっていた。埋葬に立ち会っているわずかな人々を眺める。墓穴を囲む複数の傘の下で身を寄せあうようにしている、黒いロングコートとシルクハット姿の四人の男たち。父の昔の同僚だ。みな、たくさんの死を看取ってきた者らしい無関心な表情を浮かべている。

それに地元行政機関を代表して、市長秘書も出席している。結局のところ、父は昔から有力者との縁が深かったのだ。類いまれな医師にして教授であるアルフレッド・アマット・イ・ロウレスの葬儀を無視するわけにはいかないが、この悪天候では、この役人も早晩何か理由を見つけてそそくさと立ち去るだろう。

右手のもっと目立たない場所には、四、五人の学生が集まっている。この土砂降りの中、居心地悪そうに体をもぞもぞさせ、外套の襟をかきあわせて、役人と同じように、しかしもっとあからさまに、この場を辞する口実を探している。手から手に酒の小瓶がまわされているのがちらりと見えた気がした。

列席者は総勢十人そこそこというところだった。それに加えて、棺の下に濡れた麻紐をくぐらせようと苦労している、二人の作業員がいる。医学にすべてを捧げたのち、ほとんど見ず知らずのわずかな人々に囲まれて、上からひと山の土をかけられて終わる人生。棺はゆらゆらと揺れながらこれっぽっちの厳粛さもなく下ろされていき、ポチャッという音で底についたとわかった。そのあいだ、頭のてっぺんから爪先までずぶ濡れになった侍者の少年がさしかける傘の下で、司祭が厳かに「コヘレトの言葉」を唱える。作業員たちが紐を引き、それが木板をこする音で司祭の言葉の最後の部分が聞こえなかった。ダニエルはかがみこみ、雨で硬くなった土を集めて墓穴に放った。ワニス仕上げのオーク材にそれがぶつかる音が墓地に響き渡る。父がいましも棺から飛び出してきて、うるさいと叱られるのでは、と思った自分に驚く。シャベルがせっせと土をかけ、誰もが急いで別れを告げた。土砂降りの雨に加え、凍りつくような風が海から吹きつけてくる。こんな午後を過ごすには、ムンジュイック墓地よりもっといい場所がほかにいくらでもある。

最初にダニエルのところにお悔やみを述べに来たのは、わざわざここまで足を運んでくれた父のわずかばかりの同僚たちだった。神妙な顔、哀悼の言葉、父の業績を数えあげること。本当にすばらしい医師でした、偉大なる科学の擁護者でいらした……。こうして何度もくり返される無数の賛辞を、ダニエルは聞き流しつづけた。話にうなずき、目を合わさないまま機械仕掛けのように握手の手を差し出す。教授陣のうち最後に残ったひとりが、杖をついて近づいてきた。傘をささず、目深にかぶった透かし編みの帽子で雨を防いでいる。

「お、お父上の死を心から悼み、つ、謹んで、お、お悔やみ申しあげます」

ダニエルはぼそぼそと礼を言って握手の手を差し出してから、次の順番の人を目で探した。しかし、男は立ち去らなかった。咳払いをし、つっかえつっかえ小声で言葉を続ける。

「わ、私はジョアン・ガベットと申します。あ、あ、ある意味、お父上のゆ、友人でした」

ダニエルはしぶしぶうなずいた。

「あ、あなたがバルセロナに戻るのをお、お待ちしていました。こ、これだけ久しぶりに帰れば、す、少なくとも何がしかの懐かしさは感じたことでしょう」

「そうでもありません。じつは列車を降りたとたん、ちょっとした事件がありまして」

「な、何ですと？」

「たいしたことじゃないんです」ダニエルは、そんな話題を持ち出してしまったことを後悔しながら答えた。「荷物を盗まれましてね。服や、すぐに買い替えが利くような私物しかはいっていない旅行鞄です」

「おや、そ、それはお気の毒に」

「何でもありませんよ。いずれにしても、ここにはそう長く留まるつもりはありませんので」

「あ、ああ、そうですか」がっかりしたようだった。「そ、それは残念だ。で、できればもう少しお、お、お話ししたかったのに。だ、だが、ご挨拶できて、よ、よかった」

そう言って、風変わりなその医師は、雨の中、身をすくめるようにして立ち去った。

ほかの参列者たちは、発砲音でいっせいに八方に飛び立つカラスのようにちりぢりになった。ダニエルもそのひとりとして立ち去ろうとしたそのとき、墓穴の横で立ち尽くす若者がいるのに気づいた。彼の悲痛な表情は、心から父を悼む気持ちがあふれだしたものに見えた。こうして最後まで父のことを心底慕ってくれる人がいたのだ。若者が顔を上げ、アーモンド形の目がダニエルを見た。見られたくないものを見られてぎょっとしたかのように、若者の表情が変わった。彼はコートの襟で顔を隠すと、急ぎ足で道を遠ざかっていった。

　生者たちの囁き声が消え、聞こえるのはシャベルが土を移す音だけとなった。ダニエルは、海から運ばれてきた湿気を含んだ空気を肺いっぱいに吸いこんだ。最後にもう一度墓に目をやり、シルクハットをしっかりかぶって立ち去ろうとしたそのとき、ジャスミンの香りが彼をやさしく包んだ。小径の向こう側、糸杉のそばに、暗雲に覆われた空から切り取られたような黒いシルエットが見えた。

　この墓地に住む幽霊のひとりだろうか、とダニエルは思う。ふっと消えてしまいそうな気がして、そろそろと近づく。うつむいていた彼女が顔を上げ、モスリンのベール越しにこちらを見た。唇を歪め、その瞳が近づいてくる彼を追う。記憶どおり、深い緑色だ。ニットの手袋をした右手で傘を持ち、左手はアストラカン羊のコートの襟を押さえている。漆黒の髪は帽子の中にまとめられ、そこからひと房だけこぼれた後れ毛が気まぐれな風に吹かれて揺れている。ダニエルは数歩手前で足を止めた。二人は長いあいだたがいに見つめあい、年月が生んだ距離を測った。最初にしゃべったのは彼女だった。

「アマットさん」

　ダニエルは会釈してそれに応えた。声の震えを隠すのが思った以上に難しい。

「イレーナ。来てくれるなんて……ご親切に」

「お父様のこと、とてもすばらしい方だと思っていたわ。せめてご葬儀くらい、参列させていただきたくて」

ダニエルはかつて知っていた少女の面影をそこに探そうとした。声以外は変わっていないように思える。カリブ訛りがなくなって、以前より声が低い。イレーナはポケットからレースのハンカチを出し、ベールを上げてから目に押し当てた。一瞬の出来事だったが、つややかな褐色の肌が覗いた。

「あれからずいぶん時間が経った」ダニエルはやっと声が出せた。

「ええ本当に」

「いま、君は……？」

「何の問題もありません。お気遣いありがとうございます」

イレーナは左側を見た。墓地の入口の下で、御者のマントに身を包んだ男が待っている。つかのま彼女の顔に不安がよぎったが、すぐにまた自分を律し、動揺の名残はハンカチをしまう手のかすかな震えに見えただけだった。

「もう行かなければ」

ダニエルは止めたかったが、どう言っていいかわからなかった。その言葉をイレーナも待っているように見えたものの、やはり聞けないのだと知ると踵を返し、小径を引き返しはじめた。ダニエルはとっさに駆け寄り、彼女の肘をつかんだ。二人のあいだにもはや距離はなく、体温さえ感じられた。記憶が押し寄せ、周囲の墓地がたちまち消えた。だが次の瞬間、ベール越しに睨まれていることに気づいた。イレーナが発した質問で、現実に引き戻される。

「いったい何をしているの？」

「君と連絡をとるべきだった……」考えるより先にそう口にしていた。

「でもとらなかった。たぶんそれでよかったのよ」

「また会いたい。僕がここを発つまえに」

「無理よ。いまとなってはもう」

イレーナはダニエルの手を振りほどき、また歩きだした。ダニエルは彼女を視線で追い、降りしきる雨の中、天高く伸びる糸杉に守られながら遠ざかっていく背中をただ見つめるばかりだった。

ひとりになると、ダニエルは父がいま安らかに眠る場所にもう一度だけ目を向けた。イレーナとの再会で動揺していた。僕は馬鹿だ。彼女が来ることを、なぜ思いつかなかったのか？　彼女と会って、忘れたと思っていた気持ちが目覚めた。いまさら何をこだわっているんだ？　いまの自分には新しい人生が、妻になる女性が、願ってもない教授職が目の前で待っている。誰もが羨《うらや》む未来だ。彼女は過去。戻りたくもない過去だ。

通りに出る直前、右手から近づいてきたあえぎが彼の物思いを遮った。

「アマットさん？　ったくいやな雨だ」

格子縞の上着に蝶ネクタイ、水の滴っているカンカン帽という出で立ちの背の低い男が、ダニエルの横で前かがみになり、呼吸を整えようとしている。レンズの曇った眼鏡が鼻梁からずれ、ぎょろっとした目がのぞいている。瞬きして顔を濡らす雨を払おうとし、笑みを浮かべたが、口髭が歪んで滑稽なしかめっ面になる。葬儀では見かけなかった顔だ。

「どこかでお会いしましたか？」

男は濡れた手を差し出した。

「バルナット・フレーシャと申します。名刺をどうぞ」

ダニエルは慎重にそれを受け取った。表面の文字を読むと同時に眉を吊り上げる。

「新聞記者？」

「ええ。『コレオ・デ・バルセロナ』紙の」

「僕に何の用です？」

「もしさしつかえなければ、少々お話をうかがいたくて」

「話すことなど何もありません」

ダニエルは名刺を突き返すと、踵を返した。

フレーシャは墓地の出口までダニエルについてきた。

「いえむしろ、私のほうからお話ししたいことがあるんです。生前のお父上の様子をご存じですよね？　もちろん、もっと若い頃の」

「父をご存じなんですか？」

「ああ、そりゃそうだ、もちろん知っているでしょう」足を止めもせず、皮肉たっぷりに言う。

「アマット先生とはちょっとばかり付き合いがありましてね。じつは……」

「いいかい、フレーシャさん」いきなり振り返る。「もし本当に父と付き合いがあったなら、父が新聞記者を軽蔑していたことを知っているはずだ。下品極まりない中傷、悪辣《あくらつ》な誹謗《ひぼう》について、父は新聞を非難していた。まともな人間なら週刊紙などどちらりとめくったりもするべきじゃないというのが父の意見だった。あなたの同類たちとは口もきかなかったはずだ」

「それが言葉を交わしたばかりか、お父上のほうから私に接触してきたんですよ」

ダニエルは鼻息を荒くした。この数時間、感情を揉みくちゃにされて、消耗しきっていた。長旅、埋葬、イレーナ……。いまはただ眠りたい。何時間もひたすら眠って、そのあとすぐに帰りの列車に飛び乗り、本当の人生に戻りたい。

「お願いです、ほんの一分でかまいません」フレーシャはすがりついてきた。「話を聞いていただいたあと、もしそれがご希望なら、もう二度とご迷惑はかけません」

ダニエルは答えず、足を速めた。

「待ってください！　どうもおわかりいただけないようだ。お父上と会う約束をしていたのですが、結局現れなかった。防害されたんですよ」新聞記者は声を低め、あたりをきょろきょろとうかがった。「アマットさん、私は疑っているんです。お父上は殺されたのではないかと」

5

レイアール広場のアーケードの下に軒を並べるいくつものカフェの中で、〈エル・エウロパ〉はここ数年かなりの人気を誇っている。だが午後のこの時間、テーブルは数えるほどしか埋まっていない。煙草の煙が漂う中、常連客の一団が穀物の新関税についてあれこれ話をしている。

ダニエルと新聞記者は離れたところにある席につき、ウェイターがテーブルに飲み物を置くあいだは無言を通した。ようやく二人きりになると、ダニエルが身を乗り出して話しはじめた。

「フレーシャさん、そもそも、なぜあなたを信用できるんです？」

「あなたのお父上が信用してくれたからです。考えてもみてください……」

「いや、考えるのはあなたのほうだ。そこを誤解してもらっては困る。ちょっと頭を働かせれば嘘だとわかるのに、それに目をつぶって僕はここに来た。誰かが父の命を狙うなんて、僕にはとても想像できない。あまりに突拍子もない。説明の時間として五分さしあげましょう。そのあと僕はあの出口から出ていき、あなたとは二度と会わない」

「いいでしょう」フレーシャはうなずき、ウェイターが持ってきたアブサンを一気に飲み干すと、咳払いした。「お父上から新聞社にメッセージが届いたのは三週間前のことです。サン・ミケル・ダル・ポート教会ですぐに会いたいと」

　ダニエルはうなずいた。お願いなのに命令のように聞こえるのはいかにも父らしい。

「それで？」

「翌日会いました。話をするあいだ、ずっとまわりを気にして、何度も話の途中で口をつぐんでいた。一刻も早く話を切りあげたいかのように、早口でしゃべって。私にあまり好感を持っていないらしく、そんなふうに私とこっそり会うのはもしかすると判断の誤りかもしれないとどこかで思っているように見えました。とにかく事を内密にしたがっていて、別の機会があったとしたら、会合場所は新聞社か大学だったでしょう。教会の会衆席に座ったとたん、彼は何も言わずにこの書類の山を私にどさっと渡しました」

　フレーシャは、革紐で結わえてある灰色の紙ばさみをテーブルの上に放った。

「これは？」

「訊きたいのは私のほうです」新聞記者は紐を解き、書類を開きながら言った。「あなたのお父上の話では、しばらく前から、この町のあまり好ましくない地区の衛生状態の調査に携わっていたそうです。何か月もかけて情報を集め、バルセロネータ地区でさまざまな調査をおこなった。あのあたりのことについて、あなたはご存じないかもしれない。この数年で大きく変わったんです。製鉄所のラ・マキニスタ・テレストレ・イ・マリーティマ社やカタルーニャ・ガス社のほか、建設会社や研磨剤の工場などが次々にできた。職を求めてスペインじゅうから来た家族がひしめきあう、人口過密地域なんです。お父上は私に言いました――

この研究は、そうした人々が置かれている生活や仕事の悲惨な状況と、衛生状態が原因で起きる病気の関係を調べることが目的だったのだと。この書類はお父上の調査の結果です」

ダニエルは驚きを禁じえなかった。父はこういう種類の仕事を自ら率先しておこなうような人間ではなかったからだ。父はつねづね、町でも特別裕福で、影響力の強い人々の治療を担当し、そうした人の主治医を務め、バルセロナの上流階級とつきあい、そういう自分の地位を鼻にかけていた。社会の暗部を明るみに出したりしても、その手の人々の共感は得られないだろう。

「父はけっして……」

「いいえ、事実です」フレーシャはダニエルの言葉を予想してそう答えた。「とはいえ、みんなに祝福されるような仕事ではありませんし、むしろその逆でしょう。それでも私がこの書類を読んだかぎり、お父上は執拗なほど熱心に取り組んでいた」彼はここで言葉を切り、大声でお代わりを頼んだ。「で、『この書類で私に何をしろと?』とお父上に尋ねた。バルセロナでも突出した大企業と敵対するような案件に、わが社が興味を示すとは思えませんでした。その中には『コレオ』の大株主だっているんです。しかしあなたのお父上は、これは全容のほんの一部だと言いました。

バルセロネータ地区でのお父上の仕事は、お察しのとおり、さまざまな死亡原因を調べることから始まりました。労働災害がその最たるものでしたが、汚染された水による感染症、疥癬《かいせん》、肺炎、結核……それに餓死などもありました。そういう貧しい人々にとって死は日常茶飯事であり、あなたのお父上は何週間にもわたってそれを確認する作業を続けたわけです。時とともに、どんどん仕事にのめりこんでいったようです。そして、公衆衛生の向上に自ら乗り出すまでになりました。上下水道の整備を役所に求めたり、病人の診察をしたり、自腹を切って必要な薬を買い与えることまででした。その結果、地域住民に感謝され、信頼されるようになったようです」

フレーシャは二杯目も空にし、話を続けた。

「ある日の午後、あなたのお父上の治療を受けたとある老大工が、彼を信用してこんな話をした。なんでも、バルセロネータには悪魔が住んでいると小声で打ち明けたらしいんです。この数週間、いつも陽が沈んだあと、仕事帰りだったり、用足しに出かけたりした若い娘が何人も忽然と姿を消した。そして四、五日後に無残な姿となって発見される。血を抜かれ、中には手足を切断された遺体もあった。とりわけぞっとしたのが、体に巨大な歯形がいくつも残され、そのまわりの皮膚が焼けていたことだ、と。

その老人は心底怖がっていて、警察に訴えても何もしてもらえないので、なんとか殺人鬼を阻止するべく、近所の人たちで夜回りをするようになったと話した。しかしそんな努力もすべて無駄でした。娘たちはその後も次々にかどわかされた。夜になると人々は家に鍵をかけて娘を外に出さず、悪魔が現れませんようにと祈るしかなかった。もちろんお父上はそんな話を信じず、ただの世迷い言だと片づけた。それでその話は忘れていたらしいのですが、一週間後、夜明けに彼らがお父上を訪ねてきた。また遺体が見つかったのだが、尋常ではない状態だというんです」

ダニエルは新聞記者のほうに身を乗り出した。

「尋常ではないというのは？」

「お父上は詳しく話そうとしませんでした。だが、記事にするならそれが重要だと私が主張すると、とうとう、次に会ったときに説明すると同意してくれました……だが残念ながら、その〝次〟は実現しなかった」

フレーシャはアブサンをもう一杯注文した。

「問題は」彼は話を再開した。「発見されたその遺体がとても若い娘のものだったことです。少女と言ってもいいぐらいの。アマットさん、あなたのお父上は、思い出すだにこみあげる怒りを抑えきれないという様子でしたよ。市警察に通報するよう指示し、解剖するために遺体安置所に運ばせた。そして、遺体を調べた結果、一連の忌まわしい殺人の犯人逮捕につながる手がかりを見つけたらしいんです。だが、結局、逮捕は実現しなかった」

「実現しなかった？　いったいどういうわけで？」

「その晩のうちに遺体が消えちまったんです」

「まさか」

「お父上も信じられなかったようです。部屋には入口がひとつしかなく、補助員がひと晩じゅう見張っていた。見張りに立っていたその男は、一歩たりともその場を動かなかったし、誰も来なかったと証言しました」

「そいつが嘘をついたのかもしれない。きっと市当局が介入したんだろう」

「彼らはお父上をうまくなだめようとしたようです。向こうは、そもそも遺体などなかったんじゃないかと疑う始末で。大学の同僚もあまり彼に同調しなかった」

父の憤懣《ふんまん》はいかばかりだったかとダニエルは思った。かつては、父がひと言何か言うだけで、世界じゅうがひれ伏したというのに。ダニエルがいないあいだに、ずいぶん事情が変わったらしい。

「アマット先生は、警察を疑いはじめているとそのとき私に言いました」

「警察を？　馬鹿な」

「そうかもしれません」フレーシャは肩をすくめた。「お父上の仕事は特定の階級の人々にかなりの不興を買っていましたし、連中がこの件をうやむやにしようとしていると彼は信じていました。だがそれでもお父上は手を緩めなかった。新たな調査を始め、その結果、あなたがこの地に呼び戻されることになったというわけです」

フレーシャはテーブルの上に、一見ほかのと同じように見える書類を一枚滑らせた。父の几帳面な筆跡だとダニエルにはすぐにわかった。手に取ると、カサカサと乾いた音がした。襲いかかってくる記憶を払いのけながら大きく息を吸いこみ、読みはじめた。それは名前のリストで、それぞれの横に書き込みがある。その脇の欄には数字が書かれていた。

「表……？」

「お父上はずいぶん時間をかけたんですよ。恐怖に震えるバルセロネータ地区の住人たちから情報を引き出すのは簡単ではなかったはずです。みんなに信用されていたからこそできたことだ」

「でもこれの意味は？」

「いろいろな証言の中から、お父上は行方不明になった娘たちの名前、年齢、遺体が発見された日付、遺体の状態をつきとめたんです」

数えると、十六人分ある。ダニエルは信じられないという表情を浮かべて顔を上げた。

「信じられない、でしょう？」フレーシャが囁いた。

ダニエルは改めてリストを見た。グラシア・サンジュアンという名の娘は、発見されたとき両脚を切断されていた。アデラ・リーチという別の女性は両目を刳《く》り抜かれていた。サラ・フスターは片腕がなかった。最初の犠牲者は一月に見つかり、いちばん最近は彼がバルセロナに到着する二十日ほど前だった。最年少の犠牲者はわずか十五歳だ。ふいにその紙がずしりと重くなった。ダニエルは震える手でグラスを探した。胸のむかつきを抑えるため、水を少し飲む。

「横にある数字は？」彼は尋ねた。

「座標を表しています」

「座標？」

「ええ。遺体が発見された場所です。娘たちの大部分は町の下水道か、ポート・ベイの海に浮かんでいた」

沈黙が下りた。ダニエルはやっと、父の死は事故ではなかった可能性があるとその新聞記者が言ったわけを理解した。七年前から酒は一滴も飲んでいなかったが、いまほど体の奥にアルコールの灼熱を感じたいと思ったことはなかった。それでもその欲求をこらえ、水のグラスをつかんで一気に空けた。血の味がした。

一方、新聞記者は満足げな様子でくつろいでいた。すでに約束の五分が経過していたが、ダニエルに席を立つ気がないのは明らかだった。

「その会話のあと、お父上がもっと証拠を手に入れるまで、けっして記事にはしないと約束させられたんです」

「証拠？　どんな証拠だ？」ダニエルは尋ねた。

「お父上はこのリストでは不充分だとわかっていたんです。単独犯か複数犯かはわからないが、まずはこの恐ろしい犯罪の犯人を見つけて、そのあと私の協力を得て告発できると考えていた。それからしばらく連絡がありませんでしたが、先週の月曜日、急いで書かれたように見える手紙を受け取りました。ついに捜索していたものを見つけた、全部君に打ち明けるつもりだと」

「で、どんな話だった？」

「残念ながら、待ちあわせ場所で三晩続けて待ちましたが、あなたのお父上は現れなかった」

ダニエルはどう考えていいかわからなかった。

「事故だったんだ。僕はそう聞かされた」そう言うのが精いっぱいだった。

「ところで、お父上の遺体を見せてもらいましたか？」

「いや」ダニエルは認めた。「僕が受けた説明では、海水に長く浸かっていたせいで損傷がひどいと」

「ほら、お父上が疑っていたように、やっぱり当局はこの連続殺人を隠そうとしているんだ」フレーシャは言った。「お父上の死についても何も調べないつもりだ」背後に気を配って、声を潜める。「アマットさん、この件には、想像以上に多くの利害関係が絡んでいるんです。娘たちの多くは工場で働いていました。事件のことが表沙汰になれば、最近できたばかりの労働組合にとっては注目を集め、ストライキを決行する絶好の機会となるかもしれない。近頃この町はかなりきな臭くなっていましてね。労働者たちがよりよい労働条件を求めて、組織化しはじめているんです。経営者側は政治家や治安警備隊《グアルディア・シビル》を味方につけ、スト破りをするよう一部のピケ隊と契約もしている。殺し屋を雇ったという噂さえある。衝突は避けられないでしょう。県知事はなんとしてもこれを阻止したがっていて、市議会に措置を求めている。市議会は市議会で、いまは万博の準備にかかりきりだ。開会式に間に合うのかどうかわからないが、ストが起きたらもう絶望的だろうし、国際的にも大きな反響を呼ぶでしょう。状況を理解してもらえましたか？」

「なぜ僕にそんな話を聞かせる？」ダニエルが尋ねた。

「独占記事を書かせてほしいんですよ」

「独占記事？」

「お父上と私のあいだでそういう合意に達していたんです」フレーシャが身を乗り出してきた。「おたがい、助けあえると思いますよ」

「どんなふうに？」

「あなたならお父上の持ち物を調べられる。つきとめたことについて、どこかに記録が残っているはずだ」

ダニエルは疑いをぬぐえなかった。あまりにも常軌を逸している……。どこまでが本当で、どこまでが嘘なのか？　父が何か陰謀を企んでいたという可能性は？　だとすれば、目的は……？　そのときふいに気づいた。こんなくだらない作り話に騙されたりすれば、それこそ大馬鹿者だ。ダニエルは苦笑いを噛み殺した。一瞬、父の本性を忘れていた。思わず腹立ちまぎれにテーブルを殴りつけるところだった。

「フレーシャさん、がっかりさせて申し訳ないが、残念ながらこれは全部作り話だと思う。父は自分の利益のためなら、どんな嘘でも平気でつくような人間なんだ。僕ぐらい父のことをよく知っていれば、あなたにもそうわかったはずだ。父は策略家なんだよ。こんなことを言うのは心苦しいが、あなたはまんまと父の術中にはまってしまったようだ」

「では、お父上は何のためにこんな計略を？」

「知ったことじゃないし、僕にはどうでもいいことだ」ダニエルはそう言って立ち上がった。

「待ってくれ！」今度はフレーシャが声をあげた。「嘘くさい話だってことはわかってる。

俺自身、疑ったよ。だが、お父上の話は真実だという裏付けがとれたんだ」

それには言葉を返さず、ダニエルは外套と帽子を手に取った。

「明日の晩、俺といっしょに来てくれ。そうすればあなたに話したことが本当だと証明してみせる」

ダニエルはドアの前で足を止め、天井を見上げて息を吸いこみ、そして吐き出した。この呪われた町から脱出し、オックスフォードに戻りたかった。父の死は、過去ときっぱり決別するいい機会だと思った。イギリスには婚約者と懐かしきカレッジと授業が待っている。彼はため息をついた。この新聞記者は絶対の自信があるように見える。一度だけチャンスを与えて、この話の真偽をはっきりさせるべきかもしれない。そうすれば、やるだけのことはやったと踏ん切りもつき、すっきりした気分で帰れるだろう。そうでもしないと、もしかするとまったくの嘘ではなかったのかもといつまでもくよくよ悩むはめになりかねない。

「わかったよ。出発を何日か延ばそう」

新聞記者がにやりとしたような気がした。

「すばらしい！　後悔はさせないよ。さあ、握手といこう」

ダニエルは彼の手を取った。

「明日、夜十一時に港のフォルトゥナ桟橋の前で待っていてくれ。おわかりだとは思うが、黒っぽい、あまり目立たない服装で来てほしい。ああ、それとお父上の往診鞄を持ってきてもらえるとありがたい。お願いできるかな？」

「大丈夫だと思うが、何のために？」

「まあ、まかせといてくれ」

6

人影が、棚のずらりと並ぶ通路をためらいもなく進んでいく。その闇の迷路では、人影が手に持つランタンだけが唯一の光源だ。棚のガラス瓶に映る火灯かりが、その中に浮かぶグロテスクなものたちをつかのま照らし、ふっと浮かびあがらせる。一寸の乱れもなく壁に並ぶ無数の小瓶は、無言の隊列のようだ。

最新の標本の進捗《しんちょく》状況は良好だった。順調にいっている。ここまでずいぶん時間がかかった……。

頭巾の人物がたどりついたのは六角形の部屋だった。ほかのどの音をも凌駕《りょうが》して、蜜蜂の羽音のような唸りがあたりを圧している。ここは冷気と湿気が強い。足元から、石畳の何メートルも下を水が勢いよく流れるいつもの振動が感じられ、滝に身を沈める自分の姿がまた頭に浮かぶ。右手にある鉄格子のはまった穴を避けて、先に進む。粗石積みの天井に、水のきらめきがコバルト色の波の動きを描きだす。金属で覆われた円筒の横で足を止める。円筒の頂上はアーチ形の天井まで届いているはずだが、暗くて見えない。ランタンを近づけると、光が表面を照らし、弾けた。手を持ち上げ、銅板を撫でる。手袋をしていても、生き物の皮

けて何事かつぶやく。

しぶしぶ円筒から離れ、部屋の中央に移動した。補助机にカンテラを置き、ガス栓を最大に開ける。目の前にある巨大な大理石のかたまりの上に光がこぼれる。その大理石の台は、百二十年前にひとつの大岩から削り出されたものだ。大人ひとりが横になれる長さがあり、滑らかな楕円形の天板は平皿を思わせる。とぐろを巻いたドラゴンの形の三本の支柱が、そのとんでもない重量を支えている。台の丸みと部屋全体を構成する正確な直線が組みあわさって、調和がもたらされている。石工はその大理石に命を授けることに成功していた。

磨きこまれた表面に手を滑らせる。犠牲者の体液を中央の金属製の開口部へ誘導する溝に指を這わせる。石が放つ力を指に感じ、エネルギーが流れこんでくる感覚を楽しむ。ふいにびりっと痺《しび》れを感じて、手を離す。テーブルから目は離さずに、体を何センチか後退させ、ゆっくり、ごくゆっくりと服を脱ぎはじめる。

まずは革の手袋から。たっぷり時間をかけて、補助机に片方、そしてもう片方も置く。順序が肝心だ。彼のすべての行動を支配するのは順序なのだ。次に上着、さらにベストを脱いで、手早く慎重にたたんで手袋の横に置く。蝶ネクタイをほどき、シャツのボタンをはずして、同じようにたたむ。ズボンと下着は一気に脱ぎ、ほかの服といっしょに定位置に置かれた。

寒さのせいで、裸体から湯気があがっている。光に近づくと、よじれた木の瘤のようにウエストにぐるりと痕があるのがわかる。

台に上がるために両手をつき、上で横になる。冷たい石に背中が触れたとたん、瞼《まぶた》がなかば閉じ、毛穴がきゅっと引き締まるのを感じた。傷が引き攣《つ》り、痛みが麻痺しはじめる。呼吸がしだいにゆっくりになる。心臓の鼓動が遠ざかっていき、もはやリズムがほとんど聞き取れないほどだ。そして、いままで何度も経験したように、それが始まった。

最初に、かつてこの同じ場所に横たわったものたちの存在を感じた。墓場から掘り出された死人たちの魂。彼らは科学の進歩のために永遠の眠りを返上したのだ。ひとつ、またひとつと、記憶と化したそれが次々に通りすぎていく。滅びゆくパワーを、彼の痛みを癒やしてくれる失われた生気の名残を感じる。口から呻き声が洩れる。さらに現れた次なる死者の存在を感じ、身体が緊張する。新たな精気が滝のごとく注がれ、彼のむきだしの皮膚をまんべんなく覆っていく。それはこれまでとはひと味違っていた。その存在は肌に感じられるほどで、発散される膨大なエネルギーで感覚が麻痺したほどだ。大人になりきれていない若い娘たちは、この冷たい石の上に横たわったとき、まだ生きていた。娘たちの脳みそは依然として働き、心臓はぎりぎりまで必死に鼓動しつづけた。その鮮血がテーブルの中央へと流れ、大理石が体のすべての熱を吸い取るそのときまで。内側に潮流のごとく淫夢がひたひたと打ち寄せ、圧倒的なオーガズムに呑みこまれて体を弓なりにした彼は、ついに大声で叫んだかと思うと、台の上でぐったりと動かなくなった。そのとき、そう、そのときになって初めて痛みがぶり返し、彼女のことを考えられるようになった。荒い息遣いの合間に絞り出された彼の声が、蜜蜂の羽音越しに聞こえた。

「もうすぐだ。もうすぐまたいっしょになれる」

手帳

万国博覧会開会式まであと十八日

7

マリア・ユークは三十歳には見えない。若いとは言えないし、海外の植民地からやってくる女たちのようにエキゾチックでもない。とはいえラバル地区の通りでは、その豊かな胸と引き締まった体のおかげで、日々温かいスープにありつくのにそう苦労はしなかった。だがそれも、これほどげっそりと痩せてしまうまえの話だ。まだ寒さの残る春の終わりの夜に身を寄せる部屋を確保するとなると、事情は違ってくる。かろうじて生きていくために必要な小銭を求めて毎日奮闘しなければならなかった。マリアは粛々《しゆくしゆく》と、タフに暮らしていた。バルセロナの街で生きる何千何万という人々と同様に。文句を言っても何の役にも立たないのだ。

その日の午後、彼女は目を閉じて横たわっていた。表情に緊張は見えず、どんな心配事もその休息を邪魔することはない。そのとき彼女と光のあいだに影がぬっと割りこんできた。

男だ。彼の目に一瞬、同情が兆す。そこでいきなり持ち上げた手に、研ぎ澄まされた刃がぎらりと光った。ナイフが振り下ろされて、マリアの胸に埋まる。そのあと正確に腹まで一気に切り裂かれた。続いて中央からさらに二度ナイフが振るわれる。体にできた切れ目は巨大なYの字を描き、彼女の乳房は両側にぶら下がった。

マリアは悲鳴をあげなかった。誰も驚きの声を洩らしはしなかった。逆に周囲では、なるほどという囁きが広がり、いまだにナイフを手にしている男の低い声がその中で響き渡った。

「諸君、頼むから少々静粛に。いま見てもらったように、切開は慎重かつ確実に、大文字の《T》、あるいは今回のようにギリシャ文字の《Y》《イプシロン》の形に実施されなければならない。こうすれば胸郭を開くのに都合がいい。ノコギリを」

求められた器具を助手が彼に渡すあいだ、そこを半円形に囲む学生たちはしんとしていた。その朝、解剖学の授業をおこなっているのは、カタルーニャで最も高名な外科医、マネル・マルトレイ博士だった。何の飾り気もない黒いスーツに革の前掛けをかけただけで、名講義を授けている。そこは伝統ある王立医学院医学部の解剖学教室だ。

天井から吊るされた堂々たるシャンデリアの光がその美しい部屋を隅々まで照らしている。新古典主義様式の楕円形の部屋は、一世紀前に建築家ベントゥラ・ロドリゲスによって設計された。両側にひとつずつ出入口があり、学生や教師はそこから出入りする。柘榴色《ざくろいろ》のクッションがのった大理石のベンチが四列並んで広い階段席を形成し、そこもいまは満席だ。下方の床と同じ高さにある、高い背もたれの木製の椅子は、大学教授たちの専用席だ。ほかのベンチ席には最上級生が座り、最上部はその課程を取っていなくても授業を受けたいという人々が占めた。解剖は人々の注目の的で、ときには一般人にさえ公開される。

その日は例外的だった。女性の遺体が解剖対象になることはめったにないからだ。各出入口と解剖台の脇に置かれた香炉の煙に炭酸の匂いがいりまじっている。それでも熟れすぎた果物のような甘ったるい臭いは消せず、死とはすなわち極めて芳《かんば》しきものなのだと助手たちは改めて思い知るのだった。大理石のベンチの最前列で、何人かの学生が囁き交わした。

「見たか？　年寄りのくせに、たいした度胸だ」ひとりが言った。

押し殺した笑いがいっせいに起きた。学生たちのグループの中心にいる、色黒で目が黒く、髪をぺったりと撫でつけ、ロマン主義風の髭をはやした若者は、気のないそぶりで木製の手すりに寄りかかっていた。同級生たちの冗談など、どうでもよさそうだ。自分が言ったならいざ知らず、人のジョークなど自分には関係ない。

「どうする、ファヌヨザ？　あとで一杯飲みにいくかい？」

若者はわざわざ答えもせず、娼婦の遺体をどんどん開いていく教授の手さばきに集中している。女性の肌はあまりにも白く、大理石と区別がつかないくらいだ。血液やその他遺体から出るさまざまな体液を排水口に導く溝があるものの、おがくずに覆われた床には柘榴色の蠟のような凝固した血の雨が降った跡がいくつもある。

「よろしい、では諸君、この哀れな女性の死因は何か、答えられる者はいるかね？」

それが自分に向けられたものだとは誰も思っていないようだった。マルトレイ博士は不満げに顔をしかめた。

「諸君、君たちはほかならぬ外科医志望なのではなかったのかね？」博士は言葉を切り、一同をじっと見つめる。「この大学の偉大なる伝統の一翼を担おうとしている、そうだろう？それには確かな才能が必要だが、それを持つ者がここにいるかどうかじつに疑わしい。ひょっとするとひとりもいないのか？　せめて一人、二人は私の予想を裏切ってほしいものだ」

浅黒い肌の若者がすっくと立ち上がり、階段席がざわめいた。

「先生、もしお許しいただけるなら、僕がご質問にお答えしたいと思います」彼の声にはどこか尊大なところがあった。「いま先生が熟練の技で取り出した胃を一見したところ、粘膜の襞が滑らかになっているのがわかります。明らかに、局所的な潰瘍が原因だと思われます。病理検査がおこなわれていないので確定はできませんが、悪性腫瘍である可能性が高いでしょう。それにこの女のあまり健康的とは言えない生活習慣が加わり、死をもたらしました」

マルトレイは、助手が差し出した盥《たらい》に血で赤く染まった両手を沈めた。

「大変けっこうだ、ファヌヨザくん。君の診断はどこからどこまで教科書どおりだ」

若者を囲む一団のあいだでわっと喝采と歓声があがり、室内にこだました。

「おいおい諸君、少しでいいから真剣に取り組みたまえ。ここは闘牛場じゃないんだ」博士が苦言を呈した。

そしてあたりが静まると続けた。

「だが、君の診断を裏づけるには、そもそも患者が死んでいなければならないのだから残念だな、ファヌヨザくん」

出席者の中から咳払いが聞こえた。

「何だ？」

もう二段上のベンチで、眼鏡を鼻の上に押し上げるのに苦労している、髭のないつるりとした顔の若者が手を上げていた。

「何か意見があるのかね？」

「はい、先生」

彼の甲高い声は、口を挟んだことを後悔しているかのように、引き攣っていた。

「よろしい。だがあまりわれわれを待たせないでほしい。この分では、こちらにおいでのお嬢さんのようにわれわれ全員命が尽きそうだ」

教室じゅうに笑い声が広がり、学生は顔を赤らめた。ファヌヨザは自分の席で若者をじっと見ていた。彼が何か言ったら、誰も言い返してはならないというルールを知らない者はいないはずだった。この間抜けはいったいどういうつもりなんだ？

若者は立ち上がり、咳払いをした。博士もいらいらしはじめている。

「それで？」

「先生は、体をあえて開かなくても診断ができるかとお尋ねになりました」

「続けなさい」

「その女性の左側鎖骨上部に瘰癧《るいれき》があることは明らかです。それはつまり、腹腔内に病変があることを示しています。腺病か、脳あるいは頸部の悪性腫瘍だったのかもしれませんが、だとすれば、首にもっと瘰癧ができているはずです。生前明らかに嘔吐、胃痛、鉄欠乏性貧血といった症状があったでしょう。この状態では、何週間も体重が減少しつづけていた可能性が高い」

マルトレイ博士は見直したような目で若者を見た。若者の説明は、最終学年だというのにほかの学生たちにはなじみのない、臨床的な知識があることを示していた。隠しきれない冷笑を浮かべ、教授はファヌヨザのほうを向いた。

「けっこう、どうやら君と意見が食い違う者がついに現れたようだな。これはいい機会だ。この女性を治療するとしたらどういう医学的手順を踏むのが最良か、君たちのうちどちらかが説明してくれるかね？」

ファヌヨザは全出席者の視線が集まるのを感じた。かの栄えある名医ファヌヨザ博士の息子なら、父親と比べてもその能力は遜色ないにちがいない。学生も教師もそのことを承知しており、彼が何かというと口を挟むのはその証拠だと思えたが、何よりその父親自身、機会さえあれば「うちの息子はそれはもう……」と周囲に宣伝した。そうしなければまずいとでも思っているかのように。

ファヌヨザは、身の程知らずの学生を睨みつけながらゆっくりと立ち上がった。背後から囁きが次々に聞こえてくる。

「あのひよっ子をぎゃふんと言わせてやれ」

「ここを仕切っているのは誰か、思い知らせたほうがいい」

ファヌヨザは芝居がかったしぐさでひと呼吸置いた。上着をぴんと引っぱり、フェルト帽の縁にすっと指を走らせてからそれを脇に置くと、自信に満ちた声で滔々《とうとう》と弁舌を振るいはじめた。

「この女を治療する最も効果的な方法は、腫瘍があると予想される胃のごく一部を切除し、残りを十二指腸と吻合《ふんごう》する手術だったと思います」

博士はうなずき、取り巻き連中が拍手喝采した。

「でも先生……」

名前も知れない若者の弱々しい声がして、歓声が静まった。

「何だね？」マルトレイが尋ねた。

「間違いなく、ご同輩の言うとおりでしょう。しかしいまの説明では、その手術法には、それを推進した当の医師自身によって改善が加えられたという事実が看過されていたように思えます。ビルロート博士は三年前にその手術法を改良したのです」

「ああ！」博士が感嘆の声をあげた。「どんな改善か説明できるかね？」

「もちろんです。ビルロート博士は、十二指腸の断端を閉鎖したまま胃と空腸を吻合《ふんごう》する手術を提案しています。そのほうがより広範囲の切除が可能になるからです。また、発表されてまだ一年にも満たないのですが、結腸前経路により端側で胃の横断面をすべて空腸に吻合すると、回復の可能性が高くなることをクローンライン博士が証明しました」

「大変よろしい、君……」

「しかし」若者がそれを遮った。「これでは先生の質問にきちんとお答えしたことにはなりません」

「では、君の考えによる正しい答えとは？　もしわかるなら、だが」

博士は楽しんでいる様子だった。学生の言葉に滲んでいた不安はすでに消えていた。彼の声が室内を支配し、誰もが夢中で耳を傾けていた。中にはメモをとりはじめる学生までいた。

「最良の治療は手術をしないことだったと思います。たとえ手術をしても、この女性の命を救うことは不可能でしたから。左側鎖骨上部にウィルヒョウのリンパ節があることから転移は明らかで、病はかなり進行していました。ですからわれわれ医師がすべき処置は、不要なつらい手術はせず、鎮痛剤を処方して、哀れな女性の心を鎮めてあげることだったでしょう」

マルトレイ博士は賞賛のまなざしで彼を見た。

「いやはや、みごとな貢献をしてくれた」彼はもったいぶったしぐさでファヌヨザのほうを振り返った。明らかに面白がっている。「何か言いたいことはあるかね？　機知に富む反論とか？」

ファヌヨザは唇を噛んで黙りこんでいた。言い負かしてやれと取り巻きたちがはっぱをかけるが、若者の発言に反論の余地はないと彼にはわかっていた。手の節が白くなるまで手すりをぎゅっと握る。

「いいえ、先生。付け加えることはありません」

がっかりしたようなつぶやき声が周囲から聞こえた。すると博士が、すでに腰を下ろしていた学生に声をかけた。

「君、名前は？」

若者が慌てて立ち上がった。さっきまでの自信は影も形もない。

「はい先生。僕は……パウ、パウ・ジルベルトです」

「すばらしかった、ジルベルトくん。おおいに褒めたい。諸君」彼は一同に向かって言った。「ここで指摘したいのは、そこそこうまくやることと、本当にうまくやることの違いだ。医学書にばかりしがみついていてはいけない。われわれは科学の最先端にいるのだ。脳みそを使え、まだそれが頭の中にあるなら」と言ってファヌヨザに目を向けた。

ふたたび室内にどっと笑いが沸き、それで講義は終了となった。

出席者たちはいまの出来事について言葉を交わしながら階段席を後にした。部屋の片隅で取り巻き連中に囲まれたファヌヨザが、例の学生が胸に何冊もの本を抱えて、なんとも不器用にそそくさと立ち去るのを眺めていた。

パウ・ジルベルトは床から目も上げずに大股でずんずん歩きながら、ずっと自分を罵りつづけた。誰にも呼び止められたくなかったし、自分の口出しについて誰とも言葉を交わしたくなかった。なんて馬鹿だったんだ！　おまえの頭はどこにある？　何もかも台無しにするところだったのだ。あんなふうに人前で見せびらかしたりして……何を？　おまえの類いまれな知性を？　ほかのどの同級生たちより、いや、このくそったれ医学部の教授陣に比べてさえ、はるかに勝っている知識を？　荒い息を吐き、首を横に振る。たしかに自分は謙虚な人間とはとうてい言えない。それはよくわかっているけれど、あのファヌヨザとかいう男のくだらない思い上がりはどうだ？　何かというと横柄に人の話に割ってはいり、自分が誰の息子か周知させずにはいられないあの態度には、いちいちいらだたされる。リセウ劇場でワーグナーに対して観客がそうしたように、取り巻きたちはあいつに横槍を入れるようにとけしかける。裕福なブルジョアのお坊ちゃま方には、人生を舐めてかかることが許されるわけだ。それに引き換え、こちらにはゆとりなどこれっぽっちもない。自分がここにいるのは外科医の資格を手に入れるためであって、ほかは全部どうでもいいことだ。いっさい合財。必ず資格を取るつもりだが、それには子どもじみた失敗をしたり、あんな形で人の注目を浴びたりするわけにはいかない。そうとも、目的を果たし、無傷でここを去るためには。パウは足を速め、できるだけ早く人々の視界から姿を消そうとした。

ファヌヨザは乱暴に手を振り、友人たちの会話を遮った。

「あのジルベルトとかいうやつのこと、誰か知ってるか？」

「途中から編入してきたと聞いたことがある」背の高い若者が答えた。「外国の大学から」

「あまり人付き合いがないようだ。変人だよ」別の学生が言う。

「臨床の知識には目を見張るものがあるらしい」

「あいつが例の……」

「そう、サグーラ教授に傷の綴じ方を教えた男さ」

「サグーラ教授は女房の脚の閉じさせ方さえ知らない」

彼らはどっと笑った。しかしファヌヨザは笑わなかった。パウ・ジルベルトが廊下の奥に姿を消すまで、その背中を目で追っていた。

8

港から立ちのぼる霧が〝運命《フォルトゥナ》〟と呼ばれる桟橋を消し去り、クロム通りの敷石をひとつ、またひとつと呑みこんで、付近の通りにその灰色の舌をさらに伸ばしていく。ダニエルは大きく息を吐き、両手をこすりあわせた。暖をとるために馬車の床を足で踏み鳴らし、時計に目をやる。これで三度目だった。まだ待つのかと御者から訊かれたのは五分前だ。あの新聞記者との約束を真に受けた自分が馬鹿だったのかと思いはじめたとき、近づいてくる足音が聞こえた。まもなくバルナット・フレーシャのひょろっとしたシルエットが霧に浮かんだ。

「こんばんは、アマットさん」

新聞記者は隣の席に乗りこみ、値踏みするようにこちらを眺めた。ダニエルは灰色の毛織のシンプルなショートコートを着て、その裾が膝の下まで垂れている。内側はシャツと黒いズボンという服装だ。足には山歩き用のブーツ。新聞記者から頼まれたとおり、父の往診鞄を携えている。フレーシャは前日同様だらしない恰好だ。御者に小声で行き先を告げると、通りの舗石で車輪がきしみ、馬車は静々と進みはじめた。堂々たる建物が並ぶクロム通りを後にして、パラウ広場にはいる。フランサ駅近くの通りで海のほうにそれる。通りは妙に静かだ。ジネブラ通りに着くと、馬車が停まった。

「どうした?」

「申し訳ありませんが、旦那、ここから先には行けません」

「だが……」ダニエルは抗議しようとした。するとフレーシャが彼の腕をつかんで無理に引きずり降ろした。

暗い通りを歩きだした彼らの背後で、馬車は引き返していった。

「なぜ止めた?」

「抗議したって仕方がないからさ。夜も更けたこの時間、馬車はバルセロネータ地区にはいろうとしない。少し歩くことになるが、そう遠くないし、散歩するのもいいもんさ」

長方形に区切られた街並みは、まるで軍隊の隊列のごとく海に向かって整列している。潮と湿気の匂いがあたりにたちこめている。このあたりは、クロム通りやランブラス大通りのように街灯で明るく照らされているわけではなく、ぽつりぽつりと見えるガス灯が地面に黄色い円を投げかける程度だ。建物がごちゃごちゃとたがいに肩を寄せあい、はたして昼間でも光が差しこむのかどうか疑わしかった。道はほとんどが未舗装で、近くの浜がそうであるように、ぬかるみになった土に砂がまじっている。

「どこに行くんだ？」ダニエルが尋ねた。

「人と会う約束をしている」フレーシャが立ち止まりもせずに答えた。

「僕に秘密はよしてくれ。相手は誰だ？」

「お父上の知り合いだよ。その道の権威だ。この地区のいわば町長さ」ダニエルが訝しげな顔をしたので、フレーシャはひと言付け加えた。「非公式だが」

「あなたも相手を知っているのか？」

「いや、直接は知らない。じつは、われわれを受け入れてくれるかどうかもわからない。あんたが彼の息子だと言えばわかってくれると信じるしかない」

「もし受け入れてもらえなかったら？」

　まさにそのとき闇の中から二人の男が現れ、こちらに近づいてきた。

「その疑問の答えはすぐに出そうだ」

　背の高いがっしりした体格の男は肌の色がかなり濃く、鼻が歪んでいる。愉快そうに目を輝かせ、二人を交互に見ている。ダニエルは、男の手に死んだドブネズミの尻尾が握られ、ぶらぶら揺れているのに気づき、ごくりと唾を呑みこんだ。もうひとりの背の低い小太りの男は、うわの空の表情で二人のまわりをのんびりと回っている。見られていることに気づくと、男は虫食いだらけの歯を見せて、にっと笑った。左手にはだらりと鉄パイプを下げている。二人とも下水道から出てきたばかりのような臭いだったが、実際にそうだろうとダニエルは判断した。

「誰だ、おまえら?」ドブネズミのほうが尋ねた。

フレーシャが落ち着いた声で答える。

「ビダルを捜してるんだ。会う約束になっている」

男は考えこむようなふりをした。体を左右に動かし、手に持ったネズミがゆらゆらと揺れる。

「ビダルなんてやつは知らないな。そんな名前の男、知ってるか、マンク?」

相棒はダニエルをじっと見つめたまま、首を横に振った。鉄パイプを持つ手を開いたり閉じたりしながら、重さを測っている。

「ほらな、俺たちはそんなやつは知らねえ」大げさに肩をすくめる。「今度答えるのはおまえらの番だ、そうだよな、マンク? で、おまえらはどこのどいつで、何のためにここに来た?」男は手をぐるりと振って、周囲を示した。

ドブネズミはこれから空を飛ぶことになる、とダニエルは考えた。新聞記者がまた口を開くまえに、先んじた。

「あんたには関係のないことだ」

男はダニエルの目の前に大きく一歩近づき、あばただらけの顔をぐいっと近づけた。

「へえ、そうかい? おまえらは俺たちの縄張りに足を踏み入れた。それなりの落とし前をつけてもらわねえと……待てよ、その服は……警察か? そうだ、刑事《デカ》の臭いがする。どう思う、マンク？」

　もうひとりの男は唸り声を洩らし、獣のように前歯をむきだしにした。ダニエルは思わず後ずさりした。

「相棒は警察が嫌いなんだ。子どもの頃とっ捕まって、アマリア刑務所で三晩もかわいがられた。それで少しおかしくなった……」

「無駄な時間をとらせるな。ビダルを待たせるわけにはいかない」フレーシャが相手の言葉を遮った。彼の頭は用心棒の顎までしか届いていなかったが、怯えている様子はない。何も起きっこないと確信しているかのようだ。だがダニエルはそこまで自信が持てなかった。ひと悶着起きるのを覚悟する。それがまずい結末を迎えるのは目に見えていた。

　そのとき突然フレーシャが大男の耳に何事か囁いた。男は胸をそらせると、ダニエルの全身をじろじろと眺めまわした。その目が彼の往診鞄で留まり、見くだすような態度がふいに消えた。ドブネズミを持っているほうの手を持ち上げ、背後を示す。

「右手の三番目。緑のカーテンの掛かった家だ。マンク、そこをどけ」彼は命じた。

　男たちから充分遠ざかったのち、ダニエルは後ろを振り返った。二人組は塀の陰の焚き火に近づいていく。背の高いほうが地面に落ちていた木の枝を拾い、焼き串の要領でネズミに突き刺した。ダニエルはその先は見ないことにした。

「あいつに何を言ったんだ？」新聞記者に尋ねる。

「あんたは医者で、ビダルがお待ちかねなんだと話した」

「僕は医者じゃないぞ！」

「知ってる。だがあいつにはわかりっこない」

「そう言っただけで通してくれたのか？」

「この地区では医者の存在は貴重なんだ。実際にみんな診察が必要だ、そう思わないか？

そして確かにうまくいった」

「だから父の往診鞄を持ってこいと言ったのか」

「往診鞄は誰が見てもそれとわかる」

「だが、もし開けられていたら？　中身は空っぽだぞ」

フレーシャは肩をすくめた。答えはそれだけだった。

教えられた家に到着するとすぐ、近くの家々から男たちがぞろぞろと出てきて、二人を取り囲んだ。見たところ、みな漁師らしい。ダニエルは、胼胝《たこ》だらけの手が自分の体を無遠慮に撫でまわすのを感じた。彼がとまどっているのが面白いらしく、わずか数センチしか離れていないところに立って身体検査をしている男は、にやりと笑った。汗と魚とアルコールのいりまじった臭いが鼻をつく。やっと気がすむと、扉代わりのカーテンを開け、どうぞというしぐさをした。

「俺にしゃべらせろ」とフレーシャが釘を刺した。

そこは五、六台のガス式ランタンで照らされた、天井の低い居間だった。テーブルひとつ、肘掛け椅子ひとつ、おんぼろの椅子三脚が家具のすべてだ。石造りの暖炉で火が赤々と燃えているせいで、なんとなく息苦しい。

　扉が開き、身の丈が一メートルにも満たない男が現れて、こちらにちょこちょこと近づいてきた。

　マネル・ビダルはこの暑さを歓迎しているようだった。彼の身長に合わせて不器用に手直しされたベージュの燕尾服を着ている。ライラック色のスカーフを首に巻いているが、二重顎で隠れてしまっている。あるかなきかの薄い唇にくわえているのは葉巻だ。大きく煙を吸いこみ、子どもみたいに頬をふくらませて吐き出した。青いレンズの眼鏡で目は見えない。

「座りたまえ、諸君」水に潜って発した言葉のようにくぐもって聞こえた。

　ビダルは、部下のひとりがすっと近づけた肘掛け椅子に、ちんちくりんの体を落ち着かせた。その肘掛け椅子は特別に座面が高い作りになっていて、話し相手はどうしても彼を見上げる形になることにダニエルは気づいた。黒いショールを肩に掛けた老婆が、水で割った葡萄酒の瓶とグラスをいくつか、それに丸パンを二つと古そうに見えるチーズをテーブルに置いた。そして、現れたときと同じように音もたてずにいなくなった。誰もそれに手を出そうとはしなかった。

　ビダルは小さな手を組みあわせ、待っている。

「ビダルさん、私の名前は……」

「バルナット・フレーシャ、『コレオ・デ・バルセロナ』の記者。自己紹介の必要はない。

君のことは知っている。君の記事は何度も読んだことがある。なかなか面白い。ときには秀逸と思えるときもある。書きぶりに少々尊大なところはあるが。毒舌なのは間違いないが、単に物議を醸したいがためにそうしている嫌いがあるので、必要ないように思う。形容詞が過剰すぎる点に気をつけたほうがいい。私の好みからすると少々鬱陶《うっとう》しい」

フレーシャは口をぽかんと開けた。褒められているのか、けなされているのかわからなかったからだ。

「ええと、もしよろしければ……」

「そして君のお友達は……？」相手は葉巻を一服しながらまたフレーシャの言葉を遮った。

「僕はダニエル、ダニエル・アマットです」

ビダルは座ったまま体を起こした。急に慎重な口調になる。

「ひょっとして、アマット先生のご家族かね？」

「息子です」

「子どもがいるなんて聞いたことがなかったぞ」

ダニエルは顔をしかめた。父はどこまで僕の存在を消し去ったのだろう？　そこまで恥じていたのか？　ダニエルはそわそわと体を動かした。暑すぎて気分が悪くなってきた。パリ行きの始発列車に乗る代わりに、僕はここでいったい何をしているんだ？　弁解しはじめている自分の声に気づき、ダニエルは驚いた。

「だいぶ前から外国で暮らしているものですから。ここ何年か、父とは疎遠でした。父の葬儀のためにバルセロナに戻ったところなんです」

ビダルは無言のまま、唇のあいだから煙を吐き出した。

「親子というものは、けっして背を向けあうべきではない。何があったんだね？」

「ずいぶん昔のことです」

沈黙。フレーシャさえ興味をかきたてられている様子だ。

「事故が……あって。人が複数死にました。父はそれを僕のせいにした」

ビダルは舌を鳴らし、妙な角度に首を傾げた。

「ああ！　君は重荷を背負っているというわけか。えてして最も愛する人々が最も自分を傷つけるというのは、興味深い現象だ。だが少なくとも君には父親がいる。幸運だと思うべきだぞ、アマットくん。少なくとも君は父親を知り、憎むことさえできる境遇に恵まれた。わが父は蒙昧《もうまい》な漁師で、生まれたとたん私を拒み、母と私を捨てた。それ以来父のことは知らないが、父を責めようとは思わない……。君もお父上を責めるべきじゃない」彼は体を楽にした。「愛する人を二度失うということは、そう滅多にあることではない。君の二重の喪失にお悔やみを申しあげる。先生はいい人だった」

ダニエルはどう答えていいかわからず、うなずいた。

「われわれがここに伺ったのには理由があります」フレーシャが口を挟んだ。「彼の父親の死がただの事故だとは思えないんです。あなたなら何か情報をお持ちではと」

ビダルはまた葉巻を吸い、答えた。

「もちろんあれは事故などではなかった」

ダニエルはテーブルに両手をついた。

「では……」フレーシャが言う。

「先生は余計なことをしすぎた。〈黒い犬《ゴス・ネグラ》〉に命を奪われた」

突然彼は手に唾を吐き、それを顔の前でゆらゆら振りながら、ロマ語でなにやらささやいた。彼の手下たちも小声で呻いた。

「〈ゴス・ネグラ〉？」ダニエルとフレーシャが同時に尋ねた。

「声に出してその名を口にしてはならない。バルセロネータ地区に住んでいる者に訊けば、誰でも教えてくれるだろう。恐ろしくて口が開かないということでもなければ。太古の呪いなのだ。〈ゴス・ネグラ〉は、半分は犬、半分は亡霊の、忌まわしき悪霊だ。悪魔ルシファー自らそれを地獄の門の門番に任じたと言われている。百十一年ごとに、主人がそれを解き放つ。新月の夜、それは飢えた邪悪な魂を満たすため、海の波間から姿を現す。存在そのものが死をもたらし、誰にも止められない。その飢えを癒やせるものは何もない。怪物は目をぎらつかせ、巨大な口から火を吐き、腹を満たしてくれる魂を探し歩く」

「つまり僕の父を殺したのは……悪魔憑《つ》きの犬だと？」

ダニエルはかっとなって立ち上がり、椅子を倒した。

力強い腕が背後から彼をつかみ、テーブルに体を押しつけた。呆気にとられていると、まもなく喉にナイフが突きつけられた。ぐさりとやられると思い、覚悟を決めたが、そうはならなかった。ビダルが手をひと振りすると、腕は拘束したときと同じように静かにきっぱりとダニエルから離れた。フレーシャは額に玉の汗を浮かべ、口をあんぐりと開けてその様子を見守っていた。ダニエルはまた席につき、荒い息を静めようとした。

「アマットくん、私の部下たちは、私の身の安全を守ることにとても熱心なのだ」ビダルが半笑いを浮かべて言った。「上司思いに免じて、どうか許してくれたまえ」

ダニエルは咳をしながら、痛む肩を撫でた。

「いいえ、ビダルさん、僕こそご無礼をお許しください。お招きいただいた身だということを失念していました」

ビダルはこくりとうなずいて謝罪を受け入れた。

「僕のいらだちをどうかご理解ください」ダニエルは続けた。「父は死んだんです。僕は真実を知る必要がある」

室内がしんと静まり返り、聞こえるのは薪がパチパチと爆《は》ぜる音だけだった。ビダルはわざとのろのろと手を顔に近づけ、眼鏡をはずした。水で薄めた牛乳のような半透明の瞳が現れた。誰からも恐れられている、バルセロネータ地区の犯罪、密輸、売春の元締めであり、指一本動かすだけでこの一帯で暴動を起こすことも鎮めることもできる男は、盲目なのだ。

「真実にはさまざまな顔がある」彼は言った。「求めるときは注意が必要だ。あれをここへ」と続けて命じる。

すぐに七、八歳ぐらいの少年が、別の男に腕をつかまれて、部屋にはいってきた。毛織の薄手のシャツを着ており、ウエストで縮めてはあるが、痩せこけた腕を覆う袖はだぶだぶだったし、裾は膝まで届いている。汚れたぼさぼさの髪はおそらくは虱《しらみ》だらけで、無理やり帽子に押しこまれている。ダニエルが驚いたのは、服はぼろなのに、仕立てのいいショートブーツを履いていることだった。男がさっと手をひと振りして、少年の帽子を床にはたき落とした。少年は男をじろりと見てそれを拾い上げたが、もうかぶらなかった。用心深い目が室内にいる人々をひとりひとり確認していく。ダニエルを見ると眉を吊り上げたが、すぐに元のむっつりした表情に戻った。

「こいつはギエム、たいそう目端のきく小僧だ。埠頭のあたりで暮らしている」ビダルは舌を鳴らした。「地下の下水道を自分の手のひらみたいに知り尽くしていて、君のお父上はこいつを案内役として使っていた。ギエムは生きているお父上を見た最後の人間なのだ」

「僕の父のこと、知ってたんだね？」ダニエルが尋ねた。

少年はこちらを見て、口をぎゅっと結んだ。ビダルの手下が少年の頭をぽかりと殴り、答えを促す。

「まあね」まるで舌を引っぱられたかのように、やっとそれだけ飛び出した。

ダニエルは少年の信頼を得るために、にっこり微笑んだ。

「父を手伝っていたのかい？」

少年がうなずく。

「最初はやだって言ったんだ。ほかの連中と同じことをさせようとしてるんだと……思ったから」

「医者に似た恰好をした男たちだよ。いい服を着て、金を持ってる。おいらたちに小銭を握らせて、馬車でいっしょにそこらをぐるりとまわろうって言うんだ。ときにはバターつき丸パンもくれる」

ダニエルはぶるっと身震いした。

「でもあの人はそういうんじゃなかった。ただ案内してくれと言っただけで、このブーツをくれた」ギエムは誇らしげに靴を見せた。

「どこに連れていったんだい？」

「下水道に興味があったみたい。三、四回行ったよ」

「最後に姿を見たのはいつ？」フレーシャが尋ねた。

少年は汚れた指を折って数えた。

「八日前。すごくぴりぴりしてて、あんまりしゃべりたくないみたいだった。いつものように下水道に行ったんだけど、あのときはもっと奥まではいりたがった。無理だって言ったんだ。そこまで行くと危ないから。行っちゃだめなんだ。誰もそこにははいったことがない。でもあの人は言うことを聞かず、それっきりさ」

ダニエルがさらに質問をしようとすると、ビダルがかぶりを振り、少年は部屋から無理やり連れ出された。

「アマットくん、君のお父上はわれわれを助けようとした。もうおわかりだと思う。ここで長時間過ごして病人を介抱し、最後の数週間は助手まで連れてきていた。薬を処方し、不運な人間をあの世行きから救おうとした。彼はわれわれにとって恩人であり、友人だった。伝説についても話したが、彼は信じようとしなかった。女の遺体を目の当たりにするまでは。いや、そのあとでさえも、〈ゴス・ネグラ〉は自分が望むときにいつでも好きなやり方で欲しいものを手に入れるのだというその証拠を、受け入れまいとした。お父上は別の答えを見つけようとしたんだ。やめさせようとしたんだが、お父上は疑問を持ちつづけ、とうとう命を奪われた……おそらくはその魂も」

ビダルの最後のひと言がいつまでも宙に浮かんだまま消えなかった。

「一連の殺人はその悪魔か何かのしわざだと本気で思っているんですか?」フレーシャが会話に割りこんできた。

彼の声にはまさかという思いと恐怖が入りまじっていることにダニエルは気づいた。ビダルはその何も映っていない目を新聞記者に向けた。

「フレーシャさん、私が何を思おうと関係ない。この地区が神に見放されてもうずいぶん経つ。だからわれわれの中に〝獣〟が現れて、気が向いたときに軽く食事をしたとしても不思議ではない。見てみたまえ、まわりを。ここはやつの〝庭〟なのだ」

ビダルは続けてダニエルに空っぽの目を向けた。

「お若いの、私はお父上に心から感謝していた。だから、彼にした同じ警告を君にもしよう」ビダルはそこで言葉を切り、葉巻の煙を吐き出した。「手の届かないものを探そうとするのはやめたまえ。けっして理解できないものを。早く元の生活に戻り、この呪われた場所のことはきれいさっぱり忘れることだ」

9

二人がその家を出たとき、雲の合間に月がふわふわと浮いているように見えた。人気のない通りを無言で歩きだし、帰途につく。屋内のむせ返るような暑さのあとでは、顔に吹きつける風が肌で凍りついて張りつくように思えた。あまりの寒さに、外套の前をかきあわせ、帽子を目深にかぶる。

結局、すべては馬鹿げた迷信のせいになってしまったな、とダニエルは思う。父はおとぎ話にすっかり夢中になった。それに、やはり耄碌《もうろく》していたのだろう。理性をなくし、自分の空想の中にしかいない殺人鬼の捜索に乗りだした。取り憑かれたようになって、それが事故につながり、死をもたらした――警察の見解もそうだ――か、あるいは、このいかがわしい界隈を何度もほっつきまわるうちに、まずい相手と遭遇したのか。これで解決だ。もうイギリスに帰ろう。できることは全部やったのだから、気がすんだはずだ。ところが、どうもすっきりしなかった。フレーシャはというと、がっくりとうなだれて、ダニエル同様ひどく失望しているらしい。

サン・ジュアン通りをフエンテ広場のほうに向かって進み、サン・カルロス通りで辻馬車を拾うつもりだった。サン・ミケル教会の前にさしかかったとき、背後で何かがぶつかる音がした。空の魚箱を重ねた柱の背後から聞こえてくる。

「誰だ、そこにいるのは？」

建物の壁に沿って影が滑り、やがて消えた。

「ビダルのところにいたあの小僧だ」フレーシャがほっとした様子を隠しもせずに言った。

「きっと、小遣いでもねだろうというんだろう」

ギエムは次の角で、空の魚箱の背後から姿を現した。大きな目がダニエルをじっと見つめている。ダニエルはおいでおいでをしたが、少年はこちらを凝視したまま、近づいてこようとしない。

「こんな時間にひとりで出歩いて怖くないのかい？」ダニエルは尋ねた。

「怖くない」少年は答えた。そして少し考えてから付け足した。「先生の魔法がおいらを守ってるから」

「魔法って？」

少年は眉をひそめた。

「あんた、ほんとに先生の息子なの？」

「うん、誓うよ」

ダニエルは手を開き、レアル硬貨を見せた。ギエムは木箱の陰からさっと飛び出してきて小銭をひったくると、また隠れ場所に引っこんだ。

「見せてほしいっていうなら」少年が言った。「そいつも来ていいよ」彼はフレーシャのほうを顎でしゃくった。

何も言わずに路地を歩きだす。しょうがないよな、というようにダニエルは肩をすくめ、二人は少年の後に従った。しばらくすると入り組んだ路地を出て、広い通りに出た。桟橋に波が押し寄せている。少年は二人を港の古い埠頭に連れてきたようだ。ナシオナル通りにはガス灯が立っているが、巨大な商船、連絡船、無数の漁船の姿を照らしだすには不充分だった。船は闇に包まれ、波のリズムに合わせて揺れながら日の出を待っている。

ギエムは迷いのない足取りで人気《ひとけ》のない通りを渡り、船着場の端につくと、いきなり海に向かって飛びこんだ。ダニエルとフレーシャは驚いて駆け寄り、ザブンという音が聞こえるのを待った。ところが下をのぞきこむと、そこには石の階段があり、海面に続いている。

「ここを下りるのか？」フレーシャが尋ねた。

「ほかにどうしようもないだろう？」

すでに階段を半分ほど走り下りたはずの少年の姿はほとんど見えない。苔に覆われた階段は狭く、でこぼこで、体のバランスをとるのが難しかった。下りるにつれ、潮の匂いが強くなる。このまま行ってもそこには海があるだけだとダニエルは思っていたが、最後の一段に到着したとき、ぎょっとした。ギエムの姿がない。

「だが、あの小僧はいったいどこに行った？」フレーシャが言った。

ヒュッと口笛が響き、ぎくりとした。上からは見えなかったが、壁に人ひとりはいれるぐらいの穴があいており、ちょろちょろと水が流れ落ちている。少年はいらだたしげに顔をしかめ、その縁に座って待っていた。自分がそこにいることに二人が気づいたことを知ると立ち上がり、そこに置かれていた数本の角材をどけて、剝がれた煉瓦《れんが》のあいだからあちこちへこんだブリキの石油ランプを取り出した。火がつくと、光がトンネルの壁を照らしだした。壁に誰かが尖ったもので彫った言葉が見える。《Vivitur》。

「それが魔法なのか?」ダニエルが尋ねた。

「先生がおいらのためにやってくれたんだ」ギエムが真面目な顔で言った。

「ほかにも言葉が……これみたいな魔法があるのかい?」

「うん」

「見せてくれる?」

少年は唇を結んで迷っていたが、改めてうなずき、闇の中にはいっていった。

「冗談だろ、きっと」フレーシャは言った。

「そうしたいなら、ここで待っていてかまわない」

ダニエルは急いでトンネルにはいり、石油ランプに照らされて壁で揺れる少年の影を追った。トンネルの天井は低く、かがんで進まなければならない。何度も方向が変わり、別のトンネルにはいった。つねにチョロチョロと水が流れる音が聞こえていた。大きなドブネズミが甲高い声で鳴いたかと思うと、人の気配を察してさっと逃げた。悪臭は、石油ランプの煙でどうにかこうにか抑えられていた。数分もすると、ダニエルは自分がどこにいるかさっぱりわからなくなった。ちびっ子の案内役がいなければ、出口にはまずたどりつけないだろう。不安を押し殺し、外套の襟をかきあわせて服にまとわりつく湿気を締め出そうとするが、無駄だった。背後では、新聞記者がぶつぶつ文句を言いつづけている。やがて道が二つに分岐した。そこで少年は立ち止まり、片側の柱を照らした。石の表面にまた何か彫られている。《ingenio》。少年は迷わずそちらに進み、数メートル行くと広い空間に出た。天井は人の身長の数倍の高さがある。奥にまたトンネルがあり、先に続いていた。フレーシャはよろよろと中にはいってきて、乱れた呼吸を整えようとした。ダニエルはやっと体が伸ばせてほっと息をつき、フレーシャの悪態を聞いて笑みを洩らした。

「くそったれ、何だここは！　こんなところで何してるんだ、俺たちは！」

「父が残した印を追ってるんだ」

「ちくしょう、そんなことをして何か意味があるのか？」

「何かのメッセージだと思う。まだ何のことかはっきりしないから、最後までたどらなければ」それから暗い声で続けた。「でも安心していい。残る言葉は三つだけだから」

「どうしてわかる？」

「シー！　そんな大声でしゃべらないで」ギエムが横から遮った。「ここは〈収集人〉たちの縄張りなんだ」

「いい加減にしろ、小僧！」

ギエムはとんまを見るような目で新聞記者を見た。

「〈収集人〉たちって誰なんだ?」ダニエルが尋ねた。

「ただの噂の種だよ。この町で連中がどれだけ好かれているか、そのうちわかるさ」

答えを促すようなダニエルの視線を受けて、新聞記者がしぶしぶ応じた。

「数十年前から、バルセロナには地下住民がいると噂されているんだ。物乞いだとか、追放者だとか、お尋ね者なんかが、警察にとっ捕まるのをいやがって下水道で隠れて暮らすようになったのが始まりだとか。

そのうち数が増えて、独自の掟《おきて》に従う共同体ができあがったという。下水道に流れ着いた価値のありそうなものをせっせと集めていて、そこからその名がついた。噂によれば、夜になるとトンネルから出てきて、うっかり者を探すらしい。見つかったら最後……行方知れずさ。死体から脂肪を抜いて売っているとも言われている。子どもを怖がらせるための与太話だと俺は思うよ。だってそうだろう、こんな場所に人間が住めると思うか?」新聞記者が訴えた。

ギエムは眉をひそめた。「僕は嘘はつかない」

「この場所をどうしてそんなによく知ってるんだ?」ダニエルは尋ねた。

「昔は弟といっしょに路上で暮らしてた。雪が降ってすごく寒かった冬があってね。食べるものが何にもなくなった。だからトンネルを下りていったら、受け入れてもらえたんだ。あの人たちは下水道のことをすごくよく知っていて、灯りがなくても動きまわれる。ドブネズミよりすばやいよ。下水道はバルセロナじゅうに延びてるんだ。誰にも見られず、聞かれもせず、どこにでも行ける。おいらたちみたいな子どもだけが表に出て、食べ物を手に入れてくる。ほとんどの人たちは何年も外に出たことがなくて、気が変になっちゃってる。時間が経つうちに、お日さまの光に耐えられなくなっちまったんだ。弟が熱病で死んだとき、おいらは外に出ることにした」そこで少年は口をつぐみ、闇に沈む天井を見上げた。「雨が降りそうだ。急がなきゃ」

それだけ言うと、座っていた岩からすっくと立ち、トンネルに向かった。

「いまのはどういう意味だ？」フレーシャがダニエルに尋ねる。

少年の答えがその空間の壁に反響した。

「雨が降るとトンネルが水浸しになるんだ」

二人はぎょっとして、顔を見合わせた。

「戻ったほうがいいんじゃないか？」

だがギエムは答えない。彼が歩き出し石油ランプが遠ざかったとたん、空間を闇が満たした。

「僕らに選択肢はないらしいな、フレーシャ。あの子しかランプを持ってないんだから」

少年に続いて下水道を進む。トンネルは数メートルくだり、やがて右に曲がった。フレーシャは嵐の到来を告げる雷の音を聞いた気がして、引き返そうと何度も頼んだ。それでも三人は進みつづけた。次の分岐点で、不器用に彫られた二つの言葉がまた見つかった。《caetera》と《mortis》。次のトンネルにはいったとたん、ズズズ……という重低音に包まれた。ダニエルが壁に手をあてがうと、軽い振動を感じた。原因を尋ねたかったが、音が大きすぎて会話などできそうにない。次の瞬間、また別のトンネルに移り、音は小さくなって、やがて消えた。

もうしばらく進んでからギエムが足を止め、壁に彫られた新しい言葉をランプで照らす。《erunt》だ。

「これが最後だ」ダニエルは文字に近づいてそう言った。

「どうしてそうわかる?」

「ここまでの言葉でラテン語の文章がひとつできるからだ。《Vivitur ingenio, caetera mortis erunt.》」

「どういう……意味なんだ?」

「《人はその独創性によってのみ、永遠に生きられる》」ダニエルは翻訳した。

「さっぱりわからんね」

ダニエルは応じなかった。物思いにふけりながら壁に近づく。

「このトンネルの先には何がある?」とギエムに尋ねる。

「もっとトンネルがある」

煉瓦に父が彫った粗い文字を眺める。どういう意図だったのか、想像しようとする。僕にあてた言葉だとは思うのだが、意味がわからない。どうして父は僕をここに導いたのか？　父は無意味なことはしない人だ。あれこれ考えながら、煉瓦に手を滑らせる。するとふいに煉瓦が動き、砂岩の粉が地面に落ちた。

「ランプを近づけてくれ」急に鼓動が速くなって、ギエムに頼む。

そこは目地のモルタルの色が壁のほかの部分と明らかに違い、簡単に崩れた。フレーシャから借りた鉛筆でモルタルを急いで削り、動くようになった煉瓦を取りはずす。少年からランプをひったくって穴を照らした。奥に何かあるように見えたが、はっきりとはわからない。上着を脱ぎ、袖をまくり上げ、腕を穴に突っこむ。届かない。ぎりぎりまで腕を伸ばし、指先にやっと何かざらざらしたものが触れた。なんとかそれをつかまえて、手前に引き寄せる。腕を穴から抜いたとき、ランプの光に照らし出されたのは小さな包みだった。

「あんたならきっと見つけると先生は言ってた」少年が言った。

帰り道はもっと急いだ。ギエムはもうしゃべらず、ずっと天井を睨んで、手ぶりで彼らを急かすだけだった。永遠とも思える時間をかけて、彼らはいったときと同じ排水口から外に出た。桟橋の階段を上がり、いざ上に到着すると、港の新鮮な空気を思いきり吸いこんだ。フレーシャは、どんよりと曇ったバルセロナの空を見て、こんなにうれしかったことはいままでなかった。通りにぽつりぽつりと雨粒が落ちはじめ、すぐに本降りとなった。慌ててどこかの家の玄関ポーチに走りこみ、雨宿りをする。ふと気づいたとき、ギエムはまるで猫のようにこっそりと、すでに横丁のどこかに姿を消していた。

10

何杯もコーヒーを飲んだあとも、ダニエルとフレーシャはまだテーブルの上にあるものをじっと見つめていた。つやつやとした大理石の天板の真ん中に置かれたそれは、その場にまるでそぐわない。四角くて平らなところは煙草入れに似ており、包んだ布は土で汚れている。町を席捲《せっけん》した嵐から避難するため、二人は大学の近くのカフェにはいった。トンネルを移動するうちに芯まで冷え、しばらくは震えていた。ダニエルは、いらいらをやわらげるためにテーブルの縁を指で叩いている新聞記者を見た。とうとう息を吸いこみ、眼鏡の位置を直すと、父からの最後のプレゼントの開封に取りかかる。

楽な作業ではなかった。下水道の湿気のせいで重なりあった古い包帯らしき生地同士が張りつき、厚紙のように固まってしまっていた。それを剝がしはじめると、ひどい悪臭が漂った。

「恐ろしい臭さだな」フレーシャは酒をあおりながら言った。

新聞記者のいらだちに耐えながらしばらく作業を続け、ダニエルはやっと最後の包帯を剝がし終わった。そこに現れたのは、美しい銀の宝石箱だった。ダニエルは唾をごくりと呑みこんだ。差し錠がかかっていたが、がちゃがちゃと動かすうちにやっと片側にずらすことができた。蓋を開けたとき、かすかに古い香水が香ったような気がした。いくつもの空《から》の区画が並び、中央でピルエットの恰好で止まっている真珠のバレリーナを囲んでいる。

「嘘だろ！」フレーシャはわめかんばかりに言った。「下水道をびくびくしながらあれだけ歩いたのは、全部無駄骨だったのか？」

ダニエルは新聞記者の抗議を無視した。思いがけず記憶が蘇り、驚きの表情を浮かべる。感極まって、目が潤みはじめた。バレリーナを指でつまみ、左に三度回す。メリーゴーラウンドのメロディが宙をいろどり、バレリーナがくるくると踊りだした。ダニエルの顔にしだいに笑みが広がっていくのを見て、フレーシャは目を丸くした。

音楽が終わると、バレリーナはまた停止した。ダニエルはもう一度それを指でつまんだが、こんどは右に一度だけ回し、次に左に二度回した。また音楽が聞こえるかと思いきや、カチリと音が鳴り、内側の仕切り盆が飛び出して、隠しスペースが現れた。

「母はこの宝石箱が好きでね」ダニエルのそのひと言が説明のすべてだった。

慎重に仕切り盆を取り出し、テーブルの脇に置く。ビロードの裏地が張られた底に、黒い表紙のノートがあった。ダニエルは新聞記者と目を見交わすと、表紙をくってあった革紐の結び目をほどき、ノートを開いた。紙はとても上質で、湿気の染みはいくつかあるものの、状態はよかった。几帳面な文字がページを埋めている。表紙の裏に名前が書いてあった。フラダリック・オムス医師。

「メモ用の普通のノートみたいだな」少しがっかりしたようにフレーシャが言った。

「似たようなノートを前に見たことがある」ダニエルは言った。「研究記録を書くのに父がよく使っていた。日記としてもよく利用していた。わからないのは、他人のノートをこんなおかしなところに保存していた理由だ。中身を見れば何かわかるかもしれない」

二人はノートを読みはじめた。

《妻ルイザ・オムスの治療経過についてのメモ
日付：一八八五年十二月十九日
記述番号Ⅱ - a：最初の検査で、患者には次のような症状が見られた：熱はなし。粒状物のまじった大量の白っぽい便。二時間ごとに脈を取り、いずれの計測でも脈が弱い。
血圧測定の結果、低血圧症と診断され、脱水が原因と考えられる。治療を施す》

「自分の妻か！」フレーシャがひと言言葉を挟んだ。「病状はかなり重そうだ」

「コレラ患者だ」

フレーシャはぎょっとした顔をした。ダニエルはノートから目を上げずに説明した。

「何年ものあいだ、毎朝父は僕と弟に何かの病気の症状を告げた。朝食が食べたかったら、それが何の疾病で、最適な治療は何か答えなければならなかった。それができなかったり、間違えたりすると、僕らは腹を空かせて学校に行かなければならなかった。すごく効果的なやり方だよね」

《日付：一八八五年十二月二十二日
　記述番号Ⅵ‐b：患者は今年の前半、バレンシアで複数の家族と共同生活をしていた（九月まで）。六月から七月にかけて、当地ではかなり深刻なコレラの流行が起きていた。ハイメ・フェラン医師の努力でようやく鎮静化したらしい。細菌性の疾病に対し人間に免疫を与えるためワクチンを使った最初のケースだろう。科学の大きな進歩だ。残念ながら、同僚たちの中には効果を疑う者もいる。われわれに関して言えば、もう遅すぎた。
　脱水症状と痙攣《けいれん》の進行が見られる。そのうえ、ときおり意識が混濁し、無反応となる。治療を続行する。
　フェラン医師に忘れずに連絡をとること》

　その後の数ページには、妻の治療法を探すフラダリック・オムス医師の努力がしたためられている。なかには、医師が実行した複雑な実験の化学式も含まれていた。読み進めるうち、治療はなかなか思わしい効果が出ず、医師は辛抱強く何度も一から始めるものの、患者は悪化の一途をたどっている様子がうかがえた。医師の言葉もしだいにくだけたものになってゆき、失敗続きに絶望する記述も見られた。

《日付：一八八六年一月十日

記述番号XⅦ‐d：愛するルイザ、君に謝らなければならない。君が入院して以来、心痛と苦悩でずっと揉みくちゃにされている。この数週間は人生で最も長く感じられた。この不運によって私たちが離ればなれになるかもしれないと思うと、それだけで頭がどうにかなりそうになる。治療法を見つけるまでけっしてあきらめないと約束する。私を信じてほしい、愛しい人よ》

《日付：一八八六年一月十三日
記述番号XXⅡ‐a：うれしいニュースがある。かの名医アマット先生が私を手伝ってくれることになった。ほかの同僚たちがみな治療を断念し、同情を示すだけだったり、私を避けようとしたりするなか、わが友アマットだけは私と変わらぬ熱心さで努力を続けてくれている。また希望が湧いてきた》

《日付：一八八六年一月十六日
記述番号XXⅤ‐e：親愛なるルイザ、仕事がしやすいように、図書館に研究の場を移した。ときどき、本やら実験やらに何時間も無駄に時間を使う代わりに、君といっしょに、君のそばにいるべきなのではないかとも思う。だが、君のためにしていることだとわかってくれると信じている。たとえつらくても、必ず治療法を見つけてみせる。頑張ってほしい》

記録は、いまや妻への書簡となっていた。次々に出現する問題を前に意気消沈していたオムスだったが、ついに何かいい結果が出て、突然有頂天になった。

《日付：一八八六年一月二十一日
記述番号ＬＸ－ｂ：今日、大発見をした。疲労困憊《こんぱい》した頭が私を騙しているのでなければ、人類最高の夢をさらに凌駕するすごいものを見つけた。だが、君に信じてもらえるかどうかわからないし、変な期待も持たせたくない》

《日付：一八八六年一月二十三日
記述番号ＬＸⅠＶ－ｃ：研究を進めれば進めるほど、ヴェサリウスの〈第八巻〉が唯一残された選択肢だと思えてくる》

《日付：一八八六年一月二十九日
記述番号ＬＸＶⅡ－ｆ：愛しい人、今日は最悪の一日だった。敬愛する友と喧嘩をしてしまった。私の発見を伝えたら、彼は同じくらい喜んでくれた。われわれの予測が正しければ、君の問題を解決するだけでなく、科学史上、今世紀末最大の発見となるだろう。ところが、夜になるとだんだん議論がぎくしゃくしはじめた。アマットは研究を続けることに反対だった。ひどい悪態をつき、神を引き合いに出し、世の中の神聖な理《ことわり》に背く行為だと訴えた。たしかにあのとき私は一瞬正気をなくして、彼を口汚く罵った。二人の友情を踏みにじってしまったのかもしれないが、いまとなってはどうでもいい。この仕事は私ひとりで続け、もしうまくいけば、ひたすらその道を突き進むつもりだ。たとえそれが悪魔の道であっても》

ダニエルとフレーシャは、オムス医師が発見し、彼が父と仲違いする原因となった新事実とは何か、そのあとの記録を読んで探した。しかし、自分自身にさえ秘密にしたがっているかのように、それについての記述はどこにもなかった。その後の数日間、オムスは失敗を重ね、彼のメモはどんどんおかしくなっていった。

《日付：一八八六年二月三〇四

記述番号？：今日は食事をするのを忘れた。最後に眠ったのがいつかも思い出せない。今日が何日か、はっきりわからない。交互にやってくる昼と夜がすっかりいりまじっている。バーナーがついていることを忘れて蒸留器が割れ、深い切り傷ができた。遺体の調達もままならず、実験に必要な薬品も差し止められた。だが最悪なのは、それが偶然ではないと知っていることだ。アマットが私を妨害しているのだ。いいかね、愛する人よ、われわれの親友が、くそったれめ、君の病気の治療法の開発を阻止しようとしてい

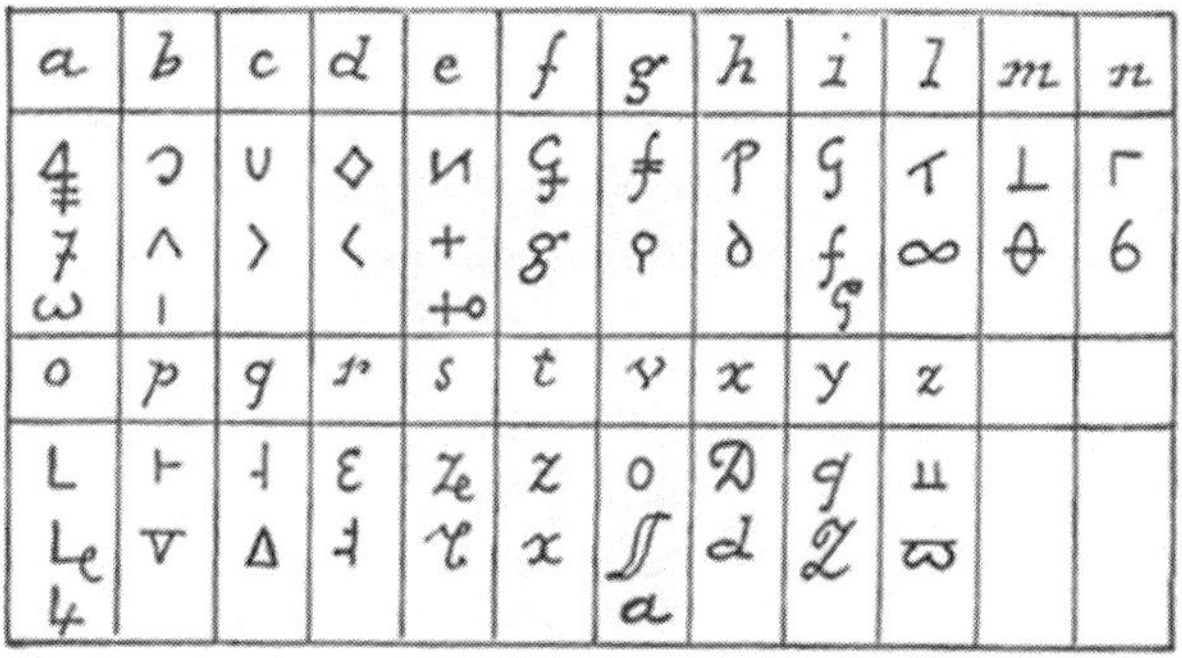

るのだよ。こんな卑劣なやり方があると思うか？　あいつは大学の理事会を説得し、みんなにも反対させようとしている。私を心配して、学長が訪ねてきた。研究の進捗状況を確認するのが目的だったということを、私が知らないとでも思っているのか。私の研究成果を横取りするつもりなんだ。だがそんなことはさせやしない。思いどおりにさせてなるものか。その前に連中を始末してやる。アマットが言うように、神が私のしていることに反対だというなら、必要とあらば神だって始末しよう》

「この表は何だ？」フレーシャが尋ねた。

「さあ。きっと実験に使うものだろうな」

白紙のページがしばらく続き、やがて最後の書き込みがあった。

《日付：不明
記述番号？：愛しい人よ、とても疲れた。額が熱い。

ときおり幻覚を見るのだ。私の悲惨な姿をとても心配そうなまなざしで見ている君が、横にいる。何日か前に昏睡状態に陥ってしまったから、そんなことはありえないとわかってはいるが、この実験室で君の幻が寄り添ってくれていると思うと、気持ちが安らぐ》

《日付：不明
記述番号？：体重が減ってしまった。この浮き出たあばら、鉤爪みたいな手を見れば、それもかなりだ。見てくれも、医者というより惨めな物乞いのようで、同僚たちが眉をひそめているとわかっているが、かまうものか。みんな地獄に堕ちろ！　汚い言葉を使って申し訳なかったね、愛しい人、だが不安でつい気持ちが折れ、ひどいことを言ってしまう。私の大発見の秘密がすべて解明できなかったら、と思うと、正気ではいられなくなる。この道が正しいとわかっている。はっきり感じるんだ。正解はそこにある。手が届くところに。本にあるとおりに進んできた。指示のひとつひとつに沿って。だが、何かが食い違っているんだ！》

《日付：不明
記述番号？：この四日間、ろくに眠っていない。たぶん少し休んだほうがいいのだろう。だが、立ち止まるわけにはいかない。いまはだめだ。あと少しなんだ》

日記はそれで終わっていた。

「これで終わり？　もうないのか？」

ダニエルは真っ白なページをしばらく繰り、首を横に振った。

「お父上は何のためにこのノートを保管しようとしたんだろう？」

「正直言って、さっぱりわからない」

「もしかすると」新聞記者は考えを巡らせた。「お父上が携わっていた調査と関係があるのかも」

ダニエルはため息をついてノートを閉じた。

「よし」新聞記者はがぜん張り切って続けた。「次の手順としては、このフラダリック・オムス医師を見つけて、話を聞くことだ。そうだろう？」

「フレーシャ、残念だが、僕はこれ以上続けられない」

「どうして？」

ダニエルは、新聞記者の呆然とした表情から目をそらした。よきにつけ悪しきにつけ、もう決めたことだ。

「父の調査で、父と、この恐ろしい殺人事件とのあいだに何らかの関係があることがわかった。つまり、父の死もただの事故ではないということだ。ここまでいろいろと手伝ってくれてどうもありがとう。だが、明日になったら警察に行って事実を話すつもりだよ」

「どうかしてるんじゃないのか？　連中がお父上のことを本気で気にかけるわけがないじゃないか」

「あなたが怒るのはもっともだが、これは警察が解決すべきことだ。殺人鬼を捕まえて裁きを受けさせるなんて、われわれの手に余る」

「でも……」

「申し訳ない」ダニエルは彼に最後まで言わせず、立ち上がって手を差し出した。新聞記者もうっかりそれを握り返した。「フレーシャさん、僕らの冒険はここまでだ。僕は今度のパリ行きの列車に乗り、イギリスに帰ります。お会いできてよかった。改めて、ご協力に感謝します」

11

パウは大急ぎで病院に向かった。学年の最終試験が間近に迫っている。誰もがぴりぴりしていた。教授陣は急に厳しくなり、何かと口実を設けて学生に宿題を課す。授業と実習で手いっぱいで、勉強の時間がほとんど取れないし、ましてこういう別の用事をこなす時間はめったにつくれない。だがそんなことはちっとも言い訳にならないし、自分でもそうわかっていた。

医学部の有名医師たちの肖像画に目を向ける暇もなく廊下を進み、通りに出る。同じ学生のひとりに会釈し、病院の建物にはいる。オレンジの木が植えられた中庭《パティオ》を突っ切り、石造りの階段を一段飛ばしで上がる。ちょうど下りてきたクララ修道会の二人の修道女がこちらに非難の目を向けたが、無視する。進むうちに、胸の奥に希望が生まれるのを感じた。結果はすでにはっきりしている。しかし、すぐに不安が押し寄せてきた。もしうまくいってなかったら、大きな問題を抱えることになる。女性棟の近くで、柱廊のあるパティオに続く廊下にはいった。アーケードの下で立ち止まり、誰にもつけられていないか確かめる。正午に近いこの時間、病院はあまり混んでいないので、人に見られずに移動しやすいが、用心するに越したことはない。

いちばん人目につきにくい場所を通ってパティオを渡り、反対側のアーケードの下にはいるまでずっとうつむいていた。ここまで来れば、建物の二階から通行人を見張っている人にも気づかれない。もう安全だと思ったところで、二つの壁がつくる角にある入口の前で立ち止まる。ポケットから鍵束を出し、ドアを開ける。急いで中にはいるとすぐ、重い鉄の閂《かんぬき》を音をたてないように注意して掛ける。パウは扉に寄りかかり、ほっと息をついた。短い廊下を通り、玄関ホールにたどりつく。おなじみの消毒剤の匂い。通りに面した窓から午後の日差しが差しこんでいる。錆びついたベッド台が壁際にいくつも積まれ、洗濯の必要な寝具が詰めこまれた籠が十個ほど置いてある。闇に沈む奥に、扉がひとつある。その横の小さなテーブルに覆いの掛かったトレイと清潔なシーツが置かれている。両方を慎重に手に取り、木の扉をそっとたたいて、中にはいった。

四十五分後、パウは部屋から出てきた。汚れ物はまとめて、トレイを元の場所に戻す。廊下に出て、誰もいないことを確かめると、アーケードのあるパティオを引き返し、病院の庭を横切って、医学部に向かう。そのあたりには、わずかに残った日差しを求めて夕方の散歩をする患者が大勢いた。入口の階段を上がったところで、やっとにっこりした。うまくいった！　興奮と安堵のいりまじる心の中で、パウはそうくり返していた。

12

「お父上は不運な事故で亡くなった。それがすべてです」

サンチェス警部は、はっきり言ってやったことで満足して、書き物机の後ろででっぷりした体をくつろがせた。それから口をもごもごと動かし、透明な皮のかけらを足元に置いた受け皿に吐き出した。赤ん坊のそれのようにふっくらした両手を、しゃべりながら派手に動かしている。ただし、円錐形の紙の入れ物いっぱいにはいった羽団扇豆《はうちわまめ》を探っていないときにかぎって。後ろに向かってぐいっと引っぱられたような鼻やごく小さな目は、大きな顔の中で迷子になっているかのように見える。何も答えない相手に対し微笑もうと努力はしたようだがうまくいかず、その失礼な態度を前に顔を紅潮させている。ダニエルは警部の慇懃無礼《いんぎんぶれい》な口調を無視した。

「この書類の内容は、連鎖的に起きた事件を明らかにするものです。父の死の原因について、せめて疑問を持ってください」

「ええ、ええ、わかりましたよ。断定するには時間がかかりそうだ。見せてもらえますか?」

ダニエルは、父の書類がすべて収まっているファイルを警部に差し出した。だがオムス医師のノートは渡さないことにした。この一連の出来事のどこにそれがはめこまれることになるのか、まだわからなかったからだ。

「で、お父上は自分ひとりで調査をするうちに、この情報を見つけた、ということですね?」

「はい。それはもう何度も説明しましたよね?」

「このメモはとても興味深いですが、何も変わりません。むしろ、われわれの疑いを裏づけるものです」

「どういうことですか?」

「明々白々ですよ。この被害者リストは精神的不安定さの証拠です。何かに取り憑かれた人間のうわ言にすぎません」警部は言い切った。「お父上は、明らかに精神錯乱の寸前だった。〝死に至った事故〟の数週間前、アマット先生はここにいらしたんです。ご存じでしたか?そして私にまさにこの書類を見せた。いまあなたがなさったのと同じように、殺人事件との関係を示そうとしたんです。だがそんなもの、何の証拠にもならなかった。単純に、存在しないからです。手当たりしだいに人を殺して歩いている謎の殺人鬼など、この町にはいない。まったく、どこからそんな考えが出てきたのやら」

「でも……」

「悪く思わないでください」警部はダニエルをなだめるように両手を上げた。「長いあいだ音信不通だったわけですよね……どれぐらいですか？　六年？　七年？　電報で父親の死を知らされるとは……さぞやショックだったことでしょう。結局のところ父親なのですから」

室内は寒いのに、ダニエルは顔がかっと熱くなるのを感じた。わざわざここに出向いた理由を自分に言い聞かせ、冷静になろうとする。自分の存在が警部には煙たいらしい。だが理由はわからない。早く追い払いたくて仕方がないようだが、そうは問屋が卸さない。

「遺体は存在しないというんですか？」

「いや、もちろん存在しますよ」

ダニエルはあ然として言葉が出なかった。警部は言葉を続けるまえにまた羽団扇豆を口に放りこんだ。そのときドアをノックする音がした。署名の必要がある書類を持った警官だった。警部はダニエルのいらだちを無視してそちらを優先した。警官が行ってしまうと、言葉を続けた。

「アマットさん、この町ではこういう事件が後を絶たないのです。なにしろ五十万人からの住民がいるんですから。しょっちゅう争い事が起き、残念ながら暴力的な死も少なくない。お望みなら、全部列挙して表をつくることもできます。お父上がこの紙に書き綴った遺体の数々は、何をして糊口《ここう》をしのいでいた女たちのものかを考えれば、間違いなくそういう例に洩れないでしょう。ヒモに殴られた、気性の荒すぎる客に当たった、縄張り争い……あとは噂話を聞けば充分だ」

ダニエルは、リストにある十五歳のマッチ売りのことや、二十歳の店員のことは考えないようにした。知らず知らずのうちに背筋がぴんと伸び、首の傷に痛みが走った。

「発見されたときの状態はどう説明するんです？」

「アマットさん、水や小動物たちが遺体にひどい損傷を与えるんです。おいしそうなお肉を目の前にしたとき、腹を空かせたネズミがどういう所業に至るか、ぜひご覧になるべきですよ」

警部の笑い声が部屋の壁にこだました。ダニエルがにこりともしないのに気づき、警部は口をつぐんで、ため息をつきながら羽団扇豆の袋に手を突っこんだ。

「バルセロナという町は、殺人者、娼婦、無政府主義者であふれている。私には心配事が山ほどあるんです。たとえば、大勢の労働者たちが、労働総同盟とかいう何かの団体をつくろうとしている、みたいな噂とか。ったく冗談じゃない。だが心配ご無用。われわれが町の秩序を守る番人に、混乱や無秩序、犯罪を寄せつけない防御壁になります。みなさんの安全を保障します。ええ、おまかせください」

「僕はそうは思わない」ダニエルはいらだちを隠そうともせずに反論した。「むしろ、いま起きていることを解明する気がまるでないように見えます。あの娘たちの殺人事件を、彼女たちの社会的立場を根拠にするという由々しき方法で、大急ぎで隠蔽《いんぺい》した。そして父の死についても事故と決めつけた。真実にもっと近い別の可能性を取り沙汰すれば、面倒なことになりそうだからという理由で」

「アマットさん！」警部は分厚い唇を不服そうに歪めた。「そういう指摘はもう少し慎重になさったほうがいいし、もっと感謝の気持ちを示してしかるべきでは？　とある方々のお力添えで、当方としてもお父上の名誉を守ることにしたわけですから」

　ダニエルは耳を疑った。こいつ、何が言いたいんだ？

　警部が椅子から立ち上がると、椅子が安堵のきしみを洩らした。すたすたとドアのほうに向かう。

「哀悼の意味もあって、あなたとお会いすることにしたんです。戯言《たわごと》に耳を傾けるような無駄な時間は私にはない。ただ、あなたを咎めだてするつもりはありません。お父上を亡くして動揺なさっていることは理解できます。善意の印として、その書類をお預かりしましょう」彼はダニエルの手から書類入れをもぎ取った。「調査すると約束しますよ」

　彼はそこで口をつぐみ、羽団扇豆の皮を吐き出した。それが唾を散らしながら飛んでいくのを見守る。皮は受け皿の縁にぶつかり、床に落ちた。不満げな顔をして、ダニエルに目を戻す。

「アマットさん、バルセロナで何を迷っているんです？　早くご自宅に帰ったほうがいい」

　警部に別れを告げたあと、ダニエルは辻馬車を拾って大学に戻った。万国博覧会のせいでどのホテルも満室で、大学の学長も宿泊施設への逗留は許可してくれず、バルセロナ滞在中は父のかつての居室を使ってはどうかと提案した。

　馬車に揺られながら、さっきの会話を反芻《はんすう》する。あれは全部、あの地区の人々の迷信を鵜《う》呑《の》みにした父の戯言にすぎないのか？　警部がほのめかしたように、父が自ら命を絶ったなんて、ありうるだろうか？　父にそんな真似ができるとは思えない。意気地なしのすることとされる行動を、父のプライドが許すはずがない。だが、父と没交渉になって長い年月が経ち、どこまで変わってしまったのか、いまのダニエルにはわからなかった。まわりから父についてあれこれ聞くにつけ、別人のように思えるほどだった。

　とうとう大学の建物の前に着いた。医学部はそのすぐ横にある。ダニエルは御者に料金を払い、建物にはいった。番小屋で警備をしている守衛に挨拶し、部屋に向かう。やっと少し休めるかと思うとうれしかった。バルセロナに来てから、眠る暇もあまりなかった。疲労と感情の起伏のせいでまともに頭も働かない。体力を回復して、明日になったら今後について決断しよう。

　すでに遅い時間だったので、居住棟に続く廊下ですれ違う人もいない。部屋の前にたどりつき、鍵を出そうとしたとき、その手が宙で止まった。ドアが少し開いている。出かけるときに鍵を掛けたことをはっきり覚えていた。はいってみて、思わず声をあげそうになった。整理箪笥の抽斗が床に引っくり返されていた。服が絨毯の上に乱雑にばらまかれている。旅行鞄の中身も空っぽで、裏地がずたずただ。ベッドのマットレスまで上から下まで切り裂かれ、内臓を引きずり出された遺体のように、中身が垂れている。

書き物机のほうを見ると、宝石箱が消えていた。室内を探してみたが、見つからなかった。誰かに持ち去られたのだ。ポケットに手を触れ、ノートの重みを感じてほっとする。警部との約束のため出かける間際に、ふと持っていこうと思い立ったのだ。犯人が誰にしろ、探していたのはその日記だと直感した。フレーシャの言ったとおりだった。このノートは貴重なものなのだ——理由はまだわからないが。

13

フレーシャは、シーツの下のドロースの体温を喜んだ。ストーブの中の石炭の最後の残りかすが燃え尽きてずいぶん経ち、室内は冷えきっていた。通りの街灯の光がカーテン越しに差しこんでいる。夜明けはまだだが、眠れそうになかった。ビダルとの会話、下水道での冒険、そしてオムス医師のノートと、頭の中はまだ沸騰している。アマット先生は俺を騙していたのだろうか？　そう何度も自問自答した。すべては心の病がつくりだした妄想なのか？　だが、違うと何かが訴えている。このネタにずっと賭けてきたから、もしでたらめだということになれば、新聞記者としての信用がまたしても危機にさらされる。俺のポストを奪う好機として、ヨピスが間違いなく利用するだろう。

目を閉じ、ふたたび殺人事件について考える。ダニエル・アマットが見かけどおりの人間でないことは明らかだ。ビダルとの話でいくつか疑問が生まれた。七年前に何があった？

ダニエルはなぜバルセロナからイギリスに逃げ、父親と口もきかなくなったのか？　どんな秘密が隠れている？　答えのない疑問というやつが大好物だった。この話の陰にはもうひとつおいしいネタがあると本能が告げていた。やめろとあんなに止めたのに、ダニエルが自分の発見を警察に通報すると決めたことを思い出し、フレーシャは舌打ちした。それでこの一件にはピリオドが打たれる。一連の事件について何かひと言、たぶんコラムひとつぐらい書くことはできるだろうが、内容は結局、憶測にすぎない。こんなに長いあいだ時間を無駄にしたことを新聞社内で正当化するもっともな理由が必要だった。ただでさえ問題を抱えているのに、このままではもうひとつ問題が加わることになる。

ラバル地区で数日前から噂が流れている。フレーシャは追われていた。カン・トゥニスの競馬場でかなり負けが込み、借金返済の期限が過ぎてすでにずいぶん経っていた。ラ・ネグラは、約束を違えてきちんと金を返さない客には容赦がないという評判だった。おまけに、何か月も溜めた家賃を回収しようと、家主も手ぐすね引いて待ちかまえている。家主の女房の口添えももう当てにならないようだった。だからドロースに匿ってもらうほかなくなったのだ。ドロースはそのときいた客を無理やり追い返すと、しばらくここに置いてあげると言ってくれた。また横を向き、隣に寝ている女の顔を見る。まもなく三十になるというのに、眠っているとまるで少女のようにあどけない。

彼女と知りあって三年になる。バルセロナ・トラムウェイ社の横領事件についてすっぱ抜いたところだった。大勢の社員、社長、市会議員が関わっていることをほのめかした。一大スキャンダルとなり、ニュースは町じゅうに広まった。数週間後のある晩、新聞社を出たところで、覆面の集団に襲われた。袋叩きにあっていたときにたまたまドロースが通りかかって大騒ぎをしたので、連中は慌てて逃げた。彼女は、腹にひどいナイフ傷を負ってほとんど意識をなくしていたフレーシャを家に連れ帰った。思い出すだけで体が震え、確かにそこにあるかどうか確かめるために、逆光のなか、手を見る。ドロースは傷の手当てをし、翌日は発熱のせいでウナギのように身をよじる彼の看病をしてくれた。自家製の熱さましを何リットルも飲ませ、包帯を交換し、熱を下げるために冷たい水で濡らした布を彼の体に押し当てた。一週間は安静の必要があった。なぜここまでしてくれるんだと尋ねると、ドロースは肩をすくめて微笑んだ。それ以来、二人はちょくちょく会うようになり、彼女の仕事がないときにはひと晩いっしょに過ごすこともあった。やがて二人のあいだに完璧な合意ができた。結局のところ、ドロースはいまの仕事をやめられないし、彼も束縛はされたくなかった。物音がして、はっとする。ドロースが寝ぼけ眼で彼を見ている。口が半分開いていた。

「眠れないの?」

「うん」フレーシャは言った。「考え事をしてた」

彼女が毛布の下でもぞもぞと体を動かす。薄暗がりのなか、彼女の唇に笑みが浮かび、サフラン色の巻き毛が絨毯の上に落ちるのが見えた。彼女の手を感じて、フレーシャはぴくっと反応した。ドロースは彼の肩に頭をのせた。

「考えすぎるのはよくないわ。悩みは明日にお預けにして、こっちにおいでよ。寒いわ」

フレーシャは言われたとおりにした。

14

ダニエルは朝早く目覚めた。また今日もよく眠れなかった。昨日の警部との会話、そして部屋が荒らされていたことを経て、いまや答えより疑問のほうが増えてしまった。警察が父の死について調べる気がないことは明らかだったし、宝石箱の盗難を届け出てもどうせ無駄だろう。服を着替えながら、学長と話をしてみることに決めた。

サンタ・クレウ病院の建物は目を見張るようだった。町のいくつかの病院を統合して四世紀ほど前に建設され、こんにちまであちこち改築するあいだに、廊下や病室や階段の一大融合体と化した。病院のすぐ近くにいにしえの王立医学院を設立したのは名案だった。おかげで百年以上にわたり、バルセロナの医学生たちがたっぷり臨床経験を積むことができた。その結果、バルセロナは大勢の名医を輩出する誉れを得たのである。

包帯の箱を抱えたインターンが、スニェ先生なら回復期の患者用の別棟にいますよと教えてくれた。ダニエルは礼を言い、柱廊のある中庭《パティオ》にはいってから上階に上がった。

ルイス・スニェ・イ・ムリスト学長は少年の前でしゃがんでいた。髪を後ろに撫でつけ、中年らしく髪がやや後退しているのがわかる。にっこり笑うと、つやのある口髭が輝いた。

入院患者がみなそうであるように、その少年も灰色のガウンを着ていた。両頬にひと筋ずつ涙の跡がある。話しながら、学長は少年の肩に手を置いた。近づいたとき、言葉の最後の部分がダニエルにも聞こえた。

「シスター・イネスがついていてくれるよ。もっとよく食べて、毎日散歩をしてお日様を浴びればいいだけだ。そうすれば何日かでおうちに帰れる」

少年の脚に派手に巻かれた包帯に気づき、ダニエルは愕然とした。左脚がなかったのだ。まだ目を涙で濡らしている少年は、それでも医師ににっこりした。そして松葉杖をつき、クララ修道会の修道女に付き添われて、廊下を遠ざかっていった。スニェ学長はその後ろ姿を見守っていた。ため息をつき、膝に手をあてがってなんとか立ち上がる。そのときやっとダニエルに気づいた。

「アマットくん」驚きの表情が厳粛なそれに変わった。「ゆうべ部屋に泥棒がはいったと今朝聞いた。申し訳なかったね。いったいどういうことなのか。いままで一度もそんなことはなかったのに。すぐに別の部屋を用意させよう。何か希望はあるかね？」

「ええ、どうもありがとうございます。じつは、もう何日か滞在を延長させていただけるとありがたいのですが。どうやら父はいろいろと未解決の問題を残していたようで」

「もちろんだとも。好きなだけ滞在してもらってかまわない」

「じつは、あなたとも話がしたかったんです」

スニェ学長は興味を引かれたようにダニエルを見た。それからクララ修道会の修道女を呼び、ダニエルに新しい部屋の用意をするように指示した。

「あまり時間がないのだが」彼はダニエルに向き直って言った。「もしよければ、回診をしながら話をすることはできる」

二人は廊下を歩きだした。一度ならずスニェ学長は呼び止められ、質問を受けたり、問題点について報告を受けたりした。医師はそのたびに立ち止まり、的確な指示を出したり、決断が必要な問題を解決したりした。

「ここならもっと落ち着ける」病室から離れた場所にたどりつくと、そう言った。「で、何の話かね？」

「ご存じのように」ダニエルは話しはじめた。「父とは長いこと疎遠でした。バルセロナに戻ってみて、父についていろいろな発見がありました……どう言ったらいいか……初めて会う他人みたいに思えました」

「彼のことはとても尊敬していたよ」スニェが言った。「私の指導教官だったんだ。医師として、研究者としての計り知れない才能を誰もが高く評価していた。だが、七年前のあの恐ろしい出来事以来、二度と昔の彼には戻れなかった」

ダニエルは先を促した。

「君が去ってまもなく、お父上も国を出たんだ。一時的に外国に行っていた。たしかウィーンとベルリンだったと思う。それについてはあまり話したがらなかった。二年後に帰国した。初めのうちは回復したように見え、若返ったとさえ言っていたんだ。授業や研究を再開し、診療所さえ新たに開いた。しばらくはすべて順調だったんだ、衛生問題の研究を始めるまでは。最初はただの暇つぶしのつもりだったらしいが、結局身も心も捧げることになり、心身ともに消耗していった。警告したが、無駄だった。まもなくすっかり人格がおかしくなった。なんとか助けたくて訪ねても、けんもほろろに追い返された。君もお父上がどんな様子だったか、想像がつくと思う」

　事実、想像はついた。父はときに人をとことん不快にさせるのだ。

「そのまま時間が経過して、一時回復したように見えたのに、今度は妙な行動を取るようになった。誰にも知らせず何日も行方をくらましたり、夜中に校内を徘徊したり、自室で細かい注意が必要な化学実験をしたり。現実との折り合いがつけられなくなり、同僚や友人も匙《さじ》を投げた。

　何度もノイローゼになって、なんとか眠れるように私がアヘンチンキを処方したほどだ。それでもくり返し悪夢を見て、君や弟さんの名前をわめいた」

　ダニエルはうつむいてうなずいた。

「弟はあの火事で死にました」

「知っている。お父上はあの晩の記憶に苦しめられていた」スニェは大きく息を吸いこんだ。勢いをつけないと言いだせないことを口にしようとするように。「何度も事件の恐怖を味わっていた。あの殺人鬼の妄想は彼を錯乱させ、必死に悪魔を探そうとした……だが結局それは彼自身の中にいたんだ。違う、彼は不幸な偶然が重なって死んだんじゃない」スニェはダニエルの肩に手をのせた。「残念だが、お父上は自ら命を絶ったのだと私は思う」

「ありえない。父は……」

「優秀な医師で、偉大な人だった」彼はダニエルを遮った。「君たちのあいだで起きたことはあくまで過去の一部だ。私から見れば、お父上の死は事故だよ。お父上の思い出に敬意を表し、本来の彼らしい姿で記憶を留めたい」

　本当にそうなのか？　父は正気をなくしていたのか？　だがそれなら……なぜオムスのノートを残したのか？　それも頭がどうかしていた証拠だろうか？　ダニエルは自問自答した。回復棟を後にして、別の区域にはいる。そこはもっと人の出入りがあった。廊下で医師たちが助手と議論し、汚れひとつない真っ白な修道服に身を包んだクララ修道会の修道女の二人組が動きまわっている。ひとりの教授を先頭に学生の一団が角を曲がって現れ、彼らとすれ違った。若者たちの中に、墓地で父の墓に近づいていたたずんでいた男がいるのに気づいた。

「あの学生は誰ですか？」ダニエルはスニェ学長に尋ねた。

「どの学生？」

「脇にファイルを挟んでいる、最後尾を歩いている若者です」

「ああ、パウ・ジルベルトだよ。優秀な学生だが、同級生の中ではあまり人気がないようだ。お父上の最後の助手だった」

　ダニエルは、一団が廊下の向こうに姿を消すまで若者を目で追った。そのあとスニェに従い、細長い部屋にはいった。十前後ある尖頭アーチが木製の天井を支え、各アーチのあいだにある窓から日光が差しこんでいる。藁布団が敷かれた五十台の鉄製ベッドは両側の壁沿いに並び、中央にできた通路を通って医師たちは病人を回診する。ベッドとベッドのあいだに白いカーテンが引かれているところもあって、それで少しはプライバシーが保たれていた。「ここは北棟のサンタ・マリアの間だ」学長が言った。「男性用の大部屋なんだ。女性のほうはサン・ジュゼップの間だ。お父上はここで何時間も過ごしていたよ」

ベッドにはひとつも空きがなく、床にまで藁布団が敷かれている。学長はダニエルが考えていることを言い当てた。

「患者があふれていてね」彼は認めた。「いまは難しいときなんだ。ここ三年のコレラの流行ではいちばんひどい。幸い、われわれはまもなく新病院に移転する。ペラーダ山の麓に土地も用意されている。できれば……」そこで言葉を切り、手で指し示した。「おや、あそこにガベット先生がいる。とても優秀な医師のひとりだ。紹介するよ」

ダニエルは、以前自分に近づいてきてお悔やみの言葉を口にした、吃音《きつおん》の紳士を認めた。頭に包帯を巻いている男性のベッドの横に座っている。男性は派手に手を動かして何か訴えているが、医師がそれを落ち着かせようとしている。テーブルの上のランプの光が医師を照らし、一瞬見覚えがあるように思えたが、なぜそう感じたかはわからなかった。

「ガベット医師は、それはもう熱心でね」スニェ学長の言葉がダニエルの物思いに割りこんできた。「夜明けと同時に仕事を始め、夜になっても帰らない。患者の多くの命が、文字どおり彼にかかっているんだ。いま彼が診ているあの男性は、昨夜の万博会場での事故のあと運びこまれてきた三人の作業員のひとりだ。今朝、ほかの二人は怪我が原因で亡くなった」

ダニエルは、痛みに身をよじる打撲を負った男をガベットがなだめる様子を見守った。彼は修道女を呼び、患者に鎮静剤を投与した。目を上げたとき学長に気づき、患者と二、三言葉を交わしたあと、こちらに近づいてきた。憤慨しているらしい。

「まったく、な、なんということだ。スニェ先生、こ、こんなのは許されない。あの人たちは長時間働かされすぎだ。こ、このままにしておくわけにはいかん。は、発電所の工事で起きた事故は、こ、今週だけでさ、さ、三件目だ」

「落ち着くんだ。われわれにできるのは、おのれの仕事をまっとうすることだけだ。わかっているだろう？　アマットくんを知っているかね？」

「墓地でお会いしたかと……」ダニエルが口を開く。

ガベットは軽く会釈しただけで、ぶつぶつと文句を言いながら行ってしまった。

「無礼で申し訳なかったね。とてもやっかいな男だが、彼の言うことにも一理ある。このところ、万博の工事現場で起きた事故で担ぎこまれる怪我人が後を絶たないんだ」スニェが説明した。「建設会社の大半は労働者に対して最低限の安全措置さえ施していない。そんな時間はないと言ってね。働き手には事欠かないし、とにかく切羽詰まっている。開会式が間近に迫っているから。そういうわけで」そこで疲れたしぐさをする。「アマットくん、おわかりのように、私はとても忙しい。担当の患者を診なければならないのでね。お力になれたのならいいのだが」

「ええ、先生。お時間を割いてくださってありがとうございました。もしよければ、最後にもうひとつだけ質問を」

「何だね？」

「フラダリック・オムス医師にはどこで会えますか？」

スニェは眉をひそめて目を上げた。

「なぜオムスに興味を？」

「父の持ち物の中にその方の蔵書が何冊かあったんです」ダニエルは嘘をついた。「親しい仲だったようなので」

「たしかに二人はしばらくのあいだ固い友情で結ばれていた。だがその後、仲違いした」ダニエルが疑問を顔に浮かべると、スニェは先を続けた。「いいかね、オムスは化学の授業を受け持つ、名の知られた解剖学者だった。彼の解剖は学生のあいだでとても人気があった。一年間図書館の担当となり、みごとな成果をあげた。そうして名を上げはじめたときに、妻が病に倒れた。詳しいことは知らないが、お父上と疎遠になったのはその頃だった」

「どこにいらっしゃるかご存じですか？」

「彼と会って具体的に何をするつもりだね、アマットくん」

「長く父と交流がなかったので、近年父と関係があった人と話がしたい、ただそれだけです」

「残念ながら、それはとても難しいと思う」

「どうしてですか?」

　スニェはダニエルをいらだたしげに見た。

「いいかね、これはとてもデリケートな問題なんだ。彼は妻の病がいかに重いかを知ると、授業も病院の仕事も放り出した。何週間も昼夜を問わず、治療法を探すことに没頭した」

「それでどうなったんですか?」

「失敗した。奥さんは亡くなったんだ」

　ダニエルはオムスに同情している自分に気づいた。あのノートを読めば、彼がどれだけ妻に尽くしたか、いやでもわかる。妻を亡くしたときの無力感と苦しみはさぞ耐えがたいものだっただろう。

「オムス医師はいまも大学にいるんですか?」

「いや」スニェは首を横に振った。「オムスは妻の死との厳しい闘いで消耗し尽くした。妻を失ったことを乗り越えられず、正気をなくした。ある晩、君のお父上も含む病院の大勢の医師たちが、子どもの解剖をしようとした彼を止めなければならなかった」

「それのどこがいけなかったんですか?」

「子どもは生きていたんだよ」

　ダニエルは口をつぐんだ。

「一年半前から、オムス医師はヌエバ・ベレンのサナトリウムに入院している」

15

カルメータはできるだけ急ぎ足で歩いた。人気のない通りに、靴が舗石にぶつかる音が夜警の杖のように響く。こんなに遅くなっちゃって！　いま十五歳の彼女は、グラシア通り中央に広々とした大邸宅があるポンス家でお針子の見習いをしている。仕事が終わるぎりぎりの時間になって、エルミニア奥様から、長女レオノー様の舞踏服のお直しをすませてほしいと命じられたのだ。いつもならアデラさんがする仕事だが、彼女は三日前から流感に罹って寝込んでいる。難しい仕事だったし、それに見合う腕もないせいで、ずいぶん時間がかかり、一度ならず叱られるはめになった。幸い、しまいには奥様に満足していただけるところまで仕上げられた。

カタルーニャ広場に着いたとき、すでに九時を過ぎていた。とある店員から、市電の終電を逃しちまったなと言われ、歩くしかなくなった。わが家の石炭ストーブのぬくもりを味わうまでの長い距離を思い、ふんと鼻を鳴らす。家まで延々と歩くのは初めてではない。切符代の二十センティモを節約し、通りのにぎやかさを楽しもうと思う日もあった。とくに、上品なご婦人方がそぞろ歩くランブラス大通りでは思わずうっとりしてしまうし、リセウ劇場やプリンシパル劇場に向かう馬車の中のしかつめらしい顔をした紳士方にも目を吸い寄せられた。活気あふれるブカリア市場、人が群がる店、明るくて騒々しいカフェにもついふらふらと吸いこまれそうになる。匂い、色、絶え間ない人の行き来にあふれている。生まれ育った地域からいままでほとんど出たことがなかったし、ポンス家で働きはじめてまだ間がなかった。カルメータの目に、バルセロナはまだまだ発見することの多い魅力的な世界に映った。

だがその日は散歩日和とは言えなかった。すでに暗くなっていたし、雨の気配もある。店や売店は鎧戸を下ろし、一部のカフェの窓に灯りが見える程度だ。空いているほうの手で肩のショールの前をかきあわせる。本当に寒かった。一日だって病気になるわけにはいかない。働かなければならないのだ。週二十レアルのお給金で、両親も少しは楽になる。二人ともサンツ地区の織物工場で何時間も何時間も働いている。

歩くうちに菓子店のフィゲラス邸の前を通りかかる。カルメータは店の角にある彫刻が好きだった。モデルニスモと呼ばれる運動についてはよくわからない。家で下宿屋の女主人が話しているのを聞いたことがある。その様式が町で流行しつつあり、賛否両論なのだという。カルメータとしてはその彫刻の農婦の身なりと視線に憧れているだけだ。

歩道をそのまま進み、サン・ジュゼップのあたりでランブラス大通りを渡る。通りの地面や店の日除けにぽつぽつと小さな水玉模様ができはじめている。空が予言するにわか雨の前触れだ。できたての水たまりを避け、ボルン地区の路地にはいる。途中、夜警たちがガス灯に火を入れるのを見かけ、その光が通りを黄色く照らした。カルメータは物心ついてすぐに身を守るすべを覚えなければならなかったから、いまも用心して歩いていた。バルセロナは驚異の町だが、うっかり者にはとても残酷な一面を見せることがあることも知っていた。まして、〈ゴス・ネグラ〉が通りをうろついているいまは。その噂話のことを思い出すと恐ろしくなり、恐怖を振り払うため無理に微笑もうとした。

賄い婦たちのあいだでは、呪いだのお化けだのが話題の中心だ。〈ゴス・ネグラ〉についてはいろいろな噂が出回っていて、なかには辻褄が合わないものもあるけれど、典型的なのは闇の深い夜に、肌の焼け焦げた巨大なマスチフ犬の姿で現れるというものだ。真っ黒だったという証言もある。目は燃えさしのように光り輝き、口から地獄の炎を吐くという。ある馬番の少年は、〈ゴス・ネグラ〉が通ると石もへこんで足跡がつくと話した。少なくとも十人の娘を殺し、遺体にぞっとするような狼藉を働いたと言われている。カルメータはそんな馬鹿話は信じない。どうせ、賄い婦にちょっかいを出すきっかけにするための、馬番たちの作り話だ。

人気のないドン・カルロス通りにたどりついた。左手にあるアル・トリン闘牛場はすでに灰色の影となり、よくよく見なければ闘牛場だとわからない。そのとき急に雨脚が強くなった。突然の天の怒りに驚き、やむまでどこかのアーケードで雨宿りしようかとも思ったけれど、温かいスープの誘惑のほうが強かった。疲れていたし、服が濡れて体に張りついていたし、寒さで体が震えた。ここで待っていたらきっと風邪を引く。わが家はそう遠くないのだから、できるだけ身を守って、狭い建物のあいだにはいりこんだ。

近所まで来ると、海が近いとわかる。空気が潮の匂いを運んでくる。霧が濃いので、数メートル先がもう見えない。手押し車を押す二人の男が彼女に気づきもせずに横を通り過ぎ、角の向こうに消えた。クンコルディアと呼ばれる通りにはいったとき、それまで灯っていた街灯がふっと消えた。この界隈ではよくガスが切れ、寒かったり雨が降っていたりすると、夜警はわざわざ現れない。ほかの街灯もいっせいに消えた。カルメータは気にせず先を急いだ。ガス切れは、リセウ劇場でのスキャンダルと同じくらいよくあることなのだ。

靴を直すために立ち止まったそのとき背後で足音が響き、驚いた。それは次の瞬間に止まった。それまでは自分のとぎれとぎれの息の音しか聞こえなかったのに。だが、間違いない、あれは足音だった。また聞こえるのを待ってじっとしていたが、耳にはいってくるのは、岸辺を打つ波の音と家々の鎧戸をもぎ取ろうとする風の唸りだけだ。胃のあたりに不安を抱えながら、また歩きだす。この暗く人気のない通りを歩いていると、〈ゴス・ネグラ〉の噂もそれほど馬鹿げているように思えなくなる。鎧戸の下りた居酒屋の前を通りかかったとき、また足音が聞こえ、いまや重い呼吸音までそれに加わっていた。今度は確かだった。服の裾をたぐり寄せ、できるだけ足早に歩きだす。角を曲がるたびに後ろを振り返りながら。カルメータの頭の中は、自分を追ってくる巨大なマスチフ犬のイメージでいっぱいだった。その瞬間、咆哮が空気を引き裂いた。カルメータが走りだすのにもう理由はいらなかった。途中、いくつもの通りを走り抜け、閉店した食堂の入口の前にいつしかたどりついた。口から吐き出される呼気が白い湯気となってたちのぼっている。ショールをどこかでなくしてしまったし、シニョンがほどけて髪がぼさぼさだ。背後の音はもう聞こえない。何に追われていたにせよ、なんとかまくことができたようだ。そのとき、影が襲いかかってきた。

両腕で体を抱いて守りながら身を縮め、脚をばたつかせて、大声で助けを呼んだ。すぐに襲撃者などいないことに気づき、口をつぐんだ。目を開ける。ばらばらになった空き箱に囲まれていて、驚いた猫が通りの向こうに逃げていった。

大笑いしたかったけれど、寒すぎた。明日お屋敷に行き、自分がどんな怖い思いをしたか話したら、同じ使用人のアルビーラとアンジェルスは大喜びするだろう。〈ゴス・ネグラ〉に襲われたとばかり思ったんだもの！　なんてお馬鹿さん！　すでに自分を取り戻し、次の通りにはいる。あたりは真っ暗闇だったけれど、不安はなかった。そこは自宅のある通りだから、灯りがなくても玄関まで難なくたどりつける。ショールをなくしたことを母に叱られるわね。まあ、言い訳は何か見つかるでしょう。笑みを浮かべたまま、ポケットから大きな鍵を出す。安堵のため息をつく。火にかけられたスープの匂いがするし、きょうだいのうち二人が喧嘩をしている声さえ聞こえた気がした。錠に鍵を差し入れ、蠟燭の灯りでかろうじて照らされた踊り場に足を踏み入れる。いちばんかわいがっている末っ子のジュゼップはまだ起きているかしら、と考えながら。

悲鳴をあげる暇もなかった。服をつかまれ、信じられないほどの力で引っぱられた。扉の取っ手をつかもうとしたが、それは指のあいだから逃げていった。顔を殴られて眩暈《めまい》がし、そのあと何かに体を刺し貫かれ、全身がかっと熱くなった。体から力が抜け、扉がなかば開いたままのパティオの前で倒れこむ。上階のわが家の窓の灯りが見え、その向こうに母のシルエットが浮かんでいる。母が窓の外を見たような気がする。みんな私の帰りを待っている。

助けを求めたかったが、口が開かなかった。頭もほとんどまわらない。襲撃者は彼女を引きずりはじめ、足が泥に溝を刻んでいく。瞼が閉じたものの、わが家が遠ざかっていくさまはまだ見えていた。頬が濡れていたが、彼女にはもうそれもわからなかった。

ヌエバ・ベレンのサナトリウム

万国博覧会開会式まであと十五日

16

ダニエルは、旧シンタディーリャ公爵邸で、いまは電報局となっている建物を出た。オックスフォードに戻るのがもう何日か遅れるという電報を打つのは、容易なことではなかった。都合のいい言い訳はないものかと一時間ほど悩んだすえに、あまり詳しいことは書かずに送ることにした。建物の巨大な玄関口で帽子をかぶり、確固たる足取りでウルキナオナ広場を突っ切って、向こう側で客待ちをしている辻馬車に乗る。サン・ペドロ通りを進むあいだ、ランドー馬車やらベルリン馬車、満員の環状線の市電とすれ違う。乗り物の合間を、通りからあふれるほどの群衆が動きまわる。バルセロナは、工場や店舗、特定のカフェに向かってつねに移動する人々で煮えたぎっている。彼らが向かう場所は、所属する社会階級によってそれぞれ異なっている。だがダニエルにとってはどうでもいいことだった。いま彼は、これから訪問する相手のことで頭がいっぱいだった。

馬車はグラシア通りを進み、タラゴナ鉄道の線路を渡ったあと、マヨルカ通りに向かう。しだいに建物がまばらになり、ところどころに工事中の敷地も見える。まもなく目的地に到着した。ダニエルは、白い壁とスレート葺きの屋根を備えた優美な邸宅の前で馬車を降りた。

町が発展するにつれ、裕福な住民は非衛生的な中心部から離れた場所に居を移すようになった。勢いのあるブルジョア階級のあいだではモデルニスモと呼ばれる美術様式が流行し、有名建築家たちはいままで誰も見たことがないような建物を建てた。しかしイレーナの夫は、そんなものはすぐに廃《すた》れると考え、一過性の流行とはできるだけかけ離れた様式で自宅を建設した。ダニエルは玄関でノックをした。現れたのは、子どもぐらいの背丈のオリーブ色の肌をした目の大きなメイドで、ダニエルをじろじろと眺めまわしたあと、ちょっと滑稽な感じのする、アンダルシア南部特有の訛りで尋ねた。

「こんにちは。何のご用でしょうか？」

「こんにちは」ダニエルは帽子を取り、名刺を差し出して答えた。「奥様にお会いしたいのですが。私はダニエル・アマットと申します」

屋敷の中にはいったとたん、ダニエルは装飾の贅沢さに舌を巻かずにいられなかった。玄関ホールがまた広く、上流階級の標準に照らしあわせたとしても、凝りすぎていた。窓にはコロニアル風の長いカーテンが下がっている。壁には所狭しと絵画が飾られ、ルイ十六世様式の豪華な家具に古典的な意匠の壺や彫刻が鎮座している。そのどれかひとつだけで、ダニエルのオックスフォードでの一年分の給金が吹っ飛ぶだろう。屋敷の住所はスニェ学長から教えてもらった。イレーナがバルセロナで大成功を収めた実業家と七年ほど前に結婚したことも、やはりスニェ学長からの情報だ。誰にとっても同じように時間は過ぎ、当然ながらイレーナは結婚した。自分だって新生活を築き、婚約したではないか。なのになぜそんなにこだわる？　メイドがふたたび現れたとき、ダニエルは室内をまだ全部見終わっていなかった。

「お客様、申し訳ありませんが、ご遠慮したいと奥様はおっしゃっています。体調がすぐれないので、誰ともお会いしたくないと」

　メイドが少しも悪びれずに言い訳をする様子を見て、彼女の主人はダニエルを追い返したいだけなのだと理解した。

「これを渡して、会ってもらえるまで帰らないと伝えてほしい」

　ダニエルの有無を言わせない口調にぎょっとしたらしく、メイドはダニエルが差し出した箱を受け取り、引っこんだ。少しして戻ってきた彼女は、無言のままダニエルを廊下へといざない、居心地のよさそうな読書室に案内した。中にはいると、小さな女の子を連れた乳母がドアの向こうに消えた。それについて考える間もなく、そこにいたもうひとりに目が吸い寄せられた。揺り椅子にゆったりと腰かけたイレーナは、開いた箱を膝にのせ、指で箱の中のカメオを撫でている。窓に向けた目はぼんやりしている。夕陽が窓越しに差しこみ、彼女の肌を撫でている。光は少しずつ引いていき、いっしょに彼女を連れ去ろうとしているかのようだ。ダニエルはわざと咳払いをした。イレーナがこちらを向き、日差しの最後のきらめきとともにその瞬間が消滅した。今日の彼女は、襟の高い、ウエストを絞った緑色のドレスを着ている。手の甲まで届く長い袖。胸には聖ゲオルギオスのメダルをさげている。目のまわりや口元に、以前はなかった時間の痕跡が見えるのにダニエルは気づいた。彼女の目に、自分はどう見えるのだろうと思う。椅子から立ち上がったとき、手首のあたりに紫色の痣《あざ》が見えた。彼女は慌てて袖を引き、痣は隠れて見えなくなった。

「あなたの厚かましさには驚いています」

そう言い放ったイレーナのまなざしは氷のようだった。驚くことではない。彼女が僕を恨むのは当然だ。だが、そうわかっているからといって、気まずさが減るわけではない。

「どうか謝罪を受け入れてほしい。まもなくこの町を立ち去ることになるので、どうしてもいま会っておきたかったんだ」

「わざわざ何のために？」

「それを直接手渡したかった。君にとって大事なものだとわかっているから」

イレーナはわずかにうなずいた。たちまちダニエルは、鳥の彫られたそのカメオを彼女から手渡されたあの瞬間にタイムスリップした。《あなたにあげる》唇の震えを隠すために微笑もうとしながら彼女は言った。《キューバキヌバネドリというの。籠に閉じこめられると、悲しみのあまり死んでしまうのよ、知ってた？》それが火事の前に二人が交わした最後の言葉だった。そして二人の人生は永遠に別れ別れとなったのだ。イレーナの声で彼はふたたび現実に引き戻された。

「ありがとう」彼女の手が箱を閉じ、冷淡のベールがまた彼女を覆った。「代わりに何をさしあげればいい？　私の……謝罪？」

　ダニエルは咳払いをしてから答えた。

「いや、君が謝ることはないと思う」

「出てって」イレーナの声が大きくなった。「二度と現れないで。私に何を期待したの？」

「わからない。何も期待などしていない。実際、君にまた会えるとは思ってもみなかった」

「ずっと便りもよこさないで……」彼女の手が箱を握りしめ、関節が白くなる。

「あのときはそのほうが君のためだと思ったんだ」

「私のため？」笑い声が震える。

　会話をするうちに、いつしか二人の距離が近づいていた。ダニエルはその肌から漂うジャスミンの香りと、彼女の胸で速まる鼓動を感じた。いや、この鼓動は自分のか？　イレーナの顔には怒りの仮面が張りついている。ダニエルは目をそらしたかったができず、その美しさに目が釘づけになった。自分を止めようとしたのに、気づくともう一歩踏み出して、手を伸ばしていた。彼の手が触れたとたんイレーナはぶるっと身震いし、邪険に振り払って背を向けた。頬に赤みがさしている。

「どうして来たの？」

　答えれば事態を悪くするだけだとわかっていた。

「父について、いくつか訊きたいことがあった」

　イレーナが驚きの表情を隠しもせずに振り向いた。ダニエルはしゃべりつづけた。二人のあいだにわずかばかりでも残っていたつながりがこれで完全に断ち切られるとしても、知る必要がある。

「父の死を知らせる電報が君から送られてきたとき……」

「私は電報など送ってません。だいたいどうして私が？　あなたがどこにいるかも知らなかったのに」

ダニエルはとまどった。彼女でなければ誰が？　イレーナの署名があった。過去の二人の関係を知る誰かが、彼女の名前を騙《かた》ったということだ。その誰かは、どうやって僕の居場所をつきとめたのか？　何のために？　なぜ僕をバルセロナに連れ戻そうとした？

「あなたのお父様の何が知りたいの？」イレーナの声が彼の考え事を遮った。

「この一年、君は病院にいる父に何度も会いに来ていたと聞いた」

「ええ。お父様がヨーロッパから戻っていらしたとき、訪ねる義務があると思ったの。あなたのお父様はいつも私によくしてくれたから……。でも、何のためにそんなことに興味を？」

「父が亡くなった状況について調べているんだ」ダニエルは正直になることにした。「事故じゃなく、殺されたんだと思う」

イレーナの両手が口を押さえた。その目に一瞬浮かんだ奇妙な表情を、彼女は隠しきれなかった。まるで、そう聞いても驚かないとでも言いたげな表情。

「君が訪ねたとき、父が何かおかしなことを言ってなかったかい？」

「べつに。この数週間、いつもより何かに気を取られているようには見えたけれど。仕事のせいだと私は思っていた。お父様は研究に没頭すると、食事さえ忘れてしまうことは知ってのとおりよ。私と会うときは……少しはふだんのお父様に戻った。でも……」彼女は額に皺を寄せた。「お父様が姿を消す五日前、事件があったの。午後に訪問したら、部屋の床に倒れていた。しかも服がびしょ濡れだったの。助けを呼んだら、若い男性が現れた。助手だと、お父様の助手だと彼は言ったわ」

「細面の痩せた若者？」

「ああ、そう、その人よ。二人でお父様をベッドに寝かせた。しばらくするとうわ言を言い、ベッドの中で体をもぞもぞ動かしはじめたの。寝言のようだったけれど、意味がわからなかった」

「どんなことを言ってた？」

「ほとんどわからなかったの。神に禁じられた探究だとか、呪われた犬だとか。数時間後に目覚めて、水を欲しがった。だいぶ冷静になっていて、心配する私をなだめようとして、仕事をしすぎたせいだと言った。彼の助手が一瞬席をはずしたとき、急に私の腕をぎゅっとつかんで、いま聞いたことは全部忘れてほしいと言われたわ。そのあとあなたの名前をつぶやき、深い眠りに落ちた。そのまま休まれたので、私は失礼したの。生きているお父様を見たのはそれが最後だった」

　その出来事がどういう意味を持つのか考えていると、部屋のドアが勢いよく開いて壁を揺らし、男がはいってきた。イレーナがいそいそと近づき、腕を取った。

「ごきげんよう、あなた。アマットさんのことはもうご存じよね」

「親愛なる友よ！　君に会えるとはなんたる驚きだ」

　ダニエルは危うく驚きの声を洩らしてしまうところだった。アンプルダーの裕福な一族のひとり息子であるバルトメウ・アデイは、七年前とはまるで別人だった。頭は若禿げになりつつあり、顔色もやや青黒い。当時は確か、髭もたくわえていなかった。だがそのしぐさは、友人同士だった頃を充分思い出させるものだった。彼のすべてが富を匂わせた。あつらえの上着、ベストから垂れる金の鎖、剣のように振りまわす象牙のステッキ。目が探るように室内を見まわす。アンジェラとイレーナのジネー姉妹がバルセロナにやってきた頃、アデイはパーティや芝居の初演があると必ず姿を見せる遊び人たちのひとりだった。そうして姉妹と出会ったのだ。じつは姉妹をアデイに紹介したのもダニエルだった。アデイは最初から妹のほうにご執心で、とうとうその目的を遂げたわけだ。

　ダニエルは握手の手を差し出したが、旧友はそれを無視し、妻の腰に手をまわして引き寄せた。イレーナは夫の手が触れたとたん身をすくませた。

「元気そうじゃないか」

「ああ、ありがとう」ダニエルはなんとかそう告げて、軽く会釈した。「会えてうれしいよ。だが、これ以上お邪魔するつもりはない。もう失礼するよ」

「そりゃだめだ」アデイはイレーナの腰から手を離し、続けて肘をつかんだ。「いま行かせるわけにはいかないよ。わが家に君を迎えられるなんて、思いがけない喜びだ」

ダニエルには辞去する口実が見つからず、結局、肘掛け椅子に促されるままとなった。アデイはステッキを脇に放り、ダニエルの正面の椅子に腰を下ろした。

「イレーナ、コニャックを二つのグラスに頼む」

彼女は脇テーブルから小さな銀のベルを取った。

「ファナを呼びます」

「だめだ」笑顔とは裏腹ににべもない口調だった。「私はおまえに頼むと言ったんだ」彼は嘆息し、ダニエルのほうを見た。「結婚は?」

ダニエルは首を横に振った。

「ああ、それは運がいい。女ってやつは本当にしょうがない。ころころ気分を変え、気まぐれで……。まるで子どもだよ。芯が弱いんだ。男に守ってもらわないと生きていけない。われわれがいなかったらどうなってしまうのか」

イレーナはダニエルの視線を避け、すりガラスの天板に各種の酒瓶やグラスがのったワゴンに近づいた。すぐにガラス同士がぶつかる音が聞こえてきた。ダニエルはイレーナの手が震えているのを見逃さなかった。

「こぼすなよ、おまえ」

「もしよければ……」ダニエルは言った。

「ほかのもののほうがいい? ああそうか、ウィスキーか! われらがダニエルに高級ウィスキーを一杯さしあげろ、イレーナ」と命じる。「ブリテン島ではそれを飲むんだろう?

大丈夫。できたてのものをスコットランドの蒸留所から何箱も取り寄せてあるんだ。グリンディックだったか、グレンフィディックだったか……どっちでもいい、名前なぞ聞いたことはないし、どうせ発音できない。その会社に投資しようかと思っているんだが、まだ決めかねているんだ」

「何もいらないよ、ありがとう。酒は飲まないんだ」

アデイは目を丸くしてダニエルを見た。

「酒を飲まない？」

アデイが大笑いを始めると胸がひくひくと波立ち、安楽椅子の肘掛けを何度もたたくので、凝視するダニエルの目の前でもげてしまうかと思った。少しずつ落ち着き、ポケットからハンカチを取り出して潤んだ目をぬぐった。ため息をついたあと、脇テーブルにイレーナが置いたグラスを手に取ってぐいっとあおる。

「席をはずせ」

イレーナは返事もせずにドアのほうに向かった。夫の背後にさしかかったとき、ダニエルは彼女の目に意味のわからない哀願のようなものが浮かんでいるのに気づいた。

「久しぶりだよな」

「ああ、かなりね」

「いま、何してる？」

「教授だ。オックスフォードで学位を取った」

「それはよかった。医者になることがすべてじゃない」アデイは体を楽にし、グラスの中のコニャックを何度もぐるぐる回してから続けた。「私はといえば、両親にそう望まれて、医学部にはいった。医者になれば箔《はく》がつくと思ってたんだな。私も両親を失望させたくなかった。初めはまるで興味が湧かなかったが、しばらくすると、自分でもびっくりしたんだが、すっかり夢中になってね……そうとも！」彼は目をうっとりとなかば閉じた。「同胞の生死をこの手に握るというのは、なんとも気持ちのいいものだった。いつしか私は優秀な学生となり、君が記憶するような放蕩息子ではなくなった。昔の私ではないんだよ、親愛なる友よ」

「じゃあ、医師の資格を取ったのかい？」

「いや。きっとすぐれた医者になったはずだと思うがね。だが残念ながらいろいろあって、家業を継がなければならなくなった。最終課程の途中でやめたんだ」

「それはもったいない」

「いや、そうでもないよ。じつはそれでよかったのさ」彼の目がダニエルを探る。「それで、本当のところ、なぜわれわれを訪ねた？」

「君の奥方が父を気にかけてくれていたと聞いて、お礼を言いたかったんだ」

「ああ、そうだとも。妻はたいした慈善家なんだ。惜しまず時間を……費やしている。私に言わせれば、費やしすぎている。妻たるものの居場所は家庭だ。夫や子どもの世話を焼いていればそれでいいんだよ」そこでまたコニャックを飲む。「お父上はひどい事故に遭ったな。

港で溺れたと聞いたぞ。なんということだ。いろいろといやな噂を耳にした……君の耳にはとても入れられないよ。どうやらお父上はつらい毎日を送っていたらしい。あんな悲劇的な形で人生を終わらせたくなるほど追いこまれるというのは残念だ」

「何だって？」ダニエルは身を乗り出した。

「ただの噂だよ。戯言さ。この町がどんなに田舎臭いか、知ってるだろう？」

しだいにいらだちが募り、傷痕がこわばるのを感じた。どうやってこの男がイレーナを妻にした？　彼女は自立した、とても勇敢な女性だったはずだ。僕と恋に落ちるまでに大勢の求婚者を拒みつづけた彼女が、こんな男と結婚するなんて。自分のいないあいだに理解できないことが無数に起こっていた。しかしダニエルは苦々しく思う――僕にそれを断罪する資格はないのだ。興味津々のまなざしで、アデイがダニエルを見た。

「戻ってきてみて、バルセロナをどう思った？」

「まるっきり変わった」

「イギリスの変化とは比べるべくもないだろうがね。だがこれは冗談ですむ話じゃない」アデイが言った。「ここでは弱腰の政府にやきもきさせられている。鉄拳が必要なときに、政治家たちは当てこすり合戦に終始している始末だ。サガスタ（一八七四年のスペイン王政復古後に首相を務めた自由党の党首。保守党とのあいだで〝穏やかに〟政権交代をくり返した）みたいな自由主義者に何が期待できる？　労働争議が頻繁に起きていること、聞いてるか？　労働者たちはみな怠け者とならず者に成り下がった。くそったれ労働組合ができるのも時間の問題さ。進歩発展が聞いて呆れる。やつらは感謝ってものを知らない。パンとねぐらを与えているのはわれわれなのに……やつらの返礼はいったい何だ？　なあ、何だっていうんだ？」

ダニエルは相手を満足させる答えができそうになかったので、肩をすくめるに留めた。アディはますます興奮し、声が大きくなっていく。

「幸い、まだわずかな希望は残っている。われわれ、実業家の存在だ。われわれが自らの資本と名誉を懸け、この腐った国を前進させていく。この町はわれわれのような人間がいなければ立ち行かないのだ」

「誰もがそれぞれの持ち場で進歩に貢献していると思うよ」

アディは彼の言葉を無視し、いきなり立ち上がった。

「ダニエル、君は自分の目で見る必要がある。万博会場の工事現場をぜひ訪問してくれたまえ」

「それは難しいと……」

「馬鹿を言うな。この数日中に、それぐらいの時間は見つかるはずだ。きっと驚くぞ」

「いいかい、僕は……」

「話はこれで終わりだ」アディはきっぱり言った。「さて、残念ながら仕事が山積みでね。私は忙しい人間なんだよ。極めて忙しい」

あまりに唐突な別れの言葉にダニエルも立ち上がり、アディが差し出した手を握った。それから、やっとこの訪問を切りあげられてほっとしながら出口に向かった。冷静を装っていたが、内心は冷静とは程遠かった。そこで待っていたメイドが彼を玄関に案内した。イレーナは挨拶には現れなかった。玄関ホールで、たまたま中にはいってきた別の訪問客と鉢合わせた。

「ガベット先生、どうしてここに？」

医師はうろたえて、ほとんど聞こえない声で挨拶をつぶやいた。

「こ、こんにちは、アマットさん」

「ここで急患でも出たんですか？」ダニエルは尋ねた。

「ああ、ち、ち、違います。い、いつもの訪問診療です。わ、私はア、ア、アデイ家の主治医を務めていまして。で、では、し、失礼します。お、遅れてしまったもので」

ダニエルは脇にどき、医師を通した。それから外に出た。わだかまっていた気まずさが、外気に触れて解放された。イレーナに会えば気が晴れると思っていた。疑問が明らかになり、答えがわかると……何の答えが？　僕は何を探していたんだ？　自分でもはっきりしなかった。いまは、また彼女を置き去りにしてしまったという思いにじりじりと苛まれていた。イレーナに会いに来たのは間違いだった。辻馬車を止めようとしたそのとき、急いでこちらに近づいてくる足音が背後から聞こえた。振り返ると、イレーナのメイドがまもなくやってきた。彼女は肩で息をしながら二つ折りになった紙をダニエルに手渡し、ぺこりと頭を下げると、来たときと同じように急いで帰っていった。ダニエルはしばらく歩いてからそれを開け、短いメモを読んだ。

《まだ少しでも私を大切に思ってくれるなら、すべて忘れてイギリスに戻って》

馬車を拾うのをやめて、通りをそのまま進む。ふいに歩きたくなったのだ。バルセロナに来て以来、前に進もうとすると何もかもが邪魔しようとしているように思える。イレーナまでもが。だが、イギリスに帰ろうとすればするほど、残るべきだと思えてくる。一連の出来事はまるで解明に近づかず、父は本当に殺されたのかもしれないと思いはじめている自分がいた。そして驚いた——犯人を見つけなければ気がすまないと感じていることに。

17

フレーシャは機嫌よく新聞社に向かっていた。昨日サンチス編集長と話して、もう何日かの猶予を渋々認めさせたのだ。どうやら若造のヨピスは仕事にかなり行き詰まっているらしく、最新の記事はこれまでのもののただの焼き直しで、ベテラン編集長の怒りを買ったようだった。とはいえ自分の状況がよくなったわけではない。

明日の朝、アマットとヌエバ・ベレンのサナトリウムを訪問することになっていた。あの若者はイギリスに帰るのを延期し、少なくとも数日は事件に潜む謎について調べる気でいた。アマットは自分の若い頃を髣髴とさせる。フレーシャはにやりと笑った。ドロースにまたからかわれそうだ。あなたはおセンチなのよと彼女は言うが、たしかにそうかもしれない。ふと、バルセロネータ地区のボス、ビダルに会ったときのことを思い出し、たちまち笑みは消えた。火事の話、それ以来ずっとアマット父子が疎遠になっていたことが気になった。火事で愛する者を失うのはとても悲しいことだというのはわかるが、この出来事の背景にはもっと何かあると直感が告げていた。こちらが水を向けてもアマットは上手に答えを避けた。だが、フレーシャとしてはそれであきらめるつもりはなかった。こちとら新聞記者だ。記事を仕上げるにはもう少し時間が必要だが、せいぜい有効利用するつもりだった。

『コレオ・デ・バルセロナ』本社に到着すると、いつものように守衛のサラフィンのお叱りを受けてそれをまぜっ返したあと、上階にある編集部に行く代わりに地下への階段を下りた。階段を二度折り返すと、風通しの悪い廊下に着いた。ためらわずにその廊下を進み、輪転機のある部屋を後にして、ボルドー色のドアの前で立ち止まった。ドアの中央に小さな金属製のプレートが下がり、《資料室》と書いてある。その下に手書きで《お静かに》と付け加えられていた。

資料室は『コレオ』紙の伝説的部署で、競合他社からすれば垂涎《すいぜん》の宝物庫のようなものだった。その建物深部の片隅には、この五十年間にバルセロナで、そして国じゅうで発刊されたあらゆる新聞、週刊誌、雑誌、その他もろもろの出版物がすべて注意深く保管されているのだ。それればかりか、掲載されなかった記事、内部情報、使われた資料まで集めてある。そのうえ、無数の書籍が並ぶ専門図書館も併設されている。誰もがそこをこの町の歴史を語る現代の〝アレクサンドリア図書館〟だと考えていた。そして、新米新聞記者は勤務初日にそこに送りこまれ、文書整理係アンリック・クルミーヤスと差し向かいで一日窮屈な思いをさせられる。フレーシャは木のドアをコンコンとノックし、ノブを回した。ドアが床のタイルをこすりながら開き、とたんに暖かな空気がどっとあふれだして彼を歓迎した。干からびたミイラさえこの場所を好みはしないだろうと思う。

「誰だ？」という声がした。

「俺だよ、バルナット・フレーシャだ」

「灯りのほうへ」

フレーシャは言われたとおりキャビネットの並ぶ暗い通路を進み、石油ランプに照らされた机に近づいた。そこには紙ばさみやらファイルやらの山に隠れ、一見、飾りピンを思わせる、痩せた禿げ頭の小男が座っている。貧弱な山羊鬚をぐいっと持ち上げ、明らかに腹を立てていることがわかるまなざしが読書眼鏡越しにこちらを睨んでいた。てかてかした黒い袖カバーでシャツを覆い、エブロ川の三角州のように血管が細かく浮き出た手は、預かった書類を登録する帳面を開いたまま押さえている。紫色の薄い唇からは、火のついていない紙巻煙草が垂れている。愛煙家だが、資料室内ではけっして吸わないのだ。

「いったい何の用だ？　こっちは仕事が山ほどあるんだ」

「俺のことはいまも歓迎してくれるだろうと思ってね、クルミーヤス」フレーシャは答えながら上着から箱を取り出し、机の上に放った。「刻み煙草を少々持ってきた。質のいいものだ」

　老人は口の中でもごもご何かつぶやいたが、手を伸ばし、煙草は結局ポケットに消えた。そのあと渋々フレーシャに目を戻した。ランプの光が宙につくる影は、彼のしぐさひとつひとつに寄り添っているように見える。

「さて、何が望みだ？」

「アマット家で起きた火事の記事をすべて。だいたい……七年ぐらい前の事件だ。一八八一年の五月か六月」

「五月二十日だ」

　フレーシャは相手をまじまじと見た。

「わしを馬鹿にするな」クルミーヤスは蔑みの目でフレーシャを見た。「最近同じ依頼で記録を出した」

「へえ？　誰からの依頼？」

「資料室での閲覧内容は秘匿しなければならないという社内規定については、あんたもよく知っているはずだ。ちょっとばかりの煙草じゃそれを破るには足りん」

「知ってるかい、クルミーヤス？　このあいだ、偶然にもトルコ人がやってる安宿に足を運ぶことになってね……」

　文書係はぎくりとしたがそれをなんとか隠し、目を訝しげに細めた。フレーシャは気づかないふりをして先を続けた。

「あそこのアヘン窟は最悪だな。みんな、小さな火桶を抱えて垢だらけのマットに横たわっている。アヘンの霧がすべてをすっぽり包んで……。こんなことを言ったのはオウィディウスじゃなかったか？　《芥子《けし》の花で飾られたその穏やかなりし顔が夜を運び来て、ともに暗黒の眠りが訪れる》」

　そこでしばらく口をつぐみ、文書係の青ざめた顔をとっくりと眺めた。

「きっとあの煙と闇のせいで俺の目もぼんやりしていたにちがいない。だからまさかと思ったんだが、そこであのパイプに蛇みたいにぐるぐると巻きつかれていた男は……」

「フレーシャ、あんたって男はとんだ食わせものだ」

「お袋からもいつもそう言われていた。さて、もしこれ以上話を聞きたくなければ、教えてくれ、その情報を探していたのは誰か？」

　老人は机に目を戻した。

「さて、誰だったかな……」

　抽斗を開け、分厚い表紙の帳面を取り出す。緑色の布の栞《しおり》を挟んだところで開け、急いでページをめくっていく。日付、依頼のタイプ、依頼人の名前が記録されている几帳面な表をフレーシャは眺めた。クルミーヤスはインクに染まった指で行を順にたどり、ある名前のところで止めた。

「ああ、あったぞ。数日前のことだ」

　フレーシャは首を伸ばして名前を見ようとしたが、老人のほうが一歩早かった。

「ファリーパ・ヨピスだ」

フレーシャはぎょっとした。くそ、必ず俺の先手を取っていやがる。

「あの若造のことはよく覚えてる」文書係は帳面から目を上げ、不快そうに顔をしかめた。「大記者様気取りでやってきて、部屋にはいってきたとたんにわしの書類の上でくしゃみを始めた。埃だらけだの、汚いだのと文句を言いおって。信じられるか？」

フレーシャの答えを待たずに続ける。

「わしを印刷所の小僧か何かみたいに扱いおって、『なるべく早く』頼むだと。情報を渡したら、さっさと行っちまった。ありがとうのひと言もなしさ。いばりくさって、クソの臭いがぷんぷんした」

「で、見つかったのか？」

「何が？」

「目ぼしい情報は見つかったのかと訊いてるんだ」

「このわしを誰だと思ってる？」

フレーシャはまたにんまりした。まったく面白いじいさんだ。気難し屋で、怪しい趣味があるということで有名だが、実際アンリック・クルミーヤスは、この一世紀のバルセロナの生き字引のような男なのだ。たとえこの穴蔵に生き埋めにされることを選択したとしても、彼がそうしたいならかまわないだろう。結局のところ、本人が公言しているように、紙と本に埋もれていることが彼の幸せなのだ。だから人に嘘の情報を教えたりできないのである。

「なあ、ヨピスと俺はいっしょにある事件を追っていて、その資料が必要なんだ。あいつは『コレオ』に来てまだ間がないから、ここのやり方がまだわかってないんだよ。実際、ここに来て資料をすでに請求していたことを俺に報告することさえ忘れている始末だ。あんたの苦情をあいつに伝えて、必ず謝らせるよ。とにかく、せっかくこうして来たんだから、あんたが見つけたものを見せてほしい。もしよければだが」

文書係は埃まみれのレンズ越しにフレーシャをしげしげと見た。そしてとうとうため息をついて肘掛け椅子から立ち上がり、机の上のランプを手に取って手招きした。

「ついてこい」

老人は腰を曲げて歩き、フレーシャはすぐ後に続いた。通路の左右に何十という書棚が並んでいる。ワニスと手垢で汚れたそれぞれの木製の棚にプレートが下がっており、文字と数字の複雑な組み合わせが書きこまれている。クルミーヤスにしかわからない暗号だ。

「通路は年、月、日の順になっている。資料は日付ごとに箱やキャビネットに分類されている。本も新聞も雑誌もパンフレットも、とにかくどんな印刷物も」

老人はその巨大資料室の分類システムがことのほか自慢の種で、訪問者には必ず詳しく説明する。たとえ相手がこの新聞社にすでに何年も勤め、そんなことはとうに承知しているとしても。

二人は通路のひとつを曲がった。そこはひどく狭くて、体を横にしないと通れない。腰が曲がっているというのに、クルミーヤスはすたすたと歩き、フレーシャは急がないと置いてきぼりにされそうだった。

「ここだ」

フレーシャは、資料のありかを探そうと周囲を見回した。きょろきょろしている彼を無視して、老人はその手にランプを押しつけ、梯子をそこまで滑らせてくると苦労してのぼり、さらに上の棚をがさごそと探った。そのあいだ、フレーシャは下で待つしかなかった。

「受け取れ」

ボール紙の書類入れが腕の中に落ちてきた。重さも感じないくらいに薄っぺらだ。

「これで全部？」

老人は梯子を下りた。その口調にはいらだちが滲んでいた。

「一八八一年五月二十日。アマット家の屋敷で火災が起きた。見つかった資料はそれで全部だ。新聞記事、市警察と消防の情報、死亡記事まで。普通より情報が少ない。つまり、事件をあまりおおやけにしたくなかったということだ。あんたも知ってのとおり、何かしら疑わしいことがあると、金や権力が動いて、誰もが口をつぐむのさ」

そう言うと、クルミーヤスは本棚からランプを取った。

「わしの仕事机で調べていいぞ」

来た道を引き返し、閉所恐怖症を起こしそうな通路から出ると、文書係は机を指さし、姿を消した。フレーシャは椅子に腰を下ろし、ランプのガス栓を調節してもっと明るくしたあと、書類入れの中身を確認しはじめた。

なかには五、六冊の紙ばさみがあった。それを机に並べ、適当に手に取る。『コレオ』紙からの切り抜きがいくつかはいっていた。記事は地方版に掲載されたものだった。

《アマット邸、大火事でほぼ全焼
一八八一年五月二十日、バルセロナ

二十日未明、この町の歴史の黒い縁取りのページに、不幸な事件がまたひとつ書き記された。アマット邸にて火災発生の通報があり、屋敷はほぼ全焼した。火災の原因はいまのところ不明。この大惨事で二人が死亡、重傷者も多数出た。

高名な医師アルフレッド・アマット・イ・ロウレス氏の次男アレック・アマット・ムリア氏と、不幸にも偶然アマット邸を訪れていたアンジェラ・ジネー・ロゼーさんが火災に巻きこまれたと見られ、発生した大量の煙によって窒息死した。同様に、亡くなったアレック氏の兄で、アンジェラさんの婚約者であるダニエル・アマット・ムリア氏が重い火傷と軽度の窒息症状のため、サンタ・クレウ病院に搬送された。現時点ではダニエル氏の詳しい容態は不明だが、病院関係者によると重症だという。

火災発生時に屋敷の前を通りかかった筆耕者のルムアルド・グアルタ氏によれば、「通りの真ん中で地獄の窯が開いたかのようだった」という。

屋敷は、夜が明けてからもかなりの時間、燃えつづけた。消防隊は疲れ知らずの英雄的な努力を続けたが、無駄に終わった。

悲劇的なことに、アンジェラ・ジネーさんとダニエル・アマット氏はまもなく結婚する予定だった。バルセロナ社交界はこの衝撃の出来事に、とりわけ人生の絶頂期にあった若い二人の夢が無残に破壊されたことに、すっかり打ちのめされている。この圧倒的な悲劇に見舞われた家族に、市民の誰もが哀悼の意を表した》

文体に見覚えがあったが、書き手が誰かはわからなかった。あとで思い出そう。『コレオ』紙をしまって、ほかの紙ばさみを開ける。こちらのほうが分厚くて、事件について報道する他紙の切り抜きが保管されていた。

『ディアリ・ダ・バルセロナ』紙は、アマット医師がカタルーニャ社会で果たしていた役割をとくに取りあげ、この不運のせいでしばらくは立ち直れないかもしれないと嘆いた。『ラ・ディナスティア』は主張する新聞という看板のとおり、市当局に対し、消防隊の質を向上させるべきだと訴えていた。記事には消火活動に勤《いそ》しむ消防士たちの挿絵が添えられている。画家は、彼らが格闘する巨大な炎を描き、さらには、アマット医師と思われる人物が、地面に倒れたダニエルか、もうひとりの息子アレックらしき若者を抱きかかえている様子も描写している。挿絵の下には《何もできなかった。無力な消防士たち》というキャプションがあった。最後に『ラ・イルストラシオン・エスパニョーラ・イ・アメリカーナ』は、社会欄でこの出来事をもっと総括的に取りあげていて、アマット医師の不幸を嘆きつつも、彼が数年前にやはり事故で妻を亡くしていることに触れている。ほかの新聞も短い記事を掲載しているが、それ以上の情報は見つからなかった。フレーシャは切り抜きを脇に置き、別の紙ばさみを手に取った。そこには市警察と消防局の情報がはいっている。慎重に目を通したが、火災の原因は明らかにされておらず、不注意と偶然が重なった可能性を示唆するばかりだった。

一時間後、最後の紙ばさみを閉じた。がっかりだった。アマットを苦しめている原因が何か見つかると思ったのに、相変わらず五里霧中だ。自分の勝手な想像にすぎなかったのかもしれない。あの若者は、弟と婚約者を亡くした悲劇に耐えかねているだけなのかも。もやもやを抱えたまま、とりあえず部屋を出ることにした。資料を片づけはじめたとき、書類入れの奥に何かがあるのに気づいた。隅っこに張りつくようにして、くしゃくしゃの紙がある。取り出して広げた。『コレオ』紙の記事を担当した記者のメモだった。『コレオ』の切り抜きがはいっている紙ばさみから落ちたらしい。どうせ何でもないだろうと思って、ざっと目を通す。ところが最後の段落にたどりついたとき、胃がざわついた。記者は火災原因の可能性を列挙している。どれもひとつひとつ横線で消され、最後に、さまざまな疑問の中に〝計画的〟という言葉が現れたのだ。その瞬間、誰の筆跡かわかった。なぜ彼はこんなリストをつくろうと思ったのか？　なぜ事故に疑問を持ったのか？　がぜん気持ちが上向いてきた。やっぱりここには何かある。フレーシャは紙ばさみを抜き取って上着の内側に隠した。近くの棚から別の書類入れをひとつ選び、中身を手元にある書類入れに移し換えた。それから空の書類入れを取り出した場所に戻した。そうやすやすとヨピスの思いどおりにさせるものか。

クルミーヤスの仕事机の横を通りかかったとき、まだ本人の姿はなかったが、そこに元の書類入れを置いてからドアのほうに向かった。途中でふと思いついたことがあり、引き返す。記録帳は老文書係が置いたまま、机の上にある。栞の挟まれたところで開く。新しいページにはいったところに自分の名前、日付、依頼した資料が書きこまれている。消そうかと思っていたのだが、ページを示す数字がないのに気づき、そのページをきれいに切り取ってポケットにしまった。そうして何も変わらないように見える状態にしてから立ち去ろうとした。

「もう行くのか、フレーシャ」

書棚の背後からクルミーヤスが現れた。雑誌を何冊か抱えている。

「ああ……結局、資料には役立つ情報があまりないようだ。また分類する必要がないように、全部元通りにしてあんたの仕事場に置いておいた。どうもありがとう」

「フレーシャ」

「ん?」ドアノブを引きながら答える。

文書係は骨ばった手で腕を二度たたき、足を引きずりながら机に戻りはじめた。

「あのヨピスとかいうやつにむかついたら、ここに下りてきて、わしに何もかもぶちまけろ」

フレーシャは大笑いして立ち去った。廊下にいても、老人の鼻歌が聞こえてきた。

18

白衣を着て白い前掛けをかけた一団が、サンタ・クレウ病院の廊下を進んでいく。朝いちばんで回診をするのが習慣だった。最終学年になれば、誰も臨床クラスをさぼるわけにはいかない。学生の知識は、医師免許を取得するにあたって、完成の域に達していなければならないのだ。

「さて、君」サグーラ教授は、学生のひとりにもどかしげに話しかけた。「この手の湿疹にキンセンカ軟膏を処方するなどもってのほかだ。授業をした日、居眠りしていたんだろう？」

学生は、ゆうべの夕食で急に気分が悪くなったかのように呻き声を洩らした。あちこちから失笑が聞こえた。

「この哀れな女性の傷に見られる反応は、まったく笑い事ではすまされない。君たちがこの苦境を自分で味わうことになったら、わめきつづけるはめになるぞ」

「その女はただの使用人だ」

そう言ってのけた高慢ちきな若者に、パウは目をやった。残念ながら、教授はそれを聞いていなかった。学生たちはたいてい裕福な家庭の出身で、ラバル地区の労働者や使用人、娼婦の治療など、自分たちのような〝高級な〟人間のすることじゃないと考えている者も多い。彼らの最大の目的は、上流階級の人々の主治医に落ち着くことなのだ。だが、パウの考えは違った。自分の技能は神からの贈り物であり、分け隔てなく他者の役に立つための手段だ。病や死に直面したとき、人に上下はない。父からはそう教えられたし、勉学に情熱を注ぐのもそれが動機のひとつだった。

「さて、君たちの中に、自分の殻を破って、適切な治療法は何か発表してくれる勇気のある者はいないのかね？」

同級生たちの視線を無視して、パウが一歩前に出た。

「患者が白血病を患い、断続的な発熱があることを考えれば、僕としては、ファウラーがつくったヒ素溶液を処方するべきだと思います。三年前、ヴロツワフのハインリッヒ・リサウアー博士がすばらしい結果を出しています」

「そのとおりだ、若者よ。すばらしい」教授はうなずいた。「その奇跡の溶液はどうやって用意できる？　ここにいる同級生諸君に教示してやってもらえるかな？」

パウは一瞬迷った。答えがわからないからではなく、もう二度とやるまいと誓ったのにまた目立ってしまったからだ。だが、教授が目に見えていらいらしはじめたので、結局答えた。

「細かい粉末状にした亜ヒ酸を一ドラム十八グラノ計ります。それに同量の純粋な炭酸カリウムを加えます……代わりに酒石酸塩を使うこともできますが、僕は前者のほうが好ましいと思います。両方を長首形フラスコに入れ、蒸留水四百五十ミリリットルを加えて混ぜます。それを溶解するまで煮沸します。空のメスフラスコにその溶液を注ぎ、全体量が四百五十ミリリットルになるまで、慎重に水を加えていきます。フラスコにしっかり栓をして、数日間置きます。使用するときには注意が必要です。めざましい効果があるとはいえ、猛毒であることに変わりはないからです」

「私の授業をちゃんと聞いていてくれた者がここにいた。めでたい！」教授が賞賛の目で見たので、パウははにかんだ。それから教授は振り返り、最初に指した学生のほうを向いた。

「君、その溶液を用意し、今後一週間、君自らこの患者に塗付したまえ。けっして失敗はするなよ。では諸君、次に進もう」

学生たちが集まり、教授に続こうとしたそのとき、ファヌヨザが一歩前に出た。

「すみません、先生」

パウは、からかいの言葉か、わざわざ付け足す意味もない知識のひけらかしが続くものと思ってため息をついた。このところそういうことが何度もあったのだ。

「何だね、ファヌヨザくん」

「みんなを代表して申しあげます、先生。先に進むまえに、ぜひもうひとり別の患者を訪ねたいのですが」

「どういうことだ？　もうひとりの患者だって？　知ってのとおり、入院患者は全員入院棟にいる」

「全員ではありませんよ、先生」

ファヌヨザはパウと目を合わせた。目が愉快そうにきらりと光る。

「説明したまえ」サグーラ教授はむっとして促した。「もったいをつけるのはやめなさい」

パウの中で恐怖がふくらむ。

「噂があるんです」ファヌヨザが話しはじめた。「病院の私的な場所で治療を受けている患者がいると。内部からも外部からも秘密裏に。特殊な治療がおこなわれているのか？　とても珍しい病気に罹患している？　要人なので、身分をまわりに知らせないのか？　この謎に、当然ながらわれわれは想像力を刺激されています。ぜひその患者に会いに行き、診断する機会を持ちたいのですが」

誰もが口々に賛成した。パウは両手が震えだすのを感じた。教授は困惑をなんとか隠した。

「ありえない。病院の入院患者を管理しているのは私だ」

パウは動揺を見せまいとして、口を挟んだ。

「時間が押していますよ、先生。予定どおりに続けたほうがいいと思います」

「まあ待て、ジルベルトくん。もし私の知らない入院患者がいるなら、急いで確認しなければ。ファヌヨザくん、案内してくれるかね？」

一団は進みだしたが、今回は学生が先頭に立っている。パウはどうしていいかわからなかった。同級生たちの表情からすると、どうやら全部お膳立てされていたようだ。あんなに用心していたのに、どうして見つかったのかわからない。何かの冗談を披露して仲間を笑わせているファヌヨザの上機嫌な顔を見る。一瞬頭に血がのぼったが、すぐにもっと重要なことに意識を集中させた。問題はこの災難をどうやって切り抜けるかだ。

パウがいつも使っている同じ道を通って建物を突っ切り、倉庫のある区域に向かう。病院の洗濯係に渡される汚れ物の籠が置かれた部屋にはいったところで、ファヌヨザが足を止めた。

「ここです」彼は勝ち誇った様子で扉を指さした。

パウは彼らが前に進むのを止めようとしたが、同級生のひとりに行く手を阻まれ、ほかの二人に腕をつかまれた。サグーラ教授は背後で何が起きているかも知らず、扉を開けて、躊《ちゅう》躇《ちょ》なく中にはいった。

部屋はたいして広くはないが、少し開いた、通りに面した窓のおかげでとても明るかった。ありとあらゆる場所に、実験用の長首形フラスコにはいった芳しい香草や、病院の庭から運ばれてきた植木鉢が配置されている。室内は清潔で、いい香りがした。ベッドの上では、たくさんのクッションにもたれかかり、小さな手で何度か折り返された毛布にくるまって、幼い女の子が身を隠そうとしていた。ぎざぎざに切られた茶色の髪が耳の上に垂れている。顔は青ざめ、追いつめられた小動物のように、いきなり現れた訪問者たちを見つめている。その痩せこけた体、額の汗、マスク代わりに口を覆うハンカチを目にしたとたん、医師はさっと後ずさりし、ファヌヨザやほかの学生たちを扉のほうに押しやった。

「出なさい！　全員外に出るんだ！　急いで！」

廊下に戻ったところでクララ修道会の修道女と鉢合わせした。彼女は手にトレイを持っており、彼らをじっと見ている。教授は青ざめた顔でドアを閉めた。修道女に気づくと、大股で近づいた。

「君！　あの少女はあの部屋で何をしているのか説明したまえ」

医師の剣幕に、彼女はすっかり萎縮していた。

「私は……私は何も知りません。清潔なシーツと、日に二度の食事と水をここに置いておくだけです」

「誰にそうしろと言われた？」

修道女は肩をすくめた。

「お医者様です。でも名前は知りません」

みるみる赤くなっていく教授の顔色は癇癪玉《かんしやくだま》が爆発することを予告していた。修道女はおどおどしながら目をそらした。医師の表情が急に変わったのを見て、まずいことをしたと思い知ったのだ。

「あの人です。あの人が私にそう命じました」

全員の目がいっせいにパウに集中した。教授は、まさかという表情で彼を見た。

「君なのか、ジルベルトくん？　君がやったことなのか？」

もはや言い逃れはできない。横目でちらりと見ると、取り巻き連中に囲まれたファヌヨザがご満悦なのがわかった。これ以上ないほどの勝利だった。

「はい、先生。やったのは僕です」

サグーラ教授はもうかんかんで、そのあとの質問をするまえに、口の中で言葉を思いきり嚙み砕いているように見えた。

「説明しなさい。なぜ結核患者をこっそりこの病院に入院させるようなことをした？」

学生たちのあいだから悲鳴があがった。パウは舌が思うように動かないことに気づいた。少なくともファヌヨザの顔がさっと青ざめたことがせめてもの慰めだった。どうやってこのことを知ったのかわからないが、少女がどんな病気に罹患しているのかまでは突き止められなかったらしい。

「恥知らずめ！　われわれ全員を危険にさらしたんだ！　こんなやつは追放すべきだ」彼はパウのほうに拳を振り上げながらわめいた。数人の学生がそうだそうだと支持する。

パウは揺るぎのないまなざしで彼を見た。それから視線を教授に戻した。

「彼女の名前はアレーナです」

「名前などどうでもいい」教授のがっかりした表情を見るのは、同級生たちから怒りをぶつけられるよりつらかった。「この娘はいつからここにいる？」

「一週間前からです」

「一週間？　なんと！　いったい何を考えているんだ？　結核は強い感染力を持つ致死性の疾病だ。そんなことはそのへんにいる子どもでも知っている。病院じゅうに感染が広がったかもしれないんだぞ？」

「先週の木曜未明、僕が当直をしていたときに、病院の正面入口の階段のところに打ち捨てられていたんです。咳がひどく、高熱で激しく震えていました。ほかに何ができたというんです？　そのまま通りに放り出せばよかった？　必要な予防措置はすべてしました。建物のこのあたりには、事実上誰も来ません。僕以外にこの部屋にはいる者はいませんし、ベッドのシーツを換え、食事をさせ、治療をするのも僕ひとりです」

「どんな処置をした？」

教授が興味を持ってくれたおかげでつかのま緊張が解け、弁解を考えられるようになった。しかし、それがまた新たな問題だった。パウは唾をごくりと呑みこんだ。

「咳には香油を処方し、栄養のある適切な食事をとらせました。ゆっくり休養させ、部屋を清潔にして、こまめに換気することで、急速に回復しました」

「それだけ？　瀉血《しゃけつ》もせず、下剤も飲ませなかったのか？」

「はい、先生、していません。その処置の有効性については疑問が呈されています」

「鎮静剤を与え、少々栄養のあるものを食べさせれば、それで病気を阻止できるというのかね？」

パウは、教授の探るような目を避けようとしたが、すべて打ち明けるほかなかった。

「あらかじめ……胸膜腔《きょうまくくう》に穿刺《せんし》をおこない、窒素を注入しました」教授のぎょっとした表情を見て、慌てて説明を続けた。「自然気胸《しぜんききょう》になると、結核性の損傷が好転するというトゥーサンによる事前の研究がありますし、フォルラニーニはもっと重症の多数の患者に人工的に気胸を起こして、治療に成功しています。肺虚脱は瘢痕化《はんこんか》を進めます」

「君ひとりで虚脱療法を実施したのか？　どうかしてる！」

パウが黙っているので、教授は何度も首を横に振った。

「何より恐ろしい慢性の伝染病患者を勝手に病院に収容したばかりか、効果の疑わしい治療法を試すことまでした。ジルベルトくん、君は無責任極まりない重大な背任行為に及んだのだぞ」

「でも治療はうまくいきました」パウは反論した。「アレーナは咳が止まり、痰もきれいになった。発熱もなくなりました。処置道具も汚染されていませんし、呼吸状態もよくなり、食欲も回復しました」

「ジルベルトくん、君は私がいままでに出会った最も優秀な学生のひとりだが、知性が君の身の破滅のもととなる。今回はうまくいったかもしれないが、規則は守るためにあるのだ。明日ただちにこの少女を隔離病棟に送る」

博士は踵を返し、通路を歩きだした。パウは後を追った。

「お願いです、それはやめてください。あの子を死に追いやるようなものです。感染患者に囲まれたら、病状がまた悪化します。あの子は回復しつつあるんです。あと数日隔離すればそれですむ」

「病院じゅうを危険にさらしてもかまわないというのか？」

「たしかに僕の行動は間違っていました。でも、後生ですから、あのままにしてやってください。いまではもうちっとも危険な存在ではありません」

教授はもう一度首を横に振り、学生たちを引き連れて廊下を歩いていく。そばにいればその少女と同じ病気をうつされると言わんばかりに、彼らはパウから逃げるように遠ざかっていった。

それから数時間後、パウは通りに出た。本やノートを抱えて足早に歩く。医学部の緊急理事会が開かれて、幸い、処罰は夜勤の時間を二倍に増やし、罰金二十ドゥーロを払うことだけですんだ。今後、また何か違反行為があれば、ただちに退学処分となる。パウは安堵した。どうやって罰金を工面すればいいかわからないのは事実だが、いちばんの心配はあの少女のことだった。もし結核患者病棟で彼女が命を落としたら、誰でもなく自分の責任だ。あの解剖学教室で、虚栄心に負けて知識をひけらかしたせいで、恥をかかされたファヌヨザが復讐しようなどと思わなければ、こんなことにはならなかったのだ。少女には自分の手助けが必要だ。やり方が正しかったことはわかっている。父もそう認めてくれただろう。サグーラ教授は全面的に疑っていたが、あの治療はうまくいっていた。いまそれを中止するわけにはいかない。明日先生と話をして、彼女をあのままあの部屋に滞在させるべく、説得しよう。その必要があるなら、昼夜を問わず彼女の世話をしてもいい。

そんなふうに考え事をしていたので、そのとき通りの角から男が現れたことに気づかなかった。正面衝突してよろめき、持っていた本やノートを取り落としてしまった。どこに目をつけてるんだという怒号が聞こえ、謝ろうと思って振り返ったが、男はすでに人ごみにまぎれてしまっていた。歩道が濡れて悲惨な状態だったので、本が汚れていないことを祈った。心配なのはそれだけだった。

「前をよく見てないらしいな」

ファヌヨザとその取り巻きに囲まれていた。

「自分をお利口さんだと思ってるだろう」ファヌヨザが身をかがめて本の一冊を拾い上げながらささやいた。「だが、そうでもないぞ」

立ち上がり、拾い上げた本をまた何気なく足のあいだにどさっと落とす。うっかりしたようにそれを踏みつけ、にやりと笑うと、顎をしゃくって取り巻きを引き連れ、立ち去った。笑い声が遠ざかっていく。パウは怒りを抑えてしゃがみ、地面から本を拾った。表紙が破れて垂れ下がっている。図書館の司書にどう説明しよう？　もっとよく調べてみると、ページのあいだから紙がのぞいている。ページがはずれたのだと思って悪態をついたが、引っぱり出してみると、次回の国際交霊術大会の告知パンフレットだった。そのとき思わず声をあげそうになった。


《おまえが誰かはわかっている。明日、日没の頃、ロス・アンジェルス女子修道院の前にて待つ》

木炭で書かれたそのぶっきらぼうな文面をもう一度読む。背筋を悪寒が駆け抜けた。通りの左右を見回す。横を通り過ぎていく歩行者たちが急に恐ろしくなった。毎日なんとか抑えこんできた恐怖が、堰《せき》を切ったように襲いかかってきた。急いで残りの本を集め、体の震えを止めようとしながら自分の部屋をめざして走りだした。

19

ダニエル・アマットは見かけどおりの人間ではない。〝真実にはさまざまな顔がある〟というビダルの言葉が何度もフレーシャの頭に鳴り響き、それにいまや資料室で見つけたメモが加わった。ただの推測に過ぎないが、間違いなく意味がありそうだ。ダニエルがあの火事にどう関わっていたのか、どうにもぴんとこない。フレーシャはそこを調べるつもりだった。

彼は足を速めた。すでに夜の帳《とばり》がおり、濡れた歩道を照らすガス灯も数えるほどだ。カンカン帽をかぶり直し、ジャケットの襟をたぐり寄せる。少なくとも雨は降っていないな、と安堵しながら思った。

その瞬間、顔に強烈な痛みが走った。

体が宙に投げ飛ばされ、馬糞桶の上に落ちて中身を歩道に撒き散らした。腕がいくつか伸びてきて彼の体を担ぎ上げ、また通りの反対側に放りだす。彼の背中は料理屋の鎧戸にぶつかり、それは金属製の波のごとくしばらく振動していた。

玄関先から大男がぬっと現れた。岩から彫りだしたかのようにごつごつした体で、通りそのものと見紛《みまが》うほど横幅がある。寒さをものともしないランニングシャツ姿で、筋肉でいまにもはち切れそうだ。東洋人のような吊り目が庇《ひさし》つき帽の下で愉快そうに光った。

相手が強盗なら、抵抗するのはやめておこう。そうでないなら、できればこれ以上殴られたくなかった。

「フレーシャ、フレーシャ、フレーシャ」

びくっとした。その裏声が誰のものかはすぐにわかった。通りの奥から、驚くほど背の高い人物が姿を現した。猫のようなしなやかな歩みでフレーシャに近づいてくる。毛皮のコートを身にまとい、その下のガーネット色のロングドレスから、一歩踏みだすごとに衣擦れの音がする。ブロンドに染めた前髪が、化粧をした目のあいだで揺れている。紅を塗った唇からしどけなく垂れ下がった煙草。ラ・ネグラは社交界のどのサロンでもどこぞの奥様で通用するはずだ。その評判と、股ぐらにぶら下げているものさえなければ。

「くそ、アルマンド」フレーシャはなんとか口にした。

パチンと指を鳴らす音がした。用心棒がその薄汚れた手で新聞記者の睾丸をつかみ、ぎゅっと握った。フレーシャは呻き声を洩らした。激痛が鼠径部からくねくねと蛇行しつつ体をのぼり、後頭部に達する。

「坊や、それがあたしの名前じゃないってこと、わかってるでしょ」

「ああ、そうだった、勘弁してくれ」荒い息の合間になんとか答える。「ここで……ここで何してる？」

「あんたのために特別にやってきたのよ、坊や」

つけ爪をした片方の手を、用心棒の盛り上がった肩にそっと置いている。

「ペドリート、あんまり強くしすぎないでやって。親愛なる新聞記者さんには、まだあんまり大怪我させちゃまずいから。少なくとも、借金を回収するまではね」ラ・ネグラはフレーシャに向き直った。「この子は、以前は〈スーパーブラザーズ〉サーカスで働いてたのよ。得意技は、鋼の梁をぐにゃりと曲げること。あんたみたいなフェザー級なら二秒ももたないでしょうね。だからおとなしくしてたほうが身のためよ」

フレーシャはうなずいた。抵抗したくても、どうせ動けっこないのだ。ラ・ネグラの微笑みは少しも人の心をなごませはしなかったが、局部をつかんでいた手の力は多少緩んだので、呼吸はできるようになった。

「いい加減になさいよ、坊や。どうやらうっかりしているようだから」

「必ず払うよ、約束する。ただ、少し時間が欲しいだけなんだ」

ラ・ネグラの笑い声が横丁に響き渡った。

「ああ、おかしい。あんたってほんと面白い。時間ですって？」

「もうすぐ運が向いてきそうなんだ。いま大スクープを追っていて、それで大金が舞いこむはずだ」

「ねえフレーシャ」ラ・ネグラはそう言って、長い爪でこちらの頬を引っかく。「あんたのことはいつも憎からず思ってきたわ。なぜかわからないけど、その悲しげな目に弱いのよ」そしてため息をつく。「でも、あたしの仕事は信用が第一なの。金を貸してくれとあんたに言われて、貸す。簡単なことよ。返してもらえなきゃ、まずいことが起きる。返してもらえず、その後も音沙汰なしなら、もっとまずいことになる。人の口に戸は立てられないの、わかる？　ニュースは流感みたいに広がり、それでもう仕事は続けられなくなる。あたしはそれを黙って見ているわけにはいかないし、あたしをとろかすその視線をもってしても無駄よ、坊や。残念だけど、あんたは信用ってものを学ぶ必要がある」

どこかから拳骨が飛んできて、フレーシャの左目に命中した。色とりどりに光る星が消えるまえに膝蹴りが腹にめりこみ、フレーシャは地面に倒れて、空気を求めて口をぱくぱくさせた。

「すごいカップルだ」地面に倒れていても、ひと言言わずにいられなかった。「おたがい背中をさすりあうんだろうな」

パンチの雨が降ってきたとき、フレーシャは両腕で頭を守るのでやっとだった。蹴りが顎の下にはいり、頭が後ろに吹っ飛んで金属製の鎧戸にぶつかる。血の味が口の中に広がった。意識を失う直前、ラ・ネグラのビロードのような声が耳元で聞こえた。

「あの娼婦に金を貸してくれってねだりな。これ以上待てない。返さないなら、また会いに来るからね、坊や」

20

朝いちばんで、ダニエルとフレーシャはサリアー駅発の列車の座席を予約した。新聞記者は額に絆創膏を貼り、左目にひどい痣をつくっていた。どうしたんだとダニエルが訊くと、フレーシャははぐらかしたので、とりあえずダニエルは学長と会った話をした。二人はオムス医師のノートについても意見を交換したが、何の結論も出なかった。ダニエルの父親が、息子にそれを見つけてほしいと願ってあの場所に隠したのは間違いない。だがその動機がわからない。オムスが話をしてくれるのを二人は期待していた。そのノートと殺人事件の関係も説明してくれるかもしれない。

やがて会話も途切れがちになり、フレーシャは眠ってしまった。彼が遠慮なくいびきをかくあいだ、列車はプルベンザ通りの停車場を過ぎ、バルセロナの町を後にした。町から遠ざかるにつれ、林立する細い煙突から煙を吐く工場が目につくようになる。かつての農耕地に建設されたそれらは、時代の変化の象徴だった。ダニエルは列車の窓から労働者の群れを眺めた。裾を結ぶ典型的なシャツとサンダル履きの男たち、灰色のウールのワンピースを着て髪を布やスカーフで覆った女たちが歩いて仕事場に向かう。その暗い表情や、ぼそぼそと短く言葉を交わす様子をダニエルは見つめた。大半は、インゲンマメとイワシの塩漬けのはいった小さな包みを抱えている。十二時間のつらい労働を支える貧しい弁当だ。子ども時代の記憶にある風景は急速に変わりつつあった。

サン・ジャルバジ駅に着くと、サナトリウム行きの馬車を待つのはやめて、辻馬車を拾った。二十分後、馬車は施設の入口の前で停まった。

サナトリウムは二十一年前、ティビダボの丘の南斜面に建設された。雲のない天気のいい日には、バルセロナの町を、さらにその先の地中海さえ一望できる。

御者に運賃を払い、菜園の中をくねくねと続く未舗装の小道を建物まで歩く。

「なあ、アマット」フレーシャはブーツを泥で汚さないようにしながら言った。「どうして調査を続ける気になったのか、まだ聞いてないぞ」

ダニエルは少し考えてから答えた。

「父の死は事故ではないと確信しはじめたからだ。早く帰れと僕に言う人間があまりにも多い。だから真実が知りたくなった。何もせずにいたら、きっと自分が許せなくなるだろう。犯罪の可能性があるとはつまりどういうことか、自分でもちゃんとわかってる」フレーシャが次にどんな質問をしてくるか見越してダニエルは最後にそう答え、歩きだした。「さあ急ごう」

五ヘクタールの敷地の大部分を占める畑を、二人は進んでいく。ある場所では豆類や野菜、またある場所ではレモンやリンゴの果樹が育てられている。それは建物を取り囲み、監獄には見えないようにかつ、患者をつねに監視できるよう、配置されている。

「受け付けてもらえるかな？」フレーシャが尋ねる。

「ここの院長は昔、父の親友だったんだ」

「じゃあせいぜい敬意を表するようにするから、心配するな」

「ますます心配になってきたよ」

フレーシャが言い返そうとしたときダニエルがにやりと笑ったので、彼もくすくす笑いだし、顎に激痛が走って思わず呻き声を洩らした。

ノッカーでドアをたたいた。聖ヴィンセンシオ・ア・パウロ会の修道女がドアを開けた。青痣のできたフレーシャの顔を見てぎょっとした様子だったので、ダニエルが前に出て取りつくろった。

「こんにちは、シスター。院長にお会いするためにうかがったのですが」

修道女はうなずいて建物内に引っこみ、礼拝堂の横にある柱廊を備えた美しい中庭に彼らを残した。数分後、背後からどら声が響いた。

「わざわざここまでやってきたということは、それだけの理由があるのだろうな」

半ば開いた戸口から、両手を腰にあてがった白衣の男がこちらを見ている。齢五十を過ぎても、アントニ・ジネーはいまも変わらずがっしりしていた。大理石から鑿《のみ》で彫りだし、広い肩にごろんとのせたような頭。二人を代わる代わる見るそのまなざしで、フレーシャは自分が値踏みされ、自動的に分類されるのを感じた。髪は絵筆で丁寧に描かれたような豊かな縮れ毛で、いわゆるマトンチョップスと呼ばれる、立派なもみあげが顎まで続く堂々たる髭を生やしている。

「お会いくださり、ありがとうございます、ジネー先生」ダニエルが挨拶した。

アマット青年をそこに認めたとたん、医師の顔がかっと紅潮し、両手を握りしめるのがわかった。こちらに飛びかからんとするかの勢いで、つかつかと近づいてくる。ダニエルはその場で身を硬くした。フレーシャは何がどうなっているのかわからぬまま二人を呆然と見ていたが、やっと腑に落ちた。この医師はアンジェラとイレーナのジネー姉妹の父親なのだ。

「看護婦から君の名前を聞いたとき、何かの間違いだと思った。外国で死んだものと思っていたが、むしろそのほうがましだった」とつぶやく。「二秒だけやるから、それでさっさと来た道を帰れ。さもなきゃ放りだす」

「理由がなければうかがいません、ジネー先生」ダニエルが答えた。「助けていただきたいんです。これは父の死に関わることなんです」

院長の顔に迷いが浮かんだ。そしてとうとう決断をくだした。ふたたび口を開いたとき、急に年を取ったように見えた。

「お父上が亡くなったという知らせには本当に驚いた。われわれは無二の親友だったのだ。お父上を追悼するという意味で、話を聞くことにしよう」

ダニエルはこらえていた息を吐き出した。サナトリウムに到着するまで、口をきいてもらえるかどうか心許《こころもと》なかったのだ。

「父が死んだのは事故ではありませんでした」

医師は彼を不信の目で見た。ダニエル自身、内心に隠しているのと同じ不信感だ。

「お気持ちはわかります。でも、殺されたという証拠があるんです」

「殺された？　なんてことだ。私にどんな協力ができるというんだ？」

「どうやら、ここにいる連中のひとりが、正気をなくすまえに……」フレーシャが話しはじめる。

ジネーが眉をひそめた。

「申し訳ないが、いま何て？」

「彼が言おうとしたのは」ダニエルが慌てて口を挟んだ。「こちらに入院している方のひとりが、父が死んだ状況を解明するのに助けになってくれるかもしれない、ってことです。その方から話をうかがいたいと思いまして」

「ここにいる患者の中には重い障害を持っている人もいて、そういう患者との面会は許可できない。誰と会いたいんだね？」

「オムス医師です」

「無理だ」

「どうしても話を聞く必要があるんです、ジネー先生」

ジネーは息を吸いこんだ。

「誤解しないでもらいたい。話をさせたくないから無理だと言ったわけじゃない。オムス先生は九か月前からこの施設にいないんだ」

ダニエルとフレーシャはとまどったように顔を見合わせた。

「院長室に来たまえ。そこで話をしよう」

彼は入口から建物の中にはいり、ダニエルとフレーシャはそれに続いた。

「この名前はどこから？」そこに居座るぎこちない沈黙を破る意味で、フレーシャが尋ねた。

ジネー院長が、どういう意味かわからないという表情で彼を見た。

「ヌエバ・ベレンですよ」フレーシャが指摘した。

「ああ、施設の名前か。ロンドンの精神障害者用サナトリウム、王立ベスレム病院にちなんでつけられた。ただそれだけだよ。ベスレムはベツレヘム、ベツレヘムはスペイン語でベレンだ」

「入院患者は多いんですか？」

「あなたは……」

「フレーシャです」

「フレーシャさん、あなたはフレノパトロヒアに興味があるのかね？」

「フレノ……何ですって？」

「精神障害研究だよ」ダニエルが指摘する。

ジネーが横目で彼を見た。

「お父上の教えをすべて忘れたわけではないようだな」

ダニエルは答えず、ジネーはやや口調をやわらげて説明を再開した。

「この国ではわれわれがそのパイオニアなんだ。三十年前から精神障害の研究に専心している」あふれる誇りが隠せない。「ほんの三年前までは学術誌もここで発行していたんだ」

「でも、精神障害の研究なんて、どうやってするんです？」

「いいかね、精神障害の患者はただの病人にすぎないんだ。この十年、この考えを受け入れてもらうために、社会の意識を根本的に変えなければならなかった。残念ながら、いまだに理解してくれない人が大勢いるのだがね」

ジネーは二人の存在を忘れ、大学の演壇に立っているかのように話しはじめた。

「古代ローマのギリシャ人医師ガレノスは、それまでに蓄積された狂気に関する研究をまとめ、四体液説にもとづく学説を熱心に説いた。それによれば、憂鬱症は肝臓でつくられる体液に左右され、精神錯乱は動物精気の欠乏によるものとした。頭の働きが鈍くなるのはそれが減少するためであり、躁病になるのはそれが不安定な状態になるためだ。じつはこの考え方は、ガレノスが持っていた解剖学や神経組織生理学に関する知識と相容れないものだった。幸い、脳の研究が進んだことで、より実用的な視点が取り入れられるようになった」

フレーシャがあくびをしようとし、ダニエルが無言でそれをたしなめた。院長は新聞記者の反応を無視して、講義を続けた。

「いずれにせよ、患者たちが適切な扱いをしてもらえるようになるまでには時間がかかった。つまり彼らは、医師による治療が必要な病人だとは考えられなかったんだ。その意味で、ヌエバ・ベレンは高い評価を得ることになった。精神障害の程度によって患者が自由に行動できるシステムを確立し、絶え間なく監視を続け、きめ細やかに衛生状態を保ち、何より、各患者の症状に合った治療計画を適用する」

廊下を曲がり、病院内の別棟にはいる。左右にドアが並んでいる。その棟にはいるなり、嘆いたりわめいたりする声の大合唱が彼らを迎えた。ダニエルとフレーシャはぎょっとして顔を見合わせたが、院長は顔色も変えずに進んでいく。

新聞記者は金属製のドアのひとつの前で足を止め、目の高さにある小窓から中をのぞいてみた。狭い部屋の中央にある簡易ベッドに禿げ頭の男が座り、もがいたり叫んだりしている。両手にはミトン型の手袋をしているが、手袋の手首のところに詰め物がされ、そこを締めている輪っか状の留め具は革のベルトで壁とつながれている。

院長はフレーシャの様子に気づいた。

「知性が失われ、あの男はずっと暴れつづけている。突然現れる攻撃衝動を避けるため、一日の大半はあの画期的な器具に繋いでいる。あれなら腕が自由にならないので自分を傷つけられないし、胸が圧迫されることもない。拘束衣を使うとときどきそういうことが起きるんだ」

「でも……こんな恐ろしいことが……」

「別の選択肢ならもっと恐ろしい」

そう言うと踵を返し、院長は歩きだした。ダニエルとフレーシャもそれに続いた。

「実際、入院患者は百名近くいる。右側の棟が男性用、左側が女性用だ。患者は三つに分類されている。静かな者、騒ぐ者、そしていま見たような攻撃的な者。ここに来るのは上流階級の人々でね。十四ドゥーロ余計に払って使用人をつける者までいる。一等の個室が三十六ドゥーロ。もちろん、もっと経済的な二等、三等の部屋もある」

とうとう院長室に着いた。庭に面して大窓が二つある、広々とした快適な部屋だった。最後にここに来たときからほとんど変わっていないことにダニエルは気づいた。当時と同じ、ガラス戸のついた白い書棚が壁際にあり、中にはやはり同じ医学の教科書やステレオスコープ、さまざまな大きさの人間の頭蓋骨コレクション。壁には学位記や賞状が掛かっている。本や書類でいっぱいの机は、彼が忙しい証拠だった。

きょろきょろと室内を見回すうちに、机の背後に掛かったセピア色の肖像画にダニエルの目が留まった。思わずぶるっと身震いしそうになる。若い頃の肖像だが、どこにいても二人のことを見間違えるわけがない。椅子に座る父を囲むアンジェラとイレーナ。すばらしいことが待っているはずの未来に期待を寄せる笑顔。何度も見た絵だ。画家の署名のそばにある日付を見て、ダニエルは顔の血の気が引いた。火災の起きる一週間前だ。

ジネーは、机の前に置かれたいくつかの椅子に二人を座らせた。ダニエルの視線をたどった瞬間、目に悲しみの翳《かげ》がさした。

「本当のことを言うと、アマットくん、君にまた会うとは思ってもみなかった」

「そうでしょうね」ダニエルは一瞬迷った。「お嬢さんに会いに行きました」

ジネーは渋い顔でうなずいた。

「イレーナにとって、姉と君を同時に失ったことがどれだけつらかったか」ダニエルがとまどうのを見て、院長は続けた。「君との関係について、私はもちろん知っていたのだ。君が行方をくらまして、あの子はバルトメウ・アデイの求婚を受けるしかなくなった。かわいそうに」

院長はしばらく彼をじっと見つめ、それから信じられないというように唇を歪めた。

「知らなかったのか？」

ダニエルがかぶりを振ると、院長は座ったままくつろぎ、窓のほうに目を向けた。

「あのあと……われわれはほとんど話をしていない。だから君に事情を聞かせようにもできない。もしもっと知りたいなら、あの子から聞くほかない」

ダニエルはもっと訊きたかったが、院長の泰然とした態度を前にして、喉を焼く疑問を呑みくだした。唾をごくりと呑みこみ、自分たちがそこに来た理由に意識を集中させようとする。彼は手短に説明した。

「父は、その哀れな女性たちを殺した犯人を見つけたと考えた。それが父を死に追いやったんです」そうきっぱり結論づける。「父の指示でこのノートにたどりつきました。でも元々の持ち主はオムス医師なんです。彼はこの出来事と何か関係があると僕は思っています。だから彼と話がしたいんです」

「なるほど」ジネーは顎の下で手を組みあわせた。「オムス先生がここに入院された事情は極秘なので理解してほしい。ただ、たしかに回復に向かいつつあったんだ。だからこそ、その後あんなことが起きるとは誰も予想していなかった。いま思うと、間違いなく君のお父上の死と関係しているとわかる」

院長は目を閉じ、話しはじめた。

「オムスは妻が亡くなったことで精神障害を発症した。完全な回復は見込めないとしても、なんとか状態を安定させることはできた。だが彼はとことん絶望し、そんな状況では治癒はまず不可能だ。われわれとしてもあきらめかけたとき、突然変化が現れはじめた。彼が入院患者のひとりと親しくなったんだ。どうやらこの患者も医学の知識を持っているようだった。その後の数か月でオムスは元気を取り戻し、この分でいくと、完治する可能性もあると、入院後初めて希望が生まれた。驚くような回復ぶりだったので、小さな実験室をつくることさえ許可した。これは一種の研究事例となり、われわれとしても興奮していた」

「何かまずいことが起きたんですね？」フレーシャが口を挟んだ。

「そうだ」ため息をつく。「ある朝、夜勤の警備員のひとりが意識を失って倒れているのが見つかった。鉄パイプで殴られていたんだ。一時間後、患者たちが誰も病室から移動していないことを確認したあと、オムスの友人を実験室で見つけた。すでに死亡していて、顔と手に無数の切り傷があったため、事実上、彼かどうか識別不可能だった。明らかに防御創だろう。服と携帯していた身分証でやっと彼だとわかった」

「オムスはなぜそんなことを？」ダニエルとフレーシャがほとんど同時に尋ねた。

「謎だよ。人間の精神にはまだまだ秘密が無数に残っている」ジネーの声が一オクターブ下がった。この事件は彼の心に深い傷を残したのだと、ダニエルは気づいた。「あの事件が起きてもう九か月が経つが、いまもまだ動機がわからない。おわかりのように、医師として大きな失敗だ」

「けっしてあなたのせいではありませんよ」ダニエルはとりなした。

院長は悲しげな笑みを浮かべ、礼を言った。

「じゃあ、オムス医師が見せた回復は嘘だったのか」フレーシャが言う。

「そうらしい。誰もが騙されたんだ。君のお父上までもね、ダニエル。事件が起きる前日の午後、お父上は彼の見舞いに来たんだ。じつは頻繁に訪れていてね。あの日われわれは、オムスの目覚ましい回復について話し、喜んでいたんだ。だが全部嘘だった」悲しそうに首を振った。「サナトリウムから当局に通報したが、彼らは患者の脱走より、製鉄所の騒動のことを心配するので手いっぱいでね。だが、オムスはいまも捕まっていないから危険だ。とても危険なんだよ。人の道にはずれたことも平気でする錯乱の一種だ。また人を殺したとしても不思議ではない……」

　彼がその先を続ける必要はなかった。計算が間違いでなければ、オムスが逃亡してわずか数か月後に、バルセロネータ地区で最初の遺体が発見された。オムス医師こそが父の追っていた殺人犯だとあらゆる情報が示唆している。

「話はまだ終わってないんだ。オムスの行動には説明のつかないことがもっとある」

　二人は院長に先を促した。

「脱走するまえの数週間、オムスは脇腹の強い痛みを訴えていた。定期健診で、肝臓に腫瘍があることがわかったんだ。病気はすでにかなり進行していた。余命は一年もなかったと思う」

　彼が先を続けるまえに、修道女のひとりが見るからに慌てた様子で部屋に飛びこんできた。

「先生、すぐにいらしてください。患者のファレーさんがまた発作を起こしました」

「すぐに行く」院長は立ち上がりながら言った。「こんな形で失礼することになって残念だ、アマットくん。ぜひオムスを見つけて、君のお父上を殺した犯人だということを明らかにしてくれたまえ。申し訳ない。助手のシスターを呼んで、出口まで送らせよう」

そしてドアのところで立ち止まり、ダニエルのほうを向く。

「私は娘の死をなかなか受け入れられなかった。長年、それで君を恨んだよ。だが実際のところ、あれは事故だった。不幸な災難だったんだ。いまもまだ、あの晩アンジェラがあそこで何をしていたのかと自問自答するんだ」彼はダニエルの目を見た。「君は、あの罪を引きずりつづけるにはまだ若い。若すぎるよ。イレーナと話をしたまえ」

それを最後に、看護婦とともに大急ぎで立ち去り、あとには二人だけが残された。フレーシャが弾かれたように立ち上がり、院長の机の向こう側にまわると、あちこち探りはじめた。

「何してる？」

「あのやぶ医者のことは信用できない。もっと情報が必要だ。手伝ってくれ」

「どうかしたんじゃないのか？」

「ここでする質問としてはじつに面白い。そう思わないか？」書類をめくる手は止めずに、にやりと笑い返した。「お父上を殺した犯人を捕まえたくないのか？　書類用の棚を頼む」

彼は背後を指して言った。

ダニエルは一瞬ためらった。だが結局抽斗が三つある棚に近づいた。最初のひとつを開けようとしたが、開かない。力まかせに引っぱると、ガチャンという音がして、床に勢いよく落ちた。十以上の患者のカルテが絨毯にばら撒かれた。

二人は固唾《かたず》を呑んでドアを見つめた。騒音を聞きつけたサナトリウムじゅうの職員が、いまにも部屋に押しかけてくるのではないかと思ったのだ。だが誰も現れなかった。

「手を貸してくれ。早く」フレーシャが命じた。

二人は大急ぎで書類を元に戻した。ふいにダニエルが一通のカルテを拾おうとしてその手を止めた。一瞬目の錯覚かと思った。患者の名前が書かれた欄を三回読み直した。バルトメウ・アデイ。

急いでいることも忘れ、書類を開く。

アデイは、興奮の発作や攻撃行動が原因で、一年ほど前にサナトリウムに入院していた。簡単な記述によると、使用人のひとりを殴り殺しかけて、もはや入院させないわけにいかないと家族が考えたらしい。理由は、朝食の出し方が気に入らなかったから。両親の財力と影響力で事件は揉み消しにされ、収監されることもなかったが、代わりに強制入院させられたのだ。二か月後に父親が亡くなり、数日も経たずにアデイに退院許可が下りた。それを止めようとした医師のメモがそこにあった。

フレーシャがのぞきこむ。

「何やってるんだ？」

「べつに」

「いいか、あんたがぐずぐずしているあいだに、俺はいいものを見つけた」フレーシャが勝ち誇ったように数枚の紙を見せた。「さあ急ごう。まもなく連中が来るぞ」

　ダニエルはアデイのカルテを元の場所にしまい、二人で協力して抽斗を棚に戻した。何もかも元通りになったことを確認すると、廊下に出た。折しも、年配の修道女が突然現れたので、二人ともぎくっとした。

「お二人をご案内するようにと仰せつかりました。ついてきていただけますか？」

　彼らはこっそり胸を撫で下ろすと、彼女に従って廊下を進み、正面玄関にたどりついた。外に出るとすぐ、ダニエルは振り返って、閉まりかけたドアを押さえた。修道女はにっこり微笑んでいる。

「協力してくださったことについて、院長に感謝の言葉をお伝えください。そして……必ず使命を果たしますと。それで院長はおわかりになると思います」

　彼女はうなずき、二人は立ち去った。急いで庭を後にすると辻馬車を拾い、サン・ジャルバジ駅に戻った。

21

　コンパートメントにはいると、やっと緊張が緩んだ。バルセロナ行きの最初の夜行列車に間に合って運がよかった。車掌に少しお金を握らせて、空のコンパートメントを確保し、人に邪魔されないようカーテンを閉めた。

人目を気にする必要がなくなると、フレーシャはくすねてきた書類を取り出した。
「まったく、あんたは思った以上にどうかしてるな」
新聞記者はダニエルの言葉を無視し、日付順になった分厚い書類の束に集中している。管理上の書式にのっとった最初の数ページを放り出し、オムス医師の入院とその後の治療について書かれた部分を開いた。

《フラダリック・オムス、四十五歳、医師。妻死亡、子どもなし。三週間前（周囲の人々の証言による）から精神障害を発症。当初は、強度の錯乱状態にあり、散発的に攻撃性の発作が出ると診断された。頻繁に幻覚と幻聴の症状。友人や家族の認識に困難を伴う。反復性の不眠症。全面的に精神錯乱を起こすまえに緊急に治療をおこなう必要ありと結論した。

何度かの試行錯誤ののち、午前中は熱めの風呂に入れながら頭部に冷水を注ぎ、続いてイラクサで患者を打つ治療をおこなう。午後はたいてい、湯と水のシャワーを交互に浴びるスコットランド式シャワーを二度提供し、電気療法も施す。これを補完する形で、肌の湿疹のためにファウラー液を処方する。導入として、神経をリラックスさせるために、抱水クロラールを二度投与することになるだろう》

当初の治療方針が決まると、次のメモによれば、徹底してそれが継続されたらしい。
《入院して一か月と二日が経過したが、回復の兆しはない。
より治療を集中することが求められ、加えて、狂気の分泌液をよそにそらすため、うなじに灸を据えることとする。このとき、肌の水分をよく拭き取り、綿あるいは麻くずの芯を燃やすようにする。またこれを補完する治療として、オムスがくり返し妻の幻覚を見、妻の死を認めずに手紙を書いて送ろうとしつづけることから、チョウセンアサガオとアヘンを組みあわせた薬を処方する》
それに続く書類は、オムスの治療過程を記す簡単な記録だった。
《二週間が経過したとき、そう重大なものではないといえ、わずかな変化が見られた。灸を据えた場所がひどく化膿しており、症状は改善していない。ふたたび灸を施す。瘡《かさ》蓋《ぶた》がはがれると、激しく暴れる。電気療法の回数を増やす》
こうして何週間も治療は続いた。書き込みを見ると、頻繁に回復と悪化をくり返していることがわかる。快方には向かっていたようだが、充分ではなさそうだった。サナトリウム内でも、快癒は難しいかもしれないと誰もが考えはじめていた。

そんなとき、例の入院患者と親しくなったのだ。

それが本当の転換点だった、と記録には書かれている。その後の数か月でオムスはみるみる回復し、退院を勧められるまでになった。記録の最後、オムスが友人を殺す二日前の短いメモに、ジネーはこう書いている。

《アルフォンス・マルティ、二十六歳、男性。心的外傷後ストレス障害の明らかな症状。一八八四年二月十五日入院。主治医はアルフレッド・アマット・イ・ロウレス医師。隔離の段階を経て、オムスのよき友人となる。オムスが驚くほどの回復を見せたことを考えると、この二人の患者の交流について研究する必要がある》

「父が？」ダニエルはそのメモを読み返した。「父が、オムス医師の狂気の被害者となった男の主治医だったのか？」

「偶然が重なりすぎている。そう思わないか？」

ダニエルは少し考えてから大きくうなずいた。

「父のところに来る患者には、体の痛みの陰に心の痛みが隠れていることがしばしばだった。実際、患者の苦しみを理解するには、その魂《プシュケー》を知ることが大事だと、父自身主張していた。病気の多くは精神の均衡が崩れることで起きると父は言っていた。戯言だと否定する者もいたが、父の友人だったジネーは同じ意見だった。だから父は躊躇なく一部の患者をサナトリウムに送ったんだ」ダニエルの顔が暗くなった。「恐ろしい偶然だよ。ようやく父が何をしようとしていたかわかった。オムスがその入院患者を殺してサナトリウムから逃げたとき、二重の意味で罪悪感を覚えたんだ。殺人者の友人であり、被害者の主治医でもあったんだから。オムスを捕まえることが父個人の問題になったんだ」

その後は二人ともずっと黙りこくり、それぞれが物思いに沈んだ。列車がカタルーニャ広場に到着したとき、あたりはすでに夜だった。

22

パウは鉄格子の門扉を押してカルマ通りに出た。これ以上ないというほど疲れていた。最後にまともに眠ったのがいつのことか、思い出せない。目が痛み、頭の中で不快な唸りが響いている。記憶にあるかぎり、これほど連続して仕事を続けたことはいままでなかった。

あの少女のことで食らった罰のせいでやたらと長くなった病院での勤務時間に、授業や勉強の時間も加わるのだ。アレーナがまだ入院させてもらえているのがせめてもの救いだった。最新の診察ですでに感染の危険はないとわかり、退院まで残ることが許されたのだ。あのときは激怒していたサグーラ教授だが、パウの治療がいい効果をあげたことを認めてくれた。かといって、罰が軽くなることはなかったが。結果的にはよかったとパウは安堵した。だがいまや心配事は別にあった。

上着のポケットからメモを取り出し、もう何回目かわからないが、また読み返した。悪寒をなんとか振り払う。誰かが秘密を知ったのだ。慎重に慎重を重ねて隠してきたのに、結局無駄だった。いったい誰だ？　どうやって見つけた？　方法はひとつしかない。パウはメモをしまい、約束の場所に向かった。

初めは誰かわからなかった。その様子を見れば、何もかもうまくいっていないことは明らかだ。男はロス・アンジェルス女子修道院の前、エリザベッツ通りの物陰で待っていた。四十の坂は越えていないはずだが、それより十歳は老けて見える。左右をきょろきょろ見ながら、寒さをこらえるために足踏みしている。仕立てのいいスーツは汚れて擦りきれ、何キロも痩せたかのように外套がだぶついている。パウは近づきながら、痩せこけた顔に埋もれた二つの目が血走っているのに気づいた。災いの気配を察知しようとするネズミのように、くんくんと空気の匂いを嗅いでいる。

「ごきげんよう、ジルベルトの旦那」アンダルシア地方特有の訛りで言いながらぎこちなく会釈し、作り笑いをする。「これで俺が誰かわかりますよね？」

「アルベルト」パウは答えた。

男はむっとしたふりをした。

「久しぶりに会ったっていうのに、それだけですか？　アルベルト？　お元気ですかとか、お会いできてうれしいとか、このくそったれな何年かのあいだ、いかがお過ごしでしたかとか、そういうご挨拶もなし？」

　パウは答えなかった。通りの先まで横目で見て、よもや大学の知り合いが現れたりしないかと確認した。その男とはどんなご関係ですか、などと訊かれてはたまったものではない。

「安心してください。こんな時間にこの通りに来る人間などいない。修道女さえ寒さで閉じこもってますよ。だがもしそうしたいなら、場所を変えてもいい」

　パウはかまわないとしぐさで答えたが、男は近くのポーチに移動した。到着するやいなや、男はパウに身を寄せて声を低めた。酒と饐《す》えた汗の臭いが鼻をついた。

「あんたと違って、俺はあんたのことを心配してたんですよ。だが見たところ、うまくやってるようだ。とてもうまく」ちらりとパウのほうを見て言う。「まったくの話、本物の紳士みたいじゃないですか」

「何の用だ」

「単刀直入ですね。けっこう、それがお望みとあらば。なあ、ジルベルトの旦那」また人をからかうような調子をつけて言った。「あんたの態度を見たら、お父上は眉をひそめたはずですよ」

　パウは思わず相手をどんと片手で押しのけた。

「父のことを口にするな」

　男はわざと顔をしかめてみせた。髭が伸び放題の頬を掻き、地面に唾を吐く。

「ああそうだった！　かわいそうに……死んだんだっけ？　馬車の事故で。あそこは道が悪い」

パウは歯をぐっと嚙みしめ、口の中に血の味さえ感じた。

「用があるならさっさと言え」

「ねえ、ジルベルトの旦那、俺は厚意でここに来たのに、あんたはご両親と同じ配慮を欠く態度で俺に接するつもりらしい」

「あれでも充分すぎるくらい親切にしたつもりだがな」

「おやおやそれはもったいない！」

「あの子はまだほんの子どもだったんだ。かわいそうに」

「娼婦さ！　まさにそれだった！　俺を甘い言葉で丸めこみ、そのあとあんな法螺《ほら》を吹いてまわった」

「あの子を手籠《てご》めにし、孕ませて捨てたんだ。あの子も生まれたばかりの子どもも出産で亡くなった。そうなったことに罪悪感はないのか？」

男は目を丸くして見せ、それから唇に指を当てると、声を潜めた。

「俺をそんなにぞんざいに扱うと、あんまり都合がよくないと思いますよ」

「どういう意味だ？」

この男に対してこみあげてくる軽蔑を抑えるには、かなりの努力が必要だった。

何年も前、マラベイはパウの屋敷で使用人として働きはじめた。当初は下男のひとりとして役目を果たしていたものの、あるときフランシスカという若い娘の使用人に熱を上げた。

何週間も彼女を追いかけまわし、何度も拒まれたことを誰もが知っていた。とうとうある日の午後、石炭小屋で哀れな娘が服を破かれ、ひどい怪我をして発見されるという事件が起きた。怯えきった娘は通報する気はないときっぱり拒否し、おかげでマラベイは刑務所行きを免れた。だが父は男をけっして見逃さなかった。屋敷からたたき出し、誰も彼を雇えないようできるかぎり手を回した。その後、フランシスカの妊娠が判明したのだ。

「俺がどうやってあんたを見つけたのか、首をひねっているのでは？」マラベイは笑った。「その疑問を解消してさしあげましょう。一週間前、俺がこの通りを歩いていると、ひどい土砂降りになったんで、病院前の路地に逃げこんだんだ。服を乾かそうとしていると、学生がひとり建物から出てきて、こっちに向かって歩いてくる。急ぎ足だった。向こうはこっちの顔を見なかったが、俺は見た。見覚えのある顔だったが、こんなところにいる若者に知り合いなんかいるわけがないと俺は思った。その後、俺は何度もそこに行き、一日じゅうあんたを見張った。謎を解かなきゃと思ったんだ。ある晩、もうあきらめようと思った瞬間、啓示みたいにぴんとひらめいた。最初は酒のせいで頭がどうかしちまったんだと思った。だって、まるで別人みたいだったからさ！　その新しい髪と服装にもかかわらず、あんただとわかったとき、どんなにうれしかったか。あんたはいつもひとりで行動し、夜になるまで病院から出ない。とても賢いやり方だ。そうすれば人目につかずにいられる、そうでしょう？」

パウは答えなかった。

「ご想像のとおり、俺は神に幸運を感謝した。いまはあんまり風向きがよくないもんでね。

いや、嵐のど真ん中さ。金がいるんだよ。友人ってやつはそのためにいる、そうでしょう？　あんたは俺を助け、俺はあんたを助ける。あんたが何をしようと、あんたがこのペテンで何を企んでいようと、俺には関係ないが、俺はこう見えてけっこう口が軽いんだ。だから、あんたが俺のいまの苦境を救ってくれるなら、代わりに俺は二人のあいだの小さな秘密を人に洩らしたりしないと約束しますよ」

パウは大きく息を吸いこんでから尋ねた。

「いくら欲しい？」

「古き友を拒むような額じゃありませんよ」

「いくらだ？」

「五百ペセタ」

パウは思わず声をあげそうになった。大学一年分の授業料より多い金額だ。

「そこまでの持ち合わせはない」

マラベイはひとつ呻き声を洩らし、パウを乱暴にポーチのほうに押した。パウの悲鳴は続いて腹に食らったパンチで押し殺され、息ができなくなった。かつての使用人はパウの上着の襟をつかみ、ぐいっと自分のほうに引き寄せた。

「自分が誰かってことから逃れられると思ったら大間違いだ。あんたは俺に金を払う。あんたの父親の仕打ちと、それ以来俺が味わった惨めさは、全部あんたの借りだ。わかったか？　企みをばらされたくなかったら、今週末までに耳を揃えて金を持ってこい。だが、あんたが望むなら」彼の顔が輝いた。「ほかのやり方を考えてもいい」

　パウは抵抗しようとしたが、男の力は強く、動けなかった。酒にまみれた唾がマラベイの頬を伝い、その手が股へと滑っていく。パウはもがいて、なんとか片腕が自由になった。相手の顔を肘打ちし、後ろによろめかせた。

　しかしそのあとマラベイの平手打ちをもろに食らった。頭が壁にぶつかり、ゴツンと乾いた音が聞こえた。体がふわっと浮いたような感じがして、崩れ落ちる。マラベイは口を歪めてにやりと笑い、唇の血を袖で拭った。

「面白くなってきたぜ」

　彼がまた拳を振り上げたとき、突然通りに馬車がガタゴトとはいってきた。マラベイは右側に目をやり、悪態をつくと、パウの脇にかがみこんだ。

「木曜日八時。サン・ジュスト教会。待たせたら承知しないからな」

　パウはいまの言葉も、遠ざかっていく足音もほとんど耳にはいらなかった。そばであわただしく人が動き、悲鳴やわめき声がする。たくましい腕に抱えられ、立ち上がった。

「大丈夫か？　怪我は？」

　パウは目の焦点を合わせようとした。聞き覚えのある声だ。目が少しずつ機能を取り戻し、救済者の顔を認めたとき驚いた。

　暖炉の火のおかげで室内は快適な温度だったが、パウは通りの冷気がいまも骨まで沁みこんでいる気がした。手に持っている熱いコーヒーも体の震えを止めることはできなかった。左側にはダニエル・アマットがいる。眼鏡のレンズの向こう側の深遠なまなざし、エネルギーに満ちた灰色の目は父親にそっくりだ……。パウは咳払いをして動揺を隠した。

「危ないところだったな」

パウはうなずき、カップの中の漆黒の液体をすすった。

アマットの同伴者は手に持っていた書類を脇に置いた。

「ひどい話だ。修道院の軒先で強盗を働こうとするなんて。あいつ、すごくすばしこくて、せっかく追いかけたのに逃げられた」

男の言葉を聞いて、ダニエルの唇に笑みが浮かんだ。パウはほっとした。二人とも、マラベイを強盗だと思っているのだ。そのほうが話が簡単だ。

男はアマットの愉快そうな表情を無視し、近づいてきて手を差し出した。

「俺はバルナット・フレーシャ。誰かが話しているのを耳にしたことがあるかもしれない。『コレオ・デ・バルセロナ』の記者なんだ」

パウは首を横に振りながら手を取った。申し訳なさそうな表情を浮かべたが、新聞記者の失望をやわらげる役には立たなかった。

「すみません、フレーシャさん、存じあげなくて」

フレーシャは、べつにどうってことないというそぶりで近くの机に寄りかかり、落胆を隠そうとした。面白そうにそれを見ていたダニエルは、事の顚末を聞こうとパウに向き直って尋ねた。

「実際、何があったんだい？」

「修道院の前を歩いていたら突然男が現れて、荷物を奪われそうになったんです。長時間仕事をしたあとだったからくたくたで、抵抗できなくて。そうでなければ難なくやっつけられたはずです。不意を衝かれたんです。それだけですよ」

「何か盗られたのか？」

「何ですって？」

「もし貴重品を盗まれたのなら、警察に届けるべきだ」

「いえいえ、何も」慌てて答える。

沈黙が下りた。パウはそれを機にカップを小卓に置き、立ち上がった。眩暈がし、体もふらふらする。だが、早くここを出れば、それだけ質問に答えずにすむ。

「助けてくださって本当にありがとうございました。恩に着ます。もうだいぶよくなりました。そろそろ部屋に戻らなければ。すっかり遅くなってしまいましたし、明日はまた病院勤務が待っています」

そう言うとぺこりと頭を下げて、立ち去った。ドアが閉じたとたん、フレーシャは眉をひそめてダニエルを見た。

「変な男だ。そう思わないか？」

学生寮の前で、アルベルト・マラベイはまた降りだした雨を避けるため、通りの軒先で雨宿りをしている。彼の目は、灯りが煌々と洩れる窓を眺めている。どれがパウの部屋かわからないが、どうでもいいことだった。想像するだけで充分だった。切れた唇の痛みを味わいながら、手がポケットの中のナイフをゆっくりと撫でていた。

23

軽快に走る幌つきの四輪馬車が、にぎやかなランブラス大通りを後にして、港へと向かっている。通りのつきあたりにたどりつくと、馬たちはコロンブスの記念像をぐるりと迂回しなければならない。

馬車の開いた天井から御者の声が聞こえてくる。

「あのうどの大木は、くそったれの大柱が立つまえに間違いなくぶっ倒れる。給料一年分賭けてもいい」

ダニエルはわざわざ答えるのも面倒で、建築家のジュアン・トーラスがつくった複雑な鉄の建造物を眺めるに留めた。六十メートル以上の高さがあるその足場は、これまでバルセロナで建設された最も高い建築物だ。山形鋼を組み合わせた四本の細長い鉄柱は、完璧な四角形を形成する通行可能な三つの回廊で繋がっている。そして、巨大な足場の最上部には木の屋根がのっている。強風が吹きつけても耐えられるように、足場は無数のワイヤーで地面にしっかりと固定されていた。その中心に柱が立ち、てっぺんに鎮座しているのが高さ七メートル余りのかの有名な船乗りだ。全体が革紐でがんじがらめになっていて、小人国に流れ着いたときのレミュエル・ガリヴァーのようだった。

万博を祝う記念碑として何をモチーフにするか、決まるまでに六年の月日が費やされ、その間もずっと、重い鉄製の足場を建てる技法が議論の的となった。きっとばらばらに崩れて大惨事となると盛んに噂され、とうとう、本当にこの驚異の足場が人の頭上に降ってくるようなことはないか言質《げんち》を取るため、市長自ら建築家の作業場に足を運ぶ事態にまで及んだ。建築家トーラスは答える代わりに、その日六トンの冒険家の像を引き上げた橋形クレーンの真下に市長を案内した。不吉な予言は事実無根だということが証明され、かの建築家の名声は穀物の価格さながらに跳ね上がった。

工事現場を後にし、最近舗装されたばかりのクロム通りにはいる。左手には、やはり万博のために記録的な速さで建設されたホテル・インテルナシオナルがそびえている。

このあたりの活気はまさに狂乱だとダニエルは思う。帆船と商船が漁船と場所の取り合いをしている。連絡船は乗客と商品を次々に降ろしている。漁師たちが今朝の漁を水揚げし、買い手が市場に群がっている。

潮の香りがしばらくまとわりついてきたが、やがてそれもフランサ駅から漂ってくる煤の匂いに取って代わられた。切妻屋根、駅正面の壁には半円アーチのある大窓が並び、出入口は旅行客、鞄や荷物を運ぶポーター、大声で客に声をかけている辻馬車の御者、次のマドリード行きの列車が出発するまえに大急ぎで商品を降ろす荷車であふれている。

馬車はさらに進み、線路とシウタデーリャ公園のあいだの道を迂回して、ビエナ通りにたどりつく。そこから側面の入口を通って敷地内にはいる。警備員は馬車を認め、入口を通過するときに挨拶した。馬車はオレンジの木立の中を奥に進み、木材や煉瓦の積まれた小屋が並ぶ前で停まった。御者は御者台から降りもせずに、足場に覆われた二つの建物のあいだの道を指し示した。

「赤い煉瓦の建物です。すぐにわかりますよ」

ダニエルは大きく深呼吸し、かろうじて土に刻まれた道を進みながら、朝なので肌寒いとはいえ、散歩を楽しんだ。公園と海に挟まれたその場所は、町の上空でつねにとぐろを巻いている工場の煙の気配がない。つかのま、彼を苛みつづける不安を忘れることができた。

建物の陰から向こう側に出た。足を止め、思わず感嘆の声をあげそうになる。目の前に万国博覧会の敷地が広がっていた。

何日か前に通りで渡されたビラのおかげで、どの建物が何か認識できた。左手に、巨大な扇子のような形状の商工業宮が堂々とそびえている。七万平方メートルもの面積を誇るその建物内には、十九世紀末の最新科学技術の粋が集められ、人類の驚くべき発明品の数々が展示される。商工業宮の正面には、かつての城塞だった場所に、さまざまな並木や滝まで供えた緑豊かな庭園がつくられている。木立の両側には会議場、その横にマルトレイ博物館が見える。その会議場で開会式がおこなわれる予定で、王太后や国王らスペインやカタルーニャのお歴々が列席する。その向こうには、建築家アウグスト・フォントの設計による優美な美術宮、続いてスペイン植民地館が見える。もっと遠く、木立の樹冠越しに見て取れるのは、ジュゼップ・アマルゴス作の温室とユイス・ドメナク作の凝りに凝ったカフェレストランの壁だ。その正面には、原則として教皇の展示がおこなわれるアンリック・セグニエー作レオ十三世館が建つ予定だったが、結局、時間切れで断念された。庭園の向こう側には多種多様な展示館が所狭しと並ぶ。カンポ侯爵館、アメリカン・ソーダ水館、フィリピン煙草館などが大通り沿いに展開し、六台ある馬車を使えばゆったりとそれを巡ることができる。大通りは万博の表玄関である威厳あふれる凱旋門に続く。

「セラーノの馬鹿げたアイデアが実現するなんて誰に予想できた？」背後で声がした。

バルトメウ・アデイが嗅ぎ煙草の小箱を手に近づいてきた。何度か吸いこんで鼻梁を揉み、満足げな表情を浮かべる。

「この十年というもの、ほとんど世界じゅうが紙巻煙草に席捲されているが、私には良質な嗅ぎ煙草に勝るものはない。残念だ」不服そうに舌打ちをする。「多少なりともこれはと思える品を手に入れるのが、どんどん難しくなっていく」

彼はダニエルの横に立ち、まるで自分のもののように、建物や庭園の景色を見やった。

「招待を受けてくれてうれしいよ、アマット」

アデイはそれだけ言って歩きだした。庭園の中を進んでいき、会議場の脇を通って展示館のひとつを迂回すると、目の前に赤煉瓦の建物が現れた。

ほかと比べて小ぶりではあるが、それはバルセロナの空を背景に堂々と建っていた。四階建てで、建物正面は陶製のタイルと赤煉瓦で装飾されている。煉瓦造りの重厚さが、半アーチの大窓でやわらげられている。白い煙を吐き出しているすらりとした六角形の煙突が、屋根の中央から突起物のようににょきっと一本飛び出している。

いったい何の建物だろうとダニエルは思った。

「われわれが友情を育んできた年月を記念して」アデイが正面玄関の前で立ち止まって言った。「親愛なる友よ、君と秘密を共有したいと思う。この計画のために、私は財産のほとんどをなげうった。予定どおりに事が進まなければ、何と言うか……一大事となるだろう。だが、アマット」彼は建物を示した。「君なら成功を約束してくれると信じている」

「いったい何の話だ?」

答える代わりに謎めいた笑みを浮かべ、アデイは建物の中にはいっていった。

一歩足を踏み入れると、広々としたホールが訪問客たちを迎えた。床はリノリウムで、壁には途中の高さまで木板が張られている。自然な雰囲気を演出する壁の内装は未完成らしい。塗料の強い臭いがあたりにたちこめている。

作業員たちを無視してアデイは進み、ガラスの両開きのドアのところまで来るとそれを開け、向こう側に出た。ダニエルは彼に続き、さっきは何を言おうとしたのかと訊くつもりだったが、思わず立ちくらみがして後ずさりした。

アデイは演出の効果に満足して、ダニエルを見てにやりと笑った。いま彼は、床から二十メートルほど上方に突き出た錬鉄製のデッキに寄りかかっていた。耳を塞ぎたくなるような重低音があたりに満ちている。

やっと落ち着きを取り戻すと、ダニエルはその高さから眺める異様な光景に感嘆した。大聖堂にも似たその内部は巨大な空間で、柱で左右二つの部屋に分かれている。床は無数の導管で埋まり、金属製のイカが触手でそこを覆い尽くそうとしているかのようだ。最初のほうの部屋には、ダニエルが数えたところ、台の上に六基の大型ボイラーが置かれている。パレットの上で横たわっている鋼の象たちという印象だ。そのすぐ下に、上半身裸で汗だくになっている男たちがいて、効率よく正確に、三基の炉の面倒を見ている。上下に開く扉を炎の長い舌が舐め、ショベルで次々に放りこまれる石炭を貪欲に呑みこんでいく。かなり上方に離れたここにいても熱気が感じられた。

隣の部屋には別の機械が五基あり、その機能はダニエルにはわからなかった。ボイラーよりさらに大きいこともあり、空間の大部分を占めている。技師たちがさまざまな階段や踊り場を使ってしきりに行き来し、何かを記録したり、測定したりしている。建物内に鳴り響いている重低音はそこから発生していることにダニエルは気づいた。

「いま君が見ているのは、バルセロナ初の発電所だ」アディが言った。「あそこにある五基の機械は、ドイツのシュッケルト社から輸入した直流発電機だよ。三千キロワット近い発電量を誇る。これでランブラス大通り、クロム通り、サン・ジャウマ広場を照らし、加えて万博会場すべての電気をまかなえる。そしてこれはほんの序の口だ。すでに数十人の投資家がいて、やがては数百人に増える予定だ」

ダニエルはすっかり感心していた。この建物や装置すべてを揃えるにはひと財産かかっただろう。これだけの計画を実行に移すのは並大抵の努力ではなかったはずだ。とはいえ、アデイがここに自分を連れてきたのは、ただ驚かせたかっただけではないだろう。目的は何だ？　僕が会社の成功を約束するというのはどういうことだ？

社員のひとりが出入口に現れ、ダニエルに会釈をしたあとアデイに近づいた。

「すみません、社長、緊急にお話ししたいことがありまして」

アデイはため息をつき、いらだたしげなしぐさをした。

「こちらはカザベーヤ、発電所技術部長だ。いつも大急ぎで解決しなければならない問題を抱えている。少々失礼するよ」

二人はダニエルから離れていったが、それほど遠い距離でもないので発電機の唸りの合間に会話の断片がこちらの耳にもはいってきた。技術部長の声には明らかに懸念の色が滲んでいる。

「……先週は三度も……」

「……君が解決したまえ」

「はい、社長……存じております……でも……限界に達して……圧力が……いえ、無理です……私にはわかりません、社長……乱高下して……」

「馬鹿なことを言うな……」

「……爆発が……」

勤務交代を知らせる甲高いサイレンの音で声が聞こえなくなった。それでも、アデイが憤慨し、乱暴なしぐさで会話にけりをつける様子をダニエルは見た。技術部長はそれ以上言い返さず、何度もうなずいたあとその場を辞した。ダニエルの横を通り過ぎるとき、挨拶代わりに帽子の縁に手をやった。

アデイは、ダニエルがそこにいることなど忘れてしまったかのように、鋼の手すりに寄りかかって考え事をしていた。一分後、やっとわれに返った。

「親愛なる友よ、君がいま、ある調査に携わっているという噂を小耳に挟んだ」

ダニエルは黙っていた。アデイが近づいてきた。もう穏やかな口調に戻っている。

「できれば手を引いてもらいたい」

「何だって？」

「金の問題なら、なんとかできると思う」

「わけがわからない」

アデイはいらだたしげにため息をついた。

「いいかね、ボイラーを動かすときに、水は欠かせない。だからこの建物の地下には下層土を貫いて地下水を汲み上げる複雑なシステムがあって、ボイラーのそばにあるタンクに接続している。残りの水は下水道に排出している。君がずいぶんと興味を示している例の遺体のうちいくつかは、われわれの排水口の近くで見つかっているんだ。この偶然はたいして重要性を持たないだろう。君が友人の新聞記者といっしょに事をほじくり返したりしなければね。これでわかってもらえたかね？」

ダニエルは思った。アデイの言ったことが確かなら、水路で見つかった遺体など誰も見つけなかったことになっていた理由が、これで説明がつく。アデイが心配するのも無理はない。どんなに馬鹿げているとはいえ、事が明るみに出たら殺人事件に直接巻きこまれるばかりか、もしこのことが新聞沙汰にでもなったら一大スキャンダルが起こり、彼の評判に傷がつく可能性が高い。この発電所を維持し、バルセロナ市内の電力の未来を担う、大口投資家との契約も水の泡だ。

「理解はできたと思う」ダニエルは答えた。

アデイは共犯者めいた笑みを浮かべたが、ダニエルの次の言葉を聞いたとたん、その笑みは消えた。

「君が事件の犯人だと非難されるおそれさえあるわけだ」

「おいおい、アマット、馬鹿なことを言わないでくれ。もう少し利口になったほうがいい。まず、事件というのは何だ？　あれは事故だ。ただの不幸な事故だよ。私は何の関係もないが、もし記事になれば困ったことになる。万博の開会式まで二週間もないってこと、知っているだろう？　いまは微妙なときなんだ。作業の最も重要な部分を完成させようとしている。圧力の不調や、その他、君にはとうてい理解できないし知る由もない無数の問題を解決しなければならな……」

「父がしていた調査についてよく知っていたのか？」ダニエルはアデイを遮った。
「もちろん」不承不承答える。「それについては君のお父上とよく話をしていた。とはいえ、理
道理を説いてもわかってはもらえなかったがね。だが君には、かつての友人のよしみで、理
解してもらえると確信している。これから何年かかけて電力網を町じゅうに広げる計画があ
る。それこそ莫大な投資だ。わかるかね？　電気は未来だ。進歩を無理やり止めることはで
きないんだよ、アマット」
「遺体の多くは、子どもと変わらないくらいの少女のものだったんだ」
アデイは蚊を追い払うかのように手を振った。
「それが何だっていうんだ？　神よ、彼女たちの御霊《みたま》を天に導きたまえ。むしろ、死んだこ
とでそれ以上生活に苦しまずにすむようになったんじゃないか。実際、君の友人のバルナッ
ト・フレーシャみたいなくそったれ新聞記者さえいなければ、そんな娘たちなど私にとって
は犬も同然さ。だが、憎き新聞がわが一大計画に疑問を投げかけようとしている。私はそれ
を許すわけにはいかないのだ」
「なぜ僕が君の……アドバイスに従わなければならないんだ？」
「君がどういう人間かはよくわかっているんだ、友よ」動揺ひとつ見せずに答える。「君の
お父上は思いがけない事故で亡くなった。だから、口さがない連中が、犯罪だの企みだの巨
大な陰謀だのといった馬鹿げた噂を君に吹きこんだ。君は考えただろう、もしかしたら真実
なのでは、と。長年外国にいたから、すっかり惑わされたんだ。私が君でも、同じ行動を取

ったたろう。だが何もかも嘘っぱちだ。君が聞かされたことは全部でたらめだよ。まんまと言いくるめられて無意味な捜索に没頭し、頑張ったって何もいいことがないと気づかないだけなんだ」

ダニエルは言い返そうとしたが、アデイがそれを手ぶりで止めた。

「そんな君の姿を見るのが悲しいんだ。だから手を差し伸べずにはいられなかった。だって僕らは過去の友情によって、そしてイレーナによって、繋がっているのだから」

「彼女はこのこととはいっさい関係ない」

「君が彼女のことを大事に思っているのはよくわかっている」アデイの顔に一瞬、翳がよぎった。「ここを立ち去る決断をするのはさぞ難しかっただろう。失う者あれば得る者あり、そうだろう？　実際、その意味で私は君に借りがある」彼はポケットから包みを取り出した。「ここにはイギリスまでの一等車の切符とその他もろもろの費用を賄うちょっとした金額がはいっている。君への償いだと思ってくれ」

「僕はそういうつもりは……」

「ああ、すぐに受け取ってもらえるとは思ってないさ」アデイはダニエルに最後まで言わせなかった。「私の提案について、三日間考えてみてくれ。そのあいだに提案を受け入れて、この不幸な出来事のことは忘れてほしい。もし聞き入れてもらえないなら」そこで間を置き、とたんに愛想のよさはきれいに消え失せた。「そうしてもらえるよう、別の手段に訴えることになる、親愛なる友よ」

それでどちらも納得したかのように、御者がどこからともなく現れた。だがアディの話はまだ終わっていなかった。

「もうひとつ。もしまたイレーナと会ったら、君は後悔することになる」

「また脅すつもりか」

「もちろん。だが、君が思うような形でではない。君が私から何か危害が加えられる心配はない」

「じゃあどういうことだ？」ダニエルは、内側でかっと燃えあがった怒りをなんとかこらえながら尋ねた。

「もし君がまた妻と会ったと知ったときは、すぐに夫としての権利に訴えることにする。また私に逆らうような真似をすれば、妻は大きな代価を支払わなければならなくなる。私の言うことがわかったかね？」そしてそのあと、アディはひと言ひと言区切るようにして言った。「イレーナはいまは私のものであり、いくらでも私の好きにできる。いまの言葉、君はけっして忘れないと思っていいな？　それにしても皮肉なものだな？　妻の身の安全とわが家の安泰が君にかかっているとは」

　彼はそう言うと、デッキの奥へ遠ざかっていった。ダニエルなどそこに存在していないかのように。

24

少年は地面から石をひとつ拾い上げた。しげしげと見て、よしと思う。重すぎもせず軽すぎもせず、薄くてよく尖っている。にんまりして、ほかの五つといっしょにポケットにしまう。

いままでどおり地面に伏せ、左右を確認してからバネのように跳ね起き、小山の上の古い枕木の山のところまで走る。そこが選んだ隠れ場所だ。低木をいくつかかわし、ジャンプし、ごろごろ転がりながら砂煙をあげる。膝に引っかき傷ができたけれど、どうってことはない。あとでみんなに見せる勲章だ。

どうやら彼の動きが人の目を引いた気配はない。そろそろと頭を持ち上げ、枕木の壁の上からあたりを見渡す。恰好の隠れ場所だ。そこからなら全員の様子がわかる。

左のほうにあるトロッコの背後にシャビ・セントが隠れている。ハンチング帽と、小さな顔の中で街灯みたいにらんらんと光る大きな目が見えている。その向こうの石炭倉庫の横で、必要以上に音をたててでっかい尻を動かそうとしているのがチャトだ。思わず叱りつけたくなるのをこらえ、右に目を向ける。草の中にサセーが隠れている。姿は見えないが、ちゃんとわかっている。

始まりは三日前、計画はうまくいきそうだ。当然だろう、なにしろ僕が考えたんだから。

サンツ地区の子どもたちが挑戦状をたたきつけてきたのだ。決戦は中立地帯でということで合意し、ビラヌエバ駅近くの線路が選ばれた。港入口の石炭の積み下ろし場と目と鼻の先だ。弾には事欠かないし、隠れ場所だっていくらでもある。午後のこの時間、警備員は石炭ストーブのある番小屋に引っこんでいて、何があっても出てこない。

石がヒュンと飛んでくる音がして、少年ははっとわれに返った。すぐに別の石が、チャトがいま避難した貨車にぶつかって、カンと鐘の鳴るような音が響いた。ほっとした。デブのチャトは肉弾戦となればとても役に立つが、ゲリラ戦の場合、兵隊の大軍に負けず劣らず見つかりやすい。少なくとも、敵の隠れ場所のひとつを発見できた。少年は、敵の攻撃にまだ応戦するなと身ぶりで命じた。

耳を澄まし、数メートル前方を飛ぶ石の音を聞く。貨車のあいだでいくつかの影が動く。近い。とても近い。少しずつ、連中を海の近くの下水の排水口のほうに誘導する。連中を罠にかける場所として選んだのがそこだった。

また立ち上がり、キューバ独立をめざす反乱軍《マンビス》の分隊に追われているかのように走りだす。通りがかりにサセーも立ち上がり、いっしょにすばやく線路を渡る。近くに三、四個の石が落ちたが、当たらなかった。背後から雄叫びやからかう声が聞こえるということは、やつらが追ってきているということだ。もう排水口はすぐそこだ。下のほうから岩に波がぶつかる音がする。そこでネン、フラン、ベラスが弾をたっぷり仕込んで待ち伏せをしている。チャトとセントが背後から挟み撃ちにする手筈だ。これでやつらに逃げ場はない。

ついに海まで下りていく土手にたどりついた。少年は橇《そり》に乗っているかのように石だらけの斜面を海まで滑り下りていく。海に落ち、何か柔らかいものの上で足が止まる。斜面の上を見上げて、追っ手を確認しようとした。そのとき、横でゲボゲボという音がしてぎょっとした。サセーがそんな音をたてるなんてどうしたんだろうと思い、そちらに顔を向けた。友人は水の中で顔を歪め、身を震わせながら少年の足元を指し示した。

下に目を向ける。

最初は何かわからなかった。しかし波がそれをぐいっと持ち上げた。

彼の脚のあいだに、半分水に浸って、女の人が浮いていた。全裸で、透けるように肌が白い。眠っているかのように目を閉じている。でも、漂ってくる臭いが、眠っているのではないと彼に告げた。一瞬、父といっしょにサンツの肉屋を訪ねたときのことを思い出した。

また波が打ち寄せて女の頭が傾き、首がありえない角度にねじれて、黒ずんだ筋肉の合間に骨が覗いた。肉は嚙みちぎられたかのようにごっそり消えている。

少年は脚のあいだに熱い液体が流れるのを感じ、その直後に金切り声をあげた。

25

遺体安置所は市警察本部の地下にあった。地面と同じ高さに小さな格子窓がいくつもあり、そこから消毒剤の鼻につんとくる臭いや果物の腐臭などが流れ出して、その場所の正体を暴いている。

フレーシャが前に出て、ドアをノックした。入口で警護に当たっているのは、すでに定年退職した老警備員で、フレーシャがレアル銀貨を何枚かポケットに滑りこませると、彼らが必要とする時間ずっと姿を消しておくと約束した。フレーシャは手招きした。ダニエルがパウ・ジルベルトとともに物陰から現れ、三人で建物の中にはいった。石の階段を数段下りただけで、外で嗅いだ臭いは下で彼らを待つそれの前哨戦に過ぎなかったのだと知った。

同伴者たちの最後尾について階段を下りながら、ダニエルはおそるおそる進んでいくパウ青年の後ろ姿を眺め、新たな犠牲者が見つかったとフレーシャに聞かされてからの数時間のことを思い返していた。

遺体の奇妙な状況を明らかにする唯一のチャンスだと思えた。それに、どこから調査をすればいいか、何かヒントが見つかるかもしれない。とはいえ、問題がひとつあった。遺体を調べるなら、それなりの医学的知識を持つ人間が必要だった。助けてくれそうな人はひとりだけ――ダニエルの父の元助手、パウ・ジルベルトだ。

提案すると、きっぱり断られた。呆れている様子だった。どんなに頼んでも拒みつづけたが、強盗に遭いそうになったところを彼らに助けられ、借りがあることをフレーシャがほのめかすと、しぶしぶうなずいた。

辻馬車で移動するあいだ、パウはずっと無口で、会話に加わろうとしなかった。いま、石造りの階段を下りながら、若者は頼みを聞き入れたことを後悔しているようだった。

安置室は細長い石造りの部屋だった。天井に渡された麻のケーブルからカンテラが三つ下がり、必要ならはずせるようになっている。そのときは点灯しているのはひとつだけだったので、部屋の大部分は闇に閉ざされていた。壁と垂直方向に六台の粗雑な造りの木製の台が並び、それぞれ衝立で区切られている。そのうち四台が使用されている。

「さっきの老人から、目的の遺体はあそこだと教えてもらった」フレーシャは部屋の奥を指し示した。

三人はいちばん奥の台に近づいた。ずだ袋のような布に覆われた遺体は、彼らを待ちかまえていたような感じがする。

フレーシャは咳払いをし、適度な距離をとって壁にもたれかかった。腐肉の臭いが壁に染みついている。胃がぐるぐる音をたてるのがわかり、三人とも夕食を食べてきたことを後悔した。

パウは麻のケーブルを引っぱって、天井のカンテラのひとつを遺体に近づけた。ガス栓を開けると、丸い光が三人を照らした。

「こんなこと、本当にしていいんですか？」

「触れないようにしてほしい。われわれがここにはいった証拠を残すわけにはいかない。見た目だけで診断してくれ」ダニエルが答えた。遠くでフレーシャが曖昧なしぐさでそれに同意する。

パウは上着を脱ぎ、近くのハンガーから革の前掛けを取った。解剖せずに死因を見つけるのは難しい。ない自信をかき集めて、戸棚から金属盆を二つ、メスひとつ、鋏《はさみ》をいくつか、複数のピンセット、大きめの解剖用ナイフ、補強された骨剪刀《こっせんとう》を選んだ。解剖しないとしても、準備は完璧にしたかった。目を上げて、ほかの二人を見る。

「準備はいいですか？」

二人がうなずく。パウは大きく息を吸いこみ、布をめくった。

三人は悲鳴をこらえた。フレーシャは胸で十字を切りながらぶつぶつと悪態をついている。ダニエルは真っ青な顔でよろよろと後ずさりした。最初に冷静になったのはパウだった。

「胸を切開して縫合したあとがあるので、すでに解剖がすんでいるようです。まだ誰も検死をしていないと言ってませんでしたか？」

「警備員からも、誰も遺体に触れていないとはっきり聞いた。発見されたときのままだ」フレーシャが台の上を見ないようにしながら答えた。

「ジルベルトくん、われわれには答えはない。あるのは疑問だけなんだ。君の協力を仰いだのはそのためなんだよ」ダニエルが遺体を見つめたまま続けた。父もこんなひどい死に方をしたのだろうかと思う。「君をここに無理やり連れてきて申し訳なかった。もしやめたいなら、それはそれで仕方がない」

「少し時間をください」パウは唾をごくりと呑みこんだ。「こんな状態の遺体を見るのは初めてなので」

「無理はしなくていい。もしできないというなら……」

「やると言ったでしょう？」

パウはそう言ってしまってから心の中で毒づいた。自分はここで何をしているんだ？　そうでなくても問題が山積みなのに、どう考えても違法な検死まで引き受けるなんて。新聞記者から貸しがあると言われたとはいえ、やはり断るべきだった。あのときは、学長に告げ口されて、もっと窮地に追いこまれたらと怖くなり、引き受けた。判断を間違えたかもしれない、とパウは後悔した。

とにかくここまできたら仕方がない。パウは改めて遺体に目を向けた。心の中では興奮と不安がないまぜになっている。一見しただけで、この娘が恐ろしい仕打ちを受けたことがわかる。父に教わったように気持ちをコントロールし、恐怖心を脇に置く。目の前にある遺体の人格は消え、顔も名前もないただの人体に、解剖学上の謎に、解かなければならない疑問に変わる。パウは一気に遺体の爪先まであらわにした。

そのあいだフレーシャはずっと黙りこみ、遺体を見ないようにしていた。パウが「極めて異常な状態」と述べたとき、新聞記者の自分でも、こんなもの金輪際お目にかかるはずがないと疑わなかった。遺体から漂ってくる臭いは、その部屋のほかのどんな臭いよりひどかった。何があっても吐くまいと全力でこらえ、おかげでなんとも情けない姿勢になっていた。それでも、医学生が熱心に遺体を観察しているのを見たときには呆気にとられ、顔をしかめずにはいられなかった。

「判断を声に出して説明してもらえるとありがたい」ダニエルがささやいた。

パウはうなずき、息を吸いこんで検分を始めた。

「遺体は十四歳から十六歳のあいだの女性。身長約一メートル六十センチ、体重は四十五キロ程度と思われる。全裸である。頭髪から恥毛に至るまで全身の毛が完全に剃られているため、体毛の色を特定するのは困難。死斑は見られず、逆に皮膚の色はまるで血をすべて抜き取られたかのように蒼白である。ただし、傷口の縁は黒ずんでいる」

「オムスのほかの犠牲者についての父の見立てと同じだ」

パウはそれを聞いて目を上げた。同じような遺体がほかにも？　オムス？　オムスって誰だ？　あとではっきりさせなければならないことが山ほどある。

「水に浮いているところを発見されたそうですね？」

「ああ、そうだ」

「昨日遅くに？」

同じく肯定の答えが返ってきた。

「触れたところ、遺体は冷たい。水に浸かっていた遺体の死後硬直はふつう二日から四日のあいだに現れ、その後消失する。この遺体は死亡して一週間近く経過しているものと思われる。また、膨張は見られないことから、かなり長期にわたって水中にあったと判断できる。解せないのは、肉はむしろ並はずれて脆いのに、ゼラチン質に変化しているように見える点だ。とくに四肢にそれが顕著である。骨や軟骨はありえないほど脱灰が起きている」

ダニエルは身ぶりで先を続けるように指示した。当初の状態からやっと回復したフレーシャは、ノートにメモをとっている。

「傷口が二か所あり、どちらも縁が炭化している。一か所は右大腿の内側、もう一か所は首の根元でこちらのほうが大きい。目視するかぎり、僧帽筋、前および中斜角筋の三つの筋肉が大きく断裂している。鎖骨が少なくとも三か所折れている。傷の形状は動物の咬み傷のように見える。食いちぎられた部分はかなりの大きさで、とてつもなく大型の獣にちがいない」

台をぐるりとまわり、説明を止めないまま足を調べはじめる。

「同じように、足指にも強度の火傷が見られ、趾骨《しこつ》のいくつかが表出し、炭化している……これは妙だ！　ほら、リヒテンベルク図形がある……」

「リヒ……誰だ、それ？」フレーシャが遠くから口を挟んだ。

「リヒテンベルク図形あるいは〝雷の花〟とも呼ばれていますが、電流が通ったあとに腕や脚に現れるシダ状の模様なんです。皮下の毛細血管が破壊されてできるものです」

パウは、腹部に至る胴体の縫合された切開部を注意深く観察し、そのあと頭部を調べた。頬の腫れに目を留める。閉じた目を慣れた手つきで検査する。振り返り、カンテラのガス栓をもう少し開いて、金属盆の上にあった鋏を手に取ると、二人の同行者が止める間もなく瞼を切開した。

「いったいどういうつもりなんだ？」

「ちょっと待ってください。これはなかなか興味深い」

パウがピンセットを手に取って瞼を引っぱると、娘の目の端を走る縫合用の細い糸があらわになった。そのあと片手を遺体の額にあてがい、瞼を剝がして眼窩《がんか》にピンセットを差し入れた。器具を動かすたびゼラチン質の音が聞こえた。ピンセットを抜くと、その先に血まみれのガーゼ片が垂れていた。

「眼球が摘出されていたんです」パウが満足げに微笑んだ。

　フレーシャがよろよろと遠ざかり、かがみこむと、鉄格子のはまった排水口に胃の中身を嘔吐した。

「それに」パウは新聞記者の反応を気にせず続ける。「摘出されたとき本人に意識があった可能性すらある。ほらここ、目頭を見てください。目に見えないくらいの切り傷があります。こういう種類の傷はメスでしかつきません。彼女が動いたせいだと思います」

「確かなのか？」

「絶対というわけではありません。確かなのは、相当すぐれた仕事ぶりだということです」

「すぐれた？　この殺戮《さつりく》がすぐれているというのか？」フレーシャは口をハンカチでぬぐいながら言った。

「縫合の具合を見てください」もう一方の瞼を綴じている黒い縫い目を指さした。「どこを探せばいいかわかる人間が見なければ、見つからなかったでしょう。犯人は眼球を摘出したとき、出血しないように血管を焼灼しなければならなかった。突出した技術と進んだ知識のたまものです。これはほかでもない、外科医の手によるものですよ」パウはピンセットを盆に放り、腕組みをした。「これで充分でしょう。で、いったいどういうことか、説明してもらえますか？」

しかしその前に、警備員がこわばった顔でいきなり部屋にはいってきた。

「急げ！　大勢の警官を引き連れて警部がじきじきにお出ましだ。いますぐここを出ろ」

ダニエルが遺体を布で覆うパウを手伝い、器具をしまうあいだ、フレーシャがカンテラを消した。そのあと急いで遺体安置室を後にした。階段の下にたどりついたとき、声が聞こえた。上階から光が近づいてくる。この階段は使えない。

彼らは廊下を引き返した。地下は左にカーブしていて、数メートル進んだつきあたりに頑丈なオーク材の扉があった。フレーシャが開けようとしたが、閉まっている。いまや声がはっきり聞こえてきた。

パウが身ぶりで壁際にある巨大な樽を示した。彼らはとっさにその陰に隠れた。廊下のこの暗さにまぎれて、姿が見えないことを祈りながら。

警部たちが階段を下りるにつれて、カンテラの光が闇を溶かしていく。しだいに光が近づいてきた。ダニエルは身をすくめながら、彼らの靴先が丸い光の輪を踏む様子を眺めた。

三人の警官とともにサンチェス警部が現れた。もしいま彼が首を横に回したら、見つかっていただろう。だが一団はそのまま進み、遺体安置室にはいっていった。ダニエルたちはまた闇の中に取り残された。

避難場所から出て、大急ぎで階段を上がった。老警備員がドアを開け、彼らが外に出たとたんに閉めた。寒さを感じてほっとした。遺体安置所の悪臭と恐ろしい光景よりはるかにましだ。

大学に戻る辻馬車の中で、ダニエルはパウのほうを向いた。

「君の言うとおりだ。僕らは君にちゃんと説明するべきだな」

フレーシャは目を白黒させ、激しく首を横に振った。ダニエルはそれを無視して続けた。

「ただし、もし事情をすべて説明したら、君も僕ら同様この一件に巻きこまれ、もう脱け出せなくなる。覚悟はいいかい？」

「いまさら何を言うんです？　もうとっくに巻きこまれていますよ」

26

「信じられない」

夜のその時間、カフェ〈チューリッヒ〉は混んでいるが、フレーシャはまんまと予約席をせしめた。煙草の煙と常連客の声に囲まれて、彼らはまわりに聞こえないようにひそひそ声で話した。

フレーシャは椅子の背に体をもたせかけ、ポケットから下がる時計の蓋を無意識に開けたり閉めたりしている。一方ダニエルはこの数日に起きたことをパウに手短に話し、オムス医師のノートを開いて、中身について説明した。パウの目はそのページと同行者たちの顔を交互に見ている。

「そのオムスという医師が、いま見たのと同じような複数の殺人の犯人だというんですか？」

「そのとおり」

「そんな事件がどうして表沙汰にならないんです？」

「みんな怖くて口をつぐんでいるんだ。あるいは、犠牲になった娘たちには、死んでも騒ぎたてるような家族が誰もいないか」

「完璧な獲物ってわけだ」フレーシャが揺れる懐中時計を目で追いながら言った。

彼としては、ジルベルトをこの件に巻きこむことに乗り気ではなかった。直感がはずれることはめったにないのだが、この若者には何か違和感を覚えた。神経質そうなふるまい、おどおどしたもの柔らかな口調が、遺体を前にしたとたん吹き飛んだ。一瞬夢中になっていた。間違いなく楽しんでいた。そんなの普通じゃない。くそ、いまでもあの臭いを思い出すだけで苦いものがこみあげてくるってのに。そうとも、こいつは信用できない。だが、どうしようもないではないか。こいつに頼るしかないとアマットが言い、こちらとしては受け入れるしかなかった。それでも近くで見張ることはできる。

「君が自分で証明したわけだ」ダニエルが、フレーシャの気持ちも知らずに続けた。「優秀な医師にしかこんなふうに瞼を縫うことはできないと断言したんだから。つまりオムスは優秀な医師だ」

「でも、何のためにこんな恐ろしい犯罪を？」

「それは僕らもわからない」ダニエルは認めた。「ノートの内容と、サナトリウムでの事件を考えあわせると、妻の治療法を探そうとしているのかもしれない。いまも生きていると信じてるんだ」

「この一連の恐ろしい事件とあなたのお父さんの死にどんな関係があるんですか？」

「父と彼は友人同士だったんだ。最初は彼の研究に協力していたらしいんだが、常軌を逸していると気づいて、彼を止め、その後ヌエバ・ベレンのサナトリウムに入院させるのを手伝った。オムスが逃亡して数か月後、娘たちの最初の遺体が見つかった。父はオムスの手口だと気づき、不安が的中したことを知った。オムスがまた殺人を始めた、と。父は責任を痛感して彼を捕らえようとしたが、その前に命を落とした」

「なぜ警察に届けないんですか？」

「連中は事件を揉み消そうとしてるんだ」フレーシャは時計をしまい、三杯目のアブサンを飲み干してから言った。「殺人事件のニュースが広まって、町がパニックになることを恐れて」

「あなたは新聞記者だ。記事を書けばいいじゃないですか」

「もちろんそうしようと思ってる。だがもっとはっきりしたことがわからないと。いまのところ、まだ何も証明できていない」

「それでも、連中が重い腰を上げるきっかけにはなるかもしれない」

「わかってないな。ちっぽけなコラムですますつもりはないんだ。一面を飾りたいんだよ」

パウは愕然として、立ち上がった。

「新たな殺人を阻むことより、自分の……手柄が欲しいのか？　腐ってる」

「腐ってる？　いいか、君……」

「落ち着けよ」ダニエルが仲裁した。「いま僕らの手元には遺体がある。一連の事件がただの事故なんかじゃないと証明できるじゃないか」

「いいや、無理だ」フレーシャがうつむいて否定した。ほかの二人が説明を求めるまなざしで彼を見た。「俺たちが遺体安置所を出るとき、警部とその部下たちはあの娘の遺体のためにあそこに来たと警備員から聞いた。やつらが現れたのは偶然じゃなかったんだ。今頃遺体は共同墓地に埋葬されてるよ」

「じゃあ、手の内にはもう何もないってことか」

テーブルに沈黙がおりる。

「くそったれめ」

「だが、まだ完全に負けたわけじゃない」ダニエルが指摘した。

「どういうことだ？」

「いいか、フレーシャ、数日前に僕の部屋が荒らされたことを覚えてるかい？　それについて考えていたんだ。大学側は、学生のたちの悪い冗談だと見なしているようだが、それでは全然筋が通らない。僕の私物を捜索した人物には目的があった、僕はそう確信している。そしてオムスは、教授として何年もあの学校にいたんだから、学校内のことを完璧に知り尽くしている」

「オムスが？　何のためにそんな危険を冒すんだ？」

「そう、そこだよ、問題は！　彼の目的は？　あれほど危ない橋を渡ったんだから、すごく大事なものを探していたんだろう。そして、僕にはたぶんそれがわかっている」ダニエルは、字でぎっしり埋まったノートを指さした。「自分のノートを取り返したかったのさ」

「どうして古いノートなんか？」

「わからない」ダニエルの笑みが消えた。「ここ数日、何度も読み返してみたが、はっきり言って見当がつかなかった。ちらっと見ただけでは見つからないことなのかもしれないし、オムス本人にしか解読できないのかもしれない。もし後者だとしたら、どんなに頑張っても僕らには絶対にわからないことになる」

「見せてもらえますか？」

　パウがテーブルの上のノートに手を伸ばした。最初のページを開いて読みはじめる。同伴者たちの期待をひしひしと感じながらも、数分後顔を上げ、首を横に振った。

「残念ですが、意味のありそうなことは見つかりませんでした」

　ダニエルにノートを返そうとしたそのとき、その手が宙で止まった。

「ちょっと待って」

　何ページか戻って、目的のものを見つけた。

「少し気になることが」

「オムス医師がそれほど優秀なら、こんな単純な間違いをするかなと思って」

「どこが？」

「どういうことか説明してくれないか？」ダニエルが頼んだ。

「ほら、この一月二十三日の記録に、オムス医師はこう書いています。《ヴェサリウスの〈第八巻〉が唯一残された選択肢だと思えてくる》」

「どこがおかしいんだ？」

「この〈第八巻〉と呼ばれる巻は存在しません」

「ヴェサリウス？　誰だ、それ？」ほろ酔い気分のフレーシャが口を挟んだ。

「その質問には、医学部の一年生なら誰でも答えられますよ」パウが言った。「アンドレアス・ヴェサリウスは十六世紀の傑出した解剖学者で、ガレノスの考えに疑問を突きつけた人物です。当時はそんなふうに考える人は誰もおらず、千年以上のあいだ、かのギリシャ人医師こそが医学の頂点だと信じられていたんです」

「へえ、ほんとに？」フレーシャが疑問をさしはさむ。

　パウは彼の当てこすりを無視した。

「ガレノスの解剖学研究は基本的に動物の解剖に基づいているので、じつは間違いがたくさんありました。当初は、当時のほかの医師たち同様にガレノスを崇拝していたヴェサリウスですが、人体の解剖という直接的な方法に訴えて、医学に革命をもたらしたのです」

「つまり……？」

「パリ時代、彼は男性、女性、子どもの遺体の解剖を何百回も実行しました。研究用に遺体を手に入れるのは、普通ならとても難しい時代でした。遺体回収人と懇意にしていたようです」同伴者たちの怪訝な表情を見て、説明を加える。「遺体回収人というのは、いくらかの現金と引き換えに亡くなったばかりの人の遺体を墓地から回収する人のことです。ヴェサリウスは、のちにイタリアに戻ると、処刑された罪人の遺体を使う特別許可をもらいました。それが病院や学生に引き渡されることになったんです」

「へえ、この男と友だちになるとさぞ楽しいだろうな」フレーシャがまたぐびりと酒を飲んでつぶやいた。

パウが鼻を鳴らす。

「気にするな」ダニエルが割ってはいった。「頼む、続けてくれ。オムスがなぜノートでその名前に触れたのかわかるかもしれない」

「了解しました」パウは少し考えてから続けた。「彼は間違いなく天才でしたが、思い上がりもはなはだしいと考える人も多くて……」

そのとき咳払いが聞こえた。新聞記者がグラスを手ににやにやしている。パウは頰を紅潮させて無視しようとした。

「さっきも言ったように、自分の知識に自信を持っていたヴェサリウスは、当時の医師たちを批判しはじめました。解剖学の研究をないがしろにしてきたと非難したんです。現実ではなく聖書の中に自然界の真理を探しているかぎり、科学の進歩は見込めないと彼は考えていました。当時は、神の教えに反する考えは誤りであるばかりか、悪魔のしわざとされ、その結果禁じられたり、弾圧されたりしました。そんな中でヴェサリウスは、ガレノスの著書を聖書と同時代に成立したものだとし、すべてを根本から覆して、新たな手法で解剖学に道を開きました。結果は想像できるでしょう。医学界の屋台骨を揺るがしたんです。一部からは賞賛されましたが、彼の著書はヨーロッパじゅうの医師たちから激しく拒絶されました。師匠のジャック・デュボワその人さえ否定したんです。イタリアでは四面楚歌となり、パドヴァ大学の教授も辞めざるをえなくなって、カール五世の侍医のひとりとなりました。その後、カール五世の息子フェリペ二世とともにスペインに移った」

「その人物について、どうしてそんなに知ってるんだい？」

「現代医学ではとても重要な人物です。とくに、僕の好きな学科である解剖学においては。去年は、彼の著書を読む準備をしました。あなたのお父さんの助手になったとき、最初の数週間、ヴェサリウスに関する情報をあれこれ集めるように言いつかりました。無駄な作業のように思えたけれど、疑問をぶつけようなんて考えもしませんでした」

「そりゃそうだよ、ジルベルト！」ダニエルが急に勢いづいて大声を出した。「父は、君がヴェサリウスに高い関心を持っていたから協力を要請したんだ。父の調査の道筋と何か関係があったにちがいない。ほかに考えられないよ。この言及がきっとすごく重要なんだ」

「申し訳ないが、三百年も前に死んだ男の著した存在すらしない本が、どう関係してくるっていうんだ？」フレーシャが尋ねた。

「あなたがたが考えるようなただの本とは違うんです。これはヴェサリウスの最高傑作を形成する著作群のひとつなんですよ」

「ああ、なるほど。それでよくわかった」新聞記者が笑いながら言った。

「知りたいんですか、それとも知りたくないんですか？」

「続けてくれ。頼む」ダニエルが促す。パウは息を吸いこんでから続けた。

「ヴェサリウスはわずか二十八歳のときに、著書の中で最も重要な作品『人体構造論《デ・ウマーニ・コルポリス・ファブリカ》』、別名『ファブリカ』を出版しています。これは近代解剖学の嚆矢《こうし》と考えられています。〈巻〉と呼ばれる七つの章に分かれ、巻ごとに人体の異なる部分が解説されています。オムスが言及した〈巻〉とはこれのことです。ただ、ヴェサリウスが書いた〈巻〉は全部で七つで、第八の〈巻〉はない」

「勘違いだろう」フレーシャが推理する。

「かもしれません」

「絶対に違う！」ダニエルは大声で言った。「わからないか？　オムスはこのノートに〈第八巻〉について書いたからこそ、何としても取り返そうとしたんだ」

「説明が不充分だったかな」パウが言った。「〈第八巻《リベル・オクタウス》〉は書かれていないんです。今度ばかりは僕もフレーシャさんに賛成です。オムス医師はこのとき追いつめられていた。だからうっかりしただけでしょう」

「『今度ばかりは』ってところを俺としても強調したい」フレーシャが茶々を入れた。

「いや、そうは思わない」ダニエルはいきり立って言い張った。「妻の治療法を探しながら、オムスはヴェサリウスの著書を調べ、どうやってか、七巻に加えて、誰も知らない巻がもうひとつあることを発見した。この大発見について、オムスはノートに書き記し、最初に父に話した」

「同じオムスの日記によれば、あなたのお父さんは神に背くことになるという理由で、オムスに協力を続けるのを拒んでいますよね」パウは記憶を探った。「ヴェサリウスは教会に激しく弾圧され、当時の医学界の大部分からも批判された。何か驚くべき発見をしたのに、異端と見なされて出版を差し止められ、なかったことにさせられた可能性はあります」

「それだ！　そして三百年の年月を経て、オムスがそれを発見した。ところが彼の妻は亡くなってしまった。その結果オムスは正気をなくし、サナトリウムに入院させられた。父はこのノートを隠し、〈第八巻〉の存在を明かす唯一のヒントを消した」

「わかりました。〈第八巻〉が本当に存在するとして、少女たちの連続殺人とどんな関係が？」

「その答えは僕にもわからないよ、ジルベルト。ただ、それがわかれば、僕らはオムスにおのずとたどりつくと思う」

「どこから始める？」フレーシャが尋ねた。

「順序から考えれば、『人体構造論』を手に入れることだな」

「つい数年前まで、僕がいちばんよく読んでいた書物のひとつです。図書館に行けばすぐに手にはいりますよ」パウが言った。

「すばらしい。君は学生だから、図書館にはいれるよね？　どうだろう、これからも協力してくれる気はあるかな？」

パウは考えこんだ。ダニエルの熱意が伝染していた。協力すればきっとあとで後悔するとわかっていたが、結局のところ古い医学書の貸し出し申請をするだけなのだから、問題が起きることもないだろうと自分に言い聞かせた。

「明日の授業のあとなら、図書館に行けると思います」

ダニエルのうれしそうな表情を見て、パウは頬が赤くなった。

「それなら、僕の部屋で八時ぐらいにまた集まろう。ヴェサリウスの〈第八巻〉を見つけなければ。それが次なる殺人を阻む鍵だと僕は思う」

偽りと真実
万国博覧会開会式まであと十二日

27

サン・ジャウマ広場に到着して、バルトメウ・アデイは馬車を降りた。何度か手を乱暴に払って、施しを求める洟垂《はなた》れ小僧たちを追払う。帽子を直し、左手にステッキを持って、口元を歪めて満足げな笑みを浮かべる。

百人会議の開催地でもあった市庁舎の正面には県議会議事堂が建ち、そこが二百年前からこの町の政治と行政の中心地となっている。市庁舎のネオクラシック様式のファサードには、二階部分からイオニア式の巨大な柱が四本そびえ、町の紋章を頭上に掲げるペディメントを支えている。

正午近いその時間には、広場は役人や執行官、秘書を引き連れた議員でごった返している。そのあいだを靴磨きや道路清掃人、物乞い、使用人やお使いを言いつかった小僧などが行き来している。アデイは自信に満ちた足取りで、人の海を汽船さながらに渡っていき、正面玄関の巨大アーチの下に難なくたどりついた。市庁舎警備員の二人がお辞儀をしてアデイを迎え入れる。

　アデイはそこでおこなわれる会議に招かれたのだった。ずいぶん長いことその招待を待ち焦がれていた。あまりにも長い時間だった、とステッキを元帥杖《げんすいじょう》のごとく堂々と振りながら心の中で不満げに唸る。だがすぐに表情が緩んだ。ついに私の出番が来たのだ。この県都における私の重要度がやっと認められた。金を稼ぐことが長年の目標だった。だが、誰だってそうだろう？　大事なのは、自分の事業がバルセロナの発展に寄与したということだ。

　町の重要人物の輪にはいりたかった。アデイ・イ・ブスケツ一家の人間として期待されるとおり、国会議員になることが最終的な目標だ。父も、その前には祖父も曽祖父も、町の大立者であり、県議会議員だった。人々が彼らの名前を口にするとき、いまもそこには敬意が滲む。今度は私の番だ。〝守銭奴〟とはもう呼ばせない。ボイラーの取引をする同族経営の会社のこれまでのやり方をあげつらい、そう陰口をたたく連中がいるのだ。これからは、将来の計画をたてるときには誰もが私を頼り、重要な会合やパーティには必ず招待されることになる。

　妻のことが頭に浮かび、舞い上がった気持ちに水を差された。困った女だ。イレーナは喜ばないだろう。しかるべきふるまいをせずに、腹立たしい思いをさせられたことも一度や二度ではない。自分の立場というものがわかっていないのだ。そう、まったく。結婚してからずっと反抗的で、もっといまいましいことに自分の意見を主張するのだ！　しかも女としてあるまじきことに、本を読む。いったい何を考えているんだ？　ああいう横柄な態度を改め、恵まれた境遇にもっと感謝すべきなのだ。本当ならもっと人目を忍んで暮らさなければならなかったところを、寛大にも拾ってやったのは結局のところ私なのに。そのうえこのところ、アマットがバルセロナに帰ってきてからというもの、育ちの悪い幼子みたいにしょっちゅう癇癪を起こしている。二晩前には私をベッドから放り出し、部屋に追い返したのだ。あの女には身の程を知らせてやる必要がある。そう、すぐにでも。

建物内の中庭で、案内係が彼を待っていた。男に続いて大理石の階段を上がりながら、妻のことを忘れようとした。せっかくの晴れがましい日を、誰にも、そう、イレーナにだって、ぶち壊しにされたくない。ステッキがカツンカツンと床を打つ音が丸天井にこだまする。役人や雑用係が忙しそうに動きまわっている部屋をいくつも通り過ぎた。あわただしさと熱気が伝わってくる。

市長の執務室は想像以上に広かった。ゴシック様式の大窓が六つ、部屋を巡るように並び、内戸が開いているので広場が一望に見渡せる。葉巻の煙のせいで、空気にうっすら霞がかかっているように見える。書類や設計図でいっぱいの楕円形のテーブルのまわりに何人もの紳士が立ち、話しこんでいる。雑用係が立ち去ると、男たちは会話を中断した。

まもなく六十歳になるフランセスク・リウス・イ・タウレットは、バルセロナ市長として現在四期目を務めていた。堂々たるフリヒエ髭が特徴で、たっぷりした頰髯が口髭といっしょになって上着の襟まで垂れ、人にいつも何か問いかけようとしているような顎が見え隠れしている。体は大きいが顔つきは繊細で、健康問題を抱えているのではと囁かれているが、そのあふれんばかりの活力こそが間近に迫った万博とその後のバルセロナの発展の鍵を握っている。

　市長のそばにいるのは有名な建築家アリエス・ルジェンだ。出席者の中でアデイがじかに知っているのは彼だけだった。万博の技術責任者であるルジェンとは、発電所建設に関していろいろと交渉しなければならなかったのだ。二人のあいだには大きな意見の相違があった。先日も使う素材の質のことで言い争い、数日間は腹が立って仕方がなかった。

　革のソファのところで立ち話をしているのは、自治政府主義者の法律家マヌエル・デゥラン・イ・バスと、コミーヤス侯爵クラウディオ・ロペス・ブルだ。ブルは寛大な慈善家で、アデイの考える、そういう地位の人物のあるべき姿とは相容れない。

　ここにはいない四人を加えて、万博開催責任者たちの〈八人委員会〉と呼ばれる組織が成立する。アデイは少々不満だった。委員全員で迎えてくれるものと思っていたのだ。せっかくの初お目見えなのだから、もっと厳粛であってほしかった。だがすぐにこだわるのはやめにした。しょせん今日は初顔合わせだ。お祝いする時間はこれからいくらでもあるだろう。

「アデイくん、さあどうぞ、はいりたまえ」市長が彼を迎えた。

　席を示された。脇にある小卓にはセルフサービスのアルコール、お菓子、コーヒーが置かれている。全員が席につくと、フランセスク・リウスがさっそく本題にはいった。

「なぜ君を呼んだか、ご存じのことと思う」

アデイは、最終的にあれこれお願いされることになるのなら、まずは控えめな態度を示したほうが気分がいいだろうと思っていた。そうなったときのことを考えてしばらく悦に入っていたが、結局そこにいる人々が使うような尊大な口調で答えた。

「ええもちろんです、みなさん」

アデイは椅子の肘掛けに両手を置き、体をくつろがせた。まもなく〈八人委員会〉は〈九人委員会〉と呼ばれるようになるだろう。

緊張した沈黙が室内を支配した。さあ、まもなく賞賛が雨あられと降ってくるはずだ、とアデイは思う。咳払いがいくつか聞こえ、ルジェンが軽蔑もあらわに鼻を鳴らした。こいつも、その冷淡な妻のことも無視してやる。この町の重要人物の仲間入りがおおやけになったあかつきには豪勢なパーティを開くつもりでいるが、招待してやるものか。

市長が厳しい表情で身を乗り出した。

「さて、どうだろう。どうやら君はこの会合の目的を誤解しているようだ」

アデイは目を何度もしばたたいた。これは思っていたのと違う。テーブルを囲む人々の生真面目な表情を見て、室内の空気はなごやかどころか、まったく逆だと気づいた。そういえば、飲み物も勧められなければ、葉巻を差し出されてもいない。ぎこちなく咳払いをする。なんだか急に暑くなった。

「すみません、ちょっとわからないのですが……」

「ごく平たく言えば、われわれがここに集まったのは、君がどれだけ無能か説明するためだ」見るからに憤慨した様子で、いきなり建築家が言い放った。

頬が真っ赤になるのがわかる。いったいどういうことだ？

「ルジェン、落ち着け」市長が口を挟んだ。「怒る必要はない」

「私もそう思います」むっとしてアデイも言う。「いったいどういうことですか？」

「わかっているはずだ」マヌエル・デゥランが割りこんだ。「もう何か月も前から続いている電力供給の問題だよ。クロム通りでも、万博会場そのものでも、何度も停電が起きて、山のように苦情が寄せられている。何より懸念しているのは、万博の開会式まで二週間もないことだ。世界じゅうがこの町に注目しているというのに、開会式の最中に停電するような恥ずべき事態が起きたら、それこそ目も当てられない」

「どうなっているのか、説明してもらえますかな？」今度質問したのはクラウディオ・ロペス侯爵だ。見るのも汚らわしいと言いたげな目でこちらを見ている。

アデイは愕然としていた。この会合の本当の理由はそれだったのか。くそったれ停電が？

舌が口蓋に張りついたボール紙になったかのようだった。

「みなさん、あれは発電機の技術的な調整の問題で、けっして……」

市長がそれを遮った。その視線に体が凍りつく。

「いまここで君に訊きたいのは、この問題を解決できるのか否かということだ。私はいますぐにでも、市と君との契約を打ち切りたいとさえ思いはじめている」

とたんにアデイは椅子から飛び上がりそうになった。これまでにどんどん費用がかさんで、予想以上の出費となった。投資家との契約義務はもちろん重要だ。だがもっと重大なのは、個人の会社にかなりの資金を流用したことだった。不運に見舞われたのだ。キューバで独立戦争が起きて砂糖相場がひどく不安定になり、二度の取引失敗であっというまに資金が底をついた。全財産をつぎこんでも、とても補えない負債を背負ってしまったのだ。発電所は一発逆転の最後のチャンスだった。市との契約が解除されたら、すっからかんだということが暴露されてしまう。そうなったらもう終わりだ。

「まあまあ、みなさん、そう早まらないでください」額に冷や汗が噴き出した。「遅くとも一週間で解決すると名誉にかけてお約束します」

しかし一同の反応は冷ややかだった。

「アデイくん、発電所は三日以内にフル稼働してもらわなければ困る。それができないなら契約はなかったことになり、この町で新たな事業はできなくなると思ってくれ」

「三日で？」

「一日たりとも延ばせない。言っておくが、君を信じたことを後悔させないでもらいたい」

アデイはうなずいて微笑もうとしたが失敗した。会合はそれで終わりらしい。立ち上がろうとしたとき、座れというように市長が身ぶりで示した。

「もうひとつある」

「デリケートな問題だ」侯爵が付け加えた。

「何でしょう」アデイは言った。これ以上何がある？

「信じられないことだが」マヌエル・デュランが切りだした。「聞くところでは、数か月前から発電所の下水道で人の死体がいくつも見つかっているそうだね」

アデイは悪態をつきそうになって息を止めた。

「説明してもらいたい」市長が促した。

四人がアデイをじっと見つめている。だから、事件について彼らがどれくらい知っているのかはわからない。たぶんごく一部だろう。だから、嘘はつけないにしろ、真実を全部話す必要はない。アデイは落ち着いて、できるだけ自信たっぷりに見えるようにふるまおうとした。

「そのとおりです、みなさん。ごくたまに、残念ながら不幸な娘の遺体が見つかります。でもそれのどこが不都合なのかわかりません」

「不都合だと思わないのか？　なんたることだ！　どうして警察に届けなかった？」

「その必要はないと思ったからです」

「正確には何体見つかった？」

「一ダースほど。もしかするともっとかもしれません」

「なんと！」

「私が聞いた話では」デュランが口を挟んだ。「発見された遺体の状況が極めて特殊だという」

「下水道の中はあまり快適な環境ではありません」アデイは答えた。「そのうえ、ネズミや港の魚たちの餌食にもなる」

「恐ろしい！」

「バルセロネータ地区では、人が死ぬのは呪いのせいだという噂が流れている」いちばん事情に通じているらしい弁護士が言った。「ラ・マキニスタ・テレストレ・イ・マリーティマ社やノウ・ブルカ社、エスクデー社の従業員の中には夜勤を拒む者もいるらしい」

どんどん辛辣になっていく非難のなか、アデイは考えこんだ。サンチェス警部が口を滑らせたに決まっている。たっぷり口止め料を渡したのに。忠誠を尽くすべき相手は誰か、わからせなければ。くそ！　発電所の問題だけでも大変なのに、とうとう死体のことまでばれてしまった。最初の死体が発見されたとき、どうせ誰も問題にしないと思った。とんだ見込み違いだった。これからはもっと慎重にならなければ。

「噂話ですよ、そんなものは。ただの噂話です。被害者はたいてい素行の悪い連中で、そうして死んだのも羽目をはずしたせいだ。市長殿、わが町はあなたの努力のおかげでとても安全です。それでも、法や秩序を尊重する者ばかりではない。たしかに死体のことを隠していたことは認めます。だがそれはみなさんを心配させたくなかったため、そしていまみなさんが要求なさったように、遅れずに発電所を始動させたかったため、ただそれだけです」

「これが報道されたらどうなるか、考えなかったのか？」ルジェンが尋ねた。

その口調が癪に障った。自分のほうが格上だと思っているこの男が憎らしかった。新聞のことはずっと考えていたに決まっているじゃないか。そのことばかり考えていたと言ってもいい。

「万博を中傷する記事を載せたがっている新聞もあるんだ」建築家が言った。「こんな重大事が世間に広まったら、町は大騒ぎだ」

「そして、開会式のために王太后陛下がいらっしゃるまでにあと何日もない。延期しなければならない可能性さえ出てくる」

「とんでもない！」

「それだけじゃない。世界じゅうから展示関係者や観光客がやってくるはずだ。いったいどう思われる？」

「想像できるはずだ。自分の町の市民たちさえ守れないという印象を植えつけるだろう。きっとキャンセルの嵐だ」

「パリ万博も近い。誰もバルセロナには来たがらなくなる」

「まあまあ、みなさん……」アデイは一同をなだめようとしたが、無意味だった。

「この〝死体の発見〟に終止符を打ち、あくまで表沙汰にしないようにしなければならない」弁護士がきっぱり言った。

「アデイくん」市長は彼を指さした。「この一連の出来事をひと言たりとも記事にしないようにするのが君の役目だ。警察に手をまわし、新たな動きがあったらすぐにわれわれに知らせろ。君のことだ、ちゃんとわかってくれたと思う。君の立場も財産もいよいよ危ういと肝に銘じることだ。もし君のしくじりのせいでバルセロナ万博が失敗したら、必ず落とし前はつけてもらう」

市庁舎の玄関から外に出たアデイの顔は、黒雲の垂れこめた空と同じくらい暗かった。馬車に乗りこみ、革製の座席にどさりと座る。

何もかも、こういう時期にあの医者が調査を始めたことがきっかけだった。あれから問題が雪だるま式にふくらんでしまった。老医師が死んで解決したと思ったのに、いちばんデリケートなときに今度はダニエル・アマットが七年ぶりにバルセロナに帰還し、あのくそったれ記者とともに父親の調査を再開した。これは偶然か？　絶対に違う。

いままでが寛大すぎたのだ。ここできっぱり止めなければならない。これ以上失敗は許されない。まして、本当に大事な計画を、秘密裏に実行しているあの計画を、危険にさらすようなことになっては一大事だ。この奇跡の大発見を想像できる者は誰もいないだろう。あの愚かで傲慢な委員会の連中でさえ。事がおおやけになれば、誰もが私の足元にひれ伏すはずだ。町じゅうがアデイという天才を前にしてひざまずき、少しでいいから成果を分け与えてほしいと懇願するだろう。そこにダニエル・アマットという邪魔がはいった。まあ、排除されるのも時間の問題だろう。こんな恥をかかされたのだ、すぐにその報いは受けてもらう。

28

パウはファロッピオの『解剖学観察《オブセルワシヨネス・アナトミカエ》』を脇に置き、ため息をついた。思ったようにはいかないようだ。解剖学の棚をすべて調べてみたが、ヴェサリウスの書籍が一冊も見つからない。

元々は古い医学校の広間ひとつ分でしかなかった図書館は、年月とともに広がって、いまでは大学の横にある建物全部がそれに充てられている。八角形の床の巨大な解剖学教室と似て、学習机で埋まった広い中央の部屋の周囲を同心円状に頑丈なオーク材の書棚が囲み、書棚と書棚のあいだに十の通路がある。中央の部屋からは、ほかのさまざまな区域につながる廊下が一本延びている。四階の書棚の輪から、螺旋階段を伝ってバルコニーのある階にのぼることができる。その石壁にはたくさんの窓があり、差しこむ光が丸天井を照らしている。壁は教会の後陣《アプス》のようにくぼんでいて、町の紋章が掲げられている。

そこでこの数世紀のあらゆる医学の知識に触れられることに、パウはわくわくした。ほかの学生にとっては重圧となる静寂も、むしろ心地がいい。パウは図書館が大好きだった。木や紙や石の重々しい匂いを楽しむ。図書館にいるとわが家にいるようにくつろげた。それはたぶん、そう呼べる場所がパウにはないからだろう。それに図書館にはもうひとつ利点がある。ファヌヨザやその取り巻きたちはめったに来ない場所だから、そこなら連中を楽に避けられる。

遠くからサンタ・マリア・デル・ピ教会の鐘の音が聞こえてくる。もう時間も遅いので、数時間前には机についていた学生たちもすでに姿を消していた。日差しも窓からほとんどはいってこなくなり、カンテラの光だけでは通路を照らすには不充分だった。もう行かなければば。アマットの部屋でフレーシャとともに会う約束だった。

手ぶらで戻るのが癪だった。新聞記者の人を小馬鹿にした表情が目に浮かぶ。しかし、ヴェサリウスの本が一冊もないというのはどういうことだ？　司書のファランさんに訊くしかない。手を煩わせたくなくて避けていたのだが、こうなると協力を仰ぐしかなさそうだ。

荷物をまとめ、司書の部屋に向かう。

通路のつきあたりのほうから抑えた声が聞こえてきた。さらに数メートル進むと会話がもっとはっきり耳に届いた。パウがいる通路の隣の通路の化学の棚のあたりで、二人の男性が口論をしている。パウはそろそろと歩いた。人知れず喧嘩をしているところに割りこむようなことをしたくなかった。そのとき一人の声に聞き覚えがあることがわかり、ぎょっとした。

「父さん、僕はもう子どもじゃないよ」

「そうは見えないな。こうして学校に寄ってみれば、このところいちばんみんなの口にのぼっている笑い話は、私の息子が、この私の息子がだ、別の学生とおおやけの場で議論をして負けたことだというじゃないか」

「くだらないただの解剖学の授業だよ」

男の声が怒りで甲高くなる。

「医学教育をないがしろにしようなどと、けっして思うな」

若者は答えない。

「わが家は四代続いて医者の家系なんだ。四代だぞ？　そして全員が家名を上げるのに寄与してきた。私自身、同級生の中でも頭抜けた学生だった。で、おまえは何をしてる？　ファヌヨザ家の一員だろう、まったく！」

「父さん、声が大きいよ」

「声が大きい？　おまえが夜な夜ないかがわしい賭博場に出入りし、小遣いをすっていることを私が知らないとでも思ってるのか？　あるいは、酔っぱらって授業を受けていることを？　それが紳士のやることとか？」

「何を隠そう、親愛なる父さんを模範にしているだけさ」皮肉たっぷりに言う。「父さんが学校をさぼって売春宿にしけこんでいたことは、いまでも学校の語り草なんだ」

　平手打ちの音が室内に響いた。強くたたいたわけではなかったが、同級生の顔が赤くなるのがパウにも見えた。息子のほうも父親をたたき返すだろうと思ったが、ぎりぎりのところで思い留まった。父親は息子の反応を無視し、上着とシャツの袖口の乱れを直すと、手袋とステッキを手に取り、会話に終止符を打って出口に歩きだした。

「我慢もこれが限界だ。最終試験まであと十五日以上ある。せいぜい身を入れることだな」

　父親の足音が通路の向こうに消えた。ファヌヨザは本を床にどさりと落とし、近くの書棚を力まかせに殴った。目に溜めた涙をこぼさないように、必死にこらえている。

　受付の部屋に避難してファヌヨザが立ち去るのを待ったほうがいいと思ったパウは、方向転換した。しかし、そこに整理しなければならない本を山のように積んだ手押し車があることに気づかず、ドサドサと大きな音をたてて本が何冊も落ちてしまった。

「誰だ、そこにいるのは？」

パウは逃げようとしたものの、もう遅すぎた。

「ジルベルト！　何してるんだ、ここで？」

パウは言葉を失った。

「内緒話を立ち聞きする習慣でもあるのか？」

「違うよ！　そういうことじゃないんだ」

面倒な場面を目撃された恥ずかしさでかっとなったファヌヨザが、このままパウを見逃すはずがなかった。大股で近づいてくる彼を見て、パウは後ずさりをした。

「おまえはいつも俺の邪魔ばかりするな、知ったかぶりのでしゃばりめ」

ファヌヨザが思いきりパウを押した。はるかに背が低く、痩せているパウに抵抗できるわけがなかった。書棚に体がぶつかり、眼鏡が吹っ飛んで床に転がった。ファヌヨザはパウにつかみかかり、文字どおり吐き出すように言葉を浴びせた。

「あの娘のことではうまいことお咎めなしになったようだが、ほかにも隠し事があるってこと、俺が知らないと思うなよ。必ず暴いて、学校から追い出してやる。その前にちょっとばかり絞ってやろう……」

「君たち！」

司書のファランが通路に姿を現した。驚きの表情が、床にばら撒かれた山のような本を目にしたとたん、渋面に変わった。

「いったい何してるんだ？」

ファヌヨザはしぶしぶパウから離れた。司書が近づいてくるあいだにパウは眼鏡を拾い、急いで上着を整えた。

「教養ある紳士諸君が下品なごろつきみたいなふるまいをするのはどうかと思う」司書はそう二人を叱ったあと口をつぐみ、さあ言い返してみろとばかりに睨みつけた。司書の視線はファヌヨザで留まり、告げた。「さっさと出ていけ」

ファヌヨザが言い返そうと一歩前に出る。

「聞こえなかったのか？」司書が追い討ちをかけた。

ファヌヨザは顔をこわばらせ、さっと荷物を拾い上げた。去り際に、パウをじろりと睨む。少しして、ドアを力まかせに閉める音が室内に轟き、ファランが顔をしかめた。ファヌヨザの怒りをたたきつけるような足音が遠ざかると、ファランはパウに向き直り、表情をやわらげた。

「大丈夫かね、ジルベルト？　ここのいちばん誠実な訪問者を失いたくなかったものでね」

「ありがとうございます。大丈夫です」

「あの学生は君に殴りかかろうとしていたようだ。訴えを起こすなら、私も同伴しようか？」

「ああ、その必要はありません。どうもありがとうございます。友人は、ええと……調剤方法について議論をしていて、ちょっととかっとなったんです。ただの行き違いですから。たいしたことじゃありません」

司書は信じていないようだった。

「私としては本来学長に報告しなければならないが、君の判断を尊重するよ」

「ありがとうございます」

「君は、いまイギリスの大学でとても人気がある新手のスポーツのレッスンでも受けたほうがよさそうだな。たしか〝ボクシング〟という名前だった」司書は滑稽な顔をしてみせた。

「ありがとうございます。アドバイスのこと、覚えておきますよ」

パウはそのとき司書の執務室に向かっていた理由を思い出した。

「ちょっと待ってください、ファランさん。じつはあなたを探していたんです」

「ああ、そうか」目が好奇心で輝く。「言っておくが、私はその〝ボクシング〟とやらがどんなものかこれっぽっちも知らんぞ。マドリードから到着したばかりの専門書が一冊あるだけだ……もしよければ貸してもいいが」

「いいえ、そのことじゃありません。ある本を探しているんですが、自分で見つけられると思ったのに、どうにも探しきれなくて」

「それはたしかに私の守備範囲の仕事だ。執務室に来なさい。そこで蔵書目録カードを見て、君がそれほど興味を持っている本がどこにあるか探してみよう」

司書の執務室はその迷宮めいた図書館の片隅にある。それほど広くはないが、こざっぱりしている。司書は机の上に積まれていた本をどけ、無数の書類をまとめてから、炎の燃える暖炉脇の肘掛け椅子にどすんと腰を下ろした。

「さて、どの本だね？」

「アンドレアス・ヴェサリウスの『人体構造論』です」

司書の目が興奮でらんらんと光った。

「解剖学の専門書としては特筆に値する書だ。いつもは閲覧用に何冊も用意してあるんだが、五か月前のいちばん最近の改装で、情けない形でかなりの冊数をなくしてしまったんだ。移動用の箱ごと盗まれたんだよ。信じられるかい？」

司書はため息をつき、椅子から立ち上がると、金色の取っ手のついた抽斗がたくさん並ぶ整理棚に近づいた。その手がまるでピアニストのように抽斗の上を華麗に動いたかと思うと、とうとう司書が満足げな表情を浮かべ、抽斗のひとつを抜いて机の上に置いた。

開けたとたん、中で並んでいるカードがぐらりと揺れた。司書が人さし指と親指でそれを繰っていき、とうとう一枚選んだ。眼鏡越しに読む。パウは期待しながら待ったが、老司書がもたらしたのはあまりいいニュースではなかった。

「先を越されたようだな。残っていた本は教授と二人の学生が借りていったところだ」そこで眉を吊り上げる。「なんとまあ！　最後のひとりは、君ととても仲良しのさっきの同級生だ」

「ファヌヨザですか？」

「そのとおり。今朝貸し出しされている」

こちらが探そうとしたその日に。ただの偶然か、それとも何か意味があるのか？　真相はわからないが、結果は同じだ。書物は手にはいらない。見るからにがっかりした表情をしたのだろう、パウが顔を上げると、司書がにやにや笑っていた。

「別の選択肢があるかもしれない」

「『人体構造論』そのものが必要なんですよ、ファランさん。ほかの解剖学の本ではだめなんです」

老司書は首を横に振った。

「違うんだ、お若いの。いま言ったもののほかにも『人体構造論』があるかもしれない、ということだよ」目を細くして記憶をたぐる。「図書館三階のもっとも古い一角に、忘れられた部屋がある。私は屋根裏部屋と呼んでいるんだがね。そこにはちょっとほかにはない書籍コレクションが保管されているんだ」

「図書館のことはよく知っているつもりですが、そうではなかったようですね」

「あそこのことを誰も知りたがらなかったのも無理はない」

「理由は？」

「何年も前、大学の現職教授が図書館司書となった。これは異例の辞令だった。教職を退いた者がその仕事に就くのが普通だったのでね」

「あなたも教授だったんですか？」

「もちろん……だが、私の退屈な経歴が問題なのではない。いま言ったように」司書は話を元に戻した。「この人物は図書館の小部屋を個人用に使い、手当たりしだいに本を収集した」

「何の目的で？」

「この人物は前途有望なすぐれた学者だったんだ。ところが、司書職についてまもなく、妻が病に倒れた」

パウはどきっとした。

司書はパウの反応をよそに話を続ける。「それ以来、その哀れな男は全身全霊をかけて病の治療法を探した。秘密の研究室をつくったとさえ噂された。それについては私は疑っているがね、実際。だが、研究を重ねるにつれ部屋にはどんどん書物が溜まっていき、疑問視されるような学問分野の専門書まで集めるようになった」

「たとえばどんな？」

「秘教やら神秘学やら、そのたぐいの戯言さ」司書は舌打ちして不快感を示した。「言うなれば時間の無駄遣いだよ。とはいえそういう状況になれば、人間、何をしだすかわからない。彼が何日もそこにこもっていたのを覚えているよ。だがすべては無駄だった。妻は亡くなり、彼は正気をなくした。先日の改装のときにも、彼の部屋と書籍コレクションは触れられずじまいだった」

老司書は暖炉で躍る火を眺め、首を横に振った。

「悲しい話だよ。本当に。私の記憶にあるかぎり、彼は医学書の中でもとくに解剖学に興味を持っていた。だから」司書はパウのほうを見た。「君の目的の本がそこで見つかる可能性がある」

「その教授の名前をご存じだったりしませんか、ファランさん？」

パウはなんとか興奮を抑えつけた。老司書は目を閉じ、また開けたとき、こうつぶやいた。

「オムスだ。フラダリック・オムス医師だよ」

29

「言っておきますがね、あの家には悪魔が住んでます」

御者はそう言って鞭を振るい、軽二輪の馬車を引いた馬はアントニウ・ロペス広場を後にすると、速度を上げてイサベル二世通りを進んだ。御者の言葉には明らかにエブロ川流域地方の訛りがある。

「七年前から空き家らしいですよ。ここだけの話、少なくとも二、三十年はあのままだろうね、いや、もっとかもしれない。あそこで恐ろしいことが起きたんですよ。これは居酒屋の噂話なんかじゃない。あの屋敷は呪われてるんだ、旦那」

二輪馬車の幌の下、ダニエルは御者のおしゃべりにじっと耳を傾けていたが、ますますふくらんでいく不安を抑えきれずにいた。まんまと客の関心を引いたと思ったのだろう、御者が話を続ける。

「火事で家族全員死んだんですよ、ええ。ひとりも残ってないんです。相続人がいないから市が競売にかけたが、ちょっとでも分別のある人間なら、あんな家欲しがるわけがない。もう壊すしかないでしょう。そのほうがいい。ええ、そう思いますよ、旦那」

ダニエルはため息をついた。決断するのは簡単なことではなかった。バルセロナに戻ってから、いままでぐずぐずしてきたのだ。夜、フレーシャとジルベルト青年と会う約束の時間まで、少し間があった。もうこれ以上先延ばしにはできない。

馬車が進む道を見て、ダニエルは咳払いをした。

「すまないが、サンタ・マリーア通りから行ってほしい」

御者はうなずき、手綱を引いて、馬の頭上にもう一度鞭を振るった。ダニエルは、父や弟と毎日のように歩いた道をたどりたかった。見覚えのある通りが目にはいると、かつての記憶が蘇ってきた。この時間帯は交通量のあまり多くないボルン通りを渡り、ムンカダ通りの近くまでくると路地にはいった。これまでのにぎわいが遠ざかって、舗石にぶつかる馬の蹄の音だけが静寂を破る。客が打ち解けないので、御者も口をつぐむことにしたらしい。

いくつもの路地をくねくねと進んだあと、区画全体を囲う建物一階半分ほどの高さの塀にぶつかった。その塀に沿って移動する。その塀もかつては真っ白な漆喰《しっくい》で、瓦がのっていたのだ。いまでは瓦の残骸が塀を覆い、皮膚病を患っているかのようだった。漆喰が剝がれて、煉瓦がむき出しになっている部分さえある。馬車はついに、樹木の茂る小さな広場に出た。

「ここで停めてくれ」

「ほんとにいいんですか、旦那？」

御者の声には隠しきれない不安が滲んでいる。ダニエルは彼に少し小銭を握らせた。

「そう心配するな。ここで待っていてくれ。すぐに戻るから」

ダニエルは馬車を降り、帽子をかぶり直すと、屋敷に近づいた。リベラ地区では珍しい土地付きの邸宅だ。父は、無用なぜいたくだと言って、高級住宅街に引っ越そうとはしなかった。

震えを止めるために手を動かしながら、錬鉄製の門扉に近づく。横木を押すと、ギギッときしみながら鉄格子が動いた。門は壊れていたから、開かないように誰かが太い鎖を結びつけておいたらしい。それでも、人ひとり楽に通れるくらいの隙間はすぐにあいた。

ダニエルは周囲を見回した。通りは閑散としていて、角では御者が馬車のそばでマントに身をくるみ、煙草を紙で巻いている。ダニエルは身をかがめて鎖の下をくぐり、向こう側に出た。

顔を上げたとき、思わず悪態をつきそうになった。

何年も放置されていたせいで、植物が好き放題に伸び、土地を完全に支配していた。かつての洗練された庭は、緑と黄土色の混沌と化していた。足元に、土と雑草に覆われた板石の小道が現れた。二、三歩進むと、近くの藪の下から何かがそそくさと逃げ出し、草木がガサガサと揺れた。

もう数メートル行くと、巨大な菩提樹がそびえていた。その木には何十回と登ったっけ。いまでは葉も幹もぐったりとして、瀕死の重病人のようだ。剪定する者が誰もいないので、人間の大人が腕を伸ばしたくらいに広がった自らの枝の重みに屈してしまったのだ。その背後には楕円形の池があった。夏の暑さがひどくなると、弟のアレックといっしょに足を浸し、子守り役から叱られたものだった。水がとても澄んでいたので、そこを泳ぐコイが宙に浮いているように見えた。いまはすっかり干上がって、ひびのはいった底のセメントが土埃に覆われている。亀裂から雑草が生えていた。

火事以来、戻ってきたのは初めてだ。何週間か経って退院したとき、父との口論のあとすぐにカレー行きの最初の列車に飛び乗り、そのあとイギリスへ船で渡った。サー・エドワードに拾われなかったら、そのまま地の果てまでも逃げただろう。あれから七年以上経つ。母が丹精し、そのあと母を偲んで父が大切にした庭がここまで荒廃したということは、屋敷の中ははるかにひどいと覚悟をしなければなるまい。ダニエルはあきらめのため息をひとつ吐いた。もはや過去には戻れない。

先に進むにつれ、町のにぎわいは遠ざかっていき、庭の静寂に呑みこまれた。耳にはいってくるのは、自分の靴が砂利を踏む音だけだ。ついさっきまで吹いていた風もやんで、木の葉や枝も石のように動かない。

半壊したあずまやの脇を通り過ぎた。まれに見る演技の才能があった弟のアレックが、毎年夏の終わりにそこで家族のために公演をし、さまざまな出し物や物真似でみんなを楽しませた。ダニエルは手伝いをするだけで、裏方や脇役を演じた。父さえ書斎から出てきて、いっしょに観劇した。ダニエルは目を閉じ、記憶を振り払おうとした。目を開けると、そこに屋敷があった。まるで彼を待ちかまえていたかのように。

　最初の印象は、枯れ草の海の真ん中で座礁した巨船だった。昔は豪邸の名をほしいままにしていたというのに。いまも三階建ての高さと、二階の広々としたベランダは健在だった。新ムデハル様式の塔が古い灯台のごとくそびえている。正面の壁を飾っていた色とりどりの化粧タイルの多くは剝がれ落ち、壁に張りついたままのものも汚れて輝きを失っている。窓の鎧戸もほとんどが壊れているか、歪んでいた。

　ダニエルは玄関の最初の石段に足をのせた。胸にあふれる不安を無視し、ポーチの陰になったドアにたどりつく。框《かまち》の上に奇跡的に家紋が残っていて、父に何度も声に出して覚えさせられた銘句も読める。《人はその独創性によってのみ、永遠に生きられる《ウィウィトゥル・インジェニオ・カエテラ・モルティス・エルント》》広い玄関ホールにはいったとき、潜んでいた鳥が驚いてはばたく音がダニエルを迎えた。夕陽が壁の穴から差しこみ、彼が足を踏み入れたことで舞い上がった埃を照らす。

　想像した以上の荒廃ぶりだった。梁の大部分は崩れ落ち、町いちばんの有名人たちがのぼりおりした階段はいまは瓦礫の山だ。美しい絵がいくつも飾られていた壁紙はすでに跡形もない。すべてが灰色の腐敗のベールをかぶっていた。壊れた屋根から雨が漏れ、床板に泥が模様を描いている。

　沈む心をどうすることもできないまま、中にはいる。そこらじゅうに、火災の跡が見て取れた。高価なワニスが塗られていた天井や柱は荼毘《だび》に付された遺体の骨のようだった。青いサテンのカーテンはぼろぼろで、風になぶられている。天井からいまも下がっているランプは炎のせいで歪んでいる。火災で消えてなくならずにすんだ家具は、かつてその栄華を誇った場所でがらくたと化している。こんなに時間が経っているというのに、いまも焼け焦げの臭いがするような気がした。

鎧戸の隙間から差しこむ夕暮れの死にかけた光に追われるようにして、いくつもの部屋を見てまわる。そしてたどりついたのが厨房だった。かろうじてそこに残っているのはテーブルの残骸、椅子が二脚、それが何か判別不能な道具がいくつか。黒く焦げた厚板と化したドアの前で足を止める。父の研究室の入口だ。

開けるのを一瞬ためらった。ドアの向こうには階段があり、数段先でもう闇に呑みこまれている。怖くて、すぐにでもここから飛び出し、何もかも忘れてしまいたかった。だが、自分の目で確かめなければという思いのほうが強かった。あの晩の記憶はあやふやで、毎晩のように見る悪夢のほうがはるかに鮮明だ。実際には何があったのか、結局のところわからなかった。だからここに来た。確かめなければならない。ずっとそうではないかと恐れていたように、それが殺人だったのかどうか。

ひざまずいて、コートのポケットから蠟燭とマッチを取り出す。不器用に何度も試みてやっと蠟燭に火がついた。周囲に炎の光の環ができ、ダニエルは大きく深呼吸して、ぽっかりあいた黒い穴に足を踏み出した。

木製の手すりは見当たらず、あいているほうの手で壁を伝おうとしたが、触れると石が温かかったのでびくっとした。左側は数メートル下までがらんどうだということを意識しながら、一段、そしてまた一段と下りる。蠟の溶ける匂いが、底からたちのぼってくる悪臭にまじる。

数歩進んだところで足を止める。くぐもった囁き声が聞こえたような気がしたからだ。まさか、ありえない。きっと空耳だ。また何か音がしたかと思うと、ふいに風が顔に当たり、蠟燭が消えた。

井戸にでも落ちたかのように、闇が降ってきた。壁がどこにあるかわからなくなり、手探りするが見つからない。パニックに陥りそうになったが、必死に自分を抑え、くるりと反転する。見上げると、戸口を示す弱々しい四角形の光が見えた。思ったより遠い。足でそろそろと次の階段を探したが、見当が違ってよろめき、体が宙に投げ出された。

悲鳴をこらえ、長々と落ちていく無重力感を予想する。ところが意外にも壁に激突して左膝に激痛が走り、息が詰まった。階段は壁にそってカーブしており、そこまで数メートルだけ落ちたのだ。

恐ろしくなってとっさに立ち上がり、怪我をしたほうの脚を押さえて壁で体を支えつつ、脚を引きずりながら階段を上がった。

青ざめた顔で戸口のほうを見る。酸素が足りず、膝が燃えるように痛い。混乱したまま周囲を見回す。屋敷に命が宿り、逃がすまいと壁が迫ってくるような気がした。

部屋から部屋へとやみくもに進み、帰り道を探す。何度もつまずき、転んだ。どうやってたどりついたのかわからなかったが、とにかく玄関ホールに出て、ポーチに飛び出した。玄関の階段をよろよろと下り、最後の一段で膝が崩れて板石敷きの道に倒れこむ。仰向けになり、庭のひんやりした空気を吸いこんでやっと人心地がついた。空がとてもきれいに見えた。

突然吐き気がして、かろうじて横向きになり、胃の中を空にする。

吐き終わると、震えながら階段に寄りかかった。目に涙がこみあげた。父はけっして家に戻りたがらなかったが、それも当然だ。シャツの襟を緩める。鼓動が少しずつゆっくりになり、呼吸も落ち着いた。うなじに手をやり、引き攣った皮膚に指を走らせて、頭からどうしても消えない記憶を反芻する。あれは殺人だったという記憶を。


馬車の座席を背中に感じたとき、ダニエルはほっと安堵の息をついた。

「さあ、出してくれ」と告げる。

御者は乗客の悲惨な服に目を見開いたが、その表情を見て、口をつぐむことにした。煙草の先をブーツで踏み消してから袖なし上着のポケットにしまう。唇をチュッと鳴らすと鞭を振るい、馬車はまた動きだした。

ダニエルは後ろを振り返った。屋敷に霧が迫り、なかば闇に埋もれている。遠ざかるにつれ姿が見えなくなった。まるで、存在すらしていなかったかのように。

30

司書のファランが屋根裏部屋と呼んでいたものは実際には一種の物置で、梁が斜めになり、頭をぶつけたくなければずっとかがんでいなければならなかった。動物の死骸でも放置されていたかのような臭いがする。オムスがそこで妻の治療法を探していたなんて、想像できなかった。

机の上にあった古いカンテラに火を灯す。家具には色褪せたカバーがかかっていた。パウが布を剝ぐと、そこにあったのは、壁を支えているかのように見える空っぽの書棚、あちこち欠けた学習用の古い人体骨格模型、しっかりした造りの大きな旅行用の行李《こうり》が三つ（ラベルを見ると、かつては医師の実験道具類が保管されていたらしい）、そして、いくつもの箱や黄ばんだボール紙のファイル入れに数えきれないほどの本がはいっている。

一気にやる気が失せた。この箱の中身を確認するのにどれだけ時間がかかることか。可能性は低いが、もしここにヴェサリウスの本があるとしても、見つけるのに何日も必要だろう。司書のところに本が戻ってくるのを待つか、それを借りていった学生のひとりにじかに頼みにいってもいい。

そうしようと思ったが、急にファヌヨザの恩着せがましい笑みが頭に浮かんで考えを変えた。箱の山に近づき、いちばん近くにあるひとつを選んで机のほうに運んだ。椅子を引きずってきて座ると、覚悟を決めた。

二時間後、パウは七番目の箱を確認ずみの山に積み重ね、椅子にどさりと座りこんだ。さっきまでは、自分は運がいいと思っていたのに。ここはオムス医師自身の個人図書館にほかならない。あのときは、自分の発見を披露したときのアマットとフレーシャの表情を想像して悦に入っていた。だがいまは、わけのわからないコレクションだと言った司書が正しかったとはっきりわかった。

たくさんの本を見すぎてもはや数がわからなくなり、確認すればするほど収集の目的が理解できなくなっていく。どの箱にも、科学の粋を集めた名著と、インチキや迷信や無知だらけの怪しげな本がいっしょくたに詰めこまれている。アリストテレスの『自然学』、カール・フォン・ロキタンスキーの『病理解剖学綱要』、クロード・ベルナールの『実験病理学』といった貴重な書物のあいだに、秘教のビラや交霊術のマニュアル、錬金術師の暮らしの手引きなどがある。オムスのような博学な医師にはおよそふさわしくない、まさかの選択だ。おまけにヴェサリウスの著書はどこにも見当たらない。

次の箱の蓋を持って机のところまで引きずってくる。中を引っくり返し、黒っぽい表紙の一冊を取り出す。アラン・カルデック著『霊の書』、魂の不死性、霊の性質と人間との関係、倫理原則、現世、来世、人類の将来について。

こんなことは時間の無駄だ。次の試験のための勉強をしたほうがはるかにましだ……。パウは首を横に振った。無意識に心霊学者の書物を手に取って、腹立ちまぎれに箱の山に投げつけた。その拍子に思いがけず箱の山が本棚のほうに崩れ、もうもうと埃を立てながら本が床にばらまかれた。

信じられない。あと一時間はこの惨状の片づけに充てなければならない。自分の馬鹿さ加減を嘆きたいところをこらえて、片づけが終わったらもう帰ろうと心に決める。新聞記者の無礼な態度に耐えなければならないだろうが、これ以上ここで無駄に過ごすよりましだ。

本が山になっている本棚のところにかがみこんだところで、おやっと首を傾げた。脇の壁に亀裂ができている。

まったく、踏んだり蹴ったりだ。

カンテラを近づけて、傷の程度を調べた。面倒なことになってしまった。指で裂け目に触れてみる。何冊かの本が当たっただけでこんなに大きな傷ができるとは。改めて傷をじっくり観察する。ふいに思い当たることがあった。周囲を見回して、箱を覆っていた布を見つけた。それで書棚のまわりの壁の埃や蜘蛛の巣を拭く。書棚を囲むように細い線が現れた。まるでメスで壁に切れ目を入れたかのように。

興奮に震えながら、書棚を両手で押してみた。びくともしない。ただの考えすぎだとは思いたくなかった。全体重をかけ、渾身の力でもう一度押す。今度はきしみ音が聞こえ、書棚が数センチ壁に埋もれた。やったと思い、また押す。書棚の片側が消え、そこに四角形の小さな入口ができた。

パウは震える手でカンテラを持ち、穴の奥を覗いた。中に足を踏み入れ、漂ってきた臭いに鼻に皺を寄せる。質素な部屋で、あまり広くはない。壁際に簡素な研究机、戸棚、腰かけがある。物が置けそうなほかの空間は、簡易ベッドと鉄製のストーブで占められていた。オムス医師の秘密の研究室をついに見つけた。

アマット医師と口論し、精神的に不安定なのではないかと大学側から最初に疑われたあと、きっとオムスは、人に邪魔されずに研究を続けるためにこの部屋を自ら用意したのだ。だから姿を隠すことができ、彼がどこに行ったのかも、いつ大学に出入りしているのかも、誰にも知られずにすんだのだろう。

パウはわくわくしながら机の縁を撫でた。天板は点々と汚れている。何かの実験の痕跡だろう。そこでオムスは妻を救うために何晩も徹夜したにちがいない。必死に闘ったその切迫感が感じられるような気さえする。空気にオムスの苦しみと執念が宿っているように思えて、戦慄を覚えた。

カンテラの光がふっと壁を舐めたとき、何かが気になった。光源を頭の上に掲げてみたとき、パウは驚きのあまりよろけそうになった。同じ文句が、くり返し、四つの壁を天井から床までぎっしり埋め尽くしている。《人はその独創性によってのみ、永遠に生きられる《ウィウィトゥル・インジェニオ、カエテラ・モルティス・エルント》》。パウは声に出して読んでみた。手を伸ばし、文字に指を走らせる。ストーブの石炭の燃え殻を鉛筆代わりに使ったらしい。場所によってはほとんど読めない文字もある。どういうことだ？　殺人事件と何か関係があるのか？　それとも、狂気に翻弄された心の産物にすぎないのか？　パウはカンテラを机に置き、鞄からノートを出すと、その文句を書き写した。これについてはあとで考えよう。

なぜそこに来たのかを思い出し、戸棚に近づいた。本があるとしたらそこしかない。書棚の扉のガラスは埃まみれで、奥を透かし見ることはほとんどできない。不安を抑えこんで留め金を上げ、取っ手を引いた。最初の棚にはさまざまな医学の専門書やコレラに関する論文などがあった。本の一冊に目を惹かれた。『De Dignotione ex Insomnis Libellis』。夢診断について、と心の中で翻訳する。ペルガモンのガレノスの有名な論文のひとつだ。なぜこんな本を保管しているんだろう？　中身を見ようとしたとき、下の棚にぞんざいに置かれた別の本に目が留まる。

背に題名が刻印されていないのはその書物だけだった。ただのノートだと思ったとしても不思議ではない。震える手で抜き出し、机の上に置いて開いた。

指が触れると、ページがきしんだ。カンテラの光が解剖された人体、臓器、骨格と、そこに書きこまれたラテン語やギリシャ語の文字を照らしだす。パウの目はその生々しい美しさに吸い寄せられた。最初のページをめくり、ラテン語の文字を読む。『人体構造論《デ・ウマーニ・コルポリス・ファブリカ》』、著者アンドレアス・ヴェサリウス。

そのとき、部屋の外で何かがきしむ音がした。

31

カーテンで身を隠しつつ、イレーナは馬車の窓に顔をもたせかけ、冷気を楽しんだ。風が帽子の下の髪を乱し、頬を紅潮させる。雨の匂いとランブラス大通りの花の香りを胸いっぱいに吸いこむ。何週間も呼吸をしていなかったような気がする。

この日のために選んだ、真珠色の夜会服と肩に羽織ったビロードのケープ。コルセットがきついけれど、少なくとも、いまだに一部の女性たちが好んで身につける腰当て《バッスル》に比べればましだ。

メイドのエンカルニータを心配させないために、必死に不安をごまかした。夫の怒りに触れるかもしれないこと、それが怖くてならなかった。この数年、アデイは彼女にこの恐怖心を徹底的に植えつけようとしてきた。用心に用心を重ね、メイドが口をつぐんでいてくれることを信じて、決行したのだ。それでも、結局のところ、夫は彼女が誰と会ったかつきとめるとわかってはいた。それでも行かないわけにはいかない。

埋葬のときに思いがけずダニエルと再会し、その後彼が自宅に現れたことで、自分でも認めたくないくらい動揺していた。あれからずっと、たくさんの努力と犠牲を払って自分の置かれた立場を受け入れ、従順になり、見て見ぬふりをしてきた。それもこれも、人生でいちばん大事なものを守るためだった。バルトメウ・アデイとの結婚は避けられないことだったし、ほかの選択肢と比べればまだましなのだと自分を納得させたはずなのに、そうして嘘とまやかしで築きあげた人生は、ダニエルと再会したとたん大きく揺らいでいた。

彼は変わった。知的ではあるけれどどこか薄っぺらな感じがした、おしゃべりが楽しい若者ではもうない。イレーナが笑うと顔を見ようとしない照れ屋でも、自分が書いた本で世界を変えようと夢見る青年でもなくなった。そのまなざしは、時の経過とともに控えめで穏やかなものになった。でもその表面の陰に、失望が垣間見えた。もはや人生に何も期待していないかのような投げやりさが。あの出来事にいまも苦しんでいるの？　私と同じ罪の意識を？　彼は私を捨てたのだ。それで長いこと彼を恨んだ。それでも、年月が怒りを癒やし、悲しみに変えた。夢は記憶に溶けてしまった。

サン・ジュゼップ地区のランブラス大通りを中ほどまで来て、その豪華な四輪馬車は路地にはいった。まわりの建物がこちらに迫ってくるような気がした。

フレーシャは編集部内を見渡し、同僚のアレジャンドロ・ビベスのデスクに近づいた。ビベスはうなじに両手をまわし、椅子の背にふんぞり返っている。目の前に置いたタイプ原稿を満足げに眺めているところだった。

「わが友フレーシャ、これは、サラ・ベルナールがミラノ・リリコ劇場で『アドリアーナ・ルクヴルール』を演じたときに書いた記事以来の傑作だ」

「それはおめでとう。話したいことがあるんだ。ちょっと時間あるか？」

「いいとも。何だよ」

「これについてなんだ」

資料室から持ってきた新聞をデスクの上で開き、アマット家の屋敷で起きた火事についての記事を見せた。ビベスは目を細め、顔から笑みが消えた。

「この記事なら覚えてるよ。俺が書いたんだ。悲惨な出来事だった。おまえはまだここでは働いてなかった」

「おまえのメモを見つけたんだが、事件の原因に疑いを持っているような印象を受けた」

ビベスは身を乗り出し、原稿を手に取った。

「へえ、そうだっけ？」

「ああ。計画的な犯行だと匂わせていた」と大げさに言った。

同僚はフレーシャを重々しい顔で見た。

「ずいぶん前のことだから覚えてないよ」

「思い出してくれると助かるんだがな」

ビベスはひどく迷惑そうな顔をした。さっきまでの満足げな表情は影も形もなくなり、妙に落ち着かない様子なのがフレーシャには不思議だった。

「なんでこの事件がそんなに気になるんだよ？　いまさらほじくり返してどうなる？　いまバルセロナを騒がせている事件だけで充分じゃないか」

フレーシャはもどかしげな顔でビベスを見た。

「わかった、わかった」ビベスが両手をあげて同意し、言い足した。「これから話すことはここだけの話だ、いいな?」

「もちろんさ」フレーシャはそう答えて、同僚のデスクに腰かけた。友人のもったいぶった表情を見て、いよいよ期待が高まる。

「あの日、ずいぶん遅い時間だったよ。だが俺は翌朝の新聞の印刷ミスを訂正するために、まだ新聞社にいたんだ。やっと帰ろうとしたところに、リベラのボルン地区のお屋敷で火事があったと知らせが届いたんだ。ご存じのように、マルティーネスがお使いの小僧にメモを持たせたのさ」

　フレーシャはうなずいた。フランセスク・マルティーネスは市警察の警官で、新聞社は非公式に彼に月々金を握らせて、何か大きな事件があったら知らせるように頼んであるのだ。どうやらいくつもの新聞社と並行して仕事をしているらしいが、十年も経ったいまでは誰も気にしていない。

「それで?」

「現場に着いたとき、火事の大きさにあ然としたよ。屋敷を包む炎は、それが隣接する小さな広場を煌々と照らし、まるで昼間みたいだった。黒煙がたちこめるなか、四方八方から悲鳴やわめき声、消防車や救急車の鐘の音が聞こえた。野次馬がひしめきあい、警官たちが彼らをそこから遠ざけようと必死になる一方、消防士たちは近所の家に燃え広がらないように努力を続けていた。ところが消火栓がうまく働かず、ポンプが詰まってしまった。あの晩はあらゆる不運が重なったんだ」

　ビベスは遠くを見ながら記憶をたどりつづけた。

「俺は当局と話をした。すでに家を救うのはあきらめていた。できることは何もなかったんだ。あんな火事は見たことがない、炎がタールみたいにあらゆる場所に撒き散らされたかのようだった、と言っていた」

「で、それからおまえはどうした？」

「使用人の一団に近づいた。中には怪我をしている者もいたし、みんなひどく怯えているように見えたのに、そんなこと思いやりもしなかった。本当に馬鹿なことをしたよ。だがそのときは、彼らが怖がっているのは火事のせいじゃないと思ったんだ。何が起きたのか、何かしら証言が聞きたかった。だが、やっと聞き出せた話は、消防隊の隊長の話とは違い、火元は厨房ではなかったということだけだった。そのとき、馬番の少年のひとりが下働きの女とひそひそ話をする声が聞こえたんだ。少年によれば、ダニエル青年を炎の中から引きずり出したとき、僕が二人を殺したとずっとわめいていたというんだ。これは聞き捨てならないと思い、何の話かと尋ねると、そこに執事が現れて、少年を黙らせた。俺はそこから放り出されたよ」

「もしそれが事実なら、ダニエル・アマットが婚約者と弟を殺したと白状したことになるな」

「そう小耳に挟んだだけだ」

「だが話はそれで終わりじゃない、違うか？」

ビベスは先を続けるのを拒むかのようにつかのま口を結んだ。

「そのとおりだ。そりゃそうだろう、その晩の出来事以降、俺はじっとしていられなくなった。あれはただの火事じゃない。使用人たちの言葉がどうしても頭から離れなかったんだ。俺はアマット家とジネー家について調べはじめた。何週間も町じゅうを歩き、両家と関係のある人から話を聞き、二、三人の使用人に金を握らせてあの晩何があったのか聞き出そうとまでした。

それでわかったのはこういうことだ。一八八〇年の末、ダニエル・アマットとその弟アレックがまだどこにでもいる良家の若者だった頃、リセウ劇場で開かれたオペラの特別興行を観に家族で出かけた。その幕間に、ジネー家の娘たちとその両親とばったり会った。アマット医師とジネー医師は若い頃からの親しい友人だった。アントニ・ジネー氏は二十年ほどキューバで医師として働いていたが、社会情勢が悪くなったため帰国することにした。ヌエバ・ベレンでサナトリウムを開業して大成功を収め、バルセロナに定住するためにコイサローラにある広大な農園を手に入れた。だがじつは、この出会いは偶然でも何でもなかった。アマットとジネーの策略だったのさ」

「この話と火事にどんな関係が？」

「いいから聞けって、バルナット。話の腰を折るなよ」ビベスがぴしゃりと言った。「さっき話したジネー姉妹は二人ともとびきりの美人で、それまで雑誌や本でしか知らなかったバルセロナという大都会に興味津々だった。すばらしい教育が受けられる、魅力あふれる町だとさんざん聞かされていたんだ。だが二人の共通項はそこまで。ほかはまったく似ていなかった。というのも、二人はじつは本当の姉妹ではなかったからだ」

ビベスの顔に一瞬笑みが浮かんだ。

「そう、イレーナはジネー夫妻の実の娘ではない。一八六八年にキューバで反乱が起きたとき、当時、騎馬隊の軍医だったアントニ氏は、サンクティ・スピリトゥス近くの小さな集落で、キューバ人の母親の遺体のそばにいた彼女を見つけたんだ。村は反乱軍の襲撃で破壊されていた。娘は父親がスペイン人だったせいで、村の人々に置き去りにされたんだ。娘のアンジェラのほかに子どもがいなかったジネー夫妻は、その娘をアンジェラの妹として引き取ることにした。

いままで一度もキューバを離れたことがなかった二人の娘はバルセロナに知り合いもいなかったので、ダニエルとアレックがあちこちに同行し、仲間に紹介したのは自然な流れだった。何も特別なことじゃない。ダンス、芝居、馬車でアンシャンプラ地区めぐり、などなど。姉妹は一大センセーションを巻き起こした。雪のように白い美女と異国情緒あふれる美人はどこに行っても目立った。二人の姿はあちこちで見かけられるようになり、新聞の社交欄にも頻繁に登場した。

両家の親たちも彼らの仲睦まじい様子を喜ばしく思いながら眺め、何か月か経つと、アマット先生とアントニ・ジネー氏は、両家の長子同士、つまりダニエルとアンジェラを婚約させるということで合意した。子どもたちの意向は無視するという条件付きでね」

「それはとても興味深いが、火災とどういう関係が？」

「アンジェラはとても快活な美人だった」ビベスは同僚の催促を無視して続けた。「ダニエル・アマットは彼女に好意を持ってはいたが、愛してはいなかった。だがアンジェラのほうは彼に子どもじみた恋心を抱いていたんだ。たぶん別の機会ならダニエルのほうも喜んで承知したかもしれないが、彼は彼で妹のイレーナに恋し、相手も同じ気持ちらしかった。さらに事態を複雑にしたのは、弟のアレックがアンジェラに特別な感情を持っているという不穏な噂を流すやつがいたことだ。俺は信じないがね。ここまではいいか？」

フレーシャはうなずいた。

「イレーナには結婚持参金もジネー家の遺産相続の権利もなかった。ジネー医師は彼女をわが子と思い、愛情を注いではいたが、そこまでの話だ。養母であるフランシスカ夫人《ブビーヤ》もそれを許す気はなかった。何と言っても、アンジェラはジネー家の長女なんだから。ダニエル・アマットはそんなことはまったく気にしなかった。だからイレーナとの関係を家族の前で明らかにして、父親同士の勝手な取り決めをぶち壊し、結婚の許しを得ようと決めた。もしだめなら、学業も家名も捨てて、イレーナと駆け落ちするつもりだった」

「だが何かがそれを阻んだ」

「不幸な出来事がすべてを台無しにしたんだ。おまえもきっと記憶にあるだろう、ニュースの反響がすごかったからな。ジネー家の人たちが慈善活動から戻る途中で襲撃されたんだ。

御者が抵抗してたくさんの銃弾を受けた。ジネー氏は腕に軽い怪我をした程度だったが、妻のフランシスカ夫人は重傷を負った。アマット医師その人が夫人の治療にあたったものの、もう手の施しようがなかった。夫人は死の床で、娘のアンジェラとダニエルをぜひいっしょにさせてほしいと頼んだ。大勢の証人がいるまえで、医師と夫は必ずその最後の頼みをかなえると誓うことになった。二人を結婚させ、家の存続のため子をもうけさせる、と。アンジェラは涙ながらに、両家の名にかけてそれを受け入れた。母親はそれから何時間も経たずに息を引き取った。

まさにその夜、あの悲劇の幕が切って落とされたんだ。

イレーナはダニエルと別れた。血のつながらない姉と養母との約束に抵抗することはできなかったんだ。ダニエル・アマットの姿が町のあちこちの酒場で目撃され、夜もずいぶん遅くなって帰宅したのを二人の使用人が確認している。すっかり酔っぱらって、自分の部屋に行く代わりに、地下に作られた父親の研究室にはいっていった。同じ使用人たちが、アレックとアンジェラ・ジネーもその直前に姿を現したと話した。きっとダニエルを探していたんだろう。

時間ははっきりしないが、熾《お》き火を消しに厨房に行った下働きの女が、地下室のほうから激しい口論の声がするのを聞いた。驚いて、家の主人を起こしに行こうかと思ったが、そのうち聞こえなくなったので、喧嘩は収まったのだと信じて、口出しはしないことにした。それからしばらくして、屋敷は炎に包まれたんだ」

ビベスはそこでひと呼吸置き、煙草に火をつけた。

「俺が調べられたのはそこまでだ。あとはおまえも知ってのとおりだ。事件を追いかけるのはもうやめろとサンチス編集長に命じられ、事件は未解決のまま。弱虫と非難したいならすればいい。だが、俺にも家族がいるんでね。アレック・アマットとアンジェラ・ジネーは葬られ、忘れ去られた。誰もこの話をほじくり返そうとはしなかった。今日おまえが鼻をつっこんでくるまではな」

「ダニエル・アマットが火をつけたんだと思うか?」

同僚は肩をすくめた。

「ありがとう、ビベス。すごく助かったよ」

「そりゃよかった。これで事件のことをきれいさっぱり忘れさせてもらえる」


フレーシャは物思いにふけりながら、ダニエルとあの若い学生との待ち合わせ場所である大学に向かって歩いていた。ビベスから聞いた話が頭から離れなかった。これでやっとダニエルが抱える暗い影の理由がわかった。生涯をともにするつもりだった恋人と引き離されて、好きでもない相手との結婚を強制され、自宅の火事という恐ろしい悲劇ですべてが無に帰したのだ。そしてその火事の原因は間違いなくダニエルにあるようだ。事件の真相は? もしビベスがほのめかしたような形で火事が起きたのなら、その目的は? 答えの出ない疑問が多すぎるが、そのうちのひとつがフレーシャにまとわりつき、不安にした。ダニエル・アマットは殺人者なのか？

うわの空だったので、路地から出てきた黒い馬車がブレーキのきしみ音とともに自分の脇で停まったことに気づかなかった。御者を見て、驚かされたことに文句をつけようとしたとき、向こうが先に話しかけてきた。

「フレーシャ？　バルナット・フレーシャさんですか？」

「ええ、まあ」ラ・ネグラがこんな豪華な馬車を持っていたかなと思いながら答える。

馬車のドアが開き、メイドの服装をした娘が舗道に降りた。

「お乗りください。急いで」

首を傾げながら従った。座席に腰を下ろし、目を上げると、異国風の美女がそこにいた。貴婦人の身なりだ。褐色の肌は馬車内の暗がりに沈み、とまどった様子のフレーシャを見て、愉快そうに目を輝かせている。手には閉じた扇子を持っている。まじまじと自分を見るフレーシャを前にして、皮肉っぽく唇を歪ませた。額にかかった黒髪を撫でつけ、フレーシャ以上にじろじろと彼を見る。フレーシャはたまりかねて咳払いをした。帽子を脱がなければとふと気づき、おたおたしながらカンカン帽を脇に置いた。

「約束に遅れてしまいます」そう言ったところで、ふと何を馬鹿なことをと思う。

「こんにちは、フレーシャさん。どうぞご心配なく。それほどお手間を取らせるつもりはありません」

やさしい声で、かすかにカリブ訛りがある。

「自己紹介がまだでしたね。私はイレーナ・アデイと申します」

「アデイ？　あの実業家のアデイですか？　あなたが彼の奥様で？」

「そのとおりです」

そして、ダニエル・アマットが実らない思いを寄せていた相手でもある。ダニエルはその姉アンジェラを死に追いやったあと、彼女をこの国に置き去りにしたのだ。

イレーナは長い指でカーテンを少し開け、通りを見た。

「心配しないでください。私たちがここでこうして会っていることは、少なくとも私以外に知る者はいない。それは保証できます。私はこう見えて口が固いので」フレーシャは、イレーナの不安そうな表情を見て言った。「とはいえ正直に言えば、ご存じのように、職業柄、根本的には秘密主義者とは言えませんけどね」

イレーナはいまの言葉を秤《はかり》にかけているらしい。フレーシャはこれで話は終わりとならないことを祈るばかりだった。こうして馬車に乗せられた目的がどうしても知りたい。

「それは承知の上です」ようやくイレーナがそう言った。「話をしたあと、このことはひと言たりとも口外できないとおわかりいただけると信じています」

フレーシャは不本意ながらうなずいた。

「じつは、お力をお借りしたいのです」

「もし私にできることがあるなら……」

「帰国するようにとダニエル・アマットを説得してください」

フレーシャは驚いて、乗り出していた体をまっすぐにした。

「すみません、ちょっと話が見えないのですが。どうして私とアマットさんが知人同士だとご存じなんですか？」

「少し前に、個人的な用事で彼が私たちを訪ねてきて、夫と話をしていたんです。そのときにあなたの名前が出てきました」

フレーシャは体をよじり、イレーナの言葉にじっくり耳を傾けた。

「あなたがたの調査が危険を孕んでいることは明らかです」

新聞記者は笑いだした。

「信じられないな、バルトメウ・アデイが妻を使って、新聞沙汰になるのを回避しようとするなんて」

イレーナの表情が暗くなった。

「すみません。どうやらそういうことではないようだ」

「アマットさんの身が心配なだけです。古い……友人なので。厄介事に巻きこまれるのを黙って見ていたくない。ただそれだけです」

「お気持ちはお察ししますが、ご自分で説得なさったらいかがです？」

「私の力では難しいと思うので」

「ああなるほど。だが、私でも……」

「謙遜なさらないで。ダニエルはあなたのことを賞賛していましたわ。それに、あなたの調査そのものは私にはどうでもいいの。アマットさんを関わらせたくないだけ。お金も用意してあります」

銀の縁取りのあるバッグから封筒を取り出し、フレーシャの手に押しつけた。フレーシャはそこからたちのぼる香りを消したくなくて、半分だけ開けた。ヒュウッと口笛を吹きたいところをなんとかこらえた。これだけあれば、ラ・ネグラの借金を返してもまだかなりの額が手元に残る。相手が考え直すまえに、封筒を上着の内ポケットにしまった。

「これは最初の支払いよ」イレーナが続ける。「お願いしたとおりにしてくれたら、同じ額をまた払います」

「奥さん、なんとまあ心の広いことだ。仕事は必ずやり遂げますよ」と舌先三寸で請けあう。

「ただ、アマットを断念させられるかどうかは確約できません」

怪訝そうなイレーナの表情を見て、フレーシャは咳払いをした。

「できるだけのことはします。でも、あなたを騙すようなことはしたくない。私が何を言ったとしても、あの若者は父親の死の真相を見つけると心に決めているんです」

「わかりました」イレーナがつぶやいた。

フレーシャは、この女性にこれ以上何もしてやれないことを残念に思っている自分に驚いた。勇気をかき集めて彼女の不安を少しでもやわらげようとするまえに、イレーナが挑戦的に顔を上げた。

「あなたのやる気を引き出せそうなものをほかにも提供する用意があります」

新聞記者はしぐさで先を促した。金以外に何が提供できるというんだ？

「夫が万博に参加する実業家のひとりだということは、まもなく誰もが知るところになるでしょう」新聞記者がうなずくのを待ってから先を続けた。「そして、施設全域とシウタデーリャ公園近隣の通りすべてに電力を供給する発電所の建設を請け負っていることも」

「ええ、そう聞いています」

「けっこう。夫はそこに投資されたお金を詐取しています」

新聞記者は驚いて跳び上がった。

「それは重大な告発ですよ、奥さん。何か証拠が……」

「資金を自分のさまざまな会社に横流しして、それがいろいろと危なっかしい手続きを経たのち、消えてなくなっている。お願いしたことをやり遂げてくだされば、書類をさしあげます」

フレーシャは興奮を必死にごまかした。これはとんでもないスキャンダルだ。記事にしたら話題をさらうだろう。アデイ夫人の勇気を称えないわけにいかない。なぜなら、もしこれが白日の下にさらされたら、夫だけでなく彼女自身も身の破滅となるはずだからだ。そんな危険を冒してまでアマットを救いたいのか？

「わかっていますよね、ご自分の夫を告発すればどうなるか……？」

「もちろん。もしダニエル・アマットがこの一連の死の調査をやめてイギリスに戻れば、いまの話の証拠に加え、残りのお金もあなたのものになる」

イレーナが扇子で窓の縁をたたくと、ドアが開いた。通りで待っていたメイドが脇にどき、フレーシャは馬車から降りた。振り返ると、イレーナがこちらを見ている。海のような瞳だ。そこでなら喜んで溺れたい。

「お願いですから、頼みを聞いてください」

フレーシャは返事代わりに会釈をし、帽子の縁に手で触れた。御者の少年が馬に鞭をあて、馬車が動きだす。フレーシャは木陰にはいりながら、遠ざかる馬車を目で追った。それからポケットの中の封筒から漂ってくるジャスミンの香りを嗅ぎ、ダニエルを心から妬ましく思った。

32

パウはガレノスの本といっしょにヴェサリウスの書を鞄に詰め、オムスの秘密の研究室を出た。手にカンテラを持って屋根裏部屋を進み、書棚の通路をのぞく。驚いたことに図書館内は真っ暗で、光といえば窓から差しこむ青白い月光だけだった。時計を見る。こんなに遅い時間になっていたとはまるで気づかなかった。

「ファランさん？」

さっきの物音はあの老司書が、灯りを消して戸口を閉めたあとに知らせに来てくれたのだとばかり思っていた。どうして返事がないんだろう？　人が近づいてくる足音がたしかに聞こえたのに。

通路の陰をうかがう。いつもなら大歓迎の静寂が、いまは不安を煽る。通路に司書が姿を現すのを心待ちにしている自分に気づき、何をぐずぐずしてるんだと腹を立ててさえいる。

ふいに思った。さっきの音はほかの誰かがたてたものかもしれない。立ち去るときのファヌヨザの捨て台詞と恨みがましいまなざしが脳裏に浮かぶ。二人きりになる機会があれば、けりをつけるつもりだろう。図書館のこんな奥まで来るのはそう簡単なことではないが、このカンテラの光が自分の居場所を明かしていた。

屋根裏部屋に戻って、カンテラを机に置いた。書棚を元に戻し、家具や本のはいっていた箱を布で覆って、オムスの研究室の入口をしっかり隠す。ファヌヨザに見つけられてはまずい。なにしろパウたちが探していた同じ本を借り出していったのだから。パウは鞄のベルトを調節し、ドアを開けたまま部屋を出て、一番近い通路をそろそろと進んだ。

こうなると、手元に光がないほうが安心できた。ファヌヨザよりこちらのほうがはるかによく図書館を知っている。ここで罠にかけようと思っているなら、思い違いもはなはだしい。

次の通路に渡り、薬理学の手引きがずらりと並ぶ書棚の背後に隠れた。こっそり何冊か本をどけると、屋根裏部屋に置いてきたカンテラの光のおかげであたりが見渡せた。

そのまま時間が経ったが、図書館の静寂を破る音は聞こえない。外では雲が月を隠し、闇がますます濃くなった。屋根裏部屋でカンテラの光が瞬く。灯油がなくなろうとしているのだ。

寒さのせいで体がこわばってしまったのに気づき、急にすべてがばかばかしくなった。ファランさんも言っていたではないか。気温の変化で書棚の木材があちこちできしみ、建物がまるで生きているかのように思える、と。足音に聞こえたのはきっと気のせいだ。

パウは隠れ場所から出ることにした。立ち上がろうとしたとき、光の輪に影がよぎり、屋根裏部屋の中にはいっていった。パウはぎょっとして一瞬その場で凍りついたが、一刻も早くそこを離れなければならないと気づいた。ファヌヨザはすぐにからくりを見破るだろう。

二番目の通路を離れ、予定どおりバルコニーにたどりつく。錬鉄製の手すりをたどって、中二階に下りる螺旋階段のひとつに到着する。用心も何もかなぐり捨てて一段飛ばしで階段をくだり、下りきると書棚の背後にはいりこんだ。いくつもの部屋を通過して、やっと中央の廊下にたどりついた。詰めていた息を一気に吐き出す。向こう側には司書の執務室がある。

ノックもせずに中にはいったが、なぜか灯りが消えていた。暖炉の火灯りだけが室内を照らしている。暗がりのなか、椅子に座っている人の姿がわかった。ファランは膝に開いた本をのせ、安楽椅子に身を預けている。名前を呼んだが、答えがないので、眠っているのだろうと思った。起こさなければ。

そばに近づいたとき、思わず悲鳴をあげそうになった。

老司書は目をかっと見開いてこちらを見ていた。シャツの胸に大きな血の染みができ、それが少しずつ広がっている。指は、血飛沫が飛んだ本のページをぐしゃっと握っている。ほとんど見えないくらいの赤い線が首のこちら側から向こう側まで走っている。事実上、斬首されていた。

外から聞こえた物音で、パウはわれに返った。最後にもう一度ファランに目をやり、部屋を出た。

図書室に戻ると、暗い通路と静まり返った書棚を見透かし、ふいに自分がいかに無防備かに気づいた。さっき屋根裏部屋に現れた謎の人物が犯人にちがいない。いましもそこに隠れて、パウを待ち伏せしているかもしれない。

なんとかパニックを抑えこむと、鞄を抱えて暗い影の中に飛びこんだ。まだそちらのほうが安全だ。


通路を進みながら、同じ疑問が頭をぐるぐる回っていた。あんな恐ろしい犯罪をいったい誰が？　ファヌヨザではありえない。あいつはいろいろと悪だくみをするが、ファランさんを冷酷に殺すようなことはしない。では誰？　そして何より、いったいなぜ？

生物学の部屋を後にし、脇の通路にはいる。図書館のその部分では通路が入り組んでいて、簡単に迷子になってしまう。闇の中をさらに数メートル進んだあと立ち止まり、書棚に背中をもたせかけてそのまま床に座りこんだ。本のはいった鞄がひどく重かった。

どうやらもう大丈夫らしい。犯人が誰にしろ、追ってはこなかった。困ったことに、出口からかなり遠ざかってしまった。中央通路を通って戻ることはできない。あまりにも危険すぎる。距離は長くなるが、ぐるっと遠回りして玄関ホールに行くしかない。少し休憩してから出発した。

そのとき隣の通路に人の気配が感じられた。恐ろしさのあまり想像力が暴走し、足音が聞こえたような気がしただけだと思おうとする。影が書棚のあいだをよぎった。物音をたてないように脚を抱え、口をぎゅっと結ぶ。鼓動が大きく鳴り響き、人にも聞こえるのではないかとさえ思った。

そのあとすぐ、影は現れたときと同じようにひそかに消えた。パウはこらえていた息を吐き出し、肩の緊張が解けるのを感じた。

突然、周囲の書物がどさどさと落ちてきた。書棚の向こうから手袋をした手がにゅっと伸びてきて、パウの肩をつかもうとした。パウは悲鳴をあげ、床に倒れた。手が引っこむ。書棚にぽっかりあいた穴の向こうに、頭巾をかぶった人影が通路の闇に紛れるようにぼんやり見えた。相手は微動だにせず規則正しく呼吸し、その手に持ったメスの刃に月明かりが滑った。

「だ、誰なんだ?」

答えはない。

パウは立ち上がり、書物のはいった鞄を背負《しょ》うと、後ろも見ずに走りだした。すぐに、通路の向こう側に頭巾をかぶった男の気配を感じた。捕食動物の執拗さで追ってくる。

そのとき、あと数メートルも行くと、両者を隔てていた書棚が途切れることを思い出した。どちらの通路も、図書館の別区画とつながる部屋に合流するのだ。敵より先にそこに到着しないと捕まってしまう。パウは走る速度を上げたが、相手もそれは同じだった。

息を切らしながら開けた空間に到着すると同時に、隣の通路から相手も現れた。パウは右手の通路にはいるふりをして、足に急ブレーキをかけ、不意を衝く形で相手に飛びかかった。

ぶつかった拍子に二人とも錬鉄製の柱に衝突した。頭巾男は背中をしたたかに打って呻き声を洩らし、二人して床に転がった。パウは息もつかずに立ち上がり、とっさに駆けだす。が、ズボンの裾を引っぱられてよろめき、腕に激痛が走った。転びそうになったものの、かろうじてバランスを取り戻して隣の通路に逃げこんだ。

闇の奥へ奥へとはいっていきながら、犯人が悔しそうに大声をあげるのを聞いた。

その通路がどこに通じているか考えもせず、走った。いくつもの通路を通り、何度も方向転換をしたので、すっかり迷ってしまった。書棚をひとつ後にするたび、謎の頭巾男と出くわすような気がした。恐怖に背中を押されてひたすら走ったものの、ついに足が動かなくなって立ち止まる。怖くて仕方がなかったが、耳の奥で轟く血流の音以外に図書館内の静寂を乱すものは何もない。

パウは傷を調べてみた。幸い、浅い傷だったので、移動に支障はない。出血を止めるためにハンカチで縛り、これからどうしようかと考えた。何度か深呼吸し、ここでじっとしているわけにはいかないと思う。生き延びるには、一刻も早く出口にたどりつくしかない。

いくつもの通路を経て、柱が林立し、ガラス扉のキャビネットが並ぶ広々とした部屋に出た。頭上には、アーチ構造の巨大ドームがある。間仕切りで区切られた五十ほどの机と椅子が並ぶ様子を眺める。図書館中央の間にたどりついたのだ。

　左手から物音が聞こえ、慌てて頑丈そうな机の下にかがみこんだ。鞄を胸に押しつけ、心の中で祈りをつぶやきながら呼吸を殺して、物音をたてないようにした。ガラス窓の向こうで雲がまた月を隠し、漆黒のマントがすべてを覆い尽くす。

　頭巾男はその直後に現れた。男の足音は、大理石の床ではなく絨毯の上を歩いているかのように静かだ。つかのま足を止める。空気の匂いを嗅いでいるらしい。そのあと、誰も座っていない机のあいだをゆっくりと歩きだし、パウが隠れている場所からわずか数センチしか離れていないところで立ち止まった。ワックス塗りの机の天板を手袋がこする音が頭上から聞こえたとき、パウは思わず身震いした。

　と、そのときいきなり相手が駆けだした。

　パウは隠れ場所を飛び出すのが一瞬遅れた。恐怖の圧迫で全身が震え、立っていることさえままならなかったが、進まないわけにいかなかった。

　学習室を後にして、静まり返った通路を慎重に進んでいく。二つの通路の合流点にさしかかるたび、いったん立ち止まって耳を澄ました。だが頭巾男は姿を見せない。少しずつ気分も上向きはじめた。出口はもう近い。なんとかたどりつけそうだ。

　そのときだった。通路が異様なほど明るく照らされていることに気づいた。

　角を曲がったとたん、顔に熱波が押し寄せた。人間生理学の棚が炎に包まれている。火はカーテンを呑みこみ、机や書棚の木材を這っていく。書物が焼け、火花の雲がたちのぼり、白く発光する紙片が舞う。地獄の業火さながらだ。

図書館を心から愛するパウは怒りに震えた。頭巾男は逃げるためにここに火を放ったのだ。あっというまに燃え広がり、どうすることもできなくなるだろう。いますぐ行動を起こさなければ、すべてが灰燼《かいじん》に帰してしまう。ここを出て、助けを呼ぶのだ。それには炎をかいくぐらなければならない。鼻と口をハンカチで覆い、火の中を進んでいく。

どうにか玄関ホールにたどりついた。熱と渦巻く煙で目がひりひりして、涙があふれる。手探りで部屋を進み、ドアにぶつかった。取っ手を探す手が震えるのをどうしても止められなかった。見つかったとき、安堵の波が押し寄せた。しかし引っぱってみたが、びくともしない。何度も必死に引っぱる。ドアは一ミリも開かなかった。

そのとき、やつの気配を感じた。頭巾男が炎の中から現れた。パウと図書館の部屋のあいだを遮るようにして立ち、逃げ場をふさいでいる。落ち着いた様子で周囲を調べてから、改めてパウの前に立ちはだかった。何も言わず、ただ手を差し出している。

背後でパチパチと音をたてて炎が燃えあがるなか、男は要求しつづけている。パウはすぐに相手が何を求めているのか悟った。だが、たとえ本をおとなしく渡したとしても、パウは生きてはここを出られないだろう。

「いやだ……」

目にも止まらぬ速さで、男は近づいてきた。最初の一発はもろに顔に当たり、パウはよろよろと後ろによろけた。二発目で机に倒れこんだ。腰を強打し、痛くて鞄を手放しそうになる。

　頭巾男はパウの首をつかみ、机のほうに押しやった。動けなかった。手袋は血の匂いがする。パウは抵抗しようとしたが、もうその力が残っていなかった。メスが銀色の弧を描いてパウの胸に突き出される。とっさにその描線を鞄で遮った。革が裂け、ヴェサリウスの書物がバサバサと床に落ちる。頭巾男が満足そうに呻いて獲物から手を離し、本を拾った。

　パウはその隙に逃げようとしたものの、二歩も進むと視界がぼやけだした。膝に力が入らず、いまにも意識が薄れそうだ。

　本をマントの下にしまうと、頭巾男はパウに目を戻した。肩が揺れ、頭巾の下から鳥のさえずりのような音が発せられた。一歩こちらに足を踏み出す。中途半端にしたことを終わらせるつもりなのだ。

　突然ドアの蝶番《ちょうつがい》が震えた。続いて二回ドンドンと音がして木材がきしみ、このままいけば錠は壊れそうだった。向こう側からいくつもの叫び声が聞こえる。鐘が鳴りはじめた。

　頭巾男はドアに目をやり、それからパウを見た。つかのま迷っていたが、やがて優雅にお辞儀をしたかと思うと、さっと踵を返して姿を消した。

　同時に、ミシミシという音とともにドアが開き、ダニエルとフレーシャに続いて、守衛や数人の学生たちがなだれこんできた。

「ジルベルト！」ダニエルがわめいた。炎を見たとたん、顔を歪めて後ずさりした。

「早く逃げよう」フレーシャは、ダニエルとともにパウに肩を貸して立ち上がらせながら急かした。

守衛は学生たちにバケツの水を用意させ、警鐘を鳴らすよう指示した。

「オムスだ」パウがささやいた。喉が焼けるように痛む。

「何だって？」

「オムスですよ！　ここにいたんだ。図書館に。あいつが火をつけた。もう逃げられた。そして本を奪われてしまった！」

33

ダニエルとフレーシャが急いで通りに出たとき、二頭立ての馬車がすごい勢いでランブラス大通りを遠ざかっていくところだった。二人は走って追いかけたが、無駄だった。

「くそったれ……いまのがオムス？　確かなのか？」

雷鳴が轟き、ダニエルの答えを遮った。雨が勢いよく降りはじめる。遠くから消防馬車の鐘が聞こえる。二人が大学に引き返そうとしたとき、通りの向こうで怒号があがり、舗道を駆けてくる蹄の音が続いた。

雨のカーテンを切り裂いて、幌つき馬車が突進してくる。ブレーキの音が耳をつんざき、二つの車輪がスリップして、二人のあいだでやっと停まった。御者台にいるパウの顔は興奮で紅潮し、一方の手に細い竹の笞《むち》、もう一方の手に手綱を握っている。

「乗って！」

「いったい何してるんだ？」ダニエルが言い返す。

「早く乗って！」

通りの奥に鞭を手にした男たちの一団が現れた。彼らの様子を見るだに、これはまずいと直感する。

「馬車を盗んだのか？」

「借りたんです」

「どうかしてる」フレーシャが言う。

「そうしたいなら、ここに残って彼らに説明してください」

新聞記者は走ってくる男たちをちらりと見て、悪態をつくと後部座席に乗りこんだ。ダニエルは笑みを押し殺し、パウの隣に座った。

「しっかりつかまってください。落ちてもわざわざ停まりませんからね」

笞を宙に振り上げると馬を打ち、馬車は進みはじめた。すぐに馬は全速力で走りだし、追っ手を置き去りにした。簡素な車体は左右に大きく揺れ、いまにも吹っ飛びそうだ。

通りのつきあたりまで行ったところで、例の馬車がベレン教会の入口の前を通り過ぎ、ランブラス大通りのランブラ・ダルス・カプチンス区画にはいって港のほうに向かうのが見えた。彼らの馬車が通りとの合流点にたどりついたのはその少し後だった。

真新しい電灯に照らされたランブラス大通りにはほとんど人影がなく、まだ残っているわずかな通行人も大雨を避けてカフェの日除けの下に走りこんでいた。とんでもない勢いで走りすぎる二台の馬車に、罵声や女性の悲鳴があがった。豪雨と暴風がもろにたたきつけてくる。通りすがりの木々や街灯は輪郭がぼやけて見えた。フレーシャは唾を呑みこんだ。こんな速度で走る馬車とぶつかりでもしたら、即死だ。

「どうして僕の居場所がわかったんですか？」パウが手綱を放さないまま、大声で尋ねた。

「待ち合わせ場所に来ないから、図書館に来てみたんだ。君がそこでまだ何か見つけようとしているんじゃないかと思ってね。到着したら、煙が見えて……」

「見ろ！」フレーシャが会話を遮った。

プリンシパル劇場のあたりで、道の真ん中で動かなくなっている荷車に人々が群がっている。車輪がひとつはずれて、砂袋が二十ばかり地面に散らばっていた。これではオムスも停まるほかあるまい。三人はこみあげる興奮にわれを忘れた。必ず捕まえてやる。

やってくる馬車を見て、男たちは止まれというように腕を振り回した。

ところがオムスの馬車は停まるどころか、流星のごとく男たちの中に突っこんでいく。突進してくる大型馬車を見て、男たちは蜘蛛の子を散らすように逃げだした。見放された荷車は向こうに引っくり返り、荷物をすべて通りにぶちまけた。三人は、事故現場に直進していくオムスの自殺行為を目を丸くして見つめた。

もうぶつかると思った瞬間、オムスの馬車がだしぬけに方向転換し、荷車と劇場のあいだの狭い空間に無理やり車体を滑りこませた。

車体の扉とカンテラが壁にぶつかって金属的なきしみ音をあげた。車輪が壁でこすれ、火花が散る。一瞬、それで動きが取れなくなるかのように見えた。ところが馬車の恐ろしいほどの勢いが引っくり返った荷車を押しのけた。車体を激しく揺らしながらそこを通り抜けると、そのまま通りを暴走していった。

「逃がしちまった」フレーシャがほっとしたようにも聞こえる口調で言った。

それに答えるかのように、パウが馬を煽り、馬車の速度がますます上がる。

「まさか……」

フレーシャの言葉は、パウが思いきり手綱を引いて舗道のほうに馬車の方向を変えたとたん、叫び声に変わった。車輪は砂袋の山を乗り越え、かろうじてバナナの木をかわしたものの、歩道の縁石を避けることはできなかった。馬車は衝撃でジャンプし、ドスンと向こう側に落ちた。スプリングがギーギーとけたたましく文句を言い、シャフトがトカゲの尻尾さながらに震えた。幌つき馬車は、呆然とする乗客とともに、ランブラス大通りの中央に飛び出した。

「どうかしてる、救いようがないくらいどうかしてる……」ぼろぼろになった車体の奥に縮こまりながら、フレーシャはつぶやきつづけた。木の枝がカンバス地の幌の天井を裂き、切れ端が宙ではためいている。

ダニエルは手すりにつかまりながら、若い学生をまじまじと見ていた。

「いったいどこで馬車の走らせ方を覚えたんだ？」

「僕が馬車を一度でも操ったことがあるって、いったい誰が言ったんです？」

それを聞くと、フレーシャが呻いた。パウは新聞記者を無視し、改めて手綱を振って馬を煽った。オムスの馬車は並行する通りを走っている。すでに距離が離れていたが、パウたちはふたたび追いつこうとしていた。


ランブラ・ダ・サンタ・モニカ区画にはいると、二台の馬車は半車身ほどの差でほぼ並行して走り、両者を隔てるのは並木だけとなった。パウたちの馬は地面を覆いはじめた泥で足を滑らせながら、ぎりぎりまで速度を上げている。それでもパウはさらに笞打ち、ダニエルは声を限りにそれを応援した。

ふいに前方に公衆便所が現れた。パウは慌てて手綱を引き、危うく横転を免れた。それをいいことに、相手が数メートル差をつけた。

「逃げられちまう！」フレーシャがわめく。

「ええ、ええ、わかってます」

「追いつけ！」

「僕が何をしてるかわかってます？」

ダニエルは言い合いを止めようかと思ったが、結局黙りこんだ。横にいるパウも背後のフレーシャも口をつぐむ。

並木や家々が姿を消した。ランブラス大通りを抜けようとしているのだ。クロム通りとの合流点にたどりつき、目の前に巨体の影がそびえたった。それが記念碑の巨大な足場で、自分たちがそれにまっしぐらに突っこんでいこうとしていることをダニエルは悟った。

その瞬間、オムスの馬車がすっと通りをはずれ、なんとこちらに逆走してきた。両者はいきなり衝突し、木や鋼が金切り声をあげる。まるでひとつの乗り物のように合体して、一瞬で通りの最後の数メートルを駆け抜けた。一方的な闘いだった。はるかに大きなオムスの馬車が彼らを足場のほうに押していく。逃げ場はなかった。

二台とも記念碑にぶつかるのは避けられないと見えたそのとき、オムスの馬車がふいに離れた。いちばん手前の足場をあと数センチというところで回避し、王立造船所の暗がりに消えた。

パウたちの馬車はもはや抑えがきかず、そのまま足場に突っこんでいく。ダニエルとフレーシャはブレーキハンドルを懸命に引いた。鉄製のブレーキシューが車輪を滑る。速度は落ちはじめたが、ガチャッという乾いた音が車体全体を揺すぶったあと、車止めがはずれて飛んでいった。

足場の最初の柱に激突する寸前で、馬が乱暴に方向を変えた。ダニエルが安堵の声をかろうじて抑える。そのとき、かかる力に車軸がもはや耐え切れなくなってはずれ、車体ははなすすべもなく金属製の頑強な建造物に向かって放り出された。

馬車が足場に衝突した衝撃は並大抵のものではなかった。右の車輪が地面から一メートルは持ち上がって、車体が傾きながらも勢いのまま進んでいく。フレーシャは吹っ飛ばされた。ダニエルがその体をつかもうとしたが、頭をぶつけて車体の中に倒れこみ、気を失った。パウは御者台にしがみつき、なんとか馬を卸そうとしたが、無駄だった。

　突進する馬車に、鉄骨の梁を地面に固定していたワイヤーやロープがばらばらと落ちてきた。さっきまで車輪だったものの破片が頭に降ってくる。足場が発する金属製の悲鳴が耳をつんざく。革と木材と金属のかたまりと化した馬車の車体は、暴走する馬にしばらく引きずられていたが、その馬もついに車体を振り切った。馬はそのまま道を走り去り、牽引されなくなった車体は横転して、泥や水を撥《は》ねとばしながら滑っていく。そのまま桟橋の端まで滑りつづけ、それを踏み切り台にして跳ね上がった。一瞬宙で停止したように見えたが、すぐに港の暗い海に小石のようにドボンと落ちた。


　水の冷たさで、ダニエルは意識を取り戻した。馬車の残骸は周囲に沈んだ。闇を見透かすと、フレーシャが船着場からこちらを覗いており、合図をよこした。左手数メートルのところにパウが浮いていて、動く気配がない。頑張って泳いで近づく。若者の額には切り傷ができている。体の下に腕を差し入れ、石段に引っぱっていく。

「手を貸してくれ、フレーシャ」

　二人でパウを引き上げ、街灯のそばに横たえた。真っ青な顔にはもはや眼鏡はなく、余計に幼く見える。意識がなく、呼吸もしていない。まずは濡れた服を脱がせようとダニエルは思った。襟をぐいっと引っぱったとたん、シャツの上のほうのボタンがいくつか飛んだ。そこで愕然として手を止めた。横にいたフレーシャが悪態をつき、二歩後ずさりした。

裂けた生地がパウの体に張りついている。その下から女性の乳房が覗いていた。

二人は驚いてつかのまその場に凍りついていたが、すぐにダニエルが決然と立ち上がった。説明を聞く時間は後でいくらでもある。

「急ごう」と新聞記者に指示する。「脚を持ってくれ」

上着を脱いでパウの肩の下にあてがい、頭を下げ、顎を引き上げる。ひざまずき、パウの手首を取るとあばらの下あたりで交差させた。息を吸いこみ、パウの胸に手をあてがうと、体重をかけて押した。そのあと彼女の両腕を後ろに持ってくる。

夜警の呼び子の音が通りにあふれ、近くの家々の灯りがともりはじめた。野次馬が現れるのもまもなくだろう。

ダニエルはこの作業を何度もくり返したが、パウはまだ反応しなかった。

「くそ、戻ってこい！」

腹立ちまぎれに胸を拳骨で殴ると、パウが突然体を弓なりにして大きく何度か息を吸いこんだ。ダニエルとフレーシャが慌ててその体を支えるあいだ、パウは咳をしながら大量の海水を吐いた。二人はほっと安堵のため息を吐いた。パウの体をそろそろと起こし、上着でくるむ。シャツやズボン同様にその上着もびしょびしょだったが、ためらわなかった。

「大丈夫か？」

パウは震えながらうなずいた。

「よかった。じゃあ、君はいったい誰なのか説明してくれるね？」

34

毛布にくるまったパウはずっと震えつづけていた。うつむいたまま、前に垂れ下がった濡れた髪で顔を隠している。手には湯気のたつ淹れたてのコーヒーを持っている。

ダニエルはあくまで慎重に、暖炉で燃える炎に目を向けている。一方フレーシャは懐中時計を手に、足を引きずりながら室内をうろうろ歩きまわり、何事かぶつぶつとつぶやいている。

「頼むからちょっと座ってくれないか？」

フレーシャは呻き声を洩らして椅子を引くと、パウから適度な距離をとって座った。何かの病気がうつることを恐れるかのように。

ランブラス大通りでの一大活劇のあと、三人は大学のダニエルの部屋に戻ってきた。予想に反して、夜警にも警官にも止められなかった。信じられないことだが、あれだけの事故だったのに、三人とも怪我はそう深刻でない打撲や切り傷ですんだ。フレーシャが足を引きずっているのも足首の軽い捻挫のようだった。二、三日もすれば治るだろう。

ダニエルは学生を眺めた。いや、ただの学生じゃなく、女学生だ。僕はなんて馬鹿だったんだ。風変わりな学生だとずっと思っていた。やけに痩せっぽちで、しぐさもなよなよしているし、眼鏡の奥の目がおどおどしていた。何か隠し事があるにちがいないと疑ってはいたが、まさかこういうことだったとは。

「説明してもらわないと困る」

パウは目を上げ、溜めていた息を吐き出した。

「とても……複雑なんです」

「へえ、そうかな?」

「フレーシャ、無理強いするな」

「話せば長くなります」

「時間ならある。最初から話してもらいたい」

パウは口ごもっていたが、やがて話しだした。

「私は裕福な家庭で生まれました。母は私の出産時に亡くなり、ほかにきょうだいはいませんでした。母の死後、父は再婚しようとしなかったので、私がひとり娘となりました。父はすぐれた医者でした。だから暮らしにゆとりがあったんです。私が十四歳のとき、父はグラスゴー大学の教授職にどうかと打診されました。最初は私のために断ろうとしたんです。私はなんとか父に引き受けさせようとしました。幼いながらも、それが父にとって大きなチャンスだとわかったからです」

「グラスゴーには世界でも指折りの大学がある」ダニエルが指摘した。「君のお父さんはよほど優秀だったんだな」

「ええ、そのとおりです」誇らしげに答える。「結局私たちはスコットランドに移り住み、グラスゴーから一時間ほどのビースという小さな村に住むことになりました。父は午前中は大学で教え、午後は自宅にしつらえた診療所で患者を診ました。たいていは無料で」

「それが何の関係があるんだ？　この……この……このいろいろなことと？」フレーシャがわめいた。

「彼女の好きなように話させてやれよ」ダニエルが答えた。「少し黙って。邪魔はするな」

パウはダニエルのひと言に感謝するようにぺこりと頭を下げ、続けた。

「ある晩、ベッドにはいろうとしたとき、父が部屋に来たんです。あんなに深刻な表情をした父を見たのはそれが初めてでした。緊急事態でした。なのに助手が病気で休んでいたんです。私はいままでにも父を手伝ったことがありました。簡単な治療とか、くり返しおこなう同じような処置とか。私は着替えて、父といっしょに診療所に下りました」

パウは体を温めようとするかのように火に近づいた。

「徒歩で三十分ぐらいのところにあるロックウィノックの炭鉱で事故が起きたんです。ボイラーが爆発して、死者や重傷者が大勢出た。おわかりのように、そこで目にした光景は、それまで私が慣れ親しんでいたそれとはまったく違うものでした。

待合室にしていた部屋は人で埋まっていました。ひどい臭いでした。私たちは診察室にはいりました。手術台には、私と同じくらいの歳の少年が横たわっていました。はいってきた私たちのほうに顔を向け、怯えた目でこちらを見ました。少年を覆ったシーツには大きな血の染みができていました。父は少年に短く言葉をかけて落ち着かせ、シーツを剝ぎました。少年の服はなかば焦げてぼろぼろになり、体に張りついていました。蒸気を浴びて、体の大部分の皮膚が剝けていたんです。まるで鍋で煮られたかのように。脚の片方はおかしな角度に曲がり、倍ぐらいに腫れていました。きっとひどい痛みだったと思います。耐えられるかと確かめるように、父が私を見たのを覚えています。私は以前教わったとおりに、ただちに盥のお湯で手を洗い、大急ぎで器具を用意しました。

少年は負傷者のひとりにすぎませんでした。私たちは時間を忘れ、夜明けまで治療を続けました。父の努力も空しく、少年は数日後に亡くなりましたが、父のおかげで大勢の人が助かったんです。それがすべての始まりでした。あの晩、私の天職が見つかりました。医者になること、それが私の一生の目標となったんです」

「お父さんに指導を受けたのか?」

「そのとおりです。どうしてもとねだって、助手として往診に同行することを許してもらいました。どんなにつらい仕事か知ればあきらめると思ったんでしょう。でも、逆に私はそれが一時の気まぐれなんかじゃないと証明し、ついに父も降参したんです」

「でも、女性のままでは、助手をするにも限界がある」

「私たちは計略を企てました。昔から痩せっぽちだったので、そう難しくなかったんです……その、女性の特徴を隠すのが。髪を短くし、ズボンとシャツを身につけました。しゃべり方も変えました。なるべく低い声を使い、似つかわしい言葉で話すようにしました。私はバルセロナに戻って結婚し、代わりに双子の弟が父のもとに来たという噂も流しました。使用人たちは秘密を守りました」

パウはカップの底を見ている。

「そうして三年の月日が経ちました。振り返ると、あの頃がいちばん幸せだった」思い出に浸り、瞳が輝く。「学べば学ぶほどもっと知りたくなり、父の要求も高くなりました。自分には医師の天分があると知った私は、本を貪るように読み、可能なかぎり父のそばで仕事に励みました。とにかく情熱だけは誰にも負けなかった。裁縫やピアノを覚える代わりに、私は軟膏を処方し、傷の手当てをしました。父はもう若くはなかったので、グラスゴーへの往復や診療所での仕事の疲れが重なって病がちになりました。しだいに私が父の代理を果たすようになり、ひとりで診察を始めました。私が診療所にいるのが普通になり、住民たちから先生と呼ばれても違和感はなかった。父は私を誇りにしていました」

ここまで来たとき、彼女の唇が震えだし、つかのま口をつぐんでから話を続けた。

「ある日の明け方、近くの村サルトコーツから連絡がはいりました。村のそばの農場の奥さんが産気づいたというんです。二日前からあたりは嵐に見舞われ、雨がひどくて道が通れなくなっていました。夏のかんかん照りの日であるかのように、父は平気な顔で往診鞄を用意し、迎えの男の馬車に乗って出発しました。ただしその日に限って、私を同行させませんでした。数日前から風邪を引き、まだ熱が下がらなかったんです。二人して濡れる必要はないと父は言いました。父は私にキスし、出発しました。ところが奥さんの出産に立ち会った帰り道、御者が操作を誤って馬車を横転させ、車輪のひとつが父の胸をつぶしたんです」

パウはそこで小休止を入れ、コーヒーをひと口飲んだ。すでに冷めていたが、気づいていないようだった。

「父が亡くなると、グラスゴーはいづらい場所になりました。そこでロンドンに行き、セント・トーマス病院にあるナインチンゲール看護学校にはいりました。でもすぐに、それは私のやりたいこととは違うと気づきました」彼女はまた毅然とした表情を浮かべた。「私は医者になりたかった。それまで何年も、若い医師ならぜひ挑戦したいと思うような仕事を実際にやってきたんです。父は、私を指導してくれたとき、ゆくゆく医者にすることしか頭になかった。ところが社会は、ただ女だからというだけで、頭から私を拒絶した」

そう考えると確かに不当だとダニエルは思った。

「どうしようかと何週間も悩みました。父が残してくれた蓄えがあったので、金銭的にはまあ余裕がありました。医者になりたいなら、何も私を妨げるものはない。たとえ男にならなければいけないとしても、きっとできる。だって何年もそれで通用したじゃないの。でもイギリスではだめだと思いました。それで別人になって、バルセロナに戻ろうと決心したんです。ここなら誰も私のことを知らないし、医者の資格を手に入れられると。大枚をはたいて、私の学力を証明するエジンバラ大学の偽の修了証書を手に入れ、ポーツマス行きの最初の列車に乗った。それからスペイン行きの船に乗りこみ、修了証書を手にここに来た。そうして、医学部の最終学年にいきなり編入できたわけです」

　話を終え、パウは口をつぐんだ。

「本当の名は？」ダニエルが尋ねた。

「パウ・ジルベルトは本名です。変える必要はありませんでした」

「数日前に襲われたことと何か関係があるの？」

「はい」パウは認めた。「あの男は、私たちの屋敷で短期間働いていたんです。通りでたまたま私を見かけたらしくて。口止め料を払え、さもないと正体をばらすと脅されました」

「なんてやつだ！　君はいったいどうするつもりだったんだ？　僕らなら力を貸せる……」

「これは私の問題です」

　彼女の決然とした態度に、ダニエルはますます感心した。パウがそれ以上口を開こうとしないので、ダニエルは話題を変えた。

「じゃあ、父の助手をしていたというのは事実なんだね？」

「あなたのお父様は私にとてもよくしてくれました。じつはうっかりして、正体を見抜かれてしまったんです。驚いたことに、事実を理事会に報告するのではなく、君の才能は女性だという弱みを補って余りあると言い、余計な詮索をせずに助手を務めてくれるなら秘密は守ろうと約束してくださって。アマット先生はアマット先生で、私と同じくらい私の境遇を不当だと感じてくださったんだと思います」

　そんなふうに父を評する言葉を聞き、ダニエルは改めて驚いた。以前なら、パウの正体を知ったとたん大騒ぎしていただろう。ところがいまの父は彼女に理解を示しただけでなく、その志を後押しさえしたのだ。記憶とはまるで違う人だったらしい父をもっとよく知りたかった。もしかしたら和解できたかもしれないのに。

「さて、これからどうする？」フレーシャが尋ねた。

ダニエルは新聞記者に目を向けた。

「あんたの提案は？」

「かなり異例なことだからな」

「僕としては、パウが女だろうと男だろうと関係ない。あんたは？」

「ううむ……」

「今日のところはもう充分すぎるほど冒険しただろう」ダニエルが相手を遮った。「ちょっと休憩しないと。あれだけの事件を起こしたんだから、明日はいっしょにいるところを人に見られないほうがいい。木曜日の午後に書物の件に着手しよう」

「三人で？」フレーシャが心外そうに尋ねた。

「もちろん。ジルベルトくんが協力してくれるというならね」

「だがアマット、そんなの……そんなの無理だ……女なんだぞ！」

「命懸けで本を手に入れてくれたうえに、彼女の医学的知識に疑問の余地はない。父が有能だと認めたのに、僕らがそれを否定するのか？」

フレーシャはぶつぶつと文句を言っていたが、それ以上反対はしなかった。

「じゃあ、私のこと、告発せずにいてくれるんですね？」

「フレーシャも僕も秘密を守ると約束するよ。だよな？」

新聞記者は座ったままもぞもぞしていたが、うなずいた。ダニエルは満足して、娘のほうを向いた。

「僕らには君の知識と勇気が必要だ。これからも協力してくれるかい？」

「お二人同様、殺人犯を絶対に捕らえると覚悟を決めています」

「上等だ」ダニエルは喜んだ。「さっそく計画を立てないと。だがその前に、ひとつ解決しなければならない問題がある。パウ、君はもう学生寮には戻れない」

「え？」

「オムスは君が誰かも、居場所も知っている。また殺そうとするかもしれない」

「ほかに行くところなんかありません。それに勉強を放り出すこともできない。まもなく最終試験なんです」

「命が危険なんだ。一時的なことだよ」

「でも、どこに行けば？」

フレーシャが片手を上げ、久しぶりに笑った。

「心当たりがある」

〈ゴス・ネグラ〉
万国博覧会開会式まであと十一日

35

ドロースはフレーシャと腕を組み、にこにこしながら歩いていた。フレーシャが、リセウ劇場の正面にあるカフェ〈ラ・マヨルキーナ〉でココアとチュロスの昼食に誘ってくれたのだ。二人の付き合いはいつも質素なものだったから、今朝のためらいがちな日差しを有効利用してカタルーニャ広場まで散歩をしようと彼から提案されたとき、ドロースは女王様になった気分だった。

すれ違う通行人の視線も、フレーシャがいつもより物思わしげに見えることも、関係なかった。何年か前にある客からプレゼントされた、手持ちでいちばん上等なドレスを着た。寒さをものともしない胸元の大きく開いたそのドレスは、紳士方の視線とご婦人方の憤慨の的となっている。そうしたお上品な貴婦人方のひとりになったつもりでしゃなりしゃなりと歩くのを楽しんでいた。つかのま、運命の女神も私につれないばかりじゃないと信じ、にっこり微笑んでフレーシャに体を押しつけた。

一方フレーシャは、混迷の一途をたどる一連の殺人事件について考えていた。オムス医師を追いかけてこの同じ通りを走ってから、まだ二十四時間も経っていないのだ。脚の痛みと腕の傷の疼きが、三人とも危機一髪だったのだと思い知らせる。

そしてあのジルベルト青年はどうだ？　いや、はっきり言えば、ジルベルト嬢だ。女だとは！　俺としたことが、どこに目をつけていたんだ？　最初からどうも馬が合わないと思っていたが、これで理由がわかった。ダニエルは秘密を守ると言い張り、取りあえずはそれに従うしかなかった。

一方サンチス編集長は、何でもいいからとにかく記事を書けとせっついてくる。ヨピスはいまフレーシャのあらゆる動きに目を光らせ、二日ほど前から自分でもバルセロネータ地区を調べはじめている。あいつはたしかにいい鼻をしているが、正真正銘のとんまだ。

そしてイレーナ・アデイのことがある。あの金は本当に助かったし、町の名士である実業家が万博工事に関連して詐欺行為をおこなっていたというスキャンダルはものすごい特ダネになるはずだが、ダニエルを説得して事件から手を引かせるのはそう簡単ではなさそうだった。すでに明らかだが、イレーナ・アデイには殺人事件などどうでもいいことで、ダニエル・アマットを町から遠ざけたいだけなのだ。あいつをここから追い出したら、あとはひとりで調査を続ければいい。一面四段は堅い。俺はバルセロナ一、いやスペイン一有名な新聞記者になるだろう。

そこでびくっとして飛び上がった。ドロースの大胆な手の動きで思考が中断された。「お行儀よくしろ」フレーシャは叱ったが、彼女のウィンクについ相好《そうごう》を崩す。愛撫が効果を発揮していた。「そろそろ宿に帰ったほうがいいんじゃないかな」

ドロースは体を離し、駄々っ子みたいに口を尖らせた。

「まだだめよ、バルナット。もうちょっとお散歩しましょ」

彼女は踵を返し、お尻を振り振りランブラス大通りを遠ざかっていく。そのなまめかしい後ろ姿を追い、笑みを押し殺した。歩く道すがら、歩行者たちは視線でドロースを追った。彼女がわざとらしいほどうやうやしく、あるカップルにお辞儀をしたとき、フレーシャは思わず噴き出してしまった。二人はぎょっとした様子で、気づかないふりをしながら全速力で逃げていった。フレーシャは大笑いしながら彼女の腕をつかんで引き寄せた。

「警官を呼ばれたらどうする」

「あたしは教養ある淑女なんだ。挨拶せずにいられなかったのさ。あの紳士はあたしのことをよく知ってるんだよ。シーツの下で何度も足をあったためてやったからね」

フレーシャは眉をひそめた。ほかの客の話を聞くのはやはりいい気持ちがしない。話題を変えるため、わざわざドロースを昼食に連れ出した理由を切りだした。

「ひとつ頼みがあるんだ、ドロース」

「ああなるほどね。それでわかったよ」彼女は手を離しながら言った。

「わかった？」

「こんなに親切なのはあんたらしくないもん」

　ドロースの声に失望が滲んでいるのに、フレーシャは気づいてしまった。こんな裏工作をしてせっかくの逢引きを台無しにしてしまったことを残念に思っている自分に驚く。だがどうすることもできないので、大きく息を吸いこんで本題にはいった。

「二日ほど、ある人を泊めてやってほしいんだ。いや、三日になるかもしれない」

「あたしの部屋に？　あたしの部屋をどこだと思ってるのさ？　ホテル・インテルナシオナル？」

「ちょっと問題があってさ」と囁く。「彼女、追われていて、少しのあいだ匿ってやる必要があるんだよ」

　ドロースは屋台の花屋の前で立ち止まり、マーガレットの花束に大げさに見とれるふりをした。

「女？」

「おまえが思うような相手じゃない」

「あたしにはどうでもいいことよ、違う？」フレーシャを見ずに答える。

　フレーシャは空を見上げ、それから説明した。

「若い娘なんだ。身の危険にさらされている。俺がいま調べている事件の犯人は、彼女の居場所を知っているんだ。おまえの協力が必要なんだよ、ドロース」

　彼女は一瞬考えこんだ。

「呪いを止める大事な鍵をその娘が握ってるというなら、やるべきことをやるよ。〈ゴス・ネグラ〉に殺された娘の中にはあたしの友達もいたんだ」

「これは呪いなんかじゃない。何度も言ったように、悪魔の犬なんていないんだ。メイドたちのただの噂話だよ」

「なるほどね。じゃあマヌエラの部屋を使うといいよ。あの子、両親に会いに村に帰って、しばらく戻らない。来るまえに掃除しとくよ」

「恩に着るよ、別嬪さん」

「おべっかはやめて。お礼ははずんでよ」

「わかったわかった。だがもしできれば、ツケにしといてくれないか」

ドロースはクチナシの茎を撫でていた手を止め、振り返った。

「今度はいくら負けたの？」

フレーシャは答えたくなかったが、心配そうな彼女の顔を見て、前もって用意してあった言い訳を並べるのはやめて真実を話すことにした。嘘がばれたら、ドロースはかんかんになる。そうなればもっと困ったことになる。

「けっこうな額だ」

「いくらなの？」

「百ドゥーロ近く」

「百ドゥーロ！」

何人もの通行人が振り返った。フレーシャは彼女の腕をつかんで引っぱり、無理やり歩きだした。買ってくれるものと思いこんでいた花屋が不服そうに声を洩らす。

「しーっ、大声を出すなよ。バルセロナじゅうに聞こえちまう」

「そんな大金、あたしだって持ってないよ、バルナット」

「おまえに出してくれなんて頼んでないさ。自分で何とかする」

「相手は誰？」

「ラ・ネグラだ」

「ラ・ネグラ？　だから毎晩のようにあたしのところに来るんだね？　あんた、相当やばいよ。雲隠れしたほうがいい。もっといいのはバルセロナを出ることだよ」

「いまはずらかれない。まあ心配するな、ちゃんと心得てるから」

疑わしげなドロースの目は、彼の言葉をちっとも信用していないことを物語っていた。彼女が言い返すそぶりを見せたそのとき、騒ぎに気づいた。

二人はいつのまにかカタルーニャ広場にたどりついていた。いくつか並ぶ新聞の売店のまわりに人だかりができている。フレーシャは何気なく回れ右をしようとしたが、ドロースがその腕を引っぱった。

「ねえバルナット、すごい人だよ」

「野次馬はよせよ。ランブラス大通りに戻ろう」

「もう、興醒めな人ね」

ドロースはフレーシャの抗議を無視して人ごみのほうに進んでいく。フレーシャは後を追うほかなかった。ドロースは体と肘を使い、「失礼」と声をかけては笑顔を惜しみなく振りまきながら、とうとう列の先頭にたどりついた。フレーシャは途中で罵声を浴びつつ彼女に追いついた。顔を隠すためにカンカン帽を目深にかぶる。正体を知られたくなかった。

フレーシャは周囲の人々のあいだにしだいに怒りの感情がふくらむのを感じた。中には怯えている者もいる。何の話かよくわからなかったが、断片的な言葉をつなぎあわせることはできた。どうやら、どうして警察は放っておくんだと疑問をぶつけているらしい。昨夜の事故のことかもしれないと思い、ぎくっとする。

そのとき、少年が『コレオ・デ・バルセロナ』紙の名を叫んでいるのに気づいた。片足がもう片方より短いせいでよろよろしながら歩き、手押し車を押しているが、新聞はもうほとんど残っていない。ずいぶんな売れ行きで、さぞやサンチスはほくほく顔だろう。

ふいに、少年が声を限りに呼ばわった見出しの文句が耳にはいり、心臓がもんどりを打った。さっきまでの慎重さをかなぐり捨てて、呼び売りの少年に近づこうと前にいた人々を無理やり押しのける。

「その新聞をくれ」

「すみません、最後の一部はそちらの紳士がご所望で」

少年のそばで、シルクハットにステッキ、突き出たお腹にやっとこさボタンをかけた外套という出で立ちの紳士が待っている。紳士は見るからに不快そうに新聞を眺め、手の中で小銭がチャリチャリとぶつかる音がする。

フレーシャは少年の手から新聞を奪い取り、代金の五センティモを投げつけた。紳士の怒りの抗議を無視し、大股で遠ざかる。ドロースは目を丸くしてそれに続いた。

二人は空いたベンチを見つけて腰を下ろした。フレーシャはページをめくり、目当ての記事を見つけた。一段落読むごとに腹を殴られたような衝撃を覚えた。

《バルセロネータ地区を襲う恐怖》

当局は行動を起こすのに、何を待っているのか？　われらが愛する町バルセロナに一連の痛ましくも恐ろしい事件が起こりはじめてかなりの時間が経過したが、誰もそれを阻止しようとしない。この数か月、万国博覧会の工事現場付近で、尋常ならざる暴行を加えられた痕跡のある遺体がいくつも発見されている。当局はこれについて隠匿しようと努めたが、結局無駄だった。町にはすでに、まるで埃が散るかのように噂が広まっている。

本日初めて報じるこの連続殺人事件だが、単独犯にしろ複数犯にしろ、犯人はまだ見つかっていない。じつは、犯人との関係は明らかではないが被害者に共通する、ごくかすかではあれ、事件解決のヒントとなりそうな手がかりが存在する。遺体には、巨大な牙を持つ動物の類いに襲撃されたような形跡があるのだ。〈黒い犬《ゴス・ネグラ》〉と呼ばれる呪われた怪物のしわざだと口にする者もいる。

ビレイナ宮殿でおこなわれた伝統舞踊と合唱の集いに参加した記者は、この機に市長閣下に、この残虐な連続殺人事件について意見を聞いた。当初リウス市長はあまり気が進まない様子だったが、町に不安を広めたくないのでと言い、最終的にはインタビューに応じた。男性の遺体も見つかっていることを考えれば、自ら〝生きた法《モドゥス・ウイウエンディ》〟となって大勢の女性を殺すことで悪徳をなくそうとしている道徳家のしわざではけっしてないし、過激な方法で社会の貧困に人々の注目を集めようとする〝残虐なプルードン主義者〟（プルードンは十九世紀のフランス人社会学者で、無政府主義者の父と言われる）の所業とも思えない。むしろ、流血沙汰にことのほか御執心の異常者が犯人だというのが市長の意見である。そういう人間はみなそうなのだが、おのれの執着の対象のこととなると決まって抜け目がなくなる。だがいずれ市警察の手に落ちることは間違いないし、警察の熱心な捜査に追いつめられて次なる犯行に及べないと気づいたそのとき、この恐ろしい連続殺人の犯人は、それまで犠牲者の内臓に何度も埋めてきたその凶器を自らの体に向けることになるだろうと市長は請けあった。また、犯人逮捕と引き換えに報奨金を出すつもりはないという。これまでもそうだったが、悪党が報奨金目当てに不運な誰かを警察に突き出すということが起きかねないからだ。警察が必ず犯人を捕らえて牢に繋ぐので、どうか安心してほしいと市長は請けあった。〈ゴス・ネグラ〉の呪いによるものではないのかと尋ねると、そんなのは迷信だと市長はつっぱね、どうか当局を信頼してほしいと市民に呼びかけた。

とはいえ、バルセロネータ地区ではすでに不安が頂点に達し、食堂や店は以前と比べて客足が遠ざかって、その界隈や近隣の地区では日が暮れてからひとりで外を歩く女性は誰もいない。巨大な黒い犬があたりをうろついているという数多くの証言が、市長の言葉に疑問を投げかける。

謎の殺人者は誰なのか？　なぜなかなか捕まらないのか？　バルセロネータ地区の住民たちが絶対にそうだと断言するように、〈ゴス・ネグラ〉のしわざなのか？　はたしてわれわれは、悪魔の力を目の当たりにしているのか？

記事にはファリーパ・ヨピスの署名があった。

フレーシャは目を閉じ、爪が手のひらに食いこむまで拳を握りしめた。ドロースにさよならも告げずにランブラス大通りのほうに歩きだす。くずかごの横を通りかかったとき、ぐしゃぐしゃの紙くずと化した新聞をそこに放りこんだ。

36

拳で殴ったとたん、机の上の書類がジャンプした。バルトメウ・アデイは声に出して悪態をついた。どうしてこんなことが？　すでに町じゅうが噂している記事を改めて読む。

見つかった遺体の状態までこまごまと報じた『コレオ・デ・バルセロナ』紙が皮切りだっ

た。その後、ほかの新聞も追随して次々に記事を掲載した。見出しはどれも似たり寄ったりだ。《万博会場の殺人は〈ゴス・ネグラ〉のしわざか？》、《万博会場にばらまかれた恐怖の犯罪》、《当局は何をしているのか？》、《呪いが万博を恐怖のどん底に陥れる》。

町は大騒ぎだった。カフェではこの話で持ちきりだ。通常の刊行では間に合わないらしく、号外まで出た。中にはアデイの名前を持ち出している記事さえある。説明を求めるメモを市長から何度ももらった。すぐにまた市庁舎に呼びつけられるだろう。

また机を殴る。いったい何があった？　このヨピスとやらはいったい誰で、どうやってここまで調べあげた？

発電所では作業員たちがいつものように働いているが、殺人事件についての血みどろの噂話が酒を入れたスキットルみたいに回されている。ついさっきまで、彼らはその執務室内で社長からずっと怒鳴りつけられていた。まもなくガラスの割れる音がして、その後は発電機の低い運転音しか聞こえなくなった。言葉を発する勇気のある者はいなかった。

「カザベーヤ！」

技術部長がボイラーのひとつの背後から汗をかきかき現れ、二階通路を通って執務室の入口までやってきた。すりガラスの向こうにシルエットが見え、はいるのを躊躇しているのがわかる。中からまた怒鳴り声がした。

「さっさとはいれ！」

入口から一歩中に足を踏み入れたとたん、カザベーヤは室内の惨状を目にして、思わず口をあんぐりと開けた。今週ずっとバルセロナに吹き荒れていた嵐が、ここを通過することに決めたかのようだ。コーヒーサーバーが錬鉄製のストーブのそばでこなごなになっており、床には書類がばらまかれ、奇妙な角度に折れたランプがまだゆらゆらと揺れている。そのそばには、ばらばらになった刻み煙草の箱があり、散乱した煙草がこぼれたコーヒーとミルクにまみれていた。

仕事用の椅子に座ったアデイは、十部ほどの新聞をじっと見つめていた。顔が真っ赤に紅潮し、カザベーヤは自分が面倒を見ているボイラーを思い出した。首に血管が浮きあがり、苦しそうな呼吸音が聞こえる。とっさに後ずさりし、靴がガラスの破片を踏んだ。その音を聞きつけて、アデイが顔を上げた。

「どこに行く?　さっさとはいって、そのくそったれドアを閉めろ」

技術部長は唾をごくりと呑みこみ、言われたとおりにした。部屋の隅に立って、社長の次の指示を待つ。アデイが必死に自分を抑えようとしていることはわかったが、言葉は唾を吐き出すように口から飛び出してきた。

「私は家に帰る。馬車を用意させろ」

カザベーヤは目を開け、アデイ社長のシャツの袖が血でぐっしょり濡れているのを見てぎょっとした。医者を呼びましょうかと尋ねようとしたところで、見られていることに気づいた社長がじろりと睨み返してきた。

「何を見てる?」

「いいな？」

「いえ別に、アデイ社長」

「誰かにここを掃除させろ。戻ってきたとき、全部元通りにしておくこと。いいな？」

「はい、社長」

「さて、そこで突っ立って何してる？　おまえは馬鹿か？」

「いいえ、社長。すみません、社長」

技術部長を立ち去らせると、アデイは新聞を一部手に取り、執務室を出た。巨大な発電所を横断する中央通路を、表通りに向かって勢いよく進んでいく。作業員たちは横を通る社長に目を向けないようにした。

外に出ると、玄関先ですでに四輪のランドー馬車が待っていた。乗りこむまえに、車体のドアにできた深い引っかき傷に指を這わせる。ワックスが塗りこまれているものの、隠しきれていなかった。馬の姿をした銀のカンテラも、頭がもげている。座席に座ると、御者に告げた。

「ラモン、できるだけ早くこのドアを取り換えてほしい」

御者の声が天井の跳ね上げ戸から届いた。

「承知しました、旦那様」

「よろしい。何度も言わせるなよ。自宅に頼む」

数分後、馬車は屋敷内の中庭《パティオ》で停まった。アデイは馬車を降り、迎えに出てきた使用人を無視して、まっすぐに図書室に向かった。

男がそこで待っている。彼はガラス戸越しに通りを眺めていた。室内をうろうろしている様子から、不安が透けて見える。アデイは中にはいると、男に声もかけずに酒瓶ののったワゴンに直行し、グラスにコニャックをなみなみと注いだ。ぐいっとあおったあと酒を注ぎ足し、肘掛け椅子に腰を下ろした。客人にもうひとつの椅子に座るよう身ぶりで示す。男は従った。

「アデイさん、メモを受け取ったので来ましたが、あなたの自宅でこうして会うのは軽率ではないかと申しあげておきます。使用人のひとりが私が誰か気づき、話が広まるおそれがないとは限りません。私たちの関係は秘密にしておいたほうがいい」サンチェス警部はそう告げながら、ポケットから小さな紙袋を出して太い指を突っこんだ。

「そのつまらんものを私の家で食べようなどとゆめゆめ思わんでほしい」

アデイの厳しい口調に驚き、警部は言い返すこともできなかった。顔をしかめ、羽団扇豆の小袋をポケットに戻す。

アデイは祈りを捧げるかのように両手を合わせ、それを唇に近づけて物思わしげな表情を浮かべた。まなざしが怒りの炎を発している。

「新聞を読んだか？」

「ええと……はい」

「そうは見えないな」

『コレオ』を一部放り、サンチェスがそれを上手に受けとめた。

「で？」アデイが詰問する。「こういうことを避けるために金を渡したはずだが、足りなかったようだな？」

警部は記事を読みながら首を横に振った。

「こんなのただのはったりですよ。この記者は何も知りやしない。間違いありません。人づてに聞いたことばかりです。だって、死体を確認できたはずがないんだ。誰も見ていない」

それは嘘だった。何者かが遺体安置所に忍びこみ、死体を調べたことはわかっている。それが誰かはわからないが。だがその話をアデイにするつもりはない。

「これがどんなことを引き起こすか、想像がつくか？」

「だいたいのところは。昨日の夜、あらぬ時間に市長からじきじきに電話を頂戴しまして、大至急この連続殺人事件を解決しろと命じられました。いままでは私ひとりで事件を内密にできましたが、あとどれだけそれが可能かわかりません」

「馬鹿野郎、ぎりぎりまでやれ！　この新聞記者が死体の状態をここまで詳しく知っているのはどういうわけだ？」

「部下の誰かから聞き出したのかもしれません。全員を管理できるわけではないので。調査して、必ず情報源を見つけだします。でも、『コレオ』の記者は噂話から記事を書いているのは間違いありませんよ、アデイさん。バルセロネータ地区では、もう何週間も前から〈ゴス・ネグラ〉のこと、娘たちが何人も姿を消したことについて囁かれ、みんな怯えています。私だって、人の口に戸は立てられませんから」

アデイはサンチェスのほうに身を乗り出した。相手のほうが頭ひとつ分低いにもかかわらず、警部は震えあがった。

「だがそうすべきだったな」

アデイは大きく深呼吸してから、また背もたれに背中をもたせかけた。グラスの酒をひと口飲み、続けた。

「ダニエル・アマットはまだバルセロナにいて、そればかりか、まさにその新聞の記者がやつに協力している。最近になって、そこに医学生が加わった。その必要もないところに首を突っこんでいるんだ。調査をやめろとやつに言わなかったのか？」

「はっきり言いましたよ。ここにいても何の意味もないし、残ればむしろ不都合なことになるぞと」

「じゃあもっと何か手を打て！　もっと強硬な手段を！」

サンチェスは肩をすくめた。

「警部」アデイはわめきたい衝動をかろうじて抑えた。「まだよくわかっていないのなら言っておくが、事件の捜査が続くなら、困ったことになるのは私だけじゃないんだぞ。私の力をもってすれば、君をはるか遠くの兵舎送りにすることだってできるんだ。たとえばキューバのサンティアゴ・デ・クーバとか。わかったか？」

サンチェスはアデイの言葉を聞いて身震いした。ここまでの仕打ちを受けるのに、あの程度の金で見合うのか？

「承知しました。それは私がなんとかします。考えがあるんです」

「期待を裏切るなよ、サンチェス。もちろん失敗もするな」

アデイは机の上のベルを鳴らし、現れたメイドが警部を玄関に案内した。


ひとりになると、アデイは冷静になろうとした。長く深く深呼吸をする。サナトリウムで教わったように。こういう精神状態では、何かとんでもない間違いをしてしまうおそれがある。落ち着いてよく考えるんだ。考えること。そうとも、考えなければ。

頭上で天井がきしんだ。

はっとして椅子から立ち上がる。一気に玄関ホールを抜け、二段ずつ階段を駆け上がって、ちょうど自分の書斎のドアが閉じかかっているところを目撃した。

「女狐め」とつぶやく。「今度こそ現場を押さえてやる」

全力でドアを押し開けた。向こう側にいたイレーナが、ドアがぶつかってきた勢いで床に倒れた。スカートがめくれ、ペチコートも隠しきれない黒檀色の長い脚がアデイの目に飛びこんでくる。女の体に目を這わせるうちに、劣情の兆しが頭をもたげる。視線はやがて胸元で留まる。乱れた呼吸のせいで余計に際立つ胸のふくらみがかすかに見える。アデイの様子に気づいたイレーナは、急いで立ち上がり、軽蔑も露わな目で見た。アデイは顔が赤らむのを感じ、興奮は怒りに変わった。

「私の書斎で何をしてる？　はいるなと言っただろう？」

「メイドが髪のリボンを忘れたのよ」

「そのメイドは、おまえ同様、躾《しつけ》がなってないな。もっと本腰を入れて教育してやらないと」次の言葉にどんな反応が返ってくるか予想してにやりと笑う。「寄宿舎式の教練があの娘にはとても役に立つだろう」

「だめよ！　やめて」

イレーナがアデイに飛びついてきたが、乱暴に押しやる。

「恥知らずめ。ラバル地区のどんな娼婦でもおまえよりいい妻になる」

最初の平手打ちでイレーナは後ろに吹っ飛び、机にぶつかった。アデイは部屋の中にはいり、背中でドアを閉めた。そのあとゆっくりとズボンのベルトをはずした。イレーナの目が恐怖で見開かれる。口はつぐんだままだったが、全身に広がりかけた震えを必死にこらえている。

「欲しいものは何でも手にはいるんじゃないのか？」アデイが囁く。「おまえのような女にほかの誰より贅沢させてやっているだろう？　だから代価は払ってもらう。この私の家にいながら、おまえには私に対する敬意が足りない。だがそれもまもなく変わるだろう。よくも悪くも、おまえは学習する」

イレーナを殴ったとたん、アデイはまた下腹部の緊張が戻ってきたのを感じた。にやにや笑いながら、次の殴打のために手を振り上げる。すぐに気分がよくなる。ああ、そうとも。はるかによくなるさ。

37

フレーシャは目の前にいるうぬぼれ男をたたきのめしてやりたかったが、思い留まり、鼻高々の様子でへらへらしている表情を無視して横を通りすぎた。ヨピスは戦いに勝ったと思っているようだが、本当に勝つのはどちらか、そのうちとくとわからせてやる。編集長室のドアをノックすると、はいれという声が中から聞こえた。ストーブの熱気に永遠に消えない煙草の煙が加わり、サウナに足を踏み入れたかのようだ。

「これはこれは、フレーシャ」

「おはよう、サンチス」ドアを閉め、勧められるのを待たずに椅子のひとつに座る。

編集長が眼鏡越しに上目遣いでこちらを見た。

「おや、まだ午前中だし、おまえの服も肥溜めの臭いがしないな。どういう風の吹きまわしだ？」

「俺は生まれ変わった」

「ほう」

サンチスは本を読むのをやめた。巨体を椅子にもたせかけ、腕組みをする。顔を歪め、怪訝そうにフレーシャを見た。

「何の用だ？」

「ヨピスが書いた記事を読んだ」

「で？」

「あの事件を追っていたのは俺だ。あんただって知っているはずだ」

「おまえから聞いた話は知っている」

「あの記事は俺のだ」言葉を切り、怒りを抑えようとする。「あいつはただのゴシップ屋で、何の考えもない。俺の独占記事にさせてくれ」

編集長は眉を吊り上げ、それは額でVの字を描いた。

「おまえは俺に新聞の編集方針を指示するつもりか」

フレーシャはそこに恫喝《どうかつ》を感じ取ったが、一歩も引かなかった。

「なぜあんな記事を？〈ゴス・ネグラ〉？悪魔の力？いったいいつから『コレオ』はばあさんたちの噂話を載せるようになったんだ？」

編集長の顔がかっと紅潮したのを見て、痛いところを突いてやったのだと悟った。

「新聞は二時間で売り切れた。バルセロナのほかの新聞もたちまちこのニュースに飛びついて広めだしたが、一番乗りは俺たちだった。地下の輪転機がこんなに何時間もフル回転しているのは初めてだよ。この町では毎日人が死ぬが、人は謎めいた事件に心惹かれ、病的な話に吸い寄せられる。クソに群がる蝿みたいにな」

フレーシャは黙っていられなかった。

「頼むよ、サンチス！この事件の裏には、ヨピスが書いているような戯言よりはるかに大きな陰謀が隠れてるんだ」

「はるかに大きな？　もうやめてくれ。必ず特ダネを書くとおまえは俺に約束するが、それはいったいどこにある？　一度も目にしたことがないぞ。さあ言ってみろ、どこなんだ！　ニュースだよ、フレーシャ、ニュースがいるんだ。言ったよな、この町にはニュースが待っていると。人の目を惹けば惹くほどいい」編集長は声を低めて続けた。「聞いてなかったとは言わせないぞ」

「何が言いたい？」

編集長は机をまわってドアを開けた。

「ヨピス、ちょっと来い」

若者は呼ばれるのを待っていたようだった。悠々と近づいてきて、二人の男の前に立った。

編集長はフレーシャの胸を指で突いた。

「机の上にそれなりの記事を提出できないなら、もう話すことはない。ちなみに、ヨピスが社会面の新しい担当者になった。何にしろ、彼の指示に従うように」

「何だって？」フレーシャは驚きを隠せなかった。

「はっきりしている。俺が言ったことをやれ。そしてその固いおつむの中にまともな記者がまだちゃんと存在していることを証明して見せろ。さもなきゃよその職場を探すんだな」

ヨピスの顔に笑みが広がり、それはしまいに両の耳まで届いた。フレーシャはフレーシャで、けちなプライドが、万博の開会式用にリセウ・クラブの前に設置された巨大な地球儀さながらにぐんぐんふくらんだ。サンチスに向きあうようにして立ち上がる。後悔する暇もなく、言葉が口から飛び出した。

「くそったれめ」

フレーシャはオフィスを出た。編集長のわめき声を無視し、どんどん激しくなる手の震えを隠そうとしながら。同僚たちの視線を意識しつつも、何も見ずに編集部の机のあいだを進んでいく。どうしてこんなことになったのかわからなかった。最悪なのは、これからいったいどうすればいいか見当もつかないことだった。

38

パウは踊り場で立ち止まった。重いトランクを持っているせいで、狭い階段をのぼるのに難儀した。上着のポケットからメモを取り出し、フレーシャからもらった住所をもう一度確認する。ドロースの部屋はどこかと尋ねたときの下宿屋の主人の含みのある表情の意味も、部屋を指さしながら目配せした理由もわからなかった。

本当にこれでよかったんだと思いたかった。学生寮を出るのは気が進まなかったが、アマットがどうしてもとしつこかったし、フレーシャさえそのほうがいいという意見だった。二人がパウの身を心底心配していることに驚いた。でも、図書館であんなことがあったあとでは、自分としても、オムスとまた出くわすのが怖いのも確かだ。

パウはため息をついた。問題は解決するどころか、雪だるま式に増えていく。明日がマラベイに口止め料を払う期限だ。そんな大金をどうやって工面したらいいかわからなかった。日々の生活と勉学に必要な費用を賄うのでやっとなのだ。でも払わなければ正体がばれて、大学を退学させられてしまう。それは避けたかったたし、アマットとフレーシャをこのことに巻きこみたくなかった。だけど解決の手段が見つからない。

鉄製のノッカーを二度たたいて待った。

ドアが開いたとき、そこに現れたのはグラマーな女性だった。赤毛の上に黒髪の鬘《かつら》をかぶり、ガウンのベルトの結び方がだらしないせいで、べつに見たくもないところまで見えている。手にミカンの房を持っていて、果汁が指を伝っている。

「おやおや、ずいぶんとハンサムさんだこと。まだ時間が早いけど、あんたなら歓迎だ。さあさ、おはいり」

パウが言葉を返す暇もなく、女は部屋の奥に消えた。戸口に立っていると、中からまたおはいりよという声がした。まだためらいながらもトランクを引っぱって狭い廊下を進み、女が待っている居間にたどりついた。

巨大なベッドカバーと山ほどのクッションがのったベッドが部屋のほとんどを占めていた。壁際には小瓶やブラシ、ヘアピンが所狭しとのった簡素な化粧台がある。汚れ放題の半身鏡がその上に立てかけられている。椅子がひとつあるが、山と積まれた服で実際には隠れてしまっている。家具はそれで全部だった。室内にはミカンの匂いがたちこめていた。

「トランクはそのへんに置いて……そんな大荷物で到着したの？　いいや、ちょっと考えさせて」彼女の顔がぱっと明るくなった。「これから町を出ようとしていて、その前にちょいと楽しんでいこうと思ったんだね？　ちょっと支度してくる。すぐに戻るよ」

女は続きの部屋に姿を消し、洗面器に水が落ちる音と鼻歌が聞こえてきた。数分後、女はふたたび現れた。綿の短いキャミソールを着ている。肌にぴったりとしがみつく生地に、体の線がくっきりと浮かびあがっている。わざとゆっくり背中をドアの框にもたせかける。彼女が動くたび、薔薇の香りが漂った。パウは言葉が出なかった。

女は豊満な肉体を地震みたいに揺らしながら近づいてきた。パウは二歩後ずさりしたが、そこで足がベッドにぶつかり、バランスを崩した。マットレスに沈み、スプリングが抗議のきしみをあげる。起き上がろうとしたが、娼婦がにやにや笑いながら馬乗りになってきた。眼鏡を奪って脇に置き、顔を撫でる。それから左のサスペンダーを下ろし、パウの右手を取って胸に押し当てた。

「お願い……やめて！」

「おやおや、恥ずかしがり屋さんだね。大丈夫、手順はこのドロースにまかせなさい」

女はシャツのボタンをはずしはじめた。パウは逃げたかったが、女の重みで動くに動けない。

「人違いです！」

女は愛撫を止め、不思議そうにパウを見た。

「人違い？　何の話だい？」

「私、部屋を間違えたようです」

「誰から住所を教えてもらったの、ボクちゃん？」

「フレーシャさんです」

女の顔に困惑の表情が浮かんだ。と、いきなり大声で笑いだした。パウから離れ、ベッドから下りる。裸の胸が笑いのリズムに合わせて揺れ、パウはといえば必死にサスペンダーを元に戻そうとした。

パウは大急ぎでベッドから離れた。あの新聞記者、殺してやる。ひょっとして、私をかついだわけ？　あのろくでなしめ、今頃この女みたいに笑い転げているにちがいない。

「助けが必要な娘って、あんただったのかい？」ドロースはパウを上から下までじろじろ眺めて尋ねた。「でもどこからどう見てもおにいさんだよ」

パウは眼鏡と上着を身につけ、トランクを玄関のほうに引っぱった。

「人違いだと思いますよ、マダム。まったくの人違いです。すみません、私はもう失礼します」

女はパウの行く手を遮った。力ずくでまた荷物を下ろさせる。

「そんなことないさ、お嬢ちゃん。全然間違いじゃない」

椅子から服をどかし、無理やりパウを座らせた。

「何か温かいものはいかが？　おたがいそれで落ち着くと思うよ」

答えも待たずに化粧台の抽斗からカップを二つ取り出し、パウの近くの台の上に置いた。奥のドアから出ていったかと思うと、戻ってきたときにはキャミソールの上にカーディガンを羽織り、手にした陶器のティーポットからはカモミールの茎の束が飛び出していた。急ごしらえのテーブルの上の二つのカップにお茶を注ぐ。

「砂糖はないけどこれがある」

化粧台のもうひとつの抽斗から小瓶を取り出し、それぞれのカップにたっぷり注いだ。

「女だなんて考えもしなかったよ。こんな美少年が部屋に来るなんて、今日はラッキーだと思ったのにさ。まさか、レズビアンじゃないよね？」

「いえいえ、違います」

カップからはとてもいい香りがして、しかも温かかった。パウがごくりと飲んだとたん、熱い蒸留酒が炎の舌のごとく喉を滑り下りていき、思わず咳きこんだ。

「ゆっくり飲んだほうがいいよ」ドロースがアドバイスした。

パウは礼儀正しく微笑みながらうなずいた。最初はそんなふうに思わなかったが、たしかに飲み物のおかげでだんだん元気が出てきた。

「それであなたは……？」

「娼婦さ。そうともお嬢ちゃん、じゃんじゃん口にしてかまわないよ。恥ずかしがることなんかないんだ。生まれたとき、教区司祭様にはマリーア・デ・ロス・ドロース・アルガラーダ・ルセーナと命名されたけれど、単にドロースと呼んでもらったほうがいい」

女はもじもじしている娘を見てにっこりした。まあ、なんてうぶなんだろう。ベッドに腰かけ、金属製の刻み煙草入れを出して紙で煙草を巻いた。点火器で火をつけると、煙草とハッカの匂いが二人を包んだ。

「つまり、何日か身を隠さなきゃならない娘さんってのはあんたなんだね。さっきはごめんよ。だけどあの小ずるいフレーシャのやつ、あんたが変装して来るなんて言わなかったんだ。で、名前は？」

「ジルベルトです。パウ・ジルベルト」

「よろしく。何日かいっしょに暮らさなきゃならないらしいからね」

パウは首を横に振ろうかと思ったが、思い直した。大学に戻れないなら行き場がないし、この女性はとても親切だ。

「お邪魔だったら申し訳ないわ」

「いいのいいの。同居人がいたほうがあたしはうれしいもん」

「ひとつのベッドでいっしょに寝るんですか？」

ドロースがまた大声で笑いだした。彼女の笑顔はじつに楽しそうで、人に伝染する。パウもつい顔がほころんだ。だんだんこの女性が好きになってきた。

「いいや、お嬢ちゃん、違うよ。この隣に小さな部屋があるんだ。ほんとはいっしょに住んでる女の子がいるんだけど、いまは実家に帰ってるの。もちろんその他のものはあたしとの共有だよ。ご覧のとおり、何にもない部屋さ。大家のバジリオはあんたのことを知らないから、建物を出入りするときはこっそりとね」

「それについては心配しないでください、マダム。ご親切にありがとうございます」

ドロースはパウの堅苦しい態度を面白がっているようだ。

「あたしはさ、人の性格を見抜くことができるんだ。仕事柄、必要だからね。あんたは男の恰好をした変わった娘だし、なんでそんなことをしているのか見当もつかないけど、いい子だ。あんたとここで暮らすのは意外と悪くないかもしれない」

パウは心強く思った。居心地がよかったし、こんなふうに自分の正体を隠さず自然にふるまえるなんて、妙な気分だ。女として扱ってもらうのは本当に久しぶりだった。

「そんなに大きなトランクに何がはいってるの？」ドロースが尋ねた。「外国にでも逃げるつもりかい？」

「着替えと本よ」

「本？」

「医学の。私……学生なんです」

「へえ、女でも医者になれるなんて知らなかったよ。じゃあさ」ドロースはパウに興味津々の様子で身を寄せた。「軟膏とかそういう類いのことに詳しいの？」

「ええ、まあ。少しは」

「できれば助けてくれないかな？」

「ええ、もし私の手に負えれば」

「じつは何日か前からできものがあってさ……微妙な場所に。わかってもらえる？　すごく気になるんだよ。ひどく赤くなってて、痒くて仕方がないんだ」

「そうですか、もしよろしければ……」

「そんなかしこまったしゃべり方はよしとくれ。実の姉さんだとでも思ってさ」

「ごめんなさい。もしよければ、診せてもらえる？　そうすれば治療できるかも」

「やった！」

　ドロースは自分のカップで煙草の火を消し、キーキーというスプリングの大合唱とともに急いで立ち上がった。

「さあ来て、あんたの部屋を見せるよ」そう言いつつ、廊下の途中で立ち止まり、パウのほうを振り返った。「ねえ、あたしは無類の噂好きで、いろんなことに首を突っこむのにそりゃあ熱心なんだ。だから、もしあたしが関わりのないことに余計な口を挟むようなことをしたら、いつでもすげなく追っ払っていいからね、わかった？　さて、そうは言ってもさ、レズでないなら、どうして男の恰好をしてるの？　じつを言うとね、知りたくてうずうずしてるんだよ。一部始終を聞かせてよ。もしこれから友達になるなら、早いに越したことはないだろう？」

「話せば長いわ」

「かまいやしないさ。あたしには大臣よりたっぷり時間があるからね」

39

フレーシャはテーブルの上の皿を遠ざけた。その煮込み料理の匂いからすると、口に入れたら一目散に便所に駆けこむはめになるだろう。アニス酒の瓶に手を伸ばし、もう一杯注ぐことにする。すでに酔っぱらっていたが、この酒がラバル地区のどこの掘っ立て小屋でつくられたにせよ、この料理で食中毒になるよりましだ。それに、これよりはるかにひどいのを飲んだことだってある。

地区の片隅に隠れるようにしてあるこの居酒屋には、刻み煙草と煮込みのキャベツの匂いと腐臭がたちこめている。べとべとした熱気が体にまとわりついてくる。常連客はたがいにできるだけ離れて座り、二つだけ灯った薄暗いガス灯が、ぼそぼそという低い声の会話を照らしだす。

午前中はずっと、町のほかの新聞社の記者たちが頻繁に通うカフェやクラブを避けていた。すでに噂は伝わっているはずだし、連中に同情されたりしたら耐えられない。記者の仕事を失ったなんて、いまだに信じられなかった。バルセロナでも指折りの新聞記者である自分が路頭に迷うなんて。サンチスに頭を下げればポストを取り戻すことはできたかもしれないが、そんな恥辱に耐えて復職してもまだ追いつかないという気はしていた。ヨピスが勝った、それは事実だ。フレーシャは頭を抱えた。少なくとも、これ以上悪くなることはないだろう。

「さんざんな有様ね、坊や」

顔を上げると、二人組がテーブルを囲んでいた。ラ・ネグラは微笑んでいるが、目は笑っていない。高利貸しが手を振ったとたん、筋肉隆々の巨体の用心棒に外套の襟首をつかまれて宙吊りにされ、フレーシャは何を言われたかも忘れてしまった。

彼らはそのまま店内を横切り、厨房にはいった。客も店員も無関心だった。奥まで来ると、横にある汚れた食器棚と見分けのつかない扉を開けた。店の勝手口は、倉庫やゴミ捨て場代わりとして使われている薄暗い横丁に面していた。

激しい温度差で、フレーシャは思わず咳きこんだ。

なんとか逃げ出そうとしたが、二歩も進まないうちに突き飛ばされ、近くの宿屋の汚れたクロス類がはいった箱の山にぶつかった。怪我をした足が役に立たず、散らばったシーツの上に倒れた。

腕が伸びてきてまた引き起こされ、壁にもたれて奇跡的に立つことができた。アルコールのおかげでまだ恐怖心が麻痺している。まるで何事も起きていないかのように。

「ネグラ、こんなことをする必要はないんだ。金ならあるさ。俺の上着のポケットを探れば……」

ラ・ネグラの細い声を聞き、フレーシャは言葉を切った。

「残念ながら、それとはまた別なの」

どういうことかわからないまま、ラ・ネグラが脇にどいて、別の巨大な人影がその空いた空間にぬっと現れるのを見つめる。路地に姿を見せたのが誰かわかると、フレーシャはわずかに背筋を伸ばした。どうやらもっと困った立場に追いこまれたらしいことはわかったが、思いあたるふしはない。

「ラ・ネグラは情に脆い人間だが、自分にとって都合がいいことと悪いことの区別はつく。そうは思わないか？」

サンチェス警部はすでに暗がりから出て、光がその満足げな表情を照らしだしていた。指がポケットを探り、羽団扇豆を口に放りこむ。顎をわずかにもごもごと動かしたのち、フレーシャの脚のあいだから流れ落ちる薄汚いひと筋の水に向かって皮を吐き出した。

「じつはこちらのお嬢さんからひとつ頼まれ事をしたんだ。かなり難しい頼まれ事をな。俺がそれをちゃんと聞き届け、そうしておまえの借金はいまや俺の手に移った。わかるか？」

「どうもはっきりとは……お聞きになったとは思いますが、金ならあるんです。これで借金はちゃらだ」

「おまえに残念な知らせがある。いまさっき利息が上がったんだ」

「まだよくわからないんですが……ご覧のとおりちょっと酔っているので」

「なるほど。では、はっきりとわからせてやろう。俺が何を知っているか、これから説明する。俺がどれだけ情報通か、それで理解できるはずだからだ、記者さん。まず、例のお節介なダニエル・アマットといっしょに、あんたは〈ゴス・ネグラ〉にまつわる連続殺人事件をずっと調べつづけている。そして、最近そこに若い学生が加わり、さらにはあんたが新聞社を辞めさせられたってこともたまたま耳にはいった。どうだ、いろいろ知っているだろう」

警部はまた羽団扇豆の皮を吐いた。

「で、何が望みなんです？」フレーシャが尋ねた。

「ちょっとした取引さ」

「それだけ？」

「俺のためにあることをしてもらいたいんだ、記者さん」

「あんたもアマットの調査をやめさせたいのか？」

「ああ、違う違う。そんなことは考えてない。逆にハッパをかけてほしいんだ。全力で調査を手伝ってやってほしい」

「よくわからない」

「わかる必要などない。おまえは言われたとおりにして、ときどき俺と幼なじみみたいに酒を酌み交わす。俺たちはおしゃべりし、おまえは細大洩らさずすべてを俺に報告する。その代わり利息についてはいっしょに検討しよう。もちろんこのささいな取引についてはほかに洩らしてもらっては困る」

「あんたの密告屋になれと？」

「この期に及んでお利口さんぶってどうする？　これまでだって似たようなことはあった、そうだろう？」

「で、もしいやだと言ったら？」

警部が合図をすると、ラ・ネグラの用心棒がフレーシャを押さえつけ、その右手を持ち上げた。フレーシャはほとんど何もできなかった。

サンチェス警部は、しぶしぶといった様子で、残念そうな表情を浮かべて一歩前に足を踏み出し、外套のポケットから金属製の器具を取り出した。フレーシャはすぐにそれが何かわかった。ダブルブレードのギロチン式シガーカッターだ。警部はフレーシャの手を取ると中指をそこに差しこんだ。挟む部分に軽く力をこめたとたん、その目がうれしそうにぎらりと光る。剪断機と似た刃で指骨のまわりに赤い筋ができた。手から激痛が這い上がってきた。一気に酔いが醒め、冷や汗でシャツがびっしょりになる。

「協力すれば、借金は返済ずみということになるが、もし拒むなら……」警部はそこで言葉を切って、また羽団扇豆を口に放りこんだ。「一生くそったれ記事が書けなくなるだろう。指一本ごとにおまえの借金が返済されていき、しまいにはあの恋人気取りの娼婦を俺の好きにさせてもらう」

そうして話をするあいだ、警部は楽しそうにシガーカッターにフレーシャの指を次々に入れてははずしをくり返し、フレーシャはそんな警部を愕然としながら見つめた。その背後で、ラ・ネグラは不快そうに目を細くしていたが、何もしようとはしなかった。

「わかった、わかった。心得ましたよ」

「いやいや、それじゃ俺はまだ納得できないな。もっと間違いなくおまえに思い知らせる刺激が必要だろう」

それがまるで別の人間に起きている出来事であるかのように、フレーシャはただの傍観者となり、シガーカッターに差しこまれた自分の小指に刃が迫るさまを眺めた。信じられないほどの痛みが、感電でもしたかのように腕をジグザグに這いのぼってくる。ついにカチャンという音がして、ギロチンの刃が骨の抵抗に打ち勝った。切断された指は転がってどぶに落ち、水流が路地の奥へと流し去った。血があふれ出して手と上着の袖を赤く染める。ふいに力が抜けて膝をつき、人形のように崩れ落ちた。地面に倒れた拍子に懐中時計がベストのポケットから飛び出し、通りを埋めるゴミのあいだに滑っていく。

「さあ、これで俺たちが交わした契約を忘れることもないだろう」警部はハンカチで手をぬぐいながら言った。「いいこともあるぞ。むしろありがたく思ってもらいたい。それならキューバ帰りの負傷兵として通り、施しを乞うことができる……新聞に戯言を書くよりはるかに実入りがいいかもしれんぞ」

振り返ったとたん、警部の靴が時計を蹴った。

「おや、こりゃ何だ?」

サンチェス警部はフレーシャが止めるまえにそれを拾った。袖で拭いてから蓋を開け、声をあげる。

「売春婦の写真を持ち歩いてるのか?」サンチェスは中の写真をほかの二人に見せてせせら笑った。ラ・ネグラは相変わらず冷静だ。

警部は鎖をもてあそびながらフレーシャのほうにかがみこんだ。

「われわれの契約締結を祝して、俺が預かっておくのはどうだろう？」

フレーシャは抗議しようとしたが、急に吐き気がして体を折る。

「迷惑なやつだ。お行儀について親にちゃんと教わらなかったのか？」警部はわめき、靴が汚れないように退いた。踵を返し、ラ・ネグラに向き直る。ラ・ネグラは腕組みをし、無言で待っていた。

「さて、俺の用事はこれですんだ。こいつの面倒はまかせる。出血を止めてやれ」

フレーシャはまだ地面で丸まっていて、ラ・ネグラの用心棒が手を布切れで包むのを生気のない目で見ていた。警部は舌打ちした。

「俺にも話がわかるところがあるんだぜ」

警部が放った時計がフレーシャの膝の上に落ちた。

サンチェスは路地の出口まで歩いていき、豆をぽりぽりと噛んだあと、つきあたりの通りに姿を消した。

フレーシャは時計をぎゅっと胸に押しつけて目を閉じた。できればさっさと失神してしまいたかった。

40

ダニエルは海風が顔をなぶるにまかせた。空が少しずつ暗雲に覆われていく。カモメが空で輪を描き、新たな嵐の到来を告げる啼き声をあげる。

いつしか西桟橋にやってきていた。子どもの頃、お気に入りだった場所だ。母が亡くなってから屍衣と化したわが家から避難する場所を求めたのだ。黄昏時に通りのそのベンチに座り、巨大な汽船がアメリカかヨーロッパのどこか知らない港に向けて出航するのを眺め、永遠に喪に服しているようなこの毎日から遠く離れて、奇想天外な冒険に出かける空想をした。水平線に陽が沈むと、弟のアレックが迎えに来て、いっしょに家に帰ったものだった。

ベンチに背中をもたせかける。三人の子どもが竿を使わずに釣り糸だけで魚釣りをしようとしていて、ひとりが失敗したのを見て笑い転げた。雨が小止みになったその隙に、腕を組んで歩き去る何組かのカップル。いま着いたばかりの汽船から降りてきた船乗りの一団にひやかされて、頰を染めて笑いながら駆けていく二人の娘。

横に帽子を置き、その日の午後に速達で届いた皺くちゃの封筒を外套のポケットから取り出す。中からパステルカラーの便箋を出した。すでに中身は読んだ。二度も。

婚約者のアレクサンドラは、父はもう学務部に対してあなたの不在をかばいきれない、これ以上無理をすれば学長としての責任と評判を問われることになる、と書いていた。ハラガーというある貴族の息子をあなたのポストにと推す声がある、父サー・エドワードはあなたを息子のように思っていたからとても落胆している、なぜすべてをどぶに投げ捨てるようなことをするのかわからないと訴える。

手紙の文面から、バルセロナ滞在が長引いている理由が理解できないという不満が透けて見えた。愛をこめた別れの言葉で締めくくられてはいたが、彼らが不安と疑念に苛まれていることがよくわかった。物事をはっきりさせたがるアレクサンドラらしく、彼女は手紙の最後でダニエルに決断を迫っていた。もしすぐにイギリスに戻ってきてくれるなら万事仕度を整えるけれど、そうでなければ婚約はなかったことになると思います。

手紙を二つに折る。空と海がまじりあう彼方に目をやる。

今夜にもパリ行きの列車に乗り、それからカレー行きに乗り継いで、イギリスに向かう船をつかまえればいいのだ。ここを立ち去ることに決めて、本来自分のものだった道に戻るとしても、妨げるものは何もないし、誰も文句は言えないだろう。バルセロナでぐずぐずしていたせいで、自分が大事にしてきたものを失いかけている——カレッジでの教授職、恩師の信頼と友愛、婚約者の愛情、そのすべてを。

心の中では納得していた。どんなに頑張っても、罪の重さから逃れることはできないのだと。アレクサンドラの言うとおりだ。父はもうこの世の人ではないのだし、それはどうやっても変えられない。だいたい一介の教師にすぎないというのに、どうして事件の捜査を？　すでに自分や他人の命を危険にさらすことまでしたのだ。もう僕の手には負えない。誰もがここを立ち去れと言っているではないか。なぜ素直に従わない？

脳裏にひとつの名前が浮かんだ。

イレーナに再会したのが間違いだった。僕にはすばらしい婚約者がいるし、イレーナは人妻だ。二人の人生は別々の道を進み、七年前に分かちあった思いは山のような灰と幽霊たちに埋もれてしまったのだ。イギリスに戻って、元の暮らしを取り戻さなければ。過去は忘却の重しの下に埋葬し、これ以上僕には手出しできないようにするのだ。

だがしかし……

ダニエルは立ち上がり、通りの端に近づいた。下方では、波が岩に激しく打ちつけている。僕の思いを知っているかのように。まだ手の中にある手紙を見る。目に涙が滲む。溜めていた息を吐き出し、手紙をまた外套のポケットに戻した。

……やはりできない。

41

頭巾の男は息ができなかった。樹液のように血管を流れて脳に押し寄せた怒りで窒息しそうだった。頭の中で、巨大な時計の秒針のごとく脈動がずきんずきんとこだまする。よくもあんな真似が！

憤怒のあまり足がもつれ、転ばないように家具をつかみながら進む。静かに振動する円筒形のカプセルを見もせずに部屋にはいる。あたりを満たす重低音を引き連れて、ガラス瓶が並ぶ棚のあいだを抜け、炎の燃えたつ炉の前にたどりつく。その向こうには実験器具でいっぱいのオーク材の長テーブルがある。

手をひと振りした。蒸留器、デカンタ、ビュレット、ショーケースなどがガラスの滝となって床に落ちる。容器の戒めを解かれた液体が排水口の鉄格子に向かって流れていく。『人体構造論』の一冊が床の空いたところに落ちた。古い革の表紙が炎の光を反射している。刻印の形状が際立ち、揺らめいて見える。

男は本を開いた。失敗したという思いが内臓をじわじわと食い散らす。ページを繰るうちに夢中になっていく。ラテン語の詳細な解説のあいだに、人体のさまざまな部分を描いた独創的な版画がさしはさまれている。ときには一ページ全部を使って表現された挿絵は、切り刻まれた人体や腑分けされた臓器、ありえないポーズをとった人体骨格などを、ぞっとするほど細かく描きだしている。ヨーロッパのどんな古書収集家でも、この本を手に入れるためなら大枚をはたくだろうが、彼にとってはどうでもいいことで、ただ答えを探すために必要なだけだった。ページを次々にめくるうちに、どんどんいらだちがふくらんでいく。欄外や行間や挿絵の隅々まで目を皿のようにして見たが、とうとう最後のページにたどりついた。力まかせに本を閉じ、丸天井に音が反響した。

腕の中に顔を埋めて嗚咽を洩らすが、それはしだいに慟哭《どうこく》に変わる。貴重な学術書をつかみ、炉の入口めがけて力いっぱい投げつけた。本は骨が折れるような音とともにそこにぶつかり、みごとな版画が炎に触れたとたんよじれた。

頭巾をはずし、机にもたれて乱れた息を整えようとする。顔に落ちる髪は汗にまみれ、唇からは涎《よだれ》が垂れている。ぬぐおうとして腕を上げたとき、ひりひりとした痛みに気づいた。シャツの袖がぐっしょりと深紅に染まっている。

窓を破って図書館から逃げたとき、破った窓ガラスの破片で切ったことを思い出した。追われながら止血帯代わりにハンカチを結んだのだが、もう役に立たない。

　両開きの戸棚から鞄を取り出す。椅子に座り、シャツの袖を肘まで裂く。血に染まったハンカチを慎重に剝がし、いまもだらだらと血が流れている深い傷をあらわにする。かろうじて橈側《とうそく》皮静脈《ひじょうみゃく》は傷ついていないことをうっとりと確認する。尺側手根屈筋《しゃくそくしゅこんくっきん》さえ部分的に見えている。ふいに眩暈に襲われる。失血が多いと一大事なので、ぐずぐずしていられない。ここまで意識を失わなかったのが信じられないくらいだ。

　鞄からガラス瓶とガーゼ、鉄製の針と、フェノールを染みこませた絹糸を取り出す。それを銀の盆にのせてそっと横に置く。ガラス瓶を開け、中身を傷に注ぐ。ヨードチンキが泡立ち、肌がひりひりした。思わず腕を引っこめそうになったが我慢し、瓶を空にする。足元の床が消毒剤と血のかたまりで濡れた。少し待ってから傷口をきれいにすると、また出血しはじめるのがわかった。満足し、縫合の準備を始める。

　痛みは自分への罰だ。苦しんで当然だった。彼女は私を信頼してくれたのに、それに応えられなかったのだ。勝利を手にする寸前で、自分のミスで失敗した。男は木片を上下の歯のあいだに挟んだ。

　半円形の針はなかなか皮膚を通らなかった。目を閉じてさらに力をこめると、ついに肉に突き刺さった。痛みが腕を貫く。なぜ騙されたのか、あの若者はどうやって本来私のものだったものを盗んだのか。口も使って糸を引くと、傷口の縁が合わさった。止めていた息を吐き出す。悪いのは私だ。一瞬の迷いが弱さを生んだのだ。二度とあんな過ちは犯すまい。

また針を刺す。額に汗が噴き出し、歯を食いしばっているせいで顎が震える。あの若者を見つけなければ。そして今度は迷わない。二度と彼女を失望させはしない。

縫合箇所から糸を引き、声をあげないようにぐっと木片を噛んだ。

〈第八巻《リベル・オクタウス》〉
万国博覧会開会式まであと十日

42

フレーシャは眠れなかった。なかば意識を失ったままラ・ネグラの用心棒にドロースの家の玄関口まで運ばれたあと、思い出せるのはドロースの悲鳴と、フレーシャが必死になだめようとしたにもかかわらずそれが罵倒に変わったことだけだった。ラ・ネグラは彼女の非難を平然と受け止め、立ち去るまえに、傷の消毒をしたほうがいいと助言すらした。

ドロースはパウに助けを求めた。パウは質問もせずに、傷を水とヨードチンキで消毒してから縫合し、それから夜ゆっくり眠れるようにアヘンチンキを使うように勧めた。そのあと二人きりになると、ドロースは彼をベッドに寝かせ、熱いスープを持ってきてくれたが、全部は飲めなかった。そして、落ち着かない眠りに落ちた。

真夜中すぎに目が覚めて、ドロースがベッドの片側でカバーの上に丸くなっているのを見つけた。毛布をフレーシャひとりに使わせるためだ。立ち上がったフレーシャは、とたんに軽い眩暈に襲われた。ドロースに毛布を掛け、絨毯でまた横になる。

腕を持ち上げ、手に巻かれた包帯を見た。その形が、切断されたときの指の付け根とよく似ていることに気づき、思わず身震いした。サンチェスはまたやると言い放った。こうなっては借金などたいした問題ではない。ほかの指までなくしたくなかった。胃液が喉元にせり上がってきた。ダニエルを裏切りたくはなかったが、ほかにどうしようもないだろう？　選択肢はないのだ。数日は放っておいてくれるだろうが、そのあと警部は結果を求めてくるだろう。気乗りはしないが、警部に言われたとおりにするつもりだ。何もかも終わったら町を出よう。イレーナ・アディにもらった前渡金を使えばいい。あれだけでかなりの額だ。場所はどこでもいいから、しばらくのんびりしたい。

横でドロースが体をもぞもぞさせ、毛布の一部が床に滑り落ちて、肩と胸の谷間があらわになった。怪我しているほうの手には体重をかけないようにして、毛布をまた引き上げてドロースの肩を覆う。むにゃむにゃと何か寝言をつぶやき、ぬくもりを求めてフレーシャに体を押しつけてきた。彼女の体のほんのりとした温かさにほっとする。なんでこんなにいい匂いなんだろう？　顔をもっとよく見たくて、かかっていた巻き毛をそっとどける。こうして化粧を取り、緊張を解いた表情は、アラン谷の村で生まれ、楽な暮らしを求めてバルセロナに出てきたばかりの初々しい娘に彼女を戻してしまう。フレーシャにはとても魅力的に思える皺やそばかすの散る顔をそっと撫でる。眠っていてさえどこかいたずらっ子みたいに見える顔つきを見て、つい笑ってしまう。いつかきっといいことがあると信じるドロースの明るさにはいつも驚かされてばかりだ。つらいときも、何でもプラスに考えて乗り切ってしまうのだ。

約束もしないし縛ることもない。とにかくいまを楽しむこと。とはいえ近頃では、自分のそばにいないときにはよその男といっしょなのだと思うと、だんだん我慢できなくなってきた。ここ数週間は、いままでにも増して会いに来ているし、それは借金取りから逃げるためだけではない。下宿屋のしけた部屋でひとりでいるとき、ドロースを恋しく思っている自分に気づいてぎょっとしたことも一度ならずある。

ドロースは彼の腕の下で身じろぎし、寝ぼけ眼をうっすらと開けた。

「起きてたの？」

「しーっ」と囁く。

「どうしたのさ？　手が痛むの？　また出血が始まった？」

「いや」心配そうなドロースの顔を見て微笑む。「考え事をしてただけさ」

「明け方のこんな時間に？　あんたどうかしてる」

「確かに。じつは思いついたことがあってさ……」

「あたしも」

「くれぐれも気をつけてくれ。俺は体が弱ってる」

「すごく元気そうに見えるけど」

やがてドロースは、ため息をつきながらフレーシャの横で伸びをした。何もしゃべらず、ただたがいの肌のぬくもりを味わっていた。フレーシャはこの時間を利用して、息を整えようとした。タイミングとしては最悪かもしれないが、これ以上ドロースのことでやきもきしたくなかった。やっと人心地ついたとき、フレーシャは頭の中で何度も練習した文句をついに口にした。

「よそで暮らすの、どう思う？」

「よそ？　どこのよそ？」

「わからない。とにかくよそだよ。バルセロナのよそ。少しのあいだだけ。二人で」

「ほんとにどうかしてるんじゃないの？」

「いや、正気だ」

新聞記者は天井をじっと見つめていた。ドロースはまた彼に抱きついた。フレーシャは彼女の乳房を愛撫する。

「ほんとよ、バルナット、いつものあんたじゃない」

彼女のほうに身を乗り出して髪の匂いを嗅ぎ、それから顔を上げてその目に答えを探した。ドロースは困ったように微笑んだ。フレーシャは自分の気持ちに気づき、じつはとても簡単なことじゃないかと驚いた。彼女にとってもそうなのでは？　答えを知る方法はただひとつ。

「俺の女房にならないか？」

ドロースは裸の胸を覆うことさえ忘れていきなり体を起こした。口を何度もぱくぱくさせ、フレーシャをまじまじと見つめている。一方フレーシャは彼女の視線を避け、しゃべりつづけた。

「じつは急に運が向いてさ。大金が手にはいったんだ。おまえの面倒ぐらい見られる。二人で暮らすぐらいは。旅に出よう。いつも言ってたじゃないか、マドリードが見てみたいって。そうしよう。ローマでもパリでも、どこでもいいさ。明日すぐ。二人でさ。もちろん、おまえさえよければだが」

しゃべるあいだ息継ぎもできなかった。ドロースに目を向けたが、相変わらず黙りこくっている。彼女の顔に浮かんでいるのが喜びなのか恐怖なのか、フレーシャにはわからなかった。目をきらきらさせて、こちらをただじっと見ている。その唇が少しずつ開いて笑みをつくり、両手が口に近づいていく。いまにも笑いだすぞ。フレーシャはふいに照れくさくなった。不安の波が押し寄せてきて、すっかりパニックになる。アホみたいに求婚なんかして、何を考えてるんだ？　頭のねじが一本緩んだとでも思われたにちがいない。ったく、金を払って寝てもらってるのに。俺は馬鹿だ。大馬鹿だ。

そのときドアをノックする音が二人の邪魔をした。パウが手のひらで目を隠しながら顔を覗かせた。

「すみません、トイレをお借りしたいんですけど」

43

娼婦の部屋に隠れなければならないのは、やっぱりとてもまずかった。なにしろ続き部屋で全裸のフレーシャと鉢合わせするはめになったのだから。通りの冷たい空気の中にいても、まだ頬が燃えるようだ。体を温め、恥ずかしさを追い払うために速足で歩く。フレーシャのほうも気に食わなかったらしい。とくにドロースが大笑いしはじめると、目に見えて不機嫌になった。どんなに謝っても耳を貸さずに服を着て部屋を出ていき、大音響とともにドアが閉まった。

パウ自身もそれに乗じて身だしなみを整え、外に出た。いけないことだとはわかっている。何があってもドロースの部屋から出てはいけないと言われていたのだから。でも、例の約束を守らないわけにはいかない。

デルクレス通りに近づき、市庁舎を通りすぎると、マラベイとの待ち合わせの場所であるサン・ジュスト教会に向かう。少なくともその界隈は病院から遠いので、知り合いと出くわす心配は少ない。

入口のアーチの下で立ち止まる。内部の暗さに目を慣らさなければならなかった。雨漏りのせいでできた水たまりを踏まないように注意しながら、がらんとした会衆席のあいだを進んでいく。石造りの床を踏むたび足音が堂内に反響する。わずかに灯った蠟燭だけでは身廊さえ照らすには不充分で、天井や側廊は闇に包まれている。壁の隙間から風が吹きこんでいるらしく、教会内はお世辞にも快適とは言えなかった。ほとんど人気がないのもうなずける。

翼廊にたどりついたが、誰もいない。礼拝堂の中さえのぞいてみたけれど、マラベイの姿はない。踵を返して外に出ようとしたところで、かつての使用人が隠れていた柱の陰から現れた。

「こんばんは、ジルベルトの旦那。驚かすつもりはなかったんですよ。またお会いできて喜ばしい」目を輝かせて会釈する。「座りましょうか。教区民の中で、われわれのふるまいが不審に見えても困るので」

パウはうなずいた。できるだけ目立たないほうがいい。いま人の目を惹いて、あとであのときのあいつだと病院で気づかれたりしたくない。

聖フェリクスに捧げられた礼拝堂の会衆席のひとつに二人で座る。パウはできるだけ冷ややかな態度を崩さず、マラベイからある程度の距離を置いて腰かけた。何の前置きもせずに外套のポケットから革の財布を取り出し、ベンチの上をマラベイのほうに滑らせる。マラベイは興奮を隠しもせずに骨ばった手でそれをつかんだ。

「あんたを信用しないわけじゃないが、会ったのは久しぶりだからね……」

男は財布を開け、中身を確かめた。汚れた歯をむきだしにして顔をしかめたが、どうやら微笑んでいるつもりらしい。パウには立ち去るタイミングがわからなかったけれど、とにかくその前にひとつはっきりさせておかなければならない。

「ちゃんとお金を渡したわ。あなたには二度と会いたくないし、病院にも学校にも絶対に近づかないで」

「もちろんですよ、お嬢様。俺は約束は守ります」

　それ以上ぐずぐずせずにパウは立ち上がったが、ぼろをまとったその男の手がいきなり彼女の腕をつかみ、石柱のひとつに乱暴に突き飛ばした。体勢を立て直す暇もなく、相手が飛びかかってきた。その手にナイフが握られている。

「そんなに急いで行くことないじゃないか」

「放して！」

「おまえの父親にあれだけの仕打ちをされて、これっぽっちの金でおとなしく引き下がると思ったら大間違いだ。このあいだやりかけにしたことをすませようじゃないか」

「どうかしてるわ。ここは教会なのよ？」

「知ってるか、ここの司祭とはちょっと前から知り合いなんだ。ボルドー産ワイン《クラレット》にことのほかご執心でね。うまい酒が飲めるように、少々お布施をしたのさ。俺たちを邪魔する者は誰もいない。ここにいるのは俺たちだけなんだよ、お嬢ちゃん」

「やめて！」

　もがいたが、パウが太刀打ちできるわけもなかった。マラベイはパウを押さえつけ、首にナイフの刃を押しつけた。刃が首にこすれるのを感じ、パウはつかのま動きをとめた。相手がのしかかってきて、饐えた汗の匂いが彼女を包んだ。

逃げた。


「何もかも奪ってやる」いやらしい声で囁き、手がパウの体を這いはじめる。

パウは無我夢中で抵抗した。刃が首に食いこんで痛みが走ったものの、やめなかった。恐怖と怒りにまかせて手足をじたばたさせ、とうとう相手がたじろいだ隙に思いきり膝蹴りを食らわせた。幸運にもそれがマラベイの股間に命中した。相手は目を剝き、ナイフが手から滑り落ちた。そのまま後ずさりし、体を二つに折って倒れる。パウはすかさず身廊を走って、かつての使用人の苦しそうなわめき声を背中に聞きながら通りに飛び出すと、後ろも見ずに逃げた。


またぐらの鈍い痛みはまだあったが、アルベルト・マラベイは上機嫌で通りを歩いていた。ポケットの革財布の重みは計画がまんまと成功した証拠だった。これで新しい外套を買い、まともな食事ができる。だがまずはお祝いに酒瓶を一本買い、娼婦を表敬訪問といこう。これだけの金額があればしばらくもつ。

もっと要求しとけばよかったな、とも思う。あの女は生まれたときから恵まれた暮らしを送っている。父親は結局、たとえへぼでも医者は医者で、たんまり蓄えを残していたにちがいないのだ。

そう考えるうちに、自分の洞察力の鋭さにはっとして足を止めた。何日か待って、相手がすっかり油断してもう大丈夫と安心しきった頃、思いもかけないときに現れて、また恐喝するのだ。これは金になるぞ。それに教会という舞台であんな目に遭わされたのだ、今度こそものにしてやろう。

すっかり能天気な気分になって、楽しくなりそうな未来に舌なめずりしながらまた歩きだしたとき、背後から迫ってくる足音に気づいた。ナイフを隠した上着の内ポケットにすばやく手を入れる。

「まあ落ち着いてください。あなたが苦労して手に入れた大枚を奪うつもりはありませんから」

褐色の髪の若者の言葉には教養が感じられ、やけに気取って見えた。若者は満足げな顔でこちらを見ながらハンカチを鼻に押し当てた。

「ひどい悪臭だな。鼻が曲がるほど臭いますよ、旦那さん」

「それが人に話しかける態度か？」

「これは失礼しました。あなたのような階級の人たちとふだんお付き合いがないもので」

「あんた、いったいどこの誰だ？」

「ああ、お友達ですよ」

マラベイは相手の頭のてっぺんから爪先までじろじろ見た。

「おわかりだと思うが、にいさん、俺たちは友達なんかじゃない」

若者は笑みを絶やさない。

「ええ、おっしゃるとおりです。ですが、われわれには共通項がある」

「へえ、そうかい？」マラベイはもどかしげにナイフを撫でながら尋ねた。おしゃべりにうんざりしてきた。「何だよ？　教えてもらいたいもんだな」

「あなたがいま取引していた若者に、二人とも興味があるようです」パウが立ち去った通りの奥にステッキを向けて言った。「私も彼の友人で、彼のことをとても気にかけているんです。一、二杯ご馳走させてもらえませんか？　あなたにご提案させていただきたいことがあります」

若者が小さな袋を差し出して振ると、チャリチャリと音が鳴った。マラベイはポケットから手を出し、オオカミのような笑みを浮かべてうなずくと、ファヌヨザの後に続いた。今日はなんてついてるんだ。

44

「しょ、諸君、治療に電気を利用すれば、しょ、将来大きな可能性が広がるのです」

ガベット教授は足を引きずり、黒い木の演壇をコツコツと杖をつきながら行き来する。ときおり足を止めては、眼鏡の縁越しに学生たちが座る階段席に目をやり、彼らがまだちゃんとそこにいるかどうか確かめた。吃音ではあるが、大学側は彼に、自分の知識をまとめた資料をもとに自由に授業させている。というのも、教室にはいったとたん、なぜかその癖があまり目立たなくなるからだ。

パウは早めに到着した。目立たないように、最後列に座った。ファヌヨザの取り巻き連中はいつものように最前列を占めているが、ファヌヨザ本人の姿は見えない。パウは少しほっとした。最後に会ったときの衝突以来、ファヌヨザとは顔を合わせていない。そのほうがよかった。

マラベイと待ち合わせしたときの動揺がいまも消えず、誰にも気づかれたくなかった。何日か欠席したあと、ダニエルたちの助言を無視して、やはり授業に出ることにした。とはいえ今日は意味がないようだ。授業にちっとも集中できない。

ダニエルとフレーシャは約束どおりパウの秘密を洩らさなかった。ファラン司書の死はもちろん大学内で騒動を巻き起こしたが、それも過去のものとなった。遺体は炭化した状態で発見され、結果的に首の傷には誰も気づかず、もちろん誰もそんな傷があると予想もしていなかった。公式に、不幸な事故だったということになった。図書館に閉じこもってパウが何をしていたのか、誰も尋ねはしなかった。自分には何の疑いもかかっていないらしい。それでも、あそこで起きたことと、その結果あの親切な老司書の死を招いたことは自分のせいだと感じていた。

早く午後にならないかな、とそわそわしていた。ダニエルとフレーシャと会う約束をしているのだ。じつはドロースの部屋に落ち着いたあと、オムスの秘密の研究室からヴェサリウスの書物といっしょに持ち出したガレノスの本を調べて、驚くべき発見をしたのだった。

ファヌヨザのグループのひとりである痩せこけた顔の学生が手を上げて教授の話を遮ったので、パウの意識が現実に引き戻された。

「な、何だね、マルティくん？　質問かね？」

「僕の理解によれば、今世紀初頭に死人を甦らせる実験がおこなわれたそうですね。それも、先生がおっしゃる将来の大きな可能性のひとつですか？」

教室内がざわついた。ガベットは足を止めもせずに小声でくすくすと笑った。

「し、親愛なるマルティくん、いつものように、君の横槍にはユ、ユーモアがあるね」教授の目が愉快そうにきらりと光る。「だが、ふだん君の冗談はただユーモラスという点で有用なだけだが、こ、今回に限っては、興味深い観点が隠れている」

教授は杖を脇に置き、演壇に寄りかかった。

「ルイージ・ガルヴァーニという名は、諸君もきっと聞いたことがあるだろうが、お、おそらく業績については記憶にないだろう。十八世紀末、ぐ、偶然に、み、み、自ら生物電気と名づけたものを発見し、あ、ある科学理論が誕生するきっかけをつくった。マルティくん、き、君ならその理論の名前を提供してくれるのでは？」

学生が恥ずかしそうに首を振ると、ガベット教授は演壇から寛大に微笑んだ。

「助け舟を出そう。発見した人物にちなんでガ、ガルヴァーニ電気と呼ばれている」教授は説明を始めた。「この理論は、動物の脳は電気を発生させると言明した。そ、そ、その電気は神経内を流れて筋肉内に溜まり、て、適切な瞬間に各器官に送られてそれらを動かす。ガルヴァーニは、自身の論文『筋肉の運動における電気の力について』で、心臓を動かす電気刺激研究の基礎を築いた。彼の理論は、こ、今世紀にはいってかなり経ってから、よ、ようやく認められた。じ、実の甥のジョヴァンニ・アルディーニに至っては、び、病人の麻痺を治療したり、し、し、死体を生き返らせることさえできるのではないかと期待して、数多くの実験をおこなった」

「ではガベット先生、条件さえ整えば、電気が命を甦らせる手段になると？」ファヌヨザの取り巻きの別のひとりがそう尋ね、仲間たちに目配せした。

教室内にどっと笑いが起きる。

「諸君、そういう噂話には何の意味もない。わ、私は驚いたよ、そ、その手の話を信じるほど君たちが子どもだとは思っていなかった」

学生は赤面した。

「ア、アルディーニの実験はすべて失敗に終わった。彼は公開実験で罪人の死体に電気ショックを与えたのだが、結果について唯一言えることは、失神者が大勢出たってことぐらいだ。いまわれわれが授業で扱っている電気による治療とはまったく無関係なことだ。くだらないことを言ってもらっては困る」彼は体を起こした。「そ、そういう実験がおこなわれたという記録がエジプトやギリシャ、なんと中国にまで残っている。こ、古代ローマの医師スクリボニウス・ラルグスは著書『医学処方』で、つ、痛風による関節炎の治療にシビレエイを用いたと書いている。ギリシャ人医師ディオスコリデスは、やはりシビレエイを脱腸の処置に使うことを勧めているし、イ、イブン・シーナー（十世紀のイスラム医学者、哲学者）さえ、シビレエイは片頭痛や癲癇に効くとしている。ほかにもそういう例はいくらでも挙げられる」

「でも先生の意見はどうなんですか？」学生は引かなかった。「将来、死者を生き返らせることができると思いますか？」

「いいかね君、わ、私は医学の限界を予言するつもりはない。ど、どんなことにも、ふ、不可能はないと思うが、これだけは確かだ——研究室のカエルの標本を生き返らせるのは相当難しいぞ」

どっと笑いが起こって場の雰囲気がほぐれ、教授は笑みを浮かべながら続けた。

「じゅ、十八年前、シュタイナー医師が、ク、クロロホルムによる麻酔で心肺停止となった患者を蘇生させたことがあった。医学が死者を生き返らせたということで言えば、そ、そ、それが最も近いだろう」そこで言葉を切り、時計を見る。「諸君、議論はじつに興味深いが、今日のところはここまでとしよう。じ、次回の授業までにラモン・アラーヤの『電気麻酔』の基礎を復習しておくように。み、明後日また会おう。よい午後を」

学生たちは盛んに言葉を交わしながら教室から出ていった。戸口に到着したところで、パウはガベット教授に呼び止められた。

「ジ、ジルベルトくん、ちょっと待ってもらえるかね？」

二人きりになると、教授は読んでいた書類から目を上げ、手招きした。

「このところずいぶん授業を休んでいたね。き、聞いたところでは、学生寮にもいないという」眼鏡の縁越しにこちらを見る。「この三学期の君の担当教官としては、放っておけないのだ。な、何か重大な問題でも？」

「いいえ、大丈夫です、先生」

「最終試験まで、も、もう間がない。あ、あまり適切な行動には見えないね。私の言う意味がわかるかね？」ガベット教授の顔は本気で心配そうだった。「り、理事会で申し開きするためにも、説明してもらう必要がある。すでに警告を受けているのだ。教授たちの中には、規則違反をする傾向があるとして、君をよく思っていない者もいる。き、君を弁護しなければならないとすれば、君はた、た、正しいことをしていると確信が持てないと」

パウは、自分を気にかけてくれる教授に心の中で感謝した。大学の教授たちの中で、ガベットほど学生に気配りしてくれる人はいない。教授を騙したくなかったから、できるだけ真実に近い言い訳を探す。

「助手としてアマット先生といっしょに取り組んでいた仕事について、ご存じですよね？」

教授がうなずいたので、パウは先を続けた。

「学生が実地研究をおこなうことは禁じられていると知ってはいますが、先生が亡くなったあと、バルセロネータ地区での仕事を僕が引き継いだんです」

「なるほど。ま、また規則に違反しているとはいえ、それは賞賛に値する行為だし、ま、間違いなく情状酌量の余地がある。だが、が、学生寮に戻らない理由にはならないぞ」

「じつは思った以上に作業が大変で、現地で徹夜しなければならないことがたびたびあって」

「な、な、何だって？　き、危険じゃないのか？　あの界隈には悪党や、ら、乱暴な連中がいるんだろう?」

「いいえ、先生。ある娼婦が部屋に置いてくれているんです」教授の愕然とした顔を見て、パウは自分の失敗に気づいた。「いいえ、違います。そういうことじゃない。ドロースはとても気のいい女性なんです」

「な、な、なんたることだ!」

「僕らの関係は厳密に仕事上のもので……」

教授は息を詰まらせながらパウを見つめ、吃音がますますひどくなった。

「ジ、ジ、ジルベルトくん、そ、それ以上聞きたくない! ほ、ほかの教授たちに対しても、申し開きはするが、今後はす、すべての授業に出席したまえ。わかったかね? そ、それに加え、そ、そ、その関係はできるだけ早く解消することだ」

パウは即座にうなずいた。ショックを受けた教授がどんな結論に達したか、想像に難くなかった。自分は女だと打ち明けずに、殺人犯に狙われているから娼婦の部屋に匿ってもらっていると説明するにはどうすればいい? すべてはヴェサリウスの書籍と関係しているのだということも話せない。先生は何を言っても信じてくれないだろう。

パウは教授に礼を言い、これ以上失態を犯すまえに教室を立ち去った。

45

雨が通りを濡らしていた。ムンジュイックの丘から風が吹き降ろし、陽が傾くにつれ光が薄れていく。いつも以上に人通りが少なく、食堂や居酒屋に避難場所を求めて歩く人を数人見かけただけだ。

その一方で、ドロースは頬がほてるのを感じていた。一張羅の水玉模様のドレスにショールを羽織り、早足で歩いていく。思わずにやけてしまうし、ウナギのように逃げ出す思いをなかなか捕まえられなかった。フレーシャの言葉が何度も何度も頭の中でこだました。

真面目な話なの？　うん、それは間違いない。あんなふうに照れる彼をいままで見たことがなかった。フレーシャはこちらが何か言うまえに、ぼそぼそと謝罪の言葉を並べはじめた。ちょうどそのときあの娘が部屋に顔を出し、素っ裸のあたしたちを見られてしまい、ますます気まずくなった。その場面のあまりの滑稽さに笑わずにいられなくなり、そのせいで、せっかくのプロポーズを馬鹿にされたと思ったフレーシャはかっとなって部屋を飛び出し、それでこっちはますます大笑い。しまったと思ったときにはもう遅かった。

誰かの女房になるなんて。どうしても信じられなかった。いままでだってあたしに愛を誓い、結婚しようと言ってくれた男はいた。だけどいつも断った。最初ののぼせが収まったら必ず後悔し、問題が起きるとわかっていたから。相手がフレーシャでもそれは同じ。それとも違う？　急に神経が昂ぶって、体がぶるっと震えた。

ちびで痩せこけたあの男は、初めて知りあったときからなんとなく憎めなかった。人一倍自信過剰で、あまりに鼻持ちならないので嫌気がさすこともある。でもいつもあたしに敬意を払い、まともな女性として扱ってくれる。すてきな求婚だったから、ドロースは激しく心を揺さぶられていた。これが愛？　わからない。もしかすると、運命の女神がチャンスをくれたのかも。日々生きていくためにそうするしかなかった惨めな境遇から、これで脱け出せる？　そう考えただけで頭のてっぺんから爪先まで震えた。

すれ違った二人組の船乗りが、こちらを不躾に見た。若いほうが何か言い、相手が笑う。きっと、二か月おきにバルセロナ、プエルトリコ、ラ・ハバナを結ぶ郵便船で到着したばかりなのだ。給金をもらって、もう散財してきたと見える。簡単な仕事だ。ほとんど努力をしなくても、どっさりお金が懐《ふところ》に転がりこむ。でも、それが懐にとどまることはない。

ベーヤ刑務所の角を曲がる。かつての王女の名を取ったアマリア通りに一部面しているため、アマリア刑務所とも呼ばれる。近くの建物の玄関から若い女が出てきた。フェルトの帽子に納めるため、髪をお団子にしている。ゆったりしたドレスを着て赤いショールを羽織っているが、肩を覆いきれていない。背後からほんの十六歳ぐらいの若者が現れた。シャツとズック靴という出で立ちからすると、工場の見習いだろう。若者はドロースを見ると、顔を赤らめた。そして、何も言わずにそそくさと立ち去った。

「気が向いたらまたおいでよね、ハンサムさん」女は胸の谷間に隠した小袋に金をしまいこみながら、若者の背中に言った。

ドロースは女に挨拶した。それに応えるように若い娼婦がうなずく。この界隈ではマルセダスという名で知られているが、たぶん本名ではない。たいていの女は名前を変え、昔の名は忘れようとする。二十歳にもなっていないだろう。アーモンド形の目はきれいだが、輝きを失い、焦点も合っていない。くすんでいるのはそれだけでなく、額に落ちている染めた髪と入れ毛にしている本来の栗色の髪もだ。ここラバル地区では、美しさほどはかないものはない。

「死ぬほど寒いね」女が言った。「こういう日はストッキングを下ろしたくないよ。相手が文無しのガキならなおさら」

ドロースはうなずいた。こちらの奉仕に見合う料金が払えない客を相手にしなければならないことも多い。そういう場合、不躾な視線が届かないような玄関先や通路が、下宿屋の部屋の代わりを果たしてくれる。そこがたまたま暗い場所なら、運がいい。腿を使えるからだ。神経質になっていたり、酔っぱらっていたりすれば、相手はそれが腿だと気づかないまま、五秒で、はい終わり。

女は服の乱れを直して目を上げた。

「いつもと違うね」

「違う?」

「ああ。ふだんより明るく見える」

ドロースはどう答えていいかわからなかったが、マルセダスが続けた。

「あのお上品な紳士と会ったんだろう? 昨日、御者があんたのことを尋ねてた」と言って口を尖らせる。

「え？　あたしのことを？」

「ちょっと、あたしを相手にしらばっくれないでよ。ちゃんと聞かせてもらうよ。使用人の服装とお行儀からすると、あれは製鉄所か何かの社長だね。大金持ちだよ、絶対。あんたに興味津々って感じだった」

「誰の話かわかんないよ、マルセダス」

「何言ってんのさ」むっとしたように言い返す。「話したくないなら、べつにいいけどね。ああ、なんかあったかいものが飲みたくなったよ。いっしょに来ない？」

「いいや、あたし、帰る」

　マルセダスは目を剝いた。

「帰る？　この時間に？　いったいどうしちゃったのさ？　やっぱり今日のあんたはおかしいよ」

　ドロースは物思いにふけりながら、マルセダスが居酒屋へと遠ざかっていくのを眺めていた。さっきはよく考えもせず答えたのだが、やっぱり今日は仕事をする気になれない。たぶんあたしも風邪を引いたんだ。あるいはフレーシャのくそったれプロポーズのせいか。あの言葉が頭から離れない。いらいらしながらため息をつく。あの人とちゃんと話をしなくちゃ。

「もう少し静かな場所のほうがよかったんじゃないか？」

ダニエルとパウは不満げにフレーシャを見た。三人は、舞台を見るには最高のテーブルに座っていた。悲痛な声が流れてきて、ギターがかき鳴らされ、踵が鳴り、手拍子が響く。ナイトクラブの店内では、騒音と煙草の煙で呼吸さえままならなかった。だが客たちにはどうでもいいことのようだった。ほとんどはルーレットの球やサーティ・フォーティの賭金のほうに夢中になっている。

「人目につかないところで集まりたいと言ったのはあんたたちだ」フラメンコダンサーのひとりを食い入るように見ながら、フレーシャがにやりと笑う。「〈カフェ・デル・プエルト〉ほど目立たずに話ができる場所はほかにないぞ」

ダニエルが、包帯が巻かれたフレーシャの手を指さした。

「どうしたんだ？」

「ああ、ちょっと事故に遭ってね。たいしたことはない」

何気ない口調だったが、声がうっすらと震えているのをダニエルは聞き逃さなかった。店にはいってからというもの、フレーシャの様子がどうもおかしい。相変わらず気さくなのに、人と目を合わせようとせず――とくにパウと――脇で微笑みながら黙りこくっている。酒瓶の状態からすると、ずいぶん前から飲んでいるようだ。その〝事故〟と関係がありそうだった。それについて問いただそうとしたとき、カジノのテーブルのまわりで起きている騒動を避けてウェイターが現れた。

「何を飲む?」フレーシャが、アニス酒でいっぱいのグラスを見せながらダニエルたちに尋ねた。

二人は首を横に振った。

「おいおい、興醒めな連中だな。何も注文しないと疑われるぞ」フレーシャがそう言って、大げさにウィンクした。

結局ワインを飲むことにした。ウェイターが飲み物を注いで立ち去ると、パウは、ほかの二人が図書館に現れて彼女をオムス医師から救ってくれるまでの顛末について、記憶をたぐった。まずヴェサリウスの書籍が見つからなかったこと、司書と会って相談したこと、秘密の書庫で長い時間を過ごしたこと、さらにその後、隠し部屋の研究室を見つけたこと、壁一面に書かれていた言葉についても話した。

「下水道で順路を示すためにあんたの父親が使ったのと同じ銘文じゃないか?」フレーシャが尋ねる。

「うん」ダニエルはその文の意味を披露した。「《人はその独創性によってのみ、永遠に生きられる》」

「なぜこの一節をオムスがあんなに執拗に壁に書き、その後あんたの父親が道しるべに使ったんだろう? 偶然とは思えない」

「僕もそう思うが、理由は見当もつかない。例の謎の〈第八巻〉が見つかったらわかるかもな。それでどうなったんだ、パウ?」

パウは、司書の遺体を発見したこと、書棚の迷路の中を逃げたこと、最後に追っ手と戦ったことを話して締めくくった。

「図書館の火事は事故だと誰もが考えています。実際には何があったのか、疑う者はひとりもいない」

「くそ！　またふりだしだ」

「そして、ヴェサリウスの本もまだ手にはいっていない。残念ながら、君がオムスと対決したときに奪われてしまった」

パウがそこでにやりと笑った。

「じつは見せたいものがあるんです」彼女はそう言って、持ってきた鞄から布の包みを取り出した。慎重にテーブルに置いて布を取ると、革表紙の分厚い本が現れた。

「これはオムスの秘密の研究室でヴェサリウスの著書といっしょにあった本です。表紙を見ればわかるように、題名は『De Dignotione ex Insomnis Libellis』、ガレノスが著した夢診断の書です」

ほかの二人がわからないという表情をしているので、パウは本を開いた。どちらも驚きの声をかろうじて抑えた。

最初のページは図版で、店の光に照らされたとたん命が宿ったかのように見えた。すし詰めの階段教室でおこなわれている人体解剖の講義の様子が驚くほどの精密さで描かれている。渦巻き模様に囲まれた枠の中にはこんな銘がある。《Andreae Vesalii Bruxellensis, scholae medicorum Patauinae professoris, de Humani corporis fabrica Libri septem》——ブリュッセル出身、パドヴァ大学医学部教授、アンドレアス・ヴェサリウス著『人体構造論全七巻』。

一瞬周囲の騒音が静まったような気がした。

「いったいどういうことなんだ……」フレーシャが最初に口を開いた。

「オムス医師の頭のよさとユーモアのセンスがこれでわかります。ヴェサリウスの代表作が、言ってみれば研究者としての彼の宿敵であるガレノスの著書の表紙の下に隠れているなんて、誰も想像しないでしょう」

「つまり、オムスは著書を奪えなかったってことか?」

「どうやら二冊あったようですね」パウが興奮で目を輝かせながら言った。

「ますますわからなくなった」

「いろいろ考えて、こういう結論に達しました。オムス医師はサナトリウムに入院させられると知り、ほかの本の表紙で覆ってこの本を隠すことに決めた。そのあと同じ『人体構造論』を一冊そばに置き、さらに目くらましのために周囲に何の意味もない書物をどっさり積んだ」

「なぜそこまで手間をかけたんだ?」

「彼の発見を喉から手が出るほど欲しがっている人々を混乱させるためでしょう」

「でも、そもそもなぜ特別にこの一冊を隠したんだろう? 何百冊と出版されている有名な本なんだろう?」

「そのとおり。私もそう思いました。考えられる答えはひとつ。この本は復刻版じゃない。原本なんです。つまり、三人は三百年以上前の本ということです」

彼女がそう言うと、三人はテーブルの上の書物を改めてうやうやしく眺めた。

「でも、オムスが自分で自分の罠にかかって、もう一冊のほうを持ち去ったのは妙だな」

「いい質問です。どちらも大きさも形状もとてもよく似ているから、煙や炎のたちこめるなかで区別するのは難しかったと思います。あなたがたが現れたのを見たオムスは、すぐに逃げなければならなくなり、どちらが目当てのほうか確かめる余裕がなかったのかも」

「こんな古ぼけた本にそこまで騒ぎ立てるとはな」フレーシャが何気なくページを繰りながら鼻を鳴らした。「誤植だってあるぞ。ほら、ここのページ数に」

パウは急いで新聞記者の手からそれを奪い返し、テーブルにそっと置いた。

「フレーシャさん、この〝古ぼけた〟本とその七百ページ近い内容は、史上最も重要な科学書のひとつと考えられているんです。それでもわからないなら、これのせいで私が危うく命を落としかけたってことを思い出してください。もうちょっと丁寧に扱っていただけますか？」

「まあまあ、落ち着いて、パウ。フレーシャだってぞんざいに扱おうとしたわけじゃない」

パウは怒ったように唇をぎゅっと結び、新聞記者はそれに応じて首を傾げ、相手を見くだすように顔をしかめた。

「続けてくれ」ダニエルが促した。「なぜオムスが特にこの本を重視したのか、理由を考えよう」

「わかりました」パウがまだふくれっ面をしたまま続けた。「残念ながら、ほかの本との違いは見つかりませんでした。そしてもちろん、〈第八巻〉についてもいっさい言及はなかった」

「いっしょに見ていこう。君が見落としたことが何かあるかもしれない」

「そうですね」パウも素直に認め、書物を三人の中央に置いた。「まず知っておいてほしいのは、この作品の何がすぐれているかと言って、それはこの挿絵です。全部で八十点以上あり、そのうち十七点はページ全面を使っています。大勢の画家が参加していますが、最も多くを手がけ、知名度も高い人物が、ティツィアーノの弟子のヤン・ステファン・ファン・カルカールです。また、ヴェサリウス自身が描いたものも多いと知られています」

「なぜ挿画がそれほど重要なんだ？」

「ヴェサリウスは、解剖学と美術の融合を熱心に提唱していたんです。ですから、これらの図版は医師だけでなく、画家に向けたものでもありました。非常にすぐれた作品で、こんにちに至ってもこれを超えるものはありませんし、どの図版もすでに何度もあちこちで複製がつくられました。同時に、情報量ものすごくて、象徴性にあふれています。たとえば扉絵を見てください。ほら、ヴェサリウス本人がいます」パウは図版の中央の人物を指さした。高い額、大きな鼻、豊かな髪と髭。秘密を暴いてみろと挑発するようにこちらをまっすぐに見ている。「これは解剖初日の場面です。当時は、見てわかるように、腐敗が進行しやすい内臓から解剖を始めたんです。ほら」図版をまた指さす。「開創器を遺体の開いた腹部にあてがっている。これはじつは医学界への挑戦です。ヴェサリウスは、解剖学教授は解剖の示説のみをおこなうというこれまでの伝統をはねつけ、理髪師を解剖台の下に追いやって、自ら執刀した」

「理髪師だって？」フレーシャが笑いを噛み殺しながら尋ねた。

「理髪師が初期の外科医を務めていたんです」パウが説明する。「当時は彼らが遺体の解剖をおこない、医師は高椅子から下りなかった。それは権威を損なう行為だと考えられていたんです。ヴェサリウスはこの常識に背いた最初の医師のひとりで、おかげで人体に関する知識が深まった。『人体構造論』を出版する際、彼はガレノスの解剖理論の間違いを指摘しようとしました。たとえば、主要な血管は肝臓から始まっているという説とか。この扉絵によって」パウは版画を指さした。「ヴェサリウスは、人間を知る唯一の方法は人間自身にしかないと言いたかったんです」

　ページをめくると、長年誰も本を開こうとしなかったことに文句を言うかのように、紙がカサコソと音をたてた。

「上質皮紙が使われていることも、これが底本だという証拠です。当時としてはとても高価な素材ですが、この手の書物をつくるときにはそれを使うのが普通でした。以前お話ししたように、本は七巻、あるいは七つの〝リベル〟に分かれています。リベル・プリムス、つまり第一巻は骨格と関節を扱っています。第二《セクンドゥス》巻は筋肉を取りあげ、この書物の中で最も有名な一連の挿絵が含まれます。第三巻《テルテイウス》は心臓と血管、第四巻《クアルトウス》は神経系、第五巻《クイントウス》は腹部内臓、第六巻《セクストウス》は胸部内臓、そして最後の第七巻《セプテイムス》は脳について書かれています。当時としては革命的な解剖書で、これが近代解剖学の幕開けとなりました」

目の前にある挿絵は、奇怪なポーズで立つ骸骨から筋肉が垂れ下がっている解剖図だ。フレーシャは思わず口走った。

「薄気味悪い！」

パウが微笑む。

「そこが版画の大きな長所なんです。ヴェサリウスは芝居がかったポーズを選んでいますが、とても効果的です。私がこれまで手にしてきたほかの解剖書と違って、挿画がもっと……何と言うか……いきいきしている」感嘆のため息をつく。「挿画の使い方はこうです。各筋肉、腱、骨にアルファベットや数字などの記号がふられ、それを手がかりにして次ページの解説を参照する。そこに各部位の名称や役割、解剖学上の機能が書かれているんです」

石油ランプの光が挿絵に命を与えたかのようだった。あられもない恰好をした人体像はどれも、無言の悲鳴をあげて身をよじっている。フレーシャはぞっとしたが、それが目の前にある挿画のせいなのか、あとでこのことを全部警部に報告しなければならないと思い出したせいなのか、わからなかった。

「何かあるぞ。この最初のページには……」ダニエルが言った。

書籍をランプにもっと近づける。光に透かしてみると、ダニエルが指さした場所に文字の影が見えた。ページがくっついていて、文字が隠れているのだ。ほかの二人の期待に満ちたまなざしに見守られ、ダニエルがそれを慎重に剝がす。本の見返しの下部にごく小さな文字があった。

「何だろう？」

「献辞みたいだな」

「おかしいな。当時の習慣では、献辞は目立つところに置くものなのに。隠す必要はないんだから」パウが指摘した。

三人はもっとよく見るために、頭を突きあわせた。凝った手書き文字がページの四分の一を占め、ヴェサリウス自身の肉筆による優美な飾り書きで締めくくられている。

「ラテン語で書かれているようだ」

「そのとおりです、アマットさん。ヴェサリウスは当時の医学界で使われていた言語で書いています。俗ラテン語、ギリシャ語、アラビア語、ヘブライ語」

ダニエルが文を訳した。

「国王フェリペ二世への献辞という形でその健康と繁栄を願い、自らの貴重な知識を捧げている。一五六五年四月に本人が署名しているな」

「ありえない」パウが大声で言った。

「どうして？」

「『人体構造論』はヴェサリウスの存命中にわずか二回しか編集改訂されていません。最初が出版時の一五四三年、二度目は本人が改訂した十三年後の一五五五年。ヴェサリウスは初版の一冊をカール五世に献呈し、それはいまルーヴェン大学に保管されています。でもこの本はフェリペ二世に捧げられているうえ、最後の改訂からさらに十年が経過している。ありえないと言ったのは、ヴェサリウスはこの日付の前年に亡くなっているからです！」

「間違えたのかも」

「かもしれません。でも……」パウは一瞬口をつぐみ、それから顔を上げて、興奮できらきらした目で二人を見た。「これがどういうことかわかりますか？」

二人が首を横に振る。

「ヴェサリウス自身がふたたび改訂した三版目の本かもしれないということです。しかも、その改訂は彼がすでに死んでいたはずの日付におこなわれている。その存在についてどこにも記録されていない版。もしそれが事実なら、いま目の前にあるのは恐ろしいほどの価値がある唯一無二の本です」

「売ったらどれくらいになる？」ギターと歌い手が別の曲を始めるのを眺めながら、フレーシャが尋ねた。「数十ペセタぐらいか？」

「たぶんもうちょっとは。数十万？」

フレーシャはいきなりアニス酒を噴き出して咳きこみ、椅子から転げ落ちそうになってテーブルの縁をつかんだ。

「何だって？」ダニエルが尋ねる。

「いいえ、私の予想はきっと間違っている」うやうやしくページを撫でる手が震えている。「世の中にはほかにには存在しない貴重な解剖書だもの。数百万はくだらないわ」

「おいおい、ただの古紙の山じゃないか！」

パウは、また笑いだしたフレーシャをじろりと睨んだ。ダニエルはいがみあう二人をよそに、不安顔で本を見つめた。これほど数多くの死をもたらしたこの古書にいったい何が隠されているのか？

演奏が終わり、ミュージシャンたちは休憩にはいった。フレーシャはそのあいだにひとつげっぷをして、新たに注いだアニス酒を高名な解剖学者に献杯した。

「ヴェサリウスについてもう少し調べてみたんです」パウは新聞記者から体を遠ざけながら言った。「何か糸口が見つかればと思って」

「いい考えだ」ダニエルは先を促した。「何か面白いものが見つかった？」

「まずは、彼の晩年に注目すべきだと思いました」パウはノートを繰った。「スペインで過ごした最後の日々、彼は国王の侍医を続けながら、臨床医師を辞めて研究に没頭するようになりました。一部の医師たちが、外国人が国王にこれほどおそばで仕えるなど言語道断と非難しただけでなく、ガレノスを崇拝する医学界を大胆に攻撃する彼を快く思わない者も多かったんです。彼が宮廷から遠ざかると、悪意ある噂が立つようになりました」

「どんな噂が？」

「その後もヴェサリウスはたくさんの遺体解剖を続けていたらしく、場所がスペインだったこともあって、教会や一部の医師たちまでがこれを咎めだてしてしまいました。黒魔術をおこなっていると言いだす者が出たほどです」

「ああ面白い」フレーシャがあくびをした。「で、それが俺たちと何の関係があるんだよ？」

パウはフレーシャを無視して説明を続けた。

「一五六四年、異端審問所がヴェサリウスを裁いて、死刑を言い渡しましたが、彼を高く評価していたフェリペ二世が減刑にして、エルサレムへの巡礼という処罰がくだりました。そもそも審問にかけられた理由が曖昧で、意見もまちまちです。いちばん信頼性の高い史料によれば、宮廷でかなりの力を持つある年若い貴族の解剖をヴェサリウスがまかされたのですが、胸を開けたとき、心臓がまだ動いていたと大勢の人が証言しているんです。それが事実なら、珍しい失敗です。ヴェサリウスは臨床経験が豊富だし、何十年ものあいだ山ほど解剖を実施してきた」

「それでどうなったんだ？」

「処罰に従って聖地エルサレムに行きました。ところが帰途につく際、ヴェネチアの帆船に乗れと王家から強く勧められたにもかかわらず、これを断り、巡礼者用のみすぼらしい船に乗りこんだ。船はギリシャのザンテ島近くで難破し、波間に呑みこまれました。ヴェサリウスは溺死はしませんでしたが、すでに年老いていたし、おそらく怪我をしたこともあって、病気になり、亡くなりました。でも、別の史料では、彼がそのときに命を落としたかどうかはっきりしません。そのままギリシャに残って、もう十二年間生きたという話もある」

「老ヴェサリウスが生き残ったのは間違いないな」フレーシャが口を挟む。

「敵たちが彼を死んだものと信じたその陰で、第三版を完成させた。そしておそらくリベル・オクタウス、つまり〈第八巻〉を加えた」

「その可能性はあります」パウも認めた。

「だがどうやってその〝何だかわからない巻〟を見つけるっていうんだ？　ギリシャまで行けっていうのか？」

「オムスは、何か理由があって、この本そのものを取り返そうとした」ダニエルは考えこんだ。「この中に、〈第八巻〉を見つけるヒントか道しるべがあるのかもしれない」

パウは暗い顔で首を横に振った。すでに調べたが何も見つからなかったし、謎の本の存在を示す証拠もなかった。

そのとき、賭け事をしているテーブルのひとつで騒ぎが起こった。いかさまだと憤慨する大声が聞こえる。売り言葉に買い言葉で、たちまち取っ組み合いが始まり、まもなく店内は大混乱となった。火事のように喧嘩が広がっていき、罵り声や拳が雨あられと飛び交う。

「店を出たほうがいい」ダニエルが言った。

椅子から立ち上がったそのとき、騒動を静めようとしたウェイターのひとりが突き飛ばされ、フレーシャに倒れかかった。その勢いでフレーシャもテーブルにぶつかり、グラスや酒瓶が引っくり返って中身がこぼれた。パウが悲鳴をあげて書物に飛びついたものの、遅すぎた。開いてあったページを飲み物が濡らす。パウはフレーシャを咎めようとしたが、言葉はそのまま喉でつかえ、ほかの二人も驚きに目を見張った。挿絵の半分ほどまでワインの染みが広がっていた。ところがその染みの中に、まるで小さな星のように、三つの記号が浮かびあがったのだ。ぱっと顔を輝かせたダニエルは、まだ倒れていないグラスをつかむと中身をページの残り半分にぶちまけた。

「何するの！」パウがわめく。

「見てごらん」ダニエルが答えた。

三人は、挿絵の中で円形の星座がきらきらと輝いているのを見て、息を呑んだ。

47

湯がいっぱいにはいったボイラーのように、ドロースの胸の内は煮えたぎっていた。フレーシャの新聞社に出向こうと心に決めたのだ。もしそこで見つからなかったら、ビベスという信頼のおける同僚がいると聞いたことがあるから、その人ならフレーシャがどこにいるかきっと知っているだろう。とにかく、きちんと誤解を解く必要がある。

角を曲がったとき、贅沢なランドー馬車が近づいてくるのを見て驚き、思わず足を止めた。ラバル地区でこの手の乗り物が走っていることなんてめったにない。立派な外観やつやつやした木製の黒い羽目板、きらめく銀の装飾具を惚れ惚れと眺める。こんなにきれいな馬、いままで見たことがない。

驚いたことに、馬車はドロースの横で停まり、上等な毛織のロングコートを着た御者が御者台から彼女のほうに身を乗り出した。男の強い体臭を嗅いで、なぜかサンタ・クレウ病院に病気の友人のお見舞いに行った日のことを思い出した。

「そこの人、ちょっといいかな？」

男の声は、その手に持っている鞭のようにしなった。初めは無視しようと思ったのだが、ついふらふらと近づく。

「ドロースというのはあんたかい？」

ドロースはぎょっとして、訝しげに男を見た。

「そうかもしれないし、そうじゃないかもしれない」

「なるほど。あんたのお友達と話をして、このあたりにいると聞いたんだ。それだけ聞きだすために、ココアを奢らされたよ」

ドロースは肩をすくめた。ったくマルセダスのやつ、ほんとに口が軽いんだから。

「怖がることはない。べつに危害を加える気はないからね」御者の声がやけにやさしげになる。「もう何日もあんたを捜してたんだ」

「あたしを？　どうして？」

「別の紳士があんたのことを話しているのを、俺のご主人が聞いてね。あんたを捜して、ご主人のところに連れてくるよう、俺が言いつかったんだ」

ドロースは答えるまえに少し考えた。マルセダスが言っていた客のことだ。ひとりの娼婦にそこまで執着する者はいない。まあ、パラレル地区とかいうキャバレーや劇場がある新街区にいる連中なら、なきにしもあらずだけど、ラバル地区の娼婦には……めったにないことだ。

「今日はもう店じまいしたんだ。またの機会にってご主人に言ってちょうだい」

これで心は決まった。

「待ちな」

御者はコートの内ポケットを探り、ドロースに小さな革袋を放った。それを宙でつかまえたドロースは、その重さに思わず悪態をついた。手の中にざらざらと銀貨が滑り出てきた。その輝きに目が釘づけになり、男がまた声をかけてきたので、やっとのことで顔を上げる。

「もし招待を受けてくれるなら、ご主人はもっと金を出す。とても裕福で、気前のいいお方なんだ」

これだけでもひと財産だ。一年休みなしで働いたって、こんなには稼げない。なのにもっとくれるって？　迷いながらまたランドー馬車を見た。これほどの馬車、いったいいくらぐらいするんだろう？　相当高価なはずだ。車体にずいぶん引っかき傷があるとはいえ。きっと大金持ちだね。

「あんたのご主人って誰？」

「かなりの重要人物だから、当然ながらできるだけ名前を伏せたがっていらっしゃる」

ドロースが決めかねているのを見て、さらに力説した。

「気まぐれな方なんだよ。だから、思いを遂げるためならいくらでも払ってくださる。こんなチャンスを棒に振るつもりかい？」

ドロースはまた革袋の中身を見た。これを最後に、もう体を売らなくてすむかもしれない。この期に及んで後ろめたく思うなんて馬鹿げている。ようやく運命の女神が微笑んでくれているのに、どうして背を向けるわけ？　新生活に踏み出すのに、このお金がどれだけ役に立つか。フレーシャには理由など言わなければいい。

「わかったよ」ドロースは了解した。

「よかった！」御者はひらりと飛び降りて、車体のドアをなかば開けた。「だが……」

「今度は何？」

「じつは」御者は難しい顔をした。「さっきも言ったように、ご主人は少々変わった方でね、水玉のドレスがお嫌いなんだ」

「ほんとに？　おやまあ」

「あんたの家に寄るから、ちょっと着替えてきてくれないか？　ほかはそのままでかまわないから」

「服を着替えろだって？　あんたのご主人、どうかしてるよ」

「どっからどう見ても紳士だが、妙なこだわりをお持ちなんだ。着替えなんて数分もかからない。手にはいる金額を考えればたいした手間じゃないだろう、違うかい？」

ドロースは断りたかったが、手の中の革袋の重みが口をつぐませた。この男の言うとおりだ。服なんてどうでもいいじゃないか、どうせしまいには脱いじまうんだから。ドロースはため息をついた。御者は手袋をした手を揉みしだき、うずうずしているのがはっきりわかった。ドロースはため息をついて言った。

「わかったよ。あんたのご主人の趣味に合わせるとするよ。だけど、もう二ドゥーロ上乗せしてもらうからね」

「もののわかった人だ！　きっとレアル銀貨に埋もれることになるさ」

御者はにこにこ笑ってドロースに手を差し出し、車内にエスコートした。

「今日のあんたは運がいい」

車内の豪華さを目にして、ドロースは口笛を吹いた。ドアが背後で閉まる。合図のあと、馬車はがたんと大きく揺れて動きだした。窓のカーテンを開け、ぼんやりと外を見ながら手の中の革袋をもてあそぶ。これが最後よと何度も自分に言い聞かせて、不安を静めようとした。これで私の人生は変わる。フレーシャを見つけて、プロポーズを受けるのだ。

48

三人はさらにワインを注文し、店の奥のぽつりと離れたテーブルに移動した。興奮はいやでも高まり、人々の声や音楽は遠景に退いた。

次の挿絵も、さらに次の挿絵も濡らしてみる。やはりそれらの図版でも、人体のさまざまな場所に振られた記号の周囲が次々に丸く発光した。

「ヴェサリウスは本当に頭のいい人だったんですね」パウは感嘆して言った。「重炭酸塩のペーストを使ったんです。そこにワインの酸が加わって、それまではとくに目立たなかった特定の記号が蛍光の輪の中に浮かびあがった。簡単だけど、みごとな方法です」

「ああ。でもこうして示された記号すべてにいったいどういう意味があるんだ？　どうして目立たせてあるものとそうでないものがあるのか？」フレーシャが尋ねた。

「組みあわせるとメッセージになるんじゃないかな」ほかの二人が黙っているので、ダニエルが意見を出した。

「全部繋げればそれでわかる？」

「そんなに単純なはずがない」パウが否定した。「何かしら法則があるにちがいありません」

三人の視線はワインで濡れた最後の挿絵に注がれた。解剖がかなり進行した段階の図版だ。骸骨人は背景の景色を眺めており、読者には背を向けて、最深部の筋肉のみが見えている。その周囲で小さな蛍光の点が輝き、三百年前にヴェサリウスが選んだ記号を照らしだしている。

「ほかの本と比べてみる必要があるのかも」フレーシャが提案した。

「名案だが、かなり難しいだろうな」ダニエルが答えた。「むしろこの本自体に答えが見つかるような気がする。ほかの部分と関連づけるとか……」

「そうよ！」パウがダニエルの言葉を遮り、またみんなを挿絵に注目させた。「図版とそれ

Ł>z7oLıorZoZ∇ωτ7ʌƐωZζ+ϙaω‡◊7o6

>L6Łυʄ⊥ʄ+rzLχ7rς⊥∇LƐz76χıo>LθŁ

zƐ7Z>+6◊+rz+∇7Ɛω∞ωρo⊥76ʄ◊7◊ɡL

76◊Ɛ+ZaıoZ7∞ʄLz+<ςϙLΔo+Zʄρ7ζτ∞+ϙ7<L

P7Zzω7Δoʄ+6zaθ76LZƐ+∇LZ7ª6ωϙƐ7r

Ɛ+Z∇Ļ6ζ7ʌʄ∞ʄ◊7◊…

を補う解説は両方が補完しあって初めて意味を成す、それがこの本の基本的な利用法なんです。以前説明しましたが、図版の骨格や筋肉それぞれに振られた記号は、次のページに記された名称や解剖学上の機能と呼応している」

「そして解説にはきちんと順番がある」ダニエルがパウを補った。「そうとも！　じゃあ、強調された記号を解説の順に書きだそう。記号が欠けたり順番を間違えたりしないように気をつけて」

　三人は作業に取りかかった。ダニエルとフレーシャが書籍のページを順に繰って、目に見えない染料で目立たされた記号をひとつひとつすべて見つけ出し、パウがそれをノートに書き取った。そうしてしばらく続けるうちに、一ページ全面を使った十七の図版のうち十六枚にマークが見つかり、小さめの挿絵にはひとつもなかった。一時間後、パウはメモから顔を上げた。がっかりした表情を浮かべ、ほかの二人を見る。何ページも記号で埋まっていたが、まったく意味がわからない。

「わからないわ」メモを振り返りながら言う。「あなたの提案は間違っていたみたいですね、アマットさん」

三人は途方に暮れた。

「このヴェサリウスって男、俺たちをからかってるんだ」フレーシャが言う。

そのとき突然ダニエルが笑いだした。

「そうだよ！　どうしていままで思いつかなかったんだろう？」

頭がどうかしたのかと思い、ほかの二人は怯えながらダニエルを見た。

「ジルベルト、ヴェサリウスには大勢の敵がいると教えてくれたのは君だ。だからこんなに簡単に暴かれては困るんだ。暗号の解読を阻止するにはどうすればいいか？」わけがわからないという表情の二人を前にして、ダニエルは説明を続ける。「いいかい、記号は基本的に数字と、ラテン語とギリシャ語のアルファベットだ。いまのいままで忘れてたんだけど、以前にも同じような記号群を目にしていたんだよ」

ダニエルは上着の内ポケットからオムス医師のノートを取り出しページをめくった。終わりまで来たところで開いてテーブルに置き、最後のほうのページに書かれた記号表を見せた。

「オムスが使っていたメモのようなものだと思って、あまり気に留めてなかったんだが、間違っていた。きっとこれこそが、ヴェサリウスの暗号をメッセージに書き換える対照表なんだ」

「オムスがこのノートにあんなに執着していたのは、だからなんだな！」新聞記者が興奮気味に叫んだ。

「本当にそうかどうか確かめましょう」パウがきっぱり言った。

三人は元気を取り戻し、時間を短縮するためにパウのメモを三等分して、それぞれがオムスのノートの対照表との照らし合わせを始めた。三人とも作業に没頭し、フレーシャさえ酒を飲むのを忘れた。わけのわからない記号の羅列が少しずつ紙の上で形を取りはじめ、長時間の奮闘のすえ、ついにすべての解読を終えた。ラテン語の文章が四ページ分。期待に満ちた表情の二人を前にして、ダニエルが声に出して訳しはじめる。

《いまあなたがお持ちの書物は『人体構造論』第八巻であり、人類にとって極めて重要な知識がここには収録されている。私ことアンドレアス・ヴェサリウスは、ここまでたどりついたあなたに大きな責任を託すものであり……》

三人は興奮を隠しきれずにおたがい目を見合わせた。

「この本は〈第八巻〉のありかを示すものじゃなかった。これ自体がそうだったのね！」パウが声をあげた。

「続けてくれ」フレーシャが促した。

ダニエルは読み続けた。

《私は生涯を通じて、病、そしてその先にある死と闘いつづけてきた。そのための科学がまさに医学であり、その進歩を探究することが私の人生の目的となり、これに情熱を注ぐことで人生に意味が生まれた。これから書こうとしているのは、長年の研究のすえにたどりついた〈手順〉についてである。この手順を、極めて厳密にたどらなければならない。進む道のりも大事だが、一歩一歩段階を踏むことが重要なのだ。つまりは、究極の知識を扱うときには謙虚さが必要だということである。

まずは上質な鋼鉄とガラスを手に入れること。腕のいい職人によって製造されたものであることが必須である。両素材を合わせて巨大な容器を製造する》

これ以降最後の段落に至るまで、ヴェサリウスは何かの装置をつくるための素材や複雑な指示を事細かに並べていく。

《実際、これは私の知識の頂点であり、不死の魂を容れる器にして、太古の人々が小宇宙《ミクロコスモス》と呼んだ住処《すみか》、あらゆる創造物の中で最も完全な構造物に対する、最大限の賞賛である》

ここで文章は終わっている。目にしているものがとても信じられず、三人はしばらく黙りこんだ。

「ヴェサリウスは製造方法を記したんだ……何かの機械の！」とうとうダニエルがそう口にした。

「雷のような強力なエネルギー源からパワーを引いてくる機械」パウが補った。「わかりますか？　そう名づけられる一世紀近くも前に、ヴェサリウスは電気を操るシステムを考え出したんですよ」

「何もかもすばらしいし、驚異的だと思うが、いったい全体何のための道具なんだ？」フレーシャが尋ねた。

ほかの二人は見当もつかないというように顔をしかめた。

「くそっ！」新聞記者はわめいた。「これで全部なのか？　メッセージにはまだ先があるんじゃないのか？」

ダニエルは首を横に振った。二度も見直したのだ。これ以上はない。

「別の考え方をしてみよう」彼は考えを巡らせた。「オムスはなぜこの本をそんなに欲しがるんだろう？」

「それははっきりしている。〈第八巻〉を手に入れたいからだ」

「いや」ダニエルは否定した。「オムスはすでに中身を知っているし、ヴェサリウスの機械の利用法も知っているんじゃないかと思う。実際、手記でそうほのめかしている」

「だから？」

「オムスは終始、本といっしょにノートも取り返そうとしてきた。それは、僕らにこのことを知られたくなかったからだ。理由はわからないけど」ダニエルが答えた。

「なるほど、あなたの言うとおり、オムスがこの機械を使おうとしているとして」パウが考えを進める。「エネルギーをどうやって手に入れる？」

「避雷針でも用意しているんじゃないか」

「雷が落ちる場所は町じゅうにあるけれど、嵐が来るチャンスを逃さないようにしなければならない」

「オムスは嵐を待つ必要なんかないよ！」ダニエルがテーブルをたたいて言った。「数週間前から、必要なエネルギーがちゃんと用意されている」

「何のことですか？」

「万博会場の発電所だよ！」

「でも、ヴェサリウスの指示によれば、機械を動かすには莫大なエネルギーが必要なんですよ？」

「僕が発電所を訪れたとき、アデイに見せられた数基の発電機は、万博会場すべての照明と、それに隣接する通りや広場の灯りをも網羅する電力を供給できると聞いた」

「それなら充分かもしれませんね」

「充分どころじゃないさ！　僕が発電所にいたとき、係員が話に割りこんできて、発電所全体の安定性を脅かす原因不明の事故が起きているとアデイに報告していた。アデイはひどく慌てていた。ひょっとするとオムスが供給電力に干渉をして、その問題を引き起こしたのかも……」

ダニエルが急に黙りこみ、やがて顔をぱっと輝かせた。

「そうだよ！」と叫ぶ。

ほかの二人がとまどい顔で彼を見た。

「オムスが僕らにこの本を渡したくなかった本当の理由はそれだ。自分の隠れ場所を知られたくなかったんだ！」

「何の話だよ、アマット？」

「オムスには被害者を監禁しておく安全な場所が必要だ。この〈第八巻〉のおかげで、それは発電所の近くにちがいないとわかった。電力を調達するためにね。わかるか？　父も同じ結論に到達し、それで生前最後に目撃されたとき下水道にはいっていったんだ。オムスは万博会場の地下に隠れているんだよ！」

裏切りと嘘
万国博覧会開会式まであと九日

49

　誰も遺体に触れようとはしなかった。未明に満ち潮が運んできて、夜明けに夜中の漁から帰ってきた漁師たちが発見した。いちばん年若いひとりが、まさか人魚が打ち上げられたんじゃないよなと尋ねた。海はその体を貝殻や小石で包み、肌に海そのものを彫りこんでいる。閉じた目のまわりに海藻がまとわりつき、唇には笑みが浮かんでいた。バルセロネータの泥だらけの砂浜で眠っているかのようだった。

　野次馬がすでに家から出てきてあたりに群がり、いまさらながらこの新たな殺人の犯人に聞かれるのを恐れるかのように、小声でひそひそと囁きあっている。自分たちは〈ゴス・ネグラ〉の怒りを買うようないったいどんな過ちを犯したのだろうと、誰もが自分の胸に尋ねていた。

　砂利を踏むギシギシという音と馬のいななきが、海岸通りへの馬車の到着を告げた。太鼓腹を抱えたサンチェス警部の姿が最初に現れ、地面に降りるあいだ車体が重みで傾いた。海からたちのぼる雲で覆われた空を眺めて、雨が降りだしそうな予感に顔をしかめる。昨夜飲みすぎたせいか今朝は二日酔いで頭が痛み、娼婦の死体などとても見る気になれなかった。

　彼の背後から顔色の悪い小男が顔をのぞかせた。サイズが二まわりほど大きそうな外套を着こんでいる。左手には往診鞄を持っている。眼鏡の位置を直し、気のない様子で周囲を見回すと馬車を降りて、警部の指示を待った。

　もう一台は幌のない細長い荷台を備えた荷馬車で、五、六人の警官が次々に降りて、せっせと野次馬を追い払っている。人々は押しあいへしあいし、警官に悪態をついたり悔しそうに睨みつけたりしながらも、数メートル後退した。

　警部は同行者を引き連れてのろのろと死体に近づいた。漁師たちが掛けた毛布を持ち上げ、黙りこむ。足先や手はストーブの石炭のように真っ黒で、指が何本も欠けている。右の乳房があったはずの場所にそれはなく、ぽっかりあいた穴のまわりの肉が焦げている。警官のひとりがよろけながら遠ざかっていき、波間に朝食を吐いた。

　サンチェスは物思わしげに死体を眺め、腫れあがった脚を爪先で押したが、もちろん動かなかった。往診鞄を持った男が死体の横にひざまずき、器具を取り出しはじめた。

「先生、余計な手間をかけなくていい。この警部自身が見ても、ペペテ（十九世紀の闘牛士。一八六二年に牛に心臓を突かれて死亡した）に負けないくらい明らかに死んでいるとわかる」

　部下たちがそれを聞いてくすくすと笑った。寒い朝で、誰もが不機嫌そうだった。医師は肩をすくめ、後方に退いて死亡診断書を書きはじめた。そのあいだに二人の警官が死体を毛布でくるみ、担架にのせた。

サンチェスは、アズコナ巡査部長が近づいてくる足音に気づいた。野心的な若い警官で、いつもてきぱき仕事をこなす。サンチェスが望む以上に。バルセロナにはやる気のある警官がもっと必要だということで、新たに採用された連中のひとりだ。くそったれ。ため息をついて、報告に耳を傾ける。

「警部、自分はこの女を知っています。ドロースというラバル地区の娼婦です」

「それはでかしたぞ、巡査部長。身元を洗う手間が省けた」

「女は手にこれを握っていました。重要な手がかりになるかもしれません」

部下の手のひらに小さな金色の物体があるのを見て、サンチェスは眉を吊り上げた。

「何だ、これは？」

「曲がっていますが、タイピンだと思われます。DとA、二つのイニシャルが刻印されています」

「けっこう」サンチェスはそれをもぎ取った。「俺が預かっておく」

若者はうやうやしくうなずいた。

「通常どおりの処置をしますか？」

「いや、今回は直接北《ノルド》墓地に運べ、いいな？　こういう死体が見つかったら、もう二度と遺体安置所には送らない」

警官は驚きを隠さなかった。これは規則で定められている通常の手順ではない。身元が明らかになっていない死体は三日間遺体安置所に保管され、そのあと共同墓地に埋葬されることになっている。

「承知しました、警部、しかし……」

「しかし、何だ、巡査部長？」

「家族が遺体を引き取りたがるかもしれません」

気が利くじゃないか。実際、この巡査部長は気が利きすぎる。

「どこのどいつが娼婦を引き取りたがる？」サンチェスが尋ね返す。「いいから、命じられたことだけしろ。そしてこのことは口外するな」


そこから数メートル後方、海水浴用の仮設小屋に寄りかかって、ズボンの裾が砂だらけになっていることにも気づかず、フレーシャがぶるぶる体を震わせ、ときおりびくっびくっと痙攣していた。次から次へとノートのページをめくって、とめどなく鉛筆を走らせている。もし書くのをやめたら、息が止まるとわかっていた。

手の傷から血が流れていた。筆圧が強すぎて、紙が破れたりよれたりするが、どうでもよかった。次のページに移って言葉を紡ぎつづけ、その合間に息を吸おうと無駄な努力を重ねる。

死んでしまった。ドロースが死んでしまった。

何度もそうくり返す。たくさんくり返せばいつしか嘘になるとでもいうように。

間違いだと思いたかった。浜辺に打ち上げられたのは別の女だと。だが、ビダルから連絡を受けたとき、ドロースにちがいないと知った。

癇癪を起こした学生みたいに、あんなふうに愚かしく部屋を飛び出したりしなければ……。

新しいページを引きちぎり、風で飛ばされるにまかせる。

突然腹部に激しい痛みが襲いかかってきた。それは内側で蠕動《ぜんどう》し、胃を縮こまらせ、胸へと移動する。痛みはどんどん大きくなり、いまにも爆発しそうだった。叫びたかったが、できなかった。できるのは書くことだけ。ノートに言葉を綴りつづけ、とうとう指先がひりひりしはじめる。手を宙に持ち上げる。もう震えが止まらない。文字が読めなくなり、血がページを汚し、フレーシャ自身の魂がそこに映し出されたかのように紙が裂ける。パキッと音をたてて鉛筆が折れた。とたんにフレーシャは砂の上にノートを取り落とし、泣きだした。

50

ダニエルは未舗装の道を歩いていた。ついさっきにわか雨が降ったせいで、あちこちにぬかるみやら濁った水たまりやらができている。コイサローラ山が間近に迫り、空は灰色の雲に覆われて急速に色を失っていく。

蔦の絡まる門柱が両側に立つ錬鉄製の門扉の前にたどりつき、呼び鈴を鳴らした。バルセロナの名家、ユピア・イ・アルファラス侯爵の邸宅は、貴族のお屋敷というよりアラブの城塞のようだった。建物は強固な六角形の建築物で、銃眼胸壁を持つ塔がそびえている。馬蹄形アーチの窓が並び、巨大なヤシの木が二本こちらを見下ろしているのを見ると、モロッコのリフ山脈にいるような錯覚を覚える。

午前中はジルベルトといっしょに〈第八巻〉の内容について検討していた。フレーシャは現れなかった。結局のところ、時間の無駄だった。ヴェサリウスの奇想天外な機械の使い道はわからずじまいで、相変わらず五里霧中だ。食事をしに出ようとしたとき、大学で侯爵からの伝言を受け取った。その日の午後に自宅に来てほしいという。理由の説明はなかったが、気になったので出向くことにした。

足音が近づいてきて、使用人が鉄格子を開けた。ダニエルは名刺を渡そうとしたが、無視された。無言のまま身ぶりで彼を通す。中でお待ちなのだろう。

東洋風の家具が置かれたいくつもの部屋を素通りして、最後にたどりついたのは広々とした客間だった。部屋の中央にある長椅子で老人がくつろぎ、ダニエルを興味深そうに見た。

「さあさあ、おはいりなさい、アマットくん」身ぶりで正面にある肘掛け椅子を示す。「立たずに申し訳ないが、食事のあとはこの座り心地のいい椅子から何時間もお尻が離れなくてね」

ダニエルは腰を下ろした。侯爵は背の高い人らしく、膝に毛布を掛けた恰好でも品格のオーラは消えていなかった。格式張らないガウン姿で、やつれた顔の中央で立派な鼻が目立っている。濃い眉を強調する鼻眼鏡越しにこちらを見る水色の瞳には、好奇心と、どこか相手をからかうような輝きが宿っている。

「さてさて」洞窟の奥から響いてくるような声だ。「君とこうしてお知り合いになれてじつに喜ばしく思うよ、アマットくん。私はジュアン・アントニ・ダスバイス、この地所のあるじであり、仰々しい称号は古くから先祖代々伝わるものを引き継いだだけのことだ。この数十年間バルセロナをどんどん侵食しているブルジョワどもからすれば、何を寝ぼけたことを言ってるんだというところだろう。連中こそがいまや新貴族階級さ」

そこで言葉を切り、ハンカチをあてがって咳をした。

「何か飲むかね？」

ダニエルは首を横に振った。老人は片手に持ったグラスの中の金色の液体を揺らした。

「この時間になると、うまいバーボンでもないとやってられなくてね。せめてもの気晴らしさ。娘は心配しているが」

「わかります」

「いや、わかるはずがない。だがそのうちわかるだろう。ああ、そのうちにね。君はまだ若い」

「話の腰を折って申し訳ありませんが、あなたの伝言には個人的なことで僕と話がしたいとありました。僕には何のことかわからなくて。あなたご自身おっしゃっていたように、あなたとは初対面なので」

「君の言うとおりだ。じつは、君に会いたがっているのは私ではないのだよ」

「どういうことかわかりません」

「ステッキを取ってもらえるかね？　ちょっと外に出よう」

ダニエルは、肘掛け椅子のそばにあった、柄が直角に曲がった象牙のステッキを侯爵に渡した。老人はダニエルの腕につかまり、でこぼこの斜堤を通って家を出た。ツゲの植わった繊細な庭を守る二頭の獅子に挟まれた鉄格子を後にし、広々とした花壇を巡る道を歩く。

「どう思う？」

「すばらしいです」

侯爵の声はしっかりしていた。正面を向き、ダニエルを引っぱった。

「ここの建設が始まったのは一世紀近く前、曽祖父の第六代ユピア侯爵ジュアン・アントニ・ダスバイス・イ・ダルデナのときのことだ。バグッティというイタリア人建築家に設計を依頼し、庭はドゥバレーとか何とかいうフランス人にまかせた。フランス人はどうも虫が好かなくてね。長年かけて家族で花壇を広げ、水路や広場をつくった……何十本と木を植え、庭を拡張し、滝さえこしらえた」

老人は足を引きずりながらダニエルを引き連れて歩きつづけた。このおしゃべりがどこにたどりつくのか、ダニエルには見当もつかなかった。

「ダスバイス荘には国王や皇太子もお迎えした。いまはファルナンダとそのきょうだいたちが夜会や野外演劇を企画している。そして最後に、この美しき奇跡を君にプレゼントしよう。

ほら、いかがかな?」

　彼らはバルコニーのあるテラスに到着した。両脇に二つのあずまやが建ち、その中央に彫像が立っている。

「アリアドネとテセウスだ」侯爵がステッキで指した。「あの美しい物語をご存じかな?」

「学校で習ったのを覚えています。テセウスが迷宮の出口を見つけるのを、アリアドネが手伝った。テセウスはミノタウロスを倒し、そのあと二人で逃げた」

「まあそんなところだ。じつは、私にはアリアドネが昔から尻軽に見えてね。だから好きだったのかもしれないが」

　侯爵が笑いだし、またハンカチを使うはめになった。しばらくしてやっと呼吸ができるようになると、バルコニーの手すりに寄りかかった。

　バルコニーの下方には、背の高い生垣でつくられた入り組んだ迷路が広がっていた。ダニエルはその庭木でできた迷路の醸しだす静謐《せいひつ》な調和に舌を巻いた。内側で何度も何度も折れ曲がる道が、そこにふらふらと足を踏み入れようとするうっかり者を誘惑している。午後の光がところどころ差しこむ暗い通路は、一見目的もなく右へ左へと曲がりくねっている。迷路の中央に、蔦のアーチに囲まれた彫像が立っているのが見えた。

「この庭園でいちばん名高い迷路《ラベリント》だ」ダニエルの心を見透かしたように、老人が言った。「全長一キロ近くあり、四メートルの高さに揃えた糸杉でできている。この通路がこれまでどんな光景を目にしてきたか、われわれには想像もつかない」

「何もかも興味深いことばかりです、ダスバイスさん」ダニエルは答えた。「でも、僕をここに呼んだのは、地所を見せるためではないですよね?」

老人は思慮深い目でダニエルを見つめた。その頭上に見える空を雲が隠しはじめている。

「アマットくん、私についてきたまえ」

二人はバルコニーの階段を下り、迷路にはいっていった。足を踏み出すたびに湿った土が苦しげに声をあげ、周囲の生垣がしだいに迫ってくる。空気に電気の気配がし、ジャスミンの香りが漂う。

「最後にもうひとつ話しておきたいことがある」老人が言った。「この庭園の本当の秘密は美しさでもなければ、異国情緒あふれる植物でもなく、恵まれた立地でもない。ここが楽園たるゆえんは、そのみごとな調和、繊細なバランスなのだ。たとえよかれと思っても、余計なお節介をすれば、庭園の魅力はたちまち色褪せる。そのことを考えていただきたい」

エロスの美しい彫像がある小広場に到着した。像の背後で二つの人影が動いた。やさしい顔立ちの娘に付き添われ、イレーナが柵の背後から現れた。娘は軽く手を握ったあとイレーナから離れ、侯爵とともに立ち去った。


「座らない?」

まだ呆然としているダニエルは、イレーナに導かれるままに石のベンチに近づいた。彼女は適度な距離を保っている。黒いドレスの上にウエストを絞った外套を着こみ、顔はベールで覆われている。ダニエルは待ちきれずに先に口を開いた。

「また会えるとは思っていなかった」

「会うべきではなかったけれど、あなたに警告しないわけにいかなかった。ほかに方法を思いつかなかったの」

「どういうこと？」

「あなたの身に危険が迫っている」

「どうして君がそれを？」

「何日か前にわが家に来ていたサンチェス警部と夫との会話を盗み聞きしたの。サンチェスは夫ととても緊密な関係なのよ。あなたやあなたのお友達の新聞記者のことを話していた。バルトメウは本気で怒っている。どんな手を使ってでも対処しろと警部に命じていたわ」

「わかってるよ」

「いいえ」イレーナは首を横に振った。「自分がどんな状況に置かれているか、正しく理解しているとは思えない」

「君のご主人はどうしてそんなに僕らの調査を止めたがっているんだろう？」

「莫大なお金がかかっているからよ。スキャンダルが起きれば、あの人にとっては大打撃なの」

「本人と会ったときにもそう言われたが、僕は疑っている。ご主人は、僕の父やあの哀れな娘たちが殺された事情について調べられることそのものを心配しているような気がするんだ」

「バルトメウはあちこちに顔が利くの。だから何をするかわからない。ちゃんと聞いてる？ ここに来るだけで、私も危険なのよ」

「だからこんなにバルセロナから離れた場所に僕を呼び出したのか。怯えているんだね」

「もちろん怖いわ！」イレーナはわめいた。

「どうしてあんな男を愛せるんだ？」

「そう言うのは簡単よね？ あなたはここから立ち去ったのよ、覚えてる？ 私を置いて逃げたの。私を受け入れてもいいと言ったのはあの人だけだった」

すぐに言い返そうとしたダニエルをしぐさで黙らせた。

「いまとなってはどうでもいいことだわ」興奮を鎮めて続ける。「とにかくイギリスに戻って、二度とバルセロナには帰ってこないで。問題はバルトメウだけじゃないわ。あの殺人鬼が……お父様みたいにあなたのことも殺すかもしれない」

ダニエルは首を振って否定した。

「できないよ、イレーナ。今度ばかりはできない。かつて僕は逃げ、人生を棒に振ることになった。あれからずっと悪夢を見ない日はないんだ。最近になってやっと人生を取り戻すことができたと思っていたけど、そんなのはごまかしだった。また逃げるわけにはいかないんだ、わかるかい？」

イレーナはベール越しに彼を見て、一瞬迷いを見せたが、バッグから革のケースを取り出して差し出した。

「あなたの反応が怖かった。バルトメウの書斎でこの書類を見つけたの。ヌエバ・ベレンのサナトリウムのものよ。あの人が持っていてはいけないものだから、すごく苦労して隠していたみたい。調査の役に立つかもしれないわ」

ダニエルは興味津々の面持ちでケースを受け取った。中身を見ようとしたとき、手袋をしたイレーナの手が彼の手にそっと重ねられた。

「それでもまだいまなら手を引くことはできる」

ダニエルはやさしくその手をどけると、書類を取り出した。

紙が数枚はいっているだけだった。取り出した一枚目の紙は病院の報告書だ。使われている言葉にはなじみがあった。医学の世界に興味を持たせようと、この手の書類を息子に何度も読ませるという無駄な努力を父がしていたからだ。手にしているそれは、サナトリウムでオムスの友人だった男の解剖所見だった。なぜアデイがこんなものを？　報告書には、この不運な男の死因となった傷の状態が詳しく書かれていた。こちらのほうがはるかに乱暴だが、バルセロネータ地区の娘たちの遺体の状態と共通点がある。オムスは正気ではない。それは間違いなかった。まともな人間なら、こんなことができるわけがない。

その後も、検分した遺体や臓器の状態についての記述を読みつづける。検死医はかなり徹底していて、ひたすらデータが続く。いちばん下にはその男がこれまでに罹患した疾病まで並んでいた。こんなものをアデイが盗んだ理由がわからない。何も面白みがない内容だった。

そのへんでおしまいにしようと思ったとき、ある一文に目が留まった。サナトリウムのジネー院長の言葉をそのとき思い出さなかったら、見落としていたはずだ。もう一度じっくり読んでみる。《……被害者は末期の肝細胞癌を患っており……》

うなじの毛が逆立った。

「何か役立つ情報があった?」

ダニエルは呆然としながらうなずいた。

「行かなくちゃ」そうイレーナに告げていた。

彼女が立ち上がり、ダニエルもそれに続く。二人はとても近い距離で向かいあっていた。周囲の木の葉が風に吹かれてくるくると揺れる。稲妻が空を切り裂き、最初の雨粒が地面に斑点を打ちはじめる。しかし彼らはそれに気づかないまま、ただ立ちすくんでいた。

「なぜ行かなければならないの?」イレーナが囁いた。

ダニエルはどう答えていいかわからなかった。知らず知らずのうちに、彼女の顔を覆うベールに手が伸びる。ふいにキスをせずにいられなくなった。イレーナは避けようとしたが、遅すぎた。モスリン地がふわりと脇に落ち、ダニエルはその場に凍りついた。

イレーナの左目は腫れあがってほとんどつぶれており、青痣が頬骨のあたりから下方に広がっていた。ダニエルは震える手でその傷を撫で、顔を真っ赤にしたイレーナが慌てて身を引いた。目に涙を浮かべながらまたベールを戻す。腹の奥からむくむくとふくれあがる怒りを、ダニエルはかろうじて抑えつけた。イレーナが彼の手を取る。

「どうしようもないことよ」

「家を出るんだ。僕が君を守る」

彼女が悲しげな笑みを浮かべ、ダニエルの頬を撫でた。

「いいえ。あなたにはわからない……」

「待って……」

イレーナは雨の中を駆けだし、ダニエルの次の言葉は行き場をなくして宙を漂うばかりだった。

51

アデイの大邸宅は内側から光り輝くデコレーションケーキのようだった。無数の枝つき燭台の灯りが窓から洩れている。中庭《パティオ》では、何台もの贅沢な馬車のそばで御者や従者たちがマントに身を包んだ主人のお帰りを待ち、一本の葉巻や、たまたま厨房からやってきたおこぼれの温かいパンチを分けあっている。そこにいても、実業家が主催する舞踏会のお祭り騒ぎが聞こえてくる。

いまではその手の派手な催しはそう頻繁にはおこなわれないし、やるとしてもたいていはリセウ劇場が会場になるのだが、アデイはいまも年に一度は自宅で仮装舞踏会を開催し、町の重要人物を一堂に集めた。

その年、目立ったのは田舎娘風、ヒンドスタンの先住民風、ハンガリーの王女風の装いだ。

一方、妻たちほど想像力が豊かでない男性陣はナポリの紳士、セビーリャの奨学生、ヴェネチアの議員などに扮している。アントウェルペン産の巨大な鏡に囲まれた大広間で、七十人以上の楽士で構成されるオーケストラがポルカの最初の数小節を奏でだすと、年若い娘たちのあいだで歓声が沸いた。

「バルトメウ、今度ばかりは断れないわよ」

ヴェネチアの元首《ドージェ》の恰好をしたアデイは、会話の最中に声をかけられてむっとして振り返ったが、うずうずした表情を浮かべるブルゴーニュの田舎娘の豊かな体の線を目にしたとたん、にっこり微笑んだ。

「愛しいジュリア、私が踊らないことはよく知っているだろう。好きなように楽しんでおいで」

「興醒めな人ね！」

娘は口を尖らせたが、すぐにいたずらっぽく顔を歪めてお辞儀をした。大きく開いた胸元が、慎み深いとはとても言いがたい光景をアデイに見せた。下腹部に小気味のいい刺激を感じ、あと数時間もすれば自分の得意なダンスが楽しめるはずだと言い聞かせる。効果に満足して、娘は会場を動きまわる仮装の群れの中に姿を消した。

アデイはまた会話の輪のほうに戻った。仲間たちの羨望のまなざしに胸をそびやかす。中には、オーケストラが曲のテンポを速めるのに合わせて脚を閉じたり、ジャンプしたりする娘の軽やかなステップを、こっそり盗み見ている者もいる。アデイが身ぶりで注意を促すと、とたんにみんなが会話に意識を戻した。

「エスコートしている女性……若くて、美人ですねえ」

「いや、じつにすばらしい」

「へえ、いま初めて気づいたよ」アデイはブランデーのグラスで笑みを隠した。

一同が彼のユーモアにどっと笑う。

「こんな豪勢なパーティを欠席するとは、奥方は相当体調がお悪いんでしょうね」

男たちがしんと静まり返り、あちこちで咳払いが聞こえた。アデイは口にくわえていた葉巻を取り、タイミングをわきまえずに口を挟んできた若者をじろじろと眺めまわした。名前さえ知らない男だ。

「私の妻はね」冷淡に答える。「人ごみが苦手なんですよ。だから、私がこの手の社交行事にひとりで参加するのは忍びないと、かわいい姪っ子が同伴してくれるんだ」

自分の迂闊さに気づいたらしく、男の顔がみるみる紅潮した。これで終わりにしてもよかったのだが、アデイは男にもっと気まずい思いをさせてやりたくて、ひと呼吸置いたあとさらににっこり微笑んで続けた。

「それにしても、私の妻の健康状態はあなたには何の関わりもないという点では同意していただけますよね？　それとも、あなたが妻の主治医だったかな？」

「ああ、そうなんです、アデイさん。いいえ、アデイさん」

「つまり、あなたは医者だが、私の意見には同意できないということかな？」

「ああ、いえ、私が言いたいのは……」

「ああ、わかりましたよ。あなたはご自分の意見を言おうとした。どうやらあなたはそろそろお帰りらしい。きっとほかに約束がおありなのでしょう。どうかよい夜をお過ごしください」

アデイは男に背を向けてほかの紳士たちに関心を戻し、彼らは彼らでアデイに倣《なら》って、男の哀願するような表情を無視した。若者はグラスを置き、そそくさと出口に向かった。アデイの合図で現れた下僕がその後を追う。

何事もなかったかのように、グループはさっきまでの会話の続きを始めた。キューバで起きた反乱のせいで綿花の船荷が届かず、綿製品が値上がりしていることが、目下の最重要案件だった。先住民たちを徹底的に懲らしめるべきだという意見にアデイは賛成した。ほかの紳士たちもすぐにうなずく。

そのとき大広間の入口のあたりでちょっとした悶着が持ちあがった。さっきの間の悪い若者が立ち去るまえにひと騒動起こさないと気がすまなかったのだろうとアデイは思ったが、戸口に近づいたとき、そうではなかったと知った。最後の招待客がついに到着したのだ。

「ダニエル、こんなにすぐにお目にかかれるとは思わなかった」

「僕もそのつもりだった」ダニエルが鼻から荒い息を吐いた。

ルイ十六世の侍従のようなお仕着せを着た二人の下僕が、あがいているダニエルを止めようとしている。アデイの御者が階段下の手すりのそばで、いざとなったら駆けつける身構えをしている。

「旦那様、こちらの紳士は招待客一覧に名前が載っていないのですが、無理に通ろうとなさって」下僕のひとりが説明した。

「ほう？　招待状を送らなかったとはおかしいな」

下僕が手を放し、ダニエルはアデイと向きあった。惨めな風体だった。帽子も外套もない。服は雨でずぶ濡れで、髪が顔に張りついている。ダニエルが怒りにわななきながらわめいた。

「ひとでなしめ！　よくも彼女を殴ったな！」

曲の途中でオーケストラが演奏をとりやめ、唐突に大広間が静寂に包まれた。

「何の話かわからない」

「わからない？　あんたは卑怯者のうえに偽善者だな」

「この私の屋敷で私を侮辱する気か？　これはけしからん」たいそう立腹したふりをする。

アデイは楽しんでいた。

「私に紹介してくださらないの、バルトメウ？」

騒ぎを聞きつけて、ほかの招待客同様、ジュリアがそばに来ていた。臆面もなく、到着したばかりの男を薄目でじろじろ見ている。

「愛しい君、こちらはダニエル・アマットだ。お父上を最近亡くし、葬儀のためにバルセロナに戻ってきたんだが、まもなく帰る」アデイが説明した。

「あら、お気の毒に」

ジュリアがダニエルににっこり微笑むのを見るのは、アデイとしても面白くなかった。彼女の腕をほどき、後ろに押しやる。

「踊りに行きなさい」

ジュリアは言い返そうとしたが、アデイの目に怒りがひらめいているのに気づき、一瞬ひるんだ。しかし無関心を装って、シャンパンのグラスを求めて立ち去った。

「自宅に愛人を連れこむとはな」ダニエルが言い放った。

アデイは心の中でほくそ笑んだ。周囲に次々に招待客が群がってくる。欲しかった証人たちだ。すべて計画どおりに進んでいる。社交行事の取材をするためにそこにいた新聞記者たちが急いでノートを取り出し、メモをとりはじめるのがわかった。

「いったい何のために来たんだ、ダニエル？」

「答えが欲しいからだ」

「答え？　はっ！」

「なぜ僕が父の調査を続けるのをやめさせようとする？　この連続殺人事件とあんたにどんな関係があるんだ？」

周囲でざわめきが広がる。

「新聞で報道された哀れな娘たちの殺人事件のことだな。まさか私が〈ゴス・ネグラ〉だと糾弾するつもりではないだろうな？」彼がからからと笑うと、その笑いが周囲に伝染していく。「君、正気をなくしたんじゃないのか？」

「あんたと発電所は事件と関わりがある。遅かれ早かれ裁きを受けるぞ」

「説明すべきは、むしろ君のほうだと思うがね」

旧友がとまどうのを見て、アデイはわくわくした。

「さあ、七年前に何があった？　君の婚約者と弟さんはなぜ死んだんだ？　誰もが知りたがっている。君のように逃げたりすると、何か後ろめたいことがあるんじゃないかと勘ぐりたくなるのが人情だ」芝居がかったしぐさで両腕を広げる。

ダニエルはそのとき自分が大勢の人々に囲まれていて、みんなが説明を期待してこちらに注目していることに気づいた。

「あれは……事故だったんだ」自分の耳にさえ説得力があるようには聞こえなかった。

「事故！　それは都合のいい偶然だ！」アデイは笑った。「いいかね、その連続殺人事件と君がこの町に帰ってくるのが重なったことだって、ものすごい偶然だ。君はその事件を私のせいにする。この町の発展のために時間も金も惜しまず注ぎこみ、謙虚に働こうとしている、この私のせいにね」

そうだそうだと誰もが口を揃えた。

「教えてくれ」アデイは言った。「何年も姿を消していたくせに、いまになってバルセロナに戻ってきた本当の理由は何だ？　ひょっとして、本当は君がこの悪魔の犬なんじゃないか？」

「違うとわかっているはずだ」ダニエルが手を拳に握りながら答えた。「だが、怒りに駆られて使用人を殺しかけるくらい暴力的な人間なら、殺人者になる可能性は高い」

アデイは顔から血の気が失せるのがわかったが、笑みは絶やさなかった。人に聞かれないようにダニエルに近づく。

「警告したはずだ。妻には二度と会うなと。妻には躾が必要だと私に思わせたのはおまえだ。今度こそあの女にいやというほどわからせてやる」

「この野郎……」

アデイの期待どおり、ダニエルが殴りかかってきた。それでも下顎に食らったパンチは予想より強烈で、床に倒れるはめになった。招待客のあいだで悲鳴があがる。下僕たちがダニエルに飛びかかり、たちまち大騒動になった。そのとき野次馬をかき分けるようにして、スコットランド人の扮装をしたサンチェス警部が現れた。ラメだらけの仮面をかぶっているせいで、あまり勇ましそうに見えない。

「アデイさん、この男に襲われたんですか?」

「どこに目をつけてるんだ、まぬけ!」床に倒れたままアデイがわめく。「さっさと仕事をしろ!」

警部は罵られて恐縮し、咳払いをすると、ドアの背後で待機していた二人の警官に合図した。

「アマットさん、あなたを逮捕します」

ダニエルが抗議しようとすると、背後からアデイの御者が現れ、棍棒で腰を殴った。ダニエルが痛みで膝をつく。二発目が首に当たったあと、部屋は大騒ぎになった。床に倒れこんだとき、ダニエルはほとんど痛みを感じなかった。

騒ぎを聞きつけて戻ってきたジュリアが悲鳴をあげながら口を両手で押さえ、アデイに抱きついた。実業家は今度は彼女を拒まなかった。

「その棍棒をしまいたまえ」場を仕切ろうと、警部が前に進み出た。「君の手助けは必要ない」

筋骨隆々の御者は肩をすくめると素直に脇にどき、そのあいだに警官たちが呆然としているダニエルを引き起こして拘束した。アデイが近づき、その肩に手を置く。

「知っているかね？　じつは私が君たちの実家の屋敷を、あのいまにも崩れ落ちそうな廃屋を購入したんだ」そこで間を置く。「監獄生活を楽しむあいだに、自分に言い聞かせるといい。君のものだったもののすべてが、いまや私のものなのだと。名実ともにな」

52

「ジルベルトくん、座りなさい」

学長の声は、病院内ではそう聞こえるものなのだが、やはり強く、そして重々しかった。パウは空いている二つの椅子のひとつに腰を下ろした。目の前にずらりと並んでいるのは、大学理事会の面々のいかめしい顔だった。

そこは円形の部屋で、建物のほかの部屋と同様、柱と柱のあいだに尖頭アーチ形の大窓がある。パウは展示された古い外科器具や、解剖学教室のために墓地から素材を提供してもらっていた時代の完全な骨格標本を惚れ惚れと眺めた。ヴェサリウスの『人体構造論』の挿絵のひとつの複製画が壁に掛かっているのに気づき、びくっとする。あちこち見回すのはやめて、書物がはいっている革袋をぎゅっと胸に押しつけた。

なぜそこに呼ばれたのかわからなかった。少しだけ病院に寄って、アレーナの容態を確認しようと思ったのだ。結核を完全に退治したことを自分の目で確かめたかった。ところが、玄関ホールで事務員に呼び止められ、呼び出しがかかっていると告げられたのだ。

理事全員が集合し、ガベット教授の姿もそこにあることを知ると、最近授業をさぼっていた言い訳がやはり問題視されたのではないかと心配になった。

「スニェ先生、説明させてください……」

学長は手を上げてパウの言葉を遮った。

「ジルベルトくん、来てくれてありがとう」学長はそこで言葉を切り、息を吸いこんだ。用件が何にしろ、ずいぶん困惑しているらしい。「君は模範的な学生だ。ここにいる者すべてがおおいに賞賛している。まあ、ときどき衝動的すぎるところ、議論の的となるような危険な決断を勝手にする傾向があるとはいえ。結核の少女についての君の行動は行きすぎだった。幸い治療はうまくいったが、誰にも相談しなかったために病院じゅうを危険に陥れたのだ」

パウはうなずいた。最初の決定はやはり軽すぎたと思い直し、もっと重い処罰を与えることにしたのだろうか？

「まあいい。今日君をここに呼んだのはそれが理由ではない」スニェ学長が続ける。「つい先ほど、君についてある陰謀が企てられているという知らせがあり、それによって君の名のみならず、大学の名誉まで傷つけられることになりそうなのだ。何のことかわかるかね？」

驚いた演技をする必要はなかった。

「いいえ、先生。まったくわかりません」

「そうだろう、そうだろう。当然だよ。私自身、いったいどこからそんな話が出てきたのかよくわからんのだ。じつに恥ずべきことなのでね」

「ありえない」サグーラ教授が上着の皺を伸ばしながら言った。「こんなでたらめは許されないし、高名なるわが医学部がこのような疑いをかけられるとは言語道断だ」

「とんでもないスキャンダルです」同僚のヨンパートが心配そうに続けた。

「じつに深刻だ」

「み、みなさん」ガベットが口を挟む。「みなさんも、そ、そしてジルベルトくん自身も、お、落ち着かないでしょうから、ここでもう、は、はっきり問題提起をしましょう」

「あなたのおっしゃるとおりだ、教授」学長も賛成した。「彼をここによこしてくれたまえ」

ヨンパートが立ち上がり、ドアを開けた。ファヌヨザが自信に満ちた足取りで部屋にはいってきた。ぎゅっと結んでいるので、唇が白く見える。パウには目を向けず、教授陣に会釈をしてからひとつだけ空いている椅子に座った。

パウは冷静に見せようとしたが、内心は不安でびくびくしていた。誰もが不快感を隠そうとしているのがわかる。ただしガベット教授を除いて。教授は椅子でくつろぎ、楽しんでいるように見える。笑みを浮かべてファヌヨザとパウを交互に見ている。

スニェ学長がパウに向かって話しはじめた。「今朝、そこにいるファヌヨザくんが、やけに動揺して私の執務室に現れた。ここの学生として、彼の態度にはじつに感心した。君をかばい、われわれの置かれた状況を懸念しながら、大学や病院周辺に君についてよからぬ噂が流れていると報告してくれた」

学長は続けるまえに深呼吸した。

「その中傷とは、じつは君が……女だというのだ」そして困惑をごまかすように咳払いをした。

教授たちは椅子に座ったまま体をもぞもぞさせた。パウは鼓動が速まり、頬が赤くなるのを感じた。スニェはパウの反応に気づかず話しつづける。

「無論、なんとも馬鹿げた戯言だが、現況において、この手の噂話が君自身や大学そのものに与える影響を無視することはできない」

パウは隣の椅子に座っているファヌヨザを横目で見た。まるで本当に心配しているような顔だ。

「その噂の……出所はどこなんですか？」パウは声の震えを隠そうとしながら尋ねた。

「ファヌヨザくん？」

「ええと……数日前、ここにいる同級生が修道院の玄関近くで物乞いと口論をしているのをたまたま馬車の窓から目撃したんです。助けに駆けつけたのですが、すでに二人の姿はありませんでした。ところが数日後、同じ男が近くの通りをうろついているのを見かけたんです。またジルベルトを困らせるつもりだなと思い、やめさせるつもりで近づきました。行動を咎めようとしたとき、話を聞いてほしいと訴えてきたんです。自分はかの同級生の昔の知り合いで、その屋敷で使用人をしていたと言いました。それでもかつての主人を煩わせる権利はないはずだと僕は諭しました。すると男は笑いだしたんです。ジルベルトさんが主人だなんてありえない、あの人はじつは女で、これからそれを世間に知らせるつもりだと言って。友人の名を穢《けが》すなんて卑劣だと僕は男を非難し、いちばん近くにある市警察の分署につきだそうとしたのですが、逃げられてしまいました」

「何か言いたいことはあるかね、ジルベルトくん」

「その男を知っていることは認めます。昔、僕の家で働いていました。ある娘を手籠めにしたことがわかり、暇を出されたんです。強請《ゆす》るために僕に近づいてきました」

「君について何もかも知っているようだったよ、ジルベルト」ファヌヨザが初めてこちらを見て言った。「あの不埒《ふらち》な男は君の名を穢すつもりだ」

ファヌヨザは抜け目なく計画を練ったのだ。もしジルベルトが自分は男だと言い張り、それが通れば、大学の名声を守ったとして賞賛されるだろう。そうでなければ、ファヌヨザは嘘を暴き、大学の信用を守ったことになる。そのうえジルベルトの退学処分のおまけつきだ。

「彼の言うとおりだ」学長は認めた。「この嘆かわしい事態は早急に解決したほうがいい。馬鹿げた要求かもしれないが、ジルベルトくん、どうかはっきり……」ここで咳払いをする。「女ではないと誓ってほしい」

「誓う?」

「そうとも。きっぱりけりをつけよう」

うなずいて同意を示す教授たちもいた。誰もがこの件にさっさと幕を引きたがっている。パウはほっとした。なんとか乗り切れそうだ。急いで答えようとしたとき、ファヌヨザが椅子から立ち上がった。

「それでは不充分です」

学長は驚きを隠さなかった。

「座って説明したまえ」

「大学に男装した女がいるという噂はすでにあちこちの店や居酒屋で囁かれています。学生たちさえ心配そうにひそひそと話をしている。このままでは一週間もしないうちに陰口が広まって、大学の権威は地に堕ちるでしょう。患者はこの病院を敬遠するようになる。もっと徹底的に悪い噂を根絶するべきです」

学長は首を横に振った。しかしほかの教授たちはファヌヨザの提案をもっと真剣に受け止めたようだった。

「そのとおりだ」サグーラ教授が物思わしげに言った。「疑念の余地を残してはまずい」

「そ、そ、そのほうがいいでしょうね」ガベットが目を楽しそうにきらめかせてパウを見た。学長はファヌヨザを睨み、囁いた。

「何か考えはあるかね、ジルベルトくん？」

パウは黙りこんだ。ファヌヨザが巧みに仕組んだ罠から逃れるすべをさっきからずっと探していたが、ひとつも見つからなかった。事態の解決をせめて数週間、先延ばしにできれば。そう、最終試験が終わるまで。

そのときまたファヌヨザが口を挟んできた。

「先生、解決策をひとつ思いつきました」

「さっさと話せ。簡潔に頼むぞ。このおしゃべりにこれ以上無駄な時間を使いたくない」

「大学がこの手の誹謗中傷に戦々兢々としていると思われないためには、上手にふるまったほうがいい。階段教室で解剖の公開授業をおこなうんです。そしてジルベルトくんがボランティアで前に出て、医学的観察の対象として公衆の面前で裸の胸をさらす、ただそれだけです。そうすれば学生も教授もほかの出席者たちも、ジルベルトくんは自ら主張するとおりの人物だと堂々と証言でき、誰も疑いをさしはさめなくなる」

「好ましい方法とは思えないが、ほかに名案は見つからないな」スニェ学長が認めた。

「三学期の試験が終わるまで待っていただけませんか？」パウが蚊の鳴くような声で頼んだ。

「それでは遅すぎる」にやにやしながらファヌヨザが指摘した。「大学の権威に一度傷がつけばもはや修復不可能だ」

「そうだな」学長がきっぱり言った。「目下の仕事に早く戻れるよう、できるだけ早急に手配しよう。諸君、三日以内に解剖の公開授業をおこない、こんな世迷い言にはさっさとピリオドを打とう」

パウは足元に大きな穴がぱっくりとあいたような気がした。見つかるのが怖くてずっとびくびくしてきたし、いつそれが現実になってもおかしくないのだと何度も自分に言い聞かせてきた。でも、いざとなるとどうしていいかわからなかった。椅子からすっくと立ち、顎を上げて、こちらを驚いた顔で見ている五人の男たちを濡れた目で見返す。もはや声をごまかす手間も省いた。

「その必要はありません」

「何だって?」

「みなさん、噂は本当です」

「ジルベルトくん、これが冗談なら、趣味がいいとは言えんぞ」

「冗談でも何でもありません、先生。私は女です」

学長と教授陣はあ然とした顔でパウを見た。ぎこちない沈黙が部屋を支配する。とうとうマルトレイ教授が逆上して立ち上がった。

「だが……ありえない!」

「信じがたい」サグーラはパウを眺めまわして、どこかに女性の痕跡はないかと探した。

スニェ学長はしゃべっていいものか決心がつかず、口をぱくぱくさせている。一方ヨンパートは倒れそうになって椅子をつかんだ。

「女は……医者にはなれない。まして外科医などもってのほかだ」怒りに震える声でわめく。「こんな……こんなことがあっていいものか、まったく！　女は医者には向かない。出来がよくないんだ。女の居場所は家庭、そして台所だ。いったい何を考えてたんだ？」

「どうしてこんなことが？　厚かましいにも程がある」

「恥知らずめ」

「ま、まあまあ、みなさん」ガベットが言った。「お、落ち着いて」

「教授の言うとおりだ。冷静になろうではないか」とうとうスニェ学長が口を開いた。学長の表情にさっきまで見えていたパウへの賞賛の光が、たちまち消えていく。「思いがけない告白だった。これで状況は一変した。君は身分証を偽造し、大学と教授たちを欺き、すべての面においてわれわれの信頼を利用した。重い過ちを犯したのだ」

「はい、先生」パウにはもう迷いはなかった。

「弁解することはあるかね？」

「愚弄されたとお思いになったのだとしたら残念です。私には、大学の権威や同級生たちの名誉を穢すつもりなどいっさいありませんでした。でも、後悔はしていません。ほかにどうすることもできなかったので。みなさんがどうお考えになろうと、男性同様、女性だってよい医者になれます」

誰も言葉を返さなかったが、目がその代役を務めていた。学長は十歳は年を取ったように見えた。

「いまよりただちに貴殿……いや貴女のあらゆる学習活動を停止する。次の呼び出しがあるまで寮の部屋から出てはならない。その間にできるだけ満足のいく解決策を探る。ガベット教授に部屋まで付き添ってもらう」

パウは出口に向かった。ファヌヨザが勝ち誇ったようにこちらを眺めている。見るからに、事の成り行きに満足しているようだ。パウはこれ以上騒ぎたてて彼を喜ばせるつもりはなかったし、視線を向ける気にさえならなかった。

「ちょっといいかね、ジルベルトくん」学長の声でパウは足を止めた。「最後にもうひとつ質問させてほしい。以前から尋ねようと思っていたのだが、その機会がなかった。遠い昔、フランセスク・ジルベルトという医師を知っていた。君と顔がよく似ていた。ひょっとしたら……？」

パウは声が震えないように努めた。

「はい、先生。父です」

「ああ」深く考えこむようにうなずく。「とても優秀な医師だったよ、ジルベルトくん、そう、じつに優秀だった。君もそうなったかもしれない。君が女性で残念だ」

「あなたがたが男性で残念です」

ガベット教授がドアを開けたまま押さえ、パウは部屋を出た。

ガベット教授の杖がリズミカルに床にぶつかる音を聞きながら、二人は廊下を進んだ。まもなく絞首刑がおこなわれることを知らせる太鼓の音を思い出す。パウは何も感じなかった。エーテルを吸いこんで、よじれたり曲がったりしながら続く通路の上をふわふわ浮いているような気分だ。

あんなことがあったあとなのに、またヴェサリウスの著書のことを、昨日発見したことを考えはじめている自分に驚く。殺人鬼はバルセロナのどこかで次の犠牲者が現れるのをじっと待っているのだ。それを止める方法を見つけなければ、またどこかの娘が殺される。理事会で何もかも説明しようかとも思ったが、彼らを騙していたことが発覚したいまとなっては、何を言っても信じてもらえないだろう。

ガベット教授の声でわれに返った。

「き、き、君には以前から感心していた。そのことを、つ、伝えておきたい」

「ご親切にありがとうございます、先生」

「き、君が並はずれた才能を発揮していたことは、ま、間違いない。ま、まさに現代のアグノディケだよ」

パウはうなずいた。その話は知っていた。紀元前三世紀、アテネのある女性が男装して医学の勉強をし、患者を診た。何百人という人の命を救ったが、とうとう正体を暴かれた。死刑を宣告されたが、先生を殺すなら自分も死ぬという患者たちの訴えで救われた。でも私には、支援してくれる人は誰もいない。誰も私を救ってはくれない。私はひとりだ。完全にひとりぼっち。

53

低い天井、灰色の壁。その部屋では呼吸さえままならない。置いてあるものはわずかだった。机がひとつに、擦り切れた椅子が三脚、戸棚が二つ、上着と傘が吊るされている帽子掛けがひとつ。窓がひとつもないので、唯一の光源は机の上のガスランプだけだ。

ダニエルは部屋の中央に座っていた。外套を着たままなので、暑さで息が詰まりそうだ。そのうえ手錠が食いこんで手首が痛い。机の向かいにはサンチェス警部が座っている。のんびりと書類をめくりながら、羽団扇豆を噛んでいる。ダニエルの背後では、警官が二人待機していた。

舞踏会の会場にダニエルを突進させた怒りの発作はすでに消え、いまあるのは表には見えない無力感だった。旧友の挑発に乗ったのは馬鹿だった。

「警部さん、招待状もないのにアデイさんの家に乗りこんだのは僕の落ち度ですが、こうして逮捕されて、犯罪者扱いされる理由はどこにもありませんよ」

警部は書類を脇に置き、小さな目でダニエルを見据えた。

「アマットさん、まさかあんただったとは思わなかったよ」

警部は羽団扇豆の皮を吐き出したが、受け皿の縁に当たって床に落ちた。むっとしたように椅子から立ち上がり、それからまたその大きな体を移動させてダニエルの正面に座った。

「驚いたよ。あれだけの女たちを殺すのは簡単なことじゃなかっただろう。なあ、どうしてやった？　頭がどうかしてるのか？」

「何だって……？」

　警官のひとりが背中に近づいてきた。いきなり脇腹を殴られて、椅子から転げ落ちそうになる。ダニエルは呆然としながら改めて座り直した。脇腹の痛みは不快なむず痒さに変わっていく。

「質問をするのは俺だ。あんたは答えるだけ」何事もなかったかのようにサンチェスが言う。

「こんなことは許されない……」ダニエルがつぶやく。

　警部は何度も舌打ちし、それから冷ややかに告げた。

「俺は自分のしたいようにできるんだ」

「そんな……」

　二度目の殴打も一度目同様にいきなりだった。そして今度はダニエルも床に膝をついた。古い蓄音機のように室内の音が歪んで聞こえる。足元の板石の上に、部屋に来たときには目にはいらなかった赤い染みがあるのに気づいた。そしてやっとそこが何のための場所か、なぜ窓がないのか悟った。二人の警官がダニエルをつかんで引き起こし、また椅子に座らせた。暑いのに寒気がした。殴られたせいでまだわんわんしている耳に、警部の声が響いた。

「抵抗するな、アマット。あんたがどういう人間かはわかっている」

「いったい……何の話ですか？」呆然としたまま尋ねる。

「あんたの仮面は剝がれたんだ。俺たちにはもう全部わかってる。とはいえ、さっさと白状してくれれば、気持ちのよくない時間を過ごさずにすむぞ」

「白状？」

「ったく！　あんたはアディさんのパーティに来るまえに、またひとり女を殺す離れ業までやってみせたんだからな！」

警部は信じられないという表情をしてみせた。

「否定するなよ。ほかの女たちと同じように、犬みたいにばらばらにされ、焼かれていた。今回は知り合いを狙ったってわけだ。お友達の新聞記者と寝ていると知って、我慢できなかったんだろう？　そのお友達がいまじゃあんたを心底憎み、十分でも二人きりにすればその手であんたを絞め殺しかねない」

ダニエルは驚いて警部を見た。ドロースが？　死んだ？　何ということだ。いったいなぜ？　とんでもない偶然か、あるいは逆に、パウが彼女に匿われていると犯人が知ったからか？　ふいにパウのことが心配になった。そんなことを訊けばもっと疑われると承知のうえで訊いた。

「ほかにも遺体はあがってませんか？」

警部が疑わしげに目を細める。

「訊きたいのはこっちだ。もうひとつ遺体が見つかるのか？」

「いや……僕は知りません！」

「知らないわけがあるか！　連続殺人事件の犯人はあんたなんだから」

　ダニエルは黙りこんだ。ある意味そのとおりだからだ。すべての責任は自分にある。父の調査をやめていればドロースが死ぬことはなかったし、パウが犯人に追いまわされることもなく、僕とはいまも見ず知らずの間柄だったはずだ。そもそもバルセロナに戻ってこなければ、イレーナをこんな困った立場に追いこむこともなかった。ダニエルは椅子に身を預け、両手で顔を覆った。

「こうして僕にかかずらって時間を無駄にするあいだにも、真犯人は大手を振って通りを歩き、次の殺人に手をつけようとしている」とつぶやく。

「アマット、あんたの茶番はもう終わったんだ。動かぬ証拠がある」

　警部はご満悦の表情で机に身を乗り出した。その手にタイピンがぶら下がっている。

「こいつを知ってるか？　あんたのイニシャルがはいってる」

　ダニエルはうなずいた。

「どこでそれを？」

「最後に殺された女が握りしめていたんだ。殺されたときに抵抗してもぎ取ったようだな」

「違う！　そのタイピンは、バルセロナに到着したときに荷物といっしょに盗まれたんだ」

「ああ、そりゃそうだろう。あんたがその話を持ち出したから言わせてもらうが、長年姿を消していたのに突然帰ってきたことに、誰もが驚いているんだ。あんまりにも……思いがけないことだったから。なあ、どうやって父親が死んだことを知ったんだ?」

「あなたが僕に会いに来たときに言いましたよね、電報を受け取ったと……」

「ああそうだった。アデイ夫人から電報が来たと言っていたな。調べてみたら、そんな話は嘘だとわかった。あんたの居場所を知らなかった彼女が、連絡を取ろうとするはずがない」

「だが本当に電報をもらったんだ!」

「拝見させてもらえると大変ありがたいんだがね」

ダニエルはうなだれて首を横に振った。

「大学の部屋が荒らされたときになくなってしまった」

「そりゃあ好都合だったな! たしかにあんたはじつに巧妙だった。だが、遅かれ早かれ尻尾を出したはずさ」

警部はダニエルの周囲をまわりながら、アデイと擦り合わせをした事実を記憶から引っぱり出していく。

「まず、バルセロナに帰って十日かそこらしか経っていないとあんたは思わせようとしているが、じつは何か月も前から戻ってきていたんだ。ヨージャ地区かバルセロネータ地区の宿屋をしらみつぶしにすれば、あんたの容姿とぴったり一致する紳士が、もちろん偽名で、宿泊していたことが判明するだろう」背中で手を組み、さらに続ける。「こうしてあんたはバルセロナにいることを誰にも知られないまま犯罪行為を続けていたが、とうとう父親に見つかってしまった。だから、世間に知られるまえに父親を殺すしかなかったんだ。これで事態がこんがらかっちまったんだよな？　殺された娘たちと違って父親は有名人だから、その死を隠し通すわけにはいかなかった。ところが、ここでも運よく事故ということで公式に処理された。つかのま安堵のため息をついたが、父親の調査にやけに興味を持っている新聞記者がいることを知り、これは早晩、危険要素になりそうだと思った。そこで、長年外国にいたが父親の死を知って打ちのめされ、葬儀に立ち会う息子として、姿を見せることにした。そしてそれがみごとなアリバイになることも再確認した。あんたはバルセロナに到着したばかりだと誰もが考えるからだ。抜け目なくよくこじつけたものだが、問題点がひとつあった。父親の死をどうやって知ったかということだ。そこでかの有名な電報の話をでっちあげなければならなかったんだ」

「モードリン・カレッジに問いあわせれば、殺人が起きた当時、僕はイギリスにいたと確認できますよ」

「もちろんだ」警部はうなずき、蠅を追い払うために手を振った。「すでに情報の要請はすんでいる。回答が戻ってきたら、あんたはきっと物笑いの種さ。さて、説明を続けさせてもらおうか」

警部はダニエルのほうに身を乗り出した。

「葬儀のあと、あんたは困った。バルセロナに残りたいのに、そうする口実がなくなってしまった。するとまた運命の女神があんたに微笑んだ。バルナット・フレーシャと会って、父親が携わっていた調査の話を聞き、事件の解決に協力してもらえないかと頼まれたとき、また絶妙な計画を立てた。父親は、犯人はヌエバ・ベレンのサナトリウムから逃げたオムス医師とかいうおかしくなった男だということをつきとめ、それを知った犯人に殺されたと、新聞記者といっしょになって主張したんだ。これ以上説得力のあるでたらめはとても考えつかなかっただろうな。

父親の仇を取るため犯人を捕まえると宣言し、わざわざ俺のところに来て、この男をひっ捕らえろと熱心に訴えることまでした。こうしてあんたはこの町にとどまる鉄壁の口実を手に入れ、冷淡に殺人を続けたわけだ」

「どうかしてるんじゃないのか？　どうして僕が娘たちを殺さなきゃならないんですか？何もかもまるで理屈が通らない」

「七年前にあんたがイギリスに逃げたのと同じ理由さ。あのときあんたは自分の婚約者と実の弟を殺し、犯罪を隠蔽するために自宅に火をつけた。父親の影響力のおかげで責任を問われずにすんだが、国を出なければならなかったんだ。聞いた話では、ロンドンでもここの事件とびっくりするほどよく似た残虐な殺人事件が起きてるっていうじゃないか。あんたがそれに関わっていたとしても不思議じゃないし、追いつめられているらしいイギリス当局もあんたを帰国させようと考えるかもしれない。その意味でも、スコットランド・ヤードに情報提供を求めた」

ダニエルは顔から血の気が引くのを感じた。

「何もかもでたらめだ。どこにも証拠がない」

「全部ここに書いてあるさ」警部は机の上の書類を指さした。「これはあんたの供述書だ。このペンで署名をしてくれれば、それで終わる」

「署名なんかするものか。あんたの話は全部でっちあげだ！」

上司の合図に従って、二人の警官が警棒を取り出し、ダニエルに飛びかかってきた。最初の数打で息ができなくなった。床に倒れたところを、さらに痛めつけられた。肋骨がミシッと音をたて、左肘が脱臼したのを感じた。気が遠くなりそうになったとき連中に抱え上げられ、また椅子に座らされた。

「アマット、じつに残念な結果になってしまったな」警部がまたものわかりのよさそうな声を出した。「もし供述書に署名してくれれば、あんたのガローテ刑（当時スペインでおこなわれていた死刑の方法で、首に固定した鉄輪を絞めて死に至らしめる）を、俺が自ら手をまわし、精神錯乱を理由に減刑にしてやるよ。あんたはたぶん、ヌエバ・ベレンのサナトリウムにはいることになるだろう。場所は知ってのとおりだ」

「僕は……彼女たちを……殺してない。あんたたちは……間違っている」

「たいしたもんだな、アマット！　もう負けは決まってるってのに、まだ自分がこしらえたおとぎ話を信じさせようっていうのか」

警部が合図すると、警官たちがダニエルを机のほうに引き起こした。警部はペンを書類の上に置き、ズボンのポケットを探った。もどかしげにシガーカッターを取り出すと、警官たちにアマットの手錠を掛けられた両手を持ち上げさせた。しかし警官のひとりが首を横に振った。

「すでに気を失ってます」

54

ガベット教授に付き添われて会議室を出ると、冷酷な現実が容赦なくパウに襲いかかってきた。教授陣とファヌヨザの前ではなんとか自分を保っていたが、こうして自室でひとりになるといやでも事の重大さを意識し、ずっとこらえていた涙があふれだした。

もう終わりだ。医者としての前途は消えた。退学処分は単なる手続きに過ぎず、数日中には追い出されるだろう。もっとひどいことにならずにすんで幸運だったと思うべきなのだ。エジンバラ大学の偽の修了証書を提出したかどで大学側から告発されても文句は言えない。そうなったらもっと恐ろしい結末が待っていただろう。

しばらく時間が経ち、気持ちが落ち着いたところで、いまの状況についてじっくり考えた。この部屋に閉じこめられているのは拷問だ。それでも、ただ打ちひしがれて、自己憐憫《れんびん》に浸っていてはいけない。何かしなければ。ほかに考えることを見つけるのだ。

結局、鞄が置かれた机に近づいた。中からヴェサリウスの著書と、ダニエルとフレーシャとの会合でメモしたノートを取り出し、慎重に机の上に置く。

太古のページを開くと、旧友を目の前にしているような感懐を覚えた。数字や記号による輝く星座はふたたび姿を消し、いつもどおりの薄気味悪い版画に戻っている。メモを眺め、秘密の装置には膨大なエネルギーが必要だということを詳しく説明した文章を読んだ。この手順を踏んでいく、その最終目的は何なのだろう？　娘たちの死とどんな関係があるのか？　やはりこの〈第八巻〉は未完で、完成すればその答えがわかるという気がした。

ため息をつき、さらに読み進める。

彼らが秘密の本の隠し場所を見つけたのはただの偶然だった。ヴェサリウスはとても気が利く男だ。だからこそ三百年ものあいだ、すべての挿絵を使って暗号を潜りこませ、敵を惑わせつづけたのだ。

待てよ。すべての挿絵ではない。

パウは、興奮を抑えながら、繊細な上質皮紙を破らない程度に急いでページをめくった。気持ちばかり焦ってなかなかたどりつけずに何度もやり直したが、ついに目的のものを見つけた。

目の前にあるのは横顔を見せる骨格人で、何か考え事をしているかのように石の台座に肘をつき、片手で頭蓋骨を支えている。これは本書の中でも有名な挿絵のひとつで、よく覚えていた。そして、目に見えない蛍光塗料が塗られた記号がひとつもない唯一の一ページ大の挿画だ。偶然なのか、それとも何か意味があるのか？

ほかの版画との違いはないかと考え、しばらく引き比べるうちに、その絵にだけ銘文があることに気づいた。

ヴェサリウスは石の台座に簡単なラテン語の言葉を書き記していた。文字がとても小さい。

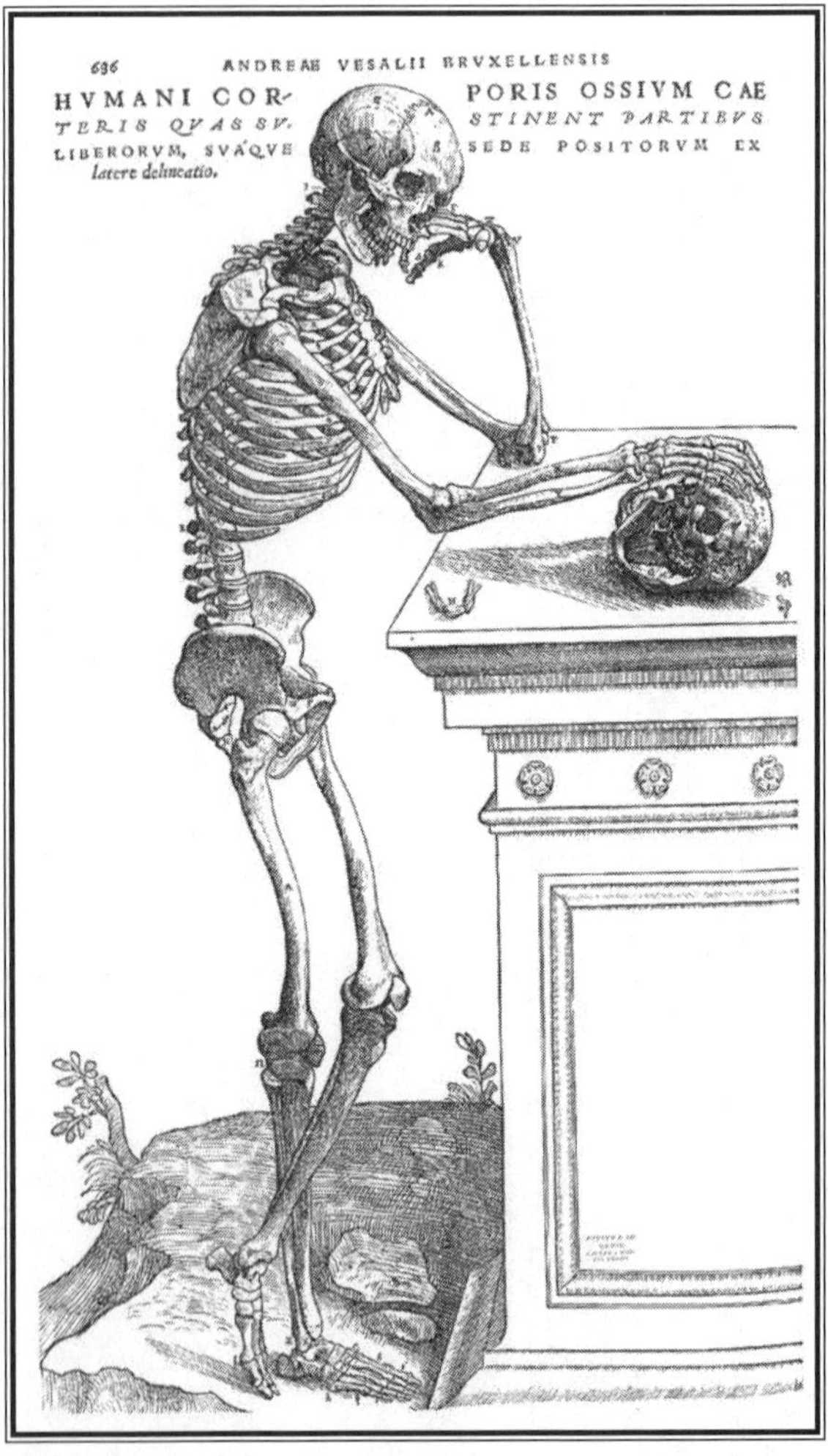
636 ANDREAE VESALII BRVXELLENSIS
HVMANI CORPORIS OSSIVM CAETERIS QVAS SVSTINENT PARTIBVS LIBERORVM, SVAQVE SEDE POSITORVM EX
latere delineatio.

パウは焦りを感じながら机の抽斗を探り、やっと拡大鏡を見つけると、そこにあてがった。

Vivitur ingenio, caetera mortis erunt.

パウはどきどきしながらダニエルの翻訳文を暗誦した。《人はその独創性によってのみ、永遠に生きられる》。すっかり興奮していた。オムス医師の秘密の研究室の壁に執拗に書きこまれていた文句、そしてアマット先生がオムスのノートのありかに息子を導くために利用した言葉だ！　これは偶然ではない。何か意味があるのだ。でもどんな？

挿絵には冒頭に文章が置かれ、その下に骨格人が蘇生について熟考している様子が描かれている。精神の偉大なる所業は精神そのものと同様にはかないものだ、というのが文章の内容だ。でも、じつはこの本の秘密につながるヒントがどこかに隠されているのかも？

そのときパウの目がページの隅のページ数を示す数字に留まった。六百九十六。ページの振り方に間違いがあるというフレーシャの言葉を思い出す。彼はまさにこのページのことを言っていた。前後のページを確認して驚く。フレーシャの言うとおりだった。数字が間違っている。ここは六百九十六ページ目ではない。

そう不思議なことではない。当時の印刷では誤植が多発していたのだ。しかしこの一冊に関して言えば、その類いの間違いがあるのはこのページだけだった。ここまでヴェサリウスはいろいろな糸口をとても巧妙に隠してきた。しかもじつに緻密に。これがただのミスだとは思えない。

そう考えながら、実際の六百九十六ページを探す。書物の最後までページを繰り、肩を落とした。六百九十五ページで終わっている。また袋小路だ。

椅子に体を預け、本を閉じて、こんな無意味な探し物はもうおしまいにしようと心に決めたそのとき、ひとつ考えが浮かんだ。ひょっとすると裏表紙のどこかに本物の六百九十六ページが隠されているのか？　突拍子もない思いつきだが、確かめる価値はある。

本を引っくり返し、製本にどこかおかしなところはないか探したが、見つからなかった。遊び紙と裏表紙のあいだを探り、見返しに指先を這わせる。ふいに手が止まる。なんとなく感触が変わったような気がしたのだ。

裏表紙のほうが表紙より若干厚みがあるように思えた。わくわくして椅子に座り直し、本の表表紙と裏表紙を改めて比べてみる。確かに厚みが違う。オムス医師がここを探っていなければ、見落とされているということだ。

抽斗からペーパーナイフを取り出して、刃先を革と上質皮紙のあいだにあてがい、差しこもうとしたところで手を止めた。いったい何をしようとしているの？　お金では買えないほどの価値があるこの本を、そんな気がするからというだけで傷つけようとするなんて。どうかしている。もしページの間違いはただの誤植で、何もかも想像の産物にすぎなかったとしたら？　宝物を無意味に台無しにすることになる。

唇を噛み、目を閉じて、刃を根元までぐいっと埋めた。それから一気に手前に引き、見返しを上から下まで裂いた。ため息をついてペーパーナイフを脇に置き、裂け目に手を差し入れた。

何もない。

全身に悪寒が走った。どうしよう、とんでもないことをしてしまった。裂け目を広げられるだけ広げて徹底的に探る。何もなし。必死の思いで手をぎりぎりまで突っこんでみる。すると、思いがけないことに指が何かに触れた。息を止め、これ以上本を傷つけないように見つけたものをそろそろとつかむと、引き出した。

興奮で身震いしながら、手の中にある羊皮紙をまじまじと見た。ヴェサリウスが教授職に就いていたパドヴァ大学の紋章入りの封印は、何世紀という時の流れを感じさせず、いま施されたばかりのようにつやつやと輝いている。パウはもう待てなかった。ごく慎重に封蠟をはずし、机の上に羊皮紙を広げた。

それはみごとな版画だった。

中央にいるヴェサリウスは、その左側にある解剖台に横たわる男性の遺体の開かれた胸を指さしている。頭部、胸部、鼠径部、手足には◯印や記号が振られ、管のようなものが出ている。それがヴェサリウスの横にある円筒形の巨大なカプセルにつながっている。その装置から別の管が出ていて、雲の渦や天使たちが飛ぶ天井に続いている。パウははっとした。それこそが〈第八巻〉で説明されていた謎の装置だ。

ヴェサリウスらの周囲には石の台座の上にいくつもの容器が置かれている。たぶん香炉だろう。遺体の枕元のあたりで宙に浮かんでいる人影がふたつ。マントをまとい、手に大鎌を持つ骸骨と、遺体の額を撫でているトーガ姿の若い女性。版画の精密さと美しさは、書中に出てくるどの挿画をも凌駕していた。パウは羊皮紙をうやうやしく撫でた。そしてそのとき気づいたのだ。パウの前に最後にこの絵を見た人物は、ヴェサリウスその人だったにちがいない、と。

羊皮紙を裏返してみると、文字が書かれている。〈重要なポイント《ウイタリス・プンクティス》〉と題されたラテン語の文章だ。訳してノートにメモしはじめる。パウのラテン語はアマットほどのレベルではないが、それでも少しずつ文章が形を成しはじめた。三十分後にひと息つき、できたものを読み返した。

読みながら、パウは唾をごくりと呑みこんだ。ありえない。きっと何かの間違いだ。もう一度内容を読み返し、改めて版画を見た。そしてすべてを理解した。

〈第八巻〉を完成させる最後の一ページをついに見つけたのだ。

大急ぎでメモと羊皮紙と本をまとめた。苦労して手の震えを抑えこむ。できるだけ早くアマットとフレーシャにこのことを知らせなければ。明日まで待てない。鞄に全部しまうと立ち上がった。部屋を出てはいけないことになっているが、いまとなってはどうでもいい。どのみち追い出されるのだ。

鞄を肩に掛けたとき、背後で何かが動いた気がした。ちくりと痛みを感じ、悲鳴をあげる。驚いて振り返ると影が飛びかかってきた。ペーパーナイフを振り上げようとしたが、なぜか急に体に力がはいらなくなり、脚が崩れた。襲撃者が共倒れを避けてよける。助けてと叫びたかったが、喉はゴボゴボと苦しげな音を洩らすばかりだ。やっとのことで目を開けて襲撃者が誰か確認したとき驚愕したが、直後に意識を失った。

55

観戦者たちは、馬丁たちが引いている馬の足取りを食い入るように目で追っていた。あの馬がいちばん速いなとか、あれがいちばん脚がもちそうだとか当て推量しながら、賭ける馬をせっせと選択する者もいれば、満足げににやにやしながらすでに馬券を握りしめている者もいる。

縦縞の上着と麦藁帽子という出で立ちの若者が台の上でメガホンを持ち、馬の名前、所属厩舎、騎手の名前をわめいている。馬券の購入窓口では最後の受付をすませようと誰もが必死だった。

馬たちはゲートにはいると興奮して蹄で地面を踏み鳴らしたり引っかいたりし、一方騎手たちは手綱をぎゅっと締めている。一瞬、期待に満ちた静寂があたりにたちこめた。ふいに発砲音が響き、轟音とともにゲートが開いた。馬たちは流星のごとく飛び出し、それをカン・トゥニス競馬場のスタンドにある一室を埋める観戦者の歓声が追う。

騒々しい音をたててテーブルの上のグラスが倒れ、周囲で憤慨の声があがったが、フレーシャが落ち窪んだ目で睨み返すと、たちまち抗議はやんだ。まわりの拒絶反応を無視して、ふたたびグラスからあふれるまでアニス酒を満たす。酒が指のあいだを流れ、床にこぼれ落ちても気にもせずグラスを口に運び、空にする。そのあと、びりびりに破られたはずれ馬券でいっぱいのテーブルにグラスを倒した。服には汗染みや、食べ物だの飲み物だのの汚れが見える。格子縞の上着は、椅子に置いたカンカン帽の上でくしゃくしゃになっている。かろうじて椅子に腰かけ、乾いた血にまみれた包帯を巻いた手でグラスを持ち上げた。

若いウェイターが近づいてきて、ため息をついてから言った。

「すみませんが、旦那、みなさん迷惑しているんですけどね」

「ば、馬鹿言うな」そちらを見もせずに言い返し、またグラスを空けた。

この男を競馬場から追い出す手伝いをしてくれる者はいないかと若者が同僚たちのほうを振り返ったとき、彼の腕に手が置かれた。

「大丈夫、俺にまかせておけ」

明らかにほっとした様子で、ウェイターは退いた。フレーシャは目を上げ、焦点を合わせようと瞬きをした。ここは明るすぎる。

「や……やあ！　何か飲めよ……」

〝飲めよ〟の途中で声が消えた。

サンチェス警部が不快そうな表情でこちらを見下ろし、それからほかのテーブルの客のほうを眺め渡した。幸い、揃ってレースに目が釘づけだ。

「酔ってるな」

「とんでもなく。ええ、警部さん。い……いっしょにどうです？」

「そんな暇はない」サンチェスはそう答えてフレーシャの正面に座り、いらだちもあらわに脚を組んだ。「おまえの伝言を受け取った。どんな情報だ？」

フレーシャは、いまの言葉が聞こえなかったかのように、アニス酒で満たしたグラスを相手に差し出した。サンチェスは、無理強いされても困るのでとりあえず受け取ったが、グラスをつかむとすぐに顔をしかめて脇に置いた。フレーシャは早く話したくて仕方がない様子で、べらべらとしゃべりだす。

「情報ならありますよ……ええ、たっぷりとね。わざわざおいでになった甲斐があるってもんだ。ただし……引き換えに約束は果たしてもらいますよ」

「それは話を聞いてからだ」

フレーシャは背筋を伸ばし、相手を見据えた。

「〈ゴス・ネグラ〉のふりをしている殺人犯の正体とその隠れ家が……わかりました」

サンチェスは座ったまま体をもぞつかせ、周囲をこっそりうかがった。

「酒で頭が腐っちまったようだな。容疑者はもう捕まえた。ダニエル・アマットだ」

「つ、捕まえた？」

「三食つきでベーヤ刑務所にお泊まりいただいている。白状するのも時間の問題だろう。さあ、もっと役に立つ情報を提供しないと、お友達のお供をさせるぞ」

「アマットは友達でも何でもありませんよ。ええ、全然違います。あ……あんなやつは刑務所で腐っちまえばいい……。だけど、たしかにあいつには償わなきゃならない罪があるとはいえ、む、娘たちを殺した犯人じゃない。警部さんだってよくわかってるはずだ」

フレーシャはまたグラスを満たそうとしたが、瓶はもう空だった。酒瓶が手から滑り落ち、テーブルを転がる。警部の合図でウェイターが新しい酒瓶を持って近づいてきた。

「全部話せ。細かいことも省かずに」

フレーシャは酒をちびちび飲みながら、ムンジュイックの墓地でアマットと知りあってから起きたことをすべて打ち明けた。ノートの発見。サナトリウムを訪ね、オムスが殺人犯だと疑うようになったこと。ヴェサリウス自らの手で改訂された『人体構造論』を手に入れ、ある結論に達したこと。サンチェスはメモをとりながらも、ただの酔っ払いの妄想ではと思わずにいられなかった。話が〈第八巻〉の発見に至って、警部はもう我慢ならなくなった。

「俺をからかってるのか？」ノートをしまい、椅子から立ち上がろうとした。

「違うって！」フレーシャは警部の腕をつかみ、いまにも飛び出しそうな目で見つめた。「本当にあるんですよ！　お……俺もこの手で持ちました。そこに隠されていた秘密も」

「放せ」サンチェスが手を振り払う。

フレーシャは袖で口をぬぐい、手探りでグラスを探した。警部はそれを近づけてやる。

「話を最後まで終わらせろ。秘密ってのは何だ？」

「その本には、謎の機械のつくり方が隠してあったんです。そしてその機械を動かすには生半可ではない大量のエネルギーが必要となる……」

フレーシャの話はあっちこっちに飛んだ。ちゃんと理解するため、警部は臭いのを我慢して身を乗り出さなければならなかった。

「そ……その呪われた機械が何の役に立つのかはわかりませんでした」新聞記者が続ける。

「でもこの発見のおかげで……犯人が隠れている場所の……目星がついた」

サンチェスは乱暴に手を振って先を促した。そこでフレーシャは、オムスが人目を盗んで町じゅうを移動するために下水道を利用していたこと、そのうえ下水道を使えば電力を調達するために発電所にも近づけることを話した。

「た、たぶん……発電所で起きている問題もそのせいだと思います」なんとか話を終わらせようとする。「大変な爆発が起こって……ば、万博会場の半分が吹き飛ぶ恐れがある」

「開会式は間近だ」サンチェスがつぶやいた。「それまでに発電所はフル稼働する予定だ」座ったまま体を起こし、フレーシャの胸倉をつかむ。「どこに隠れているかわかると言ったな。話せ」

「ば……万博会場の真下近くを走る、いまではもう使われてない下水道があるんです。犯人はそこに隠れている。バルセロネータ地区を牛耳るビダルの下で働いてる、ギ……ギエムって小僧がいて、そいつなら自分の手のひらみたいに下水道のことを知っています。案内役を果たしてくれるでしょう。み……見取り図も描いておきました」

フレーシャは、何の汚れかわからない染みのついたくしゃくしゃの紙をテーブルに置いた。警部は訝しげにそれを手に取り、ちらりと見てから外套の内ポケットにしまった。

「それで全部か？」

フレーシャはうなずいた。

「大変けっこう」

「そ……そんなに急がないでくださいよ。た、助けてください、警部さん」

警部は不快感を隠しもせずに相手を見た。

「助けてだと？」

「頼まれたことを……ちゃんとやったんですから」新聞記者の目は潤んでいる。

「このあいだ会ったとき、おまえは自分の置かれた立場をちゃんと理解していなかったらしいな。当面は俺に対する借りを返してもらわなければならない。ちょっとでも嘘をついたり隠し事をして俺に無駄足を踏ませたら、必ず後悔するからな。指がもう一、二本なくなっても字は書けるだろう」

警部は微笑みに似たしかめっ面を浮かべると、テーブルに小銭をいくつか放り投げた。

「全部飲んじまうなよ」

56

「ったく、サンチェス警部、どうしてこんなふざけた場所を待ち合わせに指定するんです？」ヨピスは麦わら帽子でズボンをはたきながら言った。

その新聞記者の文句には慣れっこになっている警部は、返事もしなかった。フレーシャと会った翌日に設定された会合は、ある倉庫でおこなわれている。テーブルの上で燃えている太い獣脂蠟燭の灯りでかろうじておたがいの顔が見えた。

ヨピスがまた繰り言を口にしようとしたとき、頭上から大喝采が聞こえてきた。ヨピスは一瞬、天井が落ちてくるのではないかとぞっとした。やがて騒ぎは収まり、ラッパが鳴り響いて、闘牛の場《テルシオ》が変わることを知らせた。砂が天井板の隙間から二人の頭上にぱらぱらと落ちてきて、また新聞記者が愚痴をこぼした。

「いましも、この真上に牛がいるとは驚きだな」警部は羽団扇豆の皮を床に吐き出しながら言った。「今日のポスターによれば、ずいぶん豪華な顔ぶれだぞ。パティーリャ伯爵のところの最高の牡牛六頭に、ラガルティホ、カラ・アンチャ、バレンティン・マルティンという面々が挑む」

「正直に言うと、私にはどの牛も同じです」

「へえ、笑わせるな」

ヨピスは大きくため息をつき、言い返そうとした言葉を噛み殺した。警部と密会して、その馬鹿さ加減に我慢しつづけて半年近くが経つが、誰にでも限界というものがある。これまでのところ、この男からもたらされた情報はとても役に立っていた。強盗、殺人、社交界のスキャンダル……。自分ほど筆の立つ者はほかにいないとは思うが、新聞記者たる者、理想的な情報源を確保することが肝心だ。この数か月で、自分はバルセロナで最も将来を嘱望される記者となった。同僚たちでさえ、記者なら誰もが喉から手が出るほど欲しがる、これほど正確な情報をヨピスがいったいどこで手に入れるのか知らない。『コレオ』紙ではもはや物足りず、最大手の『ラ・バングアルディア』紙か、いっそ全国紙から声がかかるやも、と思っていた。かなりの額の賄賂と、各記事で警部を賞賛することが条件だったが、最終的には利益のほうが大きかった。もちろん、この男と会うたびに虫唾《むしず》が走るのだが。

ヨピスの嫌悪の表情を警部は誤解し、不安をなだめようとした。

「ここは安全な場所だ。観客たちの注目の的となっている、まさにその闘牛場の下に人がいるなんて、誰が想像する？　それこそ盲点だ、そう思わないか？」

ヨピスは答えなかった。天井から始終落ちてくる砂を避けるため、椅子を移動させる。頭上では延々と歓声が響き、やがてどっと拍手喝采が沸いた。闘牛士の交代だ。闘牛場の午後は興奮の坩堝《るつぼ》だった。

「さあ、さっさと終わらせようぜ。次の回を見逃したくない」

「会いたがったのはそっちのほうだ」ヨピスが言った。「こんなに緊急で呼び出されたんだから、それだけの価値があるんでしょうね」

今度ばかりはサンチェスもヨピスに賛成したようだった。彼は競馬場でフレーシャと会ったことを手短に説明した。

「私が提供した彼の借金についての情報を有効活用したようですね。フレーシャは友人でも平気で裏切る酔っ払いかもしれないが、嘘はつかないと思います。かつてはいい記者だったんだ」

「犯人として勾留している男がいるんだ。市長じきじきのお褒めの言葉まで頂戴した」

「もしまた遺体が見つかったらどうするつもりです？　そうなったら、リウス市長はさぞかしご立腹でしょう」

「確かに」警部は認めた。「いろいろと面倒なことになるだろうな。それでもアマットを自由の身にするわけにはいかない」

ヨピスはしばし考えこんだ。その男を監獄に繋いでおくべき何か特別な理由が警部にはあるのだ。彼を排除する目的で誰かから金をつかまされたのだろう。どちらでもかまわない。この殺人事件はまたとないチャンスだと第六感が告げている。ヨピスの頭の中では、大儲けできる計画がすでに形をとりはじめていた。だが、まずはサンチェスがこちらの思惑どおりに動くよう、説得するのが先だ。

「警部さん、その男をただ監獄に入れておく分には不都合はないと思いますよ。ひとり殺そうと、十人殺そうと、たいして変わりはないんだから、例の娼婦が殺された最後の事件についてだけ、そいつのせいにすればいい。友人の新聞記者に嫉妬し、犯罪をごまかすために連続殺人犯のやり口を模倣したということにするんです」

「悪くない考えだな」

「そちらのちっぽけな問題が解決したら、フレーシャの情報をわれわれがおおいに有効活用する方法があるんですがね？」

「おおいに有効活用というと？」サンチェスが尋ねる。警部は不器用に何気ないふうを装ってはいるが、興味津々だということはお見通しだった。

「あなたが自分でいまほのめかしたじゃないですか、警部さん。じつに名案だと申しあげたい」

「何だって？」

「あなた自らその殺人犯をひっ捕らえるんですよ」

「頭がどうかしたんじゃないのか？」

「選り抜きの警官たちを引き連れて、万博の開会式に合わせて犯人を捕らえるんです。フレーシャの話どおりなら、隠れ家を急襲すれば、捕まえるのはそう難しくないでしょう」

「だが、それには下水道に下りなきゃならない。部下たちをひと部隊送りこんだほうがずっと楽に解決するだろう。俺が地下に？　はっ！　インクが頭に染みこんだんじゃないのか？」

自分の冗談に大笑いする警部を思いきり罵倒したかったが、なんとかこらえた。

「警部さん、警察署内で、あなたのせっかくの才能が無駄にされているとは思いませんか？　功績をもっと正当に評価されたくはないですか？　あなたご自身で捕らえるべきです。あなた自らの決断による行動のおかげで大惨事が回避されるんです。あなたが王太后陛下と国王陛下のお命をお救いするわけです。それがどういうことかわかりますか？」

サンチェスの顔がぱっと輝いた。

「もしよければ」よし、警部はこれで陥落した。「同時に私のほうでも、殺人鬼の逮捕とあなたの手柄がこのバルセロナという町にとってどれだけ重大なことか世に知らしめるため、いろいろと手を打つつもりです。あなたが英雄として町じゅうから賞賛される様が目に見えるようだ。昇進は間違いなしでしょうし、ひょっとするともっと大変なご褒美がもらえるかも……」

「悪くないな。だが、あんたは代わりに何を手に入れる？」

「いつもどおり、単独スクープにさせてもらえればそれでかまいません。犯人が牢に繋がれたあかつきには、独占インタビューをさせていただきたい。これで手を打ちませんか？」

警部はじっくり考えながら、舌で口の中を探った。羽団扇豆の皮を見つけると口をすぼめ、ヨピスの足のあいだにぷっと吐いた。ヨピスはそれを見て怖気を振るった。サンチェスが満足げにうなずく。

「よし、取引成立だ、ヨピスくん」

地獄に下りる

万国博覧会開会式まであと四日

57

フランシスコ・カザベーヤは、歩数で床の広さを測っているかのように、狭い歩幅で発電所内をちょこちょこと歩いている。部下たちのあいだでは、無骨だがまっとうなことで知られており、誰も悪く言う者はいないし、彼のおかげで仕事に就けた者だって一人や二人ではない。酒は飲まず、口数も多いほうではなく、いらいらしているところなどめったに見られない。ところが今朝は、すべて抜かりなく準備ができているかどうか確認しながら、ずっとぶつぶつ言いつづけている。折に触れ、棟の奥にある時計に目をやり、そのあと建物の入口に視線を移す。そこでは若い作業員が待機し、社長が来たらすぐに知らせる手筈になっている。

アデイはほくほくしていた。ここ数週間緊張続きだったが、ようやくすべてがしかるべき方向に向かいつつあった。万博会場を目指す馬車に揺られながら、その日朝いちばんで届いたサンチェス警部からのメモを何度も読み返す。ダニエル・アマットは舞踏会の最中に逮捕されたあと、こちらの思惑どおりに連続殺人事件の第一容疑者となった。

旧友を巻きこんだのは名案だった。ぴんと思いついたのだ。おそらくは死刑になるだろうし、たとえそれがかなわなくても、しばらくは監獄で過ごすことになるだろう。ベーヤ刑務所は危険な場所だから、勾留されているあいだにどんな不幸な事故が起こるかわからない。

このニュースを知ったときのイレーナの反応を思うとわくわくした。かつての恋人が殺人犯。あの女が解剖所見を盗んだことはわかっているが、いまとなっては誰も重視しないだろう。バルトメウ・アデイのすることに口出しすれば、誰もが、そう誰もがけっしてただではすまない。あの強情な女も今度ばかりは思い知っただろう。

馬車は発電所の建物の前で停まった。玄関では、建築家のアリエス・ルジェンを始め、燕尾服とシルクハットを隙なく身につけた男性たちが待ちかまえている。市管理委員会だ。おまけの貢物としてのダニエルの逮捕で市長の怒りも収まり、今回の視察訪問を自ら推し進めてくれた。

アデイは馬車を降りて建物を眺め、勝利をしみじみと味わった。工事が間に合って蒸気システムと発電機もきちんと設置され、完璧に機能している。ここ数日は事故がくり返されることもなく、その結果停電も起きていない。万博会場と隣接する通りの電力は確保された。いらだちを浮かべた建築家の顔をそこに認め、アデイは眉をひそめた。どうしてやつがここにと思いながら、そちらに向かって歩きだす。私の技量を祝うためにちがいない。そうとも、はっきり言って、下位の者のほうがへりくだるべきなのだ。誰も、そう少なくともあの気障《きざ》野郎以外は、粗悪な素材を使って浮いた工事費を私が懐に入れたなんて疑っていない。そもそもこの建物は長持ちさせる必要などないのだ。結局のところ、かの有名なドメナク作のホテル・インテルナシオナルだって、万博が終わればすぐに取り壊されることになっている。三倍の費用がかかったことになっているが、誰も気にしていないようだった。

不運にも、都合の悪いときにはいった横槍によって、せっかく懐に入れた資金は煙と消えた。単純に運が悪かったのだ。虎穴に入らずんば虎児を得ず。債権者からの圧力を感じはじめているのは事実だが、焦りはなかった。あと少し待つだけだ。この発電所の成功を報告したのち、さらに三つの新たな発電所の建設を市当局に提案するつもりだった。拒否されることはあるまい。投資家が雪崩を打ってわが家の玄関に押しかけ、資金繰りの問題はただの悪夢として忘れ去られるだろう。いずれにせよ、もうひとつの計画が思惑どおりいけば、そんなことはささいな問題となる。万博の開会式の日、世界じゅうが私の並はずれた才能にひれ伏すことになる。それがおおやけになれば、何もかもが一変するだろう。議員の座などちっぽけなものに思えてくる。

そうとも、その日は私の一世一代の見せ場だ。

「みなさん」

一同が口々に挨拶し、会釈を返した。アリエス・ルジェンが一歩前に歩み出たが、手は差し出してこなかった。うっすらと侮辱を感じる。

「おはよう、ルジェンさん」

「すでに十分も待たされた」

「そのちょっとした不都合も、施設を視察していただけば差し引きゼロとなるはずです。どうぞこちらへ」

　一同は建物の玄関に向かって歩きだした。

「なにしろ連続殺人犯が逮捕されたのはよかった」ルジェンがついでのように言った。

「まさに、この町の法執行機関の勤勉さに感謝しなければなりませんな」

「市長は契約を取り消す寸前だったが、君にとっては幸いなことに、われわれが恐れていたほどスキャンダルにはならなかった」

「事件はすっかり解決しました」

「だといいがね。次の日曜は開会式だ。この国の大物という大物が出席することになっている。君はまだまだ試されつづけるわけだ」

　アデイは、建築家の人を見くだすような口調にむっとしたがこらえた。

「きっとみなさんに満足していただけると思いますよ。ちょっと失礼します」

　玄関では、カザベーヤが手に帽子を持ち、うつむいて彼らを迎えた。私がこの世の中のどれだけの高みに君臨しているのか、誰もが思い知るにちがいない、とアデイはにんまりしながら思った。

「すべて準備できているんだろうな？」

技術部長は答える代わりに軽くうなずいた。

「準備できたのか、できてないのか？」

「できました、アディ社長」技術部長が慌てて答える。

アディは技術部長を脇に追いやり、玄関の巨大アーチをくぐった。そのあとに委員会の一行が続く。巨大な照明に照らされた玄関ホールでは、大勢の従業員がずらりと並んで彼らを出迎えた。

アディがガイドをしながら施設内を移動する。より専門的な質問についてはカザベーヤが助け舟を出した。施設内が見渡せるデッキを見せるとたちまち驚きの囁き声が広がる。そのあとはボイラーや発電機が設置された巨大な部屋を見てまわった。アディが設備について詳しく説明し、発電所の供給可能電力についてかなり誇張した数値を口にした。

建物の設計や建設に話が移ったとき、その鉄骨構造をひとりが賞賛した。アディは心の中でにやりとした。アリエス・ルジェンその人から、ボイラーの振動を吸収しやすくするためにリベット留めの鉄骨構造にしたほうがいいと助言されたのだ。しかしそんなことをすれば余計なコストがかかると考えたアディは、強度に欠けるとはいえもっと廉価な錬鉄製にした。節約したのはそこだけではない。作業を始めたばかりの頃に、そこに元々あった陸軍病院の古い地下壕が存在することに気づいた。隅々まで調べる時間はなかったが、これは渡りに舟だとアディはすぐに判断した。最低限の手を加えただけで、この古い設備を構内の廊下や発電所そのものの土台に利用したのだ。こうしてかなりの建設費を浮かせたのである。

いま視察に来ている連中は誰もこのことを知らない。委員会の人々も少しずつ警戒を解き、声に満足感が滲みはじめていた。彼らの顔に、そうあのルジェンにさえ、感嘆の表情が浮かんでいる。技術部長の咳払いでアデイはわれに返った。

「そんなにかしこまる必要はない。何だ、言ってみろ」

カザベーヤは足元に視線を落とし、それから、ずらりと並ぶ発電機を惚れ惚れと眺める委員たちに目をやった。技術部長は厳しい表情をしている。アデイはまたいつものだんまりが始まったと思い、鼻を鳴らした。

「過負荷の問題がまだ解決していません」とうとうカザベーヤが言った。

「何だって？」

「いまは何事もなく稼働していますが……」

「では問題ないだろう」

「反論したくはないのですが、アデイ社長、でも問題ありなんです」カザベーヤは食い下がった。「発電機はきちんと動いています。しかしそれはわれわれが何かしたせいじゃない。こちらが原因を見つけるまえに変圧器の負荷が減り、ボイラーの圧力計の数値が勝手に正常に戻ったんです。急に圧力が上昇した理由はいまもわかりません。いつ同じことが起きたとしても不思議ではない。それがどんな結果に繋がるかもわからないんです、社長」

アデイはこちらに近づいてくるルジェンをちらりと横目で見た。作り笑いを浮かべると同時に、技術部長の肘をつかんで脇に誘導した。

「これ以上ひと言たりとも聞きたくない。わかったか？　すべてが時計のごとく滞りなく正確に作動しなければならない。確実にな。それができなければ、おまえの責任だ」

「でも社長……」

「カザベーヤ、おまえにもどこかに家族がいるはずだ。そいつらに通りで物乞いをさせたくなければ、言われたとおりにしろ。以上だ。さっさと行け」

アデイは改めて招待客のほうを向いた。みな相変わらず感心しきりだ。アデイは燕尾服の乱れを直し、なごやかな表情を浮かべて彼らに近づいた。

「満足していただけたようですね、みなさん」

誰もが熱のこもった同意の返事をした。

「そろそろお疲れになったでしょう。ささやかですが軽食を用意させていただきました。どうぞこちらへ」


一時間後、アデイは委員たちから解放され、安堵のため息をついた。みな盛んに彼を賞賛し、ルジェンに至っては、われわれの好意的な結論を必ず市長に伝えると約束までしてくれた。アデイは引き攣った笑みを浮かべた。急ぎ足で執務室に向かう。視察のあいだ、こうしてひとりになれる時間のことばかり考えていた。ドアを開けたとき、カザベーヤがいきなり横から現れた。

「おいおい！　驚いたじゃないか。今度は何だ？」

「すみません、アデイ社長。余計なことかもしれませんが、準備はすべて整ったとご報告にあがりました。蒸気システムと発電機は、私がこの目で確認しました。見たところ、何ひとつ問題はありません。社長の指示どおり、明日の朝まで全社員を帰宅させました。しかし、もし今夜誰かが残る必要があるなら、私が……」

「いや、いいんだ。さっき言ったように、全員帰ってほしい」もどかしげに答える。

「承知しました。社長は残るんですか？」

「気にするな、カザベーヤ、おまえには関係ないことだ。行ってくれ……ああ、鍵を渡しておいてくれ。私が戸締りをしておく」

　技術部長は訝しく思いながらも言い返す勇気はなく、おとなしく命令に従った。アデイは技術部長が立ち去るのを待ち、玄関の扉が閉まる音を耳にすると執務室にはいった。机に駆け寄り、首から提げて持ち歩いている鍵で抽斗を開ける。中に手を突っこんで、小さなスイッチを押した。カチッという音がして、背後の壁の一部がするすると動いた。銅製のカンテラが木板張りの貨物エレベーターを照らしだす。アデイは中にはいり、レバーを下ろした。シューッという音とともに壁が元に戻る。発電所内をまた静寂が支配した。聞こえるのはただ、発電機の振動音だけだった。

58

八人が車座になって座り、無言のままたがいに見つめあっている。灯りは消され、午後の日差しを締め出すためにビロードのカーテンも引かれている。テーブルには黒い布が掛けられていて、中央に置かれた水差しとグラス、大蠟燭以外は何もない。狭い室内は、蠟燭の光が届かないあたりは闇に閉ざされ、煙草の煙がたちこめていた。五人の男と三人の女はみな手を繋いでいた。顔には隠しきれない興奮が浮かんでいる。

ヨピスはこの機に参加者をもっと観察することにした。右に座っているのがこの会の主催者であるバレンゲー伯爵夫人だ。派手な化粧もその昂《たか》ぶりを隠すことはできず、なんて感動的なのと考えていることが手に取るようにわかる。そのすぐ向こうには、バルセロナ商工会議所の理事フランシスコ・アギーラがいる。黒いスーツ、しゃちほこばった姿勢、青ざめた顔を見るとなんとなくぞっとする。左側では繊維会社社長のアルフレード・コミンズがずっとそわそわしている。この手の会の常連で、ヴォラピュク語（一八七九～八〇年にドイツのシュライヤー神父が創作した人工語）の熱心な信奉者だ。ほかの出席者には見覚えがなかった。

「マリーナ、姿を現してください」

ヨピスはびくっとした。その声はテーブルの向こう側から聞こえた。

マダム・パラティーノはとても有能な霊媒師と考えられていた。昨年ウィーン、ロンドン、パリの大劇場を巡回したのち、バルセロナで開催される予定の国際交霊術大会に招待されてこの町にやってきた。心霊主義に傾倒する人々の中には、彼女をなんとか口説き落として自宅に呼び、こうした内輪の交霊会を開く者もいるのだ。

円になって座っているとはいえ、全員の意識が霊媒師に集まっていた。微動だにしない彼女の顔で蠟燭の光が躍っている。唇がほとんど動いていないのに、声ははっきり聞こえた。

「マリーナ」とくり返す。「そこにいるのはわかっています。怖がらないで出ていらっしゃい」

周囲の空気が重さを増し、誰かがそっと息を吹きかけたかのように蠟燭の炎が揺らめいた。参加者がくぐもった声を洩らす。ヨピスは、自分が信じていないことを人に気取られないよう、こっそり目を上げた。

ふいにテーブルが揺れだした。女性のひとりが悲鳴をあげる。驚いて目を見開いた者もいたが、この手の会に何度も出たことがある者たちは満足げに微笑んだ。とはいえ、その目には恐怖が宿っている。

霊媒師は呼びかけを続けている。

「マリーナ、出てらっしゃい！」

そのときヨピスは、霊媒師の横に座っている、長い白髪のもみあげをたくわえた顔色の悪い老紳士に目を向けた。交霊会を始めるまえ、この紳士はほとんど何もしゃべらずに部屋の隅で待機し、髭のない若者がそばに寄り添っていた。若者はいまは紳士の横に座っている。

その瞬間、老紳士の表情が変わり、ぼんやりとした目を霊媒師に向けてうっとりと見つめた。当の霊媒師は目を閉じ、祈りのようなものをイタリア語で唱えている。

突然テーブルの揺れが止まり、部屋のドアが開いたかと思うと大音響とともに閉じた。室温が急に何度も下がったような気がする。握りあう手がいっせいに緊張した。霊媒師がまた口を開いたが、その喉から発せられた声はすでに彼女のものではなかった。子どもの声を耳にしたとき、全員が身震いした。

「おじいちゃん？　おじいちゃん、そこにいるの？」

「ああ、ああ、ここにいるよ！」いまにも泣きだしそうな声で老人がわめいた。物陰から使用人が現れて、老人が立ち上がったり、繋いだ手を離したりしないように押さえた。

「げ……元気なのかい、おまえ？」

「元気よ、おじいちゃん」

ヨピスも含め出席者は全員そのやりとりにすっかり惹きこまれていた。霊媒師は目を閉じ、竿でもはいっているかのように背筋をぴんと伸ばしている。老人の胸の内には山ほど質問が溜まっていた。

「い、いまどこに……？　そこはどんな場所だい？　ああ愛しいおまえ……」

「とてもきれいなところよ。すごくいっぱい光が差しこんでるの。いつも光があふれてる」

声は大きくなったり小さくなったりし、いつふっと消えてもおかしくなかった。老人は話を続けようとしたが、すすり泣くことしかできなかった。

「おじいちゃん、泣かないで。お願い。あたしはいま幸せよ」

老人の顔から血の気が引いた。目にあふれていた涙をぬぐい、ヨピスにはわからない言葉を何かささやいた。

ふいに霊媒師が背中を弓なりにし、体を激しく震わせはじめた。全員が息を呑んで見守っている。始まったときと同じようにその震えは突然止まり、目をかっと見開く。夢から醒め、自分がどこにいるかわからないかのようにあたりを見回す。助手が水のグラスを渡すと、一気にごくごくと飲んだ。そのあと目を細め、砂でも噛んだような嗄《しわが》れ声で言った。

「残念です。行ってしまいました」

使用人たちが窓のカーテンを開けた。夕方の死にかけた光は部屋を照らすには不充分だったので、複数のランプに火が灯された。参加者たちはずっと凝らしていた息をやっと吐き出し、繋いでいた手を離して、小声で言葉を交わしはじめた。いまの出来事に誰もがまだ興奮冷めやらない様子だった。

老人はテーブルに突っ伏してすすり泣いている。横にいる若者が慰めようとしているが、とまどいを隠せない。老人は、使用人のひとりが持ってきた気つけ薬をぐいっと飲み干すと、外套とシルクハットを手に取り、部屋を出ていこうとした。

ヨピスは感心しながら席を立った。どうやってテーブルを動かしたり、大きな音をたてたりしたのかトリックは見破れなかったが、そう難しいことではないと思えた。とはいえ、霊媒師の声はじつに真に迫っていたし、心底恐ろしかった。一瞬、本当に少女がしゃべっているのではないかと思ったほどだ。そのうちからくりはわかるだろう。

人々は隣接するかわいらしい居間に場所を移した。そこにはコーヒー、お茶、お菓子といった軽食が並んでおり、出席者の高揚を鎮めるアルコール類の用意もある。暖炉では火が赤々と燃えていて、さっきまでとはがらりと雰囲気が変わった。

部屋のあちこちに分かれて人々はおしゃべりに興じているが、興奮で声も大きくなりがちだ。ヨピスは、ほかの参加者数人と話をしていた霊媒師に近づいた。

「マダム・パラティーノ？」

女性は、コンソメの皿に蠅でも見つけたかのように、新聞記者のほうを向いた。相手をじろじろと眺めまわしたあと、むっつりした顔に形ばかりの笑みを浮かべた。

「何でしょう？」

「ごきげんよう、マダム。私はファリーパ・ヨピスと申します」

「初めてお目にかかるわね」

かすかな訛りから、イタリアのピエモンテ州の出身だとわかる。ヨピスはいまようやく彼女をじっくり観察できた。エウサピア・パラティーノは三十五歳だが、一見すると五十代にも見える。針金のように痩せ、一分の隙もない全身黒ずくめの服装だ。霊媒師という仕事のせいで身も心も消耗しているかのようだった。びっくりするほど大きな緑の目が皺だらけの顔でやけに目立ち、その目と目のあいだに南ヨーロッパ人の血を引いていることがはっきりとわかる立派な鼻がそびえているが、どうもバランスの悪い、干からびた顔のほかの部分とはずいぶんと対照的だった。手には気だるげにステッキを握っている。マラッカ産の木製で、持ち手は銀、石突きは金属でできている。

「以前お話をうかがったことがあります。『コレオ・デ・バルセロナ』紙の新聞記者なんです」

「ああ、なるほど。いま思い出したわ。初めて参加なさったのね。ご感想は？」

「とても示唆に富んでいますね」

「そううかがってうれしいわ」

それでおしゃべりは終わりというように、パラティーノはほかの参加者たちのほうにまた向き直った。それで引き下がるようなヨピスではない。

「すみません、マダム、少しだけ話をさせていただきたいんです」そこで声を落とす。「できれば二人きりで」

「いまここにいる方々は」パラティーノは部屋に両手を差し伸べた。「みなさん信用できる友人たちなんですよ、ヨピスさん。率直にお話しくださってかまいません」

ヨピスとしては気乗りがしなかった。

「殺人事件に関係することなんです」

「殺人事件ですって？」

ヨピスは周囲の目が自分たちに集中するのを感じた。もう後には引けない。

「最近この町で、残虐に殺害された娘たちの遺体が次々に見つかっているのをご存じでしょうか？　どの新聞もこぞって報道していますし、私自身、記事を書きました。自慢ではないですが、最初にスクープしたのはじつは私なんです」

「聞いたことがあるぞ」たっぷり髭をはやした紳士が言った。「娼婦たちが殺された事件じゃないのか？」

「おちおち安心して通りも歩けないな」ほかの誰かが口を出す。

「警察の責任だよ。万博にばかりかまけて、町の警備が疎《おろそ》かになってるんだ」

「ええ……ええ、そのとおりです」会話の主導権を取り戻そうとして、ヨピスが遮った。

「私が言いたいのは……」

「記者さん、あなたは現実主義者ですか、それとも魂の存在を信じますか？」マダム・パラティーノがかぶせるように言った。室内がしんと静まり返る。

　突然の質問に慌てて、ヨピスは口ごもった。考えていたのとは違う方向に会話が向かいつつあったが、この変人たちの集団に調子を合わせるしかなさそうだった。

「神がわれわれに魂をお与えくださったと思っています」

「だとすれば、魂は肉体がなくなっても存在しつづけ、死後も同じ個人でいると信じますか？」

「ええ……まあ、たぶん」

「そこが分かれ目なんです。心霊主義は何を考えるうえでも必然的に影響し、信じる者に幸福を与えます」

彼女の言葉に一同がうなずいた。ヨピスは無礼にならないように微笑んだ。

「あなた自身が証人だわ」パラティーノが続けた。「すでにお帰りになったあの紳士は、愛する孫娘を幼くして亡くしたために、筆舌に尽くしがたい苦しみに苛まれていました。私たちが救いの手を差し伸べ、紳士は孫娘の魂と接触できた。天国で彼女が幸せに暮らしていると知って、きっと心の安らぎを得たはずです」

ヨピスとしては、あの老人があれで肩の荷を降ろすことができたとは思えなかった。

「君はどうやら信じてないようだね」コミンズが割りこんできた。ほろ酔い加減に見えるその実業家は、話すリズムに合わせて眉を動かした。

「ごめんなさいね」霊媒師が口を挟む。「親愛なるアルフレードは根っからの心霊主義者なので」

「私を褒めてくださってしかるべきですよ、マダム。私の考えはご存じのとおりです。われわれの主張はあらゆる学校で教授されるべきですし、それがきっかけとなって……」

マダムは彼の腕をそっとさすった。

「コミンズ、お願いですから、私にシェリー酒を取ってきてくださらない？」

最上級の敬意を払った彼女の言葉にすっかり気をよくして、実業家は任務を遂行するべく、急いでその場を立ち去った。マダム・パランティーノはそこでヨピスのほうを見た。

「それで、私に何をしろと？」

「さっきも申しましたように、この町でいま連続殺人事件が起きていて、いまだ犯人を特定することも、犯罪を止めることもできていない状況なんです」

ヨピスは驚きや恐怖、憤慨を煽るためそれなりに誇張しつつ、事件について詳しく説明した。

「中には、古い伝説の〈ゴス・ネグラ〉のしわざだと言う者もいます。あなたのご意見をうかがいたくて」

マダムは答えるまえにひと呼吸置いた。

「ええ、その恐ろしい連続殺人の犯人は間違いなく人間ではありません。いまのお話のような残酷な所業は、悪霊以外にありえない。苦しみを大声で訴え、安らぎを得るために力を貸してほしいという思いが、そういう行動に繋がったのでしょう」

彼女がそう答えると、ヨピスが小声で囁いた。

「まさにそのために私はここに来たのです、マダム。私もあなたと同意見で、もし可能なら、解決するために何かできないかと思っておりまして」

「どういうこと？」

「あなたならその悪霊と接触できると思いますか？」

「ええ、もちろん。肉体を抜けた魂たちはいつだって私たちのまわりにいるものなのですよ、記者さん」

ヨピスは身震いしたいところをこらえた。いっさい迷いのないこの女のしゃべり方は聞きようによっては常軌を逸している。物憂いまなざし、わざとらしいしぐさになんとも言えない違和感を覚える。ヨピスは息を吸いこみ、任務に集中することにした。そろそろ本題にはいろう。

「さっきのような会を催してその悪霊を呼び出し、何と言うか、正しい道に導いてやることはできないかと思いまして」

「もちろん可能です。いまここでおこなってもかまいません」

「それはすばらしい！　ただ……」

「さあ、おっしゃって」伯爵夫人が促す。

「続けたまえ」参加者のほかのひとりも励ました。

ヨピスは、そこまで迫られるなら仕方がないとばかりに彼らを見た。

「正直なところを言わせてもらいますが、この悪霊を呼び出すなら、もっとおおやけな会にする必要があると思います。これほど重要なことはバルセロナじゅうに公開しないと」

「そこまで大規模な交霊会はかなり難しいのでは……」霊媒師が告げる。

「町じゅうがこの犯罪に怯えているんです。自分の母親や娘がその邪悪な悪霊の餌食になることはもうないと、誰もが保障してもらいたがっている」

「そうかもしれませんが……」

「リリコ劇場の支配人と仲良くさせてもらっていましてね、あそこで交霊会を開くなら何の問題もないはずです。私がすべて手配します」

そのあとあたりにたちこめた沈黙は、商工会議所理事のひと声で破られた。

「われらが学派を世に広める絶好の機会じゃないか！　心霊主義のすばらしさを世界に披露するまたとないチャンスかもしれませんよ」

誰もが口々にその意見を支持した。ヨピスもうんうんとうなずいて、にんまりしそうになるのを隠した。マダムが手のひらを軽く持ち上げ、一同を静かにさせた。少し間を置いてから話しはじめる。

「心霊学はとても真剣な学問です。何かの見世物みたいに思われては困ります」

「もちろんです、マダム。開催に際しては細心の心配りをもって臨むと約束いたします」

霊媒師の緑色の目が新聞記者を見つめる。

「劇場なら入場料を取ることになるのよね」

「経費を差し引いたら、残りは謝礼としてお渡しします、もしそうしてよければ、ですが」

「少し考えさせてちょうだい」助手のひとりに支えてもらいながら立ち上がる。「紳士淑女のみなさん、疲れてしまったので、さしつかえなければ失礼します。今日の交霊会は特別に大変だったので」

そこにいた全員が椅子から立ち上がり、霊媒師は助手に支えられながら立ち去った。


数分後、ヨピスは屋敷を出た。通りの角を曲がったところでほっと息をつく。一瞬しくじるかと思ったが、幸い勘ははずれていなかった。謎のベールに包まれたあの女も、ほかの人間どもと同様に金と名声に目がないのだ。俺の目は節穴ではなかったということだ。交霊術などこれっぽっちも信じてはいないが、だからどうだっていうんだ？　みんな、あの連続殺人事件は闇の力のしわざだと言ってほしがっている。俺がその望みをかなえてやるのだ。人を殺してまわる化け物の話に読者はすでに大喜びしており、劇場での交霊会がその締めくくりとなる。サンチェス警部の下水道での大捕り物がそれと同時進行すれば、あのポンコツ警部がへまさえしなければ、それこそたいした見ものとなるだろう。

59

サンチェス警部はむっつりした顔でうなずいた。街の下水道の詳しい図面に両手を置き、それをフレーシャの殴り書きと比べる。バルセロネータ地区の中心部につけられた×印が、今夜地下に潜ってめざす目的地だ。シウタデーリャ公園の下を縦横に走り、いまでは放置された古い貯水槽に至るさまざまなトンネルも、新聞記者から教えられた。

大きく息を吐く。この図面には主要な下水道しか書きこまれていない。もっと古い、古代ローマ時代にさかのぼるような地下下水道は無視されている。そのうえ下水道網は何キロにもわたって蜘蛛の巣のように広く複雑に広がり、さらには四階層に分かれて地中深くに達している。これだけ網の目が込み入っていると、そのオムスとかいう男の隠れ場所にたどりつくいちばんの近道がどれかなんてわかりっこない。認めたくはなかったが、案内役が必要だった。

準備は細心の注意を払って秘密裏におこなった。市当局や県知事に知らせる必要はないと判断した。万博の開会式が危険にさらされていると知れたら式が延期されるかもしれないし、そうなれば自分が救世主として祭りあげられることもなくなる。昇進よ、さらばだ。

ドアが開き、アズコナ巡査部長がはいってきた。

「警部、お話ししたいことがあるのですが」

もう勘弁ならない。こいつはノックさえしなかった。どうしてこんなやつを部下として受け入れてしまったのか。一刻も早く追い出さなければ。

警部はいらいらした口調で言った。「何の用だ？　いまはとても忙しい」

「凶悪殺人犯を捕らえる作戦の準備中だということは存じております」

サンチェスはむすっとした表情を浮かべた。この署内はまるで青物市場みたいに誰もがおしゃべりだ。自分が昇進したあかつきには、こういうことはなくなるはずだ。

「自分でくだした判断をわざわざ君に教えてもらう必要はない。違うかね？」

「おっしゃるとおりです。ただ、前任地がその界隈で、下水道はよく知っているものですから、お役に立てるのではないかと思いまして」

「それはけっこうだ、巡査部長。で、君の幅広い経験から、何か意見でも？」

「バルセロナの下水道は何百年も昔から存在しています。危険な巨大迷宮なんです、警部。あのあたりで勤務していたとき、下水道には何度もはいった経験があります。悪党はよく下水道を利用するものですから」

「すばらしい」

アズコナは上司の褒め言葉をまともに受け取ったのだろう、さらに話を続けた。

「たやすく方向がわからなくなってしまうんです。一瞬で人の一団を呑みこんでしまう穴やら管やらがあちこちにあります。場所によっては、水流がすごく速い。ガスが溜まって息ができない空間もある。一度など、地下の分かれ道で迷った二人の男を捜しに行くはめになりました。そんな話ばかりです」

「なるほど」サンチェスはうなずいた。

巡査部長はその場で足を踏み替えた。もじもじしているのがわかる。

「続けろ。今頃遠慮してどうする？　ほかにどんな忠告がある？」

「下水道の最下層で暮らす連中との遭遇は何があっても避けなければなりません」

サンチェスは驚いて眉を吊り上げた。

「〈収集人〉と呼ばれているやつらのことか？　おいおい、アズコナ！　おまえもおめでたい男だな」

「警部、冗談だなんて思わないでください。彼らの集落は存在するんです。それもかなり大規模です。組織もあるし、独自の法と指示系統に従って暮らしている。小さくてもひとつの町としてちゃんと機能しているんです」

「巡査部長、言葉に気をつけろ」

「はい警部、申し訳ありません。でも僕の話は本当です。僕自身、〈収集人〉の一団にばったり出くわしたことがあります。フランサ駅からスリを追いかけたんです。やつは僕らをまこうとして下水道にはいり、僕らも続きました。僕が先頭だったんですが、何層も下におりていくうちに迷ってしまって。ついに見つけたと思ったとき、ぞっとするような悲鳴が聞こえたんです。僕はとっさにランタンの火を消しました。一瞬ののち、隣の通路を進んでいく数人の人影が見えました。連中はスリを運んでいた。ええそうです、すでに死んでいました。やつらはまるで地下下水道そのものの影みたいに、まったく音をたてずに移動するんです。あのときほど恐ろしい思いをしたことはありません。幸い、こっそりほかの支道に逃れることができましたが、それで貴重な教訓を学びました。地下世界では彼らこそが主《ぬし》なのだと」

「くだらん。そんな貧民どもに私が指図される覚えはない。もし誰かに出くわしたら、そんなことがあるとは思えんが、さっさととっ捕まえて一丁あがりだ」

「しつこくてすみません。ただ、いまの僕の話はぜひとも真剣に考えてください。僕がそこで勤務していたあいだ、何人も行方不明になって……」

「ああ、続きはわかってる」巡査部長との会話をさっさと切りあげたくて、話を遮った。

「その〈収集人〉たちはうっかり者を捕まえては殺し、遺体から搾り取ったラードを売る。子どもを怖がらせるための怪談じゃないか！　君、ずいぶん前に子どもは卒業したんじゃないのか？」

「しかし警部……」

「もっと真面目な話をしようじゃないか。どんな貢献ができるかと自分の胸に問いつづけていたんだろう？　君には重大な役目を用意しておいた」

どんな仕事かと期待して背筋をぴんとさせる様子を見て、サンチェスは思わずほくそ笑んだ。

「ここに残れ」

「何ですって？　はっきり聞こえなかったのですが、ここに残れとおっしゃったんですか？」

アズコナの顔に失望が浮かぶのを見て、ついにやりとしそうになる。

「そうだ、アズコナ。われわれが例の殺人犯を捕まえに行くあいだ、誰かがここに残らなければならない。それを君にまかせる」

「でも……」

「話はこれで終わりだ。下がれ。私はまだまだ仕事が山積みなんだ」

巡査部長は呆然としながら敬礼をし、立ち去ろうとした。しかし戸口で振り返った。

「警部……」

「下がれと言わなかったか？」

「はい、警部。ただ、もうひとつだけ助言させてください。何匹か犬を連れていくことです」

「犬？　犬なんて連れていってどうする？」

「鼻がきくので臭いを追うのにとても役に立ちます。それに、〈収集人〉を追い払えます。連中は警戒して寄ってきません」

「巡査部長、さっさとドアを閉めろ」

やっとひとりになるとサンチェスは席に座り直し、机の抽斗を引っかきまわして紙袋を見つけた。ほくほくしながら羽団扇豆をひとつつまみ、宙に投げるとぱくっと口でそれを捕らえる。今日の捕り物なんぞ朝飯前だ。

60

「お、奥様、あなたのような方がこんな場所にいてはいけません」

市刑務所（アマリア刑務所と言ったほうが通りがいいかもしれないが）副所長ウリオル・パスクアルが、頭を整理したくてそうして目をこするのはそれで三度目だった。寝るまえにいつものように、鍵を掛けてしまってあるアニス酒の瓶とパンのかけらと引き換えにちょっとしたお楽しみを提供してくれる女囚とともに過ごすのが、いまは待ちきれない。なのにこうして執務室の座り心地の悪い椅子にいまだに座っている。眠くて死にそうだった。だが彼は蝶ネクタイを直しながら、こんな不都合な時間にこの女はここでいったい何がしたいのか確かめようとしていた。

上流階級のご婦人が刑務所に現れたことなどこれまで一度もない。いや、そんなことは想像もしていなかった。ところが今晩、がらりと事情が変わった。正直なところ、いままでこんな女性と話をしたことがない。町のブルジョア連中とはまったく接点がなかった。とはいえ、たとえ接点があったとしても、けばけばしく着飾ったご婦人方の中にこれほどの美人が見つかるとは思えなかった。

「大佐閣下……」

「いえいえ、奥様、私は副所長です。ただの役人ですよ。どうかパスクアルとお呼びくださ い」そんな高位の軍人と間違われたことがうれしくて、背筋を伸ばす。

「ああ、失礼いたしました。パスクアルさん、私、とても動揺していますの」

イレーナは嗚咽を洩らし、メイドに与えられたハンカチで慌ててそれを抑えた。おどおどと副所長のほうを見て、また視線をそらす。パスクアルはため息をついた。さっさと白黒つけたほうがよさそうだ。さもないとこのまま徹夜するはめになるかもしれない。

「さて奥さん、恐ろしい不正がおこなわれたとおっしゃいましたね？　何のことかご説明願えますか？」

「無実の人が捕らえられたんです」

まだよくわからないという副所長の表情を見て、イレーナは説明を始めた。

「アマットさんは何年ものあいだキューバで戦ったんです。そこで重傷を負い、傷が癒えてからバルセロナに移送されました。不幸なことに、痛みがひどくて消耗し、頭がまともに働かなくなって、分別をなくしてしまったんです。頻繁にアヘン窟にも通うようになりました。聞くところによると、恐ろしい場所だそうです。残念ながら、年じゅう喧嘩をするようになって。いつも考えなしにやってしまうんです。そして先日、公衆の面前で諍《いさか》いを起こしたことで逮捕されたと知らせを受けました。事のしだいを知って驚いた私は、自ら出向いて事実をはっきりさせようと考えました。というのも、どう考えてもこれは誤解だからです。アマットさんはすぐにでも釈放されるべきです」

パスクアルは怪訝に思いながら椅子に体を預けた。そのアマットとかいう男がどうして逮捕されたかはよく知らない。事件はサンチェス警部の担当だ。夫が妻の愛人を訴え、それを救おうとする女性というのなら、彼女が初めてではない。そのためにはとても信じられないような話をでっちあげるものだ。珍しいのは、本人が出張ってきたことだ。ふつうは、袖の下用の金をたんまり持たせて使用人をよこす。もっと何か事情があるにちがいない。

「アマットさんが殺人罪で逮捕されたことはご存じですか？」

イレーナは口を手で押さえ、目を見開いたが、すぐに冷静を装った。

「ありえませんわ。アマットさんはあなたがおっしゃるような恐ろしい真似ができる人ではありません。病人なんです。危険などどこにもない。もちろんすべて誤解ですわ。アマットさんは当家の古くからの親しい友人なんです。彼に成り代わってお答えします」と付け加える。

「一家の友人？　本当ですか？」

「混乱なさるのはもっともです。事情がとても複雑で、あなたにいろいろとご迷惑をおかけして申し訳なく思っています。何か償いをさせていただくのが当然だと思います。罰金という形でいくらかお支払いさせていただくのはいかがでしょう」

小さな袋がテーブルにすっと置かれ、カチンカチンと金属のぶつかる音を響かせた。パスクアルはそれに手を伸ばすそぶりも見せず、目の前の女性をじっと見つめた。その目を下へと移し、コルセットの上で窮屈そうに上下している胸で留まる。褐色の肌がランプの光を受けて輝き、うっすらと頬が赤らんでいる。副所長は机に身を乗り出し、そんなものはどうでもいいと言わんばかりに袋を脇にどけた。

「どうも妙だな！」わざとあくびを止めようとしない。「そうでしょう？　サンチェス警部と話をして、事実を確認する必要がありそうだ。どう思います？」

イレーナの顔がさっと青ざめた。

「なるほど」パスクアルの唇の端がかすかに持ち上がる。「警部を煩わせずに、その〝哀れな紳士〟がここでこれ以上過ごさずにすむ別の方法があるかもしれませんな」

イレーナはあからさまに期待をこめた目で相手を見た。

「監獄内の環境は」副所長が続ける。「極めて過酷です。結核や赤痢などあらゆる病気に罹《かか》る危険性がある。問題が起きたとき、囚人たちの解決方法のどぎつさについては言うまでもありません。看守の数が足りていないので、囚人ひとりひとりの身の安全を確保するのはまず無理です。あなたの〝ご友人〟もきっと居心地の悪い思いをしていることでしょう。だができればあなたを助けたい、ええ本当に。たぶん、われわれのあいだで何らかの取り決めができるのでは？」

副所長の手がイレーナの手の上に置かれた。イレーナは振り払いたい衝動をなんとかこらえた。瞼を閉じ、ふたたび開くとメイドに目を向けた。

「エンカルニータ、馬車に戻っていなさい」

パスクアルさえ目を丸くした。弱々しげな声やすすり泣きは消えていた。この女、いままではずっと猫をかぶっていただけなのだ。

「でも奥様……」エンカルニータが言い返す。

「馬車に戻りなさいと言ったのよ。言われたとおりになさい」

エンカルニータはうつむいたまま戸口に向かった。ドアの前で立ち止まると、どうか気を変えてくださいという気持ちをこめてご主人のほうを見る。イレーナはそれを無視し、娘は外に出てそっとドアを閉めた。

「よしよし、やっと二人きりになれましたな」パスクアルは椅子を立ち、イレーナの背後にまわった。「これでもっと自由に話ができる」

首の後ろに副所長の湿った手のひらが置かれるのを感じたとたん、イレーナは身震いした。副所長が身をかがめ、顎鬚が肌に触れる。体臭が鼻をつき、吐き気がした。目を閉じてなんとかこらえようとする。

「約束してください……アマットさんを釈放すると」消え入りそうな声で言う。

「約束しますとも」興奮の滲む声でパスクアルが答えた。「あなたのような女性とお近づきになったのは初めてだ、いやほんとに」

高笑いしながらその手をイレーナの胸に這わせ、ドレスの上から撫でまわしはじめた。まるでパン生地でもこねるかのように。息が荒くなり、舌で耳を探る。

イレーナはそれ以上我慢できなくなり、立ち上がろうとしたが、パスクアルにはもう引く気はなかった。彼女の腰に腕をまわして椅子から軽々と持ち上げ、テーブルの上に担ぎ上げる。体がテーブルの角にぶつかったとき、イレーナの肺に溜まっていた息がどっと吐き出された。向き直ろうとしたが、腕をつかまれて背中にひねり上げられ、それ以上動けなくなって顔がテーブルに押しつけられた恰好になる。パスクアルは唾を吐き散らしながらいやらしい言葉を早口にまくしたて、自由なほうの手でベルトをはずしはじめた。イレーナはもはや抵抗できないと観念し、いっそ気を失ってしまいたいと思った。パスクアルはぶつぶつと悪態をつきながらバックルと闘い、とうとうズボンが床に落ちた。イレーナのペチコートを引き下ろそうとしたそのとき、ドスンと何かがぶつかる音が轟き、執務室のドアが揺れた。

「何事だ、いったい？」

二度目の轟音で木板が全開し、戸口に、二人の看守を振り払おうと奮闘する痩せこけたフレーシャの姿が現れた。怯えたエンカルニータがその背後から中をのぞいている。

「放せ！　放せと言ってるだろう！」威厳に満ちた命令口調に面食らった看守たちは思わず言われたとおりにした。フレーシャは格子縞の上着の乱れを直し、よじれた蝶ネクタイをぐいっと引っぱって位置を戻した。憤慨でいまにも爆発しそうな表情だ。

「どういうことか、説明してもらおうか」

副所長は慌ててイレーナから離れ、ズボンを上げようとした。

「だ……誰だ、おまえは？」

「俺が誰か知らないのか？　勘弁してくれ！」のしのしと室内にはいっていきながらわめく。「いいか、俺こそはバルナット・フレーシャ・ガルシア、『コレオ・デ・バルセロナ』社会面の責任者を務める名新聞記者だ」

「俺の執務室で何してんだ？」

「県知事夫妻のご自宅で開かれた夕べの集まりですばらしいひとときを過ごしたあと、帰り道にここを通りかかったら、通りに出ていたとてもお困りの様子のこちらの娘さんが俺に近寄ってきてね。お仕えしている奥様が不徳者の手にかかりそうになっているとまくしたてたんだ。どうやら間に合ったようだ」

「それは誤解だ」パスクアルは言い返した。

フレーシャはわざとらしく眉を吊り上げて、副所長のボタンをはずしたシャツやくるぶしまで下ろされたズボンに順に目をやり、それから看守たちに向かって苦笑した。

「どうしてこいつらを中に入れた？　ここから追い出せ！」パスクアルは部下たちにわめいたが、看守たちは戸口でぐずぐずしている。

「俺があんただったら、そんな過ちは犯さないがね。あんたはそこにいるのが誰かまるでご存じないようだ」フレーシャはすたすたとイレーナに近づいた。彼女の顔にもやっと少しずつ血の気が戻ってきていた。「アディ夫人、お怪我はないですか？」

新聞記者が口にした苗字を聞いたとたん、副所長はぎょっとした。

「落ち着いてください、奥さん」フレーシャは、どんどん顔色を失っていく副所長を無視して続ける。「この男がどういう人間か、俺がバルセロナじゅうに知らせてやりますよ」

「な、何だって？」パスクアルは口ごもり、助けを求めるように看守たちのほうを見た。しかし彼らは戸口で見物に興じている。

「明日の朝刊で、俺の大勢の読者に向け、この魔窟がどんな場所か、この男がどんな悪徳に身をやつしているか、さらには面会に訪れた品位ある人々をどんなふうに扱っているか、必ずや詳しく説明する。少なくとも第一面の二段分はもらえると思う。お偉方のあいだで相当な騒ぎになるにちがいない」

「そ、そんなこと、できっこない」

「ああ、できるとも」フレーシャはにやりとした。

イレーナは感謝するように新聞記者のほうを見ると、静々とエンカルニータのほうに近づき、メイドもそちらに駆け寄った。そしてイレーナは副所長に面と向かった。

「取り決めたことを守ってくだされば話は別ですけど」

パスクアルはイレーナとフレーシャを交互に見て、冷ややかな声で部下たちに命じた。

「ここはもう何の問題もない。下がってドアを閉めろ」

看守たちは迷ったが、上司の渋い顔を見て命令に従った。ほかに誰もいなくなると、パスクアルは口を歪めてイレーナのほうを向いた。

「望みは何だ？」

「ただちにアマットさんを釈放してください」イレーナは告げ、そのあと新聞記者を見た。「その代わり、今夜起きたことはいっさい外には洩らしません」

「いいでしょう」フレーシャは軽くうなずいた。「そうしたいとおっしゃるなら、奥さん、俺のペンは黙ります」

「この出来事が……暴露されないという保証は？」

「奥さんの言葉だけでは不足だというのか？」新聞記者が憤然と割りこんだ。

「ああ、ああ、何にも不足はないよ」副所長はそう答え、どうして今夜はさっさとベッドにはいってしまわなかったのかと心の中でぼやいた。

61

ヨピスは机の上に脚を投げ出した。そのあと気だるげに体を動かし、椅子にふんぞり返った。すっかり満足していた。二日前にマダム・パラティーノから公開交霊会の開催受諾のメモを受け取ってからというもの、バルセロナの街は今夜リリコ劇場でおこなわれるこの催しの告知ビラやポスターであふれ返った。

『コレオ・デ・バルセロナ』紙はこの交霊会の詳細を記した号外を出し、驚くほどの反響を得た。ヨピス自ら、かの霊媒師について幅広く網羅する記事を書いた。彼女の謎めいたプロフィール、参加した交霊会の華々しさ。町じゅうの人々の祈りがついに届いたとでもいうように、数時間も経たないうちに新聞は売り切れた。にもかかわらず、いまも公開交霊会への招待状を求める新聞社への問い合わせが引きも切らない。リセウ劇場の理事たちを説得できなかったことが悔やまれるほどだ。あの大劇場でさえ、満員にできたはずなのに。期待はふくらむばかりだった。

連続殺人事件に関するここ数日の報道はますます人々の不安を煽り、異様なほどに期待が高まっていた。予想どおり、彼の記事は大成功だった。市民に恐怖心を広めればそれでよかった。あとは、これは警察の力ではどうにもならないと主張し、事件の交霊術による解決を強く求める。枯れ葉の山の上で火花を散らしたかのように、バルセロナは燃えあがった。最終的にはほかの新聞各紙も同調しはじめた。バルセロナ大司教のようにこれに反論する声もないことはなかったが、それも火に油を注ぐことにしかならず、騒ぎはいよいよ加熱した。

場末の居酒屋から最高級の紳士クラブに至るまで、〈ゴス・ネグラ〉に姿を変えた悪魔による恐ろしい殺人事件の話で持ちきりだった。サンチェス警部の情報にヨピス自身の創造力を加味した遺体の詳しい描写が、予想どおり大きな衝撃を与えた。読者はそうした怪談に色めきたった。

化け物の目撃談も増えていった。真っ赤に燃え盛る石炭のような目をした巨大なマスチフ犬に激しく吠えかかられたという通報が次々に寄せられた。バルセロネータ地区、アタラサナス地区、ボルン地区、ラバル地区では武装した男たちが夜警団を組織し、現れた野良犬を残らず惨殺した。もはや異常事態だった。

ヨピスは成り行きを楽しんでいた。そしていよいよ今夜、その大団円を迎えようとしていた。公開交霊会は町の歴史に残るだろうし、ヨピスは名声をほしいままにするだけでなく、大金を手中に収める。

サンチェスが任務をしくじったりせず、計画どおりのタイミングで犯人を捕らえてくれればいいのだが。今夜のショーのクライマックスの瞬間に、逮捕のニュースが飛びこんでくる手筈だった。その後ヨピスが新聞紙上で両者の関係を解説することになる。警部から聞いた話では、オムスは家族も友人もいない哀れな男で、ヌエバ・ベレンのサナトリウムから脱走したのだという。それなら話が簡単だ。牢に繋がれたあかつきには、サンチェスの手配で独占インタビューを敢行する予定だった。フラダリック・オムス医師とはどんな人物か、邪悪な悪霊の手引きによって魂が堕落し、いかにして無慈悲な殺人鬼に成り下がったのか、そんな内容の記事になるだろう。まさに生涯最高のインタビューだ。

62

十数人の警官たちが群れて待っていた。低い声で言葉を交わし、煙草を吸ったり足を踏み鳴らしたりしながら不安をまぎらわしている。サンチェス警部は物陰からその様子を眺めていた。全員が分厚い毛織の上着、手袋、ゴム長靴という重装備で、ピストルやマスケット銃で武装している。各人が用意している弾薬はいつものように三巡分だ。複数の背嚢《はいのう》に石油ランプ七台とカンテラ四台、数十メートル分の麻紐、二日分の水と食料が収納され、手分けして運ぶ。準備にぬかりはなかった。

警官たちから離れたところで、三頭のポデンコ犬が待機していた。狩りが待ち切れない様子で、ずっと唸りつづけており、犬にしか話しかけない寡黙な老飼育員以外は誰も近づこうとしない。筋肉質の脚も、何かというとむきだす鋭い犬歯も、いかにも強そうだ。そのすぐれた嗅覚が殺人犯を捕まえるうえでおおいに役立つはずだった。そう、人を狩るために訓練された猟犬なのだ。

こちらに近づいてくる軽快な足音で、全員が目を上げた。やっと来たか、とサンチェスは思った。

二人の部下たちに連れられて、通りの奥からぼろを着た少年が現れた。彼らを目にしたとたん、警部が眉をひそめる。サンチェスの横まで来ると、年かさのほうの警官が帽子を取り、禿げ頭をあらわにした。

「連れてきました、警部。なかなか見つからなくて」

ギエムの目がいたずらっぽく彼を見た。

「ええ、請けあいます」その警官は地面に唾を吐き、続けた。「こいつは自分のズボンの中身と同じくらい下水道を知っていますよ」

「だといいんだがな」警部はそう言ってからギエムに告げた。「下を案内しろ。そうすれば褒美として小遣いをやる」

「二ドゥーロくれたら目的の場所に連れてってやるよ」少年は答えた。「だけど、こんな時間に下におりるのは利口のすることじゃないぜ」

「ちゃんと仕事をしたら金はやる。わかったな？」

ギエムは答える代わりに肩をすくめた。サンチェスは若いほうの警官に指示した。

「こいつから目を離すな。何か妙な真似をしたり、俺たちを置いて逃げようとしたりしたら、腕を折ってやれ」それから全員に向けて声を張りあげた。「さあ、ずいぶん時間を無駄にしたが、そろそろ出発する」

二人の警官が梃子《てこ》を使ってマンホールの蓋を持ち上げ、脇に置いた。地下の壁に作り付けになった鉄梯子をひとり、またひとりと下りていく。ガス式カンテラの黄色い光が底に巣食う闇を侵食した。いちばん難しかったのは犬たちを下ろすことだった。即席で引き綱をつくり、飼育員が犬を落ち着かせながら、何人かで無理やり下ろした。

数分後には、全員が地下に下り立った。そこは巨大な貯水槽に似ていた。壁から水が沁み出し、悪臭を放つ小川が足を浸す。寒いし、湿気で肌がべとべとしたが、最も強烈だったのは静寂だった。あまりにも圧倒的で、手で触れようと思えば触れられそうだ。

「光をよこせ」

ギエムが警部のほうに押しやられ、警官のひとりが背嚢から図面を取り出した。

「この図面は見たことがあるか？」

少年がうなずく。

「よし。この場所までの道案内を頼む」

サンチェスは図面に丸印をつけた古い下水道を指さした。ギエムは下水道網を表すこんがらかった線をじっと見つめ、おもむろに言った。

「ここには何もないよ。ただトンネルがあるだけだ」

「おまえの意見は聞いてない。行き方だけ教えればいいんだ」

「ご勝手に。ボスはあんただ」図面にもっと近づき、指で線のひとつを示した。「この道をたどってランブラス大通りまで行く。さらにもう少し行くと、水路が五叉に分かれている場所にたどりつく。ここは危険なんだ。ここを通り抜けると、ひとつ下の階層の下水道に下りなきゃならない。ここは水がかなり多いかもね。このあたりは天井も低いし、トンネルが狭いんだ。支流が蛇の舌よりいっぱいに分かれていて、その多くはシウタデーリャ公園の下を通ってる。そこが目的の場所だよ」

「なるほど、楽にたどりつけそうだ」

「そうかもしれないし、そうじゃないかもしれない」

近くにいた警官たちがひそひそと何か囁いた。サンチェスは体を起こし、大声で全員に告げた。

「何を待ってる？　背嚢を担いで歩きだせ」

一同は急いで隊列をつくった。老飼育員と犬を先頭に、警官ひとりに付き添われたギエムが中央、しんがりを数人の警官と警部が務める。つきあたりにはトンネルが三つあった。少年の指示に従って、真ん中にはいっていく。

一同は無言で進み、犬の吠え声だけが響いた。歩くにつれてトンネルの床が下り坂になるのがわかる。チャプチャプと水を撥ねかす音がどこからか聞こえる。彼らに気づいて逃げるドブネズミの音だとギエムは言った。でっかいのを捕まえて、少々の米といっしょに煮てやろうかと誰かが提案する。誰も笑わなかった。

くだるにつれ、ちょろちょろとしか流れていなかった水はかなりの流れとなり、一同は壁際の狭い通路を歩くしかなくなった。もし誰かがこの悪臭ふんぷんたる水に落ちたら、引き上げるのは相当難しいだろうとサンチェスは思う。そこで部下のひとりと壁のあいだにこっそり体を押しこんだ。

こうして彼らはギエムの案内のもと、下水道の奥へと進んでいった。別のトンネルにはいるたび、その前の道より不潔になっていく。臭いが服に沁みこみ、どこから吹いてくるのか誰にもわからない風で体が凍えそうだった。永遠とも思える時間を歩いたすえに、大量の水が落ちる轟音が聞こえてきた。

トンネルが通じた先は広々とした空間だった。カンテラの光が届かないくらい天井が高い。足元には、その空間いっぱいに広場ひとつ分くらいの大きさの漏斗《ろうと》状の穴があき、四つの排水口から水が注いでいた。下水の吸いこみ口にたどりついたのだ。

ギエムがその先の道を指し示した。右手に、吸いこみ口の反対側に渡る二十メートルほどの狭い木橋があり、その最初の何枚かの木板が見えていた。板は水に浸かっていて、中には壊れているところもある。つかまれるのは、壁に固定された輪っかに通された黴《かび》だらけのロープだけだ。

まず老飼育員が先陣を切った。最初は尻込みしていた犬たちだが、飼育員になんとか励まされ、おそるおそる渡りきった。そのあと警官たちが一列になって進みはじめた。

サンチェスとしては、こんな壊れかけた渡り板になど足を踏み出したくはなかったが、部下の前で無様な姿を見せるわけにはいかない。数メートル下ですべてを丸呑みしようとしている水には目を向けないようにして進みはじめた。半分まで来たところですでにびしょびしょだった。くそったれ、とつぶやく。袖で顔をこすって滴り落ちてきた水をぬぐおうとしたが、無駄だった。

それで注意がそれてよろめき、腐った渡し板にのせた右足に全体重がかかってしまった。バキッという音がした。バランスを取り戻そうとしたものの、体が重すぎてコントロールがきかない。ロープをぐいっと引っぱったが、壁のモルタルが崩れて環がはずれるのを見たとき、たちまちパニックに襲われた。橋が大きく傾き、サンチェスは水に落下した。いくつもの悲鳴があがる。宙で激しく腕を振り動かし、何でもいいからつかもうとする。吸いこみ口の咆哮がしだいに大きくなる。渦に呑みこまれたとき、恐怖で体が動かなくなった。指がつかまる場所を必死に探すものの、水以外に何もない。

周囲のすべてがスローモーションに見えた。呼吸ができず、胸の締めつけがどんどん強くなる。肺が燃えるようだ。しかし少しずつ痛みが消え、妙に穏やかな気持ちに満たされていく。そのあいだも水流はサンチェスを底へと引きずりこみ、そしてついに闇が彼を閉ざした。

63

人影はカプセルの前で足を止めた。石炭の炎が発する光線がその表面を撫で、金属を赤銅色に染める。彼は近づき、その滑らかな円筒形を、完璧な丸屋根を、改めて惚れ惚れと眺める。垂直に立つそれを支えている鋼鉄製のワイヤーを、蜘蛛の脚のように天井から吊り下がるさまざまな太さのケーブルを、順に確認する。円筒の内側から発せられる振動を感じる。それはこの実験室のどこにいても感知できた。指が金属に触れたとたん、体がぞくっと震える。顔を近づけると、光沢のある金属に歪んだ像が映りこんだ。唇から呻き声が洩れる。もうすぐだ。ああ、もうすぐだとも……。だがいまではない。まだすることがたくさんある。

そこからしぶしぶ離れ、石壁に近づく。カプセルからそう遠くないところに、壁から突き出た形のライティングデスク様の巨大な装置がある。その内側では、いくつもの小型ランプが交互に点滅している。土台の部分から床に下がっているケーブルが壁を伝って柱の向こうに消える。慣れた手つきでさまざまなレバーを調整し、温度、酸素レベル、エネルギーレベルをコンマ数目盛りずつ上昇させる。それに反応して、金属カプセルの内側からブクブクという音がしてほっとする。

これでよしと思い、解剖台に目を向ける。そこには新たなサンプルが横たわっている。ただ今回のそれは、はたしてサンプルと呼んでいいものか。胸が穏やかなリズムで上下している。いままでの娘たちと扱いが違うのは、まず裸体をシーツで覆っている点だ。この女はほかと同じではない。内側の瞳の動きに合わせて、閉じた瞼がかすかに震えている。固定した手首で脈をとる。問題なしだ。モルヒネがしっかり効いている。

パウ・ジルベルトの大胆さは並はずれていた。あんなに優秀な学生が男装の女性だったとは、誰に想像できただろう？　目的のためならどんなことでもしようというその覚悟には恐れ入った。ある意味、自分とも通じるところがある。どちらも本当の正体を隠さなければならなかったのだから。誰にも理解されず、のけ者にされて、それでも夢をかなえるためにやるべきことをやった。

この娘の鋭さには驚かされどおしだった。どんな男にも負けない知性を発揮していた。もう少し時間があれば、ジルベルトは仲間とともに私の正体を暴き、捕らえていたかもしれない。

図書館では彼自身、あと少しというところで娘をつかまえそこねた。あれはじつに残念だった。あのときは、あの老人同様、亡き者にしてやろうと思っていたのだ。とはいえ結局のところ、娘はせっかく手に入れた、この作業を完成させる最後の鍵を手放すことになったのだ。なんたる皮肉！

彼は書籍の表紙の感触を確かめた。それを開いて、中身に耽溺したい誘惑に抗《あらが》う。本といっしょに娘が書いたメモと、三百年間ずっと隠されていた図版も開いてある。ヴェサリウスの最後の版画だ。

これで準備はすべて整った。かなりの時間をかけて、〈第八巻〉に示された修正点に取り組み、そのため、いまは装置から出ているものとは様子がやや異なるケーブルが解剖台の上方のレールから下がっている。感心していた。作業はじつに単純で、だからこそ画期的だった。

解剖台のまわりの床にはおがくずを撒くこと。そして、食塩水を満たした複数のガラス瓶は、二単位の血液とコル・イ・プジョルが開発した輸血装置とともに、金属製のスタンドに設置する。

抽斗を開け、黒いサテンのケースを取り出して、手袋をした手で蓋を持ち上げる。ガラスの小瓶をうやうやしく掲げ、光にかざす。緑色の液体が中で揺れる。大急ぎでつくったものだが、幸いすでに実験は充分すませた。

彼は微笑んだ。初期のサンプルにはほかの薬品を使い、失敗した。手術を始めるまえに死んでしまったのだ。あれは無駄骨だった。遺体が何の役にも立たなかったのだから。十数回に及ぶここでの実験の結果、ついに成功にたどりついた。実際、処方はすでに完璧なので、人体や手術の際にも利用できる。その結果、思いがけない成果を得た。処方の成分として用いているアヘン由来の薬品にコカインを混ぜただけで、対象者に痛覚過敏を引き起こすことがわかったのだ。体を鎮静させるのではなく、逆に感覚を鋭敏にし、とくに痛みに敏感にさせる。作業中に対象者の反応を観察しながらわくわくしたものだった。

小瓶をまたケースに戻し、金属製の補助机の上に置く。目を閉じ、手荒く扱われてきた体の痛みを念頭から消す。手術のたび、始めるまえのこの興奮がたまらないのだ。すべてが終わったあかつきには、さぞ恋しく思うだろう。ほかではけっして味わえない唯一無二の瞬間だった。サンプルは無傷だ。まだいっさい手は加えられていない。彼が肌にメスをあて、小さな傷ができたとき、そのいかにも脆い均衡が失われる。すばやく、すべてを完璧なタイミングでおこなわなければ、人体解剖の調和が崩れ、もはや修復できなくなってしまう。彼の巧みな手さばきだけが、無粋な外科手術を芸術作品に変える。そう、彼は芸術家だった。

64

ダニエルは慎重に腕を動かし、馬車の振動で増幅する痛みを少しでもやわらげようとした。血が乾いて髪が固まり、唇が裂けて腫れているのがわかる。服を見て、思わず顔をしかめた。まるで下水道から出てきたばかりみたいだ。グラスを放って、酒瓶からじかにごくごくと飲んだ。

「ありがとう」消え入りそうな声で言う。

「あなたのお友達のフレーシャは人を説き伏せるのが上手ね」イレーナが言う。「わざわざ私の家に来て、結局会わないわけにいかなくなった。あなたがどうして逮捕されたか説明し、協力してほしいと訴えた。あなたに警告しておくわ、バルトメウは手段を選ばないと。あなたが逃げたことが発覚するまえにバルセロナを離れて」彼女はダニエルに革製のしゃれた旅行鞄を差し出した。「今夜出発するフランスのモンペリエ行きの急行列車の切符、パスポート、集められただけのお金がはいっているわ。大学の部屋に置いてある荷物は置いていかなければならない。あとでなんとかして送るわ」

「親切にありがとう。僕にそんな資格はないのに。君こそ僕を助ければ危険だ。だけどいまはまだ発てないよ」

「命が危ないというのに、これ以上何が必要なの？」イレーナが驚いて尋ねた。

そのとき、万博会場の出入口となる凱旋門の下で馬車が停まった。翌日の開会式をじっと待つように、しんと静まり返っている。馬車の扉が開き、フレーシャの顔がそこにのぞいた。

「はいって」イレーナが言った。「エンカルニータにもそう言って。外は寒すぎるわ」

「あなたのメイドはマントを出して、それにくるまっています。外で見張っているほうがいいと言って」

新聞記者はダニエルの隣に座った。

「フレーシャ、何てお礼を言えばいいかわからないよ」

「君を自由の身にしたのは俺じゃない。俺はただ御者を務めただけだ」

ダニエルの顔に翳がさした。

「彼女を失ったこと、とても残念だ」

フレーシャの笑顔が消え、重々しくうなずいた。

「まだつらいだろうね」

新聞記者はすぐには答えず、馬車の窓のカーテンを開け、通りを見た。

「だいぶ立ち直ったよ」

「僕が逃げたことがわかったら、君は警察に目をつけられるぞ」

「心配ないさ。サンチェス警部には先に解決しなきゃならない問題があると思うから」

車内は暗いのではっきりとは見えなかったが、ダニエルはフレーシャがにやりとしたような気がした。

「あとで説明するよ」ダニエルが尋ねるまえにフレーシャが言った。「いまは時間がない。ジルベルトが行方不明になったんだ」

「何があった？」

「調べたかぎりでは、同級生の誰かがジルベルトの正体を知り、告発したんだ。彼女は部屋で謹慎することになったが、夕食を持っていくと、すでにそこにはいなかった。彼女の持ち物が散乱していたらしい。何が起きたのか誰にもわからなかったが、俺たちにはわかっている、そうだろう？　オムスが拉致したにちがいない」

「オムスじゃない」

「何だって？」

ダニエルはイレーナのほうを向いた。

「教えてくれ、君の夫はいまどこにいる？」

「バルトメウが？　どうしてそんなことが知りたいの？」

ダニエルは有無を言わせず彼女の手を取り、その目をじっと見た。

「大事なことなんだ、とても。いまどこにいると思う？」

「わからないわ。もう何日も姿を見ていないから」

「そんなふうに姿を消すのはいつものことなのか？」

「ここ数か月は。発電所の仕事を始めてからのことだけれど。いつも私には何も言わずに二、三日ふらりといなくなる。仕事で遅くなって、執務室で泊まっているのだと思うわ」

ダニエルは物思わしげにうなずき、ほかの二人がうずうずした様子で彼を見ている。

「僕に渡してくれた書類を覚えてるかい？　オムスがサナトリウムから逃げるときに殺したとされる友人の解剖所見がはいっていた。遺体を引き取ろうとする家族もなく、結局サンタ・クレウ病院に送られて、学生たちの解剖実習に使われた。そしてどうやってか、君の夫がその解剖所見を手に入れた。真実を誰にも見破られないように」

「真実？」

ダニエルはそこでひと呼吸置き、酒瓶の中身を飲んだ。それから二人を見て言った。

「犠牲者は肝臓癌を患っていた」

「何だって？」フレーシャが声を張りあげる。

「どういうこと？」イレーナは、フレーシャがなぜそんなに驚いたのかわからずに尋ねた。

「つまり、サナトリウムで殺された男こそがオムス医師だったということだよ」

三人は黙りこくり、発覚した事実を消化しようとした。

「だとしたら、もう一方の男は誰？」

「君の夫の協力者さ」

「ありえない！」イレーナは声をあげ、口を両手で押さえた。

「アデイは、サナトリウムに入院したときにオムスと知り合いになった。そして、医師が携わっている仕事の内容と、そこにいるあいだに何を発見したかを知った。その価値に気づいたアデイは金で買い取らせてほしいと申し出たが、拒絶された。サナトリウムを出るとき、アデイはオムスを誰かに見張らせようと考えた。そして、おそらくは袖の下を使って、オムスの新たな友人を味方につけた。後日、オムスがまもなく退院するとこの男から知らせがあった。そこでアデイ自らサナトリウムに出向き、最後にもう一度、秘密の研究結果を共有したいと頼んだものの、やはり抵抗され、それまでにも何度もそうなったように理性を失って、オムスを殺してしまった。そんなようなことだと思う」

「では、遺体の顔の傷は……」

「アデイは外科手術について幅広い知識があった。退学させられたとはいえ、優秀な学生だったんだ。そこで妙な詮索を避けるため、オムスだとわからないように顔を傷つけて、協力者と服を交換させた。犯人はオムスだと世間に信じさせるために」

　車内の誰もが信じられないという表情を浮かべていた。

「そんな馬鹿なことが……」フレーシャは反論しはじめようとした。

「イレーナ、この馬車の持ち主はアデイだよね？」ダニエルが尋ねる。

「ええ、そうよ。でも、それとこの話に何の関係が……？」

「暗かったけど」ダニエルが遮るように続けた。「側灯が変わっていたし、ドアの引っかき傷は松脂《まつやに》で目立たないように細工され、銀の装飾は傷だらけだった。よくよく見ないとわからないが、僕は捜していたんだよ。これはランブラス大通りで僕らが追いかけた馬車だ！」

「くそ、そのとおりだ！」フレーシャが声をあげた。

「でも、どうしてあの人はそんなことを？」イレーナは手の震えを抑えながら尋ねた。

「オムスが見つけきれなかったヴェサリウスの秘密を、アデイは自ら明らかにしようと思ったんだろう」ダニエルは説明した。「そのために娘たちを捕らえては恐ろしい実験をし、ついには殺してしまった。同じ理由から図書館でヴェサリウスの著書を探し、ジルベルトから間違った本を奪うという失態を演じた。僕らは死者の影を追っていたんだ。真犯人はアデイだ」

　ダニエルは怒りにまかせて座席を殴った。パウと本物の〈第八巻〉はいまやアデイの手中にある。もしかしたら、すでに殺されてしまったかもしれないのだ！

「ジルベルトを救いだし、やつを止めなければ」

「同感だ」フレーシャがうなずいた。「だが、どうやって？　発電所近くの地下に隠れ家があることは確かでも、具体的にどこか見当がつかないし、行き方はもっとわからない」

「入口は発電所にはないはずだ。万博会場みたいに人の出入りが多い場所では、犠牲者を運びこむのが難しい」

　ダニエルは口をつぐんだ。逮捕されるまえに交わしたアデイとの会話が、さっきから何度も頭に浮かぶ。何か重要なことを見逃している、そんな気がしてならなかった。いったい何だろう？　どんな重大なヒントをアデイは洩らしたのか？　ふいにぴんと来た。

「フレーシャ、急げ、僕の屋敷に向かってくれ」

「大学の宿泊施設のことか？」

「違う、違う。実家だ。急いでくれ、頼むから」

　新聞記者はうなずき、馬車から出て御者台にのぼった。馬車はまた進みはじめ、たちまち速度を上げて、この時間はほとんど人通りのないインドゥストリア通りにたどりついた。シウタデーリャ公園を後にして、ラ・リベラ通りにはいる。いくつもの路地を通過したあと、数分後には古い屋敷の前に到着した。

　ドアを開けて馬車を降りようとしたダニエルだったが、途中でイレーナのほうを振り返った。

「どうやって帰る？」

「心配しないで、エンカルニータは馬方の娘なの。路面電車の名運転手さながらにこの馬車を操れる」

「僕は……」

　イレーナは手袋をした指でダニエルの唇に触れ、囁いた。

「気をつけて」

つかのま二人は見つめあった。ダニエルはもうひと言何か言いたかったが、フレーシャの声がそれを遮った。

「アマット、急かして申し訳ないが、この時間にもたもたしていると、夜警に目をつけられちまう。それに俺は寒くて凍えそうなんだ」

イレーナがうなずいた。馬車の暗がりの中ではほとんど見えないくらいかすかな動きだった。それ以上何も言わず、ダニエルは馬車を降りてフレーシャに続いた。二人は通りにたちこめる闇のなか、厚い雲に覆われた空を背景にそびえる屋敷に向かって歩きだした。

65

ヨピスは幕を少しだけ開け、会場内を眺めた。そこから、リリコ劇場の支配人エバリスト・アルヌスが玄関ホールの出入口で町いちばんの大物たちを出迎えているのが見える。彼は有能な接待役を演じ、あちこちに笑顔を振りまいて挨拶している。マヨルカ通りに面した玄関口に馬車をつけたあと、高級な燕尾服に身を包んだ紳士や、美しいドレスや宝石を身につけた淑女たちが、次々に劇場内にはいってくる。

ボックス席は豪華の極みだ。きらびやかなシャンデリアがすし詰めの一階客席を照らしている。桟敷席や三階上の席では興奮が沸騰し、ざわめいている。満員御礼だった。この機会を見逃すまいと誰もが詰めかけたのだ。

それはまさに今年最大の事件だった。チケット代は高騰し、一ペセタの一般席入場料は転売によって二倍になり、場所のいいバルコニー席に至っては十五ペセタにまでふくれあがった。二千席を少々うわまわる数の座席は一時間半で売り切れ、もう千席増えてもきっとはけたはずだ。近くでは、暴動が起きることを予測して騎馬警官の一隊が待機している。市の役人がこぞってやってくるという噂があり、県知事まで妻同伴で現れるという。

今頃サンチェスは部下たちと下水道にはいり、オムスを捕らえようとしているところだろう。最後の最後にへまをしなければいいのだが。

手の汗をぬぐいつづけるのに苦労していた。緊張すると汗だくになってしまい、どうすることもできない。ハンカチを探そうとすると、別の手が触れるのを感じた。

マダム・パラティーノがいつのまにか横に立っていた。なんだってこんなに静かに動きまわれるんだ？　あの仰々しい交霊会は何もかもでっちあげだと納得していなければ、この女は自分がおしゃべりするふりをする例の霊魂どものお仲間なんじゃないかと思える。

「マダム！」

霊媒師はゆっくりと瞬きをしてから軽く会釈をした。

「驚かせてしまったようね、ヨピスさん」

一瞬彼女の顔が愉快そうに歪んだような気がしたが、すぐにどんよりとした表情の下に隠れた。

「いいえ、もちろんそんなことはありませんよ、マダム。私は少々緊張しているようです。あなたはそうでもありませんか？」

マダムは聞いていないようだった。ヨピスはいたたまれずに話題を変えた。

「何も問題ありませんか？」

これが答えだとでもいうように、マダムは背後を振り返った。係員たちが、黒いサテンに覆われたテーブルに複数の肘掛け椅子を並べている。テーブルは半円形で、舞台の端から端まで届く。係員のひとりが等間隔に大蠟燭を据え、別のひとりが中央に水差しとグラスを置いた。霊媒師本人の要請により、舞台上にはそのテーブルのセット以外に何もない。

「運命が私たちに何をもたらすか、知っているのは霊魂たちだけなのです、ヨピスさん」

「ええ、そうでしょうとも」意味もわからずに同意する。

霊媒師は幕を少し開けて向こうを見た。

「バルセロナじゅうの人が集まっています」ヨピスが興奮気味に告げる。

霊媒師は無表情だったが、こちらを振り向いたときには暗鬱な顔をしていた。

「警告しておくことがあります」

「はい？」

「不穏な空気が漂っています。いままでに感じたことがないようなエネルギーです」

ヨピスは身震いしそうになったがこらえた。いったい何が言いたいんだ？　いまさら取りやめるとでも？　土壇場で降りると言いだすとは思ってもいなかった。そんなことになれば公演をキャンセルしなければならず、大損害を被り、おまけに物笑いの種だ。ギャラが不満なのか？

「ひょっとして、契約に何かご不満でも？」

「いいえ、そういうことではありません」

ヨピスは彼女の目にある感情を認めた──恐怖だ。ほっとため息をつく。やはりこの女も生身の人間ということだ。ヨピスはマダムを落ち着かせようとした。

「緊張しているだけですよ、マダム。いざ始まれば、そんな気持ちはきっと消えてしまいます。誰もがあなたを観に来ているんです。今夜、町の歴史に新たなページが刻まれる。そしてその主人公はあなたなんです」

霊媒師は興奮昂まる会場にもう一度目をやった。

「それを恐れているんですよ、ヨピスさん。それを恐れているんです」

数分後、ようやく交霊会の出席者たちがそれぞれ所定の位置についた。客席の会話の声が弱まっていき、囁きに変わる。無数の顔が舞台を見つめている。そのとき照明が落とされ、会場は水を打ったように静まり返った。

幕が上がり、前身黒ずくめのマダム・パラティーノが歩いて舞台に現れた。足元のわずかな照明で照らされているだけだ。薄暗がりの中に霊媒師の痩せぎすの影が浮かびあがる。いつにも増して、まるで死者そのもののようだ。どこかのご婦人が悲鳴をあげ、いくつもの声がすぐさまそれを諫《いさ》めた。出席者たちもぞっとせずにはいられなかっただろう。ヨピスは劇場の支配人に、観客が全員中にはいった時点で暖房を消すように指示していた。会場内が寒いほうが雰囲気が出るからだ。だが、そんな必要はなかったと気づいた。霊媒師がそこにいるだけで、会場は凍りついた。

個人宅でおこなわれた交霊会でヨピスが見かけた紳士のひとりが前に進み出た。

「紳士淑女のみなさま、こんばんは。ようこそいらっしゃいました。このすばらしい劇場にお集まりいただいたみなさまには、世にも不思議な出来事、歴史に残る一大事件をその目で確かめていただくことになるでしょう。誰も、そう、どこの誰も、この場で起きることを無視できないはずです。この町で最初で最後の、これほどの驚異に立ち会う機会に恵まれたみなさまはじつに幸運です」

ヨピスは顔に笑みが広がるのを感じた。今夜の集会は、いついつまでも語り草となるにちがいない。

66

若いジュゼップ警官は彼らの目の前で跡形もなく消えた。全員の視線が、何事もなかったかのように落下しつづける水流に釘づけになっていた。

サンチェスは全身ずぶ濡れで、呼吸さえままならなかったが、生き延びた。間一髪で助かったが、自分が死んでいてもおかしくなかった。落ちたとき、部下のひとりの手をとっさにつかんだ。二人は、滝に打たれる壁の出っ張りに体が引っかかった。しかしそこは二人には狭すぎた。サンチェスは警官に少しどいてもらってなんとか場所を確保し、投げてもらったロープにつかまってそこから脱出できた。残念ながら警官のほうはそうはいかず、吸いこみ口に落ちてしまった。

不安げな声が聞こえはじめた。警官たちはこわごわ周囲を見回し、老婆のように小声で囁きあっている。指揮官が誰か、いま連中にわからせなければ、隊はばらばらになってしまう。「残念だった。こんな悲劇が起きるとは」サンチェスは一同の中央に進み出た。「あの若者は自分の命と引き換えに私を救ってくれた。祈りを捧げるときにはつねに彼のことを心に留めねばならん。さあ、先に進もう」

「警部、ジュゼップが予備のカンテラと下水道の図面を持っていたんです」

「戻るべきだ」警官のひとりが囁いた。彼はさっきからずっと水流から目を離さない。

警部はその警官に大股で近づき、胸倉をつかむと壁に押しやった。

「何だと？」全員に聞こえるように大声でどなりつける。「仲間の犠牲を——神よ、彼の御霊を天に導きたまえ——無駄にするつもりか？　さあ、隊をまとめて先に進むぞ。いいな？」

同意する小さな声があちこちからあがった。

サンチェスはきょろきょろとあたりを見回して少年を捜した。一同から離れ、トンネルの入口のところで縮こまっている。

「おまえ！　こっちに来い」

ギエムは洟をすすり、近づいてきた。

「おまえはここに住んでたことがあるんだよな？　案内できるだろう？」

「たぶん……」と口ごもる。

「たぶんじゃない！」サンチェスはそう言って少年を殴りつけた。「おまえが案内するんだ、小僧。わかったな」

少年の怯えの表情が真顔に変わるのを見て、サンチェスは満足した。つかのま恨めしげな翳がその目によぎったような気がしたが、少年はすぐにうつむき、承諾を口にした。

「わかりましたよ、警部殿。ええ、案内します」

「よし、来るんだ。歩け」

ギエムは背嚢を担ぎ上げ、よろめきながら歩きだした。ほかも全員立ち上がり、歩きはじめる。サンチェスはポケットを探ったが、空だった。羽団扇豆の袋をなくしてしまった。今頃天国行きだな、くそったれ。


カンテラの光が並ぶさまは葬式行列のようだった。誰も会話する気力はなく、無言で進んでいく。しばらくすると水量が増え、道も狭くなって、一列になるしかなくなった。その下水道にはコンセプシオン、アウディエンシア、ボルンといった地区の汚水が集まり、さらにその一帯にある数多くの工場の廃水がすべて流れこむ。そのため臭いがひどく、鼻と口をハンカチで押さえないととても耐えられなかった。

「まだなのか？」サンチェスはギエムの肩をつかんで尋ねた。

臭いなどちっとも気にしていない様子の少年は、前方を指さした。

「もうひとつ先です、警部殿」

三十分前にも同じことを言った。このまぬけはここがどこかちっともわかっていないのかもしれない、とサンチェスは思いはじめていた。こんなやつを信じた俺が馬鹿だったのか。しかし、しばらくすると道が広がり、半円形の小さな空間が開けて、そこからトンネルが二つに分かれている。

分岐点に到着したようだった。

壁際に横倒しになったトロッコがあり、さまざまな道具類が放置されている。山と積まれた砂袋が扉をほとんど覆い隠していた。

「こっちにはいらないようにできるだけ出口を塞いだみたいだな」警官のひとりが言った。

「出られないようにしたんだよ」ギエムがそう言葉を返した。

「出るって、何が？　誰が出てくるんだよ？」警官が尋ねる。

「おしゃべりはそこまでだ」サンチェスが遮った。「これを片づけろ」

警官たちは列をつくって戸口の砂袋をどかした。湿気のせいで扉の金属に錆が模様を描いていたが、まだしっかりしているようだ。扉を封鎖するように太い鉄パイプが渡されており、警官が二人がかりで動かさなければならなかった。邪魔がなくなると、ドアを開けにかかった。湿気で戸枠にぴったりくっついてしまっている。銃を梃子代わりにしてこじ開け、やっと通り抜けられる程度に開けることができた。向こう側から老人の息のような饐えた臭いの風が吹きつけてきて、カンテラの炎が揺れた。扉の向こうには、下の通路に続く螺旋階段の最初の数段が見えていた。

「銃を構え、注意しろ！」サンチェスが命じた。「準備をするに越したことはない。これ以降は使うカンテラを三台だけにする」

一同は階段を下りはじめた。老飼育員と犬たちを先頭に、ギエム、サンチェス、そのあとに警官たちが続く。警部は横にいる少年が震えているのに気づいたが、寒さのせいだろうと思った。数分後にトンネルに下りると、その先は五叉路だった。このあたりは下水道網の中でも最も古い部分らしく、岩をじかに掘削してできたトンネルだったし、床は土を打ち均《なら》したものだった。ギエムは迷わず中央のトンネルを選んだ。天井がかなり低く、頭をかがめて進まなければならない。およそ三メートルごとに壁に人ひとり分の大きさの穴があり、どうやら連絡通路らしく、伝っていくと並行する隣のトンネルに抜けることができる。

しばらく進むと犬たちが唸り声をあげ、ぐるぐるとその場で回りはじめた。飼育員が革紐を引っぱって叱りつけたが、犬たちは唸りつづけ、床を足で引っかくばかりだ。

「そいつらを黙らせろ！」警官のひとりがわめいた。「頭がどうかなりそうだ」

ふいに悲鳴があがり、それに悪態が続いた。紐から解き放たれた犬たちは、激しく吠えたてながら闇に姿を消した。老人は床で尻餅をついている。二人の警官が手を貸して立ち上がらせた。

「犬の操り方を知らないのか？」

「くそったれ。あの畜生どもの一匹が咬みつきやがった。こんな鼻の曲がりそうな場所に下りてきたせいで、あいつらどうかしちまったんだ」

そのとき突然、犬の鳴き声がやみ、ぞっとするような静寂が訪れた。わけがわからず、全員が顔を見合わせる。

「いったい何があったんだ？」

「さあ行くぞ」サンチェスが銃を構え直しながら命じた。

一行はいつでも発砲できる恰好で下水道を前進した。足元の水が赤く染まっているのがわかった。歩く速度が落ち、いつしかたがいに身を寄せあい、武器を握る手に力がこもる。通路はゆるやかにくだり、右に曲がった。一匹目の犬はトンネルの真ん中に倒れていた。背中をざっくり切り裂かれているが、まだ息はある。警部は部下を二人連れて数メートル先まで進んだ。巨石の上に横たわっている一匹は首をひねられ、さらにその先で、頭が胴体からほとんど引きちぎられた三匹目を見つけた。トンネルの壁には犬たちの血飛沫が飛んでいた。

「いったい誰がこんなことを？」

「誰でもかまわん。誰だろうと、必ず俺が殺してやる」老人が答えた。

警官の中でも年かさのひとりがサンチェスに近づいた。声に滲む緊張を隠しきれない。

「警部殿、やつらですよ。やつらがここにいるんです。いまもわれわれを見張っているにちがいありません」

「何を言ってるんだ？　やつらとは誰だ？」

「〈収集人〉です」

サンチェスはため息をついた。その与太話だけはもう聞きたくなかった。

「われわれにはカンテラもあるし、充分武装もしている。ぼろをまとった物乞い連中に怯えるつもりはないぞ」

「しかし警部、ここはやつらの縄張りです。引き返せるうちに引き返すべきですよ」

サンチェスは警官の頭に銃口を押しつけ、撃鉄を起こした。警官はよろよろと後ずさりし、壁にぶつかった。

「ここから絶対に引き返したりはしない。わかったか？」

警官は何度もうなずいた。

「声に出してくり返せ」

「ここから……絶対に……引き返したりは……しません、警部」

「よろしい」と言って武器を下ろす。「小僧はどこだ？」

全員が周囲を見回した。だがギエムは姿を消していた。警部は悪態をつくのをこらえた。あの小僧め。幸い図面を覚えている。あの放置された備品置き場のすぐ近くのはずだ。いまさら引き返すわけにはいかない。ここに来るまでにあれほどの危険を冒したのだから。

「放っておけ。先に進もう。くれぐれも注意しろよ。連中は近くにいるはずだ」

周囲に迫る影を食い入るように見つめながら、一行は行軍を再開した。そうしてしばらくはいつでも武器を手に取れるよう身構えながら進んだ。サンチェスは、横にいる警官をちらりと見た。その表情を見れば、その男にもほかの通路からの音が聞こえているのがわかる。手にしているカンテラを全部消せと命令しようとしたとき、トンネルの奥に人影が浮かびあがった。だが警官たちを見たとたん、逃げた。つかまえようとしたものの、老飼育員と三人の警官が来た道を駆けだした。彼らの背中に「馬鹿野郎！」とサンチェスが罵る。連中がカンテラを二台持っていってしまい、そこにはひとつしか残っていなかった。ところが、彼らの逃亡を嘆く暇もなく、発砲音が三回響き、悲鳴があがった。そして何も聞こえなくなった。

「急げ、予備のカンテラを出すんだ！」

しかし遅すぎた。まるで幽霊が壁抜けをしたかのように、トンネルの両方の壁から彼らが現れ、サンチェスたちを取り囲んだ。ぼろを着て、悪臭を放っている。幽霊なんかではなく、人間の男や、中には女もいることを知って、サンチェスとしてはむしろほっとしていた。三十人以上いそうだった。ほとんどの連中は歯がなく、手が鉤爪のように曲がっている。何かの病気か、あるいは栄養不足のせいかもしれない。粗雑なつくりのナイフと、ほとんど光を発していない初歩的な石油ランプを携えている。大部分は頭巾をかぶり、そうでない者の顔はできものや傷で覆われている。しかし何より恐ろしいのはその目だった。瞬きをせず、瞳には色がほとんどない。

「警察だ。抵抗はやめろ。さもないと……逮捕する」サンチェスはできるかぎり威厳をかき集めて告げた。

誰も答えない。

「聞こえなかったのか？」とわめく。

一瞬、連中は従うかに見えた。するとひとりが前に進み出てきた。ほとんど見えないほどのすばやさでさっと腕を動かす。横にいた警官がわーっと叫び、膝をついて、手首から落ちかけている手をつかんだ。彼が持っていたカンテラが床に転がって消えた。

そして連中が襲いかかってきた。

暗闇は争いや苦痛の声、くぐもった悲鳴であふれ返った。誰かがついに発砲した。叫び声がいくつもあがる。サンチェスは手探りで壁を探した。とそのとき、脚に激痛が走った。連中の誰かに刺されたのだ。でたらめに銃をぶっ放し、少しずつ小競り合いの中心から離れていく。とんでもないことになってしまった。もう逃げるしかない。ここに残っていたら殺される。後ずさりする途中で警官のひとりと鉢合わせし、隊長だと気づかれた。

「警部、命令をくだしてください」

サンチェスはその警官を突き飛ばし、虚を衝かれた相手はよろめいて仰向けに倒れた。たちまち三つの影がそこに飛びかかった。あたりに肉を引き裂く刃《やいば》の音と叫び声が響き渡る。サンチェスは連中がそちらに気を取られているあいだに逃げた。

犬が虐殺されていた通路を後にし、螺旋階段に続くと思《おぼ》しきトンネルにはいる。充分離れたと判断すると、背嚢に入れてあった予備のランタンを取り出した。脚がひどく痛むが、傷の具合を調べる暇はなかった。争う音が背後でまだ続いている。発砲音もずいぶんと聞こえるが、しだいに間隔が開いていき、ついにはやんでしまった。混乱にまぎれ、自分が逃げたことに誰も気づいていないといいのだが。

永遠にも思えた数分間ののち、やっと螺旋階段を見つけた。足を引きずり息を切らしながら、やっとのぼりきる。安堵のため息をつこうとしたそのとき、近づいてくる足音が聞こえたような気がした。ドアの隙間に体をねじこみ、向こう側の通路に出る。

元通りにドアを閉めなければならない。金属製のドアに体重をかけ、肩で息をしながら全力で押す。湿気で錆びた蝶番が抵抗したが、最終的には譲歩し、少しずつ閉まりだした。ほとんど閉じたところで階段に人の姿が見えた。警官のひとりだ。装備も外套もなくし、シャツの胸のあたりに派手に切り裂かれた痕が二箇所あり、額の傷の出血を止めようとして手で押さえている。

「警部、ドアを開けてください！」

まさかという表情を浮かべる警官の目の前で、警部はなおもドアを押しつづけた。まさにそのとき、警官の背後に最初の追っ手が現れた。それに気づくと、警官は追いつめられた獣のような金切り声を洩らした。〈収集人〉は急がず、じりじりと取り囲む。警官はサンチェスに視線で必死に訴えながら、なんとか指を隙間に突っこんでドアを閉じさせまいとした。

「開けてください！　お願いですから……」

鈍い音とともにドアが戸枠に収まり、警官の最後の言葉を締め出した。サンチェスは置きっ放しになっていたシャベルのひとつを手に取り、さっきまで鉄パイプが渡されていた鉄の輪にそれを通した。鉄パイプは重すぎて、とてもひとりでは持ち上げられない。ドアの向こう側からくぐもった悲鳴が聞こえてくる。

サンチェスはほっとしながらそこから遠ざかった。ドアがどれだけもつかわからないが、逃げる時間ぐらいは稼げるだろう。脚がずきずき痛んだ。灯りを近づけると、ズボンが血まみれだった。首に巻いていたハンカチをほどき、傷の上でぎゅっと縛った。

どこかで休まなければ。前方で三つのトンネルが口をあけていた。どれが正解だ？　考える暇もなく、ボキッと何かが折れる音に続いてガチャンという金属音がトンネル内に鳴り響いた。封鎖が破られたのだ。サンチェスはよく考えもせずに中央のトンネルを選び、カンテラの小さな炎だけを唯一の案内人として、中にはいっていった。

67

「目覚めてくれてうれしいよ」

パウには拘束者の声が遠いこだまのように聞こえた。手を持ち上げようとしたが、革のベルトで固定されていて上がらなかった。シーツが一枚掛かっているきりの裸体に震えが走る。背中も何も感じなかった。寒さと寝かされている台の硬さのせいで、感覚が麻痺している。

「拘束して申し訳ないね。薬の影響があるあいだは下手に動いて怪我をしてはいけないので、そうするほかなくてね。あとで解くと約束する」

　拘束者は白いシャツと蝶ネクタイ姿で、その上に医師用の革の前掛けをつけている。眼鏡越しに、不安になるほどじっとこちらを見つめている。

「どうしてこんなことを？　あなたが？」パウは冷静さを保とうとしながら尋ねた。ずいぶん意識を失っていたようだが、その直前に見たものは幻覚だと思っていた。だがそうではなかったらしい。

「驚いているようだね」

「まさか思いも寄らなかった……でもどうして？」

「心配ご無用。しかるべき時が来ればわかる。今夜はまだまだ驚きがお待ちかねだ。それまでにしなければならないことがたくさんある」

　男は視界から消えたが、すぐにまた現れた。水を満たした盥と布に包んだ何かを持っている。台に近づき、横に腰かけた。手袋をつける。それから布の先を水に浸し、彼女の髪の根元をそっと濡らした。

「何をしているの？」ぼそぼそと尋ねる。

「作業には準備が必要なんだ。じきに君にもわかるはずだ。もうまもなくだよ」

　気がすむまでその仕事を続け、布を盥に置くと、彼女の両側のこめかみを指で押さえた。手には理髪用の剃刀を持っている。刃が顔に近づいてくるのを見て、パウは激しく頭を動かし、次の瞬間鋭い痛みを感じた。思わず悲鳴をあげる。ひと筋の血が頬を伝った。

「動かないほうがいいと思う。いいかね、私としてはべつに君の顔が傷つこうとかまわないんだ。君がどんなに抵抗しようと、私は私の仕事を終わらせる」

恐ろしかったけれど、パウは言われたとおりにした。すすり泣きながら、髪束がまわりに落ちていくのを眺める。男の作業には無駄がなく、数分もしないうちに仕事は終わった。

「君を見つけるのに苦労したよ。娼婦の部屋に隠れるとはよく考えたものだ。君のアイデアかね？　それとも友人のアマットの？」

「ドロースに何をしたの？」パウは息を詰まらせながら尋ねた。

「勇敢な女性だった。何があっても君のことを白状しようとしなかった」

パウは目を閉じて涙をこらえた。

「遅かれ早かれあなたは捕まるわ」やっとそう告げる。

「どうだかね。君と友人たちは真相にだいぶ近づいたが、あと一歩だったな」

剃刀を片づけ、また台の横に腰を下ろした。

「わかるかね？　私は君をここに迎えられてとても喜んでいるんだ。私の作業を本当に評価してくれるのは君だけだと思っている。理由は明らかだが、これまでの対象者たちとは知的な会話などとうてい楽しめなかった。ああ、だがジルベルト、君はいままでの娘たちとはまるで違う」

パウは答えない。

「この作業がいかに繊細なものか、わかってくれる人間は君以外にいないと確信している。

君も知ってのとおり、ヴェサリウスはほかの医者には想像さえつかないようなはるかな高みに到達していた。君は〈第八巻〉の最後の部分がどこにあるかみごとに見抜いた。それについては感謝しなければならないね。私の手間をひとつ省いてくれたのだから。これから君は一度しかない機会を手にすることになる。なにしろ自らの肉体を使って体験することになるのだから。羨ましいくらいだよ」

パウはなんとか恐怖を抑えこんだ。恐怖に身をまかせれば、相手が理性をなくすきっかけになってしまうかもしれない。アマットとフレーシャは私が拉致されたことを知らないし、知っていたとしても見つけられないだろう。自分自身、ここがどこだか見当もつかないのだから。

「お願いだからやめて！　こんなのまともじゃないわ」

男は残念そうにパウのほうに顔を向けた。眼鏡の向こうの瞳が静かにこちらを見つめている。わざとらしいくらい悲しげな声で言った。

「それは残念だ。君ならわかってくれると思っていたのに」

こちらに背を向け、補助机から黒いケースを取ると、薬のはいった小瓶を出した。

「ほんの少量で、体を完全に麻痺させることができるんだ。しかも患者の意識を少しも損なわず、心拍数や血圧も安定したままの状態で。あの部屋で君に注射したモルヒネとの違いは、こちらの処方には鎮痛効果がいっさいない点だ。そのため肉体はアドレナリンを大量に分泌し、好ましい結果をもたらす。幸運の賜物だよ。効き目は速くない。全身に行き渡るまでに数時間必要だが、基本的にはとても効果が高い」

スタンドに瓶を下げ、栓に長いゴムのチューブを挿しこむ。

「申し訳ないが、ちくっとするよ」

パウの腕を押さえ、一度で静脈に針を刺した。肘の内側で絆創膏を貼って留め、慣れた手つきで瓶の栓を調節する。

「準備完了だ。あとは待つのみ」彼はそう言って、時計を見た。

銅製のランプが何度も明滅し、光が弱まって室内が暗くなった。男はもごもご悪態をつき、パウから離れると、壁際の制御装置に近づいた。集中した表情で、何事かぶつぶつとつぶやきながら調整を始めた。

パウは、相手がそちらに気を取られている隙に対策を練った。何とかして脱出方法を見つけなければならない。薬が体内に行き渡ってしまったら、体が麻痺ししだい逃げるしかないだろう。助かるには薬剤の点滴をどうにか止め、チャンスが到来ししだい逃げるしかない。

拘束者の動きを横目で見張りながら、横にぶら下がっているチューブに腕を伸ばす。手首を曲げ、ベルトをぎりぎりまで緩めようとした。何度も試してやっと指先にチューブが触れた。大きく息をつく。男はまだ制御装置にかかりきりだ。やるならいましかない。目をつぶり、歯を食いしばってまた手を伸ばす。今度は点滴スタンドに向けて。なんとかつかんで、手前に近づけた。ぶら下がったチューブがもっと近くなった。ベルトが腕に食いこんだけれど、痛みをこらえ、チューブに向かって手を曲げる。もうあきらめようかと思ったとき、指のあいだにゴムのざらついた感触を感じた。しっかりつかんで引き寄せる。やったと声をあげそうになって唇を嚙んだ。大丈夫、きっとできる。とそのときチューブが補助机の脚に引っかかった。そんなところで引っぱられるとは思っていなかったので、チューブは指のあいだから逃げてしまった。それはもう手の届かない場所で振り子のように揺れていた。同時にまた灯りがともった。

「申し訳ないね」男は微笑みながら近づいてきた。「じつはほかに約束があるんだ。劇場に行かなければならない。心配しなくていい、そんなに時間はかからないから、興味深い会話はまた戻ってから再開しよう。そうしたいなら好きなだけ叫ぶといい。地下の物音などどうせ誰にも聞こえないから」

それを最後に、男は地下室の奥に歩きだした。制御パネルを操作すると滑車が動く音がして、岩にはめこまれたエレベーターの扉が現れた。男は中に乗りこみ、そのまま姿を消した。

パウもそれ以上こらえきれなくなり、ついに涙があふれだした。

68

ダニエルとフレーシャは塀に身を隠し、アマット家の屋敷の玄関に向かった。陽が落ちていたので、このあいだダニエルが来たときにも増して暗い。それを思い出すと、喉に何かがつかえるのを感じた。すべてはここで始まり、どういう形にせよ、ここで終わることになるだろう。

「腕はどうだ？」フレーシャが尋ねた。

「たいしたことはない。大丈夫だよ」

フレーシャは相手の動きのぎこちなさに気づいたが、黙っておくことにした。

「ここで何をするんだ？」

「僕は馬鹿だった」

「何の話だよ？」

「アディは復讐のためにここを買ったと僕に思わせた。だがそうじゃなかったんだ」

フレーシャはうなずいたが、彼にはアディの本当の目的はわからなかった。

「僕は誤解していた。アディがこの屋敷を買ったのは別の理由からだったんだ」

「で、その理由というのは……？」

フレーシャは質問の途中で気づきはじめて言葉を呑みこんだ。

「ここがどんなに都合のいい場所か、わかっただろう？」ダニエルが続けた。「バルセロネータ地区とシウタデーリャ公園のちょうど中間にある。呪いだの何だのという噂はむしろ大歓迎だった。誰もこの屋敷に近づこうとしないからね。アディ自身の言葉がなかったら、疑いは持たなかっただろう。ここは完璧な場所だよ」

「だが、発電所からは遠いぜ？」

「そうでもない。通りをいくつか隔てているだけさ」

新聞記者はうなずいた。上着を探り、リボルバーを二梃取り出すと、片方をダニエルに差し出した。どういうことだと言いたげな相手の表情を見て、フレーシャは肩をすくめた。

「あんたを刑務所から出すなら必要になるかもしれないと思ったんだ」

ダニエルは迷いながらも受け取った。銃など撃ったことがなかった。それでも、手の中の重みに心強さを感じた。大きく息を吸いこみ、屋敷の玄関に向かって歩きだす。

門扉を押そうとしたとき、扉に結びつけてあった鎖が地面に落ちているのに気づいた。二人は無言でたがいを見つめた。

「音をたてないように気をつけろ」ダニエルが告げた。

庭にはいると、馬車から持ってきた石油ランプに火を入れた。ダニエルが身ぶりでフレーシャについてこいと伝える。菩提樹の老木と壊れかけたツル棚の影に見守られながら、敷石の道を進んでいく。玄関ポーチの石段の前にたどりついたとき、古い屋敷が二人を待ちかまえていたような感覚に襲われた。

屋内にはいり、うつろな足音を響かせながら、がらんとした部屋をいくつも通過する。背後からフレーシャの速い呼吸音が聞こえてくる。前回来たときよりずいぶん早く厨房に到着した。ランプを掲げ、地下室に続く黒焦げのドアを照らす。

「これが父の研究室の入口だ。ここにちがいない」

二人は銃の撃鉄を起こし、慎重に階段を下りた。ダニエルは、前回来たとき灯りが消えるまえに聞こえた妙な音、そのあとに起きた出来事を思い出し、ぞっとした。

だが今回は何事もなく地下に到着した。石油ランプが広々とした部屋を照らしだす。そこが出火場所なので、屋敷内のどこよりも損壊が激しかった。薬品が多数保管されていたせいで、室内は地獄と化した。だからほとんど何も残っていなかった。さすがの炎も焼き尽くすことができなかった長テーブルの枠組みとソファの骨組みが見て取れる。歩くと、床を埋め尽くす黒ずんだガラスの破片が足元できしんだ。壁際では部分的に焦げた崩れた書棚、貴重な蔵書の残骸が山積みになっている。

「ここには長いこと誰も足を踏み入れてなかったんだな」フレーシャが言い、自分の声のこだまを聞いて身震いした。

「探そう。何か見つかるような気がする」

薄闇の中をしばらくうろうろしたが何も見つからず、落胆の色が濃くなりはじめたとき、ダニエルの背後でフレーシャの声がした。

「アマット、これを見ろ」

石油ランプの光が、隅になかば隠れた、火災の被害を受けていないように見える簡易ベッドを照らしだした。並んでいる木製の底板が黄土色に汚れている。何の染みか考えたとたん、ぞっとした。ダニエルは身をかがめ、頭板にはめこまれた金属の輪から床に下がっている手枷を持ち上げた。

「これで、僕の予想が完全には間違っていなかったことが証明されたな」高揚を隠しきれない声で言った。

フレーシャはうなずいたが、ダニエルほど喜んでいないように見える。

「そのようだが、俺が想像していた場所とは違う」

ダニエルは答えなかった。すでに同じ結論に達していたからだ。アデイには、その邪悪な実験をする環境が必要だった。実験室、道具、照明、流せる水。ここにはそれがない。二人は目を皿のようにして改めて室内を探したが、まだ使えそうなランプとその横に置かれた何本かのロープを除けば何もなかった。

ダニエルは絶望して椅子の残骸を殴りつけた。

「くそっ！　もうだめだ。時間がない……」そのまま言葉が消えた。

二人がそのとき考えていたことを、フレーシャが口にした。

「俺たちは間違っていた。ジルベルトの命が危ない」

69

照明が消えてあたりを支配した闇も、リリコ劇場内の期待を隠すことはできなかった。あちこちで不安げな咳が響いたが、すぐにシーッと諫められて静まった。全員の視線が舞台上の一点に集中していた。

ヨピスの手は汗でべとべとしていた。テーブルの下で何度もハンカチでぬぐったが、役に立たなかった。目の前で燃えている大蠟燭の炎のおかげで観客の顔が見えないのは幸いだった。いまこの瞬間までは、自分が助手のひとりとしてこのテーブルに座るのは名案だと思っていたのだ。そうすれば、すべてが終わったときに自分も現場に立ち会ったと主張でき、記事にいっそう箔がつく。今頃すでにサンチェスもオムスを逮捕し、交霊会が終わるのを市警察本部で待っているだろう。霊媒師のために用意した水差しを物欲しげに見つめる。また手をこすりあわせながら、こんなところに座るより舞台裏にいたほうがよかったんじゃないかとまだ自問しつづけていた。

横ではマダム・パラティーノが若枝のごとく背筋を伸ばして立ち、客席を眺めている。下顎がかすかに震えているところを見ると、見た目ほど落ち着いているわけではないとわかる。ヨピスの視線に気づいたらしく、むっつりした顔をこちらに向けて無言で睨んだが、すぐにまた客席に目を戻した。ヨピスはそれでもう彼女を見るのをやめた。

蠟燭の炎がテーブルを覆う黒いビロードに薄ぼんやりとした波を描き、人々の顔を黄色く照らしている。ヨピスを含め、霊媒師の両側に生真面目な顔をした十人ほどの男女が座っている。

司会者が口上を続けた。

「紳士淑女のみなさま、この数週間、次々に起きる恐ろしい出来事に誰もが震えあがっています。何の罪もない娘たちが残虐に殺害されたのです。かくも卑しむべき所業は苦しみもだえる悪霊のしわざにちがいありません。あちらの世界へと渡る門をくぐることがかなわず、邪悪の化身と相成ってしまったのです。今宵、こちらの先生の力をお借りし、その苦悶せし魂を解放して、私たちの恐怖に金輪際終止符を打つ、その所存であります」

　客席がざわめいた。マダム・パラティーノはグラスの水で唇を湿らせ、瞼をなかば閉じて虚空を眺めつづけている。司会者の言葉も耳にはいっていないように見える。司会者は話を続けた。

「……まさに前代未聞です。私たちは世界で最も卓抜した知性として数えられる方のお力を借りる栄誉を手にしました。彼女の名声はヨーロッパでも有数の大都市ですでに知れ渡っています。ロンドン、ウィーン、パリ！　そんな高名な先生が、じつに寛大にも、いま重大な危機に陥っている私たちに救いの手を差し伸べてくださいました」

　霊媒師は軽く会釈して、客席で沸き起こった喝采の波に感謝した。司会者は咳払いをしてから続けた。

「ではマダム・パラティーノより、手を繋いでいただきたいとのご依頼です。紳士淑女のみなさま、どうぞお静かに、そしてくれぐれも厳粛にお願いいたします」

　場内にひそひそ声が広がるなか、誰もが隣の客の手を取った。笑い声や囁き声があちこちから聞こえたが、すぐにまわりからたしなめられた。

　ヨピスは霊媒師の痩せてかさついた手を取り、同時に、反対側の隣席に座っている太鼓腹の紳士と手を繋いだ。紳士はヨピスの手が汗ばんでいることに気づくと眉をひそめた。肩をすくめて謝罪する。

マダム・パラティーノは頭《こうべ》を垂れ、やがてまた目を閉じたまま顔を上げた。大きく息を吸いこんで吐き出し、その動作をもう一度くり返す。観客たちは期待に満ちた目で彼女のしぐさを逐一追った。やがてマダムはあの少し外国語訛りのあるしゃべり方で、低く静かに話しはじめた。とくに努力はしていないように見えるのに、その声は劇場じゅうに届いた。

「霊魂よ、そなたをここに呼ばん」

マダムの言葉のあと会場内はしんと静まり返った。ヨピスは、場内の観客たちの大部分がそうであるように、いつのまにか息を詰めていた。すると、まるで嵐の予兆であるかのように、霊媒師の声が大きく響いた。

「そなたの話を聞こう。怖がらずに現れてたもれ」

蠟燭の炎が揺れ、場内の気温が数度下がったような気がした。客たちの中には、不安のあまり座ったままもぞもぞと体を動かしている者もいる。そのときテーブルが少しずつ持ち上がり、観客たち全員が呆然と目を剝いた。

「近づいて……きている。そばにいるのを感じる」

ヨピスは苦労してなんとか唾を呑みこんだ。まるで本物みたいだ。いきなりマダム・パラティーノが背中を弓なりにし、椅子から腰を浮かせた。ヨピスと反対側に座っている男は繋いだ手を離さずにいるのに必死だった。マダムは唸り声を洩らし、今度はいきなり体を前のめりにした。目を閉じているのに、邪悪な表情で観衆をうかがっているように見える。声が桟敷席を突っ切り、劇場の隅々にまでくっきりと届いた。それは男の声だった。

「呼ばれたのでこうして来た」

「おまえは誰だ」観衆の誰かが尋ねる。

「私はいろいろな名で知られている。だが堕天使ベリアルと呼んでもらおうか。異常性愛《ソドミー》の悪魔、反キリスト者だ！」

驚愕の声が方々からあがり、さらには二人の女性が失神したことで一瞬場内が騒然とした。係員の協力で、二人は劇場の外に運び出された。ヨピスは真っ青になった。こんなのは打ち合わせとまったく違う。

「おこないをあらためろ、殺人鬼め」若者が座席から立ち上がって叫んだ。

ほかの男性たちもそれに続き、抗議の合唱が激しくなった。静かにという声も役に立たない。すると霊媒師がからからと笑いはじめ、たちまち場内がしんとなった。立ち上がった者たちはその場で凍りついている。

「馬鹿者めが。おまえたちには何の力もない。私に手出しなどできない。私ベリアルはおまえたちに大いなる苦難と不幸を与えよう。〈ゴス・ネグラ〉は血を求めて立ち上がった。やつの気がすむまで誰にもけっして止められぬ。大災厄の時が近づいている……そして……そして……」

マダム・パラティーノはそこで言葉を切り、目を開けた。顔に驚愕が浮かんでいる。立ち上がろうとしてよろめき、椅子を倒す。足元が心許ない。ケーブルで宙吊りになっているテーブルに震える手をついて体を支える。全観客が憑かれたように彼女を見つめている。そのとき霊媒師の体が横に傾き、倒れながらテーブルクロスをいっしょにずるずると引っぱる。口からわけのわからない音がこぼれはじめ、赤い泡が顎を伝う。ヨピスに支えられてつかのま体のバランスを取り戻したが、顔を歪めて彼を見たあと、絶叫して昏倒した。

とまどう参加者たちは黙りこんでいた。医者だと名乗る紳士が二人、客席から舞台に飛び乗り、マダムの脈を取った。二人の顔には参加者の恐怖が映し出されている。

「亡くなっている」

70

サンチェスはその悪臭漂う下水道の中をもう何時間もぐるぐる巡っていた。少なくとも三度は迷ったが、今度こそ正しいトンネルを進んでいると確信していた。あと何メートルか進めば、数時間前に下りたあの鉄梯子が見つかるはずだ。

カンテラの炎が弱くなってきた。タンクをたたくと、音で空だとわかる。べつにかまわない。背後から何の音も聞こえなくなってだいぶ経つ。あの悪魔どもをまんまとまいてやったのだ。大笑いすると、声がトンネルに反響してさらに大きく耳に響く。

暗闇にも、びしょ濡れの服にも、ダニのように肌にまとわりつく悪臭にも、もううんざりだった。そのうえ脚の傷がずきずき痛んで、足を引きずらないと歩けない。感染していないといいのだが。ここを出たらすぐにカザ・エミリアの風呂で一日過ごし、そのあと新たに隊を組み直すのだ。もっと大勢で徹底的に武装して、あの〈収集人〉のやつらを情け容赦なく襲撃し、ネズミのように全滅させてやる。

壁にはめこまれた配管から落ちる水を感じて、ほっと胸を撫で下ろす。出口は間近だ。バルセロナの空を早くまた拝みたい。ああ神様、俺は生き延びられた。大事なのはそれだけだ。俺はくそったれ生存者となった。そう、ヒーローだ。

ふいに頭上の空気が震えた。足を止め、天井のほうにカンテラを持ち上げたが、何も異常はない。数秒後、同じ音が聞こえた。さっきより強く長く続いた。今度は何の音かわかった。雷だ。

それに対する返答のように、水道管が空になるときに似たゴボゴボという音がトンネル内に響いた。足元をカンテラで照らす。ちょろちょろとしか流れていなかった水がすでに小川となり、ズボンを濡らしている。

そのときふと思い出した。雨が降ると、下水道は水であふれるのだ。鳥肌が立ち、助かったという安堵感はあっというまに消えた。大急ぎでここを出なければ。前進を再開しようとしたが、脚がその場に貼りついたかのように動かない。出血を止めるために結んだハンカチがどこかにいってしまったことに気づいた。ズボンは血染めになっていた。

腿の後ろを手で支え、なんとか進む。足を動かすたびにチャプ、チャプと不規則に水が跳ねる。数メートルも進むと息を整えなければならなかったが、少なくとも前に進んではいた。水はすでに足首に達し、いまも上昇しつづけている。しだいに歩くのが難しくなっていく。

歯を食いしばり、懸命に進む。あと少しで助かるのだ、足を止めるわけにはいかない。

そのとき何か柔らかいものを踏み、足が滑った。カンテラが水に沈む。立ち上がろうとしたが、怪我をした足に力がはいらず、また倒れた。必死に両腕を動かして水に浮こうと努め、流れに身をまかせる。またしても運命の女神はサンチェスに微笑んだ。数メートル先の壁の鉄梯子まで、水流が彼を運んでくれたのだ。梯子は上方から来る街の光に照らされていた。

一瞬で最初の段の下まで押し流され、彼を引きずりこもうとする水の勢いに抗って、鉄棒をがっちりとつかむ。悪態をつきながらも、腕で鉄棒を抱えるようにして二段目に上がった。しっかりつかまってはいるが、水がすでに胸まで上がってきていた。腕を持ち上げて、次の段に上がる。半身が水の上に出たが、脚はまだ浸かっていた。傷が痛み、体の重さも不利に働いている。鼻からふんと息を吐いて、もう残っていないと思っていた力を振り絞り、そのままのぼりつづけてついに脚も水面上に出た。疲労困憊していたが、上方を見るとあとほんの数段で自由が手にはいることがわかった。歓声をあげたいところをこらえ、ふたたびのぼりはじめる。しかし、トンネル全体を揺るがす轟音がとどろき、鉄梯子から危うく落ちそうになったとき、喜びは不安に変わった。

もしかして、下水道のどこかが崩れつつあるのかもしれない。両手で鉄梯子をつかみ、闇を見透かす。熱風が髪を煽り、むせ返るような蒸し暑さで息が詰まりそうだ。

目を上げた。頭上には完璧な円の形に街の灯が洩れている。馬車の音や人の声さえ聞こえたような気がした。しかしそれも轟音に呑みこまれた。

どっと襲いかかってきた大波が、サンチェスを梯子から引きずり下ろした。投げ出された体は、巨大な奔流と化した水に丸呑みにされ、人形のように運び去られた。

サンチェスははっとして目覚めた。一瞬自分がどこにいるのかわからなかったが、とても狭い空間に仰向けになっていることに気づいた。どこかからかすかに光がはいってくるらしく、あたりは完全な闇ではない。どうやら、地下一階層の下水道のところどころにある通気口の出っ張りのようだ。増水による激流で揉みくちゃにされ、壁に激突してそこで意識を失った。水は海に向かってその後も勢いよく流れつづけたが、彼をそこに置き去りにしたらしい。運がよかったと思っていいだろう。

下方からは、いまもトンネル内を眩暈がするような速度で流れていく水の咆哮が聞こえ、ぞっとした。路面の鉄道馬車の前に投げ出されたかのように体が痛む。右腕を動かし、肘に触れてみたが折れてはいないようだ。額にはこぶができていて、熱を持ってずきずきしている。だから眩暈を感じるのだろう。

少なくとも体は無事らしい。出口はそう遠くない。水位が下がったらこの避難場所を出て、トンネルの坂をのぼり、この地獄から脱出しよう。それまで少しの辛抱だ。

上着の内ポケットを探ると、水に濡れていない蠟燭が数本と点火器が見つかって驚いた。何かの動物が走る音がしたような気がする。それが何にしろ、灯りで追い払えるだろう。

点火器の石は濡れていたが、何度か試して運よく弱々しい火がついた。ここにいるのは自分ひとりではないと、ふと直感する。蠟燭を持ち上げたとき、思わず息を呑んだ。

　びっくりするほど大きなドブネズミが二匹、脚の傷にのったままこちらを睨んでいる。こちらが行動を起こすよりも早く、ネズミたちのほうがさっと身を翻し、闇に逃げこんだ。ズボンの生地は齧《かじ》られてぼろぼろになっていた。布がまだ残っている腿の部分は、小さく泡立つ血でぐっしょり濡れていた。脚の肉は骨に達するほど齧りとられ、蠟燭の光に照らされて、骨が白く浮かびあがっている。

　それを目にしたとたん吐き気を催し、気を失わないように肘をぎゅっとつかまなければならなかった。手に握った蠟燭の炎が震えている。どうして痛みで目覚めなかったんだ？

　サンチェスは両脚を手探りし、驚いた。何も感じない。動かそうとしたがだめだった。額に冷たい汗が浮かぶ。これはまずい。とんでもなくまずい。

　右手で何かがざわめいた。くそったれネズミのことを忘れていた。蠟燭を持ち上げ、空間の奥のほうを照らした瞬間、それを取り落としそうになった。数メートルも離れていないところに無数のネズミがひしめきあい、鬱蒼とした灰色の毛の山をつくっていた。光を浴びて腹を立て、換気口の側面に体をこすりつけるようにして神経質に身をよじりながらも、こちらをじっとうかがっている。鼻面を持ち上げているものもいれば、脚の爪で床を引っかき、歯をむきだしにしているものもいる。自分たちの巣穴を守っているのだ。当面は、この光で相手も慎重になるだろう。

　サンチェスはごくりと唾を呑みこんだ。すでにかなり失血しており、体力を消耗していることに気づく。意識を失うのもまもなくだろうし、そうなったときに連中が何を始めるか考えると戦慄した。

無残な脚には目を向けないようにして、炎で周囲を照らし、出口はないかと探す。鳴き声があがり、連中がぴりぴりした様子で動きまわるのがわかる。永遠にも思えた一瞬ののち、ついに目当てのものが見つかった。

後方の頭上五十センチぐらいのところに、煙突を思わせる通気口の穴があいている。大人がひとりやっとはいれるくらいの大きさだ。この手のダクトは地上とつながっているものだ。蠟燭の光が鉄梯子の最初の一段を照らし、サンチェスはまた希望が生まれるのを感じた。

しだいに落ち着きを失っていくネズミたちと自分とのあいだに必ず蠟燭を置くようにして、慎重に後ずさりする。石の床で背中がこすれて痛かったが、かまっていられなかった。そのまま通気口の下まで体を滑らせる。ネズミたちが寄ってこようとしたが、サンチェスは蠟燭を左右に振った。

「あっちに行け。行けったら！」

獲物が逃げようとしていることに気づいたせいか、ネズミたちは噛みついてこようとし、光の環が近づいてきたときだけ退却した。砥石で刃物を研ぐときのようなシュッシュッという音を発する。

サンチェスは体の力がしだいに衰えていくのを感じていた。無駄にする時間はない。蠟燭を掲げながら穴に体を押しこむ。そこは思った以上に狭かった。錆びてぼろぼろになった鉄梯子にしがみつき、滑りやすい煉瓦の壁を腕と背中で押してのぼりはじめる。上方には、四角形に切り取られた外の光が見える。幸い、通気口は垂直に外と通じているわけではなかった。もしそうなら、こんな負傷した体ではとてものぼれなかっただろう。

また進みはじめる。踏んばりすぎてこめかみがずきずきし、呼吸がつらくなる。力のはいらない脚を引きずり上げるのに苦労した。蠟燭の煙が目に沁み、涙で視界が曇る。少しだけそこで休んだ。ダクトの残りはもう半分もない。のぼるにつれて傾斜が垂直に近くなったが、なんとかなりそうだった。不満げに鳴くネズミたちの声が下方から聞こえる。

息を吸いこんでまた少し前進した。全力を尽くしているせいで腕が震えたが、出口は間近だ。出口の鉄格子を閉じている簡単な差し錠にもう触れられるほどだった。街の夜風のなんと芳しいことか。

自由を味わいながら改めて進んだ。そのとき驚きと痛みの叫び声が口から飛び出した。鉄の杭のように壁から飛び出していた、鉄梯子の最後の一段の残骸で手がざっくりと裂けたのだ。蠟燭が指から滑り落ち、通気口の壁で弾みながら闇に消えた。つかむ場所が見つからず、自分の重さに引きずられて体が下へと滑りだす。頭がぼうっとして、はたと気づいて落下を止めようとしたときには、時すでに遅し。体がごろごろと転がって、床に激突した。蠟燭の光を失ったいま、闇が屍衣のごとく彼を包んだ。

落下のあとの静寂が続いたのはわずかのあいだだった。狂喜する鳴き声の大合唱が周囲で華々しく始まった。サンチェス自身の悲鳴は、駆け寄ってくる何百という足音でたちまちかき消された。不作の年だった。だからみんな空腹なのだ。

71

パウはほっと息をつき、蓄積していた緊張を一気に解いた。革のベルトで手首がこすれて血まで滲みはじめていたが、何度も失敗を重ねたすえ、ついにまたチューブをつかんだのだ。チューブを指でつまんで折り、中身を止める。それから机の縁に押しつけてごしごしこすると、やがて溶液で手が濡れはじめた。脱出計画は単純なものだ。誘拐者が拘束を解いたらすぐにテーブルの上に置かれたメスに手を伸ばす。なんとか相手に手傷を負わせ、その混乱に乗じて、彼が使っていたエレベーターまで走る。薬が体にまわりきっていないことを、脚が思いどおりに動くことを祈るばかりだった。いまはとにかく待つだけだ。

永遠にも思える時間が経った頃、パウは足音を聞いた気がした。急に不安になり、胃がむかむかする。はずすまえに体内にはいった薬が効果を発揮したら？　チューブに穴をあけたことが見つかってしまったら？　そのときはすべてが終わりだ。

「私がいないあいだ、快適に過ごせたかな？　細工は流々、結果は目撃するにふさわしいものだった。はっきり言って、あんな見ものはめったにお目にかかれないと私は思う。君が出席できなかったのはじつに残念だ」

そう言うと、息をつきながらとぎれとぎれに笑った。パウはうなずこうとして、動けないふりをしなければならないことを思い出した。男はふたたび革の前掛けをつけ、それ以上何も言わずに近くのテーブルで準備を始めた。

パウは金属製のスタンドから下がる瓶をこっそり見て、すでに空になっていることを知った。男がチューブをはずすと、それはゆらゆら揺れながら後方に退き、しまいにパウの視界から消えた。緊張のせいで両手がこわばっているのを感じる。でもいましかチャンスはない。きっとできる。助かりたいならやるしかないのだ。パウは一心にそう考えた。

すると拘束者が天井から下がるロープを引き、キーッという音とともにレールを伝ってケーブルの束が移動してきて、パウの頭上で止まった。各ケーブルの末端には、留め金と、いままで見たことがないほど細く鋭い針が装着されている。全体としては、巨大蜘蛛の脚のようだった。一瞬パウは恐怖で体が固まって、逃げるという目的を忘れた。

「知ってのとおり、この手順の鍵は、体の重要なポイントにケーブルを適切に接続することにある。それはとても繊細な作業で、正しい場所に正確に穿刺《せんし》しなければならない。一ミリたりともずれてはまずいのだ」

男は解剖台に近づき、パウの足のベルトをはずした。

「この薬はじつに有効だろう？　おかげで何に邪魔されることもなく仕事ができる」

ケーブルのひとつを下ろし、くるぶしに留め金をはめると、足の甲に正確に針を刺した。鋼が肉を貫く感触に、パウは思わず身震いした。足を遠ざけたい衝動を抑えるのに全力を注ぐ。動かせばたちまちばれてしまう。

もう一方の足に二番目の針を刺すと、拘束者は続いて台の右側に移動し、パウの腕を自由にしはじめた。ふいに動きを止め、パウの手を取ってわめく。

「おやおや！　ずいぶん悪い子だったらしいな？」

パウは希望がしぼむのを感じた。まだ部分的に拘束されているが、行動を起こす身構えにはいる。すると男は彼女の手首を持ち上げ、革ベルトでこすれてできた傷を見せた。

「抵抗しても仕方がないのに、ジルベルト。頑張っても無駄だ」

パウは安堵のため息をこらえた。

男はベルトをはずし終え、残りの針を手の甲、胸、鎖骨の近く、鼠径部に刺した。そのあと金属の帯がついた革ベルトを頭に巻いた。満足げにうなずき、踵を返して戸棚に近づくと、革製の往診鞄を出した。儀式めいたしぐさで、金属製の盆の上にメスやノコギリ、鉗子などを完璧に並べていく。そのあと盥を用意して、手と腕を熱心に洗いはじめた。

チャンス到来だ。いまやつはこちらに背を向け、私が見えていない。パウは大きく息を吸いこんで、起き上がろうとした。飛び起きようとしたのに、それができない。肘をつこうとしたが、どちらの腕もまるで他人のもののように解剖台にだらりと横たわっている。今度は脚で試したが、やはり一センチも動かなかった。心臓の鼓動が速くなるのがわかり、パニックの波が襲いかかってきた。だめだ、動けない。

拘束者が手にガーゼを持ち、微笑みながら戻ってきた。

「こんな乱暴な手段を用いることを許してくれたまえ。君に騒がれないようにするにはこうするしかないものでね。さっきも言ったように、どうせ誰にも聞こえはしないが、私の鼓膜はとても感度がいいのだ。以前そうしたように舌を切除することもできるが、残念ながら時間が差し迫っている」

　パウが抵抗する暇もなく、男は彼女に猿ぐつわをした。そのあと器具が並べられた金属盆を近づけた。両刃メス《ランセット》は捨て、肋骨鋏の準備をする。つかのま迷ったのち満足げにため息をつき、小型メスを選んだ。パウの体を覆ってあった布を剝いで、汗で光る胸をあらわにする。

「覚悟はいいかい、お嬢さん？　進行とともに説明しよう。きっと君にとってもとても興味深いと思う。解剖学の最後の講義と考えてくれ」

　男は胸骨に手をのせ、目を半ば閉じた。

「あとで君の臓器をいくつかいただくよ」戸棚に並んでいるガラス瓶のほうに顎をしゃくる。

「つねにコレクションに新たな補充をしなければならないのでね」

　研ぎ澄まされた刃が肌に触れたとたん、細い血の線が引かれはじめた。肋骨のあいだに何千という細い針が打ちこまれたような痛みが走る。叫びたかったが、猿ぐつわのせいで弱々しい呻き声が洩れるだけだ。目尻に涙があふれ、大理石に滑り落ちた。刃が肉を切り分けはじめると、痛みはやわらいだ。拘束者はわかっているだろうと言わんばかりの表情でパウを見た。

「さあ、もう観念するんだ」

72

ダニエルは粗末な簡易ベッドの染みを愕然とした表情で眺めていた。とんでもない間違いを犯してしまった。ここでこうしているうちに、パウの命が奪われる可能性がどんどん増していくのだ。まだ生きていると信じたかった。

フレーシャのほうに顔を戻し、落ち着いて考えようとする。

「アデイはここで忌まわしい実験をしていた」と振り返る。「だが、この屋敷は一時的な避難所として使われていたんだ。誘拐した直後に犠牲者をここに隠し、娘が行方不明になった騒ぎが収まってから別の場所に移した」

「別の場所？」フレーシャが尋ねる。「どこに？　そしてどうやって？」

「わからない。だが、きっとここにそれを示すものがある。その場所を見つけるヒントがあるはずだ」

石油ランプで照らされた室内に改めて視線を巡らせる。はいってから何も変わっていなかった。家具の無残な残骸の陰に、闇が潜んでいる。思い余って、壁を思いきり殴った。痛みも安らぎをもたらしてはくれない。そのとき視線が洋服簞笥で留まった。真っ黒に焦げた扉は壁と見分けがつかなかった。さっきも目にはいったはずだが、いま初めてその外観に何かしっくりこないものを感じた。

「ランプを近づけてくれ、フレーシャ」

　円形の光が家具を照らす。

「ほかの家具みたいに灰にならなかったのはなぜだろう？」ダニエルは尋ねた。

「つまり？」

「よく見てくれ。扉もそのままだし、ほとんど無傷だ」差し錠を引いたが、動かない。「閉まってる。変だな、そう思わないか？」

「こんなの時間の無駄だよ」

　新聞記者のことは無視し、ダニエルはピストルを持ち上げて発砲した。室内に轟音が響き渡り、強い火薬の臭いが漂った。

「どうかしたんじゃないのか⁉」

　錠があった場所にはいまや穴があいている。ダニエルはフレーシャの言葉には応えず、両開きのドアを開け放った。

　空っぽだった。

　ダニエルは膝をつき、箪笥の中を煤で汚しながら確認しはじめた。フレーシャは憤慨していた。こんなことをしても骨折り損だとしか思えなかった。早くここを出て、直接発電所に向かわなければ。

「ここを照らしてくれ」

「何を探してるんだよ？　何もないって、まだわからないのか？」

ダニエルは期待を隠しきれない表情でフレーシャを見ている。彼の手は、木製の床についた何か重いものを引きずったような跡を指し示している。

「これを見ろよ。もっとよく……」

そこで言葉を切り、ランプをじっと見つめる。

「見えたか？　動かさないで」

二人はフレーシャが持っている石油ランプに注目していた。最初は何も異常はなかったが、フレーシャがいらいらしはじめたそのとき、炎が二度傾いた。見えない指に押されたかのように。

「風だ！」

ダニエルはフレーシャからランプをもぎ取り、ジグザグに揺らした。場所によって何度も炎が傾いだ。ランプを床に置き、床を手探りしていくと、木板の端から端まで亀裂がはいっている場所を見つけた。拳でたたくと奥が空洞だとわかった。

「梃子が必要だ」

かつては暖炉だった残骸の中に火かき棒を見つけた。板と板のあいだにそれを差し入れ、二人で力を合わせて押した。木板がきしみ、とうとうバキッという音とともに抵抗をやめた。黄色いぼうっとした光が通路の入口を照らしている。

ダニエルは迷わずその穴にはいり、フレーシャもいまにも口から飛び出しそうな文句の数々を呑みこんで後に続いた。岩を削ってできた通路で、かがまないと通れない。十五メートルおきに銅製のランプが下がっている。

「電灯だ」フレーシャが驚きの声をあげた。

通路をたどっていくと、地下に潜る螺旋階段に到着した。くだるにつれ、湿気が強くなる。階下にはドアがあり、苦もなく開いた。向こう側にはわずかな木板でつくられた桟橋があり、地下トンネルの暗い水にボートが一艘浮かんでいる。

「下水道の一部にちがいない」

「そうらしいな。少なくとも臭いからすると。さて、これからどうする？」フレーシャが尋ねた。

「ランプを見ただろう？　トンネルの奥のほうまで続いてる。どこに出るか確かめよう」

「いったいどうやって？　道はここで終わってるじゃないか」

「そうでもないぞ」ダニエルはボートを指し示して言った。

「水は嫌いだ」フレーシャはぼやいたが、ダニエルに続いて乗りこんだ。

ボートにはオールが二本備えてあった。桟橋から離れるとすぐ、ボートは水に押し流された。一列に並ぶ蛍のように壁に吊るされた灯りをたどってボートを漕ぐ。

水がたてるチャプチャプという音が岩の湾曲した天井に反響し、トンネル内のどこまでも響いた。ダニエルは、簡易ベッドにあったのと同じ汚れをボートの底に見つけた。縛られ、猿ぐつわを嚙まされ、恐らくは怪我をした娘たちのことを思う。これに乗せられて移動するあいだ、彼女たちもこれと同じ悪臭を嗅ぎ、同じ水の音を聞いていたのだろう。自分はこれからどうなってしまうのだろうと怯えながら。ダニエルは思わず身震いし、全力で漕いだ。

数分後、トンネルが左にカーブし、静かだった水流の音がしだいに大きくなって、しまいに耳を塞ぎたくなるような大音響に変わった。もっと大きな水路に注ぎこんでいるらしい。フレーシャに右を見ろと言われてそちらに目をやると、壁に階段が彫られ、目を凝らさないと見えない金属製のドアがその先にある。電灯がなければ、気づかずに通り過ぎていただろう。

壁にぶつかるまでボートをそちらに近づけた。水から突き出ている木の杭にロープを結びつけ、石段を上がる。てっぺんにたどりついたとき、二人は驚いて顔を見合わせた。ドアが半分開いている。

「アマット、どうも気に食わない。あんまり簡単すぎる」

「じゃあどうしろって言うんだよ？　ジルベルトはその頭のおかしい犯人の手中にある。選択の余地はないんだ。そうしたいなら、ここで待っていてかまわない」

「まさか」

銃を構え、ドアから中にはいる。水音と鼻をつく臭いは背後に追いやられた。前方には丸天井の暗い部屋がある。もとは古い軍施設と思われるその部屋の床は、ガラス瓶が並ぶ無数の棚で埋め尽くされ、ほとんど見えない。重低音がずっと空気を震わせている。

「何の音だろう？」フレーシャが尋ねた。

「発電所の発電機だ。ここは発電所の地下なんだ。フレーシャ、ついにアデイの秘密の実験室を見つけたんだよ！」

　二人は銃の撃鉄を起こし、一列になって棚の迷路の中にはいっていった。フレーシャは棚に並ぶさまざまな大きさの容器に目が吸い寄せられた。何百、いや何千とありそうだ。いったい何に使うのだろう？　さらに進むと、その棚そのものでつくられた部屋にたどりついた。部屋の中央には、鉄製の枠とブロンズの鋲で補強されたガラスの水槽がある。高さは大人の背丈ほどで、四人で手をつないでやっと抱えられるくらいの大きさだ。石油ランプの光で中身が金色にきらめいた。鼻につんとくる臭いがする。

「こんな巨大な水槽、何に使うんだろう？」

「臭いを嗅いでみてわからないか？　何かの防腐剤がはいっているのは間違いない。たぶんホルマリンかフェノールか、その類いの」

　フレーシャが指の関節でガラスをたたくと、重い音が返ってきた。

「気をつけたほうがいい。もし僕が言ったとおりなら、この手の液体は簡単に引火する。ここにはいっている量があれば、僕らは一瞬で消滅だ」

「あれ、見たか？」

「何？」

「中に何かあるような気がする」

　二人はガラスに顔を近づけた。フレーシャもダニエルも黙りこんだ。まるで幽霊のように、中に影が徐々に現れる。こちらに向かって浮かぶ全裸の男。水槽の底に居座る闇が男を引っぱっているかのようだ。視力を失った青い目が、驚きの表情を浮かべてこちらを見ている。両手は最後のあがきを見せるかのように、透明の壁を引っかいている。舌があったあいだは、悲鳴をあげていたにちがいない。半開きの口からは糸のように細い赤いものが流れ出て、小さな泡とともに上昇している。バルトメウ・アデイが人に命令をくだすことはもう二度とないだろう。

そのとき灯りが消えた。

ダニエルは脇で銃を構えたまま、宙を手探りした。落ち着けと自分に言い聞かせる。停電した理由はいくらでも考えられる。発電機さえ止まったらしく、静寂のせいで周囲の闇がいっそう恐ろしい。ボートに置いてきてしまった石油ランプが恋しかった。息を吸いこんで一歩足を踏み出す。どこかでガラス瓶がぶつかる音が響いた。たぶんフレーシャだ。

「フレーシャ、どこにいる？」ダニエルは囁いた。

「ここだ。棚にぶつかった」

声がしたのは右のほうからだ。思ったより遠い。自分の声もフレーシャのそれと同じくらい不安げに聞こえただろうか。

「そこにいてくれ。こちらから行く」もう一度囁いた。

フレーシャの声がしたと思う場所に向かってそろそろと移動する。そのとき何の前触れもなく背中を押され、体のバランスを崩した。そのあとガツンと何かを殴る音に続き、苦痛の声が聞こえた。何か重そうなものが床に倒れ、金属が転がる音、そしてまた静寂。

「フレーシャ？」

答えはない。どうするか心を決めるまえに、熱い息が耳を撫で、喉に何か鋭いものを押しつけられた。それが肉に食いこむのを感じ、肌がこわばる。

「動くな」

カチッという音のあと、頭上で発電機の振動音がまた始まった。電球の炭素フィラメントが赤くなり、ふたたび地下が明るくなった。つかのま目がくらんだものの、フレーシャが床の棚のひとつにもたれているのがダニエルにも見えた。前頭部を押さえながら顔をしかめている。

「立て」同じ声が命じた。

ダニエルはかろうじて脇に目を向けた。襲撃者はダニエルの首にメスをつきつけている。

「まさかあなたが!?」

「フレーシャさん、あなたの武器を拾い、お友達のといっしょに持ってきてもらえませんか」ガベット医師が命じた。その話しぶりに吃音の気配はどこにもない。「銃身を持ってこのテーブルの上にゆっくり置いてください。思いつきで急に何かしたら、お友達がその報いを受けます」

フレーシャはダニエルと目を合わせたあと命令に従い、言われた場所に両方の銃を置いた。医師はその片方を手に取り、新聞記者の胸に狙いを定め、撃鉄を起こした。

「何を……」

最初の発砲音でダニエルは思わず目をつぶり、すぐに耳をつんざくような二発目の音が轟いた。横でフレーシャが体を折り、一度だけ呻き声を洩らすと、床に崩れ落ちた。体の下に血だまりが広がっていく。ガベット医師は顔色ひとつ変えずに、まだ煙が出ている銃をテーブルに置いた。

「鬼畜め」ダニエルは叫んだ。

飛びかかったが、医師はやすやすとそれをよけ、無駄のない動きでダニエルの首の根元を銃で正確に殴った。視界に光があふれて焦点がぼやけ、やがてそれも闇に押しつぶされた。

復活

一八八八年五月二十日、万国博覧会開会式

73

頭がずきずき痛み、まだ生きているのだとわかった。ロープで椅子に縛りつけられ、腕も脚も感覚がない。上着を脱がされ、シャツの袖は腕まくりされている。横に金属製のスタンドがあり、そこから緑がかった液体のはいったガラス瓶が下がっている。

ふいに記憶が蘇り、胸が引き裂かれるように痛んだ。フレーシャが死んだなんて信じたくなかった。あの男が好きになりかけていたのに、いまその遺体はこの地下のどこかに無残に転がっているのだ。

周囲を見回すと、意識を失っているあいだに別の部屋に移されたのだと知った。右手に、〈第八巻〉に詳しく書かれていたあの装置があるのに気づき、驚いた。天井に届きそうなほど背の高い金色の金属製の円筒。無数のケーブルがその表面から突き出し、脇を伝って姿を消している。もっと太い管が一本、上方から出ていて、天井の金属性のレールを伝い、パウ

が横たわっている大理石の台に吊り下がっている。

パウは動かなかった。蜘蛛か何かに捕らえられたかのように、体は金属のフィラメントだらけだ。頭まで剃られ、革製のバンドが巻かれて、もっと細いいくつものケーブルと繋がれている。そのどれもが、彼女の上方に吊り下がる主要ケーブル先端の銀色のバーと接続している。まだ生きているのだろうかと思ったとき、わざとらしい咳払いで思考を中断された。

闇になかば隠れた長椅子に座るガベットが、杖をもてあそびながらこちらを見ている。いっしょにコーヒーを飲んでおしゃべりをし、ダニエルが何か面白いことでも言ったかのように、微笑んでいる。

「やっと目覚めたか。もう半日も経ってしまった。起こしてやらないとだめかと思ったよ」

「これをほどけ」

「ふむ、それはできないな。しばらくはそうしていてもらおう」

「忌まわしい殺人鬼め」

「お友達に成り代わってそう言うのかい？　バルナット・フレーシャが邪魔で仕方がなかった。やっと厄介払いできてせいせいしたよ」それからパウのほうに目を向けた。「一方、君の賞賛すべき女友達はとくに怪我はしていないから、心配ご無用だ。あんたがいきなり現れたことで、まあ予想はできたことだが、作業が中断されてしまった。幸いこうして、やりかけになっていたことすべてが、いまこそ再開できる」

「正気じゃない。何をしようというんだ？」

医師は首を横に振った。質問に答えてというより、自分自身に向かって。

「あんたには何もわかってないんだ、ダニエル」

ガベットという名で知られている男は、杖の助けも借りずに長椅子から立ち上がった。もう腰も曲がっていないし、足を引きずってもいない。灯りのついたランプが置かれた補助机に近づくと、ダニエルを見つめたまま眼鏡をはずした。目を丸くするダニエルの前で、顎を持ち上げ、顎鬚をつかんで引っぱった。剝がされたそれは、動物の毛皮のように手からぶら下がっている。少しずつ残りも剝がしていく。最初は口髭、眉、最後に髪の毛。濡れタオルを手に取り、顔に塗られた糊や化粧を落とす。するとそこには、はるかに年若い男が微笑んでいた。

ダニエルは口をぽかんと開けていた。声も出なかった。頭がまわらず、自分の正気を疑った。死んだところをこの目で見たのだ。その死を悼んで泣き、何年ものあいだ罪の重さに耐えてきた。よく見る悪夢のように、その名をつぶやく自分の声を聞いた。

「アレック」

「親愛なる兄さん、この外見を保つのにどんなに苦労したか」

笑うと、彼の顔を歪めている傷が波立った。

「生きて……たのか？」

「見ればわかるだろう？」芝居がかったしぐさで両手を開いてみせる。

ダニエルは一瞬息がうまく吸いこめず、言葉が出なかった。

「おまえが火に包まれるところを見た。死ぬところを見たんだ。どうやって生き延びた？　なぜ……？」言葉が見つからなかった。

弟は、落ち着けというように手を持ち上げた。また腰を下ろし、脚を組む。

「いろいろ尋ねたいことがあるのはわかる。時間が来るまでできるだけ答えよう」彼がため息をついた。「親愛なるダニエル、時間は気まぐれな裁判官だよ……さて、話せば長くなる。発端は七年前のあの晩だ」

長椅子の袖に置かれた彼の手が震えた。

「アンジェラを覚えてるかい？」

「もちろんだよ。忘れるはずがない」ダニエルは答えながらも口に苦さを感じていた。

「長年、兄さんはずっと、あの晩なぜ彼女が屋敷にいたのかと考えつづけてきただろう」アレックは相手がうなずくのを待ってから続けた。「答えは簡単さ。兄さんたちの婚約が決まったあと、その日の午後に屋敷に来てくれという伝言を兄さんの名前で彼女に送ったんだ」

「おまえが？　何のために……？」

「到着すると、僕は彼女を父さんの研究室に案内した。兄さんと会えると思いこんでいたアンジェラはすごく喜んでいた。僕はそれを見ていらいらしたけど、こらえた。最後にはわかってくれると信じていたから」

「わかってくれるって、何を？」

「兄さんが彼女のことをこれまでもこれからも愛することはない、兄さんが好きなのは義理の妹のほうだと教えたのさ。おや、秘密だと思ってたのか？」ダニエルのとまどいを目にして声を張り上げる。「相変わらずおめでたいな！　二人の視線に僕が気づかなかったとでも？子どもみたいに隠れていちゃついていたことを？　人目を忍んで逢引きしていたことを知らなかったとでも？　ああ兄さん、知っていたとも、兄さんがアンジェラと結婚したがっていなかったこともね。だが僕は彼女を愛していた。彼女のためならどんなことでもするつもりだったんだ」そこで表情が苦々しげに歪んだ。「兄さんと義理の妹の関係について彼女に全部話したよ。駆け落ちしようとしていたこともね。話し終わると、僕は気持ちを打ち明け、妻になってほしいと懇願した」そして身を乗り出した。「どんな反応が返ってきたかわかるかい？」

ダニエルは首を横に振った。

「何にもさ！　ただ笑いだしただけだった。落ち着いてと頼んだのに、彼女は笑いやまなかった。笑いつづけながら僕を罵った。僕はかっとなって、理性が吹っ飛んじゃってね。一瞬、視界が血染めの真っ赤なベールに覆われてさ。ふと気づいたときには、彼女の上にまたがって、手で口を塞いでいた」

自分が涙を流していることにも、ダニエルのおののきにも気づかず、アレックは話しつづけた。その声は低い嗄れ声になっていた。

「自分を取り戻したとき、アンジェラは僕の腕の中で意識を失っていた。まだ息はあったけど、そのときはとても手当てできなかった。錯乱して父さんの研究室をめちゃくちゃにしてしまい、ランプが絨毯に落ちて火の手があがっていたんだ。消そうにも、炎はどんどん広がり、家具やカーテンに這い上がった。一瞬で火に囲まれ、たちこめる煙で呼吸ができなくなった。逃げ道なんてどこにもなかった。そのとき、階段のところにいる兄さんの姿が見えた。そこはまだ燃えていなかったから、助けてと叫んだ。アンジェラを救うために手を貸してくれ、と。ところが兄さんは姿を消した。逃げ出して、僕らを見殺しにしたんだ」

「そうじゃない！」ダニエルは否定した。

あの晩の出来事をなんとか順序立てて思い出した。イレーナと別れてやけになり、人事不省になりかけるまで酒を飲んだ。そうだ、二人を見つけて駆け寄ろうとしたのに、炎に包まれた階段の手すりが自分のほうに倒れてきたのだ。覚えているのはそれだけ。何時間も後に、病院のベッドに横たわっていた自分に、父が弟と婚約者の死を伝えた。

「僕は気を失った」アレックが続けた。「その後聞かされた話では、使用人たちがあの地獄から僕を救出してくれたらしい。残念ながら、アンジェラは助からなかった。彼女といっしょに死にたいと神に願ったのに、僕は生き残ってしまった」

アレックはそこで息継ぎをして、さらに話を続けた。

「僕がある程度体力を回復すると、父さんはウィーンに移り住むことを決めた。エドゥアード・ツァイスという高名な医者が形成外科手術を成功させたというんだ。信じられるか？いまの世の中、何が起きても不思議じゃない」

ダニエルは答えなかった。なぜ父は何ひとつ打ち明けてくれなかったのだろう？　なぜ何も言わずに僕をイギリスに行かせたのか？　そのとき、はたと気づいた。父は僕が放火し、弟を殺そうとしたと思っていたのだ。

「覚えていられないくらい何回も手術を受けたよ。少しずつ、本当に少しずつ、腕が動くようになり、もっと時間が経つと、また歩けるようにもなった。この顔の傷で驚いたとしたら」顔に縦横に走る深い傷を指さす。「体のほうはもっとひどいぞ。医師は、とても元通りにはならないと思われたものを元通りにするために、遺体の皮膚を移植に使ったんだ。僕はまずまず見られるくらいの怪物に変身したが、代わりに、一生逃れられない恐ろしいほどの苦痛を背負いこまされた。当然の罰だ、そうは思わないか？」

弟の笑い声を聞いたとたん、ダニエルの血が凍った。

「回復は亀の歩みのごとくのろかった。鎮痛剤を飲んでも痛みは耐えがたく、体が二つに裂けるんじゃないかと思うことさえあった。僕が自分の手で剝いでしまうので、何度も新たに皮膚移植をしなきゃならなかった。だから、革ベルトで拘束されることになってね。毎晩アンジェラが僕の枕元に訪れた。ベッドに座り、僕の傷を撫でて、あなたを愛してる、どうして私を死なせたりしたのと囁くんだ」

そこで言葉を切り、涙をぬぐった。

「僕は五回も転院させられた。ウィーンのあとはミュンヘン、それからプラハへ。その都度、専門家の一団が僕のところにやってきた。アヘンチンキが僕のいちばんの支えとなった。そうして悪夢の二年間が流れたんだ。ある朝、僕は自分の状態を父さんに告白するという失態を演じ、バルセロナに戻りたいと訴えた。父さんはすぐに願いを聞き入れた。そのときの僕は、父さんには父さんの計画があると知らなかったんだ」

アレックは鼻から息を吸いこみ、壊れたふいごのような音をたてて先を続けた。

「バルセロナに着くとすぐに僕はヌエバ・ベレンのサナトリウムに入院させられた。愛すべき僕らの父さんは、おかしくなってしまった息子によって家名が汚されるのを放っておけなかった、ってわけさ。だから僕は父さんの患者として別の名前で入院した。重大な事故に遭った患者だからと顔を包帯で覆い、治療が必要だと説明して。父さんの親友だった院長その人さえ、僕の本当の正体を知らなかった。のちにそれがすごく役に立ったわけだが、そのときは僕をそんな場所に置き去りにした父さんを憎んだ。運命の女神が僕をどこにお導きになるか、そのときは知らなかったからね。

兄さん自身確認したと思うけど——そう、自ら足を運んだんだもんね——あそこには楽しいことがあまりない。できるかぎり我慢していたが、入院して三年目に、サナトリウムに新たな患者が現れた。オムス医師だ。僕に医学の知識があったことが幸いして、すぐに接近できた。あれこれ話をするうちに、だんだん親しくなったんだ。ある日の午後、妻を救うために研究を重ねているという話を聞いてね。それほど心に留めていなかったんだが、『人体構造論』の〈第八巻〉を見つけたと聞かされたとき、すべてが変わった。だって、すごいことじゃないか。大発見だよ」

アレックは興奮のあまり立ち上がった。

「ところがオムスは僕のようには喜ばなかった。ダニエル、あの男は神そのものにさえ挑戦できる知識を持っていながら、それに気づかない大馬鹿者だったんだ。自分の研究はとんでもない過ちだったと言い張り、発見の鍵となる根本的な要素を教えようとしなかった。下手な人間の手に渡ってしまうことを恐れたんだ。自然の摂理に逆らってはならないと言って。大馬鹿だよ」

アレックは長椅子にどすんと腰を下ろし、背もたれに頭をもたせかけて呻き声を洩らした。

「何か月もそこで過ごすうちに、楽しみのために二人で小さな実験室をつくり、その話は二度としなくなった。あのあほなうぬぼれ屋が現れるまでは」

「アデイか！」

「そのとおり。思い出すのは……」

アレックは長椅子から立ち上がり、ダニエルを置き去りにして部屋の奥に行った。やがてアデイの死体を引きずって戻ってきた。床の板石に黄色っぽい液体の跡がひと筋残っている。

「こいつがサナトリウムにはいってきたとき、僕にはすぐにわかった。だが向こうは違った。僕はだいぶ変わっていたし、顔の一部に依然として包帯を巻いていたからね。彼とそこで出くわしても驚かなかった。昔から変人だったからね。大学を退学させられたってこと、知ってるよね？　サンタ・クレウ病院のある看護婦を、あまりに態度がなれなれしいからと殴ったんだ。彼女は片目の視力を失った。サナトリウムでアデイ本人から話を聞いたんだ。いまだにそのことで怒ってたよ、信じられるかい？

変人だが、馬鹿じゃなかった。オムスの発見の価値を見抜いたぐらいだからね。僕が彼にぜひ協力してもらいたがっていると思わせるしかなかった。簡単なことさ。こいつは世界じゅうが自分にかしずくものだと思いこんでいたからね。こいつは二か月間あそこで過ごし、家のコネを使って退院した」

「おまえの脱走に手を貸したのは彼だったんだな？」

「ご名答。そのとおりだよ。アデイが退院するまえに、まず僕がオムスに秘密をしゃべらせ、そのあとアデイが連絡係を使って僕をサナトリウムから脱出させるということで合意した。ところが、突然オムスの退院許可が下りて、急遽計画を変更しなければならなくなった。もう時間がなかった。オムスが退院する前夜、最後にもう一度彼から秘密を聞きだそうとした。僕は実験用に簡単なメスを隠す場所をつくってあった」アレックは顔をしかめ、皮膚の表面に皺が寄った。「ひと晩じゅう、オムス相手にそれを使うはめになったよ。残念ながらじつに強情な男でね、ほとんどひと言もしゃべらずに死んだ。

死体が発見されたら僕が犯人だとすぐにわかり、正体もばれてしまうと気づいた。そのとき名案が浮かんだんだ。年はかなり上でも、オムスは僕と背格好が似ていて、違うのは髪の毛ぐらいだった。でも当時僕は髪を剃っていてね。だからやつの髪を剃り、僕の服を着せて、彼だとわからないくらい顔をずたずたにした。僕は顔に巻いていた包帯を取ってやつの血に浸し、死体のもとに置き去りにした。その後アデイの手の者の助けを借りて、サナトリウムを脱走した」

アレックは、すでに息のないアデイの体を部屋の中央まで引きずってくると、床にはめこまれた金属製の跳ね上げ戸のそばにどさりと置いた。

「オムスが死んだことを知ると、アデイは激怒した。だが、それなりの手段を用意してもらえれば、僕が自分でヴェサリウスの秘密を解き明かしてみせると説得した。そして、僕らの古い屋敷も手に入れてほしいと訴えた。じつはもともと僕自身のものだなんて、彼は知らなかったわけだけどね。アデイはその考えに大賛成した。するとびっくりするような幸運が訪れたんだ。発電所の工事の最中、作業員たちがその地下に古い陸軍病院の地下壕を発見したんだよ。この実験室を設置するのに最適の場所だった。オムスから、実施には強力なエネルギー源が必要だと聞かされていた。そしてここなら、スペイン最大の発電機が利用できるんだ！　そうは言っても、娘たちを隠すにはやはり屋敷が便利だったから、古い下水道で二つの場所がつながっていたのも都合がよかった」

アレックが跳ね上げ戸を持ち上げた。それまではほとんど聞こえなかった水流の轟音がいきなり穴から解き放たれ、アレックの言葉が聞きづらくなる。

「アデイが装置をつくる素材や実験道具を用意してくれたんだ。馬車まで貸してくれてね。兄さんたちの調査の進捗状況も彼から耳にはいってきた。その悲壮なまでの努力には感動すらしたと言わざるをえないね。ただ、兄さんがこの家に突然現れたときだけは正直驚いた。僕はあそこの地下にいたんだ。娘たちのひとりといっしょに。足音を聞きつけて、その娘が騒ぎはじめてね。また猿ぐつわをはめ直さなきゃならなかった。幸い、兄さんは下まで完全には下りてこなかった。そうでなかったら、殺さなきゃならなかったよ」

アレックはアデイの死体を穴の縁に押しやった。

「ずいぶん役に立ってもらったが、あれこれ要求が多いことにも、偉そうな態度にも、もううんざりだったんだ」

死体に足を置くと、押した。アデイの死体は穴の縁から滑り落ち、下水道に呑みこまれて消えた。アレックは跳ね上げ戸を元に戻した。水流の轟きはくぐもった囁きに変わった。

74

万博会場の周囲には群衆がひしめきあっていた。凱旋門をくぐって進む行列を見ようと誰もが首を伸ばしている。そして、町の名士や外国の有名政治家を見つけては、歓声をあげた。バルセロナはお祭り騒ぎだった。

「見物を楽しんでるかい？」

「わが友メリャード！　ここで会えてうれしいよ。ここまで旅はどうだった？」

風刺雑誌『レスケーラ・ダ・ラ・トゥラーチャ』の編集長ファラン・ガデアは、いま到着したばかりの、『エル・インパルシアル』紙のやはり編集長をしているフランシスコ・メリャードと握手をした。

「それがね、ガデア」にこにこしながら答える。「マドリードの急行列車はいつも快適なんだが、今回は大物政治家たちが大勢いっしょだったから、ふだんは停まる駅もすっ飛ばして、ものすごい速さだったよ」

「これだけの顔ぶれなら、ずいぶん愉快な旅になったんだろうな。いろいろおいしい話が聞けたんじゃないのか？」

「まあな。この万博のせいで、国の機能は完全に停止してる。バルセロナにとってはまさに一世一代の見せ場だ」

「たしかに。そう思うよ、俺も」

「妨害工作の脅迫が届いてると聞いたぞ」

「いろいろな噂が飛び交ってる。アナーキスト、労働組合……。ただの与太話だよ。とにかく、最厳重警備が布《し》かれているし、当局はあらゆる事態を想定している。カタルーニャじゅうがこの祝賀行事に没頭しているんだ。何も起きやしないさ」

「だといいがね。見ろよ」メリャードが指さした。市長が行列の先頭に立っている。「後れを取りたくなかったら、急がないと」

「お供するよ」


燕尾服にシルクハット姿のバルセロナ市長リウス・イ・タウレットは、マドリード市長の第一助役エドゥアルド・ロメロ氏と歩いている。二人は、リウスの隣を歩く、正装にフランス共和国の国旗色の飾り帯をつけた正装のパリ市長と盛んに話をしている。一年後には、そのフランスの首都で次の万国博覧会が開かれるのだ。

続いて実行委員会の委員たち、参加各国の大使たち、そして各種企業の社主や、キューバやフィリピンといった海外植民地の代表の面々。

美術宮の入口には、正装の歩兵の中隊がずらりと並んでいる。オーケストラがにぎにぎしく奏でる音楽に驚いた公園内の鳥たちが飛び立ち、そのあいだも市警察は開会式会場から野次馬を遠ざけようと必死だった。

ガデアとメリャードは、王室の面々の到着を待つ大勢の人々のあとから美術宮の玄関ホールにはいっていった。内部にはあちこちに人の輪ができ、会話が弾んでいる。

首相のプラクセデス・サガスタは高官の一団と激しく議論し、ミラバリェス侯爵とカストロ・セルナ侯爵はうんざりした様子で、しかし礼を失しない程度にうなずいている。その向こうの窓の近くでは、バルセロナ大司教、デ・ラ・ペスエラ副提督、シエラ・ブリョネス侯爵が、のちほど予定されている国王陛下一行の各展示館訪問が台無しにならないよう、このまま好天が続くといいのだがと話している。神にそのことをお話しくださいと侯爵が大司教に頼むと、ほかのみんなが笑った。

二人の記者は脇に寄り、メモ用紙を開いて、せっせと鉛筆を走らせている。

「特権階級の連中だ、間違いなく」ガデアがもうひとりの記者に言う。「結局のところ、今年最大級の事件だからな」

「莫大な数の入場者を予定しているんだろう？」

「五、六百万人近く」

「何だって？　そんなに？」

「そう聞いている……見ろよ」話を中断する。「ヨーロッパ各国の王室代表がお着きだ」

国歌『国王行進曲』が流れ、諸国の王子たちの到着が告げられた。かつてスペイン国王候補のひとりだったジェノヴァ公が玄関ホールにはいってきた。ジョージ王子とエジンバラ公がそれに付き添い、全員が正装だ。

騎兵ラッパが鳴りはじめた。これに騎兵隊の楽隊、そのあと近衛兵の鼓笛隊が加わる。やや遅れて、ついに、騎兵隊に護衛されたドーモン式の豪華な馬車に乗った国王一行が現れた。二列になった近衛兵がつくる通路を通って、一行は大広間にはいっていく。そのあとを招待客のご婦人方が追った。王太后をひと目見たくて、大広間の決められた場所でじっとしていられずに、衛兵たちの反対側に立って待っていたらしい。

発電所の窓越しに、カザベーヤ技術部長は人々の歓声を耳にした。それとは裏腹に、彼はとてもお祝いする気分ではなかった。

横にいる係員は、眉をひそめて計器を睨み、過去のデータと引き比べながら、休みなく用箋にメモをしている。カザベーヤ自身、圧力計のひとつひとつを、室内にひしめく巨大ボイラーの温度と圧力を調整するバルブの状態を、すでに十回以上確認してきた。すべて問題ないように見えるが、それでも二時間ごとにぬかりなく確認をすると心に決めた。全ボイラーの総出力は最大で四千馬力にもなるが、いまは二千三百にも届いていない。ボイラーに燃料を供給する労働者たちは石炭でいっぱいのトロッコの横で、シフトの交代を待ちながら休憩している。夕方の陽はすでにだいぶ傾いていたが、万博会場の照明はまだ消えたままだ。エネルギー需要が依然としてほどほどのところでとどまっているからだ。

カザベーヤは発電機のある通路中央に向かった。六機の直流発電機の内部からつねに聞こえてくるブンブンという低い音のせいで、人に話しかけるときには大声を出さなければならない。総出力は三千キロワットにのぼり、バルセロナの半分を照らすことが可能な電力だ。カザベーヤは部下たちのてきぱきとした働きぶりを満足げに眺めた。しかしその表情もすぐに曇った。

長年この仕事を続けているが、いまだにこの永遠に途絶えることのない蜜蜂の羽音のような振動音に慣れない。それはどこか人を震撼させた。内部にあるのは電流ではなく鋼と陶磁器の罠に掛かった猛獣で、早くそこから脱走して人間に襲いかかりたくてうずうずしている、そんなふうに思えてならない。思わず身震いしそうになり、なんとかこらえる。ついうろたえて、隣でメモをとっている若者に気づかれませんようにと祈る。この数か月間に見られた説明のつかない圧力の乱高下は機器類を、同時に彼の精神状態をも混乱させた。いまもまだ原因不明のままであり、つまりは、もしまた同じことが起きても解決は難しいということだ。アデイ社長はコストが嵩《かさ》むという理由で冷却システムの改善を拒み、もう二基ボイラーを新たに設置したほうがいいというカザベーヤの勧めにも耳を貸さなかった。同じ問題がいつまたくり返されるかわからないし、そうなれば発電機が負荷に応じきれなくなるか、ボイラーそのものが圧力過多となるおそれがある。予定どおり数分後に電力需要が一気に増大すれば、発電所はフル稼働しなければならない。事故が起こる危険性がそのときほど大きくなる瞬間はない。そうなったらどうなるかはっきりとはわからないが、連鎖反応が生じれば大爆発が起き、万博会場の大部分とそこに居合わせた人々全員が吹き飛ばされるだろう。

ここ数日は、すべてが本来あるべき形で機能している。なのに、どうもしっくりこなかった。迷信など信じたこともないが、いやな予感をどうしても振り払えず、何度も胸が締めつけられた。

係員の若者に名前を呼ばれ、はっとした。少々神経が過敏になっている。なんとか自分を落ち着かせ、若者から差し出されたボードに意識を集中させる。社長は自分の意見など聞きたくないだろうが、それでも仕事をないがしろにする気はなかった。

75

アレックは手を拭き、器具を整えはじめた。

「サナトリウムを脱出したあと、僕が最初にしなければならなかったのはヴェサリウス自らが所有していた『人体構造論』を手に入れることだった。オムスが、〈第八巻〉はその著書の中に隠されていて、大学の図書館内の安全な場所に自分が保管しているとうっかり口を滑らせたことがあったんだ。正確な場所を明かさないまま死んでしまったから、人に怪しまれないようにそのありかを探さなければならなかった」アレックは苦笑を浮かべたが、それは顔の傷に埋もれて消えた。「僕は芝居が好きで、よくいろんな扮装をしては家族の前で演技してみせたことを覚えてるだろう。だから、哀れなガベット医師に化けるのはそう難しいことじゃなかった。誰もまともに取りあわないはぐれ者の老医師さ。またもやアデイのコネを使って、教授として、病院の医師として、まんまと潜りこんだ」

「なぜ父さんを殺した？」

「父さんは、オムスの妻が病に倒れたとき彼に手を貸したんだ。だからヴェサリウスの本の存在とその秘密を知っていた。それがどこに隠してあるかまではわかってなかったんだが。殺された娘の遺体の検死をした父さんは、かつての同僚の実験と似ていること、同時に異なっている点にも気づいた。父さんは疑念を抱き、やがてオムスに殺されたはずの僕の死の状況をおかしいと感じはじめた。そしてある日ついに真相に近づきすぎたんだ」そこで舌打ちする。「殺すしかなかったんだよ。だがおかげで兄さんをバルセロナに呼び戻すことができた」

「電報！　そうか、おまえがよこしたんだな」

「もちろんさ。父さんは、ヌエバ・ベレンにいる僕をしょっちゅう見舞いに来た。あるとき、僕がやけに関心を寄せていることをすでに怪訝に思っていたオムスは、例の暗号表がのったノートを父に託したんだ。兄さんに送ったと察しがついたから、どうしても帰ってこさせなきゃならなかった」

「僕に？　どうして……？」そこで言葉を切る。「おまえが僕の荷物を誰かに盗ませて、ノートが見つからなかったから、今度は部屋を荒らしたのか！」

「そのとおり。兄さんは昔から父さんのお気に入りの息子だった。父さんは心ひそかに、兄さんの粘り強さは医者向きだと感心していたんだ。それは僕も同じだよ。いままでずっとオックスフォード大学での兄さんの研究成果を追い、すごく誇りに思っていた」

ダニエルは首を横に振った。

「どうしてなんだ、アレック？　なぜこんなことを？」

「もうわかってもいい頃だと思ったけどな」

アレックは制御パネルに近づき、布をどけた。そこにはクロムメッキのレバーがあった。それに手をのせて動かしはじめたとき、アレックの手はうっすらと震えていた。何かを吸いこむような音がしたあと、滑車と鎖がガチャガチャと動く音が重なりあう。金色のカプセルの基部でシュッという囁きが聞こえ、カチャッと何かがはずれて、板金にそれまで見えなかった隙間があいた。分かれた側面がそれぞれ両側に滑り、円筒形のガラスの水槽が現れた。中には黄色っぽい液体が満たされ、全裸の女性の遺体が浮いていた。

それを見たとたん、ダニエルは『人体構造論』にあった挿絵を思い出した。その体にはグロテスクな縫い目が縦横に走っていた。弟が、ちょうどパズルのように体のさまざまな部分を繋ぎあわせたのだ。腕、脚、胴の一部は、明らかに他人のものだった。顔からは腐敗した肉片が垂れ下がり、髪ともつれあって周囲を泳いでいる。手足にはケーブルが繋がっていて、そのせいか古いマリオネットのように見えた。それが誰か気づいたとき、吐き気をこらえるのがやっとだった。

「自由の身になるとすぐ、僕が自分でムンジュイック墓地から遺体を掘り出してきたんだ」アレックは言った。「残念ながら、時の経過のせいで大切な体が傷んでしまっていた」

「娘たちを殺したのは、彼女の体を再構築するためだったのか」ダニエルは愕然としながらつぶやいた。

「僕は、兄さんが考えるような怪物でも何でもない。ほかにどうしようもなかったんだ。アンジェラと似ている娘たちを選んだ。ひとつひとつ正確に思い出そうとしたよ。髪の一本一本を、腕のなめらかさを、細くて繊細な指を、そして目を……あの美しい目を……」ため息をつく。「あれだけの女たちを見つけだすのは容易なことじゃなかった。でもおかげで、ご覧のとおりこれ以上ないくらいの結果が出せた」

「でも、娘たちの遺体にあったひどい傷は？　なぜ痛めつける必要があったんだ？」

「僕はオムスから手に入れた情報どおりにヴェサリウスの装置をつくった。だが残念なことに、それだけじゃ足りなかったんだ。最後の過程を見つけるために、ずいぶん時間を費やした。実験しなきゃならなかったんだ。ただそれだけだよ。『こうして科学は進歩する』」突然声高に言う。「父さん自身、そう言ってなかったか？　あの傷は、体に電流を通したときにできた傷だ。それが」アレックは笑った。「悪魔の犬が嚙みついたせいだと誤解される結果になり、好都合だったよ」

ダニエルは目を閉じ、苦い液体となって喉にせり上がってきた恐怖をこらえた。

「アンジェラはもう死んだんだ。それを変えることはできない」

「まだわかってないようだな。ヴェサリウスは研究を重ねるうちに、人類の進歩を何年も早めた。だからこそ異端審問の追及を受けたんだよ。彼は新たなプロメテウスとなり、生命の火を神の手から奪うことに成功したんだ」

「アンジェラを……アンジェラを生き返らせようとしているのか……？」

アレックは兄のとまどいの表情を見て満足げだった。それからパウのそばに行き、動かない体を撫でた。

「兄さんの若き女友達が〈第八巻〉の最後のページの謎を解いてくれた。そこでヴェサリウスは、手順に必要な最終要素を明らかにしていた。僕が何度も重ねた実験では類推できなかったこと……こんなにずっと探しつづけて……」アレックはふうっと息を吐いた。「いいかい、人体には、外部エネルギーを取りこんで、神経系、内分泌腺、体内のさまざまな臓器を結びつける、いくつかの連結ポイントがあるんだ。〈第八巻〉の版画にはそれが正確に描かれていた。ヴェサリウスはその接続具合を明らかにし、電気を触媒として使って、人の体から別の体に生命エキスを移す方法を発見したんだ」アレックの目が興奮で輝いた。「わかるかい？　アンジェラは生き返るんだよ」

「頼むから正気を取り戻してくれ。こんなことしても無意味だし、大災害を引き起こすことになる。おまえがその装置を動かせば発電所に負荷がかかりすぎて連鎖反応につながり、爆発が起きる。それこそ大爆発だ。僕ら自身のみならず、何百人という人が死ぬ」

　アレックはがっかりした様子で天を仰いだ。

「もっと頭のいい人だと思ってたよ。兄さんなら、兄さんだからこそ、わかってくれると思ったのに。だから立ち会ってほしかったんだ」彼は時計を見た。「もう時間がない。万博会場のすべての照明が点灯して三分が経過した。発電所はいまフル稼働している。いまがそのときだ」

「頼むからやめてくれ」

　アレックはダニエルに背を向けた。もはや存在すら認めないかのように、制御パネルに意識を集中している。計器を確かめたあと、ずらりと並ぶスイッチを次々に入れ、光が明滅しはじめる。そのあといくつかのレバーを動かし、順序正しくボタンを押していく。頭上から聞こえる発電機の音が変わった。轟く唸りがほかのあらゆる音を打ち消した。地下の照明がかっと明るくなり、かすかな振動が床を震わせる。電流が流れはじめると同時に、装置から下がるケーブルが命を得たかのようにのたうちだし、水槽の中ではアンジェラの遺体の周囲に泡の柱が立ちはじめた。

「今日は五月二十日だ！」アレックが騒音に負けじと声を張り上げた。「そう、火事が起きた日付さ。信じられないような偶然だ、そう思わないか？　人はこれを運命と呼ぶだろう」

　返事も待たずにさまざまなつまみの位置を調整し、振動がますます大きくなった。棚からガラス瓶が二つ滑り落ち、床にぶつかったとたんこなごなに砕けた。装置のあちこちから細く蒸気が上がり、床を濃い霧が覆いはじめた。

発電機の唸りはますます大きくなり、このままでは鼓膜が破れそうだった。ダニエルは自分を縛るロープをぐいっと引っぱった。アレックと話をしながら、指先が擦りむけるのもかまわず、結び目と格闘しつづけていたのだ。腕の傷がひりひり痛んだが、なんとか片手が自由になり、もう片方もまもなく抜けそうだった。

周囲の轟音の響きがかすかに変化した。パウの上に垂れるケーブルが宙で震えだし、青白い輝きに包まれる。パウの体がびくっびくっと何度も引き攣りながら痙攣し、ついにはケーブルがぴんと硬直してパウの体が大理石の台の上で宙吊りになった。白目を剝き、口を無理やり押さえる猿ぐつわで叫び声は押し殺された。

水槽内が閃光で照らされた。アンジェラの体が痙攣しはじめ、内部の液体が濁る。室内にオゾンの匂いがたちこめ、呼吸もままならないほどだった。何の前触れもなく、轟きが急に低くなり、光も弱まった。遺体の動きもゆっくりになり、やがて完全に止まった。

そのときアンジェラが目を開いた。

ぼんやりした顔で周囲を見回す。まるで深い眠りから目覚めたかのように。お祭りの見世物の自動人形のようにぎこちなく顔を回し、その目がアレックで留まる。そしてのろのろと手を伸ばし、痩せた手でガラスに触れた。

アレックは水槽に飛びつき、透明なガラスを抱いた。目に涙があふれている。そして、愛と狂気にいろどられた言葉をつぶやきつづけた。

76

美術宮の大広間は壮麗だった。壁は色とりどりに装飾され、尋常でない高さの天井から白や黄色の小旗が下がる。式典の中心となる玉座には、白地に百合紋章をちりばめた簡単なつくりの椅子が据えられ、その前に赤いフラシ天の紐が渡されて立ち入ることができないようになっている。天蓋の中央には王家の盾形紋章が刺繍《ししゅう》されている。両側に、その他の要人たちのために数多くの籐椅子が置かれていた。

あたりには厳かな空気が漂っている。自分たちは歴史的瞬間に立ち会っているのだと誰もが意識しているからだ。室内や上部のバルコニーは招待客で埋まっていた。世界じゅうの国々やヨーロッパの主要都市の新聞記者たちが、部屋の奥のできるだけ見晴らしのよさそうな場所を取りあっている。ガデアとメリャードは同僚たちと挨拶も交わさずにさっさと場所取りをした。

「灯りが少し暗くなったのに気づいたか？」

「何だって、メリャード？」

「見てみろよ」

メリャードが巨大シャンデリアを指さすと、折しもそれが明滅した。そのあと一部が消え、しかしすぐにまた点灯した。

「あそこのほかの二つも、この一分ほどのあいだに同じようについたり消えたりした」

ガデアは、たしかにメリャードの言うとおりだと気づいた。照明の様子がおかしい。しかし大広間にいる人々は、国王の到着のほうが気になっているせいか、誰も気づいていなかった。

「きっと何でもないさ」

「もし停電になったら、ここにいる連中全員が、そう、王室の人たちも、相当混乱するぞ」

「よしよし、親愛なるわが友ガデア、俺たちもせいぜい慌てないようにしなきゃな。きっと一時的に電圧が低下したんだろう」

「ああ、きっとそうだな」

そのとき、玉座正面の演台に陣取ったオーケストラが行進曲の最初の数小節を演奏しはじめ、国王たちが大広間にはいってきた。

「国王陛下万歳！　王太后陛下万歳！」招待客が歓呼し、新聞記者たちもやはり歓声をあげた。

近衛兵の一団の中央にいる、乳母に抱かれたまだ二歳の国王アルフォンソ十三世は、裕福な一般家庭の子どもと変わらない服装だ。その後ろにいるのが白いドレス姿のアストゥリアス女公と幼いマリア・テレサ王女。そのあとに現れたのが、幼い王の母にして摂政を務める、絹の金糸の刺繍がみごとな黒いドレスで盛装したマリア・クリスティーナ王太后だ。宝石はほとんどつけていない。彼女は参集者たちに挨拶代わりに愛想よく微笑んだ。

国王陛下が肘掛け椅子に座らされ、足元のクッションに女公と王女が腰を下ろした。二人ともすぐさま幼い国王の世話を始めた。王太后は息子を自分の好きにさせ、自らはその左側に陣取った。彼女のそばにはエジンバラ公妃とジェノヴァ公が付き添い、国王の右側にエジンバラ公とジョージ王子、バイエルン王国王子が座った。宮廷高官たちはその背後に控え、大臣、政府高官、万博実行委員会の面々が右側、各国大使、陸軍将校や海軍将校たちが左側に落ち着いた。そのほかの上席には、カタルーニャ州選出国会議員、カタルーニャ州各県代表、招待された自治体の代表たちが座っている。

椅子を引く音や囁き声が収まると、リウス・イ・タウレット市長が立ち上がり、演説を始めた。

「王太后陛下、幾久しく平和の世を！」市長は上機嫌で、自信に満ちた口調で話を続ける。「魂を静けさと安らぎで満たし、心を果てしなき歓びであふれさせてくださる、偉大なる天主様のお恵みにより、科学が花開き、芸術が栄え、作物が豊作となり、工業が発展し、貿易が拡大し、確かな足取りで国々が未来へ続く道を歩みつづけるいま、世界じゅうの人々の固い絆を生む、今世紀を誇る万国の努力の成果を厳かに祝おうではありませんか。世界万人の活動と人類の進歩の結実を発表する場として、微力ではありますが、バルセロナがその栄えある役割を果たす所存であります」

拍手喝采がやっと静まると、今度は国王代理万博委員マヌエル・ジローナが厳粛に立ち上がり、書見台に目をやって演説を始めた。メリャードは友人に身を寄せた。

「市長は悪くなかった。必要充分な内容を短くまとめた。平和を祭りあげたのもすばらしい」

「うん、非の打ちどころのない演説だった。ここに集まっている連中があの内容を本気で信じてくれることを願うばかりだよ」


カザベーヤは額に落ちる汗をぬぐった。肌を焼く熱気も感じず、部下たちの慌てふためくわめき声も、あちこちのボイラーのバルブが発する耳をつんざくようなピーッだのシューッだのという音さえも耳にはいらなかった。いま彼の意識は圧力計に集中していた。

また同じことが起きてしまった。発電機が三回連続で暴走し、燃料供給を止めたにもかかわらず、ボイラーの圧力が上昇しつづけている。手動で安全弁を開栓して蒸気を逃がし、電流供給を減らすために変圧器を調整するよう、すでに命じたのだ。あれこれ手を尽くしたにもかかわらず、あたりには警報の甲高い音が響き渡っている。このままでは電力供給が足りなくなり、そうなれば万博会場のみならず、すべての街灯が消えてしまう。

社長にどやされるのは恐ろしかったが、ほかにどうしようもない。すぐにでもここに来てほしかった。倉庫係の若者に伝言を持たせて三十分以上経つのに、何の連絡もない。

いきなりまたほかの警報が鳴りはじめた。

「またか……まずいぞ」カザベーヤは唸った。「あの警報を止めろ」

シャツを脱ぎ、顔も胸も腕も汗まみれの若者がカザベーヤに駆け寄ってきた。恐怖で顎がこわばり、息も絶え絶えだ。

「カ……カザベーヤ……部長……」

「落ち着け」若者の肩に手を置く。「二度深呼吸して、それから話せ」

若者は言われたとおりにしたが、その目はきょろきょろとあたりを見回している。

「ボイラーの圧力のことです、カザベーヤ部長。二基が爆発寸前で、別の一基もだめになりはじめています」

「窯に燃料を供給するなと言ったはずだ」

「言われたとおりにしました、部長」

「それでもまだ……安全弁は開けたのか？」

「開けようとしたのですが、開かないんです。何かが邪魔をしていて」

「まさか。ついてこい」

カザベーヤは蓄電室をつっきり、のろい滑車エレベーターを無視して、一段飛ばしで鉄骨階段をのぼった。若者も必死に後を追う。

ボイラー室では大勢の男たちが顔を歪めて長いハンドルを持ち、鉄製のコックを開けようとしていた。上司の姿を見て、つかのま手を休めた。

「全然動きません。どのボイラーも」いちばん背の低いひとりが言った。

「どうすることもできねえ。圧力が強すぎるんでさあ、部長」もうひとりが続ける。

「馬鹿な。そのためにある栓じゃないか」

カザベーヤは巨大なボイラーに近づいた。熱気で目に涙があふれだしたがそれでも立ち止まらず、蒸気のシャワーを浴びながら進み、ついに安全弁が見えた。ひどい状態だった。錆を隠すために塗った塗料が最初の熱で剝げ、表面全体を覆う錆があらわになっていた。圧力と高温のせいで事実上栓が溶接されたような塩梅《あんばい》になり、開かなくなってしまったのだ。中で蒸気がどんどん溜まり、ボイラーを圧迫している。アディ社長はコストを浮かすために中古品を購入し、結果的にここにいるすべての人間を危険に陥れたのである。

カザベーヤは心の中で悪態をついた。ボイラーから後ずさりして、蒸気の雲に背を向けた。しばらく深呼吸をする。これでやっとわかった。燃料供給をやめても、たいして意味はなかったのだ。くそ。とんでもないことになってしまった。部下たちは緊張の面持ちで彼を見つめ、指示を待っている。彼らの忠誠心に内心感謝した。私のことを信頼してくれているのだ。だとしても、悔しいが、どうしていいかわからない。これはまるで悪夢だ。

「全員外に出ろ。下にいる連中にもそう伝えるんだ」

作業員たちは次の命令を待ったりはせず、すみやかに階段を下りていった。若者はカザベーヤのもとに残った。

「聞こえなかったのか？　爆発が起きる。外に逃げるんだ！」

「部長はどうするんですか？」

「わからないよ。じつは、どうしていいか全然わからないんだ」

77

アレックは泣き、そして笑っていた。ガラス越しにアンジェラを抱きながら、唇がその名前をつぶやきつづける。ダニエルはその場で凍りつき、信じがたい光景を目の当たりにしながらなんとか正気を保とうとした。

ヴェサリウスの装置はいまや銀色に光り輝いていた。まぶしさのあまり、じかに目を向けられないくらいだ。ケーブルは勢いよくエネルギーを送り、いまにも破裂しそうだった。パウの体は青い光輪に包まれていた。しかし輝きが刻々と弱まっていくのがわかる。少しずつ光が消えていくかのように。何が起きているにせよ、それが彼女の命を奪いつつあることは確かだった。だがダニエルはまだロープを解ききれていない。

突然パネルのスイッチが激しく点滅しはじめた。バチバチバチッという音がしたかと思うと、巨大な扉の錆びついた蝶番が開くかのようなきしみ音が長々と続いた。パウに繋がれたケーブルがぶるぶると振動し、それが発していた光が徐々に消えていく。いきなりケーブルが弛緩し、パウはどさりと台に放り出された。

それまですっかり自分の世界に浸っていたアレックも、はたとわれに返ったらしい。彼が行動に出ようとしたそのとき、発電機が発していた重低音が止まると同時に最後の咆哮をあげ、ダニエルは全身の毛が逆立つのを感じた。電球のほとんどが破裂しておびただしい爆発音が炸裂《さくれつ》し、床の震えが静まった。闇と異様なほどの静寂が地下世界を支配した。

持ち上がっていたアンジェラの腕が一瞬ぐらついたあと、力なく垂れ下がった。手がガラスの表面を引っかこうとするかのように滑り落ちる。落ち窪んだ目の光が消えた。体が縮こまり、また水槽の中でゆらゆらと漂いだした。

「だめだ！」

アレックは制御パネルに飛びついた。目の色を変えてさまざまなボタンやつまみを調べ、調節したが、効果はない。計器類はシステムすべてが停止したことを示していた。

「ありえない。何が起きた？　どうして、どうしてなんだ？」

質問に答えるように、実験室の反対側から呻き声が聞こえた。倒れないように肘で壁に寄りかかりながら、フレーシャが挨拶代わりに片手を上げた。そこまで這ってきた跡を示すように、床が血で汚れている。もう一方の手には、引き抜いた何本かのケーブルが握られていた。

「この野郎！　何をしたかわかっているのか？」アレックが吠えた。補助机からさっとメスをつかむ。「死んだはずなのに。今度は間違いなく息の根を止めてやる」

「そうはいかないわ」

ケーブルから自由になり、シーツで体をなかば覆ったパウが、アレックをリボルバーで狙っていた。

彼女は目の焦点を合わせようとするかのように何度か瞬きをし、銃を支える手も揺れている。立っているのもやっとらしいが、いま下りたばかりの大理石の台に寄りかかって胸を張り、足元のおぼつかなさを果敢に隠してしている。

「お嬢ちゃん、まさか立ち上がるとはね」アレックは動揺も見せずに言った。「だが、僕がそちらに到着するまでに撃てるとは思えないな」

パウは手を伸ばし、撃鉄を起こすカチャリという音がかすかにした。

「試してみなさいよ」

アレックは相手をじっと見つめ、にやりと笑うと一歩足を踏み出した。

発砲音が地下に轟いた。アレックはそのまま動かずに立っている。銃弾は肩をかすめて、背後の壁にめりこんでいた。彼はいかにも愉快そうに、相変わらずにやにや笑いながらパウを見た。

「なるほど、わかった。君は銃を撃つことができる。だがそれでは不充分だ」笑顔が真顔に変わった。「僕は殺人者というものを知っているが、君はそれじゃない」

アレックはもう一歩進み、パウまでの距離は三メートルとなった。パウは口ごもった。

「あなたの言うとおりだわ」ついにそう言って、銃を下ろす。

アレックの目が勝ち誇ったように輝いた。

「でも、死体に発砲するならまったく問題ない」

パウはまた銃を持ち上げ、左のほうにあるアンジェラが浮いている水槽に銃口を向けた。

アレックの叫び声は銃撃の爆音でかき消された。

破壊されたガラスが幾千という破片の雲と化した。アルコールの保存溶液が滝のごとくあふれだし、実験室の床を水浸しにした。アンジェラの四肢に接続されていたケーブルは奔流の勢いに耐えられず、その体は水槽の外に押し流された。骨や肉がもぎ取られるくぐもった音をたてながら。装置の残骸から垂れる金属フィラメントは、おびただしいミミズがのたうちまわっているかのようだ。中にまだ電流が通っているのだ。断線した先端からすぐに火花が散りはじめた。何が起きるか気づいたときにはもう遅すぎた。

爆発の光がまるで昼間のように地下室を照らした。パウもアレックもダニエルの視界から消えた。一瞬目がくらみ、爆発の勢いで、まだ縛りつけられたままの椅子ごと数メートルほど吹き飛ばされるのを感じる。続いて火柱が上がり、炎は行く手にあるものすべてを呑みこんでどんどん大きくなっていった。

パウはよろよろと立ち上がった。大理石の台が盾になってくれたおかげで、おおむね無事だった。爆発で吹き飛ばされて打った肩が激しく痛み、薬の影響で体がまだ思うように動かないとはいえ。その代わり銃をなくしてしまった。ダニエルを見つけようとしたが、室内はすでにめちゃくちゃで、どうすることもできない。フレーシャの姿を最後に見かけた実験室の反対側のほうは、比較的混乱が少なかった。まずはそちらに行ってみることにした。

まもなくフレーシャが見つかった。床に横たわり、上半身は壁に寄りかかっている。目を閉じ、動く気配がない。奇跡的に爆発による怪我はなさそうだが、すでにシャツは元の色がわからないくらい血に染まっている。遅すぎたかもしれないと思いながら、首で脈を取ると、かすかな脈動が感じられてほっと息をついた。フレーシャが呻き、息があるということがこれで裏づけられた。

フレーシャの肩の下に自分の体を滑りこませる。彼がこんなに痩せていてよかった。幸い、体内にはいった薬の量はそれほどでもなく、兄弟の会話が終わる頃には薬効が消えはじめて、ゆっくりではあったけれど、ほぼ完全に動けるようになった。

フレーシャが意識を取り戻し、半分閉じた目でこちらを見た。

「ジルベルト？　何があったんだ？」

「来て、私を手伝って。私ひとりであなたを運べるかどうかわからないけど、あそこまでたどりつかなければ」

パウは部屋の奥にあるエレベーターを示した。火はまだそのあたりには到達していなかったが、近くの棚に最初の炎が燃え移りかけている。

「ダニエルは？」

「爆発のあと、見失ってしまった。火が急速に広がっているわ。地下にいては自殺するも同然よ。脱出して、助けを呼ばなければ」

「俺をここに置いていったほうがいいよ、お嬢ちゃん」

「何ですって？」

「俺はお荷物だ。背負っていくのはまず無理だよ。先に行け。まだ時間はある」

「もちろん、そうしてあなたを置き去りにしたとあとで私を責めるわけよね。論外よ」

フレーシャは笑みを浮かべたが、そのせっかくの笑顔も唇の隅からあふれる血でケチがついた。

「もしかして、俺のこと気に入ってんのかな」

「冗談はよして。あなたを連れていくのは、ほかにどうしようもないから。さっさとそのケツを持ち上げろ、このアホ！」

新聞記者のぎょっとした表情を無視して、パウは腹立ちまぎれにフレーシャの上着の腋の下をつかむと、ひとつ息を吐いてからぐいっと引っぱった。

ダニエルが意識を取り戻したとき、あたりは火の海だった。一瞬、七年前から毎晩のように彼につきまとうあの悪夢の中にいるのかと思った。強烈な熱さで、少しでも動いたら皮膚が剝けそうな気がする。横には、さっきまで縛られていた椅子の残骸が倒れている。ずっと拘束されていたせいで体の筋肉がこわばって、怪我をした腕はほとんど動かず、首の傷は生皮を剝がれたようになっていた。そのうえ、早くそこから逃げろと心の声がずっと叫びつづけているのに、恐怖で体が麻痺してしまっていた。

目を閉じて大きく息を吸い、立ち上がる。弟を捜しに火の中に分け入るつもりだった。アレックを置き去りにする気はなかった。今度ばかりは。

つまずきながらよろよろと進む。煙で物の形もはっきりしない。すぐに肺が苦しくなり、呼吸が拷問になった。もう無理だと思ったとき、見つけた。無残に壊れたカプセルの残骸の横で、アレックはアンジェラの遺体を腕に抱いていた。傷と膿疱《のうほう》だらけのその屍は腐臭を発していたが、アレックは気にしていないようだった。微笑みながら愛しい人の頭を撫でている。髪がごっそり抜けて、自分の指に絡まっていることにも気づかずに。

ダニエルは弟の腕をつかんだ。

「アレック、ここを出よう」

床に座ったまま、弟はダニエルを見上げ、心からうれしそうに言った。

「ダニエル、すごい偶然だ！　アンジェラとちょうど兄さんのことを話してたんだ。こういうことを判断させたら、兄さんの右に出る者はいない。どっちがいいと思う、白と赤と？」

「何の話だ？」

アレックは笑い、形の崩れた遺体の耳に何か囁いたあとまたダニエルのほうを向いた。じれったそうな、でも楽しげな表情だ。

「花だよ、ダニエル。式のための花。マーガレットかな、それとも薔薇？」

「おまえは結婚式などしない。アンジェラは死んでいるんだ。アレック、彼女はここに置いて、いっしょに行こう」

弟は混乱したように兄をしばらく見つめ、いきなりからからと笑いだした。ダニエルがまた説得しようとしたそのとき、地下室の奥で連続して爆発音が響いた。人体サンプルがはいったガラス瓶の列は炎の恰好の餌食となっていた。肉の焦げる匂いが強くなってきた。

「アレック、頼む！」

残っていた力をかき集めて弟を引っぱり、屍から引き離す。アレックという支えを失ったアンジェラの遺体はチャプチャプと音をたてながら石敷きの床を滑っていった。

ダニエルは、急に憔悴《しょうすい》した様子の弟から手を離さないようにしながら、出口を求めてあたりを見回した。パウとフレーシャが逃げたエレベーターのほうに向かうのには無理がある。天井が崩れて、大量の瓦礫が行く手を阻んでいる。

「なあ、ほかに出口はないのか？」

アレックはわからないという表情を浮かべたが、やがて首を振った。ふいに何か思い出したかのように、右手を指さす。ダニエルもそちらを見たが、大きな炎の壁が見えるだけだった。

「もう二度と彼女を奪わせない」

いきなり肩を殴りつけられて、膝をつく。振り返ると、アレックが腰掛けを振り上げていた。怒りで顔が歪み、実験室を食い尽くそうとしている周囲の炎が瞳で揺れている。ダニエルは脇に転がって、頭に振り下ろされた次の襲撃をよけた。床のガラスの破片で背中が傷つき、必死に悲鳴をこらえながら立ち上がろうとする。アレックがまた襲ってきたので、とっさに怪我をしているほうの腕を掲げ、打撃を受け止める。激痛が波を打って指先まで伝わり、視界がぼやけた。手負いの身では、圧倒的に不利だ。相手を制したければ、先手を取るしかない。次の攻撃が来るまえに、ダニエルは相手の体めがけて突進し、アレックはその勢いで即席の武器を取り落とした。棚にぶつかって床に倒れる二人。その途中、サンプル入りのガラス瓶、実験器具、本を引っくり返し、鞄の中身を床にぶちまけた。衝撃で二人とも息が詰まった。

先に体勢を立て直したのはアレックだった。歪んだ笑みを浮かべて起き上がり、手にはメスを握っている。ダニエルは弟のメスを危ういところでかわした。後ずさりしようとしたが、炎のカーテンを避けるために一瞬ためらう。そのせいで長椅子につまずいた。崩れたバランスを整えようとしたそのとき、胸に鋭い痛みが走った。シャツがみるみる赤く染まる。

次の瞬間、炎の音を凌駕する轟音が響き、二人とも顔を上げた。ケーブルのレールが下がる天井が揺れ、続いて土と金属と石が雨あられと降ってきた。

横に飛びのいたダニエルは、たまたまそこにあった解剖台の下に避難した。なんとか呼吸を整える。少し体を動かすだけでも拷問のようだった。傷のほとんどは表面的なものだが、失血が多い。深呼吸をして吐き気をやわらげ、周囲を見回す。あの崩落のなか、弟は無事だっただろうか。

やってくるのが全然見えなかった。拳が顎に炸裂し、その勢いで解剖台の大理石の脚に頭がぶつかった。血と埃まみれのアレックが飛びかかってきて、また拳を振り上げた。身を守ろうとしたが、弟はダニエルの防御をものともしない。次々に殴られ、黄色い炎の火灯りで照らされた地下の光景がしだいにぼやけていく。

体の上に馬乗りになっているアレックが両手をダニエルの首にかけ、絞めつけてきた。逃げようとするが、相手の腕を引っかくのがやっとだ。意識が薄れはじめ、感覚が鈍くなる。ほとんど何も感じない。トンネルにはいっていくかのように、少しずつ視界が狭まっていく。

突然首の圧迫が消えた。肺が必死に酸素を求め、迫りくる熱波が喉を焼いて、激しく咳きこむ。まだ生きていることが信じられず、立ち上がろうとするが無理だった。

弟はこちらに背を向けている。急に夢から醒めたかのように、炎を愕然と眺めている。

「ア……レック……ここを……出ないと」なんとかそう声をかけた。

「もう遅すぎる」

弟の暗い声を耳にして、彼が見ているあたりに目を向ける。炎は地下室全体に広がって天井にまで届き、アデイがはいっていた、引火性のアルコールで満たされた巨大な水槽を取り囲んでいる。

ダニエルは床に頭をもたせかけ、霧がかかったように頭がぼんやりしていることに感謝した。結局こうなる運命だったのだ。弟の正気を奪い、長い年月のあいだに数えきれないほどの死と痛みをもたらした火災、七年前に自分を殺せなかった炎が、それをいまこそやり遂げようとしている。ある意味ほっとしていた。これですべてが終わるのだから。ダニエルは目を閉じ、最後にイレーナに思いを馳せた。

アレックが自分にかがみこみ、揺すったこともほとんどわからなかった。応答がないとわかると、炎から遠ざけようというのか、腋の下に腕を差し入れて引きずり、数メートル後退させて放り出した。そんなことをしても無駄なのに、なぜわざわざ避難させるのかわからなかった。炎に殺されなくても、どうせ爆発で命果てることになるだろう。

　ガチャガチャという金属音がして、思いがけず風が吹きつけ、髪を揺らした。弟の力強い腕がダニエルの上体を起こした。無理に目を開ける。数メートル下で、水流が激しく壁にぶつかっていた。弟の瞳には、迫りくる炎がいまも躍っているが、狂気はもう影も形もない。ダニエルは何か言おうとした。しかしアレックが首を横に振って微笑んだ。

　そしてダニエルの体を押した。

　宙を落ちていきながら、腕を振り回す。頭上で大爆発が起こり、あらゆる音を呑みこんだ。火の舌が穴の入口を塞ぎ、壁沿いを走る。水に潜るまえに見えたものはそれが最後で、ダニエルはたちまち闇に引きずりこまれた。

78

　照明が明滅し、足元の床そのものがぐらぐらと揺れ動き、出席者がどよめいた。しかしすぐに、何事もなかったかのようにすべてが元通りになった。

「いやはやガデア、いまのは何だったんだ？　何かの襲撃か？」

　ガデアは青い顔で周囲を見回したが、問いには答えられなかった。メリヤード同様何もわからなかった。

　招待客たちの中にも、とまどった様子できょろきょろしている者がいる。少しずつあちこちで会話が聞こえだし、やがてリウス市長が立ち上がると演壇に堂々と近づいた。聴衆を見渡してから話しだす。

「紳士淑女のみなさま、どうか落ち着いてください」その冷静な声で囁きも静まった。「どうやら最終日の晩のために用意してあった花火がいくつかフライングをしたようです」

安堵のため息や神経質な笑い声が場内に広がった。

「ちょっとしたハプニングが起きてしまいましたが、予定どおりに進めていきたいと思います」

市長は席に戻り、厳かな静寂がまた帰ってきた。出席者の期待が集まるなか、今度はスペイン首相プラクセデス・マテオ・サガスタが前に出て、バルセロナの町と世界じゅうに向けて正式な開会宣言をした。

「国王陛下アルフォンソ十三世の名代、王太后陛下の命により、ここに」そしてにっこり微笑む。「一八八八年バルセロナ万国博覧会の開会を宣言いたします」

カタルーニャを、国王を、王太后を、バルセロナ女伯爵を称える割れんばかりの拍手と喝采が、首相の言葉に重なった。名匠ブラスコの指揮で、オーケストラが『万博讃歌』を演奏しはじめ、大広間に音楽があふれだした。会場の入口すぐ横にある〈原料館〉から、赤いリボンを結ばれた百羽の白い鳩がいっせいに飛び立った。

王太后が王子や王女、高官、来賓を引き連れてふたたび赤い絨毯の上を静々と行進し、開会式に興奮する参加者たちに見守られるなか、美術宮を後にした。外に出たら出たで、待ちかまえていた大観衆の歓声に迎えられた。王太后を先頭とする一行は、予定どおりに万博の展示館を順にまわりはじめた。

『エル・インパルシアル』紙の編集長は同業者のほうを向いた。

「さてガデア、ショーはこれで全部終了だな」

記者はノートにメモを取り終わり、うれしそうにきらきらと目を輝かせて顔を上げた。

「ああそうだな、盟友メリャード。俺たちは幸運だ。こんな歴史的瞬間に立ち会えたんだから。今日という日のことはのちの世まで語り継がれる。これからこの町は前進あるのみだ。今日を境に、バルセロナはいままでのバルセロナではなくなった」

「万博にそこまで期待してるのか？」マドリードの新聞記者は驚いて尋ねた。

「いいや、違うよ。俺が期待しているのはバルセロナ市民に対してさ」

柱のそばで床に座りこんでいたカザベーヤ部長は、まさかと思いながら周囲を見回した。埃まみれの服に触れ、自分の脈を診る。生きていることがまだ信じられなかった。白い煙の柱があちこちで上がり、割れたガラス窓から外に逃げ出そうとするのを眺める。発電所は奇跡的に倒れずにすんだのだ。

まだ脚ががくがくしていたので、壁を支えに立ち上がった。肩に積もっていた灰が床にこぼれ落ちた。シャツのポケットを手探りし、煙草を少し見つけた。震える手で紙に巻いたが、巻けた煙草より床に落ちた煙草のほうが多かった。舌で湿らせて紙を貼りあわせ、口にくわえたが、ちょっと考えて笑いだした。吸いたくても火がない。

火のついていない煙草をくわえたまま、被害の状況を調べることにした。急を知らせる蒸気の甲高い音は消えている。建物内には奇妙な静寂がたちこめ、それを邪魔するのはなじみ深い振動音だけだった。

通路を横切って発電機の棟にはいる。どこかで壁が落ちているか、ボイラーが爆発しているか、発電機がだめになっているはずだ。あれだけのことが起きた原因がどこかに見つかるはず。

ところが驚いたことに、灰に覆われていたとはいえ、発電機は何事もなかったかのように動いていた。ブンブンと響く低い音が今度ばかりは心地よく聞こえた。

そのとき隣の通路から騒音が聞こえた。あちらにはアデイ社長の執務室がある。ついに建物がつぶれるのかもしれないとびくびくしながらも、そちらに近づく。

そのあたりでは蒸気の煙がまだ残っていたが、何よりも腐敗臭が漂っていて、進めば進むほどそれが強くなっていった。かつてその手の臭いを嗅いだときの記憶が蘇り、唾を呑みこむ。遠い昔、ポブラノウの墓地の塀際を父と荷車を引いて通ったときのことだ。それに気づいた父は、腐敗した死体を焼くときこんな臭いがするんだと言った。あれは死の臭いだった。

工事が始まった当初から、作業員のあいだで噂話が耐えなかった。発電所は、かつてシウタデーリャの古い陸軍病院があったところに建設された。つまり大勢の人が亡くなった場所だ。中には、仕事中に人の呻きや声が聞こえたと訴える作業員もいた。

猛烈な熱気にもかかわらず、背筋に悪寒が走った。ただの気のせいだと自分に言い聞かせ、恐怖心を追い払おうとする。深呼吸し、悪臭漂う靄の中に足を踏み入れる。進むにつれ、執務室の残骸が目にはいった。そこはほかのどこより被害が大きいようだ。天井は崩れ、窓ガラスは吹き飛んでしまっている。どこもかしこも灰だらけで、濃い煙が床から立ちのぼっているが、やはりどこにも火は見えない。そのとき咳が聞こえ、びくっとした。厚板がいくつも床に落ちてきて、カザベーヤは立ち止まった。煙の中から二つの人影が現れた。思わず十字を切り、二歩後ずさりする。人影は少しずつはっきりしてきた。最後の煙の切れ端の向こうから、上半身裸の若い娘と、その肩にすがる血まみれの男が現れたとき、カザベーヤは言葉も出なかった。

思わず口をあんぐりと開け、火のついていない煙草が床に落ちた。

79

港に係留された船に夕陽の光が落ち、穏やかな夜の訪れを告げている。万博の華やかな開会式の成功を町じゅうが祝い、おかげでバルセロナの港には大量の船が押しかけていて、隙間もないくらいだった。

大型の貨物船や客船、連絡船に守られるようにして、三艘の小さな漁船が動きまわっている。乗っている男たちは長い竿を持ち、それを何度も水に差し入れている。

埠頭では、子どもがひとり、桟橋の上を心配そうにうろうろしている。あっちの端からこっちの端へと走り、足を止めたかと思うとつかのま水の中を見やり、また引き返す。ふいに立ち止まると、しばらくためらったあと、ぱっと顔を輝かせた。

「そこだよ！　そこ！」

ギエムのわめき声に全員が注目した。数人の男が船着場に群がり、少年が指さす場所をのぞきこんだ。すでに陽が翳《かげ》ってしまったその時間、見分けるのは容易なことではない。

船の一艘が指示された場所に近づき、カンテラをかざしてよくよく調べた。とうとう男たちのひとりが、前方数メートルにある、古い曳き船のそばに動かないかたまりが浮いているのを見つけた。竿を使ってその人体を船に近づけて引き上げた。

ギエムは相変わらずそわそわと動きまわっていて、しまいに背中を杖で打たれた。

「落ち着け、坊主。そんなふうにトカゲみたいにうろちょろしても、あいつらの作業が速くなるわけでもあるまいし」

何も映っていないビダルの目が水のほうに向けられた。嗅覚を用いて港の潮風の言葉が読めるとでもいうように、顎を上げて鼻を高く持ち上げる。大勢の部下に囲まれ、椅子に腰かけた目の見えない頭領は、手の中で杖をくるくる回した。

「その下だ」ビダルは少年に言った。「よく見つけたな」

褒められるとは思ってもいなかったので、ギエムは驚いて気をつけの姿勢をとり、通りの街灯よろしくじっとしていようと努めた。

待つあいだ、ビダルはフレーシャとの取り決めについて思い返していた。あんなことを頼まれて、最初は驚いた。フレーシャは、警官たちを下水道で迷子にさせてほしいと頼んできたのだ。連中を中に誘いこむところまでは自分が引き受けるから、あとはよろしくという。その言葉の端々に強い恨みが滲んでいた。わけは尋ねなかったし、それ以上の説明も必要なかった。ビダルは喜んで応じた。その結果、サンチェスとその部下たちは、数日前から行方不明だ。町の誰もその理由を説明できない。

とうとう船が船着場にはいってきた。もやい綱の結び目を確認してから、浮いていた人を下ろす。男の服はずたずたで、胸のあたりが血で汚れている。靴が片方なく、右腕は奇妙な角度でぶら下がっていた。排水口のような臭いがする。

ギエムが近寄ろうとしたが、盲人の杖がそれを遮った。

「落ち着け。生きる運命なら生きる」

少年は老人を恨めしそうに見たが、従った。

男は地面に寝かされた。ビダルの合図で男たちがその髪をつかみ、頭を持ち上げた。老婆が、蓋を取った青いガラス壺をその鼻に近づける。強い塩《えん》の臭いが中から立ちのぼる。何の反応もない。何人かが首を横に振る。老婆はその場から離れたが、もう一度試せとビダルが命じた。

この二度目で、男の瞼が震えた。誰もが息を呑み、無言で見守っている。ふいに男の体が痙攣しはじめ、彼を押さえていた男たちの腕を振りほどいた。背中を弓なりにして口を開け、必死に空気を求めていたが、やがて脇を下にして体を二つに折り、激しく咳きこんだ。呻き声を洩らし、あえぎながら嘔吐しはじめた。

「全員離れろ。呼吸させるんだ」

男が回復するのを全員が待った。同じ老婆が、水で薄めたワインのはいった器を男に差し出した。男はそれを貪るように飲んだ。飲み終わると顔を上げ、周囲をぼんやりと見回した。

ビダルが椅子から下りて近づき、興奮した様子のギエムがそれに続いた。満面に笑みを浮かべている。

「アマットさん、ずいぶん遅かったな。ずっとあんたを待っていたんだよ」

贖罪

80

二週間後

　この界隈では、建物が崩れ落ちてしまわないようたがいに支えあって建ち、ただでさえ狭い通りがかろうじて行き来できる程度の隙間にすぎなくなってしまっている。フレーシャは、長年の腐敗で重さに耐えきれなくなって折れた梁を眺めた。壁は、最初に塗られて以来、誰の手もはいっていないらしく、その剝げ具合は老婆の疣《いぼ》だらけの顔を思い起こさせる。通りにある唯一の街灯だけでは、安宿のおんぼろの看板を照らすにはとうてい無理がある。

　新聞記者はなかば開いたままの玄関に足を踏み入れた。外が外なら、中も中だった。踊り場はゴミだらけで、それも十五年近く前の第一共和制時代からそこにあるにちがいない。でこぼこの石段三段分を上がったところ、建物の階段が始まるすぐ横に、やっとこさカウンターが立っている。呼び鈴はずいぶん前から役に立っていないらしい。客など迎えるつもりもないのだ。

嗅いだことのない臭いなどないと思っていたが、さすがにこれは限界だった。通りにちらりと目を向け、後をつけられていないことを確認する。まだ足を引きずっているし、肩の傷も治りきっていなかった。鼻をハンカチで覆って、四階上まで階段をのぼる。手すりをつかむのはやめにした。階段そのものといっしょにいまにも崩れ落ちそうだからだ。階段のきしみで人が来たことがわかるはずだが、誰も顔を出さない。

最上階に着くと廊下を進み、その安宿のほかの部分と同じく垢だらけのドアの前で足を止めた。拳の関節でドアをたたき、待つ。中からは何の音も聞こえない。もう一度、今度はもっと強くノックした。

ドアが、繋がれたチェーンが許すだけ数センチ開いた。血走った目がそこから覗いている。

「マラベイさんですか？　昔ジルベルトさんの屋敷で使用人として働いていたアルベルト・マラベイさん？」

ドアの向こう側から聞こえた声は訝しげだった。

「かもしれねえ」

「ここに参りましたのは、ある共通の知人の心配事のせいでして」

「人の心配事なんぞ俺には何の関係もねえ」

ドアを閉めようとしたが、フレーシャの足がすばやくそれを阻んだ。

「興味を持っていただけると思うんですがね……とくに経済的な面で」

「そこから何がしかうまい汁が吸えるのか？」ありありと期待の透ける声で尋ねながら、またドアを開ける。

　フレーシャは脇にどいた。踊り場の影の中から現れたのはラ・ネグラだった。彼の無言の合図で、かつてサーカスで活躍した怪力男が前に進み出て、ドアを蹴った。戸枠がこなごなになり、チェーンが吹っ飛んだ。マラベイは仰向けに倒れ、手に持っていた酒瓶が床に転がって、中身がゴボゴボとこぼれた。

　ラ・ネグラは用心棒を従えて部屋にはいった。マラベイが両者を交互に見ている。

「こ、こんなことは許されねえ……」もごもごとつぶやく。

　ラ・ネグラがにっこりと微笑み、猫撫で声で答えた。

「あら、許されるわよ、おにいさん。あたしたちにはもちろん許される」

　フレーシャは煙草を巻きながらその場を立ち去った。そして背後でドアが閉じた。


　パウは唇を噛み、ふと気づくと血が滲んでいた。

　部屋の戸口で待たされて、すでに一時間近く経つ。何度もスカートを直し、コルセットを引き上げた。本当に鬱陶しい。こんなものをつけて、みんなよく呼吸なんかできるものだ。長年ズボンを穿く毎日を送ってきて、いまはケーキにでもなった気分だ。以前の楽な服装が懐かしい。

　胸に手をあてる。縫合の針でできた傷はすでに消えたが、胸に走る細い傷痕を見るたび、あの地下の悪夢を思い出す。髪も少しは伸びたけれど、まだ帽子をかぶって隠さなければならなかった。幸い、アレック・アマットの愛する人への生命エキスの移動は不完全に終わった。フレーシャが邪魔してくれたおかげで電流が滞り、命を救われたのだ。いまもときどきふいに体の力が抜けることがあるが、おおむね元気だった。

パウはため息をついた。茶色いビロードのきれいな手袋の下で、手が汗ばんでいる。ドレスは、親切にもアデイ夫人が貸してくれたのだが、本当はシャツと上等なズボンのほうがよかった。

その日の朝、校内は人が多かった。最終試験がおこなわれるからだ。こんなことにならなければ、今頃自分も教室に座り、外科医になるための試験を受けていただろう。代わりにこうしてここに座り、行き交うかつての同級生たちの注目の的となっている。そんなのは無視して、目の前のもっと心配な問題に意識を集中しようとした——そこに呼び出された理由についてだ。いろいろあったせいで、まだ正式には退学処分を言い渡されていなかった。深呼吸し、数分で終わる簡単な手続きならいいのにと思う。

ドアが開いた音で思考が中断された。ドアの向こうから現れたのはファヌヨザだった。恐ろしい知らせを聞かされたかのように、顔が青ざめている。パウを見たとき何か言おうとしたようだったが、結局気が変わったらしい。パウは視線をはずさず、しまいには相手のほうがうつむいて、廊下をそそくさと歩き去った。もはや恨む気持ちなど、どこにもないことにパウは気づき、自分でも驚いた。実際、この数日間にいろいろな経験をして、むしろいまは解放された気分だったし、胸の内に怒りを飼うスペースなどなかった。名前を呼ばれたのが聞こえ、怯えを押し殺す。大きく深呼吸し、スカートの皺を伸ばすと、解剖学教室にはいった。

いま教室内の階段席には誰もおらず、人が座っているのは教授陣の席だけだ。パウが部屋の中央に向かうあいだ、五人の教授たちが厳しい表情でじっとこちらを見ていた。彼女の姿に、大部分は気まずそうな様子だったが、サグーラ教授だけは別で、親しげな笑顔を浮かべてこちらに軽く挨拶した。

「ジルベルト嬢」スニェ学長の声ががらんとした部屋に響いた。「座りなさい」

パウは席につき、座りやすい姿勢を探したものの、服装のせいでどうも落ち着かなかった。不器用にもぞもぞ体を動かしつづけたが、咳払いが聞こえて結局それもあきらめ、顔を上げた。

「まず、これから説明することについてはくれぐれも内密にしてもらいたい。この部屋で話すことはすべて他言無用だ。いいかね？」

パウは訝りながらも、はいと答えた。

「よろしい。三日前、われわれは差出人欄に王家の紋章を備えた手紙を受け取った。開封してみると、王太后陛下の秘書からの書簡で、ある出来事において君がみごとな役割を務めた件についてしたためられていた。その出来事の内容については、機密事項も含まれるので詳しくは述べられないそうだが」言葉を切る。「どうやら、君と君の友人たちの活躍で大惨事を阻み、大勢の命を救い、その中に王太后陛下と国王陛下も含まれていたということらしい」

パウはどう答えていいかわからず、曖昧にうなずいた。学長は手紙から目を上げ、眼鏡をはずして脇に置いた。

「この件についてわれわれに説明していいかどうか、その判断は君ひとりではできない、そう理解しているが？」

「そのとおりです、学長。私には説明できません」

「わかった」学長はまた眼鏡をかけた。「秘書によれば、王太后陛下御自ら、ご自身の願いとして、君について例外を認めてほしいとおっしゃっているそうだ。外科医の資格試験を受ける機会をぜひ君に与えてもらいたいという、ご自身のお言葉も引用されている。もちろん、君が同意すればという条件つきだが」

パウは飛び上がりたいところを必死にこらえた。

「そのうえ」スニェ学長は続けた。「王室より大学に重要な支援をしたいと付け加えてくださっている。知識と勇気と大胆さをあわせ持つ学生たちを支えるために……そう、君に代表されるような」

ほかの教授たちは、とまどいが透けて見える沈黙を続けている。

「われわれは会議を開き、極めて尋常ならざる要請とはいえ……」と言って咳をする。「君をここに呼ぶことにした」

パウは手が軽く震えだすのを感じ、指を組みあわせた。

「そこでどうだね、試験を受けたいかね？　拒絶してももちろんかまわない。事情はよく理解している」

「ああ、いいえ、学長。準備はできています。いつ受けさせていただけますか？」

「いますぐだ」

「いま？」

「君が医学部の学生だったときの成績は申し分がなかった。すぐに実地試験をおこなうのが妥当だという結論に達したのだ」

学長は背後に向かって合図した。二人の男が担架を運び入れた。遺体を覆っていた布を剝ぎ取り、解剖台に移す。そのあいだ、助手が床におがくずを撒いた。いま焚いたばかりの香の香りにおなじみの腐臭が割りこんできた。

「たとえ失格になっても恥じることはない」教授のひとりが告げる。

「仕方のないことだ」別のひとりが同意する。

「彼女に自分で決めさせるべきですよ、諸君」サグーラ教授が口を挟み、ウィンクした。

「いつもどおりに」

「もちろんだとも」最初の教授が言う。「ただ、あきらめたとしてもけっして不名誉なことではない。結局のところ、君は女なのだから。試験に受かる必要はないのだ」

パウは歯を食いしばった。サグーラ教授とおそらくは学長その人を除けば、ほかは全員疑っている。私の能力を信じていないのだ。答えるまえにしばし物思いにふける。そう、これは永遠に終わらない。それは確かだ。たとえいま試験に受かっても、今後も医師の腕前ではなく、女だという理由で判断される。

ため息をつく。膝に両手をあてがって椅子から立ち上がり、教授陣をひとりひとり見る。それから無言で出口に向かった。背後で男たちが満足げに囁きあうのが聞こえる。出口にたどりついたところで、手袋をはずし、帽子も取って、いっしょに階段席に放りだした。助手の手から白衣を受け取ると、何日かぶりににっこり微笑んだ。

「いつでもけっこうです。私は準備万端ですから」


パウとフレーシャは港の船着場を無言で歩いていた。頭上で輪を描くように飛んでいるカモメの啼き声が二人のお供だった。波が打ちつけるたび、船が海に引き戻されそうになってもやい綱をぴんと張る。夕暮れ時のその時間、帰港した漁船はその日の漁の水揚げをしている。

フレーシャは体のほとんどを覆っている包帯のせいでぎこちない歩き方だが、いつもと違ってぼやいてはいなかった。パウは小さな旅行鞄を抱えていて、持とうかとフレーシャが申し出たにもかかわらず、断った。

「まだおめでとうと言ってなかったな」

パウは目を潤ませてうなずいた。

試験は三時間に及んだ。ふだん要求されるような知識をはるかに超える難問が出され、ときにはベテラン医師にしか考えつかないような症例さえ提示された。だがそれでも合格した。

外科医の称号を手に入れたのだ。

「じゃあ、行くのか？」フレーシャが尋ねた。

心配そうなその口調に、パウは胸がじんとした。この文句屋の貧相な男と別れるのを、自分もつらいと思っていることに気づいた。

「またとないチャンスですもの」

「モロッコは暮らしやすい土地じゃないぞ」

「でも正式に医師として採用してもらったのよ。そういう場所だからこそ、傷を縫うのが男だろうと女だろうと問題にされないんだわ」

フレーシャは暗い顔でうなずいた。二人はそのまま桟橋に沿って歩いた。

「リリコ劇場で起きた事件もアレックのしわざだったの？」パウが尋ねた。

「そうらしいな。あいつはあの見世物を、殺人事件の犯人は悪霊だという噂を裏づけて自分から疑いの目をそらす恰好のチャンスだと考えた。霊媒師と契約を交わし、悪霊が来たとおおっぴらに言わせて客を思いきり怖がらせるように指示したんだ。かわいそうに、彼女は、アレックに別の計画があることを知らなかった。ガベット教授の扮装で劇場に行ったあいつは、適当な口実を作って舞台に近づいた。そして、誰も見ていない隙に、交霊術がおこなわれるときにいつも用意される水差しに青酸カリを入れた。ショーの最中に霊媒師が苦しんで死ねば、とてつもなく効果的だ。悪霊が本当にそこに現れたと誰もが信じてしまう」

「何てことなの。どうかしてる」

「ねえ、新聞社であなたとポストを競いあっていた記者はどうなったの？」

「ヨピスか？　あれだけのことがあったから、すっかり立場が悪くなっちまったけど、そのうち立ち直るさ。近々君についての新しい記事が載ると思うよ」

　パウは心配そうにフレーシャを見た。

「フレーシャさん、また仕事ができるようになるといいわね」

「じつは、『コレオ』が元のポストに戻してくれるというんだ」

「すごいじゃない」

「だが断った」そのときのサンチス編集長の顔を思い出したのか、フレーシャの目が輝いた。「もっといい話が転がりこんできたんだ。いま君の目の前にいるのは、『ラ・バングアルディア』の社会面の新担当者さ。『ラ・バングアルディア』は今年編集方針を刷新してね、やりがいがありそうなんだ。そのうえ」彼は目配せして付け加えた。「給料がまた破格でさ」

「本当によかったわ」

　フレーシャは髭を撫でた。ふとドロースのことを思い、目に涙がこみあげた。この幸運を彼女と分かちあえればよかったのに。ドロースが恋しかった。思い出すといまもつらい。これからもずっと、治りづらい傷のように胸が痛みつづけるだろう。

　二人はいつしか埠頭の先まで来ていた。すれ違った二人連れの水夫が、パウのことを惚れ惚れと眺めている。パウは声の調子を変えた。

「まったくだ」

「ダニエルとはあれから会った？」

「いや。俺が退院するとき、あいつはすでに回復してもういなかった」

「自分の実の弟が、まさか……」

「うん」新聞記者もうなずく。「長年、見殺しにしたという罪の意識に苛まれてきたのに、じつは彼は何も悪くなかったんだ」

パウは荷物の中にしまってある手紙のことを思い出した。彼女に別れの挨拶をし、幸運を祈る、うれしい手紙がダニエルから来たのだ。最後の言葉に、パウは思わず胸が熱くなった。《彼の地に行っても、夢を実現するために闘いつづけること》。そのとき、ヴェサリウス自らの手による改訂版『人体構造論』のことを思い出した。ダニエルの手紙によれば、地下で焼けてしまったようだった。値がつけられないほど貴重な本だったのに。高名な解剖学者によるあの世紀の大発見は、医学にとっては信じられないような進歩だ。彼らがその目で見たように、世界をがらりと変えることになっただろうが、もし間違った者の手に渡ればそれこそ大惨事をもたらす。失われてむしろよかったのだろう。

フレーシャがため息をつき、パウはわれに返った。

「命を救ってもらったんだ。君には感謝しなきゃ」

「あなたの懐中時計のおかげよ」パウが答えた。

「たしかに」フレーシャはそれを胸ポケットから出した。一発目の銃弾で肩を負傷して倒れたあと、二発目が命中した場所の金属がへこんでいた。「だとしても、あの火炎地獄から俺を運び出してくれたのは君だ」

それに答えるように、パウは彼の無事なほうの腕を取って引き寄せた。背の低いフレーシャはせいぜい胸を張り、そのまま歩きつづけて、とうとうパウをバルセロナから彼方へ運ぶ汽船のタラップの前にたどりついた。

乗船を待つ兵士の派遣隊、荷物を積み終えた水夫たち。乗客たちのおしゃべりや雑踏にまじって、上官の命令の声が聞こえる。鐘が鳴り、汽船の煙突から煙の柱が立ちはじめた。

「ああ、忘れてた」フレーシャが外套のポケットを手探りした。「これは君のだ」

彼はパウに茶封筒を渡した。パウは旅行鞄を地面に置き、それを受け取った。中には札束がはいっている。

「どういうこと？」

「君の知り合いに会いに行ったんだ。何人か友人を連れてね。楽しくおしゃべりしたあと、やっと聞き分けてくれて、君がそいつに渡すはめになった金を返す気になったようだ。心から後悔していたよ。そいつが君を困らせることは金輪際ないはずだ。それは間違いない」

そのときいきなりパウが、二人のどちらにとっても思いがけない行動に出た。フレーシャに抱きついて、頬にキスしたのだ。新聞記者はふいに頬がかっと赤くなるのを感じた。言葉を失ったのは生まれて初めてだった。

「ありがとう、バルナット。きっとあなたが恋しくなるわ」

「俺もだよ、お嬢ちゃん。俺もだ」

ダニエルは三角巾を調節した。腕の縫合箇所が疼き、呼吸をすると肋骨がまだ痛む。医者からは安静を命じられたが、バルセロナを発つまえに墓地に行かなければならなかった。

父の葬儀からまだ数週間しか経っていないのに、遠い昔のことのような気がする。足元に墓がある。墓石もすでに置かれている。ダニエル自身の指示で、墓碑銘はこう刻んだ。《ドン・アルフレッド・アマット・イ・ロウレス、高名な医師にして、勇敢な父親》。そしてその下には、アマット家のモットー《人はその独創性によってのみ、永遠に生きられる》も添えてある。

右側に盛られた土の山は、アレックの遺骸を埋葬した場所だった。痛みをこらえてかがみ、昨日の雨でまだ湿っている土に手を差し入れる。弟をいちばん近くに感じた瞬間だった。

ヴェサリウスの手で改訂されたあの貴重な著書も、アレックといっしょにひそかにそこに埋めた。その博学の解剖学者が設計した装置が本当に機能したのかどうかはわからない。病院の医師たちの話では、強力な電流が遺体に驚くべき効果をもたらすのは事実だという。脚が持ち上がったり、腕が動いたり、瞼が開いたりすることさえあるが、生き返らせるのはどうやっても無理だったらしい。とはいえ……。

ため息をついて思う――いまとなってはすべてどうでもいいことだ。ダニエルは改めて土を撫でた。入院中、実験室を破壊したあの爆発の前の出来事がどうしても頭から離れなかった。アレックはダニエルを穴まで引きずってきてそこへ突き落とし、命を救ってくれたのだ。

あの最後の瞬間、弟は正気を取り戻し、安らかに亡くなったのだと信じたかった。

ダニエルは立ち上がった。外套のポケットから列車の切符を取り出した。二時間後、パリに向かって出発し、そのあとカレー行きの急行列車に乗り継ぐ。コンパートメントをひとつ丸ごと予約した。移動のあいだ、ひとりでいたかったからだ。考えるべきことが山ほどある。

最後にもう一度墓に目をやったあと、腰をかがめて旅行鞄を持ち、立ち去ろうとした。その瞬間、風が墓地の木々の枝を揺らし、かすかなジャスミンの香りを運んできた。

イレーナはやはり喪服姿だった。寡婦なのだからそれも当然だ。しかし今回は、砂利を踏む音をたてながらゆっくりこちらに近づいてきた。ダニエルの横まで来ると、二つの墓を眺めた。

「発つのね」

「今日、このあと」

墓地は静寂に満ち、木の葉がこすれる音さえ聞こえるほどだ。

「これからどうするの?」ダニエルが尋ねた。

「まだ決めてない。バルトメウは破産した。二日前にあなたのお友達の記者が、『ラ・バングアルディア』紙で、彼が出資者のお金を私的流用していたことをすっぱ抜いたわ。一族の名声と地位は永遠に地に堕ちた。死んだおかげで刑務所行きを免れたのよ。そして私は、このままバルセロナに残るか、あるいはキューバに帰るわ。キューバを去ってもうずいぶん経つし」

ダニエルはうなずき、ふいに襲ってきた喪失感で言葉が出てこなくなった。

「父と久しぶりに再会したの、それをあなたに知らせたくて」イレーナが続けた。「時間が必要だったのよ。ただそれだけ」

彼女が近づいてきた。体温を感じて、気持ちが昂る。

「あなたも自分を許していい頃だと思う」

ダニエルはため息をついた。簡単なことではない。長いあいだ罪の意識に苛まれすぎた。

「受け取って」

イレーナは彼に封をした書類を手渡した。

「債権者が押しかけてくるまえに、弁護士に手配をお願いしたの。あの屋敷の権利書よ。これでまたあなたの手元に戻った」

彼女はダニエルに近づき、頬を撫でた。そのあとためらいもせず、首の傷に指を滑らせた。いまや二人の距離は髪が触れるほど近い。ダニエルは指先でイレーナの唇の端に触れ、頭を傾けると、その豊潤さの中に唇を埋めた。目を閉じたとたん、そんなものはそこに存在しなかったかのように痛みが消えた。体を離したとき、イレーナは微笑んでこちらを見ていた。そして視線を落とすとおもむろに踵を返し、砂利道を歩きだした。ジャスミンの香りをあとに残して。

イレーナは息を切らしながら辻馬車のところにたどりついた。ドアを開けるまえに息を整え、それから乗りこんだ。光を背景に、小さなシルエットが中で動いた。褐色の肌をした長い黒髪の少女は好奇心を抑えきれない様子だ。大きな灰色の目が待ちかねたようにイレーナを見る。

「ママ、どうしてここに来たの？　あの男の人は誰？」

イレーナは答えなかった。頭を撫で、額に落ちた髪をそっと払う。まもなく七歳という年齢にして、もう自分のまわりのあらゆるものに興味津々なのだ。この年頃の私がそうだったように。答えを待ち望むふくれっ面を見て、イレーナはつい笑ってしまった。

「ママのお友達よ」とうとうそう答えた。

「ああ」

「さあ、ちょっと詰めて」

イレーナは革の座席に落ち着き、馬たちの手綱が引かれて馬車が動きだした。

「あの人にまた会える？」窓をのぞいて少女が尋ねる。

地面とこすれる車輪の音で、母親の答えは聞こえなかった。

少女は男を見つめていた。旅行鞄を手に持ち、土の小山の前で立っている。その背後にバルセロナの町並みがかろうじて見える。最初のカーブを曲がったとき、突然風が立ち、靄や工場の煙を連れ去った。何日かぶりに青空が広がり、コイサローラ山の上で輝く太陽が家々の屋根を金色に染めた。馬車が墓地を出る直前、少女には、男が町に目を向けるのがまだ見えていた。そのあと男は旅行鞄を地面に下ろすと、外套の内側を手探りして、小さな紙を数枚取り出した。そして一瞬迷ったあと、それを思いきり空に向かって投げ捨てた。離れていても、少女には彼が微笑んでいるのが見えた。男は午後の日差しを浴びながら、風がそれらを海へと運び去るのを目で追っていた。

謝辞

大勢の人たちが、私にはとてももったいないくらい気前よく力を貸し、元気づけてくれた。誰も前もって教えてはくれなかったのだが、物を書くことの何がいちばん幸福かと言って、まさにこのことだと思い知った。そう、たくさんの人たちから愛情を受け取ることが。

そこで、この場を借りて感謝を申しあげたい。アントニオ・ペナデスへ、君の友情と、人間とはこうあるべきだというお手本のようなふるまいは、とてもありがたいものだった。同じ夢を見るきょうだいであり、すばらしい物語の書き手であり、大の親友であるサンティアゴ・アルバレスへ。その心の豊かさと同じくらい才能も豊かなマリーナ・ロペスへ。サンティアゴもマリーナも、寝る間も惜しんで草稿を読んでくれた。二人の協力がなかったら、この小説はいまのような形にはならなかった。

コンマ打ちの師匠、その空想が現実を食う同僚、ベルナルド・カリオンへ。いっしょに仕事をしながら何度脱線したことか！　やはり最高に楽しい仲間たち、ラウル・ボラス、セバスティアン・ロア、エンリケ・ウエルタスへ。何度か間違いを正してくれたジュゼップ・アセンシへ（もしまだ間違いがあったとしても、その責任は私に、私だけにある）。とにかく、作家のユートピアであり小説工場である〈赤いノート《エル・クアデルノ・ロホ》〉の仲間全員へ。
サンティアゴ・ポステギーリョとホルヘ・エドゥアルド・ベナビデスの確信に満ちた助言に。

マリア・スニガへ。同じ章を何度書き直しても我慢してくれたその忍耐力に、変わらぬ楽天主義に、誰も思いつかないようなすてきなアイデアの数々に。

天才カメラマン、グスタボ・テンへ。いつもそばにいてくれてありがとう。

私のエージェントであり、友人であり、早朝のSNS仲間であるエイヤ・シェーへ。彼女となら世界をも征服できる、類いまれな女性である。もちろん、彼女を陰で支える共同経営者のアマイウへも。この小説を書いた私を殺したほうがいいのか、感謝したほうがいいのか、いまもわからないらしい。

私の編集者シルビア・セセーへ。彼女が私に寄せてくれた信頼には、どんなに感謝しても足りない。彼女が横にいれば何でもできる気がする。私の編集者エミリ・ロサレスへ。私がこの小説について話したときの彼の目の輝きは生涯忘れないだろう。二人とも文学界を心から愛し、二人とともに仕事ができたことはまさに天恵だった。アンナ・ソルデビラへ。私たちはともに大冒険を始めた。それが必ずや奇跡の道へ私たちを導くと確信している。アルバへ、ロサ・マリアへ、そしてもう一度アルバへ……。つまりはデスティノ社のチーム全員へ。彼らのたゆまぬ努力と私に対する忍耐に。

いまの私をつくった源であり、私という存在に意味をもたらす、私の親友たちと家族へ。

私の母の故郷であり、いまも彼女が住むバルセロナへ。

私の人生の冒険の伴侶であるベレンへ。君なしでは夢だって意味を失う。

そして幼いホアナへ。君が笑うたび、心臓がぎゅっと締めつけられる。なかなか本を読んであげられないお詫びに、君のためにいっぱいお話をこしらえよう。

訳者あとがき

十九世紀末のヨーロッパというと、当然ながら、あのシャーロック・ホームズが闊歩するヴィクトリア時代のロンドンの街が頭に浮かぶだろう。あるいは、エッフェル塔が建設されつつあるベル・エポックのパリだろうか。もしくは、文化的爛熟期を迎えた世界都市ウィーンか。いずれの都市も、当時産業革命を経て急激に発展し、活気にあふれながらも、さまざまな都市問題に悩まされていた。さらには、次々に開催された万国博覧会によって、街は大きく変貌した。

世界史の中ではやや忘れられがちだが、じつは本書の舞台であるバルセロナは、古くから地中海貿易の要所として栄え、十九世紀にはいってからは、イベリア半島で産業革命を成功させた唯一の都市として急速に近代化していった。街の規模こそ小さいとはいえ（当時ロンドンの人口は六百万人、バルセロナは五十万人）、職を求めてスペインじゅうから人々が集まって人口が過密化し、衛生問題や労働問題が深刻になると同時に、貧富の差が拡大した。その一方で、一八六〇年から都市計画家イルデフォンソ・セルダの手によって街の拡大整備計画が実施され、現在のように碁盤の目状に道路が交差する整然とした美しい新街区が誕生した。そして一八八八年に初めて万国博覧会が開催され、国際都市として名乗りをあげるのである。つまりは、そこに小ぢんまりとしたヨーロッパ世紀末都市が誕生したのだ。

著者のジョルディ・ヨブレギャットはバルセロナのこの特徴を存分に活用した。この小説には、ヴィクトリア朝の時代小説やスチームパンクに特徴的なさまざまな要素が、コンパクトにぎゅっと詰めこまれている。下水道の冒険、謎の地下居住民、蒸気機関、レトロフューチャーな装置、交霊術、庭園の迷路、馬車での追跡劇、迷宮のような図書館、サナトリウム、仮装舞踏会……。こうして並べただけで、まるで玩具箱を引っくり返したような、この種の小説好きにはこたえられない楽しさだ。そもそも、物語の軸を成す若い娘たちの連続猟奇殺人事件は、まさに切り裂きジャックのそれを髣髴《ほうふつ》とさせる（作中でもそうほのめかしている箇所がある）。それが、ロンドンとは似て非なる、地中海沿岸の明るさとゴシック風の暗さをあわせもつバルセロナで展開するところが、まるでパラレルワールドのような、不思議な酩酊感をこの小説に与えている。

ストーリーのほうも華々しい。ある事件をきっかけにバルセロナを捨ててイギリスに渡り、苦労の末にオックスフォード大学の教授職を得、学長の娘と婚約もして、前途洋々だったダニエル・アマットのもとに、父親が事故で亡くなったという電報が突然舞いこむ。七年ぶりに帰郷したダニエルだったが、葬儀に現れた新聞記者バルナット・フレーシャから、父親は殺された可能性があると聞かされる。父は、数か月前から起きている女性の連続猟奇殺人事件を調べていたらしく、地下の下水道に隠されていたノートから、父の友人で、精神に変調を来《きた》してサナトリウムに入院したフラダリック・オムスという医師が関わっていた疑いが濃くなる。父親の助手だった謎めいた医学生パウ・ジルベルトの協力を得て、ノートの解読をするうちに、事件の鍵は十六世紀の解剖学者ヴェサリウスの著書『人体構造論《ファブリカ》』に隠されていることをダニエルはつきとめる。しかしその背後には、人類の命運をも揺るがす驚くべき秘密が隠されていたのだ……。

　登場人物の誰もが別の顔を隠し、ストーリーも二転三転。あちこちに伏線が仕掛けられ、物語もどんどん広がっていくが、著者は新人らしからぬ手腕でそれをみごとに回収してみせる。物語の終盤、いかにもゴシック的な秘密が明らかにされ、あっと驚かされるのだが、そのあとに迎えるラストがまたすがすがしい余韻を残す。謎解きあり、活劇あり、恋愛あり、怪奇ありとじつに欲張りで、読み終わったあとは大満足間違いなしだろう。

　著者ジョルディ・ヨブレギャットは都市工学や都市計画、街の歴史に昔から興味を持ち、実際、地域整備プロジェクトに関わる会社を経営する傍ら、執筆活動をおこなっている。バレンシア出身だが、母方の家族はバルセロナの出で、ほとんどはいまもバルセロナで暮らしているという。作品中で、バルセロナの街をこれほど愛情をもって詳細に描いているのもうなずけるというものだ。現在は文学グループ〈赤いノート《エル・クアデルノ・ロホ》〉に参加し、さまざまなアンソロジーで短編小説を発表しながら、年に一回開催されるミステリー・フェスティバル〈バレンシア・ネグラ〉を主催している。本書が初めての長編作品である。

　コナン・ドイル、ジョン・コナリー、スペインの人気作家ロサ・モンテロ、さらには「タンタンの冒険」をミックスしたみたいなゴシック小説＋ミステリー＋冒険活劇を、バルセロナを舞台に書きたいと考えていた著者は、何か鍵となるモチーフはないかと図書館をはしごし、街を歩きまわり、古書を買い漁った。そこで巡りあったのが、晩年はスペイン国王フェリペ二世の宮廷侍医を務めたヴェサリウスだった。

アンドレアス・ヴェサリウスは、近代医学の父とも、現代解剖学の祖とも言われる解剖学者である。その功績に比して、意外とその名は知られていないように思える。一五一四年にブリュッセルで生まれ、父は神聖ローマ皇帝マクシミリアン一世の宮廷薬剤師だった。パリ大学で医学を学ぼうと決心し、ここで解剖学に目覚めた。しかし当時のパリは医学においてはかなり保守的で、最も進んでいたのは北イタリアだった。一五三六年にパドヴァ大学に移ると、卒業後に外科学と解剖学の教授に就任。本文中にもあるように、自ら執刀しながら解剖示説をおこなうという当時としては異例の講義を敢行した。さらには、古代医学の開祖ガレノスの研究は動物の解剖をもとにしたものだということを明らかにし、医学界の不興を買うことになる。

そんななか、一五四三年に出版されたのが、彼の解剖学研究の集大成である『人体構造論』だった。現在のほぼA3判の大きさで、重さは五キロあるというのだから、作品中でパウがこれを二冊分持って図書館の中を逃げるのは相当大変だっただろう。ヴェサリウスは自らいくつも遺体を解剖してスケッチし、そこから画家が原画を描き、彫版師が原版をつくった。ヴェサリウスの名前は知らなくても、この解剖図を目にしたことがある人は多いのではないだろうか。とりわけ三枚の骨格人と十四枚の筋肉人の図は圧巻だ。妙に牧歌的な風景の中でさまざまなポーズをとってたたずむそれらは、奇怪であると同時に美しい。本文中の挿絵もネット検索をすると見られるので、実物とどこが違うか確認してみるのも面白いだろう。

　ヴェサリウスの生涯は謎に包まれている部分も多く、本書の根幹部分とも関わってくるその死の状況も真相は不明だ。彼は大学を離れたあとカール五世の侍医を務めたが、皇帝が退位すると、その息子でスペイン王位を継いだフェリペ二世の侍医となる。しかし、エルサレムへの巡礼の旅（これについても本文中にあるように生きた人間を解剖した罰だとか、病気快癒を感謝するためだとか諸説ある）に出かけた帰路に船が嵐に遭い、それがもとで思わぬ死を遂げるのだ。一五六四年十月十五日死亡というのは、ギリシャのザンテ島の教会（一八三九年の大地震で崩壊）にあった彼の墓石にそう刻まれていたという伝承がもとになっているが、これも必ずしも事実とは言えないらしい。

　とまれ、この謎多きヴェサリウスとその著書『人体構造論』が著者の想像力をおおいにかきたてたことは想像に難くない。この痛快な小説が誕生したきっかけはそこにあったのだ。

　末筆ながら、度重なるスケジュール変更など、集英社文庫編集部には本当にお世話になりました。この場を借りてお礼を申しあげます。

二〇一六年八月

宮崎真紀

集英社文庫

ヴェサリウスの秘密《ひみつ》

2016年10月25日　第1刷　　定価はカバーに表示してあります。

著　者　ジョルディ・ヨブレギャット

訳　者　宮崎真紀《みやざきまき》

発行者　村田登志江

発行所　株式会社　集英社

東京都千代田区一ツ橋2-5-10　〒101-8050

電話　【編集部】03-3230-6095

【読者係】03-3230-6080

【販売部】03-3230-6393(書店専用)

印　刷　中央精版印刷株式会社　株式会社美松堂

製　本　中央精版印刷株式会社

フォーマットデザイン　アリヤマデザインストア　　マークデザイン　居山浩二

ISBN978-4-08-760727-7 C0197